U0803731

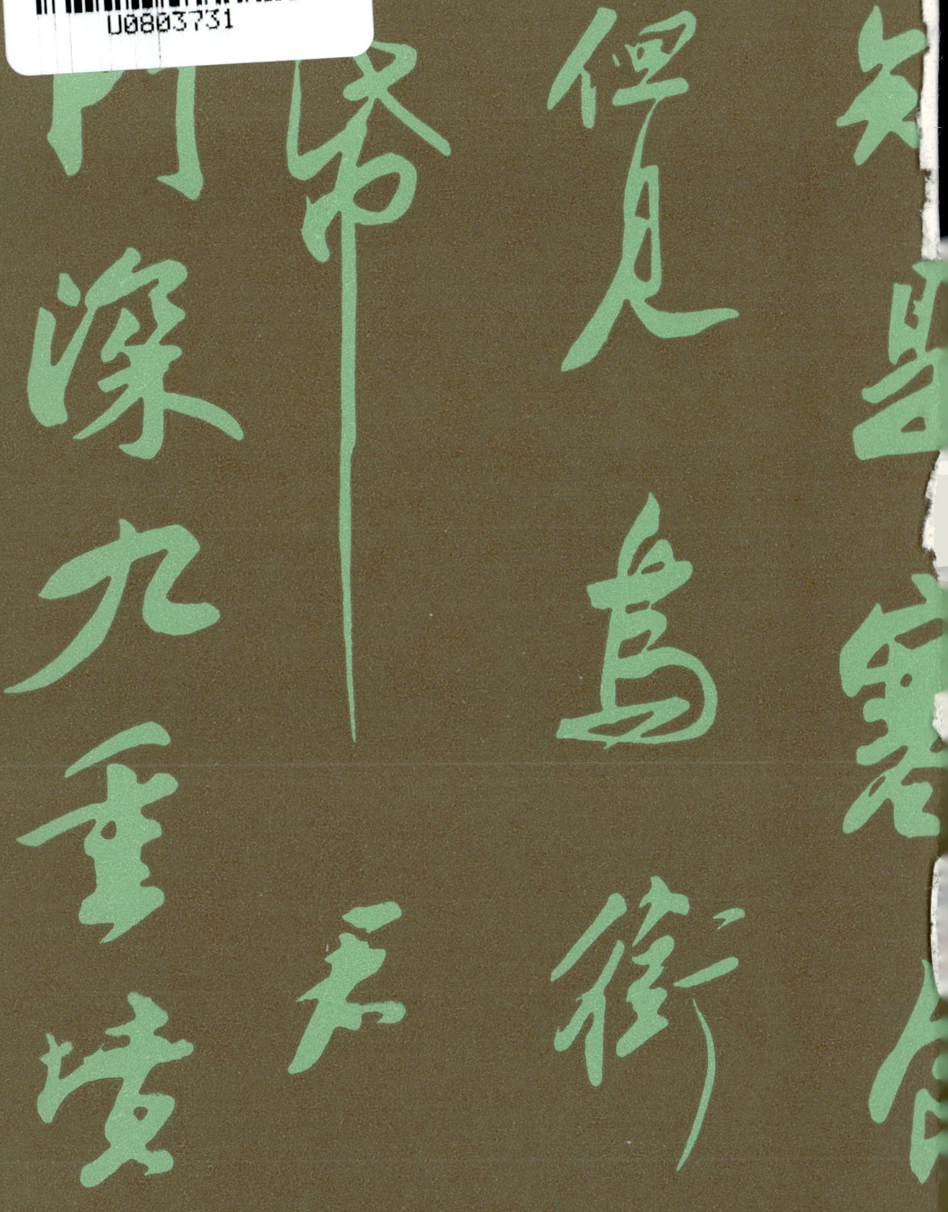

全宋詩

北京大學古文獻研究所編

傅璇琮 倪其心 許逸民
孫欽善 陳新
主編

第五三冊

北京大學出版社

全國高等院校古籍整理研究工作委員會重點項目

編纂委員會顧問

王　起　周　林　周紹良　啟　功　程千帆
鄧廣銘　錢仲聯　繆　鉞

編纂委員會

孔凡禮　王　嵐　王麗萍　安平秋　李　更
李致忠　宋祥瑞　吴　鷗　金開誠　馬秀娟
高秀芳　孫欽善　陳　新　陳　捷　陳曉蘭
倪其心　許紅霞　許逸民　張弘泓　張躍明
傅璇琮　楊　忠　漆永祥　裴汝誠　趙　前
劉　瑛　嚴紹璗　羅　琳　欒貴明

本册資料人員

朱寶模　孟憲忠　姚兆寧　徐永强　崔　岩　崔庚昌
劉　雯

參加本册整理者

于博文　于世明　王　寧　王德保　吕滇雯　朱寶模
李　全　李　更　李　菁　吴國武　吴　鷗　孟憲忠
查九星　夏弘福　徐永强　陳曉蘭　崔統華　許紅霞
梅俊道　虞　行　聞　賢　劉彦捷　劉　虹　劉　瑛
劉　雯　戴　螢　嚴文儒

（以上均以姓氏筆劃為序）

參加本册補遺者

虞　行

本册責任編委

劉　瑛　李　更

第五三册詩人總目

第五三册目次

全宋詩卷二七七六

全宋詩卷二七七七

全宋詩卷二七七八

全宋詩卷二七七九

全宋詩卷二七八〇

全宋詩卷三一七八三

全宋詩卷三七八四

全宋詩卷三七八五

全宋詩卷二一七八六

全宋詩卷二一七八七

全宋詩卷二七八八

全宋詩卷二七八九

程　珌二

全宋詩卷二七九〇

全宋詩卷二七九一

全宋詩卷二七九二

全宋詩卷二七九三

全宋詩卷二七九四

全宋詩卷二七九五

全宋詩卷二七九六

全宋詩卷二七九七

全宋詩卷二七九八

全宋詩卷一七九九

全宋詩卷二八〇〇

全宋詩卷一八〇一

全宋詩卷二八〇二

全宋詩卷三一八〇三

全宋詩卷三一八〇四

全宋詩卷一八〇五

全宋詩卷一八〇六

全宋詩卷二八〇七

全宋詩卷二八〇八

全宋詩卷二八〇九

全宋詩卷二八一〇

全宋詩卷二七七四

許文蔚

許文蔚，字衡甫，一字行父，休寧（今屬安徽）人。光宗紹熙元年（一一九〇）進士。寧宗嘉定元年（一二〇八）始赴調。五年，爲户部架閣，累遷國子博士。七年，除著作佐郎兼兵部郎官。卒於官。事見《洺水集》卷一〇《許郎中墓誌銘》，《南宋館閣續録》卷七、八、九。

登城陽山

我祖有遺迹，振屐訪南嶺。憑高一以眺，萬壑皆雲烟。谷鳥猶嚶嚶，遼鶴無時旋。一飲丹池水，心中塵慮捐。明許志古《城陽山志》卷中

（徐永强整理）

朱申

朱申，字周翰，號魯齋（《宋元學案補遺》卷四九）。休寧（今屬安徽）人。光宗紹熙元年（一一九〇）進士（明弘治《徽州府志》卷六）。理宗淳祐十一年（一二五一）于知江州任時爲《道命録》作序。但兩者時間有矛盾，今已不獲其詳。

和金表叔中秋題月

平分秋半月華圓，玉碾無聲静轉旋。月桂從攀由我捷，姮娥不解是誰先。宋金朋説《碧巖詩集》卷二《中秋夜

偕朱表姪題月》編者按引

（李更整理）

聶子述

聶子述，字善之，號定齋，南城（今屬江西）人。光宗紹熙元年（一一九〇）進士。寧宗開禧中知瑞金縣。累官吏部侍郎。嘉定十二年（一二一九），出爲四川制置使（《宋史》卷四〇）。有《定齋集》，已佚。事見清同治《南城縣志》卷一〇。今録詩二首。

曾公道夫出示先世手澤斂衽拜觀之餘敬題二小詩

香瓣平生滿意熏，更參曲阜問關津。衹宜黄閣官尊貴，不敢近前丞相嗔。

一門翰墨森圭璧，諸老題評粲錦花。珍重雲仍好收拾，夜虹貫月定君家。

明趙琦美《趙氏鐵網珊瑚》卷三

張嗣古

張嗣古，宜春（今屬江西）人。光宗紹熙元年（一一九〇）進士。寧宗慶元五年（一一九九）除秘書省正字，嘉泰元年（一二〇一）遷著作佐郎兼國史院編修官、實録院檢討官，三年爲起居舍人（以上《南宋館閣續録》卷八、九）。四年，充賀金生辰副使。嘉定二年（一二〇九），由知泉州任罷，六年，由知安慶府任罷（以上《宋會要輯稿》職官七三之三四、七四之三三、七五之二）。理宗寶慶元年（一二二五）知衡州，尋除湖南路轉運判官（《永樂大典》卷八六四七引《衡州府圖經志》）。今録詩二首。

雪谷潭 在仰山上

崎嶇鳥道開烟蘿，長松偃蹇聲蕩摩。白龍怒吼挂絶壁，蒼兕離立迎清波。枯筇拄破青苔色，雷雨收功神斂迹。窮源不得空歸來，掬雪摶珠三太息。

明嚴嵩正德《袁州府志》卷一

登妙高亭

雨餘山石洗孱顔，卧虎蹲羊各自閑。杖屦貪穿秋色好，不知衣惹蘚痕斑。

清曾燠《江西詩徵》卷一七

（以上徐永强整理）

余復

余復，字子叔，寧德（今屬福建）人。光宗紹熙元年（一一九〇）進士，官至秘書郎。事見《淳熙三山志》卷三一。今録詩八首。

瑞峰

海上一峰高插天，山頭眼力窮大千。飛來鴻鵠下霄漢，掩翼縮足今三年。

仙霞嶺

二十年前過此間，旅囊羞澀筆頭慳。時來山色與人好，我亦詩腸似海寬。舊事消除身後夢，新聲慚愧路旁官。乘車衣錦渾閑事，留此功名竹帛看。

文筆峰

一飛一飛知幾時，斗酒落魄誰共知。胸中造物飽星斗，筆下文字盤蛟螭。

西陂

涉海波濤險，登山足力疲。胡為赤鑑遊，海角山之涯。崎嶇亂石間，况復乘船危。兹遊固有意，訪古傷今時。荒陂存遺跡，缺處十丈餘。父老向我言，先疇為農師。當時大父行，相與築此堤。堤成百物豐，師承及見之。稻蟹不論錢，况敢論糠粃。一朝壞不修，驚心傷鼓鼙。田家歲作苦，土狹何由支。憶昔禾黍地，石水數斗泥。前功嗟已廢，繼者今其誰。曾聞部使者，詢問及故基。水利固可究，具文怨徒欺。又聞勸農吏，楚楚多奇姿。朝遊暮始還，山水窮清暉。有念不及此，但見冠蓋飛。公家急相斂，星火驚文移。農無地可耕，歲入何從規。今幸長官賢，願言拯我饑。作書白太守，經營得如茲。珍重父老言，豈為兒童戲。皇華如觀風，此老誠可資。

霍童山

霍童山峰凡六六，不知仙子在何山。秋風萬里一黄鶴，返照半林雙白鷳。長劍氣横霄漢外，飛泉影落畫圖間。自憐懶作朝陽客，訪道尋真日往返。

清盧建其《寧德縣志》卷一

金鰲橋

吾閩三山妙天下，靈鰲背上羅高峯。山環水繞龍虎伏，人在縹渺烟霞中。

報恩寺

大山奔到海之濱，中有輝光佛刹新。前後二三皆梵侶，不知誰是報恩人。

以上同上書卷二

和御賜登第

風虎雲龍豈偶然，信知盛世士多賢。虞庠教育蒙深澤，漢殿咨詢愧首延。釋褐遽沾瓊宴寵，錫詩齊聽玉音宣。愛君憂國平生志，敢負周王宴樂篇。

同上書卷九

（吕滇雯整理）

柴中行

柴中行，字與之，學者稱南溪先生，餘干(今江西餘干西北)人。光宗紹熙元年(一一九〇)進士，授撫州軍事推官。時禁僞學，中行拒絶考校，以母喪免。後起爲江州教授，累遷太常主簿，出知光州。遷京西轉運使、知襄陽府。寧宗嘉定十一年(一二一八)，以宗正少卿兼國史院編修官，十二年出知贛州。逾年請老，與弟中守、中立講學南溪。事見《南宋館閣續録》卷七、九，《宋史》卷四〇一有傳。今録詩三首。

敬題濂溪先生書堂二首

有生同宇宙，所欠好江山。因自舂陵至，留居廬阜間。斯文傳墜緒，太極妙循環。希聖誠何事，懷哉伊與顔。

出城三四里，矯首愜遐觀。頓覺市聲絶，忻從天宇寬。康山書几凈，湓浦硯泓寒。一誦愛蓮説，塵埃百不干。宋周敦頤《周元公集》卷七附

送許郎中出知漳州

君子重出處，兒女多依違。孰知退有義，一辭若發機。刑部今其人，識遠渺造微。時方事疾走，而我心獨非。老色未上面，健筆駃于飛。宛然傲霜菊，燦燦黄金輝。勉留鵷鷺行，夫豈少輕肥。一麾即得請，衆目駭見稀。了不露纖芥，舒卷流清徽。凉風稱歸棹，灝氣浥征衣。婆娑慰邱園，咳唾落珠璣。因風來錦囊，猶足慰依依。清王德明順治《樂平縣志》卷一三

句

一簇人家起暮煙。

郭外春山明錦繡。　以上宋紹嵩《亞愚江浙紀行集句詩》卷四

想得彭園富春色。　同上書卷六

柴中守

柴中守，號蒙堂，餘干（今江西餘干西北）人。中行弟。事見《宋元學案》卷七九。

跋山谷書范滂傳帖

小春晝日如春晚，飲罷披圖清興遠。夜光照屋四座驚，金薤銀鈎真墨本。當年太史謫宜州，腸斷梅花棲戍樓。拾遺不逢東道主，翰林長作夜郎囚。蠻烟瘴雨森鈇鉞，更值韓盧搜兔窟。老色上面懽去心，惟有忠肝懸日月。郡丞嗜好殊世人，投箋乞字傳兒孫。平生孟博是知己，筆下寫出精神騫。興亡萬古同一轍，黨論到頭不堪説。刊章下郡漢道微，清流入河唐祚絶。先朝白晝狐亦鳴，正氣消盡邪氣生。殿門斷碑仆未起，中原戎馬來縱横。生蛟入手不敢玩，往事凄涼重三歎。蘭亭瘞鶴徒爾為，好刻此書裨廟算。

宋岳珂《桯史》卷一三

豐有俊

豐有俊，字宅之，鄞縣（今浙江寧波）人。誼子。從學于陸九淵。光宗紹熙元年（一一九〇）進士。累官淮南安撫使，寧宗嘉定六年（一二一三）知真州，歷知揚州、鎮江府，卒於官。事見清光緒

《上虞縣志》卷七、《宋元學案》卷七七。

題薛教授靖軒

小船行行過靖軒，衮紬帷楮興悠然。如何打疊江湖志，甘守陳編隱几眠。　明申嘉瑞隆慶《儀真縣志》一四

（以上徐永强整理）

林迪

林迪，字順卿，閩縣（今福建福州）人。光宗紹熙元年（一一九〇）進士。終朝奉大夫、廣東提舶。事見《淳熙三山志》卷三一。今録詩四首。

教授兩爲玉蘂花賦長韻富贍清新老病無以奉酬輒用楊史君韻爲謝 丙辰

廣行行實稱才華，如節鸞和馭寶車。曾燕瓊林天一幄，却吟玉蘂市三家。大篇追補唐詩闕，自注：唐賢賦此花止二韻及四韻。盛事常流魯頖誇。別有冰姿延客住，白池賸種白蓮花。

次韻廷秀待制玉蘂 丙辰三月

姑射山前雪照人，長安水畔態尤真。步摇翹玉中心整，瓔珞塗金四面匀。常笑荼蘼藏浪蕊，獨陪芍藥殿餘春。自從唐代來天女，直到平園見後陳。

去夏孫從之示玉蘂佳篇時過未敢賡和今年此花盛開輒次嚴韻并以新刻辯證爲獻 丁巳

食菜曾饕三百囷，種花重看一番新。洞仙舊賞輪無迹，工部高吟筆有神。疊雪雅宜歌白雪，送春仍欲買青春。向來僞帖今冰釋，從此嘉名徧廣輪。　以上《永樂大典》卷一一〇七七

大滌洞天留題

暇日來游九鎖山，登龍踞虎恣躋攀。方瞳皓豁小天下，仙隱清越非人間。秘籍瓊科輝映簇，白雲朱鶴鎮長閑。洞中丹竈開還未，願覓刀圭駐瘠顏。影印《詩淵》册三頁二一二一

（劉彦捷整理）

汪楚材

汪楚材，字太初，又字南老，休寧（今屬安徽）人。光宗紹熙元年（一一九〇）進士。歷湖南安撫司幹辦公事，轉廣西運使幹官。嘗以書通朱熹、吴儆，爲二人器重。清康熙《休寧縣志》卷六有傳。

方壺别墅

面面軒窗好，溪山不待招。清風修竹徑，細雨緑荷橋。地僻人烟少，天恢景象饒。襟懷無一事，終老樂簞瓢。明程敏政《新安文獻志》卷五三

吴豐

吴豐，晋江（今福建泉州）人。光宗紹熙元年（一一九〇）進士（清乾隆《晋江縣志》卷八）。寧宗嘉定五年（一二一二）知保昌縣（清乾隆《廣東通志》卷二六）。

贈胡彦忠

古羊人物舜風餘，子姓傳來祇舊廬。爲愛一門能守義，相承五世不分居。清厲鶚《宋詩紀事》卷五八引《廣東通志》按：查康熙、雍正、道光三種《廣東通志》均無此詩，故轉引。

《廣東通志》：胡彦忠，曲江人，五世同居。慶元己未經幹吴豐假宿其家，深加獎歎，為言于臺閫，列上其事，旌表其門。

（以上徐永强整理）

戴蒙

戴蒙，字養伯，更名埜，永嘉（今浙江温州）人。光宗紹熙元年（一一九〇）進士，調麗水尉，再調鳴鶴場運鹽官。後棄官從朱熹于武夷。事見清光緒《永嘉縣志》卷一一、一三。

南溪暮春

家住南溪欲盡頭，茂林脩竹幾清幽。菰蒲漲緑蛙專夜，樹葉吹寒麥半秋。修禊從教非節物，舞雩元自有風流。明朝酒醒春猶在，更向長潭上小舟。清李琬乾隆《温州府志》卷二八

（戴螢整理）

徐次鐸

徐次鐸，字文伯，一字仲友，東陽（今屬浙江）人。光宗紹熙元年（一一九〇）進士，又試宏詞科，為山陰尉（《宋史翼》卷二九）。寧宗嘉定元年（一二〇九），知常熟縣（《吴都文粹續集》卷九）。仕止通判衢州（清道光《東陽縣志》卷一八）。

極目亭

幾點歸舟破暮烟，數行雁字落霞邊。世間安得王摩詰，為寫琴川作輞川。宋孫應時《琴川志》卷一四

（徐永强整理）

程九萬

程九萬，字鵬飛，青陽（今屬安徽）人。光宗紹熙元年（一一九〇）進士。歷知武康縣。入爲司農簿。四年，除太府寺丞（《宋會要輯稿》選舉二二之一二）。五年，權知和州（同上書食貨五八之二〇）。寧宗慶元元年（一一九五），知歷陽。二年，改襄陽（清乾隆《襄陽府志》卷二一）。有《松桂林集》等，已佚。明嘉靖《武康縣志》卷六、《池州府志》卷七有傳。今録詩九首。

重建東堂

宦遊偶落雲水鄉，耻以貪墨為吏商。三年寄傲南窗月，一瓣為炷東堂香。儵然清風揖佳客，好古博雅真揚揚。舊題湔祓古寺壁，濁酒呼索鄰家牆。淋浪醉墨鸞鳳舞，警語峭厲凌冰霜。大碑小碑共檢校，次第安置堂中央。朅來絃歌有餘暇，逸興賸欲希韓湘。

松桂亭

松桂移栽滿，園亭改築新。詩書千古事，松桂四時心。蕭瑟風成韻，扶疎月滿陰。一琴聊自託，山水是知音。

烟霞塢二首

山深何限好，客到輒同登。泉壑嵐光冷，烟林霽色凝。韻艱詩益健，杯數量難勝。老矣功名穩，何須歎沔澠。

鬢髮幾星星，風霜抑飽經。年華輕過鳥，身世俯危亭。寒碧還相照，飛湍盍暫停。平生愛山眼，分外為渠清。

證道寺

二載塵勞薄宦身，雙峰幾憶舊家鄰。甫能再上陽城考，更有一年孤負春。

銅　山

飛鳥投林去復還，臨風恒憶舊家山。平生杖履經行處，杳在雲烟髣髴間。

石頭寺

聞法師來杖錫東，於菟蹭蹬奮雷風。當時地裂泉隨動，一酌清甘萬慮空。

翠峰寺和毛澤堂韻

巖石玲瓏翠竹斜，木犀依約又殘花。長官媿我無才思，却憶東堂舊作家。

以上明駱文盛嘉靖《武康縣志》卷五

峴石寺

□□山舊有陽廣洞、壺天閣，戎帥新加葺修，復搜抉兩旁之秀為棲霞，為嘯月，為琴几棋臺，盡發茲山之秘。既成，約澧及余來觀，相與歎賞久之，獨恨未能引泉耳。戎帥欲余着語，因成五十六字附行記并題崖壁。帥守池陽程九萬鵬飛書，澧桐鄉朱致知仲格，戎帥河陽趙淳清老云。時慶元丁巳端午日。

蒼巖絶頂俯晴川，佳處潛開小洞天。琴几棋臺誰是伴，霞棲月嘯恍如仙。□山□□□多石，□□□□□引泉。獨取懸崖□□□，□□已自□燕然。

清陸增祥《八瓊室金石補正》卷一一七

（孟憲忠整理）

毛友誠

毛友誠，字伯明，學者稱竹簡先生，平江（今屬湖南）人。平生不事科舉，閉戶讀書，尤邃《易》學。曾爲岳陽學正幾十年。有《玩易集》，已佚。事見明隆慶《岳州府志》卷一六、《楚紀》卷一八。

謝李宏齋先生

何以答夫子，力學窮朝曛。瞬息纔不學，老與衰相親。誓參舞雩樂，胸中長暮春。清鄧顯鶴《沅湘耆舊集》卷二三

（劉虹整理）

全宋詩卷三七七五

方暹

方暹，字明甫，學者稱連雲先生，平江（今屬湖南）人。師事李燔，奉燔命學于黄榦，與饒魯、張元簡、趙師恕合稱黄門四子。理宗淳祐間受舉薦，辭不受。《楚記》卷一八、《宋元學案》卷六三有傳。

仙人橋石刻

鄉村十里少人家，手掬清泉嚼細茶。洞口春深却無酒，故人相贈以桃花。　清李元度同治《平江縣志》卷五五

方輗

方輗，字叔行，平江（今屬湖南）人。初受業李燔，安貧樂道，前後徵聘皆不赴。魏了翁題其居室曰學齋。明隆慶《岳州府志》卷一六有傳。今録詩二首。

里中張氏母出與邑宰母宴餞以詩

張氏母袁稱壽星，生紹興庚申今有百五齡。子孫耕稼食可飽，女婦紡織衣稱情。白髮既脱生黑髮，耳目聰明長步行。五朝皇帝恩廣大，一老平時身太平。鄉里皆慶喜，縣官問姓名。闔門漏屋下，上詣縣官廳。太夫人之面可識，太夫人之堂可升。自注：時邑宰母在官。即前再拜問起居，謝官下念田里氓。尊高年以長其長，凡為人子沸歡聲。

道巖

太極巖圖出道州，兹巖名道實相猶。元公圖説兹巖具，好向巖中仔細求。以上清鄧顯鶴《沅湘耆舊集》卷二三

（以上陳曉蘭整理）

黄瑄

黄瑄，字漢珍，羅源（今屬福建）人。光宗紹熙元年（一一九〇）進士。累官衡州通判（清道光《羅源縣志》卷三〇）。

省墓

長因風木起悲酸，省墓歸來痛忍言。雖得青衫聯子貴，深慚白髮負親恩。璜溪猶有家居舊，蕭寺尋來手澤存。墨迹依然逾一紀，摩挲塵壁黯銷魂。清盧鳳棽道光《羅源縣志》卷三〇

黄治

黄治，學者稱岳陽先生，莆田（今屬福建）人。光宗紹熙元年（一一九〇）進士。授鬱林州教授（清乾隆《莆田縣志》卷一二）。

句

威稜赤壁千尋峻，德量黄陂萬頃寬。上黄州太守　宋王象之《輿地紀勝》卷四九《淮南西路·黄州》

葉澄

葉澄，字養源，又字大著，慈溪（今浙江慈溪東南）人。光宗紹熙元年（一一九〇）進士。八年，除秘書省正字。寧宗嘉定九年（一二一六），除校書郎，累遷著作佐郎。十二年，出通判隆興府。事見《南宋館閣續録》卷八、九。

過黄楊奥孝子董公墓

我陟黄楊奥，我懷董孝君。懷君君不見，冢草裹晴雲。

清董華鈞《純德彙编》卷七上

桂如虎

桂如虎，一作如篪，貴溪（今屬江西）人。光宗紹熙元年（一一九〇）進士。曾知柳州。事見清同治《貴溪縣志》卷七之二。

陽華巖

天作高山勢已空，地開巖竇巧玲瓏。卷成璆屋垂瓊珮，擘破蒼崖漱玉虹。雲氣擁時來座上，塵埃飛不到亭中。品題自有元郎句，我輩聊書一笑同。

清翁元圻嘉慶《湖南通志》卷一四

林伯春

林伯春，晋江（今福建泉州）人。伯山弟。光宗紹熙元年（一一九〇）進士（清乾隆《晋江縣志》

卷八）。

藍溪次曾狀元韻

羊腸路入最高峰，倦倚東風點瘦筇。芳草有情春意遠，青山依舊暮雲重。新來梵閣添奇觀，前度詩人帶老容。寄我此身天地裏，夢回林杪一聲鐘。明汪禹嘉靖《安溪縣志》卷七

鄭　瀛

鄭瀛，字子仙，黄巖（今屬浙江）人。光宗紹熙元年（一一九〇）進士，授監南嶽廟。事見《嘉定赤城志》卷三四、明萬曆《黄巖縣志》卷五。今録詩六首。

丹　崖

丹崖之山丹氣浮，葛洪老仙居上頭。丹成一去幾千載，至今猿鶴生清愁。丹井有泉石有拇，流芳直與天地久。我來問山山不知，坐費山僧一盃酒。清曹文珽康熙《太平縣志》卷一

南野暮鎔

村南野老亦多伎，兩鬢鬖鬆狀如鬼。嬴顛秦蹶了不聞，一心只向紅爐裏。風鞴在手金在鎔，等閒變化天無工。日暮歡呼走妻子，買魚沽酒歌春風。

伏虎崖

西崖有虎憑其威，凛然百獸不敢窺。衆山壓倒勢莫敵，磅礴萬古誰能驅。鄉人好利不知計，翦毛伐骨何太厲。安知此虎不汝欺，長作吾家一屏蔽。

葛井涵秋

吾鄉葛氏真好奇，鑿開石井山之湄。寒波清冽不受暑，主人愛取沁詩脾。百年興廢事非昔，莓苔剥落土花碧。我來拂拭已忘言，落葉西風秋析析。

官塘競渡

長江百里濃於醅，天風吹作雲濤堆。吾鄉好事重佳節，龍舟兩兩争喧豗。今人不識靈均意，衹作龍舟多競渡。汨羅舊事付蒼煙，空有遺歌寫哀些。

四澤曉罾

澤水迴環六七里，中流擁出一廛市。桃花吹浪鱖魚肥，紅蓼翻風蟹螯美。漁郎業漁相忌猜，欲曉未曉江上來。舉罾交錯不知倦，欸乃又入雲濤堆。

以上清慶霖嘉慶《太平縣志》卷二

（以上徐永强整理）

曹絳

曹絳，字思厚，瑞安（今屬浙江）人。叔遠從兄。築鄉校于鳳崗，歲延名儒爲師，以教鄉族。與物無競，里稱長者。年九十卒。事見清乾隆《瑞安縣志》卷八。

溪上賞芙蓉

嬌紅膩緑暖生春，步繞清溪錦帳新。花意不須羞白髮，五朝得見太平人。

清曾唯《東甌詩存》卷一

（劉雯整理）

曹叔遠

曹叔遠，字器遠，瑞安（今屬浙江）人。少學於陳傅良。光宗紹熙元年（一一九〇）進士，久之，薦爲國子録，忤韓侂胄，出通判涪州，遷知遂寧。入爲工部侍郎，復出知袁州。理宗紹定二年（一二二九），召爲太常少卿（《南宋館閣續録》卷七），權禮部侍郎。事見清乾隆《瑞安縣志》卷八，《宋史》卷四一六有傳。今録詩二首。

題錦浪亭

瀘江東山山更奇，騎鯨飛仙歸未歸。桃花千樹爛春晝，莫作韓子荒唐譏。《永樂大典》卷二二一八

通玄洞

遨游倦聽水聲潺，却愛靈巖引䆗間。樹擁倒暉穿嶂曲，風牽斜雨灑藤彎。半袈裟裏須彌現，隙滹阿中法界寬。為納千僧渾不見，欲於此地扣禪關。《東甌詩存》卷四

（徐永强整理）

陳煒

陳煒，光宗紹熙元年（一一九〇）進士（《嘉定赤城志》卷三四）。

劉伶巷

有酒宜成頌，知君恥獨醒。回車經巷口，荷鍤信丘冥。死豈人埋得，言猶婦可聽。閉關當日飲，想象只忘形。民國楊晨《赤城别集》卷五

（李全整理）

陳與行

陳與行，字叔達，羅源（今屬福建）人。光宗紹熙元年（一一九〇）進士。五年，爲建康府教授（《景定建康志》卷二八）。終知興化軍（《淳熙三山志》卷三一）。

句

椒蘭平酒酌，簠簋散香箕。祠社　元《羣書通要》甲集卷六

霜間開紫蒂，露下發金英。金英紫蒂　明彭大翼《山堂肆考》卷一九九

曾煥

曾煥，字文卿，一字少卿，吉水（今屬江西）人。光宗紹熙元年（一一九〇）進士。寧宗嘉定七年（一二一四）除秘書郎。八年，爲著作佐郎。九年，出爲廣西運判。十三年，遷轉運使。十七年，除秘書少監。事見《南宋館閣續録》卷七、八。今録詩二首。

題飛雪亭

玉虬垂處雪花翻，四序雷聲六月寒。憑檻未窮千丈勢，請君巖下舉頭看。　元袁桷《延祐四明志》卷一七

浯溪磨崖　將漕廣西，召還過此，嘉定庚辰四月二十三日

元頌顔書山谷詩，還鐫我宋中興碑。慇懃三讀重回首，萬□□□江渺瀰。　清陸增祥《八瓊室金石補正》卷九二

（以上徐永强整理）

陳　槱

陳槱，福州長樂（今屬福建）人。光宗紹熙元年（一一九〇）進士。有《負暄野録》二卷。

春膏紙

膏潤滋松雨，孤高表竹君。夜碪寒擣玉，春几瑩鋪雲。越地雖呈瑞，吴天乃策勳。莫言名晚出，端可大斯文。《負暄野録》卷下

《負暄野録》：吴人取越竹，以梅天水淋，曝令稍乾，反覆硾之，使浮茸去盡，筋骨瑩徹，是為春膏。其色如蠟，其光可鑑，故吴箋近出，遂與蜀産抗衡。吴門孫生造春膏紙尤造其妙，余嘗賦詩云云。

（戴螢整理）

董與幾

董與幾，字叔存，德興（今屬江西）人。光宗紹熙元年（一一九〇）進士。嘗爲湖北提舉，官至朝議大夫。有《韻光集》，已佚。事見明正德《饒州府志》卷二、四。

題澹山巖 嘉定十二年重九書

厥初誰剖混沌殼，光明僅透天一握。龍門鑿斷工有餘，劖劃巉巖開灑落。我來沆碭千崖高，溜雨萬丈聲蕭騷。巖上風煙巖下水，晚尋丹竈夜漁舠。　清劉沛光緒《零陵縣志》卷一四

（朱寶模整理）

張伯威

張伯威，號無辯居士，大安軍（今陝西寧强西北）人。光宗紹熙元年（一一九〇）武進士。《宋史》卷四五六有傳。

偶題

壺中別景絶塵埃，不是山靈閟不開。午夜月華冬夜雪，爲無人向此時來。《輿地紀勝》卷一九一《利州路·大安軍》

（查九星整理）

薛舜俞

薛舜俞，字欽父，同安（今屬福建）人。光宗紹熙元年（一一九〇）進士（清嘉慶《同安縣志》卷一七）。歷南劍州教授（明嘉靖《延平府志》卷九），知金華縣（《宋元學案補遺》别附卷二）。寧宗嘉定五年（一二一二）爲主管吏部架閣文字（《宋會要輯稿》職官七三之四六）。

句

丘壑胸中事。

舊邑浮航外。

軒窗眼界開。以上宋亞愚《江浙紀行集句詩》卷一

（戴螢整理）

慶元士人

嘲韓侂胄

一在廬陵一豫章，文忠文穆兩相望。大家飛上梧桐樹，自有旁人説短長。　宋葉紹翁《四朝聞見録》卷一

《四朝聞見録》：歐陽子謚文忠。京丞相鏜，以善事韓平原，亦謚文忠。後以公論，謂不宜以謚歐陽者謚鏜，改文穆。無名子作詩云云。

（朱寶模整理）

全宋詩卷二七七六

李臯

李臯（一一六一——一二三八）（生年據《鶴山集》卷六四《跋静春先生劉子澄帖》淳熙五年年十八推定），字季允（《南宋館閣續録》卷八），一作季永（《齊東野語》卷八），號悦齋，眉州丹稜（今屬四川）人。燾子。光宗紹熙元年（一一九〇）進士。寧宗慶元三年（一一九七），除祕書省正字。嘉定四年（一二一一），除成都府路提刑（《宋史》卷三九《寧宗本紀》三）。六年，爲國史院編修官、實録院檢討官，除祕書少監、起居舍人（《南宋館閣續録》卷九、七）。理宗紹定四年（一二三一），爲四川制置使兼知成都府（《宋史》卷四一《理宗本紀》一）。嘉熙二年，以同簽書樞密院事督視江淮京湖軍馬，同年卒（《宋史》卷四二《理宗本紀》二）。有《悦齋集》，已佚。《宋元學案》卷七一、《宋史翼》卷二五有傳。今録詩五首。

白馬湖

白馬湖光緑染衣，蘭舟溶漾綵鴛飛。閑愁不到秋風後，聽唱蠻歌月下歸。《永樂大典》卷二二六一

竹齋題事

低齋結空野，小竹移孤林。齋閑竹浄好，日媚幽人心。南方夏厭暑，獨此留殘陰。戞雨挫促夢，穿風搜涼襟。長茵展麗蘚，亂歌奏歡禽。侍奴裹村服，語客抛塵簪。志高成利犇，思爽生詩淫。值聖喜盈卷，

感古悲入琴。山迎穩履遠，月勸澄杯深。榮名雖未染，幸亦非煙沉。同上書卷二五四〇

四恩巖

疲筇捫石上，大野俯欄窺。洞穴通諸頂，泉流接兩池。同上書卷九七六五引《泉州府志》

離巫山晚泊樟石灘下

黄昏風雨阻江濆，翠綰羣峯莫色匀。一夜子規啼到曉，孤舟愁殺未歸人。明周復俊《全蜀藝文志》卷九

上巳從史巫山祓飲江皐

風沙一夜卷冥冥，曉色曈曨上翠屏。薄宦驅人成老大，佳時得酒慰飄零。紅餘晚樹迷幽谷，緑漲晴波失遠汀。却是崇山兼峻嶺，看來渾不減蘭亭。同上書卷一七

句

日射紅鸞扇，風清白獸樽。宋周密《齊東野語》卷八

《齊東野語》：李壁季章、李𡌴季允同登庚戌科，己酉赴類省試，二公皆以文名一時，而律賦非其所長。鄉人侯某者以能賦稱，因資之以潤色。既書卷，不以詩示侯。侯故少留，至納卷所，扣吏以二李卷子，欲借一觀，吏取以示，則詩之景聯皆曰云云。侯即於己卷改用之，既而皆中選。二李謝主司，主司問：「此二句，惟以授諸昆仲，何為又以與人？」李終身與侯不協。

（吴鷗整理）

葉秀發

葉秀發（一一六一——一二三〇），字茂叔，學者稱南坡先生，金華（今屬浙江）人。師事吕祖謙、

唐仲友。寧宗慶元二年(一一九六)進士。授福州長溪簿。歷慶元府教授,知政和縣、休寧縣、揚子縣。理宗紹定元年(一二二八),知高郵軍(清道光《高郵州志》卷八)。三年卒,年七十。事見《宋文憲集》卷一〇《葉秀發傳》。今録詩六首。

題龍吟寺

曉色明征轡,疎鐘忽斷林。譚經驚虎伏,説法引龍吟。竹影殘鐙暗,苔痕落葉深。客懷無處適,欹枕聽霜砧。

廣福寺

細問黄山事,荒唐半不傳。諸峰幾林壑,十日九雲煙。笙斷空中籟,丹留澗底泉。相招媿猿鶴,何日謝塵緣。

登古城山觀

飛觀干霄出,疎松隔塢聞。水聲高下澗,山色去來雲。露舄行秋杪,天花落葉分。小窗吟不就,清殺病休文。

黄山喜晴即事

一春鳩婦不停鳴,遠岫雲歸喜得晴。水拍秧田釵股細,風吹麥隴浪紋輕。天應憐我倦行役,山亦多情互送迎。三十六峰如好客,相逢便覺眼增明。

興國寺

雖無酒令與詩籌,喜約新盟訪舊遊。寒露正催黄菊晚,斷雲不鎖碧山秋。機於空處鷗方下,節到寒時蝶也愁。聚散摶沙多少恨，一詩三嘆寄湯休。

翠微寺

茫茫宇宙幾分離，晚識真人曆數歸。五閏都無半抔土，清風千古一麻衣。　以上清閔麟嗣康熙《黄山志定本》卷六

宋之源

宋之源（？—一二二一），字積之，朱熹爲之更字深之，成都雙流（今屬四川）人。若水子。以父任入官，爲江原尉。孝宗時知龍游縣。吴曦之亂，解印去。亂平，改知什邡縣。歷通判邛州、威州，知龍州、雅州，終知嘉定府，寧宗嘉定十四年卒於官。事見《鶴山集》卷七二《知嘉定府宋君之源墓誌銘》。

游涪溪

不因黨論到元符，安得溪山着一儒。時有詘伸須直道，天開靈傑豈歸愚。泉疏陰凋詩餘派，手拓蒼崖節轉孤。自送江西仙袂遠，神遊應過此間無。　清陸心源《宋詩紀事補遺》卷六六

（以上查九星整理）

元在庵主人

元在庵主人，失其名。淳熙辛亥（當作紹熙辛亥，公元一一九一）曾遊桂林華景洞，作《石堂歌》。事見《金石續編》卷一九。

石堂歌

吾斲石堂無變怪，土缶瓦鼓閑遊戲。一鑊相隨萬事空，十二時中牢捉繫。牢捉繫，不在三間前後際。拍將兩手笑呵呵，這箇消息不容易。不容易，拈起石頭拈不住，放下石頭放不去。去與住，認取石堂門前路。不開窗，不閉户，塞破世界無覓處。煖則乘風凉則眠，烟霞雲外朝還暮。朝還暮，不貪榮，不貪富，不戀妻帑及兒女。隨緣自在度時光，看著古今都錯誤。皇天后土莫相瞞，翻來覆去能幾許。前賢後聖説多般，千經萬論從頭注。渠不省，渠不悟，一任從渠失故步。我自知，我自顧，富貴渾如草頭露。人與我，愛與妬，對境不生無喜怒。清凉世界乃吾臺，是非海裏終不覻。不向君王殿上行，不入豪家問尊貴。紅妝豔粉任安排，誇逞從他鬭能會。英雄强弱只一般，嘍囉巧拙説甚彩。少年才子漫風流，絶代佳人臭囊袋。一息不來何所尋，萬兩黄金不容帶。都是空，必竟敗。唇鏘舌劍遞相欺，縱使金印如斗大。儘數收拾滿倉箱，不知前面能幾歲。一著錯分明，輸却無贏落。聚散還同浮水漚，頃刻之間難捉摸。不向根基上乘尋，个个急後抱佛脚。早悟解，早悟解，不如石堂一大塊。石堂壞時從他壞，這一大塊元自在。堅且耐風霜，雪雨摧不碎。祁寒隆暑没遮欄，春去秋來任推截。四方八面透玲瓏，石堂裏面快活睡。覺後還將恁麽時，撒手便行無布擺。

清陸耀遹《金石續編》卷一九

（崔統華整理）

于倞

于倞，寧宗嘉泰元年（一二〇一）知昌州（《輿地紀勝》卷一六一）。

詠海棠

宋之源　元在庵主人　于倞

和風春滿園，草木皆芳薰。君看十八葉，肯與凡卉羣。宋王象之《輿地紀勝》卷一六一《潼川府路·昌州》

（孟憲忠整理）

黄子信

黄子信，長泰（今屬福建）人。寧宗嘉定四年（一二一一）特奏名，調監新會鹽場。有《散翁集》，已佚。事見清乾隆《長泰縣志》卷八、九。今録詩二首。

投楊帥長孺

六年兩度拜宸旒，换得青衫白上頭。飛鵲衹因無樹繞，窮猿何暇擇林投。明知著脚當來誤，幾欲抽身不自由。安得有錢了官債，便無三徑也歸休。

歸時作

笑倩西風拂舊埃，歸時行李似初來。也知三載清貧好，博得一家强健回。明凌迪知《萬姓統譜》卷四七

（戴螢整理）

葉祐之

葉祐之，字元吉，學者稱同庵先生，吴縣（今江蘇蘇州）人。弱冠膺鄉貢，潛心性理之學，嘗學於楊簡。事見《宋元學案》卷七四。

句

木葉臨風皆好色，稻田流水亦新聲。明黄宗羲《宋元學案》卷七四

（王德保整理）

葉楲

葉楲，光宗紹熙二年（一一九一）爲漵浦監鎮（《漵水志》卷七）。

三里塘掐梅

扶疎不耐繁華，意足自然清絶。壁間幻出横斜，衹欠紗窗明月。

宋常棠《漵水志》卷八

（陳曉蘭整理）

全宋詩卷二七七七

徐璣一

徐璣（一一六二—一二一四），字文淵，一字致中，號靈淵，永嘉（今浙江温州）人。詩學唐人，與同時趙師秀、翁卷、徐照合稱永嘉四靈。以蔭入仕，歷建安主簿，永州司理，龍溪縣丞。移武當令，改長泰令，未至官。寧宗嘉定七年卒，年五十三。有《二薇亭詩集》。事見《水心文集》卷二一《徐文淵墓誌銘》。

徐璣詩，以民國南陵徐乃昌影宋刻《永嘉四靈詩》丁集編爲第一卷，清顧修讀畫齋《南宋群賢小集》（簡稱顧本）多出影宋本之詩編爲第二卷。校以明潘是仁刻《宋元四十三家集》本（簡稱明本）。新輯集外詩附於卷末。

送太守傅尚書易鎮當塗二十韻

帝業江淮表，丕承七十年。太平南北共，内禪子孫傳。弓矢深櫜櫜，桑麻鬱壠阡。江河春混混，雨露夜涓涓。治久情多縱，才卑氣或偏。穹蒼宜予弼，淵默正思賢。四世忠勳積，三朝節概全。威儀新禹服，光彩舊星躔。本以文為治，尤知政有權。粟紅初穰穰，榆散亦翩翩。國似傳東魯，名能躐潁川。殊恩方錫馬，盛美又臨軒。易鎮旌旗遠，趨朝劍履便。想知環去旆，咸似渴思泉。典誥黄麻出，衣冠紫禁聯。安危看去就，扶掖賴精專。江岸梅花小，山城桂影圓。歌思惟兩地，動化及無邊。相復中興舊，書重説命篇。元勳列青史，焜燿祖宗前。

上葉侍郎十二韻

侍從西湖宅，安閑近水心。門開春郭静，橋度野池深。山翠連龍起，雲樓學虎臨。芙蓉通遠渚，槐柳步回陰。盛業歸宗匠，斯文並古今。典謨存大雅，金石振餘音。疇昔留藩管，江淮擁帶襟。雍容平宇宙，瀟洒在園林。玉富淵難測，仙癯鶴可尋。步趨垂雜組，言笑響鳴琴。補衮心無替，彈冠迹未沉。于今幽興極，正可辨清吟。

送蔡侍郎鎮建寧

熙洽壬辰際，剛明十載初。祥風開宇宙，粹質產瓊琚。年齒終童右，文章兩漢餘。體將時格變，名向榜頭書。多病侵絲鬢，清顔侍玉除。温恭扶國是，端直屏姦渠。良月春先暖，豐年日自舒。潛藩來騎鼎，故里去程徐。北虜盟方締，鑾陬孽已鋤。願言歸補衮，敷澤徧坤輿。

漳州送王益統制謫歸時方收峒寇

京口丘都督，江淮第一人。竭心安宋代，决策斬蘇嚚。猛將親經選，高材近莫倫。六鈞來有力，一騎去無塵。塞静良弓隱，時明枉事伸。還車行地遠，歸詔及春新。恃險猺奴蠢，招亡鼠技貧。衆情懽殺賊，國本在安民。功過今方使，忠誠正可陳。能言學李固，兹日願亡身。

送張尚書出鎮建寧

焚罷南坡藁，星華接履聲。艱時曾倚重，鉤黨賴持平。仲甫思全衮，元戎正本兵。丰儀麟閣貴，威重犬戎驚。聖主憂遐遠，朝端擇老成。邇臣宣惠化，七嶺動懽情。風俗移刀劍，田閭遂鑿耕。試茶龍井碧，開硯鳳潭清。秋日江沙渺，晴天鼓角鳴。稻香隨使驛，桂影伴仙程。美玉非藏韞，黄金笑滿籯。寬和無白髮，卑遜有高名。登用唐三世，樞機漢九卿。鼎司虚正席，丹扆待忠誠。

傳胡報二十韻

胡虜無仁義，興衰匪百年。如何憑氣力，久欲靖中邊。異類依天角，黄頭住海瞑。愚堪呼鹿豕，健每學鷹鸇。猰狄時方憊，燕雲耗頗傳。姦臣貪拓境，黠計落空拳。氈毳分伊水，旌旗濕汴川。鶯花春自老，風雨夜相連。文物東南盛，舟車蜀廣聯。規模垂翼翼，鼎石賴乾乾。五福祥光近，千齡厚澤綿。雨晴均化日，豐穰慶秋田。禽獸聞相噬，干戈鬬欲纏。瓜分争塊壤，鼎沸逐埃涓。亡北惟堪伺，良圖盍自堅。藩籬兼謹守，閫外勿輕捐。晉趙非殊異，山河本渾全。人心方激切，天道有回旋。王佐存諸葛，中興仰孝宣。何當渭橋下，拱揖看騈闐。

哭朱嚴伯

脩麓長髯客，風儀野老邊。夕陽烏袖薄，細雨葛巾偏。握手相從日，寒雲未雪天。釃醅篘不盡，鮓醢罄無捐。共舸浮江北，聯吟就幾篇。梅花知老矣，流水尚依然。倚杖臨皐別，東風白髮前。宦途三載遠，世事古人先。疋布心曾許，交情後莫傳。蕭蕭瓜井暮，瑟瑟故廬烟。衰病身如木，懷思淚欲泉。磨詩終未穩，空向月嬋娟。

述夢寄趙紫芝

江水何滔滔，渡江相別離。揖子客明本、顧本作家舍前，對子衣披披。問子何所為，旅客明本、顧本作舍未得歸。執手一悲唤，顧本作歎驚覺妻與兒。起坐不得省，清風在簾帷。平明出南門，將以語所知。過子舊家處，寒花出疎籬。蕭蕭黄葉多，裊裊歸步遲。子去不早還，何以慰我思。

漳州别王仲言祕書

百草各有種，春至不栽培。交情重故知，豈論才不才。相識十年初，再見天之涯。共飲一盃酒，粲若紅顔開。人生有此樂，知復能幾回。契闊幾顧本作既已深，矧爾病與衰。朔風從何來，吹白明本、顧本作發枝上梅。天寒日欲莫，又乃行色催。君去江水西，我歸近天台。東西道路長，未可心膂摧。明朝碧雲多，佇思良徘徊。

記述二十韻爲趙沂公作

日月交輝際，乾坤欲整時。謀謨無遠近，顧盼有安危。國倚宗臣重，人惟正統推。將軍兼問古，中尉不言私。美德開初禩，清風起四維。山河春藹藹，雨露夜垂垂。川浩鼉鼊穴，田豐鼠兔窺。險辭萋莫已，深網障無遺。流謗看金策，純誠表竹枝。丹心元未改，隻影去奚疑。能勝歸天道，云亡忽事宜。蜀闕幾犬豕，淮岸邇旌旗。將相通新好，朝廷説舊規。渠奸甘授首，盛代鞏丕基。褒叙還宗祏，光昭在鼎彝。淒涼餘謚法，慷慨付諸兒。汨水芬芳地，三閭絶好詞。子蘭真已矣，靳尚亦奚為。樂事云悲事，新知匪故知。續騷何日了，千古泪如絲。

監造御茶有所爭執

森森壑源山，嫋嫋壑源溪。倏倏桐樹林，下蔭茶樹低。桐風日夜吟，桐雨洒霏霏。千叢高下青，一叢千萬枝。龍在水底吟，鳳在山上飛。異物呈嘉祥，上奉玉食資。臘餘春未新，素質蘊芳菲。千夫啫登壠，叫嘯風雷隨。雪芽細若針，一夕吐清奇。天地發寶祕，鬼神不敢知。舊制遵御膳，授職各有司。分綱製品目，簿尉監視之。雖有領督官，焉得專所為。初綱七七夸，次綱數弗差。一以薦郊廟，二以瀹賓夷。天子且謙受，他人奚可希。柰何貪瀆者，憑陵肆姦欺。品嘗珍妙餘，倍稱求其私。初非狐鼠明本、顧本作作狐兒媚，忽變狼虎威。巧計百不行，叱怒面欲緋。再拜長官前，茲事非所宜。性命若螻蟻，蠢動識尊卑。朝廷設百官，責任無細微。所守儻在是，恪謹焉可違。君一臣取二，千古明戒垂。以此得重劾，刀鋸弗敢辭。移官責南浦，奉命去若馳。回首鳳凰翼，雨露生光輝。

奉和翁千四知縣千十四隱居山中作

翁侯兩兄弟，志尚等高獨。閑心没江鷗，逸興狎山鹿。難兄早登第，高風動喬木。湘南花滿汀，百里正膏沐。歸作山水游，詞源傾百斛。令弟小謝徒，深沉鬱林麓。優游千卷書，平生幾竿竹。能琴絃不理，少飲巾未漉。兄倡復弟酬，音調諧擊筑。晝卧小窗南，煩暑在荷屋。涼風從何來，池花動輕蔌。顧□傳新章，爽氣滌炎伏。如臨古澗旁，泓澄碧環復。如倚青林下，松風對心讀。善詩如善韻，謦欬間圓熟。但令契人心，勿令駭人目。我愛二君子，芳馨襲蘭菊。迎秋月色新，佳香滿晴宿。安得扁舟去，□□蔭溪谷。論詩暮繼朝，吟思俱毣毣。

登三層樓與王仲言聯句

南州冬日佳，風和霜氣收。徐　出門訪良友，散策尋清游。王　負郭有野趣，荒草帶寒流。徐　信步任所止，款扉得深幽。王　初若隱者居，忽上雲中樓。徐　攬以三層巔，恍與萬象浮。王　緑野寬作圍，青山遠相繆。徐　凌然欲輕舉，久乃思冥搜。王　團團茘枝林，往往叢葉稠。徐　時於陰木間，略見碧瓦溝。王　蒼然晚烟集，紅者楓樹頭。徐　竚立思轉賒，顧盼目不周。王　何意城中身，而對海上州。徐　要須千幅盡，未可一語酬。王　時已梅萼春，景邁浙水秋。徐　遠地得心賞，良會非宿籌。王　黄柑况可餐，緑酒方出篘。徐　十年真契闊，再見方綢繆。王　刓茲天一方，無異水上漚。徐　把盞不知暮，論文殊未休。俄驚庭葉落，始覺昏鴉投。王　獨憐下弦月，未掛初旬鈎。徐　絶景尚可揖，歸途諒匪脩。王　何當鴈蕩間，相與老一丘。徐

水仙花篇

成陣風作車，宓妃波為茵。良夕忽會遇，明月寒鋪銀。環珮凌秋空，笙簫亦具陳。何以慰寥廓，樂此相知新。採珠拾翠羽，言笑生華春。贈以金琅玕，捧以白玉人。酌醴動芳氣，妙與蘭茝紉。歡娱有聚散，美實無賤珍。至今寒花種，清徹瑩心神。霜皚衆枿藁，孤媚良舒伸。杜鵑望帝魂，啼血何嚚嚚。妃子眠海棠，荒湎焉足鄰。姮女手栽桂，光彩相依因。故知蓬瀛姿，不染纖點塵。

婁家梅篇

婁家屋西梅，梅老枝更清。衆樹吐齊白，密萼含微清。下有碧池波，照此鷗鷺翎。寒雲拂縞衣，遥空淡明星。薄言種樹時，兩世且百齡。樹亦匪難老，一歲一彫零。我嗟人事遷，且愛樹伶俜。回桓不能去，月來孤影生。倚樹一長吟，寫我寥曠情。

松風樓篇

松聲欲動風聲催，細非笙簧大非雷。松間便使無風起，亦有爽氣如風來。傍松作樓古為務，小着軒楹省斤鋸。樓低要與緑陰平，勿令高過松梢去。

訪梅

訪梅行近郊，寒氣初澌澌。欲開未開時，三點兩點白。清枝何蕭疎，幽香況岑寂。頗知天姿殊，絶似人有德。逢君天一方，歡然舊相識。

題林氏學海樓

長江欲趨海，日夜不肯休。終然至海後，大小同一流。君家學海名，舊有江上樓。取義誠在斯，終始志欲侔。雲門接滄波，碧玉浩遠浮。一瞬便可得，垂則良易求。茲道無小成，勉矣歸藏脩。

九月初四日分韻得然字

去載羈旅身，千里望群賢。今夕良燕會，况乃佳節前。凉風日已多，歲序日已遷。春時種藂菊，秋花滿籬邊。採之不盈把，泛彼清清泉。行樂不易得，貧賤焉可捐。惟當從爾游，吟哦思陶然。

寄上泉州許參政福州薛端明謫居

性懶修書苦，題詩寄海濱。閩中今樂地，遷客舊名臣。乍嚼檳榔澀，初餐荔顆珍。園林春易老，鄉岸雨難匀。世慮千峯静，時賢一聘新。閑居尋釣石，朝晚待歸人。

送趙狀元赴湖州幕

玉陛傳臚曉，身居第一功。絶班知禮異，專局信儒崇。賢俊科名上，邦家事業中。規模垂廣遠，鼎鼐蓄含洪。更化方今務，經時志已通。莅人惟簡直，修己在謙冲。日旦清風發，江晴野霧空。奉親游宦喜，初向水晶宫。

送錢省元赴太平州教授

王國重熙洽，邦基百世安。深源混清濁，直道闡平寬。學術知同貴，師儒頗異觀。脩名裒蘭省，舊格到蟬冠。十載田廬隱，三年客授官。括溪方水漲，江左尚春寒。論議何時一，行藏此日難。宿酲江柳緑，風物强加餐。

初夏遊謝公巖

又明本、顧本作欲取紗衣换，天晴起細風。清陰花落後，長日鳥啼中。水國乘舟樂，巖扉有路明本、顧本作徑通。州民明本、顧本作人多到此，猶自憶髯公。

湘中

舊説湘中事，身來又可尋。廟存虞帝迹，江照楚臣心。為客人俱遠，題名刻自深。春迴洲渚緑，遥望正沉吟。

泊舟呈靈暉

泊舟風又起，繫纜野桐林。月在楚天碧，春來湘水深。官貧思近闕，地遠動愁心。所喜同舟者，清羸亦好吟。

古郡

古郡依蠻楚，身來作冷官。老憐兄弟遠，貧喜婦兒安。分菊乘春雨，移梅待歲寒。又傳家信至，入夜着燈看。

送徐照先回江西明本、顧本作右

骨體先如鶴，離家歲已周。欲知詩思遠，曾共楚鄉游。窮達身將老，分携菊正秋。江西看舊友，歸計少遲留。

憑高

憑高散幽策，綠草滿春坡。楚野無林木，湘山似水波。客懷隨地改，詩思出門多。尚有溪西寺，斜陽未得過。

喜雨

自入春來旱，祈求到夏中。數朝人盡恐，今夜雨須通。雲氣昏猶散，雷聲隱漸隆。池魚先得活，歡喜與予同。

謝劉明遠華亭惠書

別遠心常記，書歸亦到吾。離家非失計，有子已為儒。海淺編魚扈，人清養鶴雛。禮優賓館暇，賦詠幾歡娛。

不食姑

惟誦天童咒，飲泉能不飢。只緣多自譽，翻以致人疑。賦質全如鶴，謀生却似龜。綠華通籍後，會報女仙知。

贈李丹士

曾學輕騰術，長懷萬里心。江湖雲似水，巴廣石如林。好飲身常樂，無言道更深。丹砂能愈疾，不用化黃金。

題薛景石瓜廬

近舍新為圃，澆鋤及晚涼。因看瓜蔓吐，識得道心長。隔沼嘉蔬潔，侵畦異草香。小舟應買在，門外是漁鄉。

檄途寄翁靈舒

聞道長溪令，相留一館閑。便令全近舍，尚隔幾重山。為旅春郊外，懷人夜雨間。年來疎覽鏡，怕見減朱顏。

贈薌林後人

南北門相對，傳來歲月深。但添新意趣，不改舊園林。花日移朝坐，松風伴夕吟。自然忘宦達，非是少知音。

投周益公

辭相還家後，清癯帶少顏。便明本、顧本作易令凡事足，不似明本、顧本作難得一身閑。長日惟開卷，晴天偶看山。只應憂國念，到此或相關。

見明本、顧本作投楊誠齋

名高身又貴，自住小村深。清得門如水，貧惟帶有金。養生非藥餌，常語盡明本、顧本作是規箴。四海為儒者，相逢問信音。

登橫碧軒繼趙昌甫作

步陟高高寺，徐行不用扶。青天晴又雨，山色有還無。句向閑中覓，茶因醉後呼。所懷論未足，何乃又征途。

題李商叟半村堂

住屋半依村，先生氣貌明本、顧本作象尊。若非迎好客，長是掩柴門。覓句行山影，披蓑釣月痕。固貧明本、顧本作窮年八十，惟得令名存。

十日

按：同卷《一雨》題後有《溪上》一題，除首句路作上，末二句作却愁山路險，明日舍溪船外，餘與本詩同。已删重出詩。

十日清溪路，新春細雨天。緑波隨棹起，白鳥望舟眠。麥秀初如草，雲濃半是煙。明朝可遵陸，還憶此江邊。

嶽麓書院

屋舍如庠序，讀書兼教文。來兹望南嶽，青似一重雲。步遶叢山小，城看隔水分。欲知巡狩事，野老問能云。

夏日

書疑當作晝困當檐立，微風動鬢毛。桐陰遮井暗，鶯語出林高。執熱思時雨，如疲得美醪。居然吟思起，獨步幾周遭。

雨中

雨來連幾夕，滿漲一湖波。苦似前時少，毋嫌此日多。砌荒蝸出舍，屋漏燕移窠。今歲翻成稔，田塍亦産禾。

自覺

自覺中年後，惟能半夕眠。寒窗微帶月，山郡遠聞泉。行樂人同尚，遲留我未然。題書寄朋舊，歸日是春邊。

別趙汝鬯黃中

古明本、顧本作世道難為友，相期一見中。但令心事合，不在語言同。秋早湘煙白，舟移岸蓼紅。別懷如迴野，長與水雲通。

次韻劉明遠移家

隱居須是僻，君向數家村。自以閑為樂，何嫌貧尚存。碧波連草舍，白日掩柴門。挂得一瓢在，風來應惡喧。

恬淡安身易，新家似舊居。徑凉行落葉，池浄數游魚。詩得唐人句，碑臨晉代書。半生惟此樂，同輩必無如。

躬耕儒者事，甘苦自能便。叩角吟山際，休鋤坐竹邊。長年多涉歷，豐歲少憂煎。一一舊所好，知君能棄捐。

送單丙文先生歸沅州

傳得臨池訣，勤勞敢遽忘。錐沙惟是正，舞劍本非狂。舊隱尋芳芷，離懷對碧湘。寸心長記面，不似隔他鄉。

夏夜同靈暉有作奉寄翁趙二友

齋居原作蔬，據《瀛奎律髓》卷一一改惟少睡，露坐得論文。涼夜如清明本、顧本作清如水，明河似白明本、顧本作白似雲。宿禽翻樹覺，幽磬度溪聞。欲識他鄉思，斯時共憶君。

送翁靈舒遊邊

子向江淮去，應懷計策新。但須先審己，然後可圖人。戰野寒猶力，邊城草不春。曹劉若無競，閑却卧龍身。

潘德久挽詞

秖為吟成癖，官閑樂有餘。病惟親筆墨，貧亦買琴書。别奠臨西野，春風入故廬。悠悠想精魄，如賦釣臺初。

翁通判挽詞

處己先能儉，為官易得清。長卿詩最好，叔度德難名。歸旐郴江遠，新墳秀嶺平。松楸本相望，惆悵不堪情。

昔年樓上飲，分韻正秋深。冷貌長如在，高風不可尋。獨遺楊子厚，誰寄惠連音。莫向山廬宿，松聲似夜吟。

梅夫人挽詞

執饋供湯藥，辛勤四十年。誰知飛蝶夢，翻落鼓盆先。丹旐秋城外，寒雲野寺邊。送車來闔境，陶侃信能賢。

懷素臺

不識張顛面，畫成釵股艱。長存昔年宅，猶塑醉時顔。筆與身同葬，池荒墨似斑。才清人必重，瀟岸野雲閒。

江亭臨眺

問得梅花信，寒林動晚聲。雨來山漸遠，潮去水還清。寥落尋新句，懽娱解宿酲。相攜歸路滑，燈火近孤城。

春日晚望

樓上看春晚，煙分遠近村。曉晴千樹緑，新雨半池渾。柳密鶯無影，泥新燕有痕。輕寒衫袖薄，杯酌更須温。

同友人乘舟

澤國自秋凉，乘舟入渺茫。荷披沙渚碧，花亂暑風香。山色含踈雨，蟬聲帶夕陽。不知歸路杳，相對有篇章。

送徐照還舊山

城闉多汩没，宜爾向村居。蔬茹餐僧飯，香茶讀古書。秋潮侵岸滿，曉月帶星疎。相送未相憶，相期同荷鋤。

役役勞形器，乾坤一轉蓬。暗因凡慮汩，明為此心空。小舍依沙渚，扁舟繫荻叢。且能漁釣樂，亦似古人風。

送翁巴陵之官

好去巴陵縣，神仙屢此過。但知存惠愛，自足感弦歌。前四句明本、顧本作曾識巴陵道，重携印綬過。地偏無會計，俗厚有弦歌官況湘流碧，詩情楚岫多。梅花送征棹，萬里接陽和。

時魚

風晴霜氣合，沙渚夜鳴榔。獨喜鱗兼細，時看寸有長。月斜寒動影，水碧静傳香。可愛漁翁樂，溪梅次第芳。

初夏

一雨臨初夏，驚雷昨夜新。地晴烟冉冉，堤漲渌鱗鱗。蘭麝銷衣潤，珊瑚浄几塵。牆陰舊無竹，筍過謝東鄰。

送劉明遠客和州

邊郡三年守，知陪後乘安。遠遊登覽易，老大别離難。紅日千峰曉，清霜幾樹丹。江臯一回首，念爾去凌寒。

十載知心友，文才爾獨兼。病諳孤寢樂，貧識茹蔬甜。冬暖梅花早，年豐酒價廉。不愁無遠信，佳句日應添。

年家生張主簿經過相尋率爾贈别

上世喜同登，論交建水清。故人逢客裏，明日又離情。佳闕東南少，卑官遠近行。秋風分手地，霜葉滿江城。

中川别舍弟

中川人語别，南國夜何其。江迴風來急，山低月落遲。纜從前浦遠，角在古城吹。五畝耕鋤地，何當手共治。

冬日書懷

閑明本、顧本作門庭黄葉滿，園樹盡玲瓏。寒水終朝碧，霜天向晚紅。蔬餐如野寺，茅舍近溪翁。非是分囂寂，由來趣不同。

送朱學諭遊建上赴陳提舉約

星郎復持節，垂榻待君來。又醉閩溪酒，因沾謝屐苔。天寒松子落，臘月茗花開。白髮傷離緒，何堪節物催。

一雨

一雨郊原緑，高田水過低。荷鋤煩稚子，饁畝伺良妻。老去知誰許，歸歟得自犂。緩行溪上石，吟詠到鵶棲。

宿寺

古木山邊寺，深松徑底風。獨吟侵夜半，清坐雜禪中。殿静燈光小，經殘磬韻空。不知清夢遠，啼鳥在林東。

亥月

亥月霜澄霽，幽窗晚更明。文書隨意閱，蘭菊與心清。洗硯須池暖，燃香得火輕。妻孥渾笑我，作計亦平平。

孤坐

晨起猶孤坐，瓶泉待煮茶。寒烟添竹色，疎雪亂梅花。獨喜忘時事，誰知改歲華。多君能過此，人里似山明本、顧本作仙家。

霜明本、顧本作曉

詩鬢曉星星，霜天似水清。風當窗眼入，冰向硯池生。已瘦梅明本、顧本作花枝影，猶乾竹葉聲。夜來天地潔，惟是月華明。

夏夜懷趙靈秀

古郡草為城，懷賢隔此扃。水風凉遠樹，河影動疎星。江國晴猶潤，煙林暮轉青。荷鋤曾有約，獨喜帶騷經。

夏日湖上訪隱士

煩暑何能避，孤舟訪隱人。水鄉菱藕熟，晴野稻苗新。為學師前輩，談空悟宿身。鏡湖三百頃，不似此湖濱。

又寄明本、顧本作又寄趙端行

庭深自無暑，苔徑復縈紆。賓客不長到，兒童亦可娛。荷花晴帶粉，蒲葉曉凝珠。與爾城闉隔，玆歡想不殊。

題石門洞

瀑水東南冠，廬山未足論。飛來長似雨，流處不知源。洞裏龍為宅，溪邊石作門。修行謝康樂，庵有故基存。

臘日同朱學諭登翠麓亭

緩行循翠麓，凝睇俯清灣。舟楫蘆花外，江山夕照間。天寒雖日短，歲晚亦身閑。高樹梅初發，與君相共攀。

山居

柳竹藏花塢，茅茨接草池。開門驚燕子，汲水得魚兒。地僻春猶静，人閑日自明本、顧本作更遲。山禽啼忽住，飛起又相隨。

西興渡壓雨贈同邸李計議

客裏遭多難，相逢意已降。酒殽同晚店，煙雨隔秋江。許國心猶壯，論兵世少雙。將門尋舊績，應不記蓬窗。

謝步石鼓山

謝公曾步處，石鼓尚依然。地狹川多漲，山高浦欲旋。不因詩句説，更復有誰傳。懷望徘徊久，寒郊起暮煙。

黄碧

黄碧平沙岸，陂塘柳色春。水清知酒美，明本、顧本作好山瘦識民貧。雞犬田家静，桑麻歲事新。相逢行路客，半是永嘉人。

題李氏山亭

斗建魁星地，城隅李氏亭。竹高隨路有，山静隔江青。人在雲間語，潮生户外汀。憑高一長望，疑欲入滄溟。

送華亭薛運幹

三任來得禄，兹行亦是緣。地宜惟有鶴，清職但看船。浙水通清海，吴門隔遠烟。别離春欲半，草色正芊芊。

讀徐道暉集

悟得玄虚理，能令句律精。生前惟瘦苦，身後得名清。朋友哀錢葬，先生有筆評。林頭舊題石，苔蘚帶雲生。

送宋省元教授吉州

州名因水得，此地昔曾遊。自有歐公宅，常多儒者流。野花開别岸，春色在行舟。勉就詩書教，名高不用求。

净光山四首

宿覺庵

欲問庵中事，無論後與先。還因一宿覺，不用再參禪。門遠青山曲，簷依古木邊。誰當秋夜静，來看月孤圓。

絶境亭

行向最高處，惟將物色參。郡城依藪澤，地勢轉東南。對景身垂老，題詩興欲酣。可能清曉出，四面有晴嵐。

會景軒

屋自與山背，西原景最清。凉風從下起，新月向前明。林静聞僧語，田虚見鷺行。此方多積翠，略似鎮南城。

茶山堂

山是朝廷賜，名從古昔傳。為堂居此地，汲水記前賢。雨露餘根在，荆榛細蔓緣。因來求一盞，打坐亦安禪。

鴈山

鴈山深又僻，無數石巖奇。皆是僧分住，最先誰得知。逐時多異景，前輩少題詩。南渡名方著，唐人不到兹。

大龍湫

瀑水數千尺，何曾貼石流。還疑衆山坼，故使半空浮。霧雨初相亂，波濤忽自由。道場從建後，龍去任人游。

靈峰寺洞

洞在寺之右，昔存羅漢蹤。石峯排似筍，山勢裂因龍。自有泉甘美，無愁路疊重。聖燈云照夜，宿客間曾逢。

净名寺

萬法先除病，誰能識病多。因來净名寺，認得老維摩。海水峯前聽，秋山雨後過。提刑舊題句，韻調復如何。

贈東庵約老

一閣手自建，一庵居在東。既然頭欲白，不用剃令空。門掩春山緑，檐依曉日紅。玄微知有旨，混在話言中。

以上《永嘉四靈詩·二薇亭詩集》卷上

全宋詩卷三七七八

徐璣二

西征有寄翁趙徐三友

窮冬逆旅身，薄宦此艱辛。渡水添愁思，看山憶故人。煙生村落晚，雨過竹松新。昨夜還鄉夢，逢君苦未真。

晨起

晨起風吹面，朝晴野霧收。高峰多遠見，淺水少平流。世事非難了，塵勞獨未休。今年看鬢髮，已變一莖秋。

送趙靈秀赴筠州幕予亦將之湖外

郡以竹為名，因知此地清。溪來城下緑，山到市邊平。入幕非無客，能文必有聲。江湖共遊宦，相望若為情。

湘水

湘水幾千里，平流少激湍。數家分市井，列石起峰巒。豈是昔曾到，猶疑畫上看。吟詩身漸老，向此作微官。

題陳待制湖莊

園無三畝地，四面水連天。行向樓高處，却如身在船。野花春渚外，山色海雲邊。一任人來往，玆懷亦浩然。

寄陳西老

長日無吟伴，閑庭佇物華。竹枝斜帶雨，草色浄侵沙。風度平生友，鄰居幾十家。前曾乘小醉，訪爾一甌茶。

喜爽上人至

住與佛居近，僧閒稍問詩。湖山明月夜，風露菊花時。達意言常省，微吟步自遲。老來朋舊少，愛爾得相隨。

題方上人房古梅房即故道書記所居

曾聽道公語，先師愛此梅。但知傳説老，不記若年栽。半樹枯仍發，疎花晚自開。方兄頭又白，常喜故人來。

春日遊張提舉園池

西野芳菲路，春風正可尋。山城依曲渚，古渡入脩林。長日多飛絮，遊人愛緑陰。晚來歌吹起，惟覺畫堂深。

送戴文子赴定海主簿

江天經雨後，秋意轉新高。遠棹送行客，凉飀生細濤。高人初禄仕，判語亦風騷。若到海西岸，佛光盈翠袍。

夏日懷友

流水階除靜，孤眠得自由。月生林欲曉，原校：一作日低林欲晚雨過夜如秋。遠憶荷花浦，誰吟原校：一作憐杜若洲。良宵恐無夢，有夢即俱原校：一作同遊。

臘日驪山渡逢故人

天寒多木葉，愁思滿溪濱。惆悵往來渡，經行多少人。時情猶重臘，歲事每占春。與爾他鄉旅，誰當懷抱新。

登信州靈山閣跨鶴臺

清遊吾有分，渾似昔曾來。野屋憑高住，青山到水回。欲看靈岫遠，須待曉雲開。漸漸生愁思，鄉心上古臺。

書翁卷詩集後

五字極難精，知君合有名。磨礱雙鬢改，收拾一編成。泉落秋巖潔，花開野徑清。漸多來學者，體法似元英。

送瑞州張知録

歲暮不惜別，君行是宦遊。江西多野水，湖上正高秋。舊友曾過處，新題必共留。官閒可尋訪，竹徑最深幽。

寄舍弟

寄問安仁弟，弦歌又一年。流來溪水遠，清到縣門前。故里人情樂，新居物色鮮。宦歸言話款，正及早梅邊。

秋夕懷趙師秀

冷落生愁思，衰懷得句稀。如何秋夜雨，不念故人歸。蛩響砌尤靜，雲疎月尚微。惟憐籬下菊，漸漸可相依。

送趙明叔爲漳浦宰

去年官滿處，送子意何如。地接泉山近，人依大澤居。南中繁賦役，美政輯田廬。公退無他事，彈琴更讀書。

送岳州蔣節推

湘水知幾派，到湖相合流。煙深雲夢曉，風靜岳陽秋。送子方行役，令予憶舊遊。文書時正省，賦咏可登樓。

梅坡

淺水低坡幾樹苔，冷光摇動玉塵埃。横斜直似安排得，古怪多應折損來。潔白要須侵夜看，飄零却是被春催。閒來立斷清風影，一片飛香落酒杯。

送徐侍郎南遷

已見皇家日月安，更教遠去不辭艱。若人豈謂元城在，有客先知御史還。風急滿江皆白浪，雨收何處不青山。天心正欲扶宗社，為報慈闈得解顏。

渌波亭寄泊晨起有感

塵埃幾泯寸心清，晨起孤吟在水亭。晴景淡紅煙景白，近山濃緑遠山青。初因薄宦成羈旅，忽伴輕鷗落渚汀。安得數年居此地，待須長日補騷經。

秋日登玉峰

玉琢孤峰壓富沙，人行峰頂步雲霞。溪流緩去幾回曲，樹色幽分無數家。翠拂寒煙平似水，紅飄霜葉遠如花。明朝重向城中望，對此孤峰應不差。

壬戌二月

山城二月景如何，行處時時聽踏歌。淡色似黄楊葉小，濃香如蜜菜花多。春容每到晴時改，天氣偏從雨後和。好向溪頭尋釣侶，小溪連夕漲清波。

題東山道院

古院嶔嵚石作層，緑苔芳草近郊坰。溪流偶到門前合，山色偏來竹裏青。静與黄蜂通户牖，閒將白鳥共沙汀。道人亦有能琴者，一曲清徽最可聽。

六月歸途

星明殘照數峰晴，夜静惟原校：一作微聞水有聲。六月行人須早起，一天凉露濕衣輕。宦情每向途中薄，詩句多於馬上成。故里諸公應念我，稻花香裏計歸程。

訪湖友

城中日日望南湖，乞得閒來訪隱居。漸有秋霖籬菊長，纔無暑氣渚蓮疎。壁間古畫多賢像，案上塵編半佛書。未見主人逢稚子，不通姓字獨踟躇。

中秋集鮑樓作

秋在湖樓正可過，扁舟窈窕逐菱歌。淡雲遮月連天白，遠水生凉入夜多。已是高人難會聚，矧逢佳節共吟哦。明朝此集喧城市，應説風流似永和。

登滕王閣

重重樓閣倚江干，岸草汀煙遠近間。春水生時都是水，西山青外别無山。雲歸長若真人在，風過猶疑帝子還。自古舟船城下泊，幾人來此望鄉關。

贈趙師秀

游原校：一作薄宦歸來隔幾春，清羸還是舊時身。養成心性方能静，化得妻兒不説貧。竹長新陰深似洞，梅添怪相老於人。亦知曾見高人了，近作文章氣力匀。

贈徐照

近參圓覺境如何，月冷高空影在波。身健却緣餐飯少，詩清都為飲茶多。城居亦似山中静，夜夢俱無世慮魔。昨日曾知到門外，因隨鶴步踏青莎。

新春書事

出門閒步草萋萋，桑柘陰中亦有蹊。幾樹晴煙鶯囀早，一塘春水燕飛低。空如陶亮官為令，難學嚴陵住近溪。聖世幸時沾薄禄，不能辛苦又攀躋。

題養拙軒

混沌分來便至今，紛紛巧事日成林。月明未免蝦蟆食，秋至依然蟋蟀吟。自歎一身全是幻，誰能萬事不容心。到君齋舍清如水，應使凡機盡弗侵。

泊馬公嶺

維舟拂曉步平沙，晚泊雲根第一家。新取菜蔬沾野露，旋編籬落帶山花。門前相對青峰小，屋後流來白水斜。可愛山翁無一事，藤牆西畔看蜂衙。

酒

才傾一盞碧澄澄，自是山妻手法成。不遣水多防味薄，要令麴少得香清。凉從荷葉風邊起，煖向梅花月裏生。世味總無如此味，深知此味即淵明。

梅

疎芳點點是春冰，應笑浮華去不停。石畔長來枝易老，竹間瘦得萼全青。孤高自愛香無色，寂寞渾教影問形。莫遣豐□種宫苑，野橋流水最清泠。

是誰曾種白玻璃，夐絶寒荒一點奇。不厭壠頭千百樹，最憐窗下兩三枝。幽深真似離騷句，枯健猶如賈島詩。吟到月斜渾未已，蕭蕭鬢影有風吹。

翁知縣歸自湖湘

渺渺秋江帶碧鴉，君來應是弔湘涯。懷人也似居無竹，憂世長如飯有砂。一袖清風詩思遠，滿汀芳草夕陽賒。還歸殊未□顔瘦，已種湖邊遶處花。

奉酬翁松廬見寄

客路歸時雨似煙，歸來還近菊花天。寸心不到青雲上，一事難成白髮前。風外松聲如昨夕，竹間梅蘂接新年。閒來得句頻相送，自有高人住屋邊。

送劉和州

揚旌遥指歷陽城，霜淡晴天鼓角明。步騎打圍秋草緑，舳艫傳唱曉江平。岸分南北人煙近，地控東南羽檄清。牧守只今非易予，九重淵默待盈成。

過九嶺

斷崖横路水潺潺，行到山根又上山。眼看别峰雲霧起，不知身也在雲間。

題陳西老畫蜀山圖

壁立青山帶峽溪，閒雲盡日自高低。知他春樹深多少，應有清猿在裏啼。

夜涼

夜涼扶杖出山齋，身似孤雲倚石崖。吟就不知山月曉，清風滿面落松釵。

春雨

斷橋横落淺沙邊，沙岸疎梅卧曉煙。新雨漲溪三尺水，漁翁來覓渡船錢。

柳着輕黄欲染衣，汀沙漠漠草菲菲。曉風吹斷寒煙碧，無數鴛鴦溪上飛。

夏日閒坐

無數山蟬噪夕陽，高峰影裏坐陰涼。石邊偶看清泉滴，風過微聞松葉香。

丹青閣

翠靄空霏忽有無，筆端誰著此工夫。溪山本被人圖畫，却道溪山是畫圖。

移官南浦作

簿領初為建水棲，移官南浦又沈迷。溪山轉處人煙隔，惟有黄鸝一様啼。

秋行二首

戛戛秋蟬響似箏，聽蟬閒傍柳邊行。小溪清水平如鏡，一葉飛來細浪生。

紅葉枯梨一兩株，翛然秋思滿山居。詩懷自歎多塵土，不似秋來木葉疎。

建劍道中

雲麓煙巒知幾層，一灣溪轉一灣清。行人只在清灣裏，盡日松聲雜水聲。

舟過水口作

舟行遥指福城闗，天宇開時地勢寛。二百里溪平似掌，一帆風色到懷安。

新涼

水滿田疇稻葉齊，日光穿樹曉煙低。黄鶯也愛新涼好，飛過青山影裏啼。

新春喜雨

農家不厭一冬晴，歲事春來漸有形。昨夜新雷催好雨，蔬畦麥壠最先青。

春晚

午風庭院緑成衣，春色方濃又欲歸。蝌蚪散邊荷葉出，酴醿香裏柳綿飛。

漳州圓山

輕煙漠漠霧綿綿，野色籠青傍屋前。盡説漳南風水好，衆山圍繞一山圓。

古陵橋

西橋西岸柳成絲，春去春來歲歲同。偶被東風吹落絮，又隨流水過橋東。

新　秋

新秋一雨洗林闕，晚色清澄滿望間。風静白雲横不斷，山前又疊一重山。

五里牌邊

路繞山根石磴斜，小橋流水樹交加。柴門半掩無人到，五里牌邊三四家。

書同安舊酒家壁

榕陰緑滿驛程邊，駐馬難尋舊聖賢。只有好山横迥野，不論朝暮帶輕煙。

永春路

路行僻處山山好，春到晴時物物佳。秀色連雲原上麥，清香夾道刺桐花。

秀峰寺

籃輿晚泊近巖隈，精舍門臨古道開。僧子相逢便相識，十年三過秀峰來。

連江官湖

衆山圍繞渌團圓，官木參差古道邊。行盡濃陰全不了，一湖飛雨帶輕煙。

九日上懷古堂

山前事跡古來多，風雨塵埃竟若何。惟有白衣秦處士，數篇佳句不曾磨。

以上《南宋群賢小集·二薇亭集》

登薛象先新樓

矮簷風雨送蝸牛，有客來誇百尺樓。闔郡池臺皆下瞰，背城湖海亦全收。清時未放徒高卧，半世胡為故倦遊。解盡橐金君計決，月明長笛起漁舟。　清鮑廷博《宋人小集》補遺

夢　成

向晚菱歌起，風平水不流。鴛鴦兩相逐，飛過採蓮舟。　清曾唯《東甌詩存》卷五

湖

拾得柔條弄淺波，清風吹斷采蓮歌。又移小艇前汀去，蓮葉稠時柳葉多。　宋劉克莊《後村千家詩》卷一五

酴　醾

叢叢扶重蕊，微風動弱枝。北人言語巧，唤作菊酴醾。　宋陳景沂《全芳備祖》前集卷一五

贈九華李丹士

長記零陵郡，共看江上峰。一生輕世事，幾處認仙蹤。轉式驅雷電，封泥伏虎龍。三千三百里，今日又相逢。　影印《詩淵》册一頁四一六

壽權漕大卿

青陽初動小春華，盡道葱蘢曉氣佳。卿月早隨良月誕，繡衣元屬衮衣家。仙方養就雙瞳碧，和氣分成兩臉霞。看取調羹消息好，年年長帶早梅花。

接物温温笑滿眉，步趨登降亦委蛇。非關飾貌邀人譽，祇是存心不自欺。王導果能恢德業，謝公端可鎮澆漓。聖明天子崇恭儉，合向中朝正羽儀。　同上書册六頁四五一三

壽湯侍郎

東括神仙府，三巖福地通。異人多接迹，相種況同風。質有璠璵粹，姿全鼎鼐隆。文章親視草，丰度早乘驄。紫橐潜藩貴，金題秘殿崇。寬卑時自理，誠恪歲乃豐。身在凝香處，人居和氣中。鶯聲春藹藹，花影日融融。劍佩沙堤近，謳歌建水同。願瞻崧嶽表，長與轉洪濛。　同上書册六頁四五一七

壽曾漕

洪波混浩深無底，分作江河合成海。由來分合必有源，一點清澄元不改。皇家德澤在人深，人心已洽天眷臨。爰産真賢佐隆治，南豐昆季玉與金。南豐先生飽文學，筆端璀璨相參錯。帝制猶如盤誥風，良史不令遷固作。文昭内翰學於兄，文章餘事德業成。温温氣見春日暖，凛凛議論秋霜明。魯公拜相誰當筆，弟草兄制光如日。一家盛事今古稀，千載獨瞻門第屹。常時此瑞分為三，朝論鼎立何巉巖。乾坤清氣有時合，合作星郎青似藍。中秋五日玉宇澄，非烟非霧朝盈庭。天上麒麟千載出，人間蟾桂一年輕。規模局度尤精粹，望見咸知宰相器。全閩飛最一年餘，丹鳳啣書九天至。知公文字如南豐，愛公德器文昭同。願公復取魯公位，斡補造化通洪濛。壽公滿滿稱霞觥，勳業長看雙鬢青。乞與芝蘭分玉砌，高歌此頌清風生。　同上書册六頁四五七二

句

薤葉秀且聳，蘭香細而幽。水仙　《全芳備祖》前集卷二一

（劉瑛整理）

全宋詩卷二七七九

楊皇后

楊皇后（一一六二—一二三三），少選入宮，忘其姓。寧宗慶元三年（一一九七）進婕妤後，認會稽人楊次山爲兄，遂姓楊氏。六年，進貴妃。同年，恭淑韓后卒，韓侂胄忌后多權術，勸寧宗立曹美人。而后通書史，知古今，終得立。遂深銜侂胄，俾次山深結史彌遠等共圖之。開禧三年（一二〇七）十一月三日，侂胄方早朝，被健卒擁至玉津園椎殺，由是史彌遠專國政。理宗即位，尊爲太后。紹定五年十二月卒，年七十一。謚恭聖仁烈。有《宫詞》一卷傳世。《宋史》卷二四三有傳。

楊皇后詩，以《叢書集成》影印《二家宫詞》爲底本，校以清嘉慶雲間沈氏古倪園刊《四婦人集》（簡稱嘉慶本，藏上海圖書館）等。新輯集外詩附於卷末。

宫詞

瑞日曈曨散曉紅，乾元萬國珮丁東。紫宸北原作比，據嘉慶本改使班纔退，百辟同趨德壽宫。

元宵時雨《宋詩紀事》卷一作節賞宫梅，恭請光堯壽聖來。醉裏君王扶上輦，鑾輿半仗點燈回。

柳枝挾雨握新緑，桃蕊含風破小紅。天上春光偏得早，嵯峩宫殿五雲中。

春風淡淡水淙淙，携伴尋芳過小杠。惱殺野塘閒送目，鴛鴦無數各雙雙。

溶溶太液碧波翻，雲外樓臺日月閑。春到漢宫三十六，為分和氣到人間。

曉窗生白已鶯啼，啼在宮花第幾枝。煙斷獸爐香未絶，曲房朱户夢回時。

剪剪輕風二月天，柳絲飄颺倍堪憐。静凭雕檻渾無事，細數穿花燕影偏。

一簾小雨怯春寒，禁禦深沉白晝閑。滿地落花紅不掃，黄鸝枝上語綿蠻。

上林花木正芳菲，内裏争傳御製詞。春賦新翻入宮調，美人羣唱捧瑶巵。

海棠花裏奏琵琶，沉碧池邊醉九霞。禁禦融融春日静，五雲深護帝王家。

後院深沉景物幽，奇花名竹弄春柔。翠華經歲無遊幸，多少亭臺廢不修。

天申聖節禮非常，躬率羣臣上壽觴。天子捧盤仍再拜，侍中宣達近龍床。

水殿鈎簾四面風，荷花簇錦照人紅。吾皇一曲薰絃罷，萬俗泠泠解愠中。

繞堤翠柳忘憂草，夾岸紅葵安石榴。御水一溝清徹底，晚凉時泛小龍舟。

薰風宮殿日長時，静運天機一局棋。國手人人饒處着，須知聖算出新奇。

宮殿鈎簾看水晶，時當三伏熾炎蒸。翰林學士知誰直，今日傳宣與賜冰。

雲影低涵柏子池，秋聲輕度萬年枝。要知玉宇凉多少，正在觀書乙原誤作一夜時。

瑣窗宮漏滴銅壺，午夢驚回落井梧。風遞樂聲來玉宇，日移花影上金鋪。

銀燭瑶觥競上元，□□午嘉慶本作娟娟西月正當軒。棚頭忽喚歌新曲，宛轉餘音出紫垣。嘉慶本作管絃聲韻一齊喧

迎春燕子尾纖纖，拂柳穿花掠翠簷。聞道蕊官三十六，美人争為捲珠簾。原注：此三首今刻無名氏。

落絮濛濛立夏天，樓前槐樹影初圓。傳聞紫殿深深處，别有薰風入舜絃。

紫禁仙輿詰旦來，旌旗遥倚望春臺。不知庭霰今朝下，疑是林花昨夜開。

凉生水殿樂聲遊，釣得金鱗上御鉤。聖德至仁元不殺，指揮皆放小池頭。

凉秋結束鬭炎《宋詩紀事》作鮮新，宣入毬場尚未明。一朵紅雲黄蓋底，千官下馬起居聲。

秋高風動角弓鳴，臂健常嫌斗力輕。玉陛纔傳看御箭，中心雙中謝恩聲。

思賢夢寢過商宗，右武崇儒帝道隆。總覽權綱求治理，羣臣臧否疏屏風。

用人論理見宸衷，原作裏，據嘉慶本改賞罰刑威合至公。天下監司原作師，據《宋詩紀事》改二千石，姓名都在御屏中。

家傳筆法學光堯，聖草真行説兩朝。天縱自然成一體，謾誇虎步與龍跳。

泛索坤寧日一原作一日，據《宋詩紀事》乙羊，自從正位控辭章。好生躬儉超原作趨，據《宋詩紀事》改千古，風化宫嬪只淡粧。

蘭徑香銷玉輦踪，梨花不肯負春風。緑窗深鎖無人見，自碾硃砂養守宫。原注：或刻顧濟。

缺月流光入綺疏，金壺傳箭夢回初。秦臺綵鳳無消息，桂影空閑十二除。

輦路青苔雨後深，銅魚雙鑰晝沉沉。詞臣還有相如在，不得當時買賦金。原注：或刻甘立。

擊鞠由來豈作嬉，不忘鞍馬是神機。牽韁絶尾施新巧，背打星毬一點飛。

黄鳥驚眠曙色開，慵梳鬟髻意徘徊。君王早御延英殿，頻唤宫人上直來。

宫槐映日翠陰濃，薄暑應難到九重。節近賜衣争試巧，彩絲新樣起盤龍。

角黍冰盤飣餖裝，酒闌昌歜泛瑶觴。近臣誇賜金書扇，御侍争傳佩帶香。

忽地君王喜氣濃，秋千高掛百花叢。阿誰能逞翻飛態，便得稱雄女隊中。

新翻歌譜甚能奇，宣索蕊官入管吹。按拍未諳争共笑，含羞無語自凝思。

一朵榴花插鬢鴉，君王長得笑時誇。内家衫子新番出，淺色新裁艾虎紗。

夭桃穉柳恣春妍，鎮日呼羣嬉水邊。忽地上棚宣進入，祗承未慣怕争前。

簾幙深深四面垂，清和天氣漏聲遲。宫中閣裏催繅繭，要趁親蠶作五絲。

歲歲蠶忙原誤作蠶麥熟時，密令中使視郊圻。歸來奏罷天顔悦，喜阜吾民鼓玉徽。

内園昨夜報花開，中外喧傳玉輦來。遥望紅粧撩亂處，人人争獻萬年嘉慶本作先獻壽杯。

阿姊携儂近紫薇，蕊官承寵鬬芳菲。繡幃獨自裁新錦，怕見花間雙蝶飛。

好花開遍玉欄杆，挈伴拖橈淺水灘。但笑紅霞映池面，不知嬌面早先丹。

小小宫娥近水居，雕楣綉額映清渠。忽然携伴凭低檻，好是雙蓮出水初。

日日尋春不見春，弓鞋踏破小除芸。棚頭宣入紅粧隊，春在金樽已十分。

海棠移向小窗栽，高疊盆山合復開。將見紅葩嘉慶本作一朝紅蕊鬬新艷，君王應為探花來。

遥夜焚香禮□□，桂花叢裏展文茵。長空月浸星河影，鸚鵡驚寒頻唤人。

小様龍盤集翠毬，金羈緩控五花騮。繡旗高處鈞天奏，御棒先過第一籌。《二家宫詞·楊太后宫詞》

題朱鋭雪景册

雪吹醉面不知寒，信脚千山與萬山。天甃瓊階三十里，更飛柳絮與君看。清《歷代題畫詩類》卷二

題菊花册

莫惜朝來准酒錢，淵明身即是花仙。重陽滿滿杯中泛，一縷黄金是一年。同上書卷八九

句

寄語重門休上鑰，夜潮留向月中看。題夜月看潮圖

線撚依依緑，金垂裊裊黄。題垂柳飛絮圖　以上《中國美術全集·繪畫编》四《兩宋繪畫》下

（嚴文儒整理）

楊娃

楊娃，寧宗楊后妹。以藝文供奉内廷，書法極似寧宗，馬遠畫多其所題（《書史會要》卷六）。其詩與楊后詩署名多相混。今録詩九首。

題馬遠畫梅四幅

重重疊疊染緗黄，此際春光已半芳。開處不禁風日煖，亂飛晴雪點衣裳。晴雪烘香

銖衣翠蓋映朱顔，未識何年入帝關。默被畫工傳寫得，至今猶似在衡山。朱顔傅粉

夭桃豔杏豈相同，紅潤姿容冷淡中。披拂輕烟何所似，動人春色碧紗籠。霞鋪烟表

渾如冷蝶宿花房，擁抱檀心憶舊香。開到寒梢猶可愛，此般必是漢宮妝。層疊冰綃

題馬和之畫四小景第三首《南宋院畫録》題作題劉松年趙清獻琴鶴圖

人道中秋明月好，欲邀同賞意如何。華陽洞裏秋壇上，今夜清光此處多。

石楠葉落小池清，獨下平橋弄扇行。倚日緑雲無覓處，不如歸去兩三聲。

清獻先生無一錢，故應琴鶴是家傳。誰知默鼓無弦曲，時向珠宫舞幻仙。

雨洗東坡月色清，市人行盡野人行。莫嫌犖确坡頭路，自愛鏗然曳枝聲。以上清邵颿《歷代名媛雜詠》卷一

題趙伯驌畫

蓮開宫沼年年盛，香染斑衣葉葉新。願借琴音奏清雅，薰風凉殿壽雙親。清卞永譽《式古堂書畫彙考》卷三三

（戴螢整理）

全宋詩卷三二七八〇

汪晫

汪晫（一一六二—一二三七），字處微，徽州績溪（今屬安徽）人。早歲曾應科舉，寧宗開禧三年（一二〇七）在臨安應試時，見時政日非，遂絶意進取，隱居故鄉環谷。理宗嘉熙元年卒，年七十六。邑人私謚爲康範先生。著有《静觀常語》三十餘卷等，已佚，遺詩詞七十首，于元至元十五年（一二七八）由其三世孫夢斗編爲《康範詩集》（又名《環谷存稿》）一卷。事見本集末汪夢斗跋、本集附録《康範先生行狀》。

汪晫詩，以影印文淵閣《四庫全書》本爲底本。新輯集外詩附於卷末。

次韻梅中

梅熟雨初過，虚堂枕簟凉。心閒世自古，事簡日偏長。藕葉度清氣，蘭花留晚芳。正巾堪一笑，髮短自

原校：一作似僧光。

次韻戴顯之晚春夾溪閒行

出郭知春晚，陰陰緑滿川。小橋横榿杌，斜柳拂淪漣。風急低雙燕，林幽聒一鵑。酴醾破香蕊，孤艷殿羣妍。

次韻蓋簿賓春

忽頒新曆日，春事到茅簷。心自丹如故，鬢應白又添。微風和拂面，小雨冷侵簾。酒竭妨原誤作防春飲，新將釀甕醃。

次韻蓋簿初春郊行

黯淡雲初斂，霏微雨復晴。燒痕回野色，禽語盡春聲。駃駃山泉溜，欣欣木葉榮。杖藜村店酒，清似好官清。

次韻落花

新緑滿高樹，殘紅辭舊枝。馬嵬留襪處，金谷墜樓時。巢燕銜香急，川魚弄纈遲。詩人無可恨，青子又垂垂。

城中春寒即事

重來春又半，夢寐念歸期。山近衾裯薄，春寒鼓角悲。曉鐘風送遠，宿靄日開遲。客裏真寥落，愁添兩鬢絲。

秋夕遣興

秋月清如水，凉生善養堂。鵲驚梧葉墜，露壓稻花香。煨芋薦蛆白，開橙擘蟹黄。客來隨所有，此興不能忘。

次韻李明甫追和蘇黄門鸂鶒池

無穢水常浄，忘機鳥自馴。重來圓宿夢，因省是前身。尤物遺靈在，珍毛薦瑞頻。何當還抱子，池上啄游鱗。

次韻丁簿雜興

詩壇一何峻，尋盟休論且。弟子性嗜酒，白蓮許入社。寒水巫陽峽，暮日蒼梧野。大雅久不聞，今侯真作者。

宴坐讀侯詩，凛凛竪髮毛。平實未是卑，秀爽非為高。清如幽谷花，羞殺李與桃。無怨而有哀，請歌楚離騷。

高士亦主簿，漫士可一笑。輕雲出巖阿，皎月生海嶠。官曹無公事，老木有鶴叫。侯已詩道尊，時亦參衆妙。

侯家好兄弟，森森如立竹。侯今白首去，乃復坐矮屋。要當振龍鬣，寧更淹驥足。吉人天相之，富貴在晚福。

祥鳳鳴高梧，鳭鷯伏短籬。人行謹所趨，畏途或平逵。如飲鉢中水，冷暖能自知。我願歌考槃，侯遇亦未遲。

初夏同周同人與史尉登西園後山茅亭望遠周君有賦依韻奉和兼呈少府

青山一登嘯，陡覺心胸別。飄飄襟袖寒，恍若御風列。汩没塵埃中，紛紛亂如蠛。不期會佳人，成此兩奇絶。美哉周氏子，炯炯冰壺月。傾蓋便如故，何必素所惬。磊落史少府，丰姿瑩霜雪。真如汗血駒，才名籍天閲。抵掌同一笑，心悟口難説。向晚雨初霽，高柳新蟬咽。倚檻雲去來，不悮巾角折。揮翰有佳句，明珠眩雙睫。蹇予非少年，所作盡短拙。萬事等白鷗，波間自没滅。

遊翠眉用蘇黄門子由韻

黛拂蛾眉兩月彎，虛亭着與小三間。吾翁先見如樗里，自注：此地本先世聚葬之地，今亭旁多丘墓也。此老遺思比峴山。千仞遠峰和我瘦，一庭芳草伴春閒。登臨涕落當年事，不見仙人玉雪顏。

次韻王季雄初春

春事年年興不窮，野塘冰泮雪初融。燒痕彷彿草萌緑，樹影扶疎梅蕚紅。莫恨一生今老大，還知萬事本虛空。饑餐渴飲存吾道，尺雪今年賀歲豐。

次韻處約兄春行用前韻

老去而今技已窮，在人胸次要陶融。三盃村酒兄和弟，一歲春光緑換紅。兀坐悠悠閒度日，閉門咄咄静書空。青山顧我多容態，影照清溪秀且豐。

次韻胡益之初夏見懷

自是胸中三斗塵，詩兵敢敵亞夫營。愁關老子兩肩瘦，春點榴花一樹明。雨向梅邊來處細，句從夜半得時清。方牀竹枕思君切，幸有吟筒話舊情。

過西園視豁然亭舊址景仰蘇黄門有感用其留題韻示五弟八弟

西風落葉滿空山，懷古情悰每愴然。詩句尚傳人化鶴，危亭何在草生烟。披尋舊址營華構，追繼當時醉玉船。要為故家復遺業，當知此舉合為先。

次韻胡約之秋興

秋山排闥翠盈軒，似向高人伴酒尊。桑葉一庭深不掃，菊花滿院静無言。谷中景物隨時變，案上文書信手翻。恰得君詩吟未了，梧桐疎雨滴黄昏。

用尊字韻寄胡約之

芙蓉紅晚對高軒，何日論文共一尊。衹作古詩十九首，不消柱史五千言。一聲南鴈霜華重，連夜西風木葉翻。自嘆鬚眉今白盡，復愁友道更昏昏。自注：聞汪平叔蜀中不禄。

次韻吕仲見提幹題翠眉亭

亭前詩板有人臨，公去知誰續好吟。忽有名人留七字，競傳高價值千金。曾扶諸老開皇極，終使微身墜衆陰。兩岫至今愁不展，此言應當老師心。

次韻李明府上事初謁登源廟用蘇黄門韻見示

緩引前訶度嶺巔，真祠猶鎮舊山川。懸知幽德如存日，更有孤忠合老天。雙炷爐香祈一稔，兩詩題詠播千年。民安善政神應喜，桑蔭兒童犢背眠。

即席次韻趙簿縣圃小集呈李明府

管領賓僚破費春，座中着白是山人。魚游淺緑心機熟，鶯訴殘紅句語新。老屋不嫌規制樸，長官最喜土風淳。滿園桃李成陰密，留取甘棠浣水濱。

無　題

農夫只合老山林，辜負時卿一寸心。老矣不堪持手板，死時何用覆斜衾。有人稱善名非細，對客無慚樂最深。回首暮雲天黯淡，誰能更聽伯牙琴。

次韻李明府追和蘇黄門鸂鶒池

池上先生詩句香，得公詩句更揄揚。精神相對陳圭瓚，意氣潛交冶鏌將。賢令舊容老文學，自注：先文學登文定蘇公之門甚久。山農今見謫仙郎。百年剩喜風流續，未有名禽首屢昂。

次韻春愁

風林弄影舞婆娑，水漫池塘緑皺波。天上誰人待金馬，人間何路出銅駝。千年史册亂居半，百日春光晴不多。飛絮落花還病酒，門前佳客倦相過。

次韻葉子真賢良留題登源先廟

文皇當日伐遼東，授鉞忠勳留禁中。違命加誣非信史，新詩昭雪有奇功。陰兵猶可殲凶悖，甘澤還能作歲豐。他日或提遷固筆，删修訂實望研窮。

次韻環谷即事

本是偷閒擇一枝，静中此樂有誰知。山光照座年年在，世事於人日日非。春研有詩吟即事，夜燈無夢到相思。漢陰老子機何有，禪病今來減帶圍。

九日拜大兄墳

携家松底酹蝦蟆，椒荔豚肩薦菊芽。吾父洲中無橘樹，與兄庭下有荆花。和羹莫遂箋邊讓，破帽無能落孟嘉。衰老傷懷淚痕冷，年來鬚鬢白多些。

次韻朱同人携妓見訪留題

行過晴溪烏柏彎，清漪猶自照蒼顔。□□□□□□□，舉酒欣然得緑鬟。魚為知機潛别浦，蘭因避俗住空山。老夫自覺無多事，且喜賓朋時往還。

静觀堂十偈原校：原落一首

靜觀打透兩重關，無靜無觀總一般。須信靜時非境靜，從知觀處是心觀。
一間虛室自安然，何必求仙更問禪。儘日焚香閉門坐，饑來喫飯困來眠。
萬緣一息絲不掛，一箇閒身煞瀟灑。靜中有味淡如如，啞子得夢難為話。
我無官守無言責，自倚欄干時一拍。只因冷眼看破來，笑殺時人空壁畫。
東風萬物皆舒暢，野色溪光無盡藏。誰喚春來春不知，草自青青花自放。
春去人間日正長，天工催促緑陰忙。古槐高柳争新意，自是無人知底凉。
長空一望如水碧，泉澗幽幽風淅淅。驚人暑退寒漸生，蓼染春紅映素壁。
香到梅梢歲又還，老天春事不曾閒。酸風凍雪侵重户，偃卧長松獨恃頑。
有時檢點舊閒遊，出岫行雲野渡舟。驀地静中消息好，夕陽西下水東流。

贈天竺僧

衲被蒙頭付自然，何須八棒十三禪。數聲啼鳥青山外，驚起幽窗一覺眠。

柳

淡黄初弄正纖柔，便向東風舞不休。猶記西湖相識舊，只今縷縷是春愁。

復陰

雲鎖浮丘六六山，東風又作夜來寒。枝間杏蕊開還禁，陌上春泥滑未乾。

環谷初夏

汪晫

荷錢新緑點池塘，竹枕方牀午夢長。山鳥數聲簾影寂，松窗風遞煮茶香。

寫　真

鬚眉數得莖莖古，果是環谷山中人。道眼静觀付一笑，借問兩箇若箇真。

景蘇堂新復上李明府

先生德政殊清明，斯堂故以景蘇名。可憐向苦糟麴厄，東撑西柱懸河傾。一從公來忽嗟嘆，不日雲斤還舊觀。敗棟宅鼠壁篆蝸，湧翠流光復輝焕。坐想岷峨遠山碧，先生已矣遺陳迹。華陽三十六篇詩，今日拂塵炯全璧。自來蘇李兩名家，斯堂二賢愈光華。看公了却此縣債，步武先生雲路快。

某衰年未了初度復臨伏辱時賢載酒爲壽且揮灑佳章增光枯朽即席次韻見謝意

白髮衰翁歲已老，惜花有心猶起早。無事曉窗但高眠，閉關苔青門不掃。和靖風流屋後梅，濂溪氣味窗前草。近與鄒軻同窠臼，亦欲集義以養浩。不解吟詩著書册，自愛嚴君平一箇。無復求仙事老聃，寧更尋禪參達磨。皇天見憐尚不死，牽率時賢持酒賀。不才自當明主棄，非敢櫝玉為懷寶。致君堯舜須公等，山中槁夫勿多道。

感興四章章五句

暑往寒來如電泡，年年門外閒花草，世事紛紛自顛倒。青山眼底最多情，日日向人渾不老。

膠擾浮生事若麻，世路崎嶇易覆車，争如清浄山人家。静觀撫掌付一笑，出户蔌蔌飛松花。

一樹雪花白如玉，辛夷為車荷為屋，閒中享此亦清福。一雙沙禽竹上啼，對客取琴彈一曲。

坐讀南華一卷經，富貴百年如郵亭，人生怒癭空成瓶。香爐縷烟風浩蕩，白鳥點破前山青。

句

山寒杏未花。

滅燭閔蛾傷。

梨花院落春宵短。

片片飛紅已謝春，紅移榴蕊更精神。

以上本集末附三世孫汪夢斗跋引

（梅俊道整理）

全宋詩卷二七八一

釋慧性

釋慧性(一一六二—一二三七),號無明,俗姓李,達州巴渠(今四川宣漢東北)人。孝宗淳熙十五年(一一八八)祝髮,東包南遊。首謁佛照光,又造松源崇嶽座下。出世蘄州資福寺,越兩年,遷智度寺。後歷住南康軍盧山歸宗能仁、開先華藏、棲賢寶覺、平江府陽山尊相、壽寧萬歲等寺。理宗嘉熙元年卒,年七十六。爲南岳下十九世,松源崇嶽禪師法嗣。有《無明慧性禪師語録》,收入《續藏經》。事見《語録》及所附顔汝勳撰《塔銘》。

釋慧性詩,以輯自《語録》的偈頌及其中單編之詩合編爲一卷。

偈頌一百零一首

萬疊峯巒秀,清虚杳靄間。跨門一句子,擬議隔重關。入院,指山門

指天指地,有甚巴鼻。目顧四方,不知失利。累及後代兒孫,以此遞相鈍置。佛殿拈香

電激雷奔,以毒攻毒。撒土抛沙,拗直作曲。箇裏翻身控角弓,誰能背手抽金鏃。踞方丈

不知立處高多少,回頭四顧白雲低。等閑移步毗盧頂,拽轉南辰安向西。法座

要入牯牛隊,還披水牯皮。全身行異類,拽杷又牽犁。拈衣

行盡迢迢路,無山不是家。跨門一句子,擬議隔天涯。

有語中無語，達磨九年空面壁。無語中有語，空生巖畔花狼藉。南斗八，北斗七。啞却我口秃我舌，明眼衲僧難辨别。今朝撒向諸人前，須彌燈王笑不徹。

天寒日短，三平二滿。虎咬大蟲，雄鷄生卵。舉雲門示衆云：天寒日短，兩人共一椀

言發非聲，舌頭無骨。色前不物，狐狸戀窟。以上輯自顔汝勳《無明慧性禪師語録》妙儼編《蘄州資福禪寺語録》

新梅雪裏依稀拆，愛日窗前迤邐長。漏泄東君好消息，分明遍界不能藏。但得到家田地穩，更無佛法可商量。

烏牙絶頂，結制安居。包羅萬有，吞却十虚。切忌從它覓，迢迢與我疎。

往來無間，動静一源。瞥然而往，瞥然而還。大方無内無外，管甚新年舊年。歸來偃卧青松下，只這些兒妙不傳。出城回

方把新春，又迎朱夏。山不為高，水不為下。梅雨連綿，虚空貼卦。浸爛石烏龜，黄梅添話欛。烏牙峯頂浪滔天，犀牛扇子增高價。

秋風清，秋月白。雁過長空，蟬噪庭柏。踢出鐵崐崘，大機要頓發。好肉剜瘡，覷著即瞎。隔山人唱太平歌，元是胡笳十八拍。

爽氣生襟袂，清飇襲四維。白雲抱幽石，冷淡更清奇。玲瓏八面自回合，峭峻一方誰敢窺。

毒蛇頭上能揩痒，正是吾家跳竈兒。竊得這些窮伎倆，白拈手裏覓便宜。萬仞崖頭獨足立，頭長三尺知是誰。

十五日已前，一冬二冬，叉手當胸。十五日已後，背手抽金鏃，翻身控角弓。正當十五日，風從虎兮雲從

龍，擡眸鷂子過遼東。以上輯自《語録》圓澄編《蘄州北山智度禪寺語録》

春行萬國春無跡，臘雪消殘始見功。頭頭應現，處處流通。木馬泥牛吼，花柳撼春風。

春山青，春水緑。草茸茸，花簇簇。若能喪盡目前機，便見廬山真面目。

元宵正月半，是處金蓮現。貪看燈明佛，蹉過新羅箭。閃電光中，聊通一線。

法社棟梁，叢林綱紀。全殺全活，建立宗旨。雙放雙收，總在這裏。虎嘯風生，龍吟霧起。大家扶起破砂盆，無限清風來未已。為首座典座上堂

句中句，絶露布。閃電裏，分緇素。

向上一路滑，壁立萬仞嶮。石火電光鈍，定乾坤句錯。水牯牛常甘水草，麒麟只有一隻角，千手大悲難摸索。

主中賓，賓中主，南山大蟲元是虎。踢起眉毛著眼看，閃電光中急薦取，發機須是千鈞弩。謝知事

知有底人，眼中著屑。盡底掀翻，只得一橛。堪笑巴陵老古錐，解道銀椀裏盛雪。

歸宗見成行貨，别無單傳心要。二時展鉢開單，逐日痾屎送尿。飢餐渴飲一般，露柱燈籠大笑。毗婆尸佛早留心，直至而今不得妙。

風蕭蕭兮疎林葉落，月皎皎兮虎嘯猿啼。或聞或見，或悟或迷。會與不會，脱體全提，鼻孔元是向下垂。

一葉落，天下秋。一塵起，大地收。明明祖師意，明明百草頭。相頭買帽，看樓打樓，更嫌何處不風流。

秋色連天浄，秋花滿地香。圓通門大啟，切忌錯商量。

丹霞燒木佛，院主眉鬚落。兩箇無孔鐵鎚，彼此將錯就錯。焦磚打著連底凍，笑它普化摇鈴鐸。開爐

雪覆千山，孤峯不白。突出難辨，覷著則瞎。鐵樹花開，冰河焰發。不萌枝上月三更，切忌龍門遭點額。搖唇鼓舌，展事投機。千佛出世，不通懺悔。焦巴焦巴，有葉無丫。長天秋水，孤鶩落霞。

歸宗無法可商量，獨掇單提不覆藏。有問西來端的意，天寒日短夜偏長。

指天指地獨稱尊，攪動乾坤海嶽昏。自從賺殺人無數，直至而今無腦門。浴佛

雨過長空，簷頭滴滴。覿面相呈，人信不及。信得及，萬古長空元不濕。

一即一切，一切即一。拈青玉峽，向焦螟眼中。撮大地來，如粟米粒。會則事同一家，不會則知我受屈。

獨標萬象，物外宣揚。天長地久，地久天長。

無作無為，無説無示。可以濟群，類統萬邦。同六虛，融三際，此是吾家第一義。以上輯自《語録》妙全編《南康軍廬山歸宗能仁禪寺語録》

瀑布懸崖落半空，等閑平步廣寒宫。乘時坐斷孤峯頂，千聖從教立下風。入院，指山門

祖禰不了，兒孫遭累。祝著磕著，無處回避。不辭禮拜燒香，也要遮相鈍置。佛殿

作家爐鞴，本分鉗鎚。不用埋兵施陷虎，白拈手裏覓便宜。方丈

喝散白雲，穿開碧落。一步闊一步，一著高一著。法座

未舉先知孰與論，掀騰海嶽動乾坤。崄崖句裏翻身轉，盤走珠兮珠走盤。陞座，祝聖罷

一真含法界，大用等虚空。千祥如霧集，萬善若雲臻。用祝吾皇無量壽，天高無極地無窮。聖節

郊原雨過，春日熙熙。桃紅李白，發最上機。啞却口，落盡眉。就中一曲江南好，蘆管迎風撩亂吹。

聲前一句，十方顯露。佛祖不知，衲僧罔措。

萬壑千巖，雲霞鎖霧。洞然明白，覿面分付。鴈影落寒潭，孤舟横野渡。

毗盧師，法身主，縱奪臨機些子許。目前分付與阿誰，踢起眉毛急薦取。

去聖時遥，人多懈怠。逆則生嗔，順則生愛。不嗔不愛，東海剪刀，西番布袋。解脱門頭緊著鬬，休誇鋪席無人買。腦後見腮，和贓捉敗。

一番秋雨一番凉，道路無塵野菊香。翻笑昔年陶令尹，攢眉歸去錯商量。恁麽不恁麽，破鏡不重光。若把拈花微笑是，切忌將奴唤作郎。

鼓没絃琴，吹無孔笛。共樂堯年同舜日，達磨九年空面壁。

久雨不晴，纔晴又雨。陰陽交泰，萬物得所。明明百草頭，能為萬象主。覿面相呈，切忌莽鹵。

秋風離離，秋色依依。秋雲淡佇，秋月分輝。篆不彫之心印，狀似鐵牛之機。阿呵呵，力囥希，再三撈攎始應知。

月掛長空，孤峯獨宿。幽鳥數聲清，白雲斷處續。佛眼難窺，拗直作曲。羚羊掛角絶蹤由，無限清風生八極。

是句亦剗，非句亦剗。瞞瞞頇頇，生鐵門限。如斯出世為人，瞎却衲僧正眼。子細撿點將來，也是徐六擔板。松源和尚忌日　以上輯自《語録》道隆編《南康軍廬山開先華藏禪寺語録》

瞿曇夜半見明星，確觜挑開眼裏筋。四十九年無畏説，至今錯認定盤星。將頭不猛，帶累三軍。曹溪波浪如相似，無限平人被陸沈。佛成道

草離離，煙漠漠，雨如膏，雲如鶴。説了也，錯錯錯。五老峯高徹骨寒，野猿啼斷山月落。

天得一，地得一，王得一分無等匹。一得一，又何必，閃電光中加霹靂。朝來細雨灑危層，八面風清照紅日。

大包無外，細入無間。内外絶瑕疵，古今無背面。森羅萬象影中藏，四聖六凡光裏現。分明常在諸人前，未審諸人見不見，鐵壁銀山通一線。

雪埋松徑，梅著寒梢。露倮倮，赤灑灑，獨孤標。寒山逢拾得，撫掌笑呵呵。

初三十一，中九下七。更不囊藏，當陽拈出。一氣轉洪鈞，八方開壽域。

心月孤圓，清光皎潔。吞盡十方空，銀椀裏盛雪。本光瑞如此，笑倒燈明佛。上元日

本犀花散一山秋，更約清風作勝游。笑傲幽香翻葉底，西來祖意在枝頭。没回互，興悠悠，遼天鼻孔齊穿却，更嫌何處不風流。

殺人刀，活人劍，劈破虚空成兩片。千妖百怪盡潛蹤，萬象森羅光影現。丈人與門神，端的見不見。拄杖子聊通一線。

有結有解俱錯，到底無繩自縛。一夏九十日終，箇箇眉鬚墮落。入水長人，填溝塞壑。相逢只解那斯祁，明眼衲僧休卜度。解夏

纔開口又成剩語，不開口又成增語，發機須是千鈞弩。草店家風別，翻雲又覆雨。若是陶淵明，攢眉便歸去。

松蘿影裏，積翠堆中。白雲為蓋，流泉作琴。隻影獨標巖上月，不知那箇是知音。耳卓朔，頭蓬鬆，擡眸鷂子過遼東。

言語動用没交涉，非言語動用亦没交涉。傾腸倒腹，為楔出楔。啞却我口秃却舌，明明萬里一條鐵。點撿將來，罪過不少。只憑拄杖，一切靠倒。舉寒山頌：秋光清淺時，白鷺和煙島。良哉觀世音，全身入荒草

掀翻四大海，踢倒須彌盧。心粗膽大，少實多虛。夜見明星曾落節，兒孫隨後受塗糊。

木落高秋玉露垂，慎終追遠又思惟。無端一世滅胡種，累及兒孫說向誰。啞却口，落盡眉。牽犁拽杷，帶水拖泥。順捋虎鬚拈蝎尾，白拈手裏覓便宜。家肥生孝子，誰是五逆兒。嗚咿，嗚咿。秋露春風消息在，不知誰薦上頭機。松源忌　以上輯自《語録》圓照編《南康軍廬山棲賢寶覺禪寺語録》

喝散白雲，穿開碧落。須彌燈王，無處摸索。入院，指法座

深藏古寺老垂垂，冷暖相諳只自知。不謂使符相苦逼，依然拽杷又牽犁。

開門待知識，知識不來過。開口不在舌頭上，佇看平地起風波。覺報長老至

佛祖大機，目前密布。主中賓，賓中主。雲從龍，風從虎，發機須是千鈞弩。謝知事頭首

歲盡年窮，無可不可。烹露地牛，燒榾柮火。野菜只添一筯油，滿鉢和羅唯一飽。笑傲煙霞，白雲風拂。韶陽一曲自高歌，困來一覺和衣倒。淺種深耕得自由，珊瑚枝頭日杲杲。歲夜

東村王老夜燒錢，打著南邊動北邊。赤骨歷窮誇富貴，日高三丈尚憨眠。舉僧問古德：年窮歲盡時如何？德云：東村王老夜燒錢

穹窿山裏老於菟，一點圓明爍太虛。八角磨盤空裏轉，寥落林泉意自殊。超物象，絶名模，將為胡鬚赤，更有赤鬚胡。穹窿圓太虛至

一人道有一人無，正令全提肘後符。昨夜虛空開口笑，石人吞却洞庭湖。舉僧問鏡清：深山巖窟中，還有佛法也無？清云：有。僧問：如何是深山巖窟中佛？法云：石頭大底大小底小。或有人出來問尊相如何是深山巖窟中

佛法？只向他道無。因甚如此？只為太近離四句，絶百非。一言已出，駟馬難追。一任金烏東出，徒教玉兔沈西。千鈞之弩，不為鼷鼠而發機。春雨如膏，春雲如鵠。客從天外來，正是魔王脚。閫外威權，麒麟一角。轉身一撥驗來端，外道天魔俱膽落。舊住至

春山青，春水緑。春雨濛濛，春花簇簇。春光滿目畫難成，春風萬里何拘束。肥馬轆轆，瘦馬轆轆。日逐忙忙等閑過，些兒毒氣誰輕觸。

今朝四月初一，萬像難逃影質。馬祖陞堂，百丈捲席。祕魔擎叉，魯祖面壁。喚驢作馬，蝦跳不出。麒麟一角尖，烏龜三眼赤。

雲收天際，杲日當空。坐立儼然，如何通信。自是不歸歸便得，五湖煙浪有誰争。

八還正眼頂門開，悟得門門有善財。要識九旬行道處，薰風依舊自南來。楞嚴會

不與萬法為侶，咬定牙關錯舉。西江吸盡鐵船浮，活提獰龍和角煮。倒騎佛殿出三門，翻手為雲覆手雨。舉僧問馬大師：不與萬法為侶，是什麽人？師云：問處如毒龍攪海，答處似猛虎靠山。然雖電激星馳，未免總在門外。且道門裏人如何話會，移花兼蝶至，買石得雲饒

兔馬有角，牛羊無角。智不到處，切忌道著。拈得鼻孔還失却。

相見不揚眉，雷轟閃電遲。知音纔側耳，擬議落便宜。威行閫外，瞥轉機輪，大千捏聚一微塵。為沂首座

息庵去世肉猶暖，五逆還它五逆兒。海湧峯頭行正令，白拈誰敢覓便宜。拗堂至　以上輯自《語録》法洪編《平江府陽山尊相禪寺語録》

金剛圈，栗棘蓬。拈來便用，耀古騰今。格外知音纔領略，四方八面起清風。舉雪竇云：十方無壁落，四面

亦無門，畢竟向什麽處見客？若道得接手句，許你天上天下

無語中有語，名曰死句。有語中無語，名曰活句。可謂剜肉作瘡，皮穿骨露。舉不顧，即差牙，閃電光中走烏兔。

十五日已前，風吹不入。十五日已後，水灑不著。正當十五日，月中仙桂和根拔，海底泥牛把角牽。

天寒人寒，大家在這裏。洗面摸著鼻，喫茶濕却觜。向上還有事也無，韓信臨朝底。

廬山華藏太湖濱，確觜挑開眼裏筋。來趁壽寧爐竈熱，大千獨步見鵬程。魁首至

智不是道，心不是佛。輥雪峰毬，舞道吾笏。

二月春過半，園林一樣新。傍花看蝶舞，近柳聽鶯吟。遠客來相訪，還曾悟此心。林鄭珍，井底種林檎。

今年桃李貴，一顆直千金。道舊至

觀音菩薩將錢買糊餅，放下元來是箇饅頭。相席打令，看樓打樓，不風流處也風流。

燕語鶯吟，俱談實相。春風吹動桃李花，淡煙疎雨籠青嶂。切忌起模畫樣。

歸宗事理絶，日輪正當午。布袋放憨癡，貓兒捉老鼠。若人會得，超佛越祖。以上輯自《語録》唯道編《平江府雙塔壽寧萬歲禪寺語録》

頌古七首

趙州見二菴主。

南枝向暖北枝寒，一種春風有兩般。寄語高樓莫吹笛，大家留取倚欄干。

外道問佛。

外道懷藏寶鏡時，世尊良久為高提。渾如良馬窺鞭影，不覺全身陷鐵圍。

開口不在舌頭上。

明修棧道，暗度陳倉。刻舟猶覓劍，夜雨過瀟湘。

大力量人擡脚不起。

只許老胡知，不許老胡會。白雲盡處是青山，行人更在青山外。

大力量人脚下紅線不斷。

放兩抛三，瞞神諕鬼。換盆換盆，誰不識你。

溈山晷運推移。

溈山養子没來由，叉手人前不識羞。更把琵琶半遮面，不令人見轉風流。

南泉斬猫兒。

當陽利劍斬狸奴，刃下翻身會也無。脱下草鞋頭戴出，石人吞却洞庭湖。

寄顏一齋閣内寂室方氏

即心即佛没誵訛，不動舌頭意氣多。打破虚空行活路，夫妻撫掌笑呵呵。

付浄徹首座竹篦

竹篦付了復何為，佛祖當頭劈面揮。尺水便能翻逆浪，儘教人薦截流機。

沈安齊草菴號常牧

尚墮功勳不自由，還同死水卧泥牛。何如闊進竿頭步，撒手懸崖萬仞頭。

自贊

紫霄峰下，以毒攻毒。撒土抛沙，拗直作曲。撼動四大神州，拳踢掀翻地軸。性禪没興遭逢，切忌望空呵囑。坐斷千峰頂𩕳頭，一任虚聲聽杓卜。横按吹毛，全提正令。毁佛謗法，因邪打正。有時裂轉面皮，天下衲僧乞命。

辭世

七十八年，内空外空。撒手便行，萬古清風。以上《無明慧性禪師語録》

（聞賢整理）

全宋詩卷二七八二

劉學箕一

劉學箕，字習之，號種春子，因家有方是閒堂，又號方是閒居士，崇安（今福建武夷山市）人。子翬孫，玶子。生平未仕，但遊歷頗廣，曾「遊襄漢，經蜀都，寄湖浙，歷覽名山大川，取友於天下」（本集陳以莊跋）。寧宗嘉泰四年（一二〇四）始返鄉。嘉定八年（一二一五），又遊安康（今陝西漢陰），是時年將屆六十。著作由弟子游郴（季仙）于嘉定十年編爲《方是閒居士小稿》二卷，曾刊行，已佚。元惠宗至正二十一年（一三六一）裔孫劉張獲舊本重刊。而今《兩宋名賢小集》卷二三八《方是閒居士小稿》所收詩，大多爲元刊本所無，其中《和陸明叟》「所愧微官相束縛，何因共訪酒家帘」，亦與詩人生平不合。未詳《小集》據何輯入。事見本集有關詩文及序跋。

劉學箕詩，以元至正屏山書院刊《方是閒居士小稿》爲底本。校以影印文淵閣《四庫全書》本（簡稱四庫本）等。《兩宋名賢小集》多出底本的詩，編爲第二卷。

吾廬寓言

五峯之山環吾廬，五峯之水清溜渠。山水可樂自注：去聲。情可娱，五畝之宅奠厥居。清湖列嶂開坐隅，白沙峩峩煙岫鋪。崇山梅嶺豁望眼，高門董皁聯襟裾。況當春晚積雨餘，緑褥翠疊青珊瑚。桑麻滿路人意好，鳴禽上下聲相呼。迨今八月九月初，楓林隔水紅凋疎。秋場稻熟聽蓬樸，小槽新釀傾真珠。昨宵一雪飛璠璵，遠山近山光凝酥。羣峯突兀不敢覷，銀壁照耀天鬼塗。千金不須買畫圖，丹青縱有畫不如。風景萬態朝昏殊，天成此畫人難摹。蹊荒圃廢幾朝夕，一日築居天賜予。四時遊觀心良舒，考槃在阿歸來乎。乃歌曰：採於園兮籃有蔬，釣於水兮筐有魚，余之弗歡兮其誰之歡歟。又歌曰：惠風清兮出有車，芸香芬兮讀有書，余之弗樂兮其誰之樂歟。自注：清湖、白沙、崇山、梅嶺、高門、董阜皆屋側山名。

石假山

潭溪散人方是閒，真山不愛愛假山。呼童積疊石磊磈，遠近便擁峯與巒。晴嵐滴翠明窗前，清影掛壁方池邊。色侵書帙日華薄，丘壑坐上生雲烟。雲烟收霏苔蘚緑，山石傍頭更栽竹。三竿兩竿韻不俗，摇蕩清風凉意足。方是閒人當此時，以假像真人謂奇。或來静對酌美酒，或來宴坐哦新詩。吟詩搜索縈心脾，酒醉落魄精神癡。吟詩飲酒且不可，况復局上争枯棋。不如對山撫鳴琴，琴心三疊舞胎禽。高山流水存至音，古趣澹泊悦我心。老泉三峯爛木材，百年沉埋安在哉。東坡仇池九華石，只有佳篇傳入集。此山亦猶今視昔，與我同生亦同没。

社日喜晴分韻得前字

夜來急雨淙飛簷，脱驚紅日輝潭川。梨花有情朝露重，柳帶無力春風顛。傍簾新燕低拂掠，入檻戲蝶相聯翩。今晨天氣亦佳爾，一春未見茲晴暄。緑陰林下笑聲好，簫鼓賽社祈豐年。金穰屢豐豈不好，米賤更苦人無錢。太公九府法已弊，楮幣印出私相權。所司轉變無善策，低昂用否難流傳。縣官那更租税急，白紙不問黄榜蠲。窮民非負實無有，里正罰責殊可憐。吾儂雖樂此日美，釂白醉倒春風前。却愁烟雨暗春晚，米價頓長民憂煎。

插秧歌

農夫戢戢清波闊，秧稻茸茸森石髮。父兒呼喚手拔齊，千把萬把根連泥。四更乘月躅隴陌，曉烟漸散東方白。歸來喫得飯一盂，擔到田頭汗似珠。蹲身擘叢種入土，不問朝昏與亭午。肌膚剥裂肉起皮，烈日纔陰又風雨。秋收幸值歲稍豐，穀賤無錢私債重。連忙變轉了官賦，霜雪凍餓愁窮冬。吁嗟四民天地間，服田力穡良獨艱。寄言安坐西方輩，汝飽不慚吾厚顏。

醉歌

讀書求見古人心，閉門不知青春深。夜來東風掃浮陰，曉光薄林生遥岑。搜尋不覺出門去，緑暗溪邊楊柳路。詩章立願不復作，會景那知自成句。歸途晤語誰與從，眼前物物俱春工。崇桃積李事已晚，牡丹正麗酴醾穠。白茶照人冰雪同，紅茶燒空猩血紅。金沙雨晴翡翠積，海棠露濕胭脂重。急呼詩朋喚酒伴，高堂共泛琉璃鍾。夜闌秉燭相對語，謾道今人不如古。古士放達醒者稀，今人不飲徒自苦。

白山茶

白茶誠異品，天賦玉玲瓏。不作燒燈焰，深明韞櫝功。易容非世力，幻質本春工。皓皓知難污，塵飛謾自紅。

紫溪莊舍讀癸丑壁間舊題轉眼忽十八年同遊十不存一滋蘭弟亦作古人拂拭灑涕幾不能去因誦歐公詩云人昔共遊今有幾樹猶如此我何堪以是爲韻感懷成十四章庚午四月中澣

維昔舊遊，十有八春。中間往來，合散風塵。詞翰在壁，瞻之愈新。憶我仲弟，眇然懷人。

吁嗟人生，年不滿百。天地囿形，百代過客。去日苦多，來日苦窄。我曷不樂，慨念疇昔。丱角燈窗，硯席是共。春山朝吟，秋堂夜誦。棄背三年，心骨沉痛。幾夜見君，似夢非夢。念昔童稚，汎然若舟。惟我與君，孤詣同修。博文約禮，匪遨匪遊。子方盛年，遽赴玉樓。朱垣素壁，醉墨漓淋。虚堂重臨，思古傷今。文不忍誦，盟弗可尋。即事即物，抆淚痛心。舊題墨妙，龍蛇户牖。步驟歐虞，模倣顔柳。醉裏百篇，冥搜九有。天胡奪我，張仲孝友。屈指友于，祇今存幾。自仲之去，失此奇偉。言不勝情，心旌憒悱。哀哉蒼天，雨淚如洗。團團庭柯，清美無度。今我來斯，忽然老樹。偃蹇輪囷，剥蝕摧蠹。朱顔舜華，詎得如故。興念陳迹，夢寐吾猶。植杖風雩，某水某丘。日居月諸，循環靡休。迭爾遄邁，曾不我留。憶自束髮，玆焉寓居。載思載瞻，宛不異初。極目遐眺，清風穆如。撫事懷人，悲來感余。少生四方，遊紫之水。每有良朋，見止遇止。長哦伐木，求友乎此。樂以忘憂，云胡不喜。維親與朋，雜然滿坐。華屋連甍，紅紫緐夥。半世重遊，霧迷烟鎖。慨然撫膺，謬悠老我。念昔考槃，碩人之邁。琴豆觴酒，寤寐笑四庫本作嘯歌。逝者弗返，涕泗滂沱。念彼不樂，傷如之何。賢乎仲弟，和樂且湛。自我不見，歲籥換三。百感交集，憂心如惔。山凝暮雲，回首不堪。

舟行三章

桂櫂兮蘭槳，泝流兮沿洄。天迥兮空明，原脱，據四庫本補湍激兮三字原脱，據四庫本補聲哀。水落兮石出，路轉兮溪回。鷗飛兮山浄，二字原脱，據四庫本補魚戲兮藻開。淹留兮何為，盍賦兮歸來。

扁舟兮容與，浮雲兮舒卷。波澄兮練横，山秀兮屏展。散髮兮平岡，濯纓兮清淺。皇皇兮何之，路長兮悠緬。早賦兮歸來，迷途兮未遠。容與兮扁舟，長吟兮閒情。白石兮離離，秋雲兮霙霙。我思兮先廬，水潭兮山屏。帳空兮鶴怨，人去兮猿驚。早賦兮歸來，涉園兮欣欣。

鉛山廨宇題壁

莫遣離愁相絆縈，九州之外盡愁城。酒頻挹注幽憂浣，詩苦冥搜太瘦生。漠漠草茵飛蛺蝶，深深柳幄韻鸝鶊。客懷未與成匆遽，三沐三熏慰此情。

道間池亭小酌

一曲芳池萬柄荷，遊鯈潛躍水揚波。竹孫檻檻風偏細，梅子江湖雨正多。凡物寓時俱意得，謂予不飲柰愁何。暫來徙倚又還去，猛拍欄杆浩浩歌。

太湖書懷

清風起平湖，白雲生澗陰。佳時慘不樂，羇思苦難任。客子熱中腸，浩然懷故林。仲夏倏已過，草木鬱蕭森。萬物欣有託，吾生何崎嶔。念昔歲甫冠，自許雙南金。只今墮危途，不如烟際禽。山水所素願，利名非宿心。何當返故廬，嘯傲蒼崖深。兩鬢豈長緑，勿枉吳霜侵。

九月十八日夜夢賞春某氏園池賦春四字原脱，據四庫本補詞一首題柱

芍藥花開日漸長，小窗閒理舊笙簧。原脱，據四庫本補憑誰為喚四字原脱，據四庫本補詩宗匠，共賦留雲借月章。樓下酴醿壓架香，翠圍帷幄覆池塘。桃花浪煖魚成陣，人倚雕欄到夕陽。

古交行并叙

予因雲莊李達先，遂識漁隱陳惟定。二公博學多材藝，獲從之遊，幸矣。賦詩一篇以見意。

君居京江頭，我住武夷曲。平生風馬牛，道路幾重複。會面情相親，卜室欣相隣。傾蓋一笑粲，恍然如故人。君家義聚五百指，堂上怡怡奉甘旨。收書萬卷不言貧，撫卹孤嫠甚勤止。我家煢獨與君似，自我之出誰料理。歲晚團圞未得歸，感事撫膺但增恥。知君念我留客裏，每見時能具羞匕。心吐肺肝所同然，尊酒論文日終晷。古靈故家好孫子，披覿芝眉因識李。博洽多聞世希比，頃刻龍蛇飛剡紙。我慙學術殊不逮二君，二君愛予心良勤。交遊情鍾固以類，愧以蕭艾聯蘭薰。常恐此時心，易變作甘醴。欲君持此心，淡若秋江水。古人心交尚道義，今人利交尚權勢。古道於今何寂寥，傷心不識古交意。兩君姿質俱精金，百煉不改色愈明。兩君體性如美玉，渾渾厚厚蘊諸櫝。上映亭亭巘上千歲之孤松，下方磊磊豐山百世之霜鐘。松青不變四時色，鐘鏗一朝振文物。予何人哉得附驥，勉勉詎敢自暴棄。日莫長歌伐木篇，三復詩人琢磨義。

蕭長公來訪示以諸公詩卷謂與予遊從之久不能一辭爲贈頗相譙責予賦之不可辭之原脱，據《兩宋名賢小集》補**亦不可皆有説焉名章俊語前後相望無數**原作類，據《兩宋名賢小集》改**次乎其間是覩西子之容而自增醜耳所不容却者予年十五時海山官丁受琴於長夫今予年四十與長夫有二十五年之舊辭之弗作其可乎因書長句**《兩宋名賢小集》作數言

人生立志各有癖，浹髓淪肌療無術。君不學少年奏賦明光宮，又不能桑麻穀粟去作田舍翁。苦心竭慮淡泊音，手携三尺緑綺琴。七絃指下叢四庫本作鏗然鳴，于以求見古人心。古音寥寥失微妙，鄭衛淫哇競

蟬噪。君獨優游夷愉廣厚而高明，鼓有虞氏之南風，賡之以文王宣父之操。若人來索便與彈，略不訑訑見顔貌。絶之不作衛次公，却之常嗤戴安道。顧我與君幽趣同，海山尚憶初相逢。我時十五始冠巾，君亦壯年氣如虹。夜窗擁衾月流空，促絃初學調商宫。別來二十五春風，我猶故吾君學通。五音六律知者稀，一生辛勤造精微。心存至樂物莫移，殆類聞韶子在齊。洋洋盈耳不療饑，任從妻子相號啼。浮雲柳絮無根蒂，世事乘除幾榮悴。祇今物我俱忘情，與君同尋方子春。自注：衛次公善琴，京兆尹李齊運遣其子與遊，請授之法。次公拒絶，因終身不復鼓。

溪橋晚步

一帶清溪淺漾沙，松橋横渡野人家。平林盡日霜風勁，楓葉翻丹似落花。

和張政仲見寄三絶

柘山盡處即屏山，若隔蓬萊弱水間。伐木歌餘凝望遠，此心翻羡白雲閒。

故人別去復一月，三絶詩章寄我來。我有青州四四庫本作六從事，已令挈至待君開。

藥畦菜圃足秋雨，菊徑松坡未就荒。請命當年嵇吕駕，便同看劍引盃長。

演平渡度姪別入城

前溪積雨浪拍天，人立沙頭催渡船。溪雲貼水濕不起，岸柳凝愁絲亂牽。石泉涓涓響澗谷，山樹濯濯延雲烟。客程東西風袂翩，去者自去還者還。自注：旬緣切。

政仲留飲醉書長句

春歸無計堪留連，川原暗緑屯雲烟。涓涓澗谷聲潺潺，夜來急雨春風顛。天公知我愛山癖，晨光薄林曉日出。浮陰掃盡山屹立，疊嶂層巒凝黛濕。此時來訪故人居，殫輦為我開兵厨。真珠滴槽不用沽，沉酣相忘於江湖。我不如阮公籍，相逢一醉六十日。君莫傚陶淵明，欲令明朝重抱琴。且須相從痛飲師，尊前落魄同襟期。何如沉沉深夜剪韭共春酌，細誦工部生前相遇銜杯詩。

送連景昭歸三山用其韻

秋風乘興下三山，不憚馳驅涉險艱。别酒醉來仍更酌，征鞍發去且須攀。身安豈畏路千里，道在元知命兩間。從此莫教情斷絶，尺書頻寄塞鴻還。

得意難兼熊掌魚，功名隨分勿求餘。或先或後時而已，將廢將行命也歟。理性明中閒念慮，雲山深處著田廬。君歸政好携妻子，泉石尋盟飽讀書。

侵曉書懷四絶句

石泉宵泠泠，清響雜寒吹。恍驚山雨來，醒我一覺睡。

幽蟲聲唧唧，感此秋夜長。起坐彈鳴琴，蘭釭炫餘光。

披衣啟外户，晨光清可挹。緑樹鬭蒼烟，遥認楓葉赤。

疎星澹河漢，點點在秋水。微瀾漾殘輝，曲沼過游鯉。

田　家

稻熟田間笑老農，鼕鼕村鼓樂時豐。新芻自酌花甆椀，醉倒扶携夕照中。

堆槃野柹間山梨，酒美雞肥稻滑匙。婦子團圞常見面，一生寧識别離悲。

環洲江氏園

欲覽環洲勝，維舟步石磯。踏丹隨野色，穿翠任春霏。地迴知山遠，村彎覺水圍。東風輕薄甚，桃李亂荆扉。

將口道中

沙平路軟足力健，麥細桑柔春意深。緑水一灣浮野鵜，青山兩岸唤幽禽。

妙湛寺

山徑盤紆露石根，一溪流水兩山雲。齋餘緩步青松下，輸與蕭閒老惠勤。

晚望

晚雨逆溪上，寒雲傍山飛。白鷺去洲渚，潛魚泝灣磯。舉頭行跡少，唯見暮樵歸。

溪園

溪園闢平疇，左右接林麓。沉沉水浮堰，泛泛潭轉曲。果木漸成行，臺榭亦營築。何時東風來，吹滿枝上緑。

栽竹

緑筠移種不多時，添我溪南一段奇。會看明年春雨後，滿林頭角籜龍兒。

種梅

隱淪冲寂澹生涯，芍藥櫻桃厭艷華。剔亂剪緐疎影瘦，臨溪只合種梅花。

書懷

園成日以待東風，緑李黄梅已間叢。種竹自期千户等，舉杯誰伴八僊同。機忘鷗鳥情相狎，興適琴書趣獨窮。坎止流行隨所寓，樂天知命一閒翁。

簡康姪求先君石山

見好山如見高人，遯世冀繭清淨身。見拳石如接佳友，手摩挲愛逾瓊玖。我生嗜好不有冗長物，寓意蕭閒祇在青山并怪石。往年都梁得靈璧，名以催詩延座側。去載還自皤冢江，女媧溪頭纔落帆。山靈見知情不凡，乞我清波一塊川墨塗巉巗。屏山崒峩高雲衢，五畝下著吾儂居。窗扉面面挹山色，真山假山互崙崒。舊藏英道數峯碧，怪怪奇奇總拈出。一丘一壑在胸臆，烟雲盡向空齋集。君家一峯良可惜，埋没庭除沙土蝕。尚思阿翁存手澤，何不遣歸慰岑寂。楚人亡弓楚人得，在彼在此理則一。小詩代簡言從容，子心坦蕩詎執違與從。儻令長鬚勤送似，待予大書特書榜曰飛來峰。

宿興國寺方丈與客對牀

世間何事能感人，詩人題詠為多情。我亦執筆書長吟，詩吟未竟情已盈。古稱白頭如新，傾蓋如故，何似祇今握手見肺肝，開口無毀譽。古稱共君一夜話，勝讀十年書，何似祇今對牀談子虚，醉歌哈臺笑盧胡。昨宵春月如晝明，與君聯詩到三更。今宵夜雨如盆傾，與君齁齁直到街鼓鳴。醒來莫問陰與晴，但聽簷溜飛泉聲。明朝又作穿雲行，巾紗杖竹鞣芒輕。遇酒酌彼兕觥，逢花賞其芳馨。見賢者如接芝蘭，對俗子譬之蚊蝱。勿與物忤競，勿為事絆縈。陶然樂吾真，是謂羲皇人，是謂葛天民。

秋池曉步敗荷萬柄一花挺然可愛伯益賦詩和韻録呈元翰敬叟君明季傴求同賦

蕭瑟秋池撼曉風，江妃旋旆水雲空。未教零落千擎雨，尚借柔酣一點紅。弊蓋高低騷客賦，寒衣裁製楚人工。誰憐夜枕驚殘夢，恨在繇聲點滴中。

楚騷有正有反予既以數語詠獨開荷花諸公寵和工甚輒拾餘意反作一章

一從炎暑變秋風，識破維原作誰，據四庫本改摩色想空。豈有三乘無盡法，尚憐孤艷十分紅。唯慙寡陋吟懷劣，却愛諸賢句法工。共倚欄杆休悵恨，典型猶在四筵中。自注：予有金荷，少刻當出之侑觴也。

長句簡敬叟季僊兼呈端夫中父晦仲

士生樗散甘嘉遯，頫首衡茅敢尤怨。良朋益友肯顧臨，講貫漸摩篤明辨。年來瘖啞瓶守口，俗子污人如避箭。論交謾説笑金蘭，厚貌深情半譏訕。念君與我情不薄，一忝從遊一親眷。朅來終日坐書樓，喜劇論文幾昏旦。麯生風味亦不惡，抵死絶交良可嘆。胸中磊磈政須渠，吻噪腸枯賴澆灌。孟公舊不論升㪷，驚座丰姿發奇觀。富文博學子游子，秀楚翹英穎鋒見。吾雖不敏逐後塵，斬將搴旗共酣戰。祇今便造無何有，相與神期遊汗漫。既無三雅伯仲叔，不有巨杯觶角散。請觀管輅揚子雲，欲作九原誰可唤。酒不離唇元乃就，三㪷頓傾辭綺粲。二公洞達疏通豪，妙語仍煩下一轉。養浩堂中顒惠然，急吐才華染柔翰。

余少日不能持養志氣所暴多矣邇來方喜問學之有益也近築小樓藏書樓之下建堂名曰養浩七客落成以善養吾浩然之氣分韻得氣字

吾非北宮黝，挫若撻諸市。吾非孟施舍，量慮三軍畏。一墮刺客流，一入力戰士。知一不知二，遂與聖賢異。周孔得其傳，偉哉孟軻氏。講明不動心，因問發奇秘。氣壹則動志，志一則動氣。浩然得所寄，知言有深味。嗟予篤學心，一暴十寒廢。立志苦不早，少豈達茲義。所適味善惡，幾溺彼功利。事情更歷多，晚乃能自礪。日用根本原，至大至剛意。餒然行有慊，何謂塞天地。服膺先格言，造次顛沛是。

與政仲端夫敬叟季儒至舊圃采采芙蓉金菊之妙時之所當艷者江梅海棠爛然照目可無數語紀之爲書長句

秋陽杲杲秋月明，秋風泠泠秋露清。蕭騷池上萬松竹，鳳笙龍管吹秋聲。山亭與客坐夕陰，眼照萬象前橫陳。一年好處在此好，妙質欲紀難狀名。那知天上詩酒星，翩然馳鯨來玉京。浩然相對發思奇，句法普現千古情。詩成不用世間語，五言七字虛皇吟。霞明皎皎芙蓉城，香霏楚楚月魄精。海棠婉孌鬬穠艷，江梅冷淡同芳馨。東籬采采萬疊金，西疇更刈千頃秔。人生得此亦不惡，措辭莫謾悲愁生。先生年來真脱俗，看破世間榮與辱。胸懷坦蕩適四時，豈但芳華競馳逐。祇今忘物物忘我，物我兩忘機印可。不知門外秋水深，不識紛紛朝市心。榨頭新篘蟻初熟，芡盤剥珠菱切玉。是秋是春兩難分，折花薦酒酒痕濕。萬緣空處罷休休，八表神期汗漫遊。醉鄉廣大塵世促，明日酒醒詩載續。

和劉伯益嘲菊韻

虛隨斗轉屬中宵，草木凌兢菊粲條。錢疊夕陽金便儇，蘂浮秋露玉鎸雕。不隨俗子媚時好，長伴幽人避世囂。冷炙殘杯愧徵逐，曲肱只合友顏瓢。

康姪招飲出示古洲所寄盆梅囑坐客賦詩分韻得言字

嵌空奇崛石一拳，綠蒲攢劍森且蕃。虬梅屈折龍蜿蜒，蒼幹蘚蝕低盤根。瓊英已露冰樣白，香氣便覺凌芷蓀。吁嗟培養幾歲月，巧奪造化移小盆。晴窗諦玩意無斁，搜索物理究所原。方圓高大僅尺許，典章文獻皆具存。橫斜疎瘦無不備，宛若老樹生山園。鄉邦疇昔少曾見，此花何自來幽軒。云是古洲老詩伯，親手植此冰雪魂。不忘交舊情好密，春色分遺歸山樊。吾家小阮亦好事，美不獨擅招弟昆。更呼賓友同勝集，羅列槃饌開罍尊。舉杯對花與劇飲，情話款洽相笑言。歸來漸是東方白，醉帽攲傾風袖翻。

飲東屯庶姪家賦臘梅和陳簡齋韻

釋迦黄面襌可誇，色想熏漬霜中葩。不然安得白玉蘂，而乃幻此黄金花。信知造化真有法，蜂鬚釀蜜蜜釀蠟。蠟凝花房豐不腴，桃李漫山焉可如。緐枝摘索燦栗玉，吟搜西郊信杖扶。少須夜窗疎影掛明月，是蠟是花君自別。

北山園山石爲形勢買盜夜半擇其尤者竊去累日懷抱作惡賦詩以紀鬱鬱

素志薄利禄，壯年榮林丘。種樹疏間泉，鑿沼開中洲。堤平水瀰漫，徑遠竹凈修。梅塢夜月亂，松岡曉風颼。猶以景象淺，欲廣巘壑幽。叠石類奇品，置身將侶儔。磊塊質偉特，嵌空神瑀鎪。廬阜几上得，巫峰坐中求。每想雲氣噓，遂覺烟練浮。曳杖日以樂，縱懷吟無休。一朝失警巡，赤眉行盜謀。夜半負之去，公然從狗偷。檢視所寇攘，嶙峋拔其尤。此情實難堪，遣命窮蹤由。風聲雖有聞，形勢莫可搜。吁嗟世道降，人弗士行修。竊玦入志慮，攫金甘輩流。不念溺所習，竟為前哲羞。今吾理自喻，委心任去留。甑墮雖不顧，璧歸猶冀收。自注：鍾輻事。

送術士周柟歸東陽

射策彈冠莫浪言，經丘尋壑且隨緣。誰能守分閒居世，自斷此生休問天。久矣知君該妙理，今焉過我話流年。歲寒事業相期重，欲植孤松驗果然。

春夜對月彈琴有懷

一春春雨連春陰，今夕何夕月滿林。舉頭遥望星漢碧，皎皎明鏡懸東岑。欄杆浩歎三顧影，有酒有酒誰與斟。我思兩弟怨以暗，邈不可見愁締心。含愁更奏緑綺琴，匣中埃蠹塵土侵。解絃更張試促軫，怨入懷抱難成音。兩君青春竟瓶沉，天闊悵望商與參。高高在上杳難詰，矯首涕泗憂思深。欲結今生未了因，尚靳來世盟可尋。君遊九泉聞不聞，安知阿兄心悲吟。

瓊　花

團簇緐英玉碎圓，露晞日暖欲生烟。親從后土分奇種，不是人間聚八僊。蕃釐觀裏舊經遊，五月曾看緑葉稠。今日家園玉摶樹，春風吹夢到揚州。

送庾姪親迎延平李先生家

庾郎吾家千里駒，朝莫勤苦讀父書。少年綽有老成態，月旦考訂評鄉閭。明當别我擇賢妃，自注：去聲。結束琴劍誰挽裾。春空吹晴惠風暢，烟草弄色和氣舒。野橋融洩柳絮合，石岸慘愴鳴鶵鷵。乘龍有期弗獲餞，數椽政葺淵明廬。旅愁冥思莫排遣，離恨掛臆難掃除。況當春晚氣暄淑，着人欲醉甘醴如。修程所囑善養攝，禮畢蚤辦雙輪輿。婦翁傳道世大儒，習俗再使淳古初。稔知賢舅繼家學，子如從之師有餘。歸來阿叔待審訂，義路禮門從廣居。

傷歌行

原原而來，白日跳丸莫可留。混混而去，青春過隙不能返。誰憐生者長自懽，不念死者日益遠。吁嗟此理從古然，世事浮雲共舒卷。我生顧影空伶仃，鴈序零落如曉星。悠悠天道不可語，黯黯悲恨無時停。可堪嫠婦束行李，挈取稚子同歸寧。

夏雨歎

君不見去年六月田作龜兆拆，禱祠乞雨遍村陌。時當饑饉民不聊，穀貴有錢無處糴。今年六月歲幸豐，十日一雨五日風。市積粟米價不長，有穀無錢人更窮。吁嗟此道孰識測，街頭細聽老農説。往年兵興錫賚多，官會頒行姑濟急。舊會既收新會降，所司稱提苦無策。朝廷明許同見錢，便當流轉同貨泉。不應州縣首逆旨，榜示牆壁徒紛然。庫頭令賣小印鈔，輸納租税私相權。自注：邇來輸納租税，並用就官庫買，否則弗受，反視官會為私物而不用。非錢買鈔用不得，執幣嘖嘖煩有言。遂令百姓愈惶惑，行之與否誰使然。小臣空負濟時術，閶闔九重無路入。何當奏計承明廬，傾倒賈生長太息。

廞庭自三山送荔枝分韻得緗字

炎精孕秀儲氣詳，荔枝結實魁羣芳。我有猶子客南服，千里眷念情不忘。星馳走寄一千顆，伏暑火熾勞取將。筠籃初開氣芬溢，稍覺四座浮清香。驪珠燦爛光奪目，瑚盤飣餖羅滿堂。先廟未獻不敢嗅，色味雖鮮那敢嘗。少須祀畢分送似，賓友拉至紛攘攘。絳囊初剥拆霞縷，玉臉旋綻流天漿。手持奈此水晶粒，地積更詫雲錦裳。海鄉因記少日好，遶樹食啗高價償。婆娑碧緑擁平野，丹苞縠皺暉朝陽。初驚星火争燿熠，久訝彩鳳争翱翔。薰風吹開碧雲葉，緑水宛類翻赬魴。只今老大將底用，食此感激意故長。君不見方紅陳紫列紺緗，三十二品裁中郎。丁香核小味甘潔，何似釵頭十八孃。天生美實限南北，長安路遠價愈强。只今生食享至味，不數家漬鹽蒸方。又不見宣靖文物全盛時，貢輸不減開元唐。輶車縱横繡衣使，海内騷動封紙黄。妙品人家那可得，置以走轍加浮航。似聞供上祇纖悉，往往盡入公侯王。驪山往事不古鑒，艮嶽馴致烽烟狂。祇今故老尚能説，空使悲憤縈肝腸。書生不負醫國手，賦成何日奏明光。不如且唤吴姬輩，笑擘輕紅入醉鄉。

梅花自秦漢而下無一語焉至宋鮑參軍照始賞其韻原作音，據四庫本改**而寓之詩然則梅之見於賦咏者實自明遠始也用韻二首**

落　梅

片片玉零亂，寒風生驚嗟。凍雀相飛鳴，俛啄苔上花。鳴飛饑腸不能實，却上烟梢照斜日。愁逢冷淡太寂寥，不似春風艷陽質。

蠟　梅

色異政自貴，香清未堪嗟。靈蜂擅造化，幻作姚家花。丰姿輕明體充實，染透薔薇毓晴日。從稱紫暈黄檀心，桃李依然是凡質。

二月二日東屯感懷

春波渺渺柳依依，芳草侵街蛺蝶飛。萬景横陳空物是，一區幽僻念人非。沉悲逝者去不返，自挽已而今曷歸。回首鶺鴒原上路，感懷贏得淚沾衣。

野　館

野館春歸後，横塘度柳綿。輕風翻麥浪，細雨落花天。草褥迷三徑，苔紋疊萬錢。山禽自呼唤，水竹倍清妍。

閒居即事

山水縈洄處士家，春林環合翠交加。行吟溪岸牽垂柳，坐倚欄杆數落花。萬卉萬葩天長養，一丘一壑我生涯。長瓶芳草陶然處，不向愁邊感物華。

紫溪莊即事

嶂碧楓丹色倍鮮，路回烟裊認前川。霜陰釀晚意將雨，風厲裂雲時見天。古木葉彫烏矍鑠，平田沙冷鷺聯拳。稻粱割盡村原迥，落日牛羊傍水眠。

雲際峽中

野渡烟迷谷，寒潭水漲沙。入雲千萬岫，出塢兩三家。澗古泉仍石，山空菊自花。柳塘冰欲結，相對祇棲鴉。

西巘觀瀑水簡沈莊仲三首

雲潤衣裾夕露霑，懸崖一水散疎簾。精廬隱約青山下，縹緲飛甍出畫檐。

踏石穿雲野興添，傍崖昌歜緑纖纖。幽人近得安心術，擷滿湘籃意未厭。

暮雲新月一鉤鎌，歸路溪風動碧蒹。美酒不妨車後載，夜深無處認青帘。

窑前小酌和外舅韻

五馬旌旗去路長，筍輿穿翠度羊腸。霜餘緑橘漿尤美，秋晚黄花氣倍香。勝景形容詩入詠，羇情排遣酒傳觴。風流太傅何須詫，獨載東山窈窕孃。

題壁

午日柳陰正，曉風花氣新。川明魚泳水，林静鳥啼春。

遊九曲

三十六峯高插天，來遊誰不慕真僊。幔亭舊事隨流水，空自溪頭喚釣船。

武夷山

十年不到武夷山，幾與神仙絶往還。九曲依然青嶂裏，一峰仍插畫檐間。潺湲野水溪隨轉，縹緲秋雲意自閒。我見溪山渾似舊，溪山見我鬢毛斑。

鵝湖道中

去城十里路盤紆，幽徑平岡駕小輿。認得鵝湖山下路，緑松巖畔擁僧廬。

分題得雪浪齋石

四海廣大萬山立，奇怪峇崒幾巉石。棄而違者庸有之，愛樂自注：去聲。每恨沙土蝕。忽然一旦獲所遇，刮垢磨光呈美質。騷人諷誦脱諸口，世寶不減和氏璧。東坡居士豈好奇，偶爾得之心良怡。巨盆沃以清漣漪，脈絡雪浪縱横施。平生我屢哦此詩，恨不見石心飛馳。何人志古墨寫跡，剡藤染就貼東壁。似是而非不可知，誦詩對畫長嗟咨。

伯益以玉舟相酬酢席上口占二絶

新年殊未有吟搜，美酒醺人不自由。多謝主人情意厚，玉舟三度轉船頭。

元正講禮詎能忘，便辱留連設酒漿。笑指一船春盎盎，稽山應未愧知章。

次劉伯益三詠韻

方竹

烟梢修矗畫簷低，春曉叢疎緑玉枝。節立孤高虚静處，身持敬義直方時。清風戛玉聲摇佩，明月篩金影散墀。寄語幽人勤愛護，莫教斲削俗髡知。自注：世云：削圓方竹，松間喝道，花上曬褌，皆殺風景之甚者。俗髡事見《李衛公雜説》。

耐冬子

雪裏婆娑結子低，山童應亦訝卑枝。幾年開落慙無取，一日搜吟信有時。紅實纍纍臨曲砌，丹苞簇簇耀幽墀。古今未見多題品，却恐君詩取世知。

金鳳花

鮮華五色翅飛低，不比尋常鵲踏枝。德茂翱翔丹穴日，琴清調弄紫庭時。羞同鷄鶩喧堂宇，笑把金銅鑄殿墀。何似花欄自生長，幽芳端不在人知。

度姪從事行親迎之禮於傅氏朋舊各賦詩贈別老叔雖凄凉阮巷老大謝家可無數語以餞行色

曉露沁桃臉，東風摇柳絲。小雨斂香塵，山川發華滋。今晨天氣新，滿路春融怡。祖餞賓從懽，喧譁車馬馳。問云何為者，吾子有所之。所之道匪遥，求友貴及時。婚媾古則然，制禮今或虧。琴瑟因好合，蘋蘩尤謹持。擇耦得賢柔，令淑全婦儀。豈但榮己身，實將慰母慈。冰翁君子儒，材術世吏師。聽訟鑑燭物，明不差毫釐。子既獲晤承，朝夕廣見知。士生三日別，猶以刮目為。此行諒經月，歸計春仲期。非吴下阿蒙，行可驗措施。心廣體自胖，勿溺小智私。門户要人興，責望夙所蘄。廟見事唯謹，遄邁毋或遲。語直殆逆耳，願當深致思。

寄謝叔通宗兄題耕隱詩韻

雲隴躬耕新雨足，東阡南陌水瀰淪。市朝軒紱秋多事，鹿豕漁樵欣與隣。我欲為謀三畝地，自注：東坡詩：借我三畝地，結茅為子隣。叔通云：亦欲攜家相就住，尚堪同作耦耕人。君能來共一犂春。蚤知世路風波險，俛首無令愧野人。

寄題吴介夫專壑七詠

壽　藏

負鍤劉伯倫，坐壙司空圖。誰為後來達，息菴與之俱。

息　菴

日出機事生，日入羣動息。吁嗟利名子，逐逐何所急。

止　宿

大路古茅塞，問津欲何從。雞黍相款留，賢哉植杖翁。

負　閒

鍾鼎本玩世，富貴徒苦人。何似天地間，蕭然一閒身。

洪　澤

酌彼洪澤水，吾知非盜泉。舉世望甘霖，唤起神蟄淵。

横　舟

山崦少人渡，夕陽横釣艖。顛風捲重陰，急浪揚層波。

專　壑

竹原與草堂，轉眼事非舊。一壑今獨專，造物有付授。

余讀林子仁詩云君心恨不走天涯不比袁翁只戀家最是横塘黄葉路今年無伴折梅花時吟此詩念劉伯益之未返偶檢校前村南枝的皪已三花五蘂矣忽伯益自黄檗歸訪余折歸插玩知友朋之念有同然者對花劇飲用韻述懷

梅邊春興浩無涯，長憶西湖處士家。我政念君君過我，夜窗同共醉疎花。

妾薄命

佳人命薄今古悲，苦樂在人知者誰。鏡鸞窺損春黛眉，洞房不出藏繡幃。二十許嫁豪家兒，阿爺已受筐篚儀。心旌暗許良人隨，那知中道前議非。父母反覆志願違，嫁歸只得隨身衣。金幣粧飾無所賫，婦德婦容雖守持。阿姑色厲妯娌嗤，良人輕賤恩意虧。春波不似鴛鴦齊，春風不如雙燕飛。妾非無聲不敢啼，妾非無淚不敢垂。此身自恨生不時，怨讎父母將何為。不如携將六尺帛，黄泉冥行與世辭。父母安用深致思，此身期與良人知。

中秋分韻得雲字成三百言

今秋苦淫雨，漲汐添溪濆。新凉值月夕，密靄高燦雯。稽首告天公，懇念心良勤。天公知意誠，感應若有聞。須臾櫬豐隆，蘋末生鱗紋。庭皋一震拂，隴首飛秋雲。忽然朗穹昊，萬象蒙奇勛。舉頭見松梢，光照草樹分。乾坤兩瑩徹，爛白無邊垠。我歌忽如狂，我醉茫如薰。桂酒雜椒漿，醖釀騰馨芬。皓魄耿素懷，幽思殊不羣。泠然冰雪腸，頓醒麴蘖醺。便欲浥沆瀣，盤饌遺羶葷。遥望瓊樓僊，霧綃青霞裙。何當下招呼，上征離塵氛。去年當此時，浩飲逢諸君。今載復肯來，持杯共論文。相從豈無他，羣聚徒飛蟲。苟得嗜利輩，抑何掛牙齦。豪傑所願交，黄金勝千斤。喜得詩謫仙，恨去髯將軍。衆子賢共推，奚用區蕕薰。愛客綽祖風，滿席生歡欣。參横斗轉杓，魔祟相糾紛。欲眠君且去，陶語吾亦云。慷慨有大劉，浩氣充楝棼。十觴不能醉，餐嚼無餘臙。鳴雞忽唱曉，杲日東方昕。歸路襲桂香，幽巘麝沉焚。

賦祝次仲八景

瀟湘夜雨

移艘繫灣浦，傾篷聲更豪。謾起湘妃恨，長歌靈均騷。曉汐漲何許，微茫泛江皋。

江天暮雪

雲凝天四合，密雪灑石矼。野渡滅行跡，岸沙横孤艘。誰憐鶴髮翁，披簑釣寒江。

山市晴嵐

貿易足魚米，相逢話桑麻。村墟人蟻紛，日夕山氣佳。酒賤醉甆甌，樵漁自生涯。

烟寺晚鐘

鐘聲烟際來，佛屋棲雲端。回飆度崖谷，疎韻出林巒。東岫上明月，歸僧濯清湍。

漁村晚照

輕簑著篷背，日暮漁者還。新月印淺水，夕陽生亂山。誰歌采菱詞，隱隱過前灣。

洞庭秋月

木落露君山，空明夜氣浮。冰輪揩鑑净，皓彩漾波流。空外數聲笛，孤吟人倚樓。

平沙落鴈

水落洲渚闊，天寒風雪微。自雲排序下，聚翮與沙依。饑啄蘆葦根，何時稻粱肥。

遠浦歸帆

歸鷺林邊白，落霞天際明。蒲帆載風急，征棹逐鷗輕。稚子候江滸，遥聞嬉笑聲。

僊洲呈劉伯益沈莊仲

杜門久經時，老我徒謬悠。平生山水心，汩汩不暇謀。今辰定何辰，木落風露秋。忘懷兩佳士，共約來僊洲。杖藜欣躋攀，空濛翠烟浮。解帶小盤礴，尋勝還經丘。捫蘿坐石冷，俯澗穿林幽。露重巾屨濕，涉歷青山頭。瀑泉盡生寒，晴雪散不收。蜒蜿下大壑，一闖千丈虬。歸來坐危亭，興與孤雲留。野草為誰好，巖花徒爾愁。昔賢有遺蹤，俯仰歲月流。慨嘆不自禁，陶然聊消憂。

密菴題柱二首

清鐘静室破寂歷，灝氣空山生泬寥。長林風送澗水急，聒枕宛似春江潮。

五更清夢雞唤醒，八月好景詩為催。秋蟲夜静野禽語，風木天寒山雨來。

責　㾄

我生不辰八歲孤，伯父薨逝叔父無。長纔十五立志苦，不敢怠惰知讀書。汝生父子不識面，母慈育字如捧珠。那知汝更命苦極，八齡甫及母亦殂。幸有阿叔相持扶，叔亦痛念同氣餘。辛勤鞠養力盡瘁，五載為汝六請師。固知門户要人興，切切訓誨口欲枯。有言弗聽日益懶，乖劣氣習移下愚。竭來值我有行役，恐汝質變為小夫。携俱不憚數千里，跳走健勝猿與狙。水行為汝愛江湖，出陸每愁山險紆。川途憂愁念慮苦，摩拊豈啻親子如。傍舟終日撈蝦魚，坐輿人夫肩□□。□吺徒自費牙頰，事不獲已施鞭蒲。

潛窺諦視不少改，譃浪笑傲仍前初。聖經有味懶不讀，對字粗曉平側呼。吾家七世身業儒，忠孝學術誇鄉閭。汝當更明所自出，挺挺當代文公朱。不悛祇為先德羞，失教何異犬馬猪。稍長面目益可憎，儕輩戲弄人見疎。我今極口復汝説，速宜悔念毋忽諸。嬉遊儻更不檢束，命也奈何吾已夫。

光化儲丈晨興摘郡圃桃見惠每顆有重十三兩者他州未嘗見頃讀鄴中記勾鼻桃有重二觔者每竊笑之觀此信不誣矣光化去京止六七百里且地脉肥沃疑承平時得種來植

金盤磊磈大如瓜，照乘驪珠未足誇。大矣芳苞含美實，爛然紅臉燦朝霞。臙脂細擘漿流液，珠琲輕揮露帶華。一洗宿酲牙頰爽，瑶池如宴母僊家。

安康中秋書懷

去年中秋吾盧成，月華逾晝風露清。今年中秋來安康，風凉雨冷天無光。去年把酒諸子與，月落尊空未歸去。今年把酒興如故，有月無月不須慮。婦翁懽喜婿遠來，阿婦見爺雙靨開。是風是雨是明月，管甚陰晴與圓缺。但願吾身益强健，莫使骨肉嘆南北。

七禽詠

貫錢石八豆

貫錢石八豆，充腸備粱糗。飽嬉遊手兒，初不事耕耨。好衣好食街市女，汗珠滴滴田婦苦。夫耘婦餉日卓午，朝夕南山捕蟲鼠。

不如歸去

不如歸去，愁緑怨紅春欲暮。汝勸行人歸，行人勸汝住。嗚聲不住良苦辛，啼得血流無用處。不如歸去吾今歸，千聲萬聲爾何為。

泥滑滑

泥滑滑，泥滑滑，前聲住，後聲發。不道去年冬没雪，今年春早已三月。月如金，日如血，大麥小麥盡枯竭。使君祈禱走阡陌，汝切勿啼泥滑滑。

行不得哥哥

行不得，唤阿兄。向晚夕，猶悲鳴。坦坦之途萬人履，跛鱉不休跬千里。汝行不上可奈何，日暮途遠無蹉跎。

姑惡

姑惡姑惡家道立，汝為人婦供婦職。婦德婦功汝不能，抱恨殁身空怨抑。不化秋柏食，不化山頭石。化作春鳥鳴，號呶何苦極。

提葫蘆沽美酒

提葫蘆，沽美酒，酒美欲沽何處有。官醪道遠不可得，村釀濃酸難入口。况當春暮暄暖初，沉浸醲郁醺體膚，客中醉倒無人扶。

早耕早布

早耕早布，節物如流春色暮。金房土瘠無稻田，布耕播種自注：上聲。種自注：去聲。何處。一春焦涸旱無雨，麥穗藏頭猶未吐。麥穗不吐人不憂，粟田再種秋可收。只愁夏料欠輸納，悍吏坐門官不休。

鄖鄉舟中睡覺書懷

晴空揚沙春茫茫，柳絮匝岸東風狂。篷窗兩畔高插起，收拾萬象供吟章。眼中物物盡詩原作時，據四庫本改料，應接不暇勞迎將。睡魔欺人晴晝長，坦腹一枕追羲皇。醒來意興難説似，石鼎細味煎茶香。江花無情為誰芳，江草緑嫩肥牛羊。瀰瀰渺渺水曲折，遠遠近近山低昂。各懷邂逅良未惡，隱几抱膝聊徜徉。故人念我天一方，我亦千里遥相望。相思用情何日了，帶圍寬剩羞東陽。不如且理文字五千卷，搜吟拄腹撑枯腸。

甲口翫月

山頭團團上明月，偏與行人照離别。月華只是尋常明，照人離愁愁思盈。千古萬古是箇月，如何有愁有歡悦。君將此理細推尋，悲歡原自由人心。

蜀口枕上

清嘯孤猿半夜啼，子規山狖共酸悲。水風露月烟江冷，正是離人睡覺時。

浄口二絶句

一江春水緑油油，遶盡春山去不休。愧我虚舟無定著，追隨曲折與同流。

修修野竹碧琅玕，亂石懸崕劍戟攢。貪看野禽穿緑樹，不知船已過前灘。

釣磯候舟

可以賦新詩，江清釣石磯。船移山勢動，灘急岸形飛。雲日林紅薄，晴烟野翠微。長歌漁父句，世事付蓑衣。

溪亭醉卧用季僊韻

客眠幽夢永，花氣著衣深。枕借溪中石，雲開體上衾。醒來揩亂眼，風雨滌煩襟。得句無人解，惟予識子心。

次溪園紀實韻

隨地安身樂有涯，萬鍾於我我何加。左蠻右觸真成幻，浮利虚名總是花。草茁玉英新蘂籠，火添金鼎舊丹芽。異時相見無驚訝，漆點雙瞳臉瑩霞。

新霽和人韻

晚天未霽烟張自注：去聲。霧，浮埃蔽空雲擘絮。西山遠掛月一眉，澹澹寒輝生綺户。須臾仰視天中央，清飈震拂銀河光。人影在地林影散，月出皎兮星斗燦。

次叔通推官見寄二首

海錯園蔬富矣哉，杜醪龍殰一時來。放杯停筯情何似，經造無何半日回。自注：時惠王家酒鮀蝦菜葅。

君比昌黎頗似之，號啼不問但吟詩。貯儲甚愧鄰僧誼，不與盧仝更與誰。

久雨秋懷二首

孤雲野鶴情自在，碧水丹山人易安。哀鴻獨叫暮天闊，宿鷺雙飛秋雨寒。蔗林遮眼青到市，柏葉漫山紅隔水。不將濁酒急驅除，滿意風光誰料理。

漢陰抱甕自其志，彭澤折腰非本心。碧梧委路霜信早，黄菊護籬秋氣深。稻埸可羡西疇老，紅釀黄雞醉翁媪。自笑吾儂計太迂，愁滿吟懷詩未了。

再次叔通來字詩字韻二首

秋雲冥冥未開霽，搔首懷人人未來。特地送將雙鯉去，果然换得兩詩回。

誰念溪翁我念之，折腰為米見諸詩。春秧夏穟苦縈抱，不似東坡更似誰。自注：見東坡糴米詩。

次叔通見寄四首韻

萬箱未獲交徧謫，積雨不翅三日霖。如將翳處日忽露，似欲霽間雲復深。况當邊報置郵速，詎識老儒憂世心。讀君詩罷三太息，嘿不晤語行磵陰。自注：苦雨。

掀髯停盃一問之，細讀白柄長鑱詩。我生託子以為命，世路艱危徒爾為。北闕不才書莫上，西山有味去何辭。流風餘韻只在眼，須信古今同一時。自注：乞米。

江山到眼一披豁，世念攪思三宜休。文章苦心費雕琢，歲月老我徒謬悠。欲譚圓覺識佛祖，更希超舉期浮丘。宗盟暮年味嚼蠟，灰木萬念空煩憂。自注：退休。

周遭山五峰，環抱潭一曲。溪頭植楊柳，山下栽松菊。盈阡穲稏香，遶舍梨柿熟。歸來書在牀，出去雲滿屋。蕭散樂予心，可謂享清福。自注：晚福。

東屯莊監秤六言三首

讀書不執箋注，治生奚用豐財。詩吟一首兩首，酒飲三盃五盃。石田茅屋無恙，不與亂生蒼苔。

天末鴻飛無際，沙頭鷺立倍鮮。霞明東崦箇裏，烟抹西山那邊。上馬吟詩未竟，舉頭望月俄圓。

割盡黄雲萬頃，春成玉粒千倉。出甑香粳滿舍，壓糟新酒盈堈。田家慚愧時熟，官賦催徵可償。

邀趙行之陳敬叟未至四韻速之

一別親朋歲月催，衿連袂屬肯俱來。交情聊叙慇懃意，野蔌隨宜三兩杯。新月窺簷頻起顧，清風動竹幾驚猜。碧雲日暮山環合，竚立柴扉首屢回。

陳洮湖取古今梅詩自鮑明遠降至今日名勝集中所賦悉和之凡千首計三十六卷十日然後讀畢用其叙中四韻和題其後

照眼梅花雪作堆，陰厓寒谷帶春回。千篇墮我吟邊去，萬里懷人書未來。遶樹政須搜苦語，攀條那忍負芳杯。長鑱幾度鋤明月，盡是劉郎手自栽。

和林處士梅詩八首有叙

和靖梅章傳播今古，洮湖賡和，發越詞華，殆使後人不復敢措諸辭。然人各有懷，吟各有趣，何遽縮氣。今雖千篇，抑未為富焉。異時騷人詞客吟賦不已，吾見其少也，未見其多也。偶夜醉，一筆和成，不自知其句語云何。吁！是豈予之言哉，梅憑言於予者也，諸兄亦將為梅所憑矣。毋作寒蟬，致梅姍哂。

年年江上見梅時，憶著西湖處士詩。香暗影疎清到骨，水邊籬下雪融枝。可知寒谷先回律，會是東皇肯與私。竹逕松扉留作伴，莫教風伯肆狂吹。

芳菲猶未露春妍，已是梅開溪上園。香靜細參花外意，眼明應笑霧中昏。自憐拙思污吟筆，誰賦新詩入夢魂。風味滿前難料理，急招佳客對開尊。

梅花濕露未全乾，青女橫陳故作難。卯醉醉如申醉醉，晚寒寒似曉寒寒。園林雪後清孤甚，京洛塵中子細看。自是丰神無與比，肯同桃李戀雕鞍。

寂寞吟懷誰與開，前村除是竹邊梅。清尊撩觸香三嗅，短日吟搜腸九回。石路與風隨袖入，茆簷和月上窗來。自注：謂暗香疎影。幾番客散庭空處，獨倚寒梢更一杯。

犯寒不怕雪蒙頭，蹋石穿林不暫休。千首詩成千首意，十分春瘦十分愁。飛添宮額粧同艷，斜插鬢雲香共留。勉續清吟知筆弱，苦無風度恐花羞。

雪皎花明夜不迷，借光何假更然臍。詠吟自我形長短，斟唱從渠付淺低。誰識摽梅詩什賦，絶勝紅葉御溝題。明朝杖履山行去，約束牛羊勿踐蹊。

一樹纔開玉未殘，忍些風雪耐些寒。不須俗子聯翩去，政要幽人自在看。白玉堂中春信早，黄金琖裏酒痕乾。後凋孰與堅盟約，松竹青青共歲闌。

尋春山徑坐班荆，食罍芳尊後乘并。觴詠隨宜無限趣，塵囂不到有餘清。風流天賦幽閒態，寂寞霜明冷澹情。若把春葩歸品藻，此花端的冠羣英。

與政仲山行見梅偶成併和其詩二首

巉巗石壁攄崕嵬，烟檻風篁十數栽。約客偶成花外逕，舉頭俄見竹邊梅。背陰寒谷無人問，著句陽春有意栽。慚愧心腸非鐵石，携壺遶樹日千回。

梅花端的記年芳，每到開時趁一陽。緑水湖邊和靖句，含章簷下壽陽妝。昏昏澹月疎疎影，緩緩清風細細香。不比芳春萬紅紫，蕩人狂思費思量。

水僊花分韻得鴻字

借水開花體態豐，護畦寒日玉瓏璁。素槃黄琖清尊並，緑箸青簪白髮同。楚楚凌波明振鷺，翩翩遵渚潔飛鴻。斷腸莫賦招魂句，我政憐渠趣未窮。

感事懷人送春病酒曉起五首 四庫本作次叔通見寄近作五首

把酒傷春暮，何人慰寂寥。才高融未薦，魂斷玉空招。賦就青陽曲，吟成白紵謠。拊欄三太息，幽憤幾磨消。自注：感事。

節物隨時換，朱明斗轉杓。波肥溪鱮壯，風暖谷鶯嬌。青草溪頭岸，紅欄水際橋。懷人無數舍，我欲致書招。自注：懷人。

煮醞青梅且共嘗，遊蜂飛蝶為誰忙。鞦韆綵索迷青草，車馬紅橋鎖緑楊。春事戰回蒲劍老，詩腸結盡柳絲長。韶光賦別休匆遽，凝佇東風更一觴。自注：送春。

積雨平田水接天，乍晴雲日焕山川。浄無餘馥延春艷，縟有繁陰長夏妍。泛泛荷衣青倚蓋，輕輕柳絮白飛綿。一聲布穀催清曉，節物驚心撓醉眠。自注：病酒。

雙眉不皺樂平生，一㪷時能對客傾。曉枕恰醒紅日上，篆爐未歇紫烟明。畫橋貼水輕飛燕，緑牖依山静囀鶯。隨雨隨晴看天氣，緩扶筇杖遶園行。自注：曉起。

賓從集藕花堂分韻得園字二十韻

流金爍石火燎燔，何地泄此畏暑袢。草堂幸有茆三間，冷浸十畝泉有源。泉音琮琤下空山，金石戛擊聲潺湲。太華峰頭十丈蓮，吾儂玉井親移根。開華結實今幾年，紅幢緑蓋風翻翻。捲舒萬柄摇蒼烟，香苞芳萼錦綺緐。雲將急雨珠濺圓，日焙晴酣香勝蓀。龜魚竊𣌏鷗鷺眠，勾致屬玉棲雙鴛。房青子碧甘剥鮮，藕白條翠冰堆盆。嚼之清泠醒醉魂，猶可招邀慰文園。君胡不聞李謫仙，聲名飄然譽開元。忽傳詔草白蓮序，一掃意到無餘言。又知蘇州韋不凡，風清月曉之江樊。形容委曲識花趣，妙語歷歷成訂論。

我今對花難著句，挹取香氣臨窗軒。俱來亦有二三子，將壇共築旗同摔。搜吟速下一轉語，縮手無畏前輩尊。但今取之二老間，勿效碔砆亂璵璠。少需紅日西沉山，從容特為開芳尊。晚色婉静更麗娟，詠到東方生曉暾。

外舅安撫遊東湖一聯云潤衣紅濕池荷雨拂面清泠檻竹風即席令足成之

庚伏人間暑氣隆，納涼留客詠詩翁。潤衣紅濕池荷雨，拂面清泠檻竹風。沙觜舊痕平不露，野灣新漲曲相通。畫橈滄月人歸處，萬蓋翻翻湧翠篷。

楊户曹用外舅二詩韻見寄和以酬之

得不知所止，泛然乘風船。正大辱啟蒙，似欲駕我僊。大哉周孔心，異彼祇漆園。講月琢以磨，豈在耘人田。切問而近思，進進在不已。流光駒過隙，遷變一彈指。道大無津涯，詎作井蛙喜。公私義利分，亦各從其類。

請遊山之日於黎廣文二首寺有萬竹

此君原不俗，幽趣逼蒼官。濁世三庚熱，空山六月寒。何憂懷抱隘，便攬水雲寬。敬請遊盤日，追隨杖屨看。

聞説江隈裏，雲藏古寺深。不妨相唤集，作意共登臨。苦茗供朝盌，伊蒲饌晚鬻。天風吹皓月，歸路細披襟。

上王通守傳易數名文孫，王沂公後

大哉皇羲古神聖，八卦始畫天地闢。乾效於天坤法地，六子運用眇難測。天理人文一宣朗，萬化昭然從此出。發明洊更三聖手，動静機緘皎如日。自從戰國周綱頹，是道亦幾乎暂息。漢儒衆説徒專門，後世可聞無幾及。傳流吾宋盛文物，學老儒宗相繼述。濂溪伊洛紹韋編，數至邵公精算策。祇今南渡九十年，統會宗元孰探賾。恭惟先生藴其祕，口不宣言藏以臆。愚雖不敏敢敬請，願執門牆灑掃役。先生學識際天人，先生手提六經筆。俯察仰觀關鍵透，虚澈寸心參太極。不鄙愚昧謂之進，啟迪狂迷窺奥閫。他年衣鉢得親傳，誓言力造神明德。

以上《方是閒居士小稿》卷上

宴吴侯致語口號 代外舅作

一昨初登大將壇，弓刀旗幟簇雕鞍。連營壯士心先服，並塞胡人膽已寒。天上麒麟祥可卜，人間日月老應難。明年樞府為公壽，慷慨還知酒量寬。

同上書卷下

全宋詩卷二七八三

劉學箕二

寄靜菴

天寒日短道路長，白雲飛去知吾鄉。大江之東渭之北，念吾故人何可忘。别來楊柳春依依，只今開到梅花香。扁舟漫浪歸未得，京塵海裏安行藏。身名未立仰天笑，牀頭夜夜鳴干將。羡師物外無寵辱，庭前柏樹常蒼蒼。吁嗟急羽飛不到，二千里外空相望。五雲前墜滿室光，報師之意無以將。篇詩滚墨纔淋浪，一聲雁過天南翔。

和韵

窗燭銷殘轉寂寥，柴門無復野僧敲。偶來枕上吟詩就，記向心頭欠筆抄。鳴竹數聲疑雪片，尋梅清夢到山坳。世情雲雨多翻覆，誰是江湖耐久交。

蕭長公來訪示以諸公詩卷謂與予遊從之久不能一辭爲贈頗相譙責予賦之不可辭之亦不可皆有説焉名章儁語前後相望無數次乎其間是覥西子之容面自增醜耳所不容却者予年十五時海山官丁受琴于長夫今予年四十與長夫有二十五年之舊辭之弗作其可乎因書數言按：此題亦見元刊本，但所收詩完全不同。

生平不願為傭書，亦不願作章句儒。酒酣詩成吐素霓，意氣凜凜吞千夫。前年排雲叫閶闔，出門一夜車四角。去年海嶠席未溫，一舸乘潮又催□。大江之西日本東，廬陵文物常稱雄。決科歲占十八九，君當努力提詞鋒。才高不用長歎息，四海彌天豈無識。壯年懷居亦何有，著眼帶礪開胸臆。巖巖柏府凌高寒，豪士傾蓋宜交歡。我知屠龍不屠豬，食馬政欲食馬肝。吴姬壓酒飄香絮，謫仙神遊歌白紵。敬亭惟有孤雲閒，欲雨人間亦飛去。

有所思

憶昔美人初別時，長亭兩岸柳依依。今日美人天之涯，美人美人胡不歸。憶昔君別妾，分破青鸞鏡。破鏡如破心，與妾表相憶，相憶圖久深。憶昔妾別君，剪斷金鳳釵。斷釵如斷腸，贈君表相思，相思圖久長。一日一日復一日，青鏡鸞孤釵鳳隻。未必君相思，能如妾相憶。寒衣剪就欲寄君，長安門外無行人。雁聲半夜西風惡，窗前一片梧桐落。

觀猿

掛石攀雲日半斜，亂山深處飽煙霞。香林月滿僧歸去，啼落春風幾樹花。

失鶴

頂上新成九轉丹，□花日日到春壇。夜深飛上雲霄去，華表月明風露寒。

宿大慈山悟真觀

終南道士學彈琴，門外松蘿鎖翠陰。涉海八龍朝出洞，隔山羣鹿夜歸林。琪花過雨溪風澹，玉樹籠煙璧月沈。三十六壇鐘鼓寂，雲璈聲接步虚音。

賦林景參梅嶼

結廬分得雁山雲，嶼上梅花是四鄰。水月一天薌世界，冰霜千古玉精神。短檠夜雨西窗夢，長鋏秋風北塞塵。我亦煙波綸釣侶，與君同作歲寒人。

懷潘鄧屋

洛陽纔解珮，過眼忽秋分。四海一明月，千山共白雲。雁煙迷曉樹，蟲露濕香芹。滿紙相思字，臨風欲寄君。

吴江道上

夜半扁舟出洞庭，客帆初掛早潮平。社風纔起海鷹至，嵐露未收江鵠鳴。吴岫亂雲擎古塔，楚皋寒葉擁荒城。垂虹橋外天連水，無限别離生杜蘅。

登西樓懷湯損之

楊柳飄颻春思長，緑橋流水遶宫牆。碧雲望斷空回首，一半欄干無夕陽。

吴山雪霽

九天宫闕春風滿，陸地樓臺夜月寒。鐵笛一聲吹雁落，片雲不到玉欄干。

雙路

王命馳驅不敢輕，文書要覈去來情。青山步步生幽意，碧澗悠悠趁遠程。春淺禽聲猶自小，泥酥馬蹟正宜晴。地名見説名雙路，便舍崎嶇就坦平。

實際窗前睡香

瑞錦窠應對錦郎，誰將靈種到幽坊。山深月冷梅花老，壓盡羣英是此香。

石橋樓待

當年立雪直齊腰，宗旨流傳到石橋。風急窗寒燈影遠，疎梅無語夜香銷。手筆華嚴梵笈新，更開寶地接迷津。一聲金磬人初静，月照空山草自春。

聞寺中曉鼓

靈鼉一鼓振潮音，征夢迢遥枕畔聞。語斷頻伽天正曉，松風吹散滿山雲。

跨水道間

店舍總迢遥，山深轉寂寥。看鷗臨遠水，下馬過危橋。晴雪林間少，春風野外饒。此行為王事，旅食任蕭條。

岹山鋪

未説路行難，山深分外寒。晚村林隱寺，春澗石鳴灘。薄宦曾無補，勞生敢自安。羽書雖較少，備禦莫教寬。

杏　塘

境接江東界，郵程是杏塘。雨喧茅屋小，泥滑草橋長。曠野人稀少，平田水渺茫。半生遊歷地，未若此荒涼。

四安焚惠藏殿記云：曾經兵火不能焚，法輪自轉

劫火不能焚，空中轉法輪。風霜鳰殿古，金碧貝函塵。物本由成數，人言不壞身。却憐無問者，遺蹟竟

成陳。

上司諫曹先生

聲名滿世重如山，果見延登左掖班。天子虚心求國是，先生著手濟時艱。要看出處諸公上，只在精神一轉間。前此極言雖引去，安危理亂正相關。

池萍

一番雨過一番多，間挾晴風漲緑波。柳絮吹殘遊蹟在，謝池點點是陽和。

竹籬茅舍去相安，誰與移根入畫欄。儘道重簾妨暖日，疎枝却得護春寒。

風標漫與萬花殊，可有塵埃染得渠。把住瓊枝相晤語，只疑身在玉堂居。

和陸明叟

了無閒事上眉纖，一炷清香静晝簾。造化自從回暖律，芬華頓覺轉窮簷。輕風度柳春情薄，細雨催花土脈黏。所愧微官相束縛，何因共訪酒家帘。

夜窗聽雨

一炷夜香清，挑燈聽雨聲。雖然添客夢，却可助詩情。澤沁蘭心重，泥酥笋角萌。山行頻有約，日日候晴明。

破榴

蜂殼盈盈萬顆珠，潤於瑪瑙浸冰壺。吟心先自清如水，嚼了寒霜骨更臞。

登應天塔

雲級湧青冥，金鼇載寶輪。地高心自逸，天近足無塵。圖畫千峰晚，樓臺萬井春。三生許元度，曾此證前身。

鰻　井在應天塔後羅漢堂。舊聞有泉透海，後為婦人所穢，今枯涸矣。下即濮邸園廟

人言此井有靈源，潮落潮生透海門。陵谷未須窮變易，朱牆裏是濮王園。

大能仁寺山門八百餘年，戊戌秋，震於風雨

規模應甲刹，殿閣擁金仙。歲歉炊煙絶，城低野色連。客僧皆散去，主者獨安眠。成毁難逃數，山門八百年。

留　滯

何期蹤跡又遲留，行止於人自不由。夢境固知空似蟻，生涯却笑拙於鳩。碧涵一鏡晴天闊，翠擁千峰宿雨收。從此公餘須杖屨，未應草草度春休。

曉　寒

曲曲屏山憶夢中，峭寒成陣入簾櫳。宿香銷盡金猊冷，一樹梅花却曉春。

晚　思

客思悠悠幸自安，亦因吟事可相寬。小窗過了廉纖雨，細與東風説晚寒。

用明叟韵併寓山行未成之意

久客住蘭亭，心同晉水清。忘機盟宿鷺，伐木聽雛鶯。物亦知人意，春寧有世情。幽尋空作計，一夜雨連明。

苦雨

何期一雨成三日，約客同行竟未能。春到分時陰不解，夜當深處氣猶凝。簷低捲箔看飄灑，礎潤添香散鬱蒸。想見故園梅落盡，和羹消息又堪憑。

雨中用雪坡韵

無計酬春獨有詩，倚欄終日候晴暉。東風漸屬新桃李，簾幕深深燕子飛。

雪坡以雨阻山行有詩用以次韵

為欲看山助眼明，頻占鵲喜報新晴。春光已過三之一，塵世難逢四者并。詩酒深情殊未適，水蔬薄具亦頻更。終來不似西湖好，晴雨皆堪傍柳行。

月丹和鶴莊韵

靈種飛來鶴頂紅，誰云九轉有仙功。廣庭曾侍東風宴，留得霞杯照晚叢。

禹廟

且要盡清歡，須知一出難。人因晴後喜，春到水邊寬。柳長官橋媚，梅飄客袖寒。荒祠存禹蹟，得得又來看。

鏡湖一曲

天與平湖老賀郎，春波依舊染晴光。可憐千載風流意，付與租符曉夕忙。

用雪坡春色韵

纔出城門興便濃，晴光野色兩俱融。柳方染得三分緑，桃已熏成一半紅。山湧林巒荒寺隱，湖分港汊小舟通。相携各自論年事，幾度春風一鬢蓬。

用梅溪鏡湖韵

畎畝鏡中分，滄波雜斷雲。向來官裏賜，今屬野人耘。懷古天難問，貪吟日易曛。羽衣傳遺本，起誦想餘芬。

天基瑞應宫 舊毓聖地

金碧擁瓊廬，天開繞電區。烏流周室瑞，蛇斷漢家符。石井騰曦馭，瑶壇布斗樞。願將皇極福，敷錫徧康衢。

送東蒲張應發歸永嘉

客裏偶相逢，襟懷亦偶同。對梅吟夜月，新柳間春風。子勿言浮梗，余方笑轉蓬。歸程經雁蕩，得句附郵筒。

碧　桃

月浸虚庭夜未央，一枝静對白雲鄉。三生自結玄都約，來伴疎梅到玉堂。

一春屢有陽明之約雨輒尼之將旋幙侍外舅來游邂逅二羽衣一能參上道一能知天丹竟日留話喜賦二解時清明日也

幾有行山約，山靈早得知。仙家寧易到，塵世亦何為。草潤非煙石，花流止水池。不晴還不雨，正是賣餳時。

裂石未嘗闢，毋將俗眼觀。虚中原有愛，造藴亦何難。羽客能談道，雲房識候丹。只應仙有分，風響步虛壇。

道間見桃李花

東風到處競繁華，不問窮簷與大家。垂柳絲中深院宇，隔牆時有出來花。

古寺

應天曾建塔，又此結精廬。釋氏緣何熟，詩人念總疎。壁荒遺畫水，僧老學醫書。笑我重來者，經年不定居。自注：去年點木白洋僧居此寺。

奉和龜翁送別

為說吟邊事，曾陪譙笑頻。自慚無韵者，敢對有名人。雨洗秦山曉，波明鏡水春。匆匆還別去，芳草正如茵。

蕭山望城中遺漏

見説天文變，頻占太史臺。但云星犯月，不料火為災。晝夜看煙滅，逢人問訊來。丹心勤戀闕，東鄉極裴徊。

喚渡旋樸

半載蓬萊地，相携只是詩。心懷丹鳳去，夢與白鷗隨。俯仰俱無愧，勤勞必有知。歸舟平似掌，天亦念孤危。

以上宋陳思《兩宋名賢小集》卷二三八《方是閒居士小稿》

（嚴文儒整理）

王文孫

王文孫，王曾後裔，曾官通判。事見《方是閒居士小稿》卷上《上王通守傳易數》題注。

和答劉習之見贈

先天奧學果何傳，造化機緘存闔闢。精微惝恍入神範，天地謂可俄而測。粤從一畫抉秘藴，乾元庶物因首出。陽推陰盪六子成，致用坎離為月日。原作日月，據原唱詩乙天人相與妙難詰，斯道豈容秦火息。九家分派流愈遠，緯讖紛紛非所及。韋編三絶繫聖經，微言尚切明作述。我生苦晚心好古，謾索圖書考龜策。浩如烟海無津涯，自哂蓬心窺至賾。衆言淆亂折以理，是非安敢決諸臆。吉凶前定信可推，人事堪憐空役役。優游姑樂環中趣，默參經世用皇極。較量得失心自知，議論無用形於筆。觀君氣宇元静定，何慮不優入聖閾。不鄙謂予可相友，願鑿渾沌以報德。《方是閒居士小稿》卷上附

（虞行整理）

全宋詩卷二七八四

周端臣

周端臣，字彦良，號葵窗（《詩家鼎臠》卷上），建業（今江蘇南京）人。光宗紹熙三年（一一九二）寓臨安（《僕以紹熙壬子中夏二十有五日始躋風篁……》）。後出仕，未十年而卒（釋斯植《采芝集·挽周彦良》「白首功成未十年」）。有《葵窗稿》，已佚。《江湖後集》卷三輯有其詩一卷。

周端臣詩，以影印文淵閣《四庫全書·江湖後集》爲底本，與新輯集外詩合編爲一卷。

西京少年行

西京少年兒，生長豪貴族。光浮兩臉紅，春留雙鬢緑。常騎大宛馬，多佩于闐玉。明珠博美姬，黄金酬麗曲。朝從咸陽遊，暮向長陵宿。朱門人候歸，夜夜然紅燭。

毋忽詩

毋忽咫尺水，中恐有伏龍。毋忽尋丈山，中恐有毒蟲。是以古君子，不敢欺盲聾。審密言語間，戒謹闇室中。幾微怠所防，敵國起奴童。事固不可忽，理亦不可窮。周室八百年，成於垂釣翁。

僕以紹熙壬子中夏二十有五日始躋風篁探龍井遂至廣福謁三賢像閲舊碑追觀一代風流爲賦此詩適月林依公留設茗供因書以遺之他日能爲我揭詩板于壁間使示來者亦山中之一助也

龍井寺有辨才師、趙清獻、蘇文忠塑像

奇石爛橫道，兹山信多姿。江湖釃兩股，一泓乃孤危。相傳龍所家，或恐神護持。腥風轉霳霹，陰崖立淋漓。惜無緯蕭勇，探此抱寶癡。山僧作屋意，慘澹生幽思。胡為金繆影，顛倒眩俗兒。坐來百念失，蒼官導前馳。招提果深登，屐痕恍前期。咄哉少肉山，著此高巔師。端能致遨遊，絶唱相娱嬉。過溪亦何事，相送了不疑。渠能縛禪律，因來數鬚眉。我愛秦郎記，字壓頭陀碑。月林只夜夜，人物自一時。賢愚盡蟻封，來者吾得知。

二月芳草碧寄吴中故人

二月芳草碧，江南新燕來。撫兹良歲時，佳人安在哉。佳人棄我去，杳在天之涯。天涯望不極，叢愁結中懷。翠觴不成歡，玉琴有餘哀。西湖春事深，林花為誰開。折花無所贈，三嗅空徘徊。樓前東流水，湛湛生緑苔。去波日千里，還繞姑蘇臺。憑水寄我思，旦暮腸九回。

聽無悔琴

悟琴如悟道，神閒若無營。在心不在指，以意非以聲。鏘爾風篁韻，泠然天籟鳴。曲終各一笑，相對無虧成。

物蠹

太虛運元氣，萬物皆憑倚。物或有所違，氣亦隨而否。肉蠹則生蟲，木蠹則生蟻。嗟哉政亦然，於焉起姦宄。蠹久不可為，氣靡物自毁。但得元氣存，不患蠹不死。

奉謝芸居清供之招

生平愧彼蒼，得飽非耘種。自揆蔑寸長，居然叨薄俸。朅來桂玉地，幸了藜藿奉。日昨訪芸居，見我如伯仲。劇談闢幽荒，妙論洗沉痛。呼童張樽罍，芳醪啟春甕。乃約屏羶葷，初筵俱清供。珠櫻映翠莢，光色交浮動。佳境喜漸入，愷之未癡惷。屬厭薦春萌，雋永咀秋葑。黄獨忽登俎，味借蜂蜜重。翻憐少陵翁，山雪入吟諷。早韭晚菘輩，吾家所售用。列品不自珍，而與朋友共。琱盤放手空，適口頗恣縱。日暮雨催返，虚窗結清夢。寄語五侯鯖，從兹勿勞送。

孟冬多風霜

孟冬多風霜，草木俱披靡。老柳葉纔脱，拂拂新萌起。凍梅如枯榛，班班亦含蘂。寒暑運四時，成此歲功美。孰知四時間，獨有春不死。

白虎行

女脩玄鳥開嬴始，附庸于周自非子。由襄寖强三十世，末命昭莊踰崛起。殺降濺血長平坑，返戈盡篡天王城。黷兵不戢恃彊大，物忌太盛終當傾。邯鄲賈人識奇貨，發謀不惜千金破。窈窕尊前歌舞人，腹中已孕秦家禍。怙勢陵威奮餘烈，怨氣愁聲九州裂。虎暴狼貪天使然，六國未滅嬴先滅。天道何曾長助彊，豈知用柔能勝剛。君不見後來項羽戰無敵，却使山河歸漢王。

送翁賓暘之荆湖

君不見司馬子長志横秋，少年足跡不肯休。胸中盤屈奇偉氣，筆力直與造化侔。又不見杜陵子美夸壯遊，一身幾走半九州。吟懷吐納天地秀，作為篇章光斗牛。君今去去幾千里，匣劍囊書赴知己。知己從來素有情，投機之會趨功名。功名豈有作能致，莫辭跋涉長江行。長江四月南風起，武昌魚飲秦淮水。南風不久又西風，食魚休忘鱸魚美。天涯别夢思城東，何日一樽重與同。草橋夜醉月明下，桃關晴吟春色中。不堪蜀魄相催去，却憐檣燕相留住。一片離情去住間，正是遊人腸斷處。荆湖右道分南北，勢與中原豈懸隔。五湖膏血互吞噬，萬里烟塵入謀畫。莫如子長子美但能事文章，蚤歸來獻平戎策。

遊下竺枕流亭

枕流亭下路，兩歲不曾來。今日偶重到，夕陽猶未回。池乾無水放，地暖有花開。後約如能繼，多應為探梅。

真州梅

欹倒幾株梅，黏枝半是苔。相傳前代種，曾歷太平來。山冷雪猶在，春深花始開。亂離無酒買，嚼蘂當銜杯。

書冷泉亭壁

一酌野泉香，翛然俗慮忘。靜聽山鳥語，如笑世人忙。近水苔常濕，無風樹亦凉。老僧閒似我，清坐到斜陽。

聞滁陽失守憶表兄

猶憶歸淮甸，何期陷敵塵。祇聞殘破慘，未得死生真。夢不諳長路，書難附便人。吞聲無限淚，一滴一傷神。

裴墳

買船穿僻徑，墳古最幽深。山近風常冷，松蟠晝亦陰。來時無速騎，歸路有鳴禽。寄語城居者，何人肯訪尋。

虛室

虛室似僧房，蒲團倚竹床。半窗紅日影，一陣紫蘭香。誦熟閒居賦，書成急就章。數朝門不出，過却幾春光。

湖天

湖天初過雨，晴意有無間。春水半侵路，曉雲多礙山。酒煩村店暖，詩就野亭删。風静無啼鳥，垂楊樹樹閒。

登駝𪋻嶺

登頓來忘倦，閒常到亦難。西風摇短鬢，落日倚危欄。山迴江湖小，秋高天地寬。故園何處是，空遺客眸酸。

富景園詩

地比諸園小，池從前代開。猶餘喬木在，曾見上皇來。幽徑埋黄葉，空庭老緑苔。荒寒吟思怯，落日獨徘徊。

初冬即事

初冬天氣暖，小似立春時。萬樹無多葉，千花試一枝。天紅霜有信，星暈雨先期。怕見梅花發，愁懷未辦詩。

讀黨籍碑

黨籍碑成國步屯，忠臣埋没瘴鄉塵。興衰未必皆關數，治亂由來實在人。雷昔震陵天已怒，石今漫滅世尤珍。九原難叫諸賢起，一掬傷心淚染巾。

重陽後一日偕翁賓暘張敬之江樓分韻得臺字

一笑江樓把酒杯，闌干倚徧重徘徊。風生別浦潮回去，雲暗前山雨過來。秋冷丹楓先葉墜，節遲黃菊未花開。憑高引領還興感，昨日誰登戲馬臺。

青銅香鴨詩

誰把工夫巧鑄成，銅青依約綠毛輕。自歸騷客文房後，無復王孫金彈驚。沙觜莫追蘆葦暖，灰心聊吐蕙蘭清。回頭却笑江湖伴，多少遭烹為不鳴。

送牛首爐與人

千載墦間偶得存，傳從鼻祖到雲孫。土痕蝕處形摹薄，苔色侵來款識昏。製樣想應規象鼎，驗圖只合配犧尊。贈君博古齋中去，書傳閒時細討論。

代上劉郎中

彈壓江湖聳市朝，相逢人盡說風騷。詩從南嶽吟逾老，名得西山薦益高。半世歷官纔幕府，午年還國尚郎曹。兒時曾誦先生句，鏡裏如今已二毛。

古劍

籀文漫滅蘚花殘，膽怯旁人不敢看。飛去暗防風雨夜，握來光射斗牛寒。曾成歃血諸侯約，肯受無魚下客彈。寶匣秘藏英氣在，提携終擬斬樓蘭。

送人失官歸　　周端臣

浮世功名總是虛，縱然軒冕又何如。趁無白髮來侵鏡，好買青山去荷鋤。賢聖一丘無用土，英雄幾板可疑書。生涯儻了寒暄計，獨抱遺經亦有餘。

次韻友人悼寵落梅

條脱空嗟萼緑華，俗塵難久駐仙車。數聲畫角單于塞，一曲山香阿母家。墮砌尚疑粧後粉，點衣猶認唾時花。别來埋没春風面，幾度虚窗歎月斜。

春日即事

起來袖手怯寒添，冷落文楸掩玉奩。燕子池塘春雨細，杏花庭院曉風尖。酒醒未解便攲枕，香炷初熏密下簾。百五數來能幾日，黄金柳色已侵簷。

遊秀府擇勝園

擇勝前朝錫雅名，不多花木四時榮。樓當列岫仍臨水，地比諸園最傍城。池暖錦鱗冬亦泳，洞寒丹鶴曉先鳴。宗王信是神仙侶，創得蓬壺小樣成。

咏鶴 分得仙字韻

覓來雛鶴養經年，認得呼名傍客前。放去幾隨雲過海，歸來一片雪翻天。翎梳脩竹林間日，影照寒梅磵下泉。眷戀軒墀應有謂，主人風骨是神仙。

落葉

燮燮霜紅不自持，半隨流水半霑泥。歸巢便覺棲禽冷，覓穴空教返蟻迷。風徑學花飛上下，夜窗疑雨灑東西。滿階不聽家僮掃，擬把新詩逐片題。

次韻張敬之桂花

年年緑桂著花時，黄雪團枝自一奇。林静秋風生處早，山高凉月上來遲。亭邊露濕欄猶倚，書畔香清枕屢攲。惆悵淮南無夢到，楚騷歌罷當吟詩。

次韻勿齋蠟梅

不與南枝鬬粉光，品題應合讓蘇黄。融成蜂蠟千葩秀，散作龍涎幾陣香。立悟瞿曇真面目，坐忘姑射舊梳粧。好風吹墮檀心句，白雪空驚寡和章。

碧　桃

武陵夢覺艷粧空，回首芳姿迥不同。萼緑仙留蒼玉佩，蘂珠人在碧霞宫。素顋褪粉啼春雨，翠袖籠寒怯曉風。惆悵湧金池上路，闌杆倚遍夕陽中。

靈隱山前即事

猿不聞呼僧已歸，翠煙依舊鎖崔嵬。水今流向人寰去，山昔飛從佛國來。古徑夏寒風落木，蒼崖陰潤雨生苔。客纓自喜無塵濯，歌罷滄浪飲一杯。

春日閒居

自笑春來縱酒狂，信緣無定恣尋芳。盃中似蟻浮來緑，瓮裏如鵝脱下黄。花底枕琴迷洞府，溪邊濯足憶滄浪。一從禁闥辭榮後，不復乘雲入帝鄉。

劉寺墳園

萬竹蒼寒擁寺門，寺牌金字御書存。榮華肯信當年事，儀制空留後世恩。影閣有燈塵網暗，殯宫無月土花昏。見梅不敢輕攀折，恐是春風水際魂。

棲霞嶺

九折崎嶇入杳冥，蒼崖中斷見雲生。著身高處不知險，回首省時方始驚。半嶺雷奔空石墮，滿山花發曉霞明。世間豈是無平地，何事吾儂愛此行。

遊籍田

國典斯為重，親耕示不輕。詔涓正月吉，躬率百僚行。奉禮儀脩獻，司農器具呈。儲胥嚴武備，鹵簿肅文明。北闕班春早，東郊賀雨晴。青壇晨氣潤，紫陌曉寒清。玄武移天仗，鉤陳出帝城。停雲依別殿，翔鳥避行營。十二蒼龍駕，三千白虎兵。園花迎翠輦，田柳拂霓旌。少皥陳圭瓚，先農薦特牲。紺轅縈黛耜，蒼佩映朱紘。俯講三推禮，祇勤萬乘情。艱難均土庶，次第及公卿。海寓瞻秋稔，山川慶禮成。豈惟知稼穡，況乃奉粢盛。祈歲稽豳雅，因時昉舜耕。顧嚴天下勸，非侈國人榮。芸史觀先烈，桑樞歎晚生。何當葳熙事，夷夏頌隆平。

古斷腸曲三十首

髻雲鬆滑彈鸞釵，清減羞臨玉鏡臺。蛺蝶也知人寂寞，一雙飛過杏牆來。

催花一霎雨依微，芳逕泥香草色萋。可是一春天氣冷，牡丹開了未鶯啼。

被擁嬌寒曉夢春，起來無事翠眉顰。金瓶拈得雙青杏，掐破中心見箇人。

竹葉裙紗摺摺香，荷風占斷晚西涼。年來歡事愁邊減，別後秋更夢外長。

條風窗户柳陰陰，雲碧春衫熨水沉。花裏小欄人不到，流鶯啼起去年心。

夢破巫山生色屏，錦囊情薄歇餘馨。關河春晚無消息，腸斷樓前楊柳青。

無計消除夜漏長，羅衾熏徹舊時香。十分又是凄愁處，雨歇芭蕉小院凉。

香凝薇帳春風院，酒涴榴裙夜月樓。閒把花枝思往事，舊懽都變作新愁。

一篩凉雨歇亭皐，菡萏無香可得消。玉簟怯秋眠未穩，阿誰樓上夜吹簫。

團扇多情手尚携，金風庭砌拒霜開。斷腸一夜西樓雁，不帶書來帶恨來。

破除難盡是恩情，却怕恩生怨亦生。思念不休心惑亂，夢驚人語似郎聲。

一股金花擘斷釵，兩行玉筯界香顋。近來自覺冰肌瘦，柳緑春衫放窄裁。

井梧和雨下銀床，梁燕隨風別畫堂。二十五聲秋漏永，夢回各自耐思量。

錦屏殘睡思忡忡，心緒無聊酒易中。柳院蘚廳慵不到，斑鳩啼煖落花風。

風色翻成料峭晴，閒期女伴踏青行。怪來昨夜燈花好，却是今朝鬭草嬴。

花庭梨雪疊香痕，燕子歸來亦斷魂。懊惱一場春不管，月明空自立黄昏。

裊裊羅巾淚粉光，緑琴哀怨調凄凉。芳容自覺隨風老，落盡桃花暗斷腸。

窗下親裁白苧衣，日長花影上階遲。不堪杜宇啼春苦，又是去年腸斷時。

金風幾日老庭莎，經下窗櫺換碧紗。天氣已凉人尚遠，晚粧羞戴麗秋花。

玉纖無力怯梳頭，鏡裏容顏見自羞。一陣落紅簾外雨，十分春是十分愁。

舊家院落舊秋風，只有當時人不同。惆悵一窗無用月，為誰凉夜曬梧桐。

脩竹生煙晚逗陰，翠羅香袖怯寒侵。恨同社燕身為客，怕剥秋蓮苦在心。

周端臣

壓髻慵簪雙鳳釵，傷心羞覷合歡鞋。折花暗卜郎音信，旋繫羅裙走下階。
雙蛾顰翠恨天涯，睡起蜂黄沁臉霞。燕子日長深院静，東風無力到楊花。
春嬌殘醉睡初回，索酒扶頭强起來。金斗壓灰熏篤褥，玉缾斟水養徘徊。
蜂蝶飛飛春事忙，煖風池館百花香。連花折得青梅子，怕觸心酸不敢嘗。
楝花篩雪糝蒼苔，人未歸來燕已來。滿眼春驚連日老，兩眉愁是幾時開。
依舊斜陽燕子樓，共誰把酒話閒愁。韋娘去後西風老，爛漫黄花滿院秋。
彈罷瑶箏歇雁行，月移花影上回廊。離情不奈秋蕭索，更著寒蛩管夜長。
小雨班班濕畫欄，一番重做杏花寒。春衫拈起還慵著，却憶天涯客袂單。

湖山園

丹樓碧閣面山開，緑樹紅芳遶水栽。多少好春閒過却，主人無暇不曾來。

落葉

西風不管鵲巢寒，成陣飄來響更乾。最是山房秋思客，夢回疑作雨聲看。

清明湖上

誰家園裏一聲鶯，啼向春風似有情。驚起少年遊冶興，插花沽酒醉清明。

古墳詩

短牆摧倒樹欹斜，碧薺春開滿地花。馬鬣就荒無認處，墓前碑在野人家。

題真妃出浴圖

百媚千嬌出浴時，君王凝盼轉魂迷。香肌猶恐紅綃重，可忍他年踐馬蹄。

秋　曉

一抹凉烟曉未收，露籬踈雨濕牽牛。不知天上秋多少，昨夜西風到小樓。

湖上歸

别却吴姬舊酒壚，扁舟吹笛過平湖。晚雲又是商量雨，遮得秋山一半無。

簡雪窗董寺丞

世路機心走兔迒，雪窗一縷不遮藏。籥雲梯月真游戲，茅舍何曾外玉堂。
聖賢事業在心槃，禹稷顔回豈異觀。世故波瀾同起滅，姓名千古要清寒。

鄰園晚步

忽然楊柳幾絲風，零落桃花數片紅。滿面好春吟不得，一園蝴蝶過牆東。

寒食湖隄

紫陌笙歌簇禁烟，幾年無此好晴天。畫橋日晚遊人醉，花插滿頭扶上船。

春月送人

一湖春緑染初成，柳色東風二月晴。燕子來時人却别，梨花雖好負清明。

元　夕

小院春寒月到遲，閉門閒課上元詩。南來父老消磨盡，耳畔無人説舊時。

謝人惠天花

花從天上落人間，北客來稀路阻難。勝味忽驚藜莧腹，春風腸斷五臺山。

內人燒香圖

花底燒香深閉門，宮鴉棲了已黄昏。君王未識無人妒，雖不承恩却感恩。

買木犀花

拚却杖頭沽酒物，湖邊博得木犀花。西風可是無拘束，一路吹香直到家。

題葉靖逸東庵

一庵自隱古城邊，不是山林不市廛。落月半窗霜滿屋，卧聽宰相去朝天。

二月五日西郊口占

晴日西郊按物華，東風寒峭帽簷斜。江梅已辦調羹事，交割春光與杏花。

秋晚孤山

山夾寒雲晚不收，蘋花洲渚雁聲秋。西湖處士無消息，落日丹楓處處愁。

夜歸

側側梅寒戀客衣，市樓燈比舊年稀。酒徒歌伴凋零盡，獨自吟詩月下歸。

朱門

朱門茅屋偶為隣，北阮那憐南阮貧。却是梅花無世態，隔牆分送一枝春。

早冬湖上

晴湖水落葑田乾，白鳥飛來立晚寒。楊柳不知秋已遠，尚摇疎翠拂欄干。

遣興寄徐抱獨

樓外垂楊啼曉鴉，樓中倦客醉思家。東風不管春將半，一夜清寒勒杏花。

挽芸居二首

天地英靈在，江湖名姓香。良田書滿屋，樂事酒盈觴。字畫堪追晉，詩刊欲徧唐。音容今已矣，老我倍凄凉。

詩思閒逾健，儀容老更清。遽聞身染患，不見子成名。易簀終婚娶，求棺達死生。典刑無復覩，空有淚如傾。

以上《江湖後集》卷三

觀潮行

吴山越山相對青，中有滾滾長江横。長江誰道不曾改，年來一半沙填平。潮生潮落何時了，萬古人間一昏曉。歲歲吴儂來看潮，不知潮送吴儂老。酒樓笙歌喧醉耳，客帆翻覆雲濤裏。悠悠哀樂永相忘，空江落日秋風起。

宋《詩家鼎臠》卷上

偶成

一灑斑斑小雨晴，杖藜隨意散幽情。不論城市山林地，纔有梅花處便清。

《永樂大典》卷九〇三

宿劉仲悦山齋

欹枕蕭齋酒易醒，夜來愁殺庾蘭成。一窗明月人無寐，滿地落花春薄情。隔屋有山雲氣冷，傍簷多竹鳥聲清。如君得此閑居趣，未羨人間利禄榮。

同上書卷二一五三九

村路

雨餘村落迴，祇有鵲營巢。一逕曉煙合，千林春翠交。斷橋斜搭板，破屋倒鋪茅。聞説蠶初浴，柴門不敢敲。

同上書卷三五八一引《葵窗稿》

存目

詩題	首句	出處	附注
書逸人俞太中屋壁	羨君還似我	四庫本《江湖後集》卷三	詩見《東觀集》卷六
贈岐賁推官	動静不違書	同上	詩見同上書卷一
寄唐異山人	不見琴詩友	同上	詩見同上書卷六
題崇勝院河亭	陝郡衙中寺	同上	詩見同上書卷一
作謝馮亞惠鶴	殷勤親惠鶴	同上	詩見同上書卷三
寄題石都尉林亭	園林都尉宅	同上	同上
冬日書事	一月天不暖	同上	詩見同上書卷一
暮春漳川閒居書事	吟齋漳水濱	同上	詩見《逍遥集》
贈三門漕運錢舍人	相知有宿緣	同上	詩見《東觀集》卷二
聞王衢王關登第寄賀	人間第一榮	同上	詩見同上書卷四
謝長安孫舍人寄惠蜀牋	彩牋一軸敵瓊瑰	同上	詩見同上書卷三
晨興	夜長乞待得晨興	同上	詩見同上書卷四
和三門寶程寺丞見贈	禹門公署似仙居	同上	詩見同上書卷三
懷寄河中表兄李徵君	蒲津棠樹兩閒人	同上	詩見同上書卷五
同用晦上人遊漢陂	渼陂寒水碧溶溶	同上	詩見同上書卷四
送謂師赴王寺丞召寫碑	才高吐鳳欺黃絹	同上	詩見同上書卷三
和江南提刑王國博見寄	欲寫情懷難一一	同上	詩見同上書卷四
酬薛田推官見贈	紅蓮客惠碧雲篇	同上	詩見同上書卷一
謝劉大著寄惠玉牋	皎潔分明如我鬢	同上	詩見同上書卷五

（李全整理）

全宋詩卷二七八五

楊權

楊權（一一六二—一二四〇），字正夫，盱江（今江西南城）人。道士。理宗嘉熙四年卒，年七十九（明嘉靖《九江府志》卷一四）。

臨終偈

七十九年夢覺，五湖四海隨緣。撥轉雲頭歸去，曉日東升赤然。明李汎嘉靖《九江府志》卷一四

（戴螢整理）

許復道

許復道（一一六二—？），字從道，號鍊庵，義烏（今屬浙江）人。寧宗嘉定十年（一二一七）進士，時年五十六。爲淮西總領所幹官，以通直郎致仕。清康熙《金華府志》卷一六、《金華賢達傳》卷五有傳。今録詩四首。

涵碧亭

飛泉當面玉虹垂，收拾驚濤貯小池。□□倚岩山骨秀，激湍成雨潤毛滋。壁間遺墨淒塵□，眼底新篇□色絲。却憶謝公山更好，夢中時不負心期。

繞竹沿崖一徑垂，穿山飛玉落芳池。林深坐覺塵埃遠，岩潤長含雨露滋。雙鯉對浮波面石，一綸難擲掌中絲。月明歸路烟霞外，更與山公再訂期。

沿途聽潺湲，蒙茸冒沙石。誰知此山下，千里在咫尺。潭潭光明宫，皎皎心印宅。石細泉自香，水净林逾碧。太清無潛鱗，至弱而能力。玉龍出蒼峽，威勇壯莫敵。風雨填空來，萬夫助推激。座中起波濤，足下殷霹靂。我來縱雄觀，神意了莫逆。心鏡净表裏，坐久萬籟息。悠然到平淡，涣若春冰釋。棲遲羅書記，想像劉賓客。勝緣在山間，每至忽有得。何以謝山靈，作詩慰岑寂。

清黨金衡道光《東陽縣志》卷二六

趙金氏墓

埋骨青山足古今，北邙深鎖暮雲平。夜台長寄千秋烈，子燕何須吊王京。

（王寧整理）

張諤

張諤，光宗紹熙三年（一一九二）知萬載縣（民國《萬載縣志》卷五）。

静樂軒喜成

山縣為官不見山，一朝列嶂忽當闌。抽身牒訴時舒眼，領客杖藜聊解顔。常樂本來由我静，倦飛每爾愧知還。莫嫌邑小仍兼陋，曾有涪翁賞是間。

民國龍賡言《萬載縣志》卷一二

趙善晤

趙善晤，光宗紹熙三年（一一九二）通判汀州（《永樂大典》卷七八九三引《臨汀志》）。

題貢院

天約閑雲結嫩陰，苦無詩酒懶登臨。一聲雞唱日初午，滿地花寒秋已深。明黃仲昭弘治《八閩通志》卷八〇

徐綱

徐綱，字希顔，崇德（今浙江桐鄉西南）人。光宗紹熙三年（一一九二）知江陰縣（明嘉靖《江陰縣志》卷一二）。

白龍寺

萬木梢頭見塔尖，道人於此卜幽潛。深林六月風敲竹，古寺三更月入龕。天旱蛟龍藏窟宅，水枯魚鱉露鬚髯。我來赤日祈甘雨，卧聽蕭蕭瀉屋簷。明張衮嘉靖《江陰縣志》卷一九

錢宏

錢宏，字文子，號白石，樂清（今屬浙江）人。光宗紹熙三年（一一九二）兩優釋褐。官至宗正少卿。事見《東甌詩存》卷四。今録詩二首。

望吴亭次黄一尹韻

東望長安山復山，數峯還出兩峯間。攬衣來即三年戍，引客聊為一日閑。身似暮雲低更好，心如歸鳥倦

知還。聖朝倘得收遺物，歎息搔頭鬢已斑。

白石巖

巖下碧藤掛紫烟，巖頭白石插青天。精靈屹作鄉邦鎮，一劍霜寒二百年。以上清曾唯《東甌詩存》卷四

程應申

程應申，字及父，樂平（今屬江西）人。光宗紹熙中進士。官知都昌縣，通判隨州。事見清同治《樂平縣志》卷八。

清心堂爲余宰題

靈臺元自與天通，一點塵飛失太空。六鑿爾時俱偃息，八窗何處不玲瓏。公田有秫猶難色，暮夜無金即直躬。要識此中清入妙，也忘堂上古絲桐。清汪元祥同治《樂平縣志》卷九

（以上戴螢整理）

錢文子

錢文子，字文季，樂清（今屬浙江）人。光宗紹熙三年（一一九二）上舍釋褐。寧宗嘉泰四年（一二〇四）知台州，開禧元年（一二〇五）知常州（《嘉定赤城志》卷九）。嘉定元年（一二〇八）爲成都轉運判官（《宋會要輯稿》職官七四之三二）。三年，以吏部員外郎兼國史院編修官。四年，爲宗正少卿（《南宋館閣續録》卷九）。有《白石詩傳》十卷等（《宋史·藝文志》），已佚。今録詩三首。

次韻李使君追悼雪巢先生

文龍竟復老汙池，一笑應從造化期。環顧室廬無長物，流傳人世有新詩。殷勤池上相從處，悽愴床前永訣時。更有後來賢太守，遡風猶解挹清規。自注：予為台州，雪巢屢從予飲池上，未幾病不能起。比予罷官，別之牖下。

窊尊絶句

招邀風月須坡叟，管領江山屬漫郎。更築危亭依巨石，願從二子老滄浪。《永樂大典》卷三五八四

狀元去春用楊吉州子直韵賦玉蕊詩老謗久稽奉酬今承秩滿還朝就以爲餞丙辰

晝攬羣芳博物華，夕披衆説聚螢車。花來北固無新唱，詩到西崑有故家。鄉里孝廉流澤遠，弟兄科甲搢紳夸。盍歸史觀開群玉，徐步詞垣判五花。同上書卷一一〇七七

（于博文整理）

張　沄

張沄，字聲父，號五澗，吴興（今浙江湖州）人。光宗紹熙三年（一一九二）進士。清同治《湖州府志》卷七四有傳。今録詩二首。

詠苔梅

老龍全身著艾蒳，不耐久蟄潛拏空。爪頭撥動陽春信，香在霜痕雪點中。

題黄碧酒肆

東風吹雨水平沙，下却籃輿訪酒家。行役不知春早暮，牆頭紅杏欲飛花。以上宋韋居安《梅磵詩話》卷下

黄伯固

黄伯固，字子堅，一字德常（《萬姓統譜》卷四七），將樂（今屬福建）人。光宗紹熙間進士。寧宗嘉定二年（一二〇九）知上高縣。累官兵部侍郎。理宗紹定二年（一二二九）出爲成都路安撫使。端平元年（一二三四）移江西安撫使兼知江州（《南宋制撫年表》卷下、卷上），累遷至尚書致仕。清同治《上高縣志》卷七有傳。今録詩三首。

淵靚亭

江山無古今，闡發自我輩。心期得地勝，有目皆一快。負郭西繚川，衆流翕以匯。水光開三面，結屋此其最。囂塵劃清漪，景象極爽塏。泓澄湛寒碧，潭影尤可愛。巖前列烟樹，翠色聯不解。盤坳石下瞰，林立錯奇怪。雄觀喜新獲，曠境了無碍。人謀孰使然，天作若有待。學宫爾多士，游息於此在。豈但濯爾纓，亦可湔爾佩。翛然魚在藻，行矣鯤化海。維兹淵靚名，妙處默領會。中庸至矣夫，智者樂在内。水德本無虚，人心亦清灑。即物以察己，致之不在大。清源堪疏瀹，世慮滌昏昧。曾子浴乎沂，不出一唯外。淡乎貫傳心，或可分一派。

雙清閣詠雪

箕伯宵聲怒，髽童早語咍。飛花先臘白，和氣覺春回。暗動雲都簇，先憑雨作媒。有情皆噤慘，無物不低摧。闊灑吞平野，斜飛透隙埃。朦朧山下路，孤絶水邊桅。厚載危傾壓，陰機巧剪裁。溪流連底澁，蒙嶺徹尖堆。妬舞時飄袖，催詩謄遺材。高將凌玉闕，清可並瑶臺。密密疑霏屑，紛紛認落梅。諏龜占穲稏，宿鷺斂毰毸。凍案呵吟筆，高樓殢酒盃。市衢停轍迹，香篆冷爐灰。試問麻衣詠，何如柳絮才。一時聊紀事，著句郢難陪。

公餘漫興

蓼花秋水漫官衙，令尹情懷自一家。退食小齋無俗事，閒呼童子問桑麻。

以上清馮蘭森同治《上高縣志》卷一三

章師古

章師古，光宗紹熙時人(《金石苑》卷二)。

留題石堂院

何處足清涼，山南古石堂。溪沙留虎跡，水影上僧房。萬景因深僻，無人為發揚。侵苔寫澀句，筆凍不成行。

清劉喜海《金石苑》卷二

倪德元

倪德元，光宗紹熙時人(清康熙《安慶府志》卷三〇)。

釣魚磯 紹熙辛亥歲清明後一日

□□□□□□，□□□□□□。以文會友真足樂，寬我老懷百歲憂。盍簪況乃□□席，□□□注黄流。□□□□擊鼉鼓，滿酌玉斝羅珍羞。溪廻斷岸顛崖出，千仞插天如立壁。信知神禹疏鑿功，懸溜黯然長湛碧。波光照影肝胆寒，嵐氣逼人毛髮立。第恐喧呼鳥雀驚，□□□行隨湍急。□□□□□桃花，徘徊一望朝霞赤。疑有秦人住洞天，□來艤舟携酒人。花洞□□□落紅，□鋪萬里□□□。家童採山□殺蔌，稚子屬文資戲劇。須臾嶺頭新月上，歸棹將詩寫岩石。春光都來無百日，憂愁風雨十居七。古今會合不易得，邂逅□今□成昔。郭君退翁世□賢，我欲從之終吾年。年年與君來載酒，此樂人間豈常有。自注：郭履，字退翁。　清張楷康熙《安慶府志》卷三〇

劉端之

劉端之，字菊齋（《景定建康志》卷二二），陽安（今四川簡陽西北）人。光祖長子（《宋史》卷三九三《劉光祖傳》）。

雨花臺

六朝宫苑帝王州，何事興衰若置郵。可是戰争收拾後，却將歌舞破除休。千門盡鎖梧桐雨，萬堞深籠薜荔秋。試陟雨花臺上望，夕陽烟水替人愁。　宋周應合《景定建康志》卷二二

（以上戴螢整理）

李檝

李檝，字商卿，號棲碧山人，南豐（今屬江西）人。善爲詩，年八十餘吟筆不衰，卒後包恢題其墓。事見清同治《南豐縣志》卷二三。今録詩四首。

落　花

拾得紅英不忍殘，殷勤更覓舊枝安。情知不似開時好，猶勝溪頭水面看。　明夏良勝正德《建昌府志》卷一七

山家

日長無客到山家，蘚暈封苔一逕斜。睡美不知中夜雨，起來驚落半岩花。

影印《詩淵》册五頁三○八四

晚春曲

春欲歸何處，流鶯也不知。只應江上水，暗與落花期。

有約

楊柳垂隄水遶門，可人清景近黄昏。明朝有約誰先到，手掐花梢記月痕。

以上清曾燠《江西詩徵》卷一八

（劉雯整理）

釋真淨

釋真淨，號雪庵。寧宗嘉定五年（一二一二），住會稽戒珠寺，重修卧佛殿（《北磵集》卷二《戒珠寺重修卧佛殿記》）。善學顏真卿書，其手帖多名流題跋，以爲不減楊少師，而南禪老人猶在其下。事見《宋元詩會》卷五九。今録詩四首。

寄無爲居士

世俗事無盡，養高心自閒。蔬園通緑野，林塢帶青山。丹竈忘添火，雲菴懶著關。别應修省術，七十見朱顏。

送張簽判遊開先

步入青松裏，迢迢一徑通。漸分華藏界，深隱法王宮。道與神仙別，人非世俗同。欲知西祖意，庭柏老春風。

留題紹公寂照軒

幽軒名寂照，四海坐中閒。景物有遷色，主人無異顔。野泉澄檻外，香藹起簷間。涼夜誰相問，寥寥月滿山。

送人之南嶽

境幽南嶽寺，路向碧巖分。遠近松相接，高低鐘共聞。靈禽時奏樂，香石日籠雲。想到經行處，超然趣不羣。

以上清陳焯《宋元詩會》卷五九

（聞賢整理）

王翥

王翥，字一飛，成都（今屬四川）人。寧宗慶元中蜀吴曦軍亂，翥佯病風痹，不從其謀，事定，匿巴中，爲農終身。事見《谷音》卷上。今録詩五首。

送張判官歸巴州

回首三巴曲，平生萬里橋。衣冠無賴客，花月可憐宵。

浮世

浮世惟高枕，平生有敝裘。江花中酒日，巴雨落帆秋。老矣英雄事，愚哉盜賊謀。啼猿長自在，一笑下滄洲。

灌口秋漲

所向愁無地，窮源欲上天。蛟龍胡爾怒，鷗鷺更誰憐。萬里朝宗意，群凶跋扈年。生涯秋色裏，獨立問漁船。

吴宣撫故宅

社稷疲奔命，乾坤服至誠。扶持三蜀在，出入兩朝榮。豖犬有遺恨，麒麟空復情。家聲隤已盡，國法用猶輕。成季翻無後，花卿浪得名。門庭黄鳥語，几杖緑苔生。威福何偏重，精神恐不平。庶幾蒙世立，凡百慎持盈。

憶舍弟

藥物吾仍病，花時汝未歸。不眠愁月落，獨立看雲飛。詩禮自持律，飢寒誰解圍。遥知理舟檝，西望涕沾衣。

以上元杜本《谷音》卷上

（戴螢整理）

全宋詩卷二七八六

趙汝譡

趙汝譡（《宋史》作讜）（？—一二二三），字蹈中，號懶庵，祖籍大梁（今河南開封），遷居餘杭（今浙江餘杭西南）。汝談弟，葉適門人。以祖蔭補承務郎，歷泉州市舶務、利州大軍倉屬。薦爲監左藏庫。忤韓侂胄，坐廢十年。寧宗嘉定元年（一二〇八）進士，除太社令，遷將作監簿、大理丞，知漳州。遷湖南、江西提舉常平，湖南、江西、江東提點刑獄。知温州，十六年，卒於官。有《懶庵集》（《天台續集别編》卷六），已佚。《咸淳臨安志》卷六七、《宋史》卷四一三有傳。

趙汝譡詩，據《後村詩話》、《咸淳臨安志》等書所録，編爲一卷。

題會春苑

草荒故苑幾春風，尚想花開春樹紅。欲問當時馬王事，寂寥殘照野亭中。宋劉克莊《後村詩話》前集卷一

宿枕峰寺懷舅氏有作

野竹有慈性，叢生不相離。永懷寒泉感，昨與渭陽期。寺閣共秋晚，山雲獨移時。尚想談論閒，丹顴映雪髭。氣豪機事少，所嗜平生詩。起居今何如，會合渺難知。霜清雁蕩骨，春藹天台姿。混融入老筆，遠寄江湖思。宋林表民《天台續集别編》卷六

爲趙振文賦馬塍歌

舊聞城北有馬塍，聚花成錦常留春。我家苕水近來到，輸他年少尋芳人。相誇此地百金惜，閒出奇花萬錢直。接貼翻騰費工巧，揀擇移將鬬顔色。園翁愛花如子孫，寸生尺長勤培根。南鄰北鄰貧富改，獨守養性經涼温。兄今已得閒居趣，扁舟暫向官塘路。攀條摘蘂娱性情，對月看雲想風度。歌長詞逸不可當，鬢髮垂白吟滄浪。

和葉水心馬塍歌

昔年家住長安里，春風盡日香塵起。紛紛車馬過綺陌，買花人多少人識。王侯第宅連苑牆，粲若瓊蘂敷丹房。花窠近取馬塍本，曲欄高檻深迷藏。主歡對客小舉袖，擊鼓吹簫滿前後。真珠一斛聘國姝，琥珀千杯酌天酒。幾年農器不鑄兵，雨耕雲耰歌且行。種花土腴無水旱，園税十倍田租平。挐音來近菰蒲住，演漾迴溪通枉渚。霜晴沙淺橘林明，日暮水渾魚網聚。東門故侯應自許，灞陵醉尉寧須怒。何當學稼隨老農，荷鋤驅犢田中去。以上宋濬說友《咸淳臨安志》卷三〇

和聳栗齋豐翠蛟亭

衆峯抱蒼龍，蟠屈翠蛟水。放之兩崖閒，奔洶不得止。濤瀾生席上，雷雹轉石底。恍疑天柱揺，將拔陰洞起。蘇公雄氣壓，詩骨得山髓。指麾驅鯤鯨，赫奕動箕尾。紛紛下土人，蟻垤自封侈。驟覩目睛眩，筆墜汗流泚。坐令空谷嘯，聲徹霄漢裏。君來松根吟，仙者相去咫。老蛟破鎖出，餘怒猶未已。決開澗千丈，散作霧五里。今年溪湖乾，草樹生意靡。寸泉落山苗，靈藥起垂死。遺吾雲子飯，報汝青玉几。野人尋泉竇，筒壞方復理。泓然山巔池，冬夏常若此。同上書卷七五

冰壺亭

趙汝譡

予守漳，推官黄粹仲，同年士也。治其公署，以奉板輿，作亭曰冰壺。居謙至樂，求詩於予，為各賦一篇以致期望之意。按：序説為各賦一篇，實存僅一首。

孰是群動主，天機在靈關。深居默自照，瑕垢寧得干。昭昭素絲義，幕佐實郡端。身潔吏所貴，心精士其難。請將秋月擬，亦作冰壺觀。《永樂大典》卷二二三六

游雷氏園懷吴公德夫

城丘焕朝景，郊甸熙春陽。誰能不行游，及爾聊徜徉。華棟敞中園，珍潭注方塘。惠風翼嘉殖，時鳥流音翔。豈伊丹卉間，而有修幹蒼。靡迤既徐步，縈紆亦深藏。憶與仁里親，攀翻玩幽芳。撫迹已成故，斯人安可亡。前洲起新漲，遠岫收殘光。憑檻久悵望，江雲眇何長。影印《詩淵》册一頁二六〇

贈景建將入都贈别

子先文章宗，秀種凌孔翠。覩風多儒郡，籍籍罕與輩。客遠紆勞思，交新愜清會。説詩延秋色，造極超古對。敏識入悮疑悮字有誤領，玄功謝彫繪。頗云幼把筆，濤湧亦川匯。中探陰符髓，意躡海蟾背。悄然忽坐愁，窮老少所遂。雄都始旋軫，上國專結佩。八紘張雲羅，局士繩墨内。名場沾童膚，奇質委蒿艾。卿侯雅如疑當作知賞，榮爵寧爾愛。早拜王命歸，聲明耀群昧。吾衰愧尸職，簺効力自退。奮身登金臺，農野甘秉耒。同上書册一頁五六六

謝葉水心作先銘

隙駒日月馳，拱木霜露萃。孤生望蒼旻，永念負慈地。内德不越閫，先銘欲存世。以兹瀝丹素，延首冀嘉惠。大匠斡九京，篇成重覃思。發函已百拜，陳廟復三喟。石之表故阡，脩麓出光氣。耿如瞻其親，

端用貽爾類。道歸統會閎，躬探玄頤祕。雲章開人文，天筆垂古製。照照訓典立，亹亹倫紀備。遂登秦漢前，上與騷雅儷。碑板落東南，貝玉失瓌異。膏濡淪朽骨，黼藻被幽隧。史職補王明，陋巷壓高位。餘波揚懿則，懼忝弗克嗣。士恢宇宙心，學竟聖賢事。整駕期遠造，為基戒中墜。嶽峻尚可攀，海深安可計。勗哉奉格言，没齒無敢替。 同上書册二頁九八〇

遺虎皮謝 册四頁二八三三作方令遺虎皮以詩謝之

龍巖縣令亦好奇，臘月贈我生虎皮。霜牙電睛已寂寞，鵲形剪斑猶陸離。最珍肩脊不受箭，鬚爪皆具無缺虧。革工入手硝使熟，軟可寢藉忘其威。想當枯草窮秋時，風皡谷震落日低。豈知與世玩文采，嘆息摩挲為賦詩。 同上書册二頁九九四

屈原祠

忠深獨逢尤，怨極翻作歌。豈云嗜好異，奈此芳潔何。郢都值末造，聽惑賢佞訛。令尹專國事，君王信秦和。内思謀諫盡，旁困讒嫉多。秉道身必斥，徇時則同波。我生帝降直，臣節安敢頗。痛心易激烈，危步難逶迤。忍觀宗緒墜，去復念本柯。采藻或澗濱，茹芝亦巖阿。下將從彭咸，終已投汨羅。湘水碧湛湛，湘山鬱峩峩。昔存懷沙恨，今見垂綸過。仲夏草樹蕃，初華粲蓮荷。禪棲寄幽祀，羈思發長哦。風雅尚遺音，景宋寢殊科。遠游一感嘆，白首留江沱。 同上書册三頁一六七七

高文廟

盛朝陵谷遠，遺廟林麓長。美哉漢二君，百世常流光。功高拯塗炭，德盛敦農桑。興禮表儒化，授經恢士方。盡令秦網壞，汔復周道康。下國崇明祀，令人薦嘉嘗。豆籩列臣佐，冠佩參侯王。蒼髪商山中，

素編穀城傍。曾云絳灌輩，敢厠蕭曹行。奇才洛陽子，抱策意激揚。蘭芷弔沉汨，風沙歎遊湘。遇合從古難，賦騷空自傷。逮平襲衰緒，終獻委絶綱。罔念開承初，巍巍炎祚昌。階庭上蘚迹，祝史陳椒漿。跪起敢不敬，詠歌獨無忘。　同上書册三頁一六九七

直州

時潦匯衆川，朝暾耀中洲。岸迴挐音急，水抱禪宇幽。竹樹相覆帶，雲沙更蕩浮。估船乘波發，漁艇沿潭遊。他嶼亦可登，愛此所覽周。東軒既延佇，西閣復夷猶。歸求種嘉橘，老欲守故丘。賈誼何遠去，屈原竟深投。俗卑忌才高，世濁憎多修。請將招隱作，往和滄浪謳。　同上書册三頁二一三〇

溪次

霧開辨石色，日出還溪光。午炊蒼林間，暮宿寒沙傍。山徑葉自下，泠然若飄霜。鳥雀静四野，田家已冬藏。我車獨未停，王命嚴所將。瞻雲懼霰集，明復踰崇岡。　同上書册三頁二一七〇

齋居即事

累石欲擬山，附垠愛生竹。半尋裁方沼，筒水注兹足。鸂鶒游其内，焉知海鷗浴。始收春葩丹，倏長夏條緑。觀物各自遂，撫時一何速。深居有廣思，紆履無遠矚。聖出營世寧，哲潛避身辱。高情或貽誚，散跡乃見局。逝將從負樵，歸老寒澗曲。　同上書册四頁三〇二四

鬱孤臺

杖藜登高臺，四遠披天風。清川漾光遠，碧嶂含姿濃。閭井滿後前，雉譙夾西東。雄爲一州表，闊會群境從。摧頹久籠鶴，迅逸遐征鴻。矯首望丹闕，煙氛多翳蒙。南方少佳月，竟歲四五逢。稍喜今夕霽，

迴當凉秋中。衰影朗在照，空庭恣鳴蛩。石欄葉露下，吟思殊未終。同上書册四頁三〇四二

南湖書院

捍川始成邑，巡甸遂建都。千載倚脩堤，三吴達高塗。衛軍弛馬牧，令尹司官湖。瀦中深有蓄，豐外堅無虞。往者水冒没，傷哉人愁吁。雨常夏潦盈，旱必秋田枯。民功念久隳，邦患諗預圖。忽驚華構敞，豈為縱覽娱。溪落露魴鯉，草長戲鷗鳧。丹霞出雲表，翠巘亘天隅。緬懷謝公言，希迹巖棲徒。且復與閭里，共守桑麻區。同上書册五頁三四〇〇

寄題王宗卿答春堂

天德不可名，煦濡在三春。母恩不可報，愛慕極終身。粲粲白華士，築堂奉其親。堂前種叢蘭，堂後植脩筠。列卿禁武近，出牧藩條新。起居佩慈訓，平讞宣皇仁。屬懷音書遥，曷慰色笑頻。馳神越海嶠，竦睇徹昏晨。鼎鍾曾足多，瀡瀡良未珍。請將蓼莪義，一為君子陳。同上書册五頁三四五六

樓　望

倚牆茂樹陰，交覆狀垂蓋。面岑可為樓，所惜着亭隘。試憑工師手，高取空闊界。材章來何山，得補榱棟壞。泮宫對突兀，雉堞隱縈帶。老榕剪東枝，遂破群碧礙。閑雲入秋眺，遠靄增暮慨。心知飛鳥邊，歷歷歸路在。同上書册五頁三五六一

登定王臺

湘中十七門，層層居中央。經營自何代，傳是漢定王。窮力致遠士，側身思咸陽。地褊乃後絶，炎靈久無光。今非昔所望，林麓深青蒼。歌舞來其上，軍營在其旁。國人記本始，祠典脩烝嘗。嘉節近楚俗，

羈懷渺湖鄉。野菊豈不採，含英待秋霜。風騷企高調，登覽獨成章。

休日黄推官登臺

禪閣自何代，萬緣委飛埃。碑圖久亦滅，棟宗疑當作宇半欲摧。一水中貫野，練光遠縈回。山容媚煙日，澹若今碧開。清言已忘暑，況復同此杯。攀登曠士情，感寓騷人才。停坡引歸騎，表郭瞻高臺。空夜兩古柏，颯颯吹凉來。以上同上書册五頁三五八二

訪張宣公書院

神龍翔慶霄，威鳳乘陽暉。德隆昌運合，教薄英才衰。聖武起王功，哲儒植邦基。温純州殿講，深切玉璪規。賢軌寧遽傾，休風倏潛移。巧緣一州將，輟此萬乘師。退抱康世模，濟川舍其維。收士雲麓深，會友雪嶽奇。閔曾行獨顯，吕葛策未施。絶響曠孰嗣，素編烟今垂。永眷游習地，載瞻燕居儀。駕言往城南，翻動湘中思。景迫昧見道，登堂惘如遺。方池秋泉清，脩徑晨露滋。荷老莫採折，草荒欲芟治。徘徊重撫事，詠歎空復辭。同上書册五頁三六〇八

夏日與客飲水雲館

虚館涵景闊，遐觀展幽心。水雲自閑澹，千載寧異今。潮生泛舟去，欄楯動黝深。野樹開田廬，平緑日半陰。浙塘似髣髴，久客含沉吟。頗忻溪庖鮮，笋茘供斟酌。孤塔忽心晚，林飛羡歸禽。丘樊會當返，即此思投簪。同上書册五頁三六二七

開福寺

蕭辰款招提，近郭野趣深。廣池映茂樹，秋水涵夕陰。及兹塵事暇，誰與同幽襟。竹密隱江艇，荷衰淨

雲岑。暑宮覆玉井，春囿開丹林。繁華荒王迹，寂寞英霸心。圖劍歸把玩，光稜就銷沉。哀樂物所感，興廢理可尋。聊以舒永眺，庶將慰孤吟。 同上書册五頁三六八三

囊山寺

松門包土囊，石徑駐塵鞅。征途悄愁辛，意豁金利爽。鼓鐘殷林際，堂殿攀磴上。有亭依後岡，極眺一何朗。海光混蒼碧，雲思浮渺漭。良久空雨霏，風泉谷交響。巖龕寄禪迹，古佛瞻刻像。更欲步層巔，荒煙晚迷罔。 同上書册五頁三七一七

道林寺

伐鼓發東津，弭楫游西林。渺看汀渚隔，迴入煙雲深。脩廡澗風凉，古殿山氣陰。晨彩發穊竹，夏音轉幽禽。寥寥放逐跡，落落羈旅吟。奇翰動屋壁，高名照岡岑。文精公侯小，道勝天人欽。誠願息世紛，儻期開士尋。從之未可得，年鬢上愁侵。 同上書册五頁三七二四

嶽麓寺

霽景映蒼麓，嵐光泛層巒。清和愜幽步，窈繚窮遐觀。偶與文會俱，未覺心賞闌。一窗奥明具，萬象高下寬。城郭隱沙際，廟宮見林端。引澗日流厨，取泉時出山。摩挲雲杉去，惆悵煙竹寒。嚶鳴感伐木，肥遯思考槃。鄒公有荒臺，百世名不刊。悠悠湘波去，使我空長歎。 同上書册五頁三七三〇

題浯溪中興碑

蒼崖插浯溪，清漲濕元頌。費墨合《金石補正》卷九三作今屋高，千年此安用。鯨翻天寶末，雲滃朔方衆。還都迎上皇，嗚咽抱餘痛。兩宫重宴樂，萬國盡朝貢。當時紀成功，小雅見微諷。顔公發勁畫，原作畫，據同

上書改金玉相錯綜。我於碑刻間，衆羽得孤鳳。艱危人物難，忠烈鬼神重。摹取掛野堂，英風凜生棟。同上書册六頁四一四〇

讀昭君曲

昭君死作千年土，曲在人間調不同。絶塞煙沙空玉質，深宫日月自春風。當時有恨傳騷客，往事無心論畫工。已分二坐終寂寞，雁飛曾過上林中。同上書册六頁四二三三

句

人家插柳春將過，時節澆松老未歸。寒食

先朝懷族遠，平世責人深。挽趙從善尚書　以上《後村詩話》前集卷一

（聞賢整理）

全宋詩卷二一七八七

虞剛簡

虞剛簡（一一六三—一二二六），字仲易，一字子韶，學者稱滄江先生，仁壽（今屬四川）人。允文孫。嘗與魏了翁輩講學蜀東門外，得程朱微旨。以郊恩任官，再舉禮部，監郫縣犀浦鎮酒稅。歷知華陽縣，通判綿州。寧宗嘉定八年（一二一五）由知萬州任罷（《宋會要輯稿》職官七五之七）。十一年，起知簡州。十五年，擢夔州路提點刑獄（同上書職官七五之三二），改利州路。理宗寶慶二年卒，年六十四。事見《鶴山集》卷七六《利州路提點刑獄主管沖佑觀虞公墓誌銘》，《宋元學案》卷七二有傳。今録詩四首。

三池丁祭宿齋所賦

洙泗微言日夜行，天高地下昨猶今。□□□□六經意，識得皇皇萬古心。宗廟百官誰不見，朱絃疏越有知音。同人得似三池盛，屬目冠裳儼若林。清劉沛乾隆《零陵縣志》卷一三

游靈巖寺 寶慶二年

八年前識兹山面，今日幽盟許重尋。亂石懸崖僧易少，疎林淺薄寺難深。流泉藥得何人病，自注：山有泉號藥水。絶壁靈通古佛心。自注：巖號靈巖。老我泊然元會得，俯空一笑晚風臨。

摩挲石刻拜方輿，誤國從初恨老秦。十六州歸仍遺虜，百餘年事語誰人。出師表在今如昔，墜淚碑存舊

似新。江水江花豈終極，風光一任轉青春。清羅以智《宋詩紀事補遺》稿本引石刻

送子就試帖

用子和韻，送巠西歸就試。巠屢勸予早還家，因一致意。

兒有掌中杯但把，歸期苦苦催奕世。衣冠仍上第公臺，元自詩書裏面來。秋色為渠開先我，梁山馬首回猿鶴。莫輕窺蕙帳驚猜，莟步歸休亦樂哉。清卞永譽《式古堂書畫彙考》卷一五

句

天上人間元一氣，如何頃刻爛樵柯。宋洪咨夔《平齋文集》卷四

高某

高某，名不詳。魏了翁表兄，曾知靈泉縣。虞剛簡知萬州時有交往。事見《鶴山集》卷九。

句

擬約滄江異姓兄。宋魏了翁《鶴山集》卷九《予以使事過成都而歸……》詩注引

（以上朱寶模整理）

王有大

王有大，光宗紹熙四年（一一九三）知金谿縣時，曾爲陸九齡、陸九淵建祠（《象山先生全集》卷三六《年譜》）。

輓象山先生

篤學光前哲，知言衆所迷。學同顔氏好，功與孟軻齊。獻替心彌切，藩經政可稽。儒宫儼遺像，垂範自江西。　宋陸九淵《象山先生全集》卷三六《年譜》

應傃

應傃，字自得，號蘭坡，昌國（今浙江舟山）人。光宗紹熙四年（一一九三）進士，調烏程尉。累官提點湖南刑獄。事見元大德《昌國州圖志》卷一。

句

嘉木灌叢春意好，可憐不種紫荆花。　元馮福京大德《昌國州圖經》卷六

《昌國州圖經》：傃為烏程尉時，有沈氏兄弟訟財，因賦詩警之。兄弟感悟，其争遂息。

（以上孟憲忠整理）

朱晞顔

朱晞顔（一一六三—一二二一），字景淵，吴縣（今江蘇蘇州）人。光宗紹熙元年（一一九〇）進士，調上元尉。歷揚州教授，知歸安縣，福建轉運司主管文字。官湖州通判時，因災年擅減民户税額，罷。寧宗嘉定十四年卒，年五十九。事見《漫塘文集》卷二九《故湖州通判朱朝奉墓誌銘》。今録詩二首。

餞吕子敬赴漕臺

北風吹海波，寒氣已慘栗。歲功方告成，上計倉廩實。大府督先期，列城群彦集。公來親奉辭，王事有遠役。入登和鈞堂，諮諏侍前席。力陳功利源，首先二三策。民實吾同胞，苛痛體均一。商賈趁懋遷，負販致其力。上以奉王供，下以和民食。嗟余忝命吏，三載貳下邑。適丁歲屢艱，課計虚所入。使車勤遠人，問俗考肥瘠。念兹災疹餘，推額減其籍。寒者煦之温，飢者哺之粒。嚮非大府嚴，雲雨手轉劇。公歸被顧問，為我對以臆。倘能出泥澤，窮困非所惜。相期在歲寒，梅邊問消息。《永樂大典》卷二二六〇六

吴興雜詠

按：此詩原署朱晞，疑即朱晞顔。

吴興山水窟，清遠古今聞。水入孤城合，山來别縣分。寒川明野燒，曉碓濕溪雲。試貰烏程酒，微聲透客醺。同上書卷七九六二引《瓢泉吟藁》

（李更整理）

薛極

薛極（一一六三—一二三四），字會之，武進（今江蘇常州）人。以蔭調上元主簿。中詞科，通判温州，知廣德軍。寧宗嘉定元年（一二〇八），召爲大理正，累遷吏部尚書。十五年，賜同進士出身，拜端明殿學士，簽書樞密院事。理宗紹定元年（一二二八），拜參知政事，除樞密使。出知紹興府兼浙東安撫使。端平元年卒，年七十二。《咸淳毗陵志》卷一七、《宋史》卷四一九有傳。

題觀政堂

野水瀰茫春更多，文昌觀政意如何。了無慚色清相照，試聽當年襦袴歌。《永樂大典》卷七二三九引《桐汭

志》

《永樂大典》：堂在桐川堂之東北，舊名濯纓。淳熙十二年，郡守趙亮夫建。開禧二年，郡守今知樞密事薛極易此名，作詩云云。

（李全整理）

張灝

張灝，字子文（《全蜀藝文志》卷九），遂寧（今四川潼南西北）人。光宗紹熙四年（一一九三）進士。寧宗慶元中知雲安軍。事見清道光《夔州府志》卷二四。今録詩二首。

羅盞山

道盞原非盞，言羅不是羅。只因山突起，個個盡如螺。

清王協夢道光《施南府志》卷二七

水簾并序

僕既與子應賦觀瀑詩矣，頃之，雨定瀑小，疏為水簾，驚變態之不窮也，復記此詩。

朝來雨急飛瀑雄，黑雲壓屋江挂虹。晚來雨定瀑亦小，散作水鏤鏘簾櫳。垂簷初似玉成綴，觸石但見珠跳空。嗟哉山泉一物耳，朝態莫狀不爾窮。乃知造物解戲人，千變萬化頃刻中。吾恐文章要如此，好把泉源驅筆鋒。

清劉德銓道光《夔州府志》卷三六

（朱寶模整理）

趙彦珖

趙彦珖，毗陵（今江蘇常州）人，宋宗室。光宗紹熙四年（一一九三）進士（清康熙《常州府志》卷一七）。曾知容州（《攻媿集》卷三七《胡澄知光州趙彦珖知容州制》）。

潢河

潢河繞出郡城樓，樓枕潢南城上頭。天闊星連翼軫分，地長川帶漢江流。宋祝穆《方輿勝覽》卷五〇

（王德保整理）

張次賢

張次賢，字子齋，仙居（今屬浙江）人。光宗紹熙四年（一一九三）進士。寧宗嘉定四年（一二一一）知上高縣。歷通判衢州、臨安府。十二年，除監察御史（《宋會要輯稿》選舉六之三〇）。十三年，擢右正言兼侍講（同上書職官六之七三）。十四年，除左司諫（同上書選舉一六之三三）。《嘉定赤城志》卷三三、清光緒《仙居志》卷一三有傳。今録詩三首。

山居雜興

深林樹色翠重重，一枕蘧蘧蝶翅濃。好鳥乍啼驚夢覺，可人山色入簾櫳。元陳世隆《宋詩拾遺》卷二二

同陳提舉庸郭安撫晞宗玩月南峰

投紱歸來，田間之舊侶可約；携笻踏去，洞口之仙蹤堪尋。適志何必通侯，得名不如盃酒。請上方之劍，曾愧鏤冰；揮魯陽之戈，更慚返日。新亭有淚，麟閣誰標野性；宜盟白鷗，癡情還憐明月。秋風載酒，倚孤岳以躊躕；蘭友摩肩，俯長流而慷慨。嗚呼，美人不再，佳會難逢，聊賦短章，用抒遐緒。

山中有佳客，山上月增明。廊廟心同赤，江湖夢獨清。半庭叢樹影，萬籟淡秋聲。把手情何極，呼童問麴生。

過郭繼一處士草堂

愛寂塵軒冕，辭榮結草茨。午雲封石磴，春鳥語花枝。茶熟琴三弄，詩成酒一巵。笑予長鞅掌，暫此共棲遲。　以上清李仲昭光緒《仙居集》卷二三

（朱寶模整理）

許景迂

許景迂，舊名閎，山陰（今浙江紹興）人。光宗紹熙四年（一一九三）進士。有《野雪吟稿》，已佚。事見《梅硐詩話》卷中。今録詩五首。

茉莉花

自是天上冰雪種，占盡人間富貴香。不煩鼻觀偷馥郁，解使心地俱清凉。南船賈客俱到岸，東道主人容寄廊。　宋陳景沂《全芳備祖》前集卷二五

虞美人草

合歡枝葉想腰身，不共長安草木春。若聽楚歌能楚舞，未央空有戚夫人。　同上書後集卷一一

茭白

翠葉森森劍有棱，柔條鬆甚比輕冰。江湖若借秋風便，好與蓴鱸伴季鷹。　明錢穀《吴都文粹》續集卷二七

贈製刻漏前挈壺王君囦

蛩吟秋方來，鶴鳴夜參半。山中無曆日，榮悴知節换。王君太多事，絲杪察昏旦。辛苦窮河源，把彼注罌罐。幾溜來不停，會見白石爛。旁有減水壺，節水使之緩。儻無乘除法，巧曆安得算。反求諸吾身，

自有子午觀。百刻呼吸調，勿使魂去幹。冤哉張壽王，課最密於漢。信史不足徵，徒興千載歎。抱籌付木仙，試判此公案。《永樂大典》卷二二五六

東湖生雙蓮花守者以爲郡齋獻館賓黄雲夫有詩述其事應史君屬和且以見示輒次韵

王業根本在豳岐，郡國千萬分柯枝。使君駟馬一馬馳，三台瑞應天為之。視吏輿臺民如子，不煩頤指而氣使。鈴齋宴坐揚仁風，披拂東湖花十里。六月為霖報政成，山光水容朝暮新。春王淘珠登早穡，比隣果是華胥國。自注：事見《列子》。采蓮游艇獻騈芳，蜀客作歌紀其祥。轉而上聞君相喜，佇待來歸政事堂。同上書卷二二六二引《野雪行卷》

句

野店青闢户，春船緑漲篙。宋韋居安《梅硼詩話》卷中

趙載

趙載，字子厚，梓潼（今屬四川）人。光宗紹熙四年（一一九三）進士（清嘉慶《四川通志》卷一二三）。爲懷安軍教授。事見民國《金堂縣續志》卷九。

和楊禮侍六言

圍青繞緑近在，虚白羊玄本同。須知滿眼疊嶂，不礙舉頭太空。民國王暨英《金堂縣續志》卷九

（以上徐永强整理）

孫伯温

孫伯温，字南叟，豐城（今屬江西）人。光宗紹熙四年（一一九三）進士（《江西詩徵》卷一七）。歷南城簿、龍城教官，知新昌縣、臨湘縣。事見《詩人玉屑》卷一九、《宋元學案補遺》卷七四。

游麻姑山瀑布泉

九關守不嚴，失却兩玉龍。塵世著不得，忽來此山中。雷霆白晝間，冰雪詩人胸。天公不汝尤，為人作年豐。宋魏慶之《詩人玉屑》卷一九

（朱寶模整理）

趙師吕

趙師吕，上虞（今浙江上虞東南）人。太祖八世孫。光宗紹熙四年（一一九三）進士，官至司封郎官。事見《歷朝上虞詩集》卷三。今録詩二首。

過山陰希壚姪新居

美哉輪奂構華堂，如鳥飛兮接大荒。廣植門牆容駟馬，洞開扃户透書香。滿簾濕翠怡情遠，入座清暉引興長。會見祝言千萬載，紛紛燕雀賀高堂。

賀希壚姪得男

天潢一派福流長，旅邸重聞夾烏香。海上蟠桃千古秀，月中仙桂萬年芳。象賢應擬家聲振，繕德還期國運長。端是吾宗能厚積，故生麟鳳兆禎祥。以上清錢玫《歷朝上虞詩集》卷三

（王德保整理）

馮多福

馮多福，字季求，一作季膺，無錫（今屬江蘇）人。光宗紹熙四年（一一九三）進士。寧宗嘉定四年（一二一一），知奉化縣（清光緒《奉化縣志》卷一八）。九年，知徽州。十年，改淮西提舉兼提刑、運判。十三年，入爲司農寺丞（《宋會要輯稿》選舉二一之一六）。理宗寶慶中出知鎮江府。事見《淳熙三山志》卷三一、明弘治《徽州府志》卷四。

鶴林寺

春郊躬勸相，税駕擬禪關。院古深藏竹，堂虚浄對山。日曛農父醉，雲伴老僧閑。暇日還携茗，同來瀹虎斑。清陳繼儒《鶴林寺志》

（朱寶模整理）

鄭爚

鄭爚，字君瑞（《後村詩話》後集卷二），莆田（今屬福建）人。光宗紹熙四年（一一九三）進士。事見清乾隆《莆田縣志》卷一二。

句

月似故人能赴約，鷺如小友可忘年。和後村居士詩　宋劉克莊《後村詩話》後集卷二

（王德保整理）

馮椅

馮椅，字奇之，一作儀之，號厚齋，南康都昌（今屬江西）人。去非父。光宗紹熙四年（一一九三）進士。嘗受業於朱熹。寧宗嘉定二年（一二〇九），充江西轉運司幹辦，四年，攝知上高縣（明正德《瑞州府志》卷七）。後家居授徒，著《厚齋易學》等。事見《厚齋易學》自序、《宋史》卷四二五《馮去非傳》附，明正德《南康府志》卷六有傳。

咏歸亭

弓轉寒溪月一灣，下臨虎豹踞斕斑。林煙開《宋詩紀事》卷五八引《瑞州府志》作闊處飛層閣，雲市同上書作影窮頭護遠山。衿佩光陰弦誦裏，舟梁同上書作丹青人物畫圖間。紅塵堆案那能到，只有漁舟自往還。清同治《上高縣志》卷一三

（吴鷗整理）

陳揆

陳揆，字幼端（《宋詩拾遺》卷一七），永嘉（今浙江温州）人。光宗紹熙四年（一一九三）進士。官至湖南提幹。事見明弘治《温州府志》卷一三。

即事

誰家庭院冷蕭蕭，閉却朱門不許敲。惟有東風藏不得，隔牆露出杏花梢。《宋詩拾遺》卷一七

（崔統華整理）

袁聘儒

袁聘儒，字席之，建安（今福建建甌）人。受學於葉適。光宗紹熙四年（一一九三）進士，寧宗嘉

定十七年（一二二四）通判衢州，以乘醉行刑罷（《宋會要輯稿》職官七五之三六）。起復，累官至浙東安撫使。事見《宋元學案》卷五五。

三高祠

功成但可將身去，逃難安貧適所遭。三子有靈應共笑，一時何意故為高。《吴都文粹》續集卷一五

（朱寶模整理）

董　煟

董煟（？—一二一八），字季興（《江西詩徵》卷一七作繼興），自號南隱，德興（今屬江西）人。光宗紹熙四年（一一九三）進士。歷知應城、瑞安、辰溪縣。值歲饑，行救荒策，寧宗褒之。嘉定十年十二月七日以疾卒。有《抱膝稿》十卷、《南隱集》，已佚。事見《洺水集》卷一〇《董知縣墓誌銘》、《宋元學案補遺》卷二五。

董端公墓

從來正氣闗天地，扞禦功成死不妨。守土忠貞唐許遠，埋輪節概漢張綱。麒麟高冢閒金盌，屓贔豐碑重玉堂。曠代衣冠誰解識，令人終古泣斜陽。清曾燠《江西詩徵》卷一七

楊　琛

楊琛，字獻子，奉化（今屬浙江）人。光宗紹熙四年（一一九三）進士。爲江東提刑司幹辦公事。

召試館職，時韓侂胄當政，遂拂袖歸，杜口不言時事。清光緒《奉化縣志》卷二三、《宋元學案》卷七六有傳。

黃燕山

蒼蒼終日鎖春愁，欲去迴翔更少留。傳説王家飼燕女，今朝珠報始知由。　清董沛《甬上宋元詩略》卷八引《敬止録》

楊與立

楊與立，字子權，學者稱船山先生，建安（今福建建甌）人（《閩中理學淵源考》卷二〇），一作浦城（今屬福建）人。從朱熹學。光宗紹熙四年（一一九三）進士，知遂昌縣。有《朱子語略》二十卷，已佚。事見《宋元學案》卷六九。今録詩三首。

幽　居

柴門閒寂人少過，盡日觀書口自哦。餘地不妨添竹木，放教啼鳥往來多。

溪　頭

溪頭石磴坐盤桓，時見修鱗自往還。可是水深魚極樂，不須妄想要垂竿。　以上宋金履祥《濂洛風雅》卷五

巖　桂

自從月窟得靈根，使擅人間衆木尊。萬斛天香非世有，十分秋色至今存。林高直接孤輪影，枝老休尋舊斧痕。午夜樓頭足心賞，天低風細欲飛魂。　影印《詩淵》册四頁二三一五

趙筱夫

趙筱夫，初名筠夫，字仲禮，居鄞(今浙江寧波)。光宗紹熙四年(一一九三)進士。寧宗嘉定二年(一二〇九)，爲由太府寺丞任放罷(《宋會要輯稿》職官七三之四一)。起知袁州。理宗寶慶元年(一二二五)，遷提點福建刑獄。事見《延祐四明志》卷五、六。

妙峰亭

《甬上宋元詩略》卷八作題化成庵巖

塵世有仙境，清絶不可言。寒江露沙迹，晚嶂埋雲根。暇日推吏案，呵道穿僧門。來飲巖下水，何必携芳樽。　明嚴嵩正德《袁州府志》卷一二

孔　蓋

孔蓋，字惟軫，上元(今江蘇南京)人。光宗紹熙四年(一一九三)進士(清嘉慶《江寧府志》卷二九)。

開禧丁卯制置使葉寶文團結淮西山水寨四十七處繪圖見示

專閫威名仰四馳，韜鈐祕鑰快圖披。守江不若守淮險，御敵何如料敵奇。棋墅無驚惟太傅，風寒能護是良醫。投鞭那有流堪斷，屹立長城報主知。　清朱緒曾《金陵詩徵》卷八

(以上朱寶模整理)

陳伯震

陳伯震，字震之，長樂（今屬福建）人。光宗紹熙四年（一一九三）進士（清乾隆《福建通志》卷三四）。寧宗嘉定六年（一二一三），主管吏部架閣文字（《宋會要輯稿》選舉二一之一三）。七年，知泰州（清嘉慶《揚州府志》卷三六）。九年，爲軍器監丞（《宋會要輯稿》選舉二一之一四）。十四年，知安慶府（同上書職官七五之二九）。理宗寶慶元年（一二二五），提舉廣東常平，遷廣東轉運副使（清雍正《廣東通志》卷三六）。

句

修眉濃淡裏，寸碧有無間。開簾出遠山　宋俞文豹《吹劍録》

（孟憲忠整理）

全宋詩卷二七八八

程珌一

程珌（一一六四—一二四二），字懷古，號洺水遺民，休寧（今屬安徽）人。光宗紹熙四年（一一九三）進士。授昌化主簿。寧宗嘉泰元年（一二〇一）除建康府教授。嘉定二年（一二〇九）改知富陽縣。七年除主管官誥院，歷宗正寺主簿，樞密院編修官，兼權右司郎官，秘書丞。十二年除浙西提舉常平。次年復除秘書丞，累遷守禮部侍郎兼直學士院、同修國史。理宗寶慶元年（一二二五）除試禮部尚書。二年，除翰林學士知制誥兼修玉牒官。紹定元年（一二二八），出知建寧府，尋除福建路招捕使節制軍馬。三年，提舉隆興府玉隆萬壽宫。淳祐二年以端明殿學士致仕，尋卒，年七十九。有《洺水集》六十卷，已佚，明嘉靖三十五年程元昞搜刻爲二十六卷。事見《新安文獻志》卷九四宋吕午《程公行狀》，《宋史》卷四二二有傳。

程珌詩，以明嘉靖程元昞刻本爲底本。校以影印文淵閣《四庫全書》本（簡稱四庫本）。新輯集外詩附於卷末。

壽皇子

弧南有星，應期也。他非無時，必於秋見焉。其星有六，一曰老人。

磊魁晶熒，歲有常期，見於秋分。秋分維何，天高氣清。玉蟾吐煇，銀漢無聲。澄霄一色，萬里雲平。此時候之，出丙入丁。所出之國，政化和平。人生其時，既壽且寧。矧復前星，以及子星，與之並明。天啟休期，應期挺生。

神龜負圖，萬世先也。道原有始，道統無終，要其統以遡其原也。

太初孰元，渾淪蒙密。彌漫宇宙，一氣沕潏。孰知是時，無極有極。天高地下，人生物出。疇雖未分，易雖未畫，行乎其間，充滿周悉。炎黄啟序，姬孔抉機。陶為泰和，數千其期。寫為六經，萬言具垂。太史變法，漢唐續維。迄于我宋，皇皇巍巍。百代以下，上接農羲。畏天若臨，視民如傷。消斥姦佞，登崇雋良。急將寬兵，我武維揚。選牧與部，仁風以翔。節用裕下，根深本强。身修國治，綱舉目張。由經而史，自皇而王。以暨我朝，同此一綱。天賦高妙，學力深詳。上而河洛之圖畫，近而我祖之憲章。貫千古於旦暮，斂一心於混茫。大哉斯學，夫豈經生學士析解章句而已哉。

鄭沆瀣，葆天和也。

皇穹發靈，炎圖中興。南吕調儀，運叶千齡。金相玉質，虎步龍行。親師問道，日進月新。以是事親，忠孝一忱。以是格天，昭徹一心。人之忠佞，事之幾萌。至則能斷，舉無遁情。夫是以清明在躬，志氣如神。綿綿若存，為天地根。非道之外，他有長生。又況秋飲沆瀣，宵見南極。風雲叶和，海邦寧謐。楓宸椒禁，兩宫怡愉。忠厚所根，仁浹閭閻。願壽多男，洋洋康衢。天賜玉巵，人歌紫芝。磐石藿圖，維熊夢奇。孔蔓且碩，時萬時億。

三月十八鎖試童子侍其行卷蕭然無事成二十韻謾呈同省

旬雨埋青冥，今晨浴新陽。老紅墮萬劫，稚緑羅千行。葉碎青槐古，條净紫薇香。去歲護篔簹，今年已蒼筤。自注：右史窗前竹萌，余去年護之甚至，今皆蒼竹矣。翩翩鵲引雛，伊優雀繞牆。有象咸熙愉，對時多慨慷。門外車馬喧，省中日月長。要之非大快，大快在滄浪。滄浪興何窮，風帆十丈檣。明日酌嚴君，自注：自嚴入徽。浮丘蔚南翔。自注：浮丘飛升於徽之黄山。快馬抹青山，恍入萬松莊。自注：先廬。山中多老人，雪巔更眉龐。持酒相勞苦，兒童紛迎將。小臥聽雪塢，自注：以下皆山中景物。徐步堆雲鄉。玉界梅萬本，煙海杉千章。三峽桃源浪，九夏冰巖霜。危橋跨長虹，曲水飛輕觴。兩日足可周，百年事難量。送客出松關，壯疑當作牡楗設門旁。揮手謝世人，從今永相忘。

勉子姪

外物不足恃，翻覆百年間。唯有萬卷書，可以解我顔。男兒貴立志，達人得大觀。百川日夜流，與海會波瀾。丘陵安於卑，寧復望太山。方當少年時，髮齒未凋殘。聖賢户庭闊，人人可躋攀。謹勿隨餘子，碌碌走丘樊。

揭富陽孝子門

去年何明正，有女方笄年。母病偕幼弟，奉佛祈病蠲。既蠲未全已，剖肝代蘭荃。今年盛立旺，二子亦奇偉。兄肝起母病，弟復先割股。人生貴男兒，愧此簪笄女。峩峩儒冠弁，愧此田家子。予謬為令長，冥愚化不宣。彼直天性厚，或以上澤覃。勞之縉酒廩，重為此詩篇。揭之旌其門，觀風盛采旃。既以勸邦人，庶幾風普天。

送夏明叔歸建寧

頃與君別時，君頤未生髭。曶曶二十年，驚見紫髯奇。相逢不相識，視刺乃得之。尊酒出文卷，芙蓉陰未移。白露團虛簷，素蟾墮寒池。胡為於此時，與君又語離。自言甘旨急，毋失舊舘期。丈夫屬有志，富貴無定姿。願君勉自力，上以慰親思。明年寒鴈來，殷勤寄書詞。為報秋風高，吳仙得桂枝。

送常世卿歸嘉興

悔作唐山來，山深交友絕。相逢忽相得，乍見乃乍別。嗟此冰玉人，寒梅疏帶雪。胸次羅文奎，筆底耀離纈。朝家渴英雋，結網仍高設。行且收殊科，勉哉嗣先烈。一編忠義傳，姦萌嘆先折。千載懦夫魂，脆骨變奇節。識此吳中奇，復幸拜前哲。何異魯國人，一朝獲雙玦。晴雲起芝田，東風催啼鴂。慈庭有近書，明朝動歸轍。新抽草可茵，微露花堪折。相思復相思，後夜天邊月。

讀史有感

俗士貪芻豢，喜充藜莧腸。幽人樂清曠，要澗塵土裳。嗟予別松林，吳砧九換霜。困復不知歸，念之汗如漿。

仲冬望日登四顧坡

往哲有清言，晉人未為達。此身皆假合，既散安用鍤。大音不在絃，琴亦安所設。當時逃酒徒，往往畏侵及。豁哉桴海時，風濤任興息。

哭吳范二姊 嘉定庚辰，持節吳中，孟冬三日得仲氏書，以伯姊訃來，數語寫哀，末有東山十載相從之句。庚寅七月十日閱故書見之。六月四日仲姊一疾不起，因思庚辰至庚寅恰十年，非讖乎，抆泪識之

逝者如斯乎，翩翩北飛鴻。鴻北來歲南，人去亡回蹤。庚寅仲姊去，庚辰伯姊空。千里不一見，血淚迸

秋風。自餘只一弟，留守先人宫。我已日崦嵫，安能久轉蓬。束擔其歸與，相從十載山之東。

輓朱侍郎

卜宅從先壟，駕言練日良。飛盖驚玄駟，古柳被龍幰。按轡且徐驅，聽歌薤露章。憶昔朱峯仙，浩劫思陶唐。貂蟬换羽衣，翩然來帝旁。西車極岷峩，南佩窺瀟湘。高牙開桂林，瑞節照襄陽。多少經綸業，春風散八荒。歸來不言功，低簪鴛鷺行。一朝侍甘泉，天渥方對敭。堂堂山立姿，九尺鬢眉蒼。胡為勇不留，瑶宫去路長。夫人有令德，威鳳趣歸凰。輪摩同入道，未忍遽相忘。春天渺無際，春花堪斷腸。祇今楓林崗，雙玉一時藏。西南多甘棠，日莫人凄凉。風月三千篇，爛爛光生香。佳郎與快婿，門户未渠央。三者無一憾，嗚呼公不亡。

輓致政吕通議

營築未休臿，曉夕留松區。忽聆載輀車，歸自杭與湖。冷雨澀不晴，山徑淖如塗。間關五百灘，轉軸上雲衢。純孝格玄穹，安席若平鋪。憶昔祖慈親，六月暑方徂。奠酒雖百壺，練溪焦釜枯。今日遡長風，辛峘諒一如。維公有賢稱，靄四庫本作藹然溢枌閭。千金手不售，其鍾後人乎。天畀此石窌，指顧即吾廬。且復愆以平，萬家守者居。甚欲一引紼，山寒阻前趨。黄羅金紫峯，送目但躊躇。

高宗皇帝寳訓終編錫賚進詩

紅雲一朵金爐煙，黄傘亭亭午漏傳。龍床猶御金華殿，方進群儒讀寳編。編中並載神堯語，三十六年真復古。祇今安用讀遺書，卓然已復光前緒。高皇當日濟艱難，猶在經綸未備間。今日山東河北地，百年擅去一朝還。更有祖宗傳國璽，琢於元祐隆平際。玉光射日篆雲飛，今日煌煌登寳几。高皇一笑在天靈，神孫今日再中興。錫與千秋萬歲齡，中兵洗盡年豐登。群臣尚或呻佔畢，微臣但拱坳頭立。芳筵華秩及龍媒，亦拜聯翩自天錫。更憶先朝徹講餘，有臣曰軾感恩腴。願對紫薇花影下，試草招來贊普書。今也梯航慕中夏，無復更待招來者。微臣但摩千丈松，敬賡吉甫中興雅。

秘閣儒榮堂

天狼騰騰照單于，怒麤抗嶽于上都。松漠城高沙萬里，其下穹廬育此胡。皇仁配天覆中宇，西垂北際杳無區。七十年來軍事絶，謀臣猛將皆丘墟。兜鍪摧剥士氣蝕，塞馬不鳴秋草枯。祈連山下安穩卧，歲將金帛自膏腴。文儒申申武士墮，先生奮臂一長吁。當時顛末誰能記，家有中原孤臣書。吮血為墨膚為紙，驚風吹到玉堦除。誠通精寤動乙覽，天經地緯開廟謨。手援神矛截河漢，中天真人正握符。蛇龍螭虎雜萬騎，庸蜀荆楚從吴車。皇旅如雷鐵嶂碎，汴水沄沄汴風嘘。尺檄夜傳三秦定，侵田歸魯在須臾。向來孽霧漲北極，羲和一旦晴光舒。頓紘提綱無虧闕，澶漫萬里宣皇圖。怖威報德永無畔，施令酬功偏禆俱。上下兩間皆叶序，天錫皇壽天齊軀。炎精亦曜暢大鈞，天祐皇業卑唐虞。金石並奏告清廟，圓壇紫氣靄堪輿。丹門宣赦傳天下，百萬頌聲流康衢。此時此書方策勳，先生憂國榮有餘。

代上楊誠齋

杜陵已醉老坡仙，生後百年恨不及。那知開眼大江西，突兀見公正冠幘。凛然清風不可攀，千載懦夫毛骨栗。暇時略吐胸中雲，坐使九霄成五色。未辨執樂三千指，不計酒材七百石。落然收賓入丹田，歸省盧阜千尋碧。那知城裏住相如，但信城東有太白。一時餘子皆鷁退，家有諸郎傳正脈。世塵千劫都磨盡，獨有詩緣渺亡極。天欲留公在世間，管領風月長為客。彩鳳一鳴天地静，安得微吟容晚出。巨四庫本作詎止青山吞澤芥，許投頑石博拱璧。先丘宰木已參天，幽碣未刊但惕夕。魯山四絶先李文，誼貫幽明光存殁。先生匹素不可辛，儻得烟雲生勃鬱。化為匹錦授丘遲，磨鈍為銛希萬一。要是人貪常熟書，非闕買菜復求益。詎敢限字如昔聞，小大當唯意所適。庶幾挂在露寒堂，琅然一讀意一釋。不須點白鱠松鱸，解衣卧聽歌赤壁。

辛亥冬交石阻風三日

陰崖老虎殺氣驕，一噫三日攪泬漻。日寒不焰雲飛逃，乾坤蟻轉東南高。疾勢已作奔天濤，餘威猶捲少陵茅。魚鼈怖死蛟龍號，舟中性命如鴻毛。起來危立大江皋，白沙黄塵紛驛騷。徐呼風伯入苹蒿，指撝八極建六鼇。翕張橐籥吾誰曹，太平之風不鳴條。

登紫微崖

富池大信江千里，三日醉卧烟蓬底。曉來推蓬登斷岸，因憶牧之呼屐齒。九華隆隆鬧天脊，微雲低度差參是。百唤牧之如不聞，剥脱塵痕見文字。今年十月天未霜，木葉留露光嶷嶷。興亡風流不可論，蒼松怪石還如此。我今與子陟層巔，酌酒賦詩云樂只。後來誰復是牧之，斜陽歸路芙蓉水。

於潛佳丞四明人同年友也方此掉鞅百未一見而來書羅縷無非歸與語豈醉夢書邪三詩見寄亟占數語正之

世人眼見真蓮少，真蓮却在玻璃沼。浣花溪水入銀河，何人更識月皎皎。謫仙不見見梅粧，荷稠搴作芙蓉裳。黄龍乾葉何年墮，維摩雨華昨夜芳。真華真詩元在眼，要須心地先清凉。不然瀟湘水清寒磯月，沙平水晚露低昂。勸君休問張子房，鑑湖十里藕華香。天駟超河夜未央，胡為自同太白光。何時握手論行藏，江東雲暮天何方。

太上虚皇黄庭經句法十篇壽趙帥 原校：今存其七

太史告春纔五日，東風昨夜傳消息，斗邊一星下南極。飾以貂蟬扶社稷，更昌斯文開民則。

去年曾説冬葅緑，今年蓼甲春盤簇，綵花金勝相輝屬。五色班衣佩蒼玉，先奉庭幃千歲祝。

莫辭金醆十分斟，邇日星郎寵數深，庭前桂子更鮮新。鰲頭早晚貼塗金，公亦緑殿峩華簪。

漢列土宇封同姓，唐擢宗英持國柄，我宋膺圖臨海鏡。參天杞梓仙源盛，蕭敷艾榮何足訂。

向也何幸識仙翁，玉栗春明盛德容，又常一再見阿戎。神情穎異機生鋒，公家流慶無終窮。

明年天使九街馳，御茗名薰宣玉詞，更敕儀鸞餉壽巵。我有新曲名紫芝，會當獻之鳳凰池。

喬松落澗節輪囷，詩書萬卷終經綸，日華隔霧光難晨。公獨知其墮凡塵，何當一為問大鈞。

郊臺信筆

江天欲雪未成雪，推出雲頭照霜月。此夕更長不可辜，何時百萬入彩盧。幾年長涎一車麵，輪他獵奴飫生肉。也須龍伯坐鰲頭，却看沙磧卧蝦鰍。

玉堂晝值有懷萬松

鷄籠峯下萬松山，中有游民天地閑。左架虹腰上玄圃，右騎鰲背度飛關。幽壑流泉噴三峽，袞袞桃花翻浪雪。兩山對峙錦屏開，嫣紫肥紅仍炫白。十里松風百哢琴，丹書一枕卧殘春。何人共結無生社，冉冉青蜺下玉麟。九華突兀匡廬秃，幽深全似入盤谷。懷山一夜鬢如霜，畫作烟圖入洛陽。玉境那容凡骨涔，急草天章訊歸路。磨松琢石歌太平，亦表微臣報國恩。

汲井溉田民亦勞止歌以相之

短綆長缾高下飛，老農雨汗紅淋漓。夜來雨意已垂垂，一事不成風又吹。決破玉龍太清池，滿浸萬頃碧琉璃。

贈毒菴

高座不知甚面目，當時唤作尸利密。要須勿負此標題，更向托茶山頂立。

伐千秋巨木竟梁梅堂

二木盤根三千秋，萬斧過之無敢視。今辰有梓號國工，朋曹十數來睥睨。為言此木難斤斧，上有蟠龍下伏虎。莫教驚動萬年枝，掣電轟雷三日雨。直須作法起南風，號召百神同力扈。昂昂頭角向梅堂，五六鎮星來作輔。坐令國勢鞏𧆑圖，萬歲千秋奉明主。

奉送季清赴山東幕府

黄雲銜雪天模糊，有客飄然出上都。青絲絡馬銀兜鍪，紅錦韔弓金僕姑。劍光壓匣照路隅，帕首百騎前訶呼。不知客本山澤臞，今胡為者意氣粗。自言有將新孫吴，我欲與之同滅胡。嗚呼亡胡豈難且，病兵怯將自逃逋。胡不觀昔我藝祖造中區，以兵為國垂洪模。河北河東義勇徒，一十四萬鼓應枹。中興益振尺五符，世忠淮左聚熊貙，劉錡淮西貔虎俱。上流岳飛彎天弧，金陵張浚羆搏狐。單于臺下雖寬誅，采石山前已斷顱。邇來殘虜尚窺窬，門内群寇更睢盱。胡乃朘剥及其膚，豈止牛羊不求蒭。我欲别幕飛於菟，十萬一屯淮之區。技閑器利整平居，幟明鼓震蒐彼廬。精神所折虜如無，而况山東群盗乎。五符儻缺聽其虚，十年且盡一賦租。斬然圻畫勿牽渠，他時混一更新圖。偉哉玉帳得通儒，君復碧油吐良謨，凌烟豈一貂蟬與。

新舊句

憶昔丙辰還親旁，恰恰先春社三日。社日侍親行交源，紫蕨兒拳森玉立。是日天明風氣柔，入自交源茗源出。迤邐又復至前山，涉澗還家日將没。慈親意在營一丘，卷卷欲於近舍求。當時議論悉未定，那知今作汪潭游。汪潭去家正五里，百里來龍於此止。自注：至此七韻，不記甚年作。壬辰秋孟中沐日足下一段。龍止水亦止，清潭窈無底。寶劍秋空横，秀峯春笋峙。最愛丫角羊，艮木之印鄉。長生亥水來朝丙，千古長溪流不盡。雍容冠佩紫薇垣，壽星更出丙丁間。神游既安後昆福，賦此銘章皆實録。

子時歌

順數方來兮，遡而上之洪荒。今不必短兮，古不必長。地有時而玄兮，天有時而黄。知靡草之先秋兮，又當知喬松之傲霜。知滄溟之連山兮，又當知大華之有長江。朝云西暮云東兮，豈期悉避乎陽光。入濛汜浴虞淵兮，又孰知其扶桑。吾烏乎而折衷兮，但當付萬化於茫茫。

郊祀慶成詩有序

臣仰惟皇帝陛下，躬上哲之性，遵列聖之謨，穆卜新陽，昉嚴大報。天地合饗，祖宗並崇。晴光映於祥光，冬夜温於春夜。燭花如綴，蕭烟不摇。頌聲流乎天衢，英風薄乎榆塞。臣待罪翰墨，幸列侍祠，懿鑠鴻休，得所親睹。謹撰《慶成詩》五首，一章述大典也，二章玉輅如青城也，三章升圓丘也，四章禮成也，五章言天眷聖德並隆不已也。干冒天威，俯伏惶懼。

粹古皆頻歲，炎劉或異祠。有唐方定制，我宋遂因儀。列聖馨明德，皇穹答顯祺。恭惟聖天子，大典應昌期。

涓潔先原廟，純忱歷太宫。八神開列闕，萬騎擁豐隆。軌道清風肅，洪頤麗日紅。康衢聽細語，八彩更重瞳。

牙籤猶未進，玉冕已先須。峻級飛平步，端圭却掖扶。祥光匝霄極，和氣滃天區。福飲煙升已，儐神靄瑞符。

紫畤祇堂陛，蒼龍奉駕回。邊塵知電掃，歲稔十年開。丹鳳覃天澤，東朝奉玉杯。樓前呼萬歲，砰隱動春雷。

謂聖惟能饗，由心克致虔。天心今荅聖，聖意更祈天。沖性猶勤德，搜求愈任賢。愚臣輸至款，端在賦甘泉。

丁亥閏五月十日回自真聖道坊車中記事

列障羅屏合，回泉玉帶環。外容三肘密，中着十洲寬。天意驅蹲虎，人心見聖蟾。煩君招舊隱，來此共潺湲。

書富陽普照院二首

境勝由盤古，聞名自謫仙。一從江國後，又到老坡年。山頂煙仍紫，樓頭月故圓。繼今知幾劫，風物更依然。

祇愛招提古，那知俗更醇。寺雖炎漢代，人尚葛天民。僧定都忘客，林深自鑠春。我來千載後，更有後題人。

紅藥當階翻 校官試

禁近烟光潤，階平日影喧。黄麻方草罷，紅藥正花翻。蒨色浮春動，清陰匝午繁。心傾青瑣客，香滿紫微垣。漏永文書静，天低雨露温。人言有仙骨，早晚拜明恩。

夜登釣石

頗憶嚴君瀨，還尋釣石緣。鄰鷄方叫月，邊鴈恰書天。句秀來仙白，聲和應樂全。展編真一快，如放五湖船。

憲聖慈烈皇后輓詩 二首

西滸俱來日，東朝極盛時。彤弓平黑海，彩筆照丹墀。韲起先裁費，丹成不用醫。人間空悵望，風月宴瑶池。

聖祖艱難業，重孫擁佑恩。玉妃閑寶簡，仙御送金根。杳杳龍先去，翩翩鳳又翻。塗山望堯穴，日月萬春存。

光宗皇帝輓詩

厭聽人間樂，催成海上丹。雲車分白象，天仗下紅鸞。梧野朝烟淡，咸陽莫日寒。龍舟宵濟處，清血漲紅 四庫本作江干。

光宗皇后輓詩

玉鎖辭椒禁，瑶宫問廣寒。人間方祝鼠，天上忽飛鸞。弱水三山鬲，華胥一夢殘。聖情凝望處，仙御景雲端。

寧宗皇帝輓詩

聖德同天運，神功並日昇。韃真懷慄慄，齊魯格烝烝。復古周圖盛，中宗漢業升。未饒元結輩，磨筆誦中興。

輓程給事

戀闕葵心在，懷山秀野寒。華繁常侍媿，草隸折衝難。結緑紅輝碎，懸藜夜色殘。平生桑梓地，雪涕景雲端。

輓汪給事

抱大難傾橐，隨時欲見田。星災諸葛日，齒少紫芝年。魯國麟枯骨，藍田玉折瑄。忍聞環珮響，帝所侍鈞天。

輓范四庫本作汪端明

諸老都淪謝，惟公尚典刑。謀謨關社稷，風采聳朝廷。政路方虛席，台躔遽折星。幸哉芳史在，寧用問丹青。

輓吴郎中

志抗金堅厲，材成玉粹温。時哉非不遇，命也更奚言。季子風流遠，吴公治行存。敬亭無恙否，愁絶暮雲昏。

輓程樞密二首

厚德推吾黨，脩名靄四庫本作藹列紳。明經魁别幙，仗節聘殊鄰。南嶠思良牧，西樞失重臣。龍原高家在，千古卧麒麟。

忠壯源尤遠，新安盛莫偕。千年瑶斗柄，一夜玉樓階。學業光文簡，儀刑謝艮齋。曉鍾傳恨處，清泪落天涯。

輓宜人趙氏

分胄天皇媛，來嬪相國孫。孝慈山上梓，法度澗濱蘩。鳳去簫沉響，鸞空鏡掩痕。家庭熏沐事，千古説南軒。

輓徐提舉

人品真豪爽，天姿尚典刑。畫簾深院宇，春旆擁郊坰。雲子千艘白，鹽烟萬竈青。南州高士傳，三嘆一彫零。

輓蔡祭酒

孝友尊前哲，詞章裕後生。柏臺真御史，槐市大司成。騏驥風方力，艅艎浪忽傾。山寒丹旐急，識者為霑纓。

輓曹監丞二首

學渺千江水，才雄百尺樓。鳧飛思葉縣，燕寢憶蘇州。有感珠還浦，無苛虎渡洲。浦江天闊處，缺月正如鈎。

威鳳方翔漢，寒鴉已宿林。平生惟好士，無日不揮金。駟牡頻催駕，琵琶遽絶音。山名昇白日，回首一霑襟。

輓錢塘蔡令君

少年思賈誼，中壽憶賓王。軍政存鍾阜，民庸在括蒼。馬蹄歸鳳闕，車軸折羊腸。喚起青油夢，悲風攪白楊。

輓王柳州

才華唐令君，名勝晉參軍。善政流郴水，遺風襲縉雲。寶釵當自合，神劍不中分。心折白巖路，猿吟日未曛。

輓楊提舉

風慘琳宫曉，雲愁鐵甕春。鴻冥方避弋，鱣集遽成塵。金虎多遺愛，銀菟愧後人。尋思漢循吏，竹帛逐時新。

五十六字庸以告未知野夫者

寧須山澤論高平，但要曾餐石决明。三世擊鍾敲石磬，十年學劍斲銅釘。倘知狐祖天邊去，肯向蠻奴脚底行。更許野夫尋上着，十洲三島一宫城。

慶元丁巳十月奉親如臨安宿西菩寺表弟吴克仁俱焉二首

熙寧相望百餘年，又有人如古鐵頑。日落尚憐今夕路，月明無恙舊時山。朱紅野實堆盤裏，粉白詩牌滿壁間。欲為慈顔供一笑，更留數語任渠删。

安車未向都門移，且攬西菩一段奇。路入山腰須種樹，泉流石齒莫開池。重來坡老今誰是，出世參寥不記時。結束匆匆出門去，白雲明月舊相知。

用朱經畧韻

歸來南橐舊蕭蕭，但有新詩照佩瑤。峴首溪山歸點染，湘天風月困吟嘲。輕裘詩帥風流在，岳牧詞臣意氣饒。見説玉堂須翰手，公當歸侍紫宸朝。

用丘樞密韻

起自澄江應夢求，天還河北百餘州。嵩瀍處士歸羅致，淮蔡奇謀入彀收。午夜金陵瞻斗極，千年胡昴滅旄頭。會須再作中興曆，還許諸生執筆不。

作堂六桂之東命之曰桂生取漢人招隱篇桂樹叢生之語也詩以記之

幾年列植擅清芳，今日標題始作堂。遠向松岡分老蔭，近於菊畹借寒香。地雖未離人間世，心已全然物外鄉。最好夜來清絶處，飛霜帶月下南塘。

賀費樞密登卞忠貞公墓

底用荒村訪野墳，青編相對儼如存。當年但識清談樂，今日方知節概尊。千載腐儒空吊古，幾章冷語自消魂。便當僇力清河洛，一洗新亭舊泪痕。

流觴西湖用范左史韻

畫航四庫本作舫同載若登仙，却笑泥轎馬不前。要識冷煙催穀雨，須知澹日養花天。千條翠柳隨風舞，一樹夭桃照水妍。須信人生行樂耳，虛名那用世間傳。

雪

北風傳信報登平，白帝宸遊墮玉英。月下草玄疑蜀客，鼎邊得句失軒明。莊嚴東閣若為好，點綴南枝分外清。惟恨蔡州城北水，一池鵝鴨更無聲。

以上《程端明公洺水集》卷二三

全宋詩卷二七八九

程珌二

小憩許由亭

曆數河南去，乾坤一草亭。一亭猶是累，千古盡浮萍。

喬松

風細吹吟鳳，雷驚起蟄龍。幾年卧空谷，今日享真封。

歲暮

綵帖喻麋原作瑜麋，據四庫本改濕，屠蘇琥珀濃。夕陽猶臘日，午夜已春風。

三月三日度白際四庫本注：黄尖，敝峯名。白際，嶺名。

日望黄尖杪，今登白際巔。千山皆委地，一臂獨擎天。

戊子正旦賀壽慈宫二首

曙色浮丹栱，春風煖禁街。微瀾迷秀石，纖草蔭新槐。

鳳駕回天仗，鴛班集露門。須臾趨魏闕，杲日正中暾。

粥罷

飯已茶三啜，隅中粥一盂。陶然詠皇化，安用東封書。

冰 四庫本注：十歲作。

白日黄流漲渭城，三更風緊盡成冰。莫言此物渾無用，曾向滹沱渡漢兵。

甘將軍廟

沙寒日薄水雲愁，賊魏王吴一夜休。自是英雄元不死，至今猶占大江流。

晚發富池

甘王樓下一帆風，獵獵舟旗照日紅。釃酒三江飲龍腹，摩挲冠冕是誰功。

昭明太子宫

千章喬木烟蒼蒼，一帙遺文字字香。粱鼎西沉何處問，至今戟手看興亡。

陳時柏

陳未亡時柏已蒼，風來歷歷説興亡。世臣元不如喬木，閲盡中原幾戰場。

夜雨

玄機粗透古人胸，每説匡來晚未工。珍重芭蕉前夜雨，為傳消息到牆東。

築徑

入門一徑小紆回，百本芙蓉手自栽。寄語後來須善護，三年猶及見三開。

觀史有感

紛紛賓客趨驃騎，何事任安太樸疏。却笑君非王太傅，不容朝士不回車。

别金陵官舍雙柏

手自移時尺許長，三年拂拂及宫牆。願言勿負栽培力，保此堅貞傲雪霜。

復朱教授

某前雪蒙佳句，再雪乃得為謝，信矣相如之思遲也。然亦遂為一段公案

詩成催雪豈無功，今果裝嚴七寶公。休説春花那解舞，也教耳熱慰新豐。
朝來照眼百瓊瑰，為有詩筒打雪來。不止梁園許分簡，詩壇高築比雲臺。

送李侍郎安撫浙東

通明殿上紫芝仙，乞得閑身下九天。今日都門臨祖處，幾人驚嘆着鞭先。
夜來天闕望文昌，移在藩臣斗極旁。千尺濤江元不遠，公當早晚對明光。

直廬閒賦 二首

一陪鸞鳳入仙臺，四見薰風舞禁槐。自笑平生無夢到，那知今日以身來。
紫宸朝退曉光寒，百吏奔曹一吏閑。便可雲卿稱散秩，柰何名籍尚人間。

雪霽玉堂曉眺

當年銀界隔鯨江，今日分明玉作堂。不是瓊林宫樹密，也應白虎接明光。

兩炬並花

雙蓮合蕊更開花，報道金鑾日未斜。已草禁中新鳳詔，趣君十日覲東華。

脩玉牒官閣子坐屏甚古詰吏亦不知曷始數語紀之

摩詰何年留此筆，至今雙壁猶崙崒。老松掀甲作風雲，亂石激流殷霹靂。

吴綃一幅苦無多，中涵大華及黄河。偶然乘風山下坐，紫烟翠靄坐中過。

早入

紫薇浥露翠條深，捷捷靈烏振好音。全似冰巖亭上坐，四屏煙靄奏春禽。

直廬多暇新緑鬱然信筆二絶

朝絶倖恩除目少，邊清妖祲檄書希。飯餘摩腹閑行立，一抹牆東新翠薇。
壁右方壺浸碧天，依然全似太湖邊。清風一夜生新興，好把漁竿上釣船。

江山道中瀑布

松風一壑逼人寒，老石瑽瑽響碧湍。疑是銀河天不鎖，瀉從雲際下人間。

梔花

青琅削葉玉花鈿，獨占炎皇第一天。未羡冰桃垂夏後，且看金子粲秋前。

朱生論天

不知占得幾躔星，閲盡人間聚散萍。今日重來橋上望，依然楊柳兩行青。

爲釣臺作

人道秋風長桂時，天台散種未為遲。如君算到白榆窟，揀取南來第一枝。

擁爐

已甘灰冷竹窗前，那意移來近繡氈。唯有幽人一寒暑，閉門高卧雪深天。

中秋無月

常時斗暗猶閑事，無月中秋可若何。我欲梯雲千萬丈，取光還月謝羲娥。

春帖

輕烟薄霧鎖平川，全似江南二月天。昨夜溪頭新雨過，分明洗出太平年。

程掌書二首

夜來踏月過臨川，水面粼粼桂魄圓。此際高人方熟寐，難為一扣綠筠軒。

分明如夢縞玄衣，傍月凌風自在飛。夢覺出門都不見，不知已上子陵磯。自注：此行專看釣石。

孟夏廿一東作秩然

不見東耕四十年，茲晨蓑笠去翩翩。從今數過三蓂朔，史筆當年大有篇。

五鼓夢中作覺而成之二首

人生萬幻一菴輕，須築銅駝萬里城。莫道斜陽光不遠，斷霞收盡十分明。

當時千駟已無聞，寧說牛羊上塚行。同是博陵評古者，肯令千載尚齟卿。

閏九十四

午夜青衣海上還，八年兩度雪封山。如今一水平如鏡，好釣桐江五百灘。

送松煤十丸與葉秀才

雲溪深處萬松林，煙起晴天自作塵。根向九華分結處，與君同是墨仙人。

出南郊清甚

春風吹屧到南園，着酒塗酥花正繁。更喜滿前無俗物，横塘疏竹渭南村。

輓太府丞知徽州韓公

翊運勛臣第一家，却於翰墨掇英華。誰知忠孝千年事，不逐春風落水花。

魯國夫人薤露歌

並海名山萬疊開，太慈太白等蓬萊。自從齊國鋤雲後，又見夫人駕鶴來。

以上《程端明公洺水集》卷二四

建康鹿鳴宴致語

河南貢士紫萄詩，不比尋常貢士時。一老堂堂强國棟，四筵濟濟瑞庭芝。傳聞座主邀璜召，恰與諸生赴詔期。宴罷瓊林如謁謝，請君懷刺鳳凰池。

建康春教致語

朝來百鼓殷軍門，知是元戎肅萬屯。殺氣直摧龍尾壘，英風遠薄鬬場村。從今吴卒精成勇，却看燕兵脆可掀。好入廟堂裨聖畧，指麾諸將定中原。

聖節致語

雉尾差參寶扇開，九霞雙闕聳蓬萊。霜清法駕黄金殿，雲擁仙班紫玉杯。天上剖符初繞電，人間作頌已鳴雷。長生紀籙知多少，瓠子澄清一萬回。

王母致語

青鳥銜餌海邊來，報道羣仙浴佛回。玉侍雙成開翠箔，雲冠七勝下銀臺。萬年黎角丹方轉，千歲冰桃花欲開。更待丹成桃熟後，却來親奉紫宸杯。

以上《程端明公洺水集》卷二一

用柏梁體題式敬齋

惟古知哲粲青編，胡為典獄難其賢。皋陶蘇公相後先，舍是未見書聯翩。果哉知仁人難全，未得其情智欲研。既悉其罪乃寬旃，吾心鈞石何所偏。服而舍之天則然，畫冠不犯何由緣。教明化洽上所宣，上失其道民乃愆。又復淫刑如蔓延，立法初意浸天淵。苗民作威天棄捐，聖神應運符握乾。春風甘雨徧八埏，內外建官相綜絟。州復設掾職其專，此蓋椎輪當益虔。縣令獄掾非充員，渠用資格宜加銓。邢君天資靜不儇，且嘗一飲詩書泉。大府獄市來闐闐，嚴明之長日趨前。莫難此時周折還，三年一心上通天。荻苗水長問歸船，而君胡為華此扁。吾非空扁乃心傳，上遡蘇公歲二千，下視方來漫無邊。吾乃耹然立中焉，來者式之不計年。

題朝陽亭

暉暉朝陽亭，亭前鍾阜青。巖陰尚積雪，光彩浮初晴。亭下清溪水，滑流新泮冰。雙鳧知隨陽，亦逐流澌行。亭中賢主人，快此景物清。開門延客入，掬雪當泉烹。凌鼞淮水漲，修鱗爛銀瓶。更酌秦淮春，配此玉豉羹。了無一物俗，表裏俱蓬瀛。宇宙有佳致，心清境乃并。甚愛主人賢，澹然遺世營。不言飲人和，恂恂發天誠。清處亦絕奇，亭亭秋露莖。胸中足丘壑，城頭亦林坰。不與風月期，結屋謾茅菁。却慚最下客，形穢識不靈。宿懷幽深趣，侵尋塵坌攖。一官冷於鐵，癡坐如凍蠅。喚來俎豆問，不知梅已英。清賞可無傳，陋語恐難徵。春風送鵬程，睠言尋此盟。

金陵驛

鐵甕高資只半程，柴溝曉發暮金陵。莫言三宿何濡滯，已覺匆匆役此生。

登石頭城

邂逅鄉人却異方，蹇驢仍得瘦東陽。不妨令節隨流水，自看寒花吐晚香。微岸綸巾風力勁，小亭飛醆午陰長。不堪細數淮南樹，獨倚青冥興欲狂。

以上《景定建康志》卷三七

（李菁整理）

全宋詩卷二七九〇

釋居簡一

釋居簡（一一六四—一二四六），字敬叟，號北磵，潼川（今四川三台）人。俗姓龍（《補續高僧傳》卷二四作王）。依邑之廣福院圓澄得度，參别峯塗毒於徑山，謁育王佛照德光，走江西訪諸祖遺蹟。歷住台之般若報恩。後居杭之飛來峯北磵十年。起應霅之鐵佛、西余，常之顯慶、碧雲，蘇之慧日，湖之道場，詔遷淨慈，晚居天台。理宗淳祐六年卒，年八十三，僧臘六十二。有《北磵文集》十卷、《北磵詩集》九卷、《外集》一卷、《續集》一卷及《語録》一卷。《補續高僧傳》卷二四、《淨慈寺志》卷八、《靈隱寺志》卷三、《新續高僧傳》四集卷三有傳。

釋居簡詩，以日本應安七年（一三七四）刻《北磵詩集》及日本貞和、觀應間（相當於元惠宗至正時）翻刻宋元舊本《外集》、《續集》爲底本（以上均藏日本内閣文庫）。另從《大藏經·北磵居簡禪師語録》等書中輯得之詩作，編爲第十二卷。

孤山行

盛時考槃古逸民，湖山草木咸知名。至今八篇爛古錦，豈特五字如長城。長驅萬騎到其下，束手按甲循牆行。大邦維翰蔽騷雅，遏衝既折猶精神。抗衡劇孟一敵國，彈壓西子孤山春。死諸葛走生仲達，送修靖邀陶淵明。聚蚊莫及怒雷迅，老瓦不亂黄鍾鳴。清彈豈為賞音廢，自芳更問林扉扃。鷗盟未冷浪拍拍，弋者何慕鴻冥冥。水流山空鶴態度，冰枯雪寒梅弟兄。梅當成實自調鼎，鶴既生子仍姓丁。鄉來偶同賦招隱，老去亦各相忘形。故廬夜夜月如晝，少微耿耿天無雲。千金儻可市駿骨，萬古適足空凡群。百身可贖但虛語，九原喚起知無因。為公滿酌井花水，酹一抔土公應聞。

塘　淫

蒼官百夫雄，盤錯千仞岡。鐵幹紫尤勁，銅柯青更剛。屢吞霜雪敵，弗受斤斧戕。支厦不為柱，跨壑猶飛梁。胡為在泥滓，斷岸緊闢防。豈伊堅貞姿，泥滓永相望。中分榍其中，脗合相抵當。彼巧事穿鑿，我方信行藏。惟其司出內，秉彝德之常。謹口飽涵畜，與時相抑揚。持滿豈無道，損餘端有方。尾閭小溟渤，砥柱回汚潢。瞀爾手翻覆，枯涸隨汪洋。叔度萬頃陂，未足與較量。匠氏弗遇郢，才不登俊良。藐然用其小，約水不得洚。有若古豪雋，落落吞湖江。遭時發所蘊，利澤何其厖。時哉倘不逢，蕙帳雲霧窗。獨善與兼善，一轍元非雙。任大豈遺小，養浩惟能降。對此一感慨，勿謂吾言哤。

檄菖蒲

陶器承崑珉，獵獵散緑絲。飲以一杯水，卒歲長如斯。露葉矗鋒鍔，霜根蟠嶮巇。昌陽欲論功，十駕不得追。松柏脚踏土，並驅仍背馳。寒苦我所安，泉石皆聞知。豈意泉石間，得此償心期。澡濯冀懷新，疏剪貴適宜。芳潔日以薄，潛逐炎涼移。謂我水太清，汝便清漣漪。抑我水太渾，古井非汚池。孤根要特立，晚節須堅持。貞姿或不返，終當怨尤誰。春葩與秋蘤，擅美固有時。西風一摇落，不死將安之。亦足觀物化，亦足為箴規。

次宫講于素齋韻爲別

鳧短何曾計鶴長，從他踽踽復凉凉。馬歸塞上元非失，弓在人間豈是亡。旋别薰蕕充子佩，賸栽紅白課蜂房。到家趁得梅花在，分遣飛來數點香。

無言桃李各成春，造化番騰巧入神。佳境髣髴逢蔗尾，苦心隱隱飫猩唇。蠖雖善屈難忘直，虹豈長蟠不得伸。一日百畦機事了，區區亦有漢陰人。

正月初九日客舍

水凍冰連底，山疑雪滿顛。恰纔如舊臘，全不似新年。綿折何曾暖，柴生只擁煙。較他山店雨，枉自怨秋天。

上錢昭文代李少潛

拄天有佳木，青跨雲沉沉。不知幾何高，四海分清陰。悠然響虚籟，萬象寂若瘖。寒則為陽和，盎盎春晝深。穆若吹清泠，六月消煩衿。烈風益遒勁，厚地盤崎嶔。濃翠出雲雨，大旱徯作霖。巍巍架明堂，枝榦端可尋。上有孤鳳凰，下有衆羽禽。和樂聲成文，戛擊韶濩音。大雅得指歸，一洗鄭衛淫。向來艱難際，凡才空滿林。天風一披拂，寸碧開遥岑。遂使化弦改，人命蟻出燖。大哉德曰生，抑見天地心。悠悠江海人，蜀道捫井參。懷土如仲宣，破囊無一簪。回首白玉霄，欲往勇不禁。區區竟何有，有句如惜金。金亦不足惜，鑄作頌與箴。

早課

井花嫩煮熨梅花，先酌芳甘注佛茶。冷淡工夫相次了，却留窗日看横斜。

水仙

矮叢傍砌小成陰，凍徹敷腴謝水沉。細着鮮風扶弱幹，賸將零露酌芳心。華裾冉冉低青綬，柔玉稜稜襯嫩金。弱水繞山三萬里，斷魂長記碧蕭森。

和六一居士守汝陰禁相似物賦雪

漣漪碎剪成新蕚，廉纖帶雨尤輕薄。人間但見巧番騰，天上不知誰制作。九地瑕疵都粉飾，重雲揞塞難恢廓。曉光奪目增眩轉，夜色侵燈尤閃爍。康莊充斥去無路，老幹壓低摇不落。寒稜凍得水生皮，氣艷冷欺裘擁貉。可勝思苦相嘲謔，旋忘手凍争拏攫。亂委平堆可照書，圓搓小握供彈雀。静聞裂竹亟扶顛，勇作探春思躡屩。犯寒果勝附炎熱，苦飢預慶歌豐樂。長鬚嫩煮蚓方泣，小龍新破團初瀹。默觀造物真戲劇，更看一色吞沙漠。載賡險韻付銜枚，孤軍大敵空横槊。寡和尤知白雪高，非偶自貽齊大噱。

和東坡守汝陰禱雨張龍公祠得小雪會飲聚星堂用歐公故事

六花蕚蕚都無葉，萬花鬭白都輸雪。綏飄微霰止還集，急趁回風飛欲絶。山固無愁鬢先老，竹非為米腰頻折。鄉來囊螢本同調，今夕風燈不愁滅。僧窗處處茶煙濕，漁舟箇箇綸竿掣。老坡不犯汝南令，粲如晴午裁新纈。乾坤蕩蕩無畛畦，比類區區空瑣屑。霧沉雲重記葳蕤，雨收風拾書輕瞥。肯為忠臣六月飛，賸煩太史從頭説。粗人金帳暖如春，詩人布衾冷如鐵。

借榻妙上人小樓箇圓方外

透骨清貧兩苦心，圓方覓句妙方琴。尚堪擁鼻麾崔烈，來借樓頭破布衾。

盆　菊

葉底金莖沆瀣濃，籬邊令尹酒尊空。回頭説與閑花草，自占春三二月風。

寶溪鹿苑寺

唐刻文雖泐，梁時寺可稽。已無金布地，猶有寶名溪。水媚珠生浦，雲低篆繞畦。夜遥僧定起，璧月在璇題。

鹿苑乃月堂昌禪師受業

水自朝宗去，源曾發此來。惠琳参政事，澄觀擅公才。葩焰古難續，襲衣今未開。不知五百世，幾度擢陳荄。

送友人歸湖上

雲卷雲舒欠十成，暮霞曾誤客占晴。不堪滿載朱涇月，冷落陽關第幾聲。

雲錦亭

花圍竹護錦成林，簷壓紅雲遶砌深。燕子來時寒未了，莫教簾幕帶春陰。

秋塘陳敬父席上餞薛子舒之官建康是年子舒亡

秋塘自是眼頭高，倒屣於君老更豪。興盡有時聊訪戴，法當無酒亦邀陶。鄉來文字如翻水，近日工夫又反騷。月是秦淮舊時月，平分只合與金刀。

哭趙别駕子野

年高唐進士，官小魏諸王。落落青雲步，橦橦古錦囊。筆隨文塚瘞，劍返虎丘藏。分得閑風月，湖山不掩光。

謝張丹霞序疎藁

裳織新雲錦，交尋舊布衣。荆蠻九鼎重，嶺海一官微。心事淵明是，天時伯玉非。談高方諤諤，調古獨巍巍。亦有蘭為佩，能無簡絶韋。灌纓東磵水，訪舊北山薇。老我家何在，顛風鷁退飛。襪頭常反着，車轍每殊歸。但覺烏仍好，端知驥可睎。草中同臭少，爨下賞音稀。煮字徒相餉，忘言合見譏。牛腰繁卷軸，蚌腹欠珠璣。重借言如史，輕因鼠發機。毳雲甘寂寞，華衮借光輝。雞肋初無取，雲斤不足揮。樓寬長挂榻，月好許敲扉。踵息寧乖衆，心聲願聽希。李雖嘲杜瘦，孟不與韓違。末路宜多助，孤軍佇解圍。載驅慙款段，忍負鏤金鞿。

趙紫芝得羌村圖拉余與趙山中同賦

中原聞休兵，久客問歸路。窮途倦策蹇，窘步甚脱兔。小立候柴荆，互鬨走兒女。喜極先蹙頞，思苦旋煦嫗。觸緒盡愁態，撫膝見濡慕。諸鄰稚扶老，旨畜各携具。老瓦勇倒瀉，飛觴約深注。居者訴徵調，歸者訴羈旅。懽呼賀生還，不醉不肯住。哂乃驪山夢，奇警在團素。生靈果何罪，此禍竟誰與。眼明新畫軸，心折舊題處。掩卷續微吟，玉倚亭亭樹。

雪夜懷上人借衾

挾纊如冰薄，無氊替客愁。綾衾閑直舍，布被老夔州。樓玉方撑起，山冰莫倚休。歲寒知小友，餘暖肯珍投。

趙紫芝雪中見寄

易銷知地燥，未濟識天慳。凹凸難行處，模糊轉盼間。定應憑小檻，頻看釣滄灣。嫩煮添茶興，何須倒玉山。自注：公不解飲。

群峯驚易老，猶自替人寒。有火雖紅擁，慵吟只白看。不妨添冷落，何暇掃零殘。小佇蘢葱日，銷鎔却怕難。

池　雪

填得中心合，鋪成四面齊。寶奩方剪玉，璧範直裁圭。水鏡難呵霧，冰田不點泥。霜蟾都隔斷，弗許透靈犀。

耕　雲

雲子炊香欠策勳，無心亦作一廛耕。石田也似砂田瘦，不是冥搜太瘦生。

茅　屋

索得蕢茆不足占，趁晴翦翦插疏簷。弗圖炙背干閶闔，試策奇勳到黑甜。

酬陳中書楊侯家賞瑞蓮

法自春秋著一王，不曾紀瑞到蓮塘。露盤對倚金莖小，水鏡雙尋玉井凉。同様着花仍並蔕，異篷結子不分房。會須問字求玄草，接武華風到後堂。

傾城傾國儷侯王，千載餘芳託藕塘。紅入雙葩相艷冶，緑摇萬柄覺凄凉。側承初日聯風袂，並挹殘蟾酌露房。花下詩人長不老，岧嶢直禁玉為堂。

少陵畫像

我思浣花翁，夢繞浣花水。有竹一頃餘，杜鵑暮春至。開元天寶間，九州暗風塵。新詩一洗滌，天地皆清明。槐葉一杯春，思君欲走致。悠然憂國心，天地相終始。

賈長江畫像

苦吟京華春，韓門得歸鄉。但知空啞羊，未暇識龍象。逢人問梓州，策蹇來長江。長江蛟龍怒，濤瀾相春撞。公來一彈壓，熨帖平如鏡。新吟若為容，萬古秋濤瑩。

送宇文尚書宣撫荆湘

偉哉不世才，要為天下奇。一鶚不待薦，自受虚皇知。力精運甓處，心切聞雞時。去年鎮南徐，前年來合淝。至今軍與民，念之如母慈。肖象繫遺愛，豈特甘棠思。便合登巖廊，虚襟待疇咨。春風玉筍班，夜光增陸離。荆楚天一方，有生懷保綏。不向繁劇地，何以觀設施。明明九重意，大任端自兹。諸儒浪誇詑，自許傅與伊。重内不重外，圖安不圖危。一旦大典章，瞢然如亂絲。始悟少更歷，雖悔將安追。有商六百年，不待試者誰。版築與割烹，中有輔相資。後世伊傅流，紛紛何多為。公乎風塵際，卓犖起一夔。軒昂氣如虹，霹靂手欲龜。永懷更一行，策勳早言歸。坐理天下事，迎刃而解之。

山中像

之子瘦策湘竹枝，寫我委羽春耕時。鞭索在手横谿湄，看牛飲溪特子隨。開窗卷簾驚見之，有一文殊還自疑。鏡中瘦影絲髮無，參差又如飲谿牛。觜連觜，蹄踏蹄。恍然因我得見伊，不知見者端為誰。

丁丑除夕

結局又開端，更初數到殘。小須新過割，却問舊平安。事事從頭起，悠悠倒指看。六千三萬日，逐日度何難。

松　谿

翠蓋童童勝碧油，老根絡石漱谿流。秋池兩部吾無取，留得江聲在屋頭。

正月初六觀燈

山斂吴雲暝幾層，卷簾都上内前燈。朔蓂六葉初弦月，猶作朝天淡掃痕。

挽同衣

有地皆堪隱，云胡獨指西。劫燒翻濁焰，刹説聽新題。春薺挑蘋渚，秋荷綴稻畦。覺天無落月，耿耿印苕溪。

印佩三周法，蓮栽十丈花。源尋南岳正，路革化城差。静與月分座，閑如雲住家。不知百世后，誰索紫金車。

登齊雲樓

雲與簷楹面面齊，脚頭高處覺雲低。水圍萬雉半煙雨，天徹四垂漫畛畦。冉冉無心猶可拊，堂堂有路亦堪梯。若非夢澤胸中小，空倚闌干到日西。

孤山路

截水開平地，浮天界碧空。有雲分越鏡，無柳似吴虹。菱棹闌干外，荷花鑑影中。斷橋吟不盡，行過御溝東。

四月初八

只麼隨流去，如何慶佛生。飄零嗟劫濁，湔洗俟河清。託諷知無益，讒諛又不情。韶陽奉塵刹，不薦一杯羹。

續懶菴生前索挽章

死向生前辦，銘留去後思。穴疑龍井迴，隣傍鳥窠移。殉有登山屐，傳無跨竈兒。它年三尺劍，誰挂碧松枝。

書智遷抵觸圖

力敵難教死鬬心，墨輕毫淡柳陰陰。莫將抵觸迂奇思，只寫洪川扣角吟。

孤山前舉溺死者

柳色經秋草葑湖，菱荷彫盡到菰蒲。誰將處士孤山路，幻出天台九想圖。

酬韓澗泉

鄉來風騷壇，作者肩相摩。遂使宋嘉定，不數唐元和。礀泉一官冷，門館雀可羅。管中既微露，屢倒名勝戈。自笑不入時，獨對兒女哦。錦瑟豈不好，弗好如之何。豈特弗好耳，平地千丈波。泠泠玉藕船，豈曾翻釣蓑。歸與造物游，坐受醉尉訶。雲月相獻酬，泉石供婆娑。幽芳時自妍，幽鳥時自歌。遺補南礀書，樂勝東山阿。懷哉東華門，白玉鳴朝珂。忸怩避讒諂，趑趄虞轗軻。聊將須臾忍，付與兩鬢皤。聽君閑適篇，所得誰最多。持此壽閑適，金臺空坡陁。思君令人瘦，水遠山峩峩。寄聲謝鴻鵠，為把青銅磨。莫嫌俗眼白，且惜朱顏酡。

吳吾何待制遺四鶴入山

竹扉無人敲，掩關長夕曛。一飢苦難療，三篋收奇勳。鼎來四胎仙，縞袂垂玄帉。其一行且却，隱若避世紛。其一擬前邁，步武閑如雲。唳者又其次，晝然戛天垠。季氏響相答，和樂方闇闇。昂然青田英，暫爾北碉濆。鸞鵠倘可侶，雞鶩端不群。乘軒初何心，在陰當有聞。日飲澗底淥，時啄岩根芸。華表懷故都，蕙帳悲移文。仙凡豈異轍，風月當平分。主人爾同調，與俗相蕕薰。浪迹儻富貴，永懷酣典墳。衡連老蒼官，從合抱節君。遺爾尋考槃，亦足張吾軍。人方斧槁梧，對此齒没齦。駸駸恐爾及，惴惴令人慬。胸中小天地，籠中何足云。

陳卿座上得貴字

後來如積薪，在前類揚粃。群飛刺天去，尋墜九地底。扶摇轉羊角，力盡固應爾。趙孟能賤之，何取趙孟貴。譬夫春方妍，處處耀桃李。冶容倚皓態，厥類亘勝紀。一時顔色鮮，永永曷足恃。要當見平生，姑待灝商至。梗楠大蔽牛，支厦棟梁器。春風不知喜，秋風不知畏。炎炎金石流，凛凛復墮指。四時有常守，坐看造物戲。用大古所難，肯顧萬牛廢。懷哉楚令尹，落落差可擬。彈冠既三仕，解冠輒三已。豈弗曰代耕，豈弗曰行志。終將奚以為，了弗事愠喜。一笑付倘來，道在百不理。特操固超絶，小智謾嗟異。區區榮辱際，判然遂成二。炙手苟可熱，駢首争附麗。欣戚變妻孥，況復論州里。悠哉經濟才，未始挂牙齒。不獨不過口，未必不掩鼻。惡此而逃之，政恐不免耳。弗為天下先，聞諸老聃氏。徐行後長者，孟氏亦若是。聃也未暇學，學孟顧不躓。唐虞已千古，執中揆諸理。問之果何事，孝悌而已矣。

黄龍洞前遇倪文昌賦苕之清

止止天連碧，沉沉鏡不磨。淵源端有自，潢潦儘從他。清可臨流賦，渾貽濯足歌。中津誰擊楫，後進自盈科。亦有西馳者，其如北注何。還元雖一味，到了不同波。至潔清嚴瀨，孤忠歎汨羅。勺貪懲俗下，汲釀樂天和。洗耳成輕去，乘槎倘重過。咸池昇曉日，何必挽天河。

苕溪晚歸

輕羅熨帖展谿湄，濺沫飛濤頃刻移。蓮子焦時紅蓼紫，采菱船小不禁吹。

酬趙天樂

桂為詩人馥，隣喧羯鼓催。秋窗無喚起，海石借飛來。眼老因山碧，襟疎並水開。何妨不解飲，對客淺持盃。

化周大孺人長明燈

古佛舒光照夜遥，微明欲灺倩誰挑。福田中有光明藏，試遣周郎問小喬。

吹香

寒壓痕雲凍不消，華風醞藉不鳴條。瘦枝褪煖無多韻，亦有鮮明玉色潮。

芙蓉

谿痕寒不肥，岸容晚益退。其誰憐婆娑，明霞剪零碎。爛爛飽泠露，酣酣俯清瀨。宛然古銅碧，嫣然艷粧對。又若翠袖薄，瘦立煙渚外。西風僅如許，晚節尚可待。遂拜拒霜號，不受斷腸浼。亦豈無老成，試請推行輩。桂騰小山馥，菊耀東籬采。裳襯芰荷衣，服稱陸離佩。芳芷雅相鄉，宿莽安敢背。花城隔仙凡，俗説信茫昧。獨有離騷經，名氏得先載。

從聞從思沐髮

絶頂叢林茂林葉，蟣虱象龍争迅捷。湯沐風晞曝煖簷，藪剔原搜會秋獵。齒豁明瑶水為扈，編密青琅陸為罟。圍潰猶思勇負嵎，匪麈匪蠹非虎兕。小生束髮能操觚，亦有武備當前驅。但知疎散非長計，不知遠岫雲如髻。

黄茶

官焙曾看白玉花，不知黄玉在山茶。淺欺羅柳香仍烈，輕壓荼蘼浄弗瑕。着露未晞纔半萼，倚曛欲透忽全葩。月團已屬盧仝賦，别調何妨記物華。

慧日致爽軒

襟懷浄無塵，太山巖巖秋。心聲響虚籟，何俟西山幽。悠然一段清，可就不可致。苟非可人就，未必蒙倒屣。吾家短髯翁，吴霜詫新茁。因依眉睫間，凛凛可濯熱。鈎簾事晚眺，層翠出林杪。一笑自點頭，萬象同飂飂。

福山渡

鯨浪粘雲白，狼山隔岸青。鳶來方跕跕，鴻去忽冥冥。欲濟江程險，先祈海若靈。賈胡相習俗，抛擲有殘經。

樹經火而殞今復榮茂大慈

無藥醫雙樹，扳枝忽再春。不隨人换世，曾見寺歸真。雨露雖全節，風霜只半身。榮枯相倚伏，東海復揚塵。

雪窗

小似剡溪船，方方斗底安。緑疏雲母透，青瑣水晶寒。蟾影從低入，蠅頭得細看。人皆苦炎熱，一點不相干。

姜貧樂青龍征商

月冷孤山幌，潮翻滬瀆春。關譏今不古，課最食常貧。北鴈雲難駐，南枝雪又新。莫教詩滿篋，忘却寄來頻。

張主簿葵菴

寸金尺地長安土，不種其他只種葵。葵倚太陽知向背，土於生物薦華滋。睡醒簷影三竿早，歌徹花陰幾綫遲。欲勸飛光一杯酒，要看側蓋繞芳枝。

有虎嘉定五年台州有虎入城

悠悠天壤間，務各得其所。獸蹄交鳥蹟，堯憂塡肺腑。偉哉神禹功，明德邁前古。九疇既定位，萬生斯按堵。奔馳服牛馬，飛潛適鱗羽。虎豹嗜殘暴，山林託深阻。云胡不奠居，出輒嘯當路。昨來東家嫗，云汝三瞰户。西隣競相告，豐豕婁攘取。行葦既踐履，生理靡繁蕪。田野日搔動，老羸困病窶。遂使庾廖歌，不待黄昏斁。唐虞全盛時，四凶怒如汝。赫然雷霆奮，四罪同一舉。彼無罪汝意，汝特犯其怒。商監猶未遠，與汝凶孰愈。蝮遭愚溪宥，鱷避昌黎去。大信及豚魚，二子吾所與。彼暴化為仁，汝仁亦其伍。猶來仁暴心，不隔毫髮許。度河速遷徙，負嵎毋跋扈。況今屬多事，誅求猛於汝。兩雄不俱立，孤蹤曷足怙。勿謂三家市，智勇未易數。智者有餘怒，勇者有餘賈。排雲叫閶闔，長歌捎林莽。四聰若旁達，百揆必鼓舞。毒機發必中，萬悔竟何補。丁寧不汝欺，盍亦聽吾語。苟如不我聽，是不聽堯禹。

宥蟻

窮山忍調飢，小窗玄豹蹲。百行無一羶，爾類曷所聞。倏忽來往頻，蠢蠕争奪繁。報王張義氣，賈勇如虎賁。鼓行有行伍，回旋呼弟昆。弛然方解嚴，滃然新分屯。長蛇偶成勢，偃月非無轅。咂膚甚蟣虱，足駃不可捫。上我古生臺，隙我新垝垣。綴我玄兔穎，飲我陶泓渾。或循伽梨圈，從朝不知昏。小彈復就地，詎忍傷其元。屢掃復屢集，再馳仍再奔。咄哉誦箒兒，輕儇真少恩。不復事掃除，直欲加焫燔。斥兒旋呼蟻，請試為蟻論。好生乃大德，略聽吾喑喑。爾宮大槐國，附庸檀蘿根。南柯在其左，東厢曾偃藩。休云城郭卑，中有侯王尊。蜩甲貢庭實，蟲臂供盤飧。犒享日厭餘，糗粻時有存。可以燕族屬，可以蕃子孫。悠哉天地間，曉然愚智分。鵬則摶扶搖，鷃則止棘樊。蟭螟固微茫，觸蠻方并吞。巨細俱逍遥，彼此適晏温。老我不足慕，負爾猶忍言。爾留固不惡，誦箒真爾冤。去去別處去，我砌休重扳。

蝗去

人言蝗有知，我謂蝗無知。使其果有知，不出昌明時。傍睨聽我言，飲笑輒見嗤。問之何因爾，却立雙蠶眉。甚矣戇且愚，抑非狂則癡。諒不閲圖史，又弗聞書詩。不知朝廷尊，但習山林卑。耕稼徒勤勞，理亂慵考稽。嗟子昧理道，使我繁言辭。伊昔貞觀中，民生皆熙熙。呻吟化謳歌，文教漸戎夷。行旅弗齎糧，道路無拾遺。外則方與虎，内則傅與伊。腹心頗勝任，股肱良倚毘。四海同車書，九重垂裳衣。虞夏相較量，毫髮無參差。善乎魏鄭公，惜哉封德彝。當此全盛際，蝗起夫何為。初傳滿郡國，遄復侵京畿。民瘼副所求，丙夜長懷思。未旦坐以待，罪己勇不疑。奮然事吞噬，厥類舉族移。上帝斯下臨，捷於聲響隨。良苗曾勿傷，凶歲稔不飢。太倉皆充盈，老瓦相淋漓。開元天寶間，燮理頗失宜。蟲横加暴殘，田稺難支持。號令速且嚴，捕逐期毋遺。氓力日困憊，彼類尤蕃滋。不能格天心，徒欲徇己私。設或遇水旱，人力惡乎施。世變日益下，湯德常巍巍。盍廣成湯心，以為百世師。上自天子聖，下逮兆庶微。德合倘可行，力勝勿自欺。可以弭災異，可以延貞祺。我固肅聽瑩，拳拳其敢辭。再拜嘉昌言，大明燭冥迷。仲夏月既望，我適田中歸。趯趯五六輩，出入荒芃茨。見之輒怵惕，滂然揮涕洟。小復相與言，胡為乎來玆。倘爾因我來，伴我食蕨薇。毋使我稼傷，勿令秋庾虧。俾其豐粢盛，餘則糝藿葵。謹勿鳩爾類，謹勿增我悲。爾衆易暴寡，我瘠難再肥。一善倘可禳，衆戾幸見歸。天乎弗遐弃，雖死甘如飴。蝗方蔽天來，容與天雲垂。悠哉翔而集，果適他山飛。曩聞斯行諸，今者親見之。便當如負暄，排雲叫天扉。庶幾持一得，或可贊萬幾。宣示蒭蕘言，下付百職司。上宰天下平，連帥閫外威。郡國其頒行，風俗端可移。勿謂此道迂，試以誠至推。推此及四海，貞觀何遠而。當法太宗是，毋遂姚崇非。

送陳紫薇分韻得壽字立道，赴宣州

皇極建五福，箕得一曰壽。人間最殊特，何者出其右。持以奉君子，數量未易究。樂哉仁者静，克享本天授。況復湖海豪，不在曹劉後。良玉市有賈，韞匵敢輕售。用大古所難，蹋縮萬牛脰。巨鏞當簨簴，欲振待洪扣。乘槎到叢霄，下士逮圭竇。藥物固滿篋，驥子亦盈廐。弦歌美遥夜，圖史樂清晝。養高知道腴，思苦坐吟瘦。淫蛙不停響，老鳳合伸咮。想當吟酣時，俗駕不得簉。廣居與正位，自有不須僦。一篇薦蔬筍，三舍避袞繡。桂玉破官舍，芝蘭茁瑶甃。莫訶分符速，正恐傳衣驟。歸來黄金甌，名氏得先覆。看鏡了心期，一笑丹砂就。

陳紫薇知宛陵出關三日復召歸

竹分宛陵去，環賜北闕歸。出晝只三日，排雲趨九扉。春風隨意好，卿月上天飛。想見高寒處，瞳瞳並紫微。

籠鎖新鶯囀，簾容舊燕歸。禁林仍下榻，畫戟漫開扉。虛與谷相應，淡如雲自飛。升沈知雅量，喜慍不幾微。

西菴惠海棠

妃子驚回午枕時，別無名品略因依。效顰已笑林禽粉，諧俗偏嫌謝豹緋。碧酒暈朱猶未褪，丹肌痕露欲全晞。同盟更有紅千葉，細剪垂絲緯錦機。

送葉桐軒赴永嘉上幕兼簡劉使君全之

清才出故家，幕府在東嘉。吟熟蕃池草，潮回富石花。霜垂低樹實，珠滴小槽霞。更勺龍翔碧，晴窗試麥畬。

鴈宕雨初收，遲將部曲留。佳山如好友，遠仕當清游。憶與白鷗侶，曾盟賢郡侯。依劉可無地，莫倚仲宣樓。

青龍張賢良四高堂

肯續高人傳，能分鼎足無。煩君添一箇，為我壯全吳。正學非謀士，清吟豈釣徒。須知而祖意，斷不在尊鱸。

柔桑

羽葆欹牆綠未搖，春風易放麯塵消。天教葉葉關機軸，不與群芳一樣彫。

攬鏡

新茁吴霜剪不零，臨鸞羞澀對星星。天生兩眼人嫌白，只有青銅照得青。

薛子舒半鏡

饑蟇緣雲吞嬋娟，徑圓千里虧一邊。何年吹缺墮九地，更復幾時飛上天。不悟素為明所誤，削地更無開拓處。遂使騎鯨汗漫歸，擬斫婆娑鏡中樹。又疑白玉樓居大手筆，喝得倒行輪半仄。至今弗作玻璃聲，猶自錚錚作金石。不然十連酬賈難，怒髮凜凜衝其冠。歸來寒芒耿夜闌，亭亭小試龍文看。半規朣朧儘分曉，團團如漆知多少。是中觀德又觀空，缺處何曾礙圓照。

立夏

弦改南薫曲自調，縈回小篆水沉消。葉舟自打窗前過，只有楊花度小橋。

悼趙紫芝

不解俯華簪，岌岌獨苦心。反騷嫌少作，番襪動新吟。折玉蘭風急，摧金菊雨霪。中年兒女泪，消得幾沾衿。

楊梅

枝繁疑墜地，煙暝欲燉空。止渴差相似，和羹却不同。每嗟龍井白，易變鶴頭紅。好在文園令，冰盤對晚風。

千葉梔子花

雖與餘香別，何曾別樣開。一花分六出，千葉是重臺。玉潔渾無玷，金黄謾奪胎。尋思天下白，只合友江梅。

盤隱陸別駕樓居

別浦潮生玉一痕，倚闌目送渡江雲。寶蓮秀色連秦望，商略風煙到十分。
隔江便是越州山，無雨無晴儘好看。不妬卧樓高百尺，妬它終日倚闌干。

頤　齋 其子與竹岩同改秩，屬竹岩索賦

有生分貴足，足患不自知。知貴得所止，不止盈益虧。盤礀隱淪友，圖史森孫枝。閑適壽且康，不止將奚為。卜築脩竹間，養正是用宜。惟其得所養，自樂頤之時。初筮得上九，頤道皆備之。静默戰紛華，燕晦觀群蜚。對月喜秋霽，問柳知春歸。鳴鶴聞夜弦，振鷺驚晝棋。池寬縱魚樂，機忘悟鷗疑。幽草時自妍，歌鳥時自闋。釣則鈎可直，藝則芳可移。酒酣卧花底，不知吾為誰。起來飛羽觴，萬化同熙熙。蘗圃雨新霽，徐步觀耘耔。眉津雙解顰，心淵平弗欹。酡顏渥且丹，老鬢秋不萎。從它自逐逐，舍蔡觀朵頤。

贈寫竹葉生

三年一楮成，九年一弓就。雖刮造化骨，總落造化後。葉生翻襪法，二者竟何有。因依霜節勁，纏綣虚心厚。細意幻扶踈，與俗洗棼垢。慨慷縱一醉，頃刻便千畝。不知盤礴時，更有全牛否。忍貧不謀富，捉衿見兩肘。千愁憐竹瘦，百屋嫌銅臭。雖無種秫田，亦有吸川口。

可　廬

傍水依山便託栖，百年心事老茆茨。恰如彭澤歸來後，柳色遮門菊繞籬。

苕谿行

清苕可鏡亦可漁，風煙佳處畫不如。無錢買田傍城闕，擬僦谿叟西隣居。得魚换得菰蒲米，菰煮作糜飽

則已。寧能負腹不負人，以腹負人不若死。富春殘火猶堪稼，上時容易艱難下。在山遠志山可移，小草還復令人譏。菱歌慣濤瀾，樵聲出林曈。蘋風為誰好，壁月待秋滿。延月入懷輸懇款，好風未必無人管。筆床茶竈散人家，何須去乘牛斗槎。

九日登蓮峰得一石如魚而尾赤名之曰頳尾一石有眼口鼻名之曰山鬼

青巉俯碧潯，潛伏翠層深。雨蝕蓮峯碧，嵐昏鷲嶺陰。朵雲生燕寢，片玉下岑崟。可拊仍堪擊，依稀一寸心。

怪狀出岩扃，山精死弗靈。文如雲子白，質帶土花青。雨信莓苔濕，蝸涎竅穴腥。九歌如可些，為爾續騷經。

酬毓齋李尚書

惜閑如惜金，不遣雪侵簪。步向青冥却，交容野逸尋。禪深排默照，句熟動酣吟。得趣忘弦索，無聲自賞音。

寄鄉州憲使曹國博

雁宕秀色連脩眉，胸中豈止雁宕奇。展旗卓筆在懷袖，文事武備皆稱之。劍南江山梓最勝，彈壓江山須逸興。國子先生繡斧光，一道風煙入評品。頗聞邊警喧蜂蠆，談笑從容起凋瘵。勿謂生平少作詩，古錦可容空載歸。自注：公書中云，平生好詩，終不能好。

酬楊左司 代盧玉堂

蜜花小春操，自笑雪蕚遲。中有千斛香，半點不自私。逮茲良月半，着得鮮風吹。吹作群卉先，以慶此段奇。悠然一臨風，粲然一解頤。孤芳爾何事，要結斯人知。紫荷鄉來橐，綵庭親付衣。今兹玉筍班，默贊元化機。不知春幾何，但見物自怡。藹藹蒸粹和，蕩蕩生華滋。問之何因爾，有以潤色之。善頌繼善禱，試聽輿人辭。亦既多壽祉，頌禱夫奚為。盍觀輿人心，以尉輿人思。

逆風行

大塊噫氣一氣同，條達萬彙參化工。不教扶摇轉羊角，五日一吹零雨濛。唤醒枯槁皆蒙茸，假借秋鬢回春容。後來見説蘭臺宫，君臣相與論雌雄。至今雌雄無辨白，幾回擬問蘭臺客。便從平地欲泠然，結口土囊呼不得。坐使六月七月背汗揮老農，燥土滴作蘭塘融。赫赫炎炎濯無處，積威蓄鋭盡數施玄冬。一葉東來順流水，怒號不肯吹船尾。轉船又復投西去，蓬蓬依舊從東起。試從逆境求諸己，可容不拜飛廉賜。謹勿顛狂蹈前轍，長不鳴條伴華月。

拜真歇了菩薩塔

只作深雲土一抔，象龍螻蟻弗同謀。鬱金薰陸不足道，行潦潢污端可羞。豈特龍翔開壯麗，也曾雁宕見賡酬。人言合瘞凌霄頂，我謂凌霄在下頭。

蔡京葬處女冠居之

觀裏黄蜂晚退衙，觀前桃著小春花。更無尋訪麻姑處，零落風煙似蔡家。

謝樓别駕

日者鵷鴻序，年來月旦評。芳騰新令問，絶似老先生。特立風塵表，全消鄙吝萌。步何妨展驥，樂豈俟專城。書卷終長策，雲窗尚短檠。不知身富貴，猶遺筆耘耕。大雅連城重，籝金一羽輕。無弦皆古意，比竹謾新聲。玉骨難教俗，金莖只得清。試論簪履舊，細細勺高情。

謝人惠闕綵袱

碎紅零緑盡其宜，駢儷收成一段奇。曲砌鱗鱗尤縝密，方聯翼翼自參差。大成富有諸家善，小數窮如集句詩。蜀錦吴綾重表出，阿鑾針線策勳時。

李燕公生華亭尉廳舊有相公閣可齋洪少府於廢址更爲夢燕堂用玉燕入懷事

永嘉趙清曠索同賦

適華胥氏問津來，祥兆其先必有開。偶爾入懷真是玉，及乎同夢却非梅。曰蘭倘可名千古，指李何妨又一回。未問讀書堂上客，斲輪堂下亦英才。

瑞香兩首

舊從康俗老千峯，紫綺裁葩藐萬紅。一與宫花分次叙，至今羞殺錦熏籠。

低欠闌干護緑雲，紫苞寒褪暖敷英。服膺不下南枝拜，應使餘香誤得名。

隙月

側飛蟾影入簷低，鵲倦烏慵尚繞枝。燈灺小窗簾不卷，定回凍合玉樓時。

内相洪容齋名諸孫華亭少府曰可齋

濫觴學滄溟，弗至吾弗已。九仞規成功，弗成吾弗止。方其未至時，傍睨豈知此。及其既成後，豈暇顧傍睨。或云山既高，我則揆諸理。或云海未深，我則反諸己。所立固先定，所詣孰能尼。刻瓜大如斗，淺諾復輕唯。甚者反自晝，不則中道弛。傲然曰山海，不了可齋耻。可齋何人斯，故家振番水。束髮讀父書，介特固若是。幼蒙玉堂印，壯授盤洲記。至於自肯時，不見兩君子。黄河可為帶，太山可如礪。悠然君子心，無同亦無異。

酬秋塘古詩之惠

鄉來小朵煙蒼蒼，烏紗瘦策尋初凉。囊封借月留雲章，朗吟響答山琅琅。寥寥十載遥相望，尺書不得鴻鴈將。揭來屢分讀書床，殘編斷束雜朱黄。梅花楮帳芙蓉裳，書傳騰馥掩衆芳。前日破雨破竹窗，勃窣倒屣成踉蹌。寒暄一語不暇吐，望之巋然魯靈光。郊寒豈復療島瘦，齊大叵堪容楚狂。亭亭雪茸未下榻，采采霜薺先盈筐。長歌爛爛古錦段，十詩亹亹秋圃場。離騷大雅得祖述，夜光明月相抵當。不貽它人乃見及，三嘸十襲藏緘箱。藿葵顣頷欠瓊玖，誰羡甘露醫滄浪。車輪裹蒲碾雲漢，為我舉手瓢天漿。

南山阻雪嘉定十一年十一月廿七西湖凍合

裂竹聲乾攪夜林，寬裁玉楮漫重衾。遥知凹凸先平滿，未暇崎嶇探淺深。凍折衣稜須煖熨，明穿簷隙怕寒侵。西湖凍合方連底，獨釣無人傍湧金。密密疎疎忽滿林，小齋冷直欠綾衾。旋疑蟾轂行春曉，細看蠅頭到夜深。已有四郊三白瑞，更無一點軟紅侵。庭除層砌皆明潔，長笑當時側布金。

送魏郎中出守潮陽

臨邛犢鼻裩，環堵長蕭然。千金賤賣賦，忍為俗子妍。安知有名勝，文采明相鮮。環堵不相下，危行仍危言。自有萬間屋，未暇着一椽。屹立鵷鷺行，飛作蓬萊仙。鮮為目前計，闊着胸中天。千騎潮陽州，旌旆行翩翩。身居風化首，鞭着循良先。鰐魚碧潭底，瘴海光風前。物既不疵癘，俗亦知變遷。問之何因爾，儀刑邦伯賢。我恐席未煖，十行來日邊。哂乃韓退之，袁州小回旋。當如黄丞相，登庸由潁川。

李夔州挽章

防拓西南重，皇華賦詠優。忍將憂國泪，來作聽猿愁。瘴掃烏蠻俗，吟殘白帝秋。脩名磨不得，三峽自東流。

儉素律豪奢，攻浮復填華。竹枝謡五袴，棠影懋三巴。硤雨催吟翰，江春釀醉霞。不知舒嘯地，誰此岸烏紗。

謝高秘書雪蕈

瘦雲臞雪漱霜漪，煙火無功合茹芝。囊錦若編群玉府，樹雞吟續晚唐詩。

素齋于君實賦别兼簡方巖侍郎

諸公皆青雲，一士獨苦心。懷哉英雄泪，亦復長滿襟。鄉來梁楚聲，不貴雙南金。九仞横界牆，餘子不敢侵。兩鬢吹黄塵，倦翮投晚林。渺觀酒勍敵，袖手妒病瘖。元龍異姓兄，老鳳儀韶音。秋窗坐欲曙，曉燈挑不禁。鴒原思寥寥，雁影雲沉沉。東觀可縱觀，北斗當滿斟。雖無廣文氈，亦有丞相衾。好隣買道南，逸興追山陰。唤起方岩翁，共作商岩霖。

送方岩下黄岩曲江阻風幾溺

天雲卷礮車，横波起濤頭。拔木如剪葉，况復一葉舟。鄉來不鳴條，醖藉仍風流。今也賈餘勇，浩蕩隳前修。

萬籟忽自作，蕭蕭夜何其。悠然一寸闌，雪衮濤山飛。飛廉爾何事，狡獪取巧施。古井湛弗摇，鼓盪終奚為。

元日領客登北高

雲繞簷楹掃不開，闌干直下是飛來。笑看白玉芬陁利，領略風煙又一回。

別李子源

分携二十年，解后復翩然。易辦長亭别，難忘短李賢。春非無勝日，雨是未晴天。最是關心處，帆開順水船。

景獻諸兄侍兩國入山

飛鞚入山深，幽從野逸尋。閘開觀噴激，雲斂閬嶔嶔。茵錦蒼苔緑，油幢碧樹陰。客兒亭最古，訪古盍重臨。

清明日聞杜鵑

吳越清明四十年，可曾歸夢攪清眠。樓頭欲與仲宣語，驀地一聲啼杜鵑。

方岩侍郎得靈壁一峰名碧雲

坡陁巨璞韜玄質，壤斷虜塵天半壁。鄉來誰試小龍文，切得一峯歸笠澤。太湖繞山三萬頃，奇産雖多不足惜。雲邊七十二峯青，强顔亦復無顔色。滑膚弗受莓苔裹，素蘊豈容塵土蝕。雲升霞舉幻瑰奇，玉響金渾隨拊擊。一從越相去悠悠，幾見吴宫春寂寂。方岩委羽在何許，帖天弱水蓬萊隔。泠然一瞬三萬里，風煙浩蕩尋無迹。既伴壺中清晝長，想見袖中東海窄。那知篆鼎銘彝外，尚餘三丈涪溪石。擘窠不到小玲瓏，却須細細蠅頭刻。以上《北磵詩集》卷一

全宋詩卷二一七九一

釋居簡二

醒菴王大卿松柏屏障歌

青青歲寒之淡交，柏也揖遜蒼髯梢。凛姿古調瘠而實，昔未成才先莫逆。執此能事柄者誰，彈壓玉霄王紫微。千古萬古不可追，落子亦復四十圍。公乎多才亦多藝，小試綸綸光帝制。復將餘墨散餘春，煙雲樹石皆精神。擎重雪枝寒不倚，霜幹相周不相比。山林豪逸並孤標，冠劍大臣橫勁氣。想當欲畫未畫時，積思凝慮全天倪。忽然直上盤雲霓，不見筆墨之畛畦。因依方寸亦磅礴，豈止一丘仍一壑。良木非摧石不崩，於戲九原不可作。

柳絮

輕輕漠漠又斜斜，去作青萍漾水涯。院落晚春閑意緒，合分一半與梨花。勇作輕狂又懶飛，又如欲去却沉思。霅雲不度清茗曲，獨受融風款曲吹。

送常德徐使君兼簡李伯達

孺子老蹁躚，尊前小謫仙。水程春泛鷁，山驛夜啼鵑。屏小梅垂實，樓高柳度綿。楚天回雁字，幾日到吴天。

榻為何人下，書令稚子温。定馳天際夢，來訪水邊村。秦地千年舊，桃花幾樹存。為宣邦伯惠，詩禮教兒孫。

椈　柏

土入花甆淺，枺疏雪操鮮。後凋非地力，獨秀是天年。老我不諧俗，惜才如養賢。明明千古意，渠自指庭前。

謝隨菴趙牧之墨竹

胸中千畝不願餘，穎也戲劇資軒渠。湖州九原不可作，百年合浦今還珠。玄卿濃淡知權變，淋浪迅疾如馳電。為君擊節賞此音，孝娥廟刻題黄絹。君胡不歌石鼎聯，兩手笑拍彌明肩。又不釣垂五十犗，六鰲一掣空重淵。幻成群玉參差立，露梢點滴鮫人泣。鶻落還從兔起時，一機纔失嗟無及。我住雙岩峯下寺，萝斷池塘無一語。家山新緑報平安，萬金墮眼寬西顧。葛陂頭角猶完全，鏡中觀影俱茫然。坐令野人破屋壁，萬里風煙生咫尺。

書誠齋答晦菴帖傷劉子澄死於貶所

宋司馬後魯臧倉，賢聖雖窮道不傷。老子看棋高一着，噬臍空自憶劉郎。

石　人

面冷如水瘦，心剛笑竹虛。痕雲衣不浣，暈蘚髻難梳。七鑿混沌死，十成山澤癯。穀城山下路，誰復理殘書。

墨荔枝

壓蜕冰膚玉透肌，皺絺洴墨剪裳衣。芳鮮甘與緇雲老，不與輕紅轉眼稀。

鳳兒花

小似釵頭縷粟金，不將紅淺笑紅深。虚名冗到《山堂肆考》卷二〇〇作對閑花草，寂寞朝陽采羽瘖。弄玉何年墮翠鈿，託根便作九包妍。飛花只合秦樓去，莫與金釵壓鬢蟬。

謝司令惠賜茶

昨尋密齋覓茶喫，倒屣踉蹌笑相逆。一杯青白勝黄白，好風兩袖來無跡。晴窗午景浣風味，露飽秋蟬謾塵蜕。周詩雖記苦如荼，浮俗但知濃若醴。歸來急足敲晨扉，香鬱密雲光陸離。圭零璧碎不復惜，自候泣蚓聲悲嘶。不妨為佛先拈出，油然雪乳翻秋色。更需佳士細商評，我恐眼中無此生。

次陳中書惠生綃韵

曾評五字玉堂詩，豪壓城南示阿宜。池上鳳毛今幾箇，阿宜何似阿戎奇。

錢竹岩之官清遠

帆挂之清遠，潮來駕濁流。火雲方振虐，仙舄自生秋。拔宅雖浮汎，逢山得款留。一夔携驥子，幾度訪羊裘。景盡孤臺勝，題分庾嶺幽。風餐愁欸乃，水宿貫鈎輈。文采休藏豹，詩盟莫冷鷗。神明毋自鄙，蠻瘴不勝瘳。單父鳴弦外，巴東野水頭。鼎鍾餘事業，一德配靈脩。

書陳平佐刺圖

千慮難窮智士心，周防密計保千金。寧能有備為無用，一寸淵淵幾許深。

早過湖

喚得航船傍采菱，柳橋竹榭曙煙深。船頭驚起蜻蜓睡，欲立還飛到湧金。

日者鶴軒

令威不在鶴軒先，華表歸來是幾年。試向青田問休咎，不知何日去乘軒。

題三教圖

巖高風壓樹頭低，三子相逢把手歸。掩室在陳無足笑，笑它同傳有韓非。

苦旱

荼蘼殿春春云徂，芳庭過雨紅欲無。一晴不雨苦陽久，四五十日瞻天衢。黄塵陸漲草樹暗，積水戽乾河港枯。秧猶未插莠如棘，田已不勝龜拆塗。沈牛投虎竟茫昧，死鷂脯蚌才斯須。蜿蜒展轉不肯寤，山川尸素方寧居。困魚止陸相呴濡，斗升未必副所需。元首股肱本同德，熙怡和樂綿九區。萬幾總覽天所見，十目所視吾誰諛。商羊弗見來庭除，旱魃妄冀逃天誅。曩聞尺箠笞單于，豈不足將雷電驅。不須决海戒覆車，不須挽河洗潢洿。只願閉門十日雨，四海涼生斃九烏。

苦旱書蕉葉

自是秋懷易寂寥，强將離緒怨芭蕉。教它不報雰霔信，只麼蕭蕭過夜遥。

酬謝寺丞宋卿

厥月維良慶佛生，誕彌隨佛際昌明。循良既負劍南最，枉直暫丞天下平。池草自隨新句好，砌蘭長傍故家榮。當年駢儷歸彈壓，今日絲綸要老成。

太湖初日

飛光飛上碧瀾底，碧跨三州連底明。多少潛珍畏人見，只知犀炬太無情。

朱菴睡起

簷外飛花不翳天，階前淺水恰通船。借床睡起自作供，餐盡楚英霜後妍。

會稽胡丞相過

眚目醒銜冰，逃空喜弗勝。别懷雖易久，雅況獨難承。官業清於水，家生少似僧。不知廳壁記，幾箇似君能。

桃源行

種桃種得春一原，逃死逃得秦外天。殺雞為黍替草具，不識晉語猶秦言。昨日相逢今日别，流水落花行路絶。雞黍更從仙隱設，疑是齊東野人説。典午亂多仍治少，此事明明不分曉。一秦才滅一秦生，避世避人還避秦。憶昔怒驅丞相去，猶思上蔡東門兔。縱有封君禄萬鍾，争如食邑桃千樹。空山惜日見日長，秦民怨日偕日亡。恨身不為治時草，不恨祖龍長不老。

拜總持尼祖塔

平生自愛黄金膝，肯屈榛蕪草棘深。弗似灌溪閑上座，尼壇再展不同心。

自　壽

燕雀生成日幾何，技慙斷斷更無它。近來同歲人尤少，老去思親泪更多。無事關身慙素食，有心作佛笑凡科。思量大欠工夫在，更把餘生細濯磨。

戇菴約子與素齋赴一石丈江閣之集得頹字

半山蛇腹彎城頹，層雲鴟尾翔山脇。紫萸獨自對黄花，采筆不須題落葉。山容入秋太瘦生，倚筇欲賦登山行。諸公譚玄若破敵，萬籟為我俱銷聲。俯瞰市人酣戰蟻，喧寂兩忘同一眠。悠然五字隱長城，萬馬循牆看披靡。數峰薄暮方展眉，笑人買山後小文。誰能料理身後計，更復願為天下奇。滄江潮晚鯨吞吐，白鷗群分復群聚。出門一笑問浮圖，風動琅璫半天語。

粟隱代錢竹岩作

坤壤大如許，或謂藏於斯。此理頗未安，如之何勿思。鄉來雲夢吞八九，眇而眡之竟何有。是中餘地渺無邊，盡吸西江斟北斗。區區載笑觸與蠻，流血如海骸如山。蟭螟之國蚊睫間，開邊拓土久不還。隱淪蕭洒塵囂外，六合塵囂在其內。俗子先標出大門，我欲乘風跨鵬背。

持缽

未必腰纏把鶴騎，可堪青女奮全威。推蓬教密寒尤重，挾纊雖重煖尚微。沓足敢忘偎葉記，屈身不與曲肱違。船頭亦有龍葱日，水激風回作雪飛。

樂歲持盂尚許艱，有求那解破人慳。立殘穰草堆頭日，撐盡苹蕪斷處灣。鍾鼓敢嫌貧指衆，斗筲庸恤老腰頑。歸舟只載華亭月，不作華亭誤夾山。

顛風挾玄霜，跋扈清溪陰。長年把船尾，鐵面抵弗禁。面皴不暇問，腕裂龜文深。手中老篙竹，出水冰淋淋。一步一千里，進寸或退尋。抵死為食謀，俛首潛呻吟。勞人凍入骨，寸心攢萬針。樂哉田舍郎，坐擁廩若林。强使損緒餘，瞪目如病瘖。所得不盈把，粒米敵數金。沈思耕者志，豈異舟子心。其誰受此施，觀此受施箴。

送宗無傳赴閩帥楊伯子西禪之招

尚有誠齋老寧馨，來尋方外阿師兄。滔滔入海如涇濁，冏冏於公獨阮青。舊憶薰蕕分草木，新來一再扣柴荆。不龜手是家傳藥，莫遣人言藥不靈。

盧太君湖州盧村

老顔瑩玉盧堂前，明年一百欠一年。歲時羅拜各有序，四三千指詵詵然。髮白衣斑傳冢嗣，子生孫了孫生子。寸田種德日蕃滋，一氣所鍾至於此。壽骨稜稜歲寒後，深拜伽梨問耆壽。盡將回向南極星，化凶短折為脩齡。

不　雨

田欲龜文曉尚龜，高高如燎恐雲焦。未應天上無炎熱，可是山中欠燮調。草偃風顛凉自至，雨隨車後暑應消。冷菰寒玉闗心外，却立虚庭望泬寥。

訪　菊

東籬貶剥匆絲毫，著得先生一字褒。贉馥緬懷彭澤縣，落英掩恨楚江濤。綴團曉露心尤苦，揖遜春風節更高。不把幽妍酬憒悱，鸞膠弗解續離騷。

泣胡晦叔許魁同南來，以納忠見疎，飲恨不起

一臂纔交小朵陰，傍池分石坐雲深。先生自袖春風手，喬木吾非故國心。操與蒼官同瘦立，思兼粱甫獨長吟。錦囊羞澀慙多助，卷盡牛腰尚忍尋。

書恨來遲訃亦來，寸剛不覺為君摧。雙眸忍俗終難瞑，流水無情去不回。定作雷霆輸宿憤，枉教風鑒在棼埃。斷魂巫峽歸丹旐，深注山茶酹一杯。

顔丞開爐

鱗差雲母着書窗，軟火深爐曉自糚。篆恰纔消餘桂馥，手終不暖為椳香。小中天地何妨大，閑裏工夫不欠忙。莫向市朝尋大隱，二松環水自湯湯。

梵天僧舍金竹中有緑竹一莖

手栽碧玉間黄金，炎赫流金弗敢侵。莫作兩般分實相，定知一等是虚心。根分麗水難沉色，節老藍田待賞音。終有九包來止息，萬竿何患不成林。

書雪巢林景思詩卷

詩人巢雪如住山，巢中所得强得官。官微不足了饘粥，盡日幽尋遺兒讀。春容大篇輒千字，鍊字貴活不貴死。鄉來杜陵有布衣，晚到夔州也如此。乃今遺藁安在哉，古花囊錦宗文開。開緘宛見諫議面，隻字重哦復三嘸。三嘸然後耳有聞目有見，見人捧心顰兩眉。不學施家女，只學唐人詩。為言諸子將安之，巢空雪明康鼎來。

青梅子

雪未消時入旦評，纔黄又屬傅岩人。暫分葉底藏身地，部領鶯花過半春。

三友軒

矯矯蒼髯傍把茆，疎疎碧玉倚瓊梢。飽經霜後轉無恙，未及歲寒先定交。影瘦自隨窗月上，陰濃時有嶺雲巢。此君不獨論三益，高節還應待九包。

小泊湖州

蜿蜒粉雉枕寒汀，闊着清茗碧界塵。帆落水晶宫未曉，素花開盡一溪蘋。

酬晦齋謝司直和子壽宫使賦歸來望思之臺

推恩保四海，寡恩徒自戕。父兮不念子，悠悠我心傷。父子至情天性也，戾豈自經溝瀆者。回天無藥愈狂酲，朽索胡為羈六馬。邪心不作天不疑，皇恤江充劉屈氂。靈脩一悟倘可冀，抑免殺身傷父慈。千秋一言機發弩，墮甑已非何所補。歸來望思兮胡不歸，千古萬古一抔土。

昭臺行 二首

昭臺一鏁無開扉，君恩易隨朝露晞。桃笙葵扇果何物，不長相保終奚為。人言昭臺失其所，殆不知其得其死。當時嫁作將相妻，赤族之頃寧獨遺。父兮久持震主威，兄也景升豚犬兒。負芒之背潛生疑，禍萌驂乘渠莫知。君王持心亦太薄，滋蔓不圖惟稔惡。立無嗣續勸功臣，只書官氏標麟閣。將軍惜子如惜金，不為長計誠何心。丈夫事業當驚世，區區烏足私家計。

將軍發機陰中的，功如熟稼生螟蟘。母儀天下極尊榮，非道得之非所得。一朝樂去悲相隨，霜露既降風淒其。惸惸吊景將安之，不自為計終奚為。關中舊約三章法，法當夷宗讎逆節。況復曾孫誅大臣，項背相望眉不顰。昭臺不隔昭陽路，花落鳥啼春幾度。麟角鳳觜皆可煎，惆悵君恩非斷弦。

龍井吊古

井龍孤躅轉空濛，萬斛泉源憶長公。流水高山仍古意，落花啼鳥自春風。石題峴首千年後，人在蘇堤萬柳中。惆悵半生行樂地，闌干曲曲夕陽紅。

病起書蕉葉 三首

寂寞經春苦未榮，蘤舒新緑上疎楹。不追松柏凌霜操，漫學梧桐送雨聲。抽半卷心忺趁曉，剪全開葉恨遮明。炎炎三伏流金石，來相茶瓜枕簟清。

搖青已見及時榮，獵獵翩翩襯短楹。似我不才非世用，對伊側枕聽秋聲。影鋪缺甃侵苔緑，叢倚疎櫺蔽月明。脆弱不勝連夜雨，亟憑幽討餞餘清。

青鸞翠尾曳前榮，仄雨番風緑鬧楹。的自夢中包死鹿，悮從雪裏著嘉聲。煙寒曲砌秋容澹，句滿旁行墨色明。盡是吹來最奇警，與君分此一襟清。自注：謝淵清叟涇巨淵光和。

代覺無象續楮衾吟謝樓大參

一合溪藤展様裁，蒙頭疊足傍寒隈。玉樓凍合春初透，只有青燈伴定回。自注：樓紙衾帖中有青燈伴定回之句。

送譚浚明歸江西并引

廬陵歐陽伯威父，早得句法於東萊吕紫微，坐詩窮死不悔，浚明十年從之。或謂浚明狂，余以為未也。素齋拉戆菴作詩贈其行，予亦賦。

恨無玉楮三千幅，盡使春風歸約束。樂飢功謝明月瑠，休景息慙芰荷屋。朋來皎皎歌白駒，不歌長鋏彈無魚。批風切月瘦弗腴，枕頭一束知何書。欲把列城憑軾下，餘子紛紛謾凌跨。歸來袖手如病瘖，舌在何曾問人借。占燈夜喜傍短檠，劇譚不知山月傾。元戎後乘沸笳鼓，之子但默黄鍾聲。平地耶郲九折坂，十年已恨相逢晚。四座悲歌漏正遲，一龕風雨花頻剪。鏡裏功名一横槊，百鷙啾啾空一鶚。雙玉未傾罍未恥，自倒玉山還自起。自注：今名弃疾，字更生。

酬銛朴翁梅花四首

槎牙絶後復重甦，綽約衡寒瘦有餘。自是靈根鍾間氣，不從春力借吹嘘。未利山礬亦可人，聖之和與聖之清。由來風物須彈壓，故遣孤芳集大成。暗香浮動月黄昏，直與離騒力抗衡。今日孤山山下路，對花如對老先生。一枝分遺到朱門，未插銅壺已斷魂。龍液麝臍匀百和，清流難洗濁江渾。

早　行

鵯鵊初聲戒趣裝，强携瘦影度重岡。畏途政爾吴牛喘，誤把殘蟾作夕陽。

楊宗伯知舉出院

三級桃花把要津，懿文儲德在權衡。鸞雛將授三傳託，虎榜先同一瓣盟。榮以依光如晝錦，樂於兼善勝專城。履聲早晚星辰上，弗與群仙地上行。

紙　帳

玉楮亭亭稱冷官，晴雲垂地著蒲團。夢回不復疑胡蝶，猶記蟾枝宿廣寒。

柏香岩

卜築深雲榜柏香，小樓縹渺遠吞江。路隨山轉巧當户，潮與月來高挂窗。得飽但慚秋稼足，愛眠嫌聽曉鐘撞。明明鬬劣無求勝，一任諸方建勝幢。

老母元宵初度是日立春

冰鑑呵雲薄，金蓮照夜遥。灰飛催臘盡，雪擁待春消。簷已冰垂柱，山猶玉墜腰。不知初度酒，幾度酌元宵。

易水行贈修和謝德之高士

悠哉招隱琅琅然，畫然勇變易水寒。槁梧語急聲欲乾，哀絲欲絶回風酸。激昂餘地涵清圜，弗落斷崖清夜湍。想當悲歌蓄真怒，髮立如棘衝其冠。慨慷一死不復惜，從容按轡無求還。投機之間不容髮，一失萬古成永嘆。塵侵匕首壯士死，誰寫遺恨歸清彈。謂言此曲無再彈，渾剛不敵智士肝。腦脂蓋眼日高卧，幽憤欲平良獨難。油然易感不易觸，徒使壯泪雙汍瀾。琴工推琴向我言，我指何自生憂端。物能移人不移物，安得心廣仍體胖。欲令心廣仍體胖，不妨試作如此觀。

再贈謝高士得之鄉先進

我曲非俗音，亦非正始音。閒然洞遺響，萬籟俱為瘖。有弦不足彈，無弦不足尋。與之俱浮沈，適以寫我心。謝郎介潔彌明操，結喉深目蒼髯槁。劉生矦喜不相逢，弗聯石鼎歌南風。援琴速我城南道，為我從頭寫懷抱。不是山林同苦心，更有阿誰彈得到。曲終月墮仍反聞，欲彈不彈心自論。小矦茶甘回齒頰，唤起胎仙舞三疊。

贈悟上人

峩峩復湯湯，夭閼不可尋。哀絲一彈絶，不捄焦尾瘖。遂使箏笛耳，喜厭鄭衛淫。劃然勇為賞音廢，此道未必皆平沈。盍觀薰弦育萬彙，不育傲很頑嚚心。廩完未既使浚井，僅脱死地仍床琴。拳拳終慕不知老，放勛賞此不賞其聲音。聖賢不與我殊類，出乎其類吾所欽。彈兮須彈古人意，學平當學有虞氏。贈穎師者韓退之，悟師鑑賞今其誰。

移　蘭

猶劣薰優只自强，寄林亦足稱孤芳。故應紉佩成春服，不為無人閟國香。移傍瘦�同雨露，怕隨行葦踐牛羊。客非九畹同心事，莫反離騷吊碧湘。

送客

老矣無錢買沃洲，欲從苕霅問菟裘。却煩二子先歸去，好處林塘為相攸。欲快青眸忍白開，故將淵默自藏雷。苕溪今日寧無晝，不見蘋吹好句來。

病起

藥性從前已慣諳，折鐺彷彿舊同參。無禪無道了生死，問疾問安徒再三。人瘦可肥姑小待，憲貧非病固多慙。起來細數簷前竹，新緑猗猗籜半含。

過錢塘

初日驅陰積翳銷，鶺鶖嘈雜櫓初摇。白鷗踏浪平如地，不似吴兒學弄潮。

月樓陳寺簿惠李陽冰千文新刻

厥初至文無一字，誰將鳥蹟分形似。天淳屢警不知防，七鑿纔終混沌死。遂令天下後世空紛綸，蟲魚鍾鼎駢相新。茫然不理字外意，但見九州四海同軌仍同文。王郎羽化不可畢，小篆千人萬人習。祖龍無恙事如麻，稍緩簿書期會急。西京杜門草太玄，諸儒載酒尊所聞。莫言字是紙上語，尋古康逵須得門。竭來小楷無餘韻，更復顛狂鬫草聖。不見當時石鼓歌，哂乃數紙博白鵝。悠悠古恨憑誰雪，想見月樓時對月。質衣訪古錦作囊，李侯屈鐵千琳琅。百金購工鑱翠琰，數間僦舍生寒光。欲壽此書休待賈，待向君家提此話。不圖復見古人心，要與月樓同博雅。

中秋

得月山房夜夜秋，仲秋既望豈常儔。狡移三穴雖明見，圓印千江恐暗投。於我覆盆虚鏡面，為誰飛轍碾雲頭。吴兒不管團如璧，只唱彎彎照幾州。

後中秋夕同淵清叟宗無傳登覺無象宿蟾小閣

練挂河源夜欲流，略無雲物礙雙眸。有時長恨菱花破，今夕何須玉斧修。五載重逢餘閏歲，百年幾見兩中秋。更舒望海亭東嘯，細把窮鄉令節酬。

過剡

曹娥泪血點江潮，百里都無緑半篙。剡水迎潮須款曲，小分清瑩洗渾濤。春漲新痕緑漸開，只知東去不西回。濯纓莫負滄浪詠，曾送扁舟泛雪來。

蜂房

各開户牖復尊王，釀熟芳鮮又絶糧。課有常程分殿最，日無餘暇息奔忙。酷嫌蠆尾長摇毒，終使花頭不損香。細細中邊分正味，莫教勤苦度韶光。

清明善住蜂歸用前韻

霧擁雲屯畏失王，相攸來此各賫糧。絮輕漠漠移家晚，花冷冥冥領衆忙。卒歲緩營新旨蓄，掠叢怕有欲殘香。凛然暗室明如晝，不待通天一點光。

解嘲杜鵑

神武門頭穩挂冠，至今猶頌二疎賢。試將史傳從頭讀，不説西京有杜鵑。

種瓜

一畝荒園石襯沙，若為圖蔓不傷瓜。丁寧落蒂方拈出，輒莫攙先摘褪花。

悼壽此山善畫，尤工於狗

七軸瀾翻卷怒潮，九天恩重記前朝。力鞭觳觫防侵稼，活寫厓猘惡吠堯。秋幌囊螢心未老，春風吹雪鬢先彫。青雷玉立青如削，千載高風不寂寥。

花芥

澹金生色染宮黃，只作坡羹亦擅場。稚子不能供小摘，相呼撲蝶趁斜陽。

書平田田家壁

謝遣氈根煮菜根，雨畦晴圃駐春痕。聽它歲歲蕃孫息，百億須彌不足吞。

苓箵埏埴自陶漁，上大人題小教書。不過亂山深處路，人間無處問唐虞。

積雨

積雨低田欲再車，經旬濕稼蘗寒沙。絶憐百念如焦穀，大浸稽天不復芽。

竹居

水雲不羈隨所寓，破包不挂無竹處。眼前一日無此君，朽索徒將六駿御。豈無花木事幽討，自然南北如歧路。苕溪阿珂秀而古，虛心冏冏雲同趣。數椽老屋傍深雲，一畝清陰着環堵。歲寒門户不勝冷，春夢池塘時得助。堅剛老節貫凌霜，冷澹生涯不受暑。客來燒筍然竹枝，客去呼兒紉竹布。更製芰荷供歲晚，旋采蕨薇歌日暮。便從此地賦真游，更把故山為別墅。不妨月夜據胡床，細掃苔痕印芒屨。

紅　葉

獵獵翩翩赤羽旗，霜裁風剪亂零吹。打窗便是敲篷響，夢斷吴江欲冷時。

要與松筠共歲寒，聽它青女苦彫殘。不於葉上添生色，誰辨剛中一寸丹。

鄭老毫端醉墨濃，朝朝傴僂拾西風。那知猩血燕脂外，盡在銀鈎鐵畫中。

句滿山林寫不成，怕緣流水誤虛名。夕陽滿樹牛羊下，只看玲瓏血色明。

趁得晴秋作許妍，動人春色政秋寒。林塘水冷溪痕瘦，鏡裏何曾欠渥丹。

樹下收帆繫斷航，樹頭新染夜來霜。小春未凛猶相貸，款曲辭柯不要忙。

益老得廣惠呈制帥大資棣閑居士

客已梅山訪把茆，城隅閑鑠一枝巢。金園俗下謬公舉，玉帳眼明尋淡交。不但據鞍尤矍鑠，尚堪策蹇作推敲。采毫不借江山助，誰為高人賦解嘲。

圓明後葬者居祖塔前屬寺僧樹表以識之

小橋南北盡僧居，彷彿天花傍鏡湖。支遁厩中多養駿，丈人屋上試占烏。軒窗面面雲痕濕，樓觀層層水影孤。惆悵門前一抔土，倩誰封殖戒樵蘇。

萬卷堂

吾聞先進之野人，耕養之外三年通一經。區區三六一十有八載，六經未必皆知津。獵獵牙籤三萬軸，當時想見從頭讀。若將有限趁無窮，偃鼠飲河徒滿腹。何如一笑俱忘言，文字洗空如露蟬。等閑一嗅盡其要，蕭郎餘習三生前。萬卷堂中浩如海，一點胸中無芥蒂。龍葱初日上闌干，坦腹便便日中曬。

西湖夜歸觀打魚懷趙京兆代人

德人天游樂者全，亦以此樂均魚鳶。陶然亦復忘所樂，西湖澄澈如心淵。管領西湖人不少，前後無如趙京兆。至今畫手畫西湖，不着緑蓑人獨釣。胡為今夜月滿湖，大船小船皆得魚。魚登罔罟叫不得，那知老子今歸歟。滔滔京兆萬人海，平地翻濤渺無蓋。活魚之外尤活人，人在甘棠頌遺愛。

墨梅

描邈檀欒黟素元，萬紅千紫失根源。大玄自古人嫌白，白盡何妨反太玄。楚楚仙裳澹染緇，耐寒宜瘦不宜肥。莫言無子調商鼎，卿相當年有黑衣。省力尋春愈出奇，鬪篷圖上看新詩。殺風景問春知否，兩手風霜一樣龜。莫恨丹青廢畫工，不須求異只須同。玉容弗及寒鴉色，故託緇塵異漢宫。

墨竹

搜攬微茫到物初，解衣盤礴便扶疎。歲寒節節曾參透，不負剛明一寸虛。

送道州使君江西張正父曾擬冠豸

詞學清流屬上游，可曾輕外嘆遲留。半生蕭洒居仁宅，千騎精明赴道州。曾擬朝陽鳴老鳳，暫從楚水問盟鷗。不妨高索山人賈，款曲歸來儘黑頭。

客去

茗椀篝燈自校讎，長歌伐木歗吟儔。九回斷續珠難度，八月凄凉燕不留。夜雨憶同湖上榻，舊題曾拂磵西樓。破囊猶有新篇在，輒莫逢人説暗投。

佛手岩雨過

白雲裹山裹不盡，高處露頭低露脛。一條懸水透雲飛，雪色蜿蜒伸脊領。畫然怒卷風霆震，銀鱲玉鱗俱奮迅。滂然纔歇四山明，濕盡悠悠雲萬頃。是時豁達縱雙明，岩巘更無毫髮隱。太華巋然不較多，直上削成五千仞。想應有路近丹梯，未必無花開玉井。便欲搴花供歲晚，更擘藕根刳短艇。徑上明河欲盡頭，塊藐九州聊一瞬。

飛湍

飛湍衮衮飛當户，平地隆隆萬鼉鼓。澎轟亂石震風霆，崩奔千仞無朝莫。濤神何許駕潮來，餘憤未平方震怒。又若飛廉聲萬竅，餘勇尚多無處賈。年時旱涸尚如此，況當八月九月雨。淵潛雖伏不能安，林棲欲寐還驚顧。山翁慣聽如不聞，只應自樂山中趣。對床展轉悲游子，咫尺華胥迷去路。欲隨胡蝶翩翩舉，空過夜遥忘栩栩。起來晨炊惡草具，誤作迅雷仍失筯。呼童秣馬不少駐，不待黎明出山去。出山定入紅塵去，欲去謂言姑小住。此聲不似鄭聲淫，聒耳雖喧君勿惡。

雨後山水入潮江方岩索賦

湍雪投江只得渾，觀瀾未了復消魂。不知從此隨流去，清白何時得反元。

海莊觀稼

東輪三十六谿湍，海若谽谺不足吞。我有黄雲連斷岸，夜深隨月看潮痕。

方岩王侍郎江西破賊歸

大厦難將一木支，駕言孺子託心期。絶憐十八灘頭樹，不管安危管别離。

左蠡揚瀾草葑湖，舳艫啣尾礙前驅。葦航摺疊多餘地，潛伏騫騰在卷舒。自注：小舟迫窄，自笑曰：今為摺疊侍郎矣。

劉改之題王總幹虜中懷親帖拉朴翁與余同賦王識之祖

白雲起處感親深，故倚西風動越吟。送老有田非住計，欲飛無翼是歸心。强隨隣里雖胡語，自教琵琶只漢音。玉瘞遐荒元不死，夜干牛斗尚千尋。

方岩惠蕉絲布

緑趁桄榔剪，黄如柘繭抽。海綃雲湛染，魯縞玉温柔。待月投清夜，炊菰夢冷秋。直然無可報，雜佩不中酬。

舟中酬竹岩

官船只合辦清游，却載蛩聲雨夜愁。明日蓼花蘋葉上，不知輳得幾分秋。

松　花

都將墜粉掃殘枝，聊伴伊蒲簪蕨薇。合賦老饕矜厚享，秋池更有芰荷衣。

候錢蜕堂大卿

屬閫旌節西南歸，跨劍越棧闖峩眉。便將峩眉軟廬阜，孔明十倍於曹丕。懷哉西南一萬里，日者庸人擾之耳。豁然天地復清明，斷自葛韋遺俗起。我尋竹岩踏雪來，好懷盡為江山開。人物於人尤不惡，更於衆角尋麟角。

松風閣永嘉

繞簷惡木方童童，蒼官着脚將焉從。海濤熨帖清涵空，不見蘋末來蓬蓬。是時散衣闌獨倚，不曉此中題榜意。但見茫茫漲軟紅，撲滿市人烏帽底。蜀仙茶鼎扛無人，寥寥不復聞此聲。玉川凉夜更渺邈，颼颼只今無地生。尚憐芳草春池句，夢破客兒煩舉似。奪胎換骨蜕氛埃，叢霄九萬泠然去。

躑　躅

露凝丹臉粲芳肌，不御鉛華亦自奇。强學海棠春睡足，如何學得未醒時。

春江曲

十里西江日日佳，回汀曲渚艷春華。秋來等得明如練，未必蒲花似柳花。

贈筆工

護惜神鋒逮缺殘，回觀敗塚只潸然。只今汗血無人問，朽骨成山直幾錢。

劉簿分賜茶

吁嗟草木之擅場，政和御焙登俊良。雙龍小鳳取巧制，斷璧零圭誇襲藏。晴窗團玉手自碾，旋熁鐵坏玄兔盞。瓦瓶只候蚯蚓泣，不復浪驚浮俗眼。卯金之子我所識，户外青藜扶太一。十襲携來訪賞音，清白猶能勝黄白。君家阿伶兩眼花，以德頌酒不頌茶。遂令手閱三百片，風味盡在山人家。潮從委羽山前漲，少得清漣入瓶盎。瓢淪天漿睡足時，香縝絲綸九天上。

笑軒沈仲歸挽章修《三國志》獻賦

尊周微意託炎劉，穢史端令後世羞。不把遺經究終始，安知吾志在春秋。虹霓未吐身先老，龜手空傳自不侯。奏賦長楊上天去，斷編殘簡亂山丘。

黄侍郎帥閩解后皎如晦受業寺

送客稽山欲盡頭，丁寧一語駐驊騮。荔枝莫惜輕紅擘，醽醁何妨大白浮。語必驚人休散失，才多在野細尋搜。此懷只合從公賦，説與它人定暗投。

蕙　林

蕙有騰芳蕙，猶無砌埒金。緑窗涵一鏡，朱户掩雙岑。度土觀肥瘠，移根較淺深。不愁新緑暗，長恐軟紅侵。剪翠滋繁露，留芬引碧潯。芝蘭元並德，姚魏不同心。暑戰知勍敵，霜零撫壯襟。曉梳風獵獵，晚沐雨森森。草色分春思，苔痕借夕陰。綴蕤流夜照，擁砌遞秋吟。佳樹青油幕，幽泉緑綺琴。帳空從鶴怨，盟在聽鷗尋。觸勝齊鑾負，騷亡甚雅沉。吮香須細寫，搔短愜芳簪。野逸勤招隱，清狂苦不禁。悠然飽風味，送目挂岑崟。

夜泊故山

群峯雪後尚崔嵬，行盡黄昏不見梅。獨有故廬山數曲，殷勤推月過溪來。略彴横溪度筍輿，穉松孫竹半蓁蕪。呼童相伴鉏明月，缺處重添一兩株。

己巳元宵種松慶母生初

白髮生初慶此朝，手移松桂上岧嶤。要知雪操寒尤勁，長伴庭萱老不彫。牲養獨慙虧夙志，綵衣猶記舞元宵。旋添萬本青青色，小作寒江漲怒潮。

曹侯舊作題紅扇子永嘉陳原父得之

未將心事付題紅，已有靈犀一點通。采筆春歸横槊後，高情都屬小元龍。

晚歸

晚涼初試出嚴城，雲表浮圖恰上燈。歸櫂只知將月去，不知摇碎玉稜稜。

一犂春雨圖

謝家風流絶代無，底事要作耕田夫。一犂春雨開新圖，此圖之作胡為乎。莫是天民先覺者，小試經綸起莘野。復將斯道覺斯民，千載精神入模寫。不然淵明賦歸後，荷鉏去種南山豆。晚風新霽擢良苗，一段風光相授受。扣之輒笑横點頭，老農老圃吾何求。六經蕪翳力穮蓘，百王理亂深鉏耰。剪剪茆茨出林罅，菽水清歡在其下。聖賢所樂屬吾廬，當觀吾廬莫觀圖。

朴翁加冠巾蘇召叟訝予不嘲之

見與聞同駭且猜，多應自斷不佗裁。聰明斷種豈僧事，矍鑠據鞍須將才。好在夕陽愁夜近，懷哉鯢齒尚心孩。自非獨善林泉嬾，應是林泉少禍媒。

酬水心葉待制見寄宿覺菴記并詩

天藏今偶得，人傑古猶存。莫遣苔封徑，寧教竹礙門。市喧酣蟻戰，潮晚看鯨吞。金粟元非病，何妨一駕言。

中津

帆挂中津趁落潮，且停雙槳不須摇。却將中散憑闌意，直送孤鴻到玉霄。

吴江道中

蔓滋螟螣燕孫謀，争得鏊砧不怨秋。築圃莫嫌登稼少，尚餘蕎麥趁霜收。

牧童

蓬鬆袒跣倒騎牛，折得山花便滿頭。强使倡歌渾不聽，聽它天籟自嗚休。

秀侍者致蕈

葵藿不甘羊酪羶，筍蕨雋永非蕘蠡。樹雞風度掃藜莧，蓋其氏者尤稱賢。敷腴孕秀茁枯朽，軟濕不齊相後先。春風薰陶紫芝秀，陸地挺特荷錢圓。雖非靈椿八千歲，要與風月三千篇。古源阿棠文人行，薦新已辦羅百籩。開端慷慨約同餉，一語不移金石堅。過門走致繽綸手，不記舊約篝燈前。小空在左輒反睨，解衣作質呼芳鮮。曉罌嫩汲井花水，地爐瓦鼎相周旋。蒲萄餘瀝正其味，鹽醯不御全乎天。綴盂獨當第一義，曾水洗空十萬錢。不須沆瀣更疏瀹，欲跨明月凌風煙。

樵谷

谷口雲横草不生，弗容斤斧弗容耕。呼童盡拾風前葉，自去提撕折脚鐺。

柏堂

千載霜苓孕屈盤，虐風饕雪不知難。客來莫話西來意，添箇蒲團話歲寒。

雪川

茅茨傍水似浮家，自把蘋洲缺處畬。魚菜常多蔬菜少，薺根挑盡到蘆芽。

酬于君實

新有吴霜著鬢顛，却無俗駕到門前。試尋池草生春思，不為樓鐘廢曉眠。葵苦易荒鉏短日，豆甘多種廩殘年。家生冷淡尤堪笑，却怕炎炎又可憐。

驥無稱築墻護放生池

鑿山樊圃幻屏帷，自出胸中一段奇。拓壽域歸常住地，注恩波入放生池。剪蒿忍放蛙分部，空穴寧教兔不疑。坐看春風歸約勒，先開牆角向南枝。

貧樂堂

瓦盂脱粟自成歌，直與簞瓢不較多。弗恨道人貧似我，却嫌所樂弗如它。

潘子善范先之林自知賦木犀囑和

孤芳如阿平，晚乃出六奇。傍睨肅聽瑩，請試從元推。韻如聖之清，避世觀商衰。翠幄方童童，露葉流蟾輝。降真换骨法，譜牒當尋披。悠悠千斛香，鮮風如馹馳。霪秋百草死，不復干等威。江蘺交晚生，楚英託深知。羅柳追逸駕，峻坂方驅羸。尤物能移人，心正物自移。年年月中仙，一人簪一枝。後先不須問，亦各安其時。

貧粟

我有一斗粟，不暇春作糜。寧受藜莧詬，不忍剛腸嘶。要果天下腹，吾飢吾敢辭。長願飽者飽，毋使飢人飢。

古之聖之清，吾獨稱夷齊。采薇替周粟，所樂甘如飴。山亦不義山，薇亦不義薇。惟其不素食，食粟令人思。

以上《北磵詩集》卷二

釋居簡三

今歲蘭柳相先梅最後

稍殿金絲與紫莖，駸駸躐等敗清盟。白鷗認得横斜影，應對清流訴不平。

長是年年趁雪妍，一鞭遲着笑今年。姓名雖在百花上，終不敢為天下先。

雪中訪别魏使君

踏雪尋春計亦優，不如去款魏君侯。雪裘風帽台州去，豈是無才入蔡州。

大雅離騷不入時，反騷變雅又奚為。天台好處休提掇，只詠寒山拾得詩。

晚歸遇雪

集霰繽繽趁雨飄，回風籍籍委江郊。重陰凍鎖天無畛，一眼平鋪池不坳。直恐徑迷隨意掃，又疑竹裂帶寒敲。倚闌欲看連雲色，更待黄昏桂影交。

山陰道中殘雪

晃眼鮮明未寂寥，江村猶自礙漁樵。積陰雖重消平地，背日猶多壓小橋。搶地竹頭扶眩起，種畬山脚望晴燒。天誅螟螣躬行罸，殺氣回春款款消。

與應真遇代蓬山見水心侍郎

神游八極乘風車，小復按轡凌谽谺。龍湫下瞰不咫尺，下有深竇無底無津涯。應真長年一捫膝，俯觀塵滓井底蛙。朝來岩室忽閒寂，水流山空鵲楂楂。浮雲出岫杳杳不可畢，錫聲小振巔雲丫。問之何以出山去，一笑不知山日斜。共看八紘浄如洗，五雲明潔從東嘉。山川所鍾一人耳，半千千載何其遐。經綸才大輔以德，八斗一石初何加。天公不忍世寂寞，憖遺一老為國華。一經指授豹則虎，未獲印可龍仍蛇。去尋宿覺言外意，助發康樂毫端花。粲然穎脱世間語，簡古佶屈仍聱牙。稱揚此老長不老，豈憚弱水蓬萊賒。綸巾羽扇凛如畫，恍然來泛叢霄楂。群仙奔走敬且肅，百神呵護嚴不譁。知公醉經不以酒，玉盌自澆新露芽。謂言正傳僅如縷，邪説詖行紛於麻。正音一震擊聾瞽，洗空亂耳秋池蛙。廉隅道喪日滋甚，習俗侈靡相矜誇。清風儉德起頹俗，革去極侈仍窮奢。黄金羈勒駕款段，青絲絡頭閑渥洼。小施尺箠試鞭策，駑驥庶毋遺等差。振衣小作一年别，傴指盈闕之蝦蟆。

白藕花

一楮三年工，欲賦無三都。剪作千葉芳，出水淵不枯。照影秋湛染，摇柄春敷腴。夜老勺華月，側此華玉壺。

送方岩出帥平峒寇

草木猶知舊姓名，妖狐折膽在先聲。鄉來筆下三千字，今日胸中十萬兵。直把文章為小技，横遮江漢隱長城。油幢坐嘯祛鋒鏑，六合清風白羽生。

漠漠江城度柳花，江南春事又天涯。緑抽秧穎秋占稼，碧凝檀雲晚未衙。風動十連咸自化，夜嚴千竈静無譁。書生只事毛錐子，試把輕裘緩帶誇。

許由觀

萬乘何曾換一瓢，羽成玉骨蜕塵囂。是非到耳雖無迹，潁水何曾洗得消。

舟中

曝背初從曉日開，當時曾説獻君來。船頭亦有茆簷暖，準擬排雲又一回。

下池 東坡題明月那分上下池，在池上

漾漾璇題湛鏡光，團團素璧剪方方。一抔曾勺蟾蜍玉，猶帶仇池翰墨香。老子隨行苜蓿盤，不曾無客自開單。更將餘粒投清淺，聊為游魚小倚闌。

酬竹岩江湖偉觀

偉觀如偉人，特立萬夫上。胸中九雲夢，浩然老益壯。挂窗著孤山，排闥數秦望。平湖宜陰晴，西子亦瀾浪。江潮齊晦朔，海若見情狀。由來非地獻，亦復豈天相。誰將萬象影，幻此千幅帳。悠然會真意，何以堪俗況。曲闌供小立，雙眸縱遐放。空濛辨畛畦，平漫分趣尚。外則盡諸物，内則了諸妄。何妨水涵空，勿使雲塞向。不須陋狹隘，更復事寬曠。湛此一寸虛，秘發千古藏。

圓方外明偉室

沙礫不自汰，清明日遄逝。充此一寸虛，八紘静無翳。天風卷滄溟，濤山鬱岧嶤。悠然一漚滅，中有湛不摇。方其澄湛時，十日洞無際。用晦乃全功，何妨九烏斃。

魏憲使石筍小築

住山做得淡生涯，泉有金沙與白沙。自課小童城市去，歸來煮飯又煎茶。

野芳佳木自衡斜，約勒春風占物華。聊復避喧非避世，種桃不似種梅花。

泉上苔梅方著一花

華風先試老茶牙，煖破蒼苔著一花。淺淺石泉都凍了，不容疎影浸横斜。

冰鎖寒泓湛不摇，瘦枝無力鬭春饒。風中鮮馥來無跡，一點乾酥凍不消。

盆蕉盆稼各一首

不才脆弱自天全，亦既它憐復自憐。根託器盛宜瘦小，葉從心展看芳鮮。近聽似有秋聲遠，側卷都無露點圓。時把短屏遮鳳尾，不教細字上鸞牋。

尺水涵空鏡不塵，晚秧疎密政亭勻。葉膏微雨潛分潤，手櫛鮮風不厭頻。萬斛堂堂嗟既没，數莖矗矗喜懷新。缽盂只靠家田飯，薄享無功弗媿人。

野步

嶺上人歸欲寄梅，嶺根流水隔塵埃。水中忽見胡麻飯，不入桃源便出來。

迓回菴譙卿持節東淛

廷尉天下平，軒輊論錙銖。時稱無寃民，傳載西京于。舊史讀至此，遺恨輒有餘。元康神爵間，趙蓋靡其軀。陵遲至五鳳，繼以韓楊誅。孝宣不足道，定國其争乎。不得言則去，何苦但囁嚅。大哉平恕心，至是果有諸。公平開禧末，定見了萬殊。大本固易拔，滋蔓非難圖。在辟疑惟輕，寸田齋以虚。觸藩豈無羝，漏網固有魚。執中事寬大，吹春甦槁枯。近者獲自新，遠者免自洿。至仁不勝用，盛德多陰儲。一節雄東藩，六月馳軺車。歌謡沸先聲，弩矢觀前驅。清風方泠然，列城斯凜如。民物破鬱陶，雲翳亦展舒。斂此一道惠，歸為商鼎需。

賀李臨海雨

喚得蜿蜒覺黑甜，油然雲氣起沉潛。一聲霹靂飛寥泬，三日霶霈洗赫炎。水足舊畦仍浸閘，夜凉新月又闚簷。令君後樂先黎庶，大有今年不再占。

冷泉待月

猶自單衣怯夜闌，不風亭户子聲乾。平生知己蓮峯月，不為衣單不倚欄。閘住亭前緑半篙，泉中白兔眇秋毫。庾樓自是當年好，番襪工夫合反騷。眩轉金波凝不闌，特尋佳處閣團團。南飛烏鵲嗑眠去，獨與飛來小朵看。

金鰲山御榻

丁未龍飛動四溟，驚濤曾豈礙揚舲。抃鰲不露黄金背，跨岸誰開白玉京。環扈翠華驅海若，勒回釣艇問山靈。暮鍾萬歲千秋頌，澄徹堯聰得細聆。

高潮莊中秋

貫見冰盤出海山，可曾海上看團團。全潮退舍開平地，萬里無雲展素紈。冷怯單衣沾沆瀣，皎如白晝數峰巒。敗荷深蕩僧歸去，髣髴西湖畫裏看。

題永嘉楊孟均巫山圖有小巫山

部領群峯壓小巫，陽臺猶自雪糢糊。若教指點猿啼處，判得剛腸百斷無。

蒙泉西菩寺

坎井只丈尋，得名由參寥。丈人玄豹姿，養德富不驕。想當發泉蒙，如此湛弗搖。珠明水增媚，鏡淨塵當消。陶泓勺餘瀝，采筆生春潮。止則雲沉沉，漲則桃夭夭。淘趁槐火新，戰與坡仙挑。壇拜十四字，高山鬱岧嶢。燈炧謾圖續，些苦何能招。須公起九原，為我飲一瓢。於戲不可作，仰止蒼崖腰。

酬子壽謝宮使七夕見寄

吾門開康莊，吾心洞秋旻。泓澄湛無底，方寸無涯津。美人隔秋水，數月一合并。昨宵七月七，游子脚不停。仰看烏鵲橋，遥盼牛女星。籲天致私禱，席地羅廣庭。乞巧問天孫，逐物味已靈。齊東田野間，語言殊不經。夫何古猶今，競作奔奔鶉。玉霄眇空闊，銀漢横青冥。不須賦解嘲，且復歌閑情。

霜柳

春傍垂楊困得醒，池塘部曲頓精明。裩寒欲試鶯兒淺，商略工夫苦未成。

雙頭蘭

艾擁蕭陵雪未消，蒂連芳蕚鬭春饒。國香不似傾城色，寂寞空山大小喬。

落梅

一點消磨幾許春，苔生新緑襯殘馨。忍看卷地隨風去，不忍兒童掃亂零。

如隱 張子皆

堂堂偉冠衣，琅琅歌紫芝。洗空綺紈習，政恐富貴逼。富貴安在哉，一笑付倘來。不來亦不覓，不直水一杯。小圃時時開，不待春登臺。俗駕驅塵埃，合為山靈回。隱非盛世事，説與隱君子。未盡碧山魚，此隱誠何如。

和素齋口占兼簡戇菴

岸巾斜日倚庭柯，調度疎明似小坡。長鋏不彈秋寂寞，短檠更問夜如何。青雲舊約聯鑣上，白苧新聞對酒歌。秉鉞登壇誰獨步，今淮陰更辨多多。

萬年寺前古杉

千載萬年門外樹，銅柯鐵幹古髯鬚。鶴歸空誤單華表，鹿走徒羞五大夫。自厚本根雖磊砢，不煩枝葉衒敷腴。棟梁大厦知多少，落落群空只一株。

羅漢嶺上古杉

一畝蔽蒼苔，曇猷手自栽。滴高零露馥，蟠厚烈風哀。黛色垂雲黑，丹心閱世灰。兒孫幾度老，獨立暝雲隈。

酬金陵吴別駕

鄉來王謝不傳衣，只有烏衣烏鵲知。無限去思無處繫，斷魂長是燕歸時。

盆　荷

萍粘老瓦水涵天，數葉田田小帖錢。才大古來無處用，不須十丈藕如船。

池　上

冰澌漱齒夜生寒，白苧生裁踏月殘。水面有風人不見，只教荷氣上闌干。

寄楊大監

商飈流西金，萬卉寒如灰。廣寒爛銀闕，初放蟾枝開。一花墮九地，四海無纖埃。鍾作河嶽靈，挺此梁楝才。倘可濟巨川，不然為鹽梅。我欲問此翁，山林起摧頽。勺以長安酤，大白非鯨杯。擘麟配萬錢，烏爪去不回。抑以頌與箴，聳德如徂徠。賦豈料敵手，吟非橫槊才。不如姑置之，高卧深雲隈。長嘯揖箕翼，更把靈椿栽。明年紫荷橐，此約當重來。

次張文昌送川張道人韻

萬水遶千山，翩然去不難。雙明元自碧，方寸為誰丹。鵠化曾留句，鳧輕欲振翰。不知藏世界，一粟幾何寬。

樓大參囑珣起宗索孤山舊藁

舊賦梅花欲反騷，效顰徒自不償勞。未尋處士孤山夢，誤得先生一字褒。剪剪衰蘭甘草莽，朣朣華月在林皋。從來平地神仙脚，咫尺鈞衡步武高。

鄉來文字汹濤瀾，淼淼回淵攪不渾。鼎鼐飽參梅子熟，雪霜不見竹枝蕃。媿無攻處心尤小，力丐歸時德更尊。雲静八紘天在水，華風煖處見春痕。

圓無外一春不歸蘭猶有花

一春寂寞無人問，不為無人不謹初。猶有兩花藏葉底，隙簷三見月如梳。

韓寺遺墟

十年秋傍故山零，一塢殘雲夜不扃。土偶向人猶作祟，相傳不似舊時靈。

書荆公訪僧圖

長鬚瘦蹇策深雲，來就蒲團到夕曛。疇曩山中無此畫，至今猿鶴怨移文。

冷灣

怪雨盲風塞冷灣，破頭艇子出湖灘。平生無地酬忠信，獨向風波險處看。

趙節推挂冠

不為鱸魚不為蓴，只思天際九華青。心關幽事惟招隱，脚到榮途亟引齡。甞掾廨成纔燕賀，笑虞羅巧嘆鴻冥。樂閑趁得身强健，振厲仙源擅德馨。虚舟所至信浮沉，揭厲何曾較淺深。堅不可磨惟定見，去終難挽是歸心。書生豈但青衫債，俗子安知緑綺音。神武門頭舊時月，照人如鏡古猶今。

國清寺絶頂更好亭下古梅

花開更好亭前枝，亭曰更好花更奇。我猶未到春已到，春不到此將焉歸。千山萬山儼環抱，一樹兩樹藏嶔嶔。曉粧弗受朱粉污，老去自著莓苔衣。澹交霜髯與蒼玉，雅宜茅舍横疎籬。雲英風味有餘裕，石鯨鱗甲饒華滋。恍然羅浮月中見，鬖鬖紺髮森冰肌。又如大窖凍不死，凛凛素節無瑕疵。紛紛紅紫不解事，與春角逐何遲遲。待文作興不足道，凡民碌碌終奚為。孤芳拔俗千萬丈，未暇相與論襟期。貞姿皓態美無度，幽意獨許鮮風知。悠然憑高一披拂，僧窗處處開晴霏。窗間跏趺擁風葉，照几碧眸岩電馳。淵淵方寸湛古井，一漚不動清漣漪。天香閟此無盡藏，潛於鼻觀通幾微。水流山空但自笑，理與神遇端如斯。鄉來孤山水清淺，龜膚鶴膝相參差。青銅盤屈破香雪，紫鐵矯揉騈明璣。膏肓泉石政為此，冠冕草木今其誰。天公亦復加靳惜，闔着湖水無邊涯。八篇只遺處士賦，一點不放紅塵飛。是中泉石固深秀，惜欠晴湖山四圍。客如我輩亦不惡，擬賡疎影横斜詩。後車合改效颦轍，亦若佩弦仍佩韋。

小圃即事四首

粉紅蓓蕾弗禁吹，盡拾鮮英綴舊枝。欲賦惜春麾巽二，形容不到未開時。自注：杏花着風。

恰則夭夭看小桃，靚粧撚指九分消。丁寧更耐明朝雨，款曲隨風送落潮。自注：桃花着雨。

練帨新裁襯縞衣，暝雲垂地擁瑶姬。自知素潔難諧俗，只赴梨花淡月期。自注：李花耀月。

白白紅紅短短籬，自鉏芳逕簡繁枝。羲皇向上淵明老，此段家風説與誰。自注：芳逕初日。

移櫻櫚次蓬山兄韻

蘗拍蒼柄頂春寒，詩史題名勝得仙。剪出鱗皴仍節節，何曾擁腫到便便。更無曲處連黄壤，只欠横枝架老禪。來歲子魚分樹藝，簷前清影賦聯綿。

菴居即事

欲過東家怕渡橋，欲題黄葉怕隨潮。經旬不踏門前路，陡頓蒼苔緑色饒。

聞陳無却辭錢丞相道堂

挂堂錢了不求餘，熟處工夫放得疎。逐客未行丞相令，絶交先作孔方書。富非貧樂人皆笑，去似留輕絜不如。采采蕨薇歌日暮，也勝彈鋏嘆無魚。

送周教授兼簡劉左史薛寺丞

舍選諸生出，侯藩博士歸。一官甘獨冷，千仞看群飛。苦學丹心古，春風泮水肥。傳衣觀歲晚，先使識摳衣。

霜趁殘秋肅，寒侵薄暮生。帆開吴浪急，鴻挾楚雲横。客裏常加飯，人歸得寄聲。為詢劉與薛，江漢幾長城。

揖山樓 宋青山游雁宕書額

谿陰留雲雲不留，樓在五雲之上游。青天一握浄如洗，好山四面清涵秋。主人亦有大白浮，揖遜群峯相獻酬。巖中野逸皆名流，農隙頗復登臨不。何當天風吹袖寒颼颼，披衡跨霍迤邐崑崙丘。悠悠按轡雙龍湫，泠然為君上上頭。樓頭風物須盟主，風騷之外吾無取。猛拍闌干撫寥泬，不問青天問華月。

雙溪潮水清

滅影雙溪死便燒，年年楓落見清潮。淛江亭下晴翻雪，卷作渾濤怒不消。

朴翁約效誠齋分題得月色

霜晴如此月明何，獨恨空庭着不多。窗外樓頭都有了，其餘四散盡從它。

贈心上人

一抹新霜雁背寒，滿庭疎雨客衣單。苦心莫負韋編絶，歲晚歸來語夜闌。

聞濟妙高爲善浄攘其居兼簡楊守慈湖

俗習翻新樣，民生先故吾。緇雲忘揖遜，何處有廉隅。戞戞難窮鼠，紛紛莫辨烏。多應風化首，坐嘯答歌襦。

聽鼓噇簞食，逢山辦把茅。霧窗閑自挂，月檻許誰敲。戰蟻翻侯國，驅鳩入鵲巢。先生河漢辯，何以解人嘲。

酬雲卧白雞

冠染丹砂雪剪翎，不因風雨廢常鳴。有時失度無人醒，只有劉琨與祖生。

謁樊將軍舞陽侯廟

蕭曹筆削宏楷橅，良平智略吞萬夫。巍壇既登跨下士，貢帳謾悦驪山徒。龍争虎鬭爪牙備，劉怯項勇天淵殊。鹿雖未果死誰手，鼎已潛知開漢圖。將軍最先得所託，亭長之外無貞符。逸群拔萃一人耳，屠城斬將群雄俱。鴻門直入緩危急，虎口僅免纔斯須。宴安鴆毒痻主意，排闥紫禁當前驅。奮身不顧但愛死，嬰鱗未了仍編鬚。帝雖寡恩少善後，吾寧守義如厥初。匈奴無故遺嫚書，在廷如堵方囁嚅。將軍裂眥不願餘，請十萬衆行匈奴。不知十萬行匈奴，果與衛霍功何如。

酬王哦松八景 泉南

横玉臨江展碧紈，馮夷庭院水晶寒。天教兩賦酬風雅，不謂人間作畫看。自注：赤壁泛月。

欲從山北駐晴霏，先與山南淡掃眉。見説商周遺俗在，試尋康俗未來時。自注：廬山霽色。

雨歇江空錦瑟鳴，亟圖清絶些湘靈。斯須雲斂便有月，更着數峯江上青。自注：瀟湘雨過。

噎噎梅花煖響初，曉來痕緑到蘼蕪。鶚沈鷓鴣千年恨，指舊江山忍按圖。自注：鄂渚春歸。

浩然直養老益壯，吐作跨水晴虹飛。三萬頃秋天貼水，不禁依約寫煙霏。自注：吴江秋晚。

素車白馬作前驅，壘雪屯雲擬不如。尺紙忽翻千尺練，斷魂强弩控弦初。自注：淛江春潮。

雨後雙螺對綰青，采毫曾此蘸中泠。寫成九派分流勢，不寫當年瘞鶴銘。自注：金焦雨餘。

羡他蓑笠度年華，盡把風烟付賀家。盤礴細搜吟意緒，明波一曲小菱花。自注：鑑湖獨釣。

酬樂清陳簿雪中平反 婺女人，父子皆詞科

用恕存存坐照姦，姦如挾纊弗知寒。天雖有二無偏覆，網既開三亦甚寬。疑欲惟輕刑自省，死終弗怨枕方安。雪中小試陽和力，天地生成却不難。

過張氏水亭

到岸不多遥，晴初雪未消。茆簷雖傍水，人影不隨潮。鵲占寒枝喜，魚從落日跳。丹楓莫吹盡，我欲繫蘭橈。

三錫堂下接桃

前度劉郎去不來，炫晴灼灼又花開。蟠桃著子三千歲，一歲從他熟一回。接枝换骨勝刀圭，臉暈嬌風滿舊蹊。有問春工在誰手，避秦人在武陵溪。

烏𪅴角行

村村花柳春菲菲，烏𪅴聲動清晝遲。梅花噎噎不成弄，黄鍾大吕相因依。川平野闊牛背穩，水坳山曲人煙稀。一聲一聲斷復續，十十五五喧牧兒。四郊唤得墮農起，不作陽關腸斷聲。凄其道傍駐馬遠，游子往往不減陽關悲。此聲豈解令人悲，朝燕暮越遠别離。亦復豈能使人喜，蕢桴土鼓相酣嘻。於戲此樂吾獨知，尚記天台委羽破雨開林扉。自鞭觳觫耦沮溺，白水没膝同扶犂。是非利害不到耳，終日聽此嗚嗚吹。風淳調古相浹洽，不與市道趨澆漓。揭來脚踏軟紅陌，不聞此曲聞此詩。借翁語險久不和，邇來作者如塤箎。塤箎雖美與時背，豈若烏𪅴方適時。

泊港口

港闊風初霽，潮平夜欲分。半江都是月，一點不留雲。東去舟無數，南飛鵲戀群。疎鍾何處寺，隔浦最先聞。

趙禪菴

面面蒼崖似削瓜，濤翻鼉鼓半天撾。依稀劉阮曾行處，無數水邊桃未花。

送謝司令通守嚴陵

訪竹凌霜後，尋梅趁臘前。春風方委曲，别乘忽騰騫。處士不入府，客星仍受廛。密齋容膝外，何處着壺天。

拆桐花

葉底秋聲急雨催，人言滿樹是愁媒。九回百斷渠何與，自是愁人做得來。

新月

澹掃蛾眉雨後天，天容澄潔稱嬋娟。弦雖未上終持滿，璧反胡為尚不全。只鄉生時看最好，莫於缺處斵成圓。人間夢事紛如蟻，著眼何曾到汝邊。

雪中登西菩寺參寥舊居分月閣聞讀書聲

誰平讀書琅琅然，四山響答皆清圓。山空無人渡雙澗，更與流水相潺湲。凍雲壓山吹不皺，雲際稜稜展瑶甃。廣庭萬舞亂零飛，老枝槃重如僧瘦。吞蟾縞夜洞八窗，弗煩凍手挑殘釭。蠅頭萬字不足數，冏冏寒入青眸雙。辨才昔與參寥子，秣馬問途端自此。要汝勇追龍象蹋，為我辛勤十年讀。

嘯雲

胡笳未奏邊雲悄，長嘯一聲山月小。狂虜歸思悲夜老，身未到家心已到。山雲不似塞雲腥，雲中倚闌時一聲。悠然清聞四十里，何獨重圍空萬騎。

問訊方岩侍郎

翳盡珠明萬象空，壺中只著小玲瓏。鄉來冀北藐群馬，此去斗南能幾翁。淵默但知藏霹靂，清寧何必友崆峒。方城屹立青如削，萬壑千巖在下風。

招遇野

用亦無心舍亦輕，歲寒只有竹忘形。水村容與吹黄葉，溪圃耘耔課白丁。細草遠連三徑緑，好山長借兩眸青。浚池小貯連天碧，待與人間洗濁涇。

葉響初疑夜霰微，曉看連玉幻屏帷。令人憶煞天台遇，白盡蓑衣唤不歸。

辯才鐘并引

范銅為鏞三百鈞，銅有禁，屬秀州吏光自囷屬霄漢，遂寢其鞠，州人至今誦之。寺前鍾墠如故，草為之不春。嘉定丙戌春，余再至，耆宿使著語識鐘之所由鑄。

井龍欲振茲山靈，忍使夜旦鐘不聲。西京舊賜禁猶在，即山鑄得蒲牢鳴。虚文破壁儼如故，縣官正令今重新。身歸柱後惠文手，加以束縛投諸囹。夜囹焰發照城闕，燎原不足方其明。民皆呼吏捄回禄，駿奔稽顙祈玄冥。及乎鄉邇寂無覩，更欲炙手嗟無因。朝聞夕報事從貸，雨濡露濯恩如春。鄉來光亦上牛斗，九疇分野當豐城。干將獨往莫耶在，延平濤浪今猶腥。何如坎井蟄不死，雨暘荅響如谷神。百年逸事付僧史，不然簨簴重刊銘。

鴈來紅

夜夜燈花巧勝裁，家書準擬傍秋開。鴈來紅葉都紅了，目斷西風鴈不來。

田舍即事

刺水緑針抽，田低水退流。未飢先作午，圖飽預占秋。井遠絣罌重，陂荒蘠栗浮。静思田舍樂，却為素餐羞。

斷壠收殘麥，晴風卷宿雲。盪泥諳馬力，煮繭策蠶勳。野色如秋霽，山謳送夕曛。悠然觀歲事，不負一春勤。

長門怨代錢常熟

拜月歸來剪絳燈，誤占燈喜望承恩。斷魂薄命如初月，缺盡團團只一痕。

菊到秋時獨擅奇，怕秋嫌唱菊花詞。花頭又似金錢小，不把金錢鬬葉兒。

拍拍官溝碧卷羅，影窺明玉歛青娥。回頭趁撲雙雙蝶，恨殺春風獨管它。

夢到昭陽與夢回，楚天雲雨隔陽臺。壁粘鹺鹵花如雪，賺殺羊車不入來。

柳絮

麻姑米白玉床丹，老去慵將狡獪看。却愛一川風絮好，就船做得雪團乾。

日者

惡月懸弧豈好兒，衣冠聊復换伽黎。聽言易感人人信，不信田文善相齊。

翠掃參寥舊居小樓

小樓却立青林端，有水有竹仍有山。微風徐來皺池面，濃翠澹掃開煙鬟。九岡獻狀飛蜿蜒，悠然赴壑挽不還。玄珠湛影不走盤，嵐浮霧煖相縈環。曲闌巧當環抱間，愛山聊復倚曲闌。亦有零瀣供朝餐，崇朝挂眼雙孱顏。

送詵老歸千頃山

老詵愛山不知了，何事衝寒下巍峭。歸裝只有一囊詩，冏冏陸離還自照。自言峯頂摩九霄，五月六月雪不消。松風蕭蕭吹泬寥，千岩萬壑酣笙簫。前山後山畬可燒，黄精雜錯黄獨苗。飯家田米可卒歲，亦有旨蓄延漁樵。人間自有楊州鶴，詵也云胡甘寂寞。笑云樂去悲相隨，吾非惡此而逃之。

錢百六録參入新宅得子

千憶子孫昌，衣傳衮綉光。厦成覩賀燕，筆喜誤書麞。桂熟霜前子，梅騰雪後芳。不須瞻岐嶷，定肖白眉良。

寄陳黄巖 魯叟

梅霖纔自歇霶霈，又復油然注上河。水繞百畦雖喜足，雨當六月不嫌多。甑雖未及炊先種，頭已先低粒晚禾。歲事莫於田祖卜，只於堂下聽絃歌。

劉檢詳新除

南北分疆後，關河氣不清。有才皆瑣屑，臨事少峥嶸。嵩華俱崔崒，岷峨獨抗衡。卯金重耀德，藜杖復尋盟。火老隨秋灺，凉深伴月生。虚凝仙掌泫，縹緲慶雲明。肯室高名節，寬西舊老成。空群嘉駿産，跨竈大家聲。問望公輿論，芬香藹旦評。尺書賢十部，全璧藐連城。一歲尋佳處，重陽欠好晴。風輕茱未紫，露重菊初榮。春玉新嘗稻，挼香試剪橙。滿城風雨句，不足配餐英。

閏月九日劉檢詳入山問近作

北磵尋新築，東籬管舊香。雨交前九月，晴到後重陽。蟻慕無羊肉，鴻謀缺稻糧。餐英聊自笑，辟穀竟何傷。心遠喧常寂，山深拙可藏。息陰慙惡木，同調友孤芳。蘽蓧緣苔砌，閑花蔓薜牆。寒枝繁鳥雀，落照下牛羊。緑欠荷鰲雨，青知橘未霜。歲華驚過鳥，秋思老吟螿。老子便幽事，深雲僦睡鄉。指呼閑部曲，嘯詠懶封疆。率爾鳴天籟，泠然似野航。汲溪酬欸乃，濯足詠滄浪。蟻為誰開國，蜂如我敬王。俗休嘲賦杼，騷謾吊沉湘。蘭茝新紉佩，芙蓉嫩製裳。不知元亮醉，何似接輿狂。更復求三益，何須饋五漿。龍山在何許，雲水渺相望。

酬南宕諸友

歲閏黄楊厄，年豐白晝長。獨居無一事，兩度見重陽。野饋同誰餉，閑花各自芳。貰將今夜月，藉手送秋光。

唐人劉長卿送徹上人歸越云禪客無心杖錫還沃洲深處草堂閑身隨弊履經殘雪手綻寒衣入舊山獨向青山依樹下空留明月在人間那堪别後長相憶雲水蒼蒼但閑關洪義二上人請次韻歸山陰

行雲流水去仍還，多費清游少費閑。缺處欲修前夜月，燒痕旋補去年山。榻仍拂拭懸空壁，猿自歸來守半閒。寂寞東家老茅屋，平安幾日到松關。

江心寺步月諸公用甄監簿雲卿韻

愛此憑闌夜不眠，欲將風馭作泠然。呼蟾駕起三更月，展鏡攤開萬頃天。亦有山靈回俗駕，可無蕙帳着胎仙。試看拍岸濤翻雪，幾許驪珠碎又圓。

菜　花

花芥開常晚，今年九月開。直攙寒露過，弗待小春回。後乘猶追菊，前驅不遜梅。休誇太早計，老圃解栽培。

冷水谷桃花未開次竹岩韻

山行兩袖皆華風，游人未多花未紅。堂堂春去已無幾，晴趁一日來山中。山人寸金酬天地，都種芳菲留客醉。粉桃商略待緋桃，坐令羯鼓催無計。忽忽歸興如酒濃，零落斷雲流水蹤。明朝乘興尚可再，應笑武陵蓑笠翁。判花大手今燕許，收拾是中春一塢。小待巴東製錦歸，盡吹紅雨為霖雨。

酬姜貧樂

我欲淵明伯仲間，為誰乾没静中閑。直將目送孤鴻度，横截湖飛短艇還。稍閒便同搜萬象，更忙亦可看孤山。是閒真隱多餘地，玄豹何嘗肯露斑。

立可則禮思復雪中見過

花翻雲葉舞風回，新好繽續帶雨開。團破小龍寒未瀹，客如兩鶴瘦飛來。白灰宿火雖同擁，黄獨無苗各自煨。茗雪扁舟明日去，小須門外玉山頽。

殘　雪

前水花新霽，暾雲日未升。簷聲都是雨，筧溜半成冰。幌冷疑眠月，窗虚罷續燈。獨餘林杪塔，猶自隱觚稜。

酬方岩

大溪小溪沙水明，濁可濯足清濯纓。淵淵寸田湛古井，澄濁與之俱忘形。緑野菜花三四畮，不圖娱客猶供口。自注：公題花園門牌云：只教人種菜，莫悮客看花。舊種庭前三樹槐，更有門前五株柳。時拊碧雲歌碧雲，婆娑鵠羽青綸巾。不妨别調吟梁甫，收拾乾坤浩蕩春。

書雪湖寄張高沙詩卷後

大篇如建瓴，小篇如扞城。執此能事柄，凌奪造物真。雪湖坐此徹骨貧，致貧之具猶示人。鏗鏘應是我輩語，飢鳶悲苦哦清新。高沙舊日春風手，也是乘槎丈人後。紅蓮開幕着詩人，此段風流少人有。飛聲郎署知聞舊，掃門謾惜千金箒。不圖願與丈人厚，要看雲錦三千首。

復齋奚左藏挂冠

趁得身輕便挂冠，翩翩出岫白雲閑。村疎一日是兩日，心廣半間如萬間。聊把大門標俗子，别開荒徑友佳山。羲皇向上多餘地，時對清風一破顔。

特操剛明與俗乖，谿山亦復外形骸。子狂正作豈矯世，我醉欲眠聊縱懷。勇賦一歸尤果决，光寒千文不沉埋。從來林下何曾見，僅有先生闔可排。

送錢竹岩宰常熟

無日游天竺，新除問補陁。兩回抽竹策，一語定弦歌。懸應如虛谷，靈通豈祝鮀。只依彭澤樣，條具不須多。

淵默戰紛華，清吟日又斜。尊中常有酒，堂下可施罝。琴響家家月，春酣處處花。平章風物手，小屈課桑麻。

贈鶴鳴馮高士有丹

静對深爐養白砂，又從活火剪黄芽。蜕塵與世羽凡骨，看鏡為誰開曉霞。萬里脚頭元自穩，一毫心事不曾差。何時采藥天台去，爛醉桃源幾樹花。

賀宇文樞使

伊洛正音聞者寡，邪説異端難並駕。春風不到六經堂，和煦無由藹天下。卓然人物既興起，浩然一氣均陶冶。横秋霽月耿東南，勁草疾風知用舍。隄障狂瀾如砥柱，淵源理學扶宗社。伊周文憲復精明，漢唐述作俱陵跨。論道經邦坐策勳，彈冠束帶無遺野。遂令四海九州内，三尺兒童恥言伯。太山盤石固無疆，亂臣賊子胡為者。今日樞庭拜宇文，還似前朝相司馬。

盆蘭

采采芳根緑綴苔，一莖只放一花開。畹中好惡非同調，林下薰蕕各有才。惜此國香無地種，知它楚些為誰哀。小留鶴帳梅梢月，倘伴高情入夢來。

送黄郡博之官高郵

一曲占晴湖，棲居豈俗居。人雖增境勝，鷺不與鷗疎。古錦投明月，春風入絳幮。好詩頻遣寄，莫遣不情書。貴作横金客，才如切玉刀。長城堅未下，大敵勇難鏖。老兔明千里，垂虹緑半篙。何時醉醽醁，伴我讀離騷。

送譙回菴作江東憲

千騎前驅擁旆旌，烏啼花發近清明。斯文自是域中大，廷尉舊持天下平。春到十連皆化日，風清萬竅只秋聲。廬山面目無人識，應喜重來為主盟。自注：曾守江州。

續舞馬行

見說開元天寶間，登床百駿俱回旋。一曲傾杯萬人看，一顧群空四十萬。梨園部曲能窮奇，踣鐵矯揉楊柳枝。不直玉環一解頤，更走瀘戎生荔枝。天上人間反覆手，故態忽生亂離後。將軍入眼可曾有，誤駿為妖不足咎。於戲唐虞全盛時，百獸率舞鳳鳥儀。雍熙之和乃其效，何用區區教坊教。

韜光菴

洛下僧歸未寂寥，餘光還向此中韜。入千峯杪從它笑，放一頭低儘自高。客至坐凉分樹影，雲開寫望到江濤。夜遥月冷風初霽，萬籟無聲亦怒號。

謝盤野黄文昌

易入亞夫營，難收四海名。兩全無可媿，獨以退為榮。蕭灑霜髯古，敷腴玉色明。神仙在平地，跬步到鈞衡。

日課芳菲譜，歸來手自栽。有詩隨意好，無日不花開。鷗鷺論心事，雲山入酒杯。綺羅簾幕静，處處小蓬萊。

十四夜月

幾望滄浪月，裴回獨自看。小虧修未了，忒滿怕持難。篆冷檀煙濕，衣單桂露乾。丁寧橋下水，明夜印團團。

代竹岩送史侍郎

曾泛東湖載月船，不將人物等閑看。二靈千古獨鍾秀，五岳三光空自寒。跨竈極知從古少，為兄端恐自君難。故家別有單于調，付與鴒原次第彈。

荷橐風高北固秋，黄童白叟擁行舟。舊盟不冷在群鷺，歸興絶攀回萬牛。傳自教明南國後，可容寇借一年不。旌麾小試經綸手，此惠何煩歛壹州。

昭君行并引

楚靈均、漢昭君皆歸州人，雖德色之不齊，其於不遭一也，賦昭君些靈均云。

楚山有美傾人國，家傍江城逐臣宅。逐臣賦並日月明，琵琶遺入穹廬鳴。哀彈不作胡兒語，寫漢遺音吊亡楚。泪如鉛水濕春風，苦心只與春風訴。曲中愁緒亂風絲，因風寄鴈雲南飛。漢家彈作昭君怨，試問昭君别怨誰。天生尤物天還妒，仰天自笑蛾眉誤。不如强醉枕琵琶，暫時栩栩夢還家。昭陽未有承恩地，閼氏孰與寧胡貴。不須頻下思家泪，漢女雄猜如阿雉。

白鷴謝静講師湖州舊館

素羽剪零雲，冠裁辰錦新。德如潮有信，雄壓牝無晨。物化痁非蝶，蟻酣驚代隣。莫教風雨暝，緘口却羞人。

苕溪多楮三伏最茂

朱實燉空密幄成，曾陰無地暍行人。風枝雨幹彫零後，玉板雲英制作新。傳得文章貽後晉，忍隨竹帛禍先秦。西凉葉葉秋聲樹，學到先生是效顰。

寄漫塘劉平國索竹岩錢德載挽章

一從神武挂衣冠，千載華風去不還。閑愜清寧羞宦巧，静闚奔競識天慳。高於少室從它售，捷似終南各自扳。我欲西風問無恙，不知着得幾鷗閑。

西余庭犀合抱强半不下西湖劉寺雙桂已厄於嘉定十二年打十方之初信夫主僧元粹之忍也余在北山作詩援之云翠華幾度樹邊來手壓芳枝内苑栽且看傳燈金粟面小留殘馥點蒼苔兩瘖律賦西余吊劉寺云

亭亭領袖晚風光，吹盡西凉不盡香。勒麝蘭薰回俗駕，動龍蛇影轉回廊。老持素節芳仍潔，碎點蒼苔緑襯黄。自把胡床低處着，高春盤礴到斜陽。

蜕俗風標與月分，競攀争擷到仍雲。弗知鄰國有喬木，大似幽居無此君。葉密聽他嫌不韻，根盤如許合空羣。四朝雨露金刀寺，兩樹前年夭斧斤。

初　度

苕溪初度思親泪，滴盡依前不及泉。借使無言還自壽，便教有法與誰傳。五窮各自争為祟，百巧還他弗解禪。為問季秋幾望月，幾回照我未生前。

以上《北磵詩集》卷三

釋居簡四

送袁狀元別駕

碧茗秋晶晶，君子尚此潔。淵淵方寸地，上善固一轍。白蘋對紅蓼，亦各振清冽。况復芬隴利，穆若謝炎熱。譬彼寒水玉，温其出冰雪。其中富涵蓄，其響亦疎越。有德必有用，無瑕更無缺。允屬清廟器，合在東序設。君家聖賢學，擬續鄒魯絶。正音久不作，倩君木為舌。風月小鴻溝，矧乃龍首傑。偉兹真富貴，弗與顔原别。輝輝近芳日，膧膧袖華月。餘光散遐隱，四海俟昭晰。遺直在山林，放言敢辭拙。

和竹岩游虎丘

山低秋欲雨，樹老晚藏煙。劍試道邊石，花飛臺外天。暝雲埋古甃，嵌竇漲新泉。欲借松風鼎，煎茶些玉川。

九日姑蘇臺酬盧蒲江趙静齋錢竹岩諸名勝

歲晚登臨似仲宣，可勝來此拍闌干。水圍緑野日將夕，露浥紫萸秋未寒。欲雨天痕雲氣濕，不風庭樹子聲乾。悠然吊古無窮恨，付與西風一永嘆。

雪中寄趙湖州容齋

慶兆三回白，祥開嗣歲春。精求方懇懇，懸應忽逡逡。化母非無待，玄冥却有神。夜窗疑是月，曉砌不生塵。麰麥占年熟，郊原見日新。柳塘吹漠漠，銀浦剪繽繽。鶴幹勝寒重，猨枝撼落頻。折腰嗟勁節，低首吊蒼鱗。池草生吟思，溪梅寄遠人。不知吟嘯地，何似灞橋親。

開元觀乃何畏齋施地張練師開山

何必過流沙，潯溪種道芽。雄開獻王地，勝傍覺皇家。雲侶呼朝斗，星壇數扣牙。胎仙翔集後，底處蟄靈蛇。

舟中遇雪寄宋使君

數點雨中飄，蕭騷響近郊。霰微疑旋集，篷破省初敲。乾没高連下，平鋪凸到凹。懸知天地力，瑕穢賴并包。急舞隨風亂，繽飛度竹遲。松埋巢鶴頂，藤重挂猨枝。螟蜮頻年死，烏鳶盡日飢。妻豐書野史，雙展使君眉。

代人與荆襄李制帥

桃花武陵原，千騎訪舊游。舊題鬼神護，苔蘚封蛟虬。是時原中花，炫晝爛不收。稚耄相懽呼，再拜羅道周。一聞謦咳聲，曰似吾故侯。侯今飛上天，盟在滄江鷗。公來席未温，玉帳凉生秋。粘天洞庭北，襄楚當襟喉。小屈經綸手，平分宵旰憂。風清鸚鵡洲，月滿黄鶴樓。黄鶴去不返，萬竈棲貔貅。白羽青綸巾，坐寢淮南謀。文武固一道，貂蟬出兜鍪。致身須黄閣，看鏡方黑頭。故家邁種德，台輔不足酬。頽支鄒魯瀾，末障洙泗流。載觀統有宗，抑使俗不浮。古道復大明，殊俗皆蒙休。况夫蜀文章，眉獨稱雄酋。多應峩眉月，只照東家丘。

徐提刑挽章

衣冠忽蜕塵，桃下是仙津。身與吴天遠，恩沾楚澤新。授官寧後子，退己不先人。盡是無私處，何慙第五倫。

盧君挽章 中年失明

禍淫福善信前聞，話到斯人只斷魂。心豈智丹遺冏冏，電雖藏碧鑑昏昏。欲將書卷酬青紫，不啻籯金富子孫。後夜黄龍洞前月，小留殘照側金盆。

黄龍洞

玄窞蜿蜒宅，苔痕到底青。鑿深連地軸，設險訝山靈。路斗風烟濕，風酸草木腥。丁寧休勒駕，更欲上新亭。

舊館夜雪投静上人

雪重官塘滑，堆篷掃不消。聞鐘尋近寺，轉港識飛橋。膚粟寒初起，衣稜煖不朝。主人無木佛，泥佛不中燒。

謝陸少監分惠渭南劍南家集

故家騷雅傳，翼翼見芳繼。况如孫仲謀，不敗乃翁事。圭殘入哀拾，壁斷歸次第。自成一家學，忍使隻字棄。若翁喻蜀時，名勝各超詣。初從漢西京，綿綿振末裔。相如子雲後，經術奮多士。巋然今隴蜀，淵乎古洙泗。馮劉振風霆，劉李渺涯涘。况復有小李，雋永出大截。翁來試掉鞅，平地快奔駟。逸駕相後先，六月乃一税。渭南問風俗，劍南看形勢。岷峩連蓬婆，風賦逹駢儷。雕鎸到微茫，抉剔逮菑翳。連絡數十城，八萬四千偈。彬彬奐文采，爛爛存表制。分甘成暗投，效顰更拙計。瓊琚報木李，美齊詔當世。乃今得瓊琚，何以答佳惠。

葛無懷訃至銛朴翁

飲羽闕天巧，御枚戒夜嚴。采荼寧自苦，課蜜為誰甜。閣令看山檻，亭空竝水簷。懷哉雙宿鷺，日日望鈎簾。

靜勝知天定，虛明悟物齊。略伸嗟屈蠖，欲吐喪晴霓。夜雨燈侵幌，春風柳竝堤。漫天吹絮盡，一點不沾泥。

呆無外枝巢

樹下無三宿，人間僦一單。房新蜂最樂，巢舊燕知難。雲幌涵秋冷，蟾枝踏月殘。朱門空鎖宅，多是別人看。

即事

遥夜遲眠替夙興，細聽牆角打風稜。白灰未冷已無火，紅爐欲殘猶有燈。天做雪時先自雨，水通潮處可曾冰。有詩只些孤山月，不恨梅花喚不譍。

分歲

辦得分年供，清哉亦稱懷。野粲均柿串，草具爨松釵。指冷柑初破，灰紅芋旋埋。火邊相枕藉，火盡又添柴。

讀岳鄂王傳并引

王與吾佛日祖同厄於身前而同榮於身後。余觀此傳於歸安簿趙應叔，書於傳後而歸之。

百鈞不挽射羿弓，朔望酹酒馬鬣封。從來知子莫若父，許以徇國輸精忠。相州去謁大元帥，是時元帥方潛龍。華風忽與慶雲遇，千載一德明良同。南薰門外衆制寡，鐵路步上雌决雄。浮屠連牆望塵靡，楞子如山隨手空。僞齊可紿不可殺，兀朮可間毋庸攻。寇連諸道解如瓦，氣吐千丈長於虹。聲先到處皆春風，桀鶩怙很摧枯蓬。中原跂踵戴舊德，蕭牆稔禍基元凶。當時劍握不倒置，直北馬首無由東。全尺寸地有餘刃，半九十里隳奇功。老羆既陷百尺穽，長城遂摧千丈墉。群姦尾摇蜂蠆毒，一蟇吻納蟾蜍宫。强胡妄冀脱虎口，殘喘忽重甦犬戎。難平者事有成算，可投之機無再逢。鄉來望諸報燕惠，無怨無怒方雍容。其誰掩卷輒慟哭，主父偃與齊蒯通。黄金臺圮置勿論，問之胡不達四聰。昔人已矣不可作，後來更復將焉從。審如機括發必中，誠與日月昭而融。將軍碧電摇百步，跨竈英勇尤折衝。乾坤不朽忠義骨，光騰抔土方曈曈。春秋不書六月雪，是日集霰回冷風。杞傳百世子配食，天定勝人還至公。亂臣賊子生看好，遺臭不老均蟨蟲。坐令三光五岳氣，百歲左衽昏濛濛。周南滯留奮椽筆，折姦全直傳無窮。浯溪大字倘可法，燕然蒼蘚知誰礱。開禧之事如昨日，清淮灑血連天紅。動逾二紀不解甲，殘虜尚鋭蕲黄鋒。噬臍太息復太息，遺恨黯黯齊崆峒。至今姦血澤遺類，忠憤鬱鬱填人胸。向使二子及見此，慟哭豈止喧旻穹。古愁連環不可解，除是帝舜開重瞳。

楂菴嚴教主塔台州靈鷲

黄金扶膝起沉潛，一屈何須為老嚴。掃逕雪苔封古甃，舉頭花雨落疎簷。楂酸如橘尤多澀，語苦如茶久自甜。新霽林光浄如洗，僧窗處處有孤蟾。

送侃侍者歸靈鷲

莫將平淡覓陶潛，紀律嚴於玉帳嚴。要得瀾翻聯石鼎，也須雪立到茅簷。太虛自笑花無蔕，佳境誰云蔗不甜。如此工夫隨分到，靈犀無夜不吞蟾。

索　笑

屋角飄香樹，何曾解倩兮。倚春和露瘦，鬬曉待蟾低。背俗高標致，從他浪品題。若非林處士，冷面覷清溪。

有　客

雨止雲猶黑，春寒草未青。打門無俗客，勒駕有山靈。彷彿斜川路，裴回曲水亭。落梅都着子，點點六花零。

鶴　唳

九皋清響漏殘時，想見松間露濕衣。弱水弗關雲外路，乘軒終不似横飛。

蘋洲萊菔脆甚

藕生玉井何曾見，梨屬張公不見分。安得脆瓊萊菔子，蘋洲南畔種殘雲。

寄陳宣州中書

霽月横陳幾許秋，拍肩小謝老風流。開尊孰愈暫挂榻，視草曷如高卧樓。舊有鳳銜新紫詔，今無鶴似古楊州。潁川只説黄丞相，更為行春得小留。
夷惠清和不尚同，直將兩手袖春風。婁豐從勸三農始，初度重書二月中。欲與大年分殿最，試於小知擊倥侗。雖云弱水歸溟渤，自向西流不自東。

佛眼侍者祖元血書華嚴八十卷以報母綑而楷花石綱初得之藏諸塔寺後復失之復得之於京師

楚雲血指書法華，藏諸衡山竺僊家。自言剖匣待慈氏，凡指試觸轟雷車。思谿不落衡山後，行綴蠅頭三十九。停勻瘦勁妙鍾王，初終一字亡差謬。阿元曾透龍門去，失却登門最初步。筆端佛語血滴滴，直下發明根本部。一塵具有一卷經，破塵出經不動塵。塵塵刹刹盡三昧，一字一行皆正因。靜想生初常反照，雰然母血知多少。一支餘瀝何足云，貝葉悉書酬不了。蓮花七卷六萬言，淨明海眼伯仲間。諸經一寫復屢寫，大經血脈俱相關。六丁疇曩曾搜索，青氈解后銅駝陌。千金購得喜欲顛，十襲載歸花石船。恍如光焰騰雙劍，夜奪龍光寒不焰。遂令合浦有還珠，毋令滄海有遺珠。

劉學諭挽章

大信難於淺俗謀，楚人然諾久無酬。盡攄素蘊知難售，空抱遺經自反求。數曲短屏林屋曉，半規殘壁洞庭秋。焚舟自是諸郎事，接武東厢兩勝流。

題水墨萱草水仙

草欲忘憂蔓更滋，望雲長在蜀天西。蕭蕭風木添新恨，膽録精神答噬臍。

緑玉纖扶水玉腴，華風披拂度華裾。却從壞色衣中賦，不把高情託子虛。

讀南遷録

垂垂胡運風燈掣，不悟鼎中猶鱍刺。後庭玉樹不摇春，只看婆娑雙勃脱。提刀策馬兆自南，夢中宿憤方深銜。子生母死託諸母，禍既滋蔓難夷芟。骨肉相殘甚於寇，倒把太阿歸女手。寧能同死不同生，掎角亟圖鄰壤救。奮戈禿體空無前，傾巢倒穴成播遷。飄零左衽餘南冠，孫又生子罹腥羶。回頭九十年中事，水淺蓬萊人換世。順昌之捷金刀回，商虢破竹丘山頹。韓劉亦復不世出，英勇棄捐如擲礫。短檠伴語南遷話，泪眼不晴徹遥夜。應是天歸古汴都，却教胡羯先驅除。

讀泣蘄録

蘄當淮楚衝，虜騎如雲隤。書生膽如斗，激烈生風雷。備禦盡吾力，力殫心不灰。誓與城存亡，不遣疋馬回。忍死不忍屈，視死猶去來。一州同一心，忠憤鐵石開。舍生貴取義，肯顧兒女哀。話頭素講明，餘刃方恢恢。視古不愧今，落落俱雄才。援師窘於兔，趑趄山澤隈。遂使破賊手，不復殲渠魁。儀刑古睢陽，觀闕雙崔嵬。傳後韓愈書，芒寒燉九垓。不知蘄州傳，大手今誰哉。

送高菊磵訪方岩侍郎

塵漲軟紅深，髯高獨訪尋。貧交難偶俗，生事不關心。米貴甘餐玉，棲寬苦僦金。霞標連雁蕩，款款度岑崟。

酬趙山中

壺公雲雨上，秀整壓全吴。白眼嫌人俗，玄裳笑鶴癯。對吟酬蟋蟀，獨酌泛茱萸。待賦歸來後，商量覓鏡湖。

塘西寺聞蛙顯首座房宿

器小易彭亨，聲連踸踔群。三更萬籟息，兩部一池分。語海嗟難合，窺天亦浪云。尋無杜鵑處，得此不堪聞。

方岩許送紙不至

巾山高出慈恩寺，蜀叟貧於鄭廣文。卷盡長廊無一葉，尚餘潑筆振孤軍。蒼筠嫩殺空懷古，明玉方裁欠策勳。惆悵洛陽收買後，欲書重吊楮生文。

謝周和州叔子

陰陰濃緑成新幄，荼蘼試粧催芍藥。緩鞚青絲果下騮，時與華風相領略。風乎不違主人意，吹開宿酲換新醉。玉山自起不須扶，隱若長城一萬里。和州歸來賈如玉，高着十連酬不足。倚闌目送斷鴻飛，閑按新聲翻舊曲。疇曩方岩丈人厚，話到君侯布衣舊。不知灞上故將軍，何如細柳真將軍。

和趙湖州見寄

拙速詼諧與巧遲，約三章法赴吟期。一從鷗鷺忘情後，都是池塘入夢時。星履盍酬高步武，竹符聊試小施為。凛然心事明如日，况是從來畏四知。

泊然菴

白日静中消，忘言賦解嘲。葉疎猶可幄，雲淺亦堪巢。清擬聖人酒，澹於君子交。悠然無藉在，簷鐸聽風敲。

平望徐監酒新樓

水際樓居入眼新，傍窗横榻款詩人。早彫杜老雙蓬鬢，晚賞徐卿兩石麟。濃緑已摇三丈線，殘紅恰有一釐春。閑情直與眉霄壞，也為春歸作小顰。

次韻宣州使君陳中書見寄

聽紫芝歌問綺園，橘中果有幾何天。試原雪夜玉堂夢，更了江春符竹緣。新漲溢池荷葉小，煖風掠面柳花鮮。大邦屏翰風騷地，應有詩人受一廛。

白蘋洲新樓曰溪山偉觀

溪頭烟煖蘋花春，豈獨滿渚亦滿汀。春城綺綉艷溪曲，柔玉摻摻歌采蘋。采采芳鮮日將暮，玉盌瓊盂旋分貯。水晶闕冷禁城寬，蘭櫂夷猶緩歸去。鄉來小亭横水滸，雨震風凌日榛莽。山鬼嘯梁猿嘯渚，寂寞風烟向誰訴。仙槎忽從銀浦來，吟疆開拓搜吟才。眼前有句未暇着，只着畫樓臨水開。一雙浮圖筆插架，層級高低與樓亞。從來天巧不曾藏，紛紛俗眼空茫羊。賦此須還造樓手，大蘇小杜相先後。柳惲才華更有餘，那堪一等愛樓居。

瀘南玉帳曹國博再知類省舉

除却倚門憔悴兄，關心國子老先生。近看西蜀群仙籍，遠赴南豐一瓣盟。久矣倚公如敵國，懷哉得士勝長城。蜀江萬派朝宗水，峭絶瀘川砥柱横。

竹院

種得碧參差，開門緑打圍。金鋪寧免碎，玉瘦不禁肥。雨過風梢重，晴初露葉晞。弗須關月户，我欲款烟霏。

題衆書記作雙鵁鶄並宿梅花上

金線單紘餘睡思，鵁茸亂羽欠春聲。立殘參子黄昏月，猶傍梅花瘦影明。

林酒仙祠

百丈古規繩，蹉訛尺到尋。可曾知稼穡，多是少叢林。有蹟從人議，無心與俗沉。太湖吞弗盡，哆口到如今。

酬李如山見寄

俗棼須盡掃，掃盡又紛華。喧避蟻爭市，靜看蜂報衙。竹梢斑殞籜，蘋渚素浮花。自把閑消遣，從容日又斜。

問訊陸秘讀象山之子

曾並籃輿上峭巍，先將鸞尾掃烟霏。步從歸鳥上頭去，雲在倚闌低處飛。古錦尚餘前日句，秋荷重製北山衣。蓬萊直與人間遠，猶得清茗訪采薇。

經筵賜茶楊文昌席上得貴字

龍泓薦春甘，茶荈絶衆卉。屑瓊作玄玉，不惜萬金費。厥貢來四方，特立建溪貴。諸儒方重席，飄飄凌雲氣。方圭與團璧，錫自一經既。得從稽古力，不敵稽古味。小苦政不惡，回甘亦差慰。雪漲忽翻乳，珠碎僅成璣。月團三百片，下下敢髣髴。宏功適胥稱，厚享可無謂。餘瀝逮蔬筍，疏瀹固所畏。悠然記新分，嘉定次癸未。

楊文昌得古方壺於巴子國

大巧出天姿，何年幻怪奇。身輕成俗蜕，調古弗時宜。方外雖圭角，宏中填側欹。同盟今幾輩，郜鼎與宗彝。

書薛符谿詩卷 仲章

三峩孕元氣，直與喬嶽侔。因依幾何年，蘊藉六十州。芃芃擢楩楠，碌碌生琳璆。潢污化清泠，仄陋發炳彪。岩岩鍾人才，出輒第一流。或為德淵藪，或擅文雄酋。或赴功名期，或於名節收。嶄然薛符溪，餘地出一頭。高寒蓬婆雪，翠掃山月秋。黑頭當策勳，青綬曷足酬。得年雖不多，得名端不浮。遺墨見絕少，六丁方隱搜。曩聞桃花為，強悍緊公柔。篇什富襲藏，零殘皆萃裒。牛腰幾卷軸，棘心懷松楸。心聲出誠素，瑶肪謝雕鎪。往年詩寄為，趣為買歸舟。為無一簪直，自衒富寡儔。倒橐僅如此，貧祟何時瘳。昨從西子湖，來訪蘋花洲。請續梁甫聲，使貽齊大羞。惆悵貂不足，非類何足求。自注：為老橐數牛腰軸，皆符溪梅棘間所得，數求余與金山聰蓬山着語。簸揚在前，以俟蓬山也。

盆竹

老瓦新淇奥，清風小渭川。有孫皆抱節，無地可行鞭。不肉甘吾瘦，敲扉僦榻眠。多君不受暑，移傍枕帷邊。

石上叢竹

斗石森微幹，杯泓託茂林。不多猶絕俗，雖小亦虛心。風噎纖纖玉，蟾低瑣瑣金。胸中渺千畝，尺許對曾陰。

明遠即事

紅褪金罌子，芳騰金橘花。物情閑態度，秋色澹韶華。燕老遲歸思，蜂慵早退衙。關心最幽事，輻湊在山家。

次李東遷寄婁雲西兩詩韻 如山

遠明雙白倦揩摩，鏡裏星星緑變皤。凝不飛雲疑有礴，潤潛分井信無波。鶴安屢空都忘去，鼠笑長貧絶見過。宛轉門前聽歌鳥，倚風疎柳正婆娑。

緑漲菱荷一半空，殘零小隊試吴宫。斷虹暝卷千峯雨，方塔凉吹四面風。遥夜河源和月曉，近秋溪影與天同。山林横槊非長算，猶欲前驅挑兩翁。

送姜貧樂赴陳華亭約

僦屋傍西湖，湖光浸屋除。秋荷紉雨後，鄰米餉齋餘。句熟如圜轉，謀生似我疎。拙吟方巧宦，騷雅費甾畬。

見説華亭政，平夷似太丘。適時寬勝猛，幾月很成柔。袖刺方徂歲，敲弦倏借秋。尺書頻寄意，君豈致書郵。

次超果寺見遠亭韻

寺古巧經營，横飛水上亭。港分秋練練，雲合暮青青。暝樹雨收畫，殘沙晴射星。苹蕪舒晚眺，障日恨山屏。

立秋

清若早試秋，便作練光浮。雨褪荷花瘦，風生蓼葉愁。一聲離岸櫓，幾箇入城舟。惆悵田烏響，關心卒歲憂。

六月廿九神林寺池上荷花

涼沼承芳薰，急雨壓炎暑。葉葉蚌觸碎，頃刻萬斛許。痕玉臉能薄，著得許多雨。駢頭如有愬，低簪欲相語。摧拉翡翠翼，零亂鴛鴦羽。牘擬殘老天，細意寫心膂。約束誅雲師，前驅卷晴宇。紅酣盡扶起，緑摇並搴舉。蘋末風亦好，人間暍隨愈。太一泠然舟，著我歌白苧。

懷歸四首

姓名何必上傳燈，破釜難諧大呂聲。信脚半生惟舌在，策勳九轉到丹成。强知晴雨憐鳩拙，擬葺茆茨似燕營。見説千金曾賣賦，不堪容易賦閑情。

富貴還鄉頗稱懷，謂之晝錦亦宜哉。過家曾説分符去，持節旋聞諭蜀來。皎皎月規前夜缺，悠悠淵水有時回。車輪未必都生角，只合横推不竪推。

可能無地着蒲團，自把行藏一破顔。試問飛來華表柱，何如生入玉門關。角纔扣罷尋煙棹，驢倒騎歸看華山。處士故廬霜月古，欲將全璧伴東還。

何須騎鶴與腰纏，欲傍家山問一廛。任是五經俱掃地，可容四海欠彌天。白砂自養真鉛汞，玄草重紉斷簡編。更絢梅花窗外樹，曲肱聽雨聽風眠。

澱山三姑新錫廟額曰會靈仍爲作記

有德難藏用，惟功易及民。封嘉從巨宋，寵賁逮先秦。鼎足分靈躅，波心據要津。水連天共遠，湖與泖為隣。盛事千年閟，幽光一日伸。典刑開祀事，季孟舊彝倫。天上絲綸美，山中雨露新。嫩涼生暑晝，老火變陽春。肸蠁先群望，豐凶在一身。不知閑草木，何事亦精神。

艤篷

幻得江天小，陰晴便合宜。未將紅蓼種，先報白鷗知。貼水雲千點，闌簷月半規。歸僧敲竹户，只作扣舷疑。

酬嘉興别駕謝司直

攙春藝蘭茝，采采山之阿。雪砌拓餘地，華風日編摩。芳潔漸可冀，榛莽常婆娑。紫牙茁新葰，薫蕕相錯磨。引類聯根株，圖蔓費斧柯。何補種殖勤，苦心忘鬢皤。九畹與百畮，恨少不恨多。蕤蕤廣庭玉，比德元同科。餘光燭槜李，散彩摇清波。太湖跨三州，如此明月何。

蓬居梵竺卿詩藁

維舟吊竺卿，寒日暗丹青。俗惡眼中屑，離騷身後經。畦芳催蜜熟，圃藥試方靈。零落三千偈，闕防在六丁。

次韻惠寺丞見寄

雁塔名題久不知，新吟忽遺好風吹。易推未畫本無畫，計已出奇何有奇。孔雀屏開金錯落，蟾蜍玉冷墨淋漓。故家舊有傳衣句，跨竈衝樓足尉思。

大雅堂

少陵何人斯，曰似司馬遷。太史牛馬走，於此何有焉。瞢者瞢不理，知言超言前。政如春在花，春豈必醜妍。又如發清彈，意豈必在絃。悠悠雲出山，滔滔水行川。雲水山川行，莫測何能然。不知其誰知，軟語黄庭堅。庭堅語弗軟，壯折灩滪顛。盡寫劍硤詩，不數金薤篇。密付草玄後，夜光寒燭天。扁作大雅堂，醉墨猶明鮮。至今百歲後，此意惟心傳。炎宋諸王孫，傳癖不復痊。閉户閲宗派，尚友清社賢。呂韓儼前列，芳孅然金蓮。三洪偕二謝，病可携瘦權。奪胎换骨法，妙處尤拳拳。疏越正始音，細取麟角煎。亦有老斵輪，堂下時蹁躚。

槎浦南翔寺

荒破齊梁地，宏開釋梵家。令威新化鶴，博望舊停槎。風娲經幢石，芳騰品觀花。同聲六萬字，羊鹿换牛車。

南翔九品觀 蕭相國作土地

清泰重開國，芬陁便滿池。高風追晉社，餘地拓蕭規。玉甃承丹埊，璇題漾碧漪。西之真捷徑，舍此復何之。

華亭孫丞迎侍道州使君

老人端似老人星，五馬精明舊典刑。故事新看廳壁記，華堂舊有德威銘。數州棠樹應垂地，四世萊衣又過庭。騷雅故家仍大手，可無清警賦華亭。

八月廿七風雨大浸

左扼飛廉吭，右拊巽二背。謂云如何其，坐使六鷁退。亦有司雨工，畢如繫單于。不卷油然雲，自欲干剪屠。鄉來不鳴條，塊亦不曾破。卿雲千點明，華月半天墮。衮衣徂東山，拔木仍偃禾。至今東山詩，千載猶詠歌。悠然啟金縢，風反雨亦止。是中果何書，頃刻變天紀。流言久弗作，狐亦不復疑。至誠動真宰，風雨胡不知。風雨不我以，我稼已墮水。不知十日淫，滴碎田父心。

秋潦歎

疾雷振秋杪，急雨動旬浹。風中三重茅，露卧且病涉。四郊漫漫空湧波，田叟田嫗鵜在河。陣頭雨過陣頭起，濕稼不多潢潦多。風雨聲中哭聲苦，泪眼不晴多似雨。不憂飢殍更流移，憂欠今年縣官賦。縣官勤儉知歲飢，定有德音來撫綏。老姦黠胥能巧詆，莫將白紙欺黄紙。

八月大風大水

十日溪頭鷁退飛，相逢那暇問雄雌。不如二月春風好，草木無情亦去思。零落茅茨水半扉，媪聾翁蹩小兒啼。老雞不管豐凶事，獨自將雛樹上棲。

贈丁相士

張雪湖家苜蓿盤，坐中着眼恐應難。似華表鶴仍同姓，與華山人不兩般。客舍須尋佳處住，熱官多是冷時觀。却須索我形骸外，莫作三支一等看。

余尸巾山苦誅求而去鉢無舂糧寓公范公偉質衣以賑西笑曰亂邦不居行矣

廉士難於俗吏并，質衣猶及送僧行。惠惟適用偏多感，施及無求益見情。弱羽敢辭三足妬，伏雌常與九包争。故家逸韻難諧俗，共作台州一段清。

赤城六章章四句

赤城，美宋也。

赤城峩峩，霞摽錯摩。篤生斯人，絶超凡科。

峩峩赤城，磅礴九地。斯人篤生，水瘦石悴。

念昔三輔，湖獨紛委。逮公來斯，苕霅涇渭。

千里壽公，禱公壽康。惠洽兆庶，日飛百觴。伊我無酒，注彼觥兕。願公華衮，式昌厥嗣。亦復願公，嘯吟紫微。俾我紫微，嬉其莞而。自注：紫微宋公，年近九十，公父也。

酬竹岩賦行春橋翁媪摘白

恨霜點鬢諱言霜，誰敢從翁話鬢蒼。每見丹林楓剪剪，只云青女陳堂堂。所餘不足供彈鑷，既往徒嗟易斷腸。惆悵行春橋下水，無朝無暮只滄浪。

西菩中暉堂乃參寥辨才所居

門外青山自作雙，簷前松韻瀉秋江。半規皎皎皦重霧，一點晶晶洞八窗。用晦不曾欺暗室，鑿隣何必借殘釭。儉存元祐規模小，曾著光明兩勝幢。

吊楊尚書哭子未幾復鼓盆

壽域富萬彙，楚楚惟靈椿。彭固不可儕，聃亦虞邅迍。天高杳難問，請以意自陳。大年豈知止，小知寧無贏。况夫朝有聞，幻變可得嬰。君家老孟光，及與膝上英。洞窺天地先，一視蜾與蛉。居然因其小，其餘贊經綸。青青脩梧枝，尚有五色翎。相參星辰履，共為黄河清。

送楊文昌帥瀘南

鄉心動如翼，勇去挽不還。長年卷百丈，疾飛三峽船。東西跬步間，勳業唾手耳。貂蟬出兜鍪，了不二初志。瀘川控井絡，衿喉翰西徼。貔貅擁玉帳，萬竈聽吟嘯。蜀相入不毛，赤地方流金。至今龍門江，透底如此心。公乎同此心，印水復印天。我恐席未煖，又下瞿塘船。

題冲老廉博士古木

離奇磊砢廉宣妙，幻出川僧屋角頭。風雨夜遥龍不寐，聽他天籟自颼飀。

次韻吴主簿初度供佛

未愜饗朝陽，卑棲枳棘傍。剛柔非吐茹，衰弱倚清强。避酒來蕭寺，思親拜渭陽。平生番襪法，背俗細平章。

山居次盧玉堂見寄

旋十村墟舊縛茅，夜深雲唄薄江郊。更無可借文書處，只好相尋野逸交。落葉自隨流水去，閑門盡倒破囊抄。故人遞迭青雲去，誰與山人賦解嘲。

寄秋塘陳敬甫

華風豈不聲，默與静者吹。凉月自入袖，默許静者知。風乎豈必爾，月亦聽所之。静者亦若是，弗與俗子期。俗方日日浮，静豈忍詭隨。山林隘乾坤，小大各有宜。思君令人老，一見動歲時。下塘通上塘，一葦何遠而。疇曩北山日，皂蓋松間飛。澄潜二三子，喜迓見睫眉。著翁泉上亭，泉石訝久違。透閘觀濤瀾，雪濺冰玉澌。激翁技癢處，汹湧翻文辭。

墨荔支

老坡曾比江瑶柱，或謂江瑶柱不如。擬寫釵頭皺紅小，斷魂蠻雨瘴煙疎。

道場山兩題

鑿地潴寒碧，泠泠湛弗摇。方奩開素鏡，闊幅剪生綃。甃古天為底，杯深雪漲潮。俗交濃若醴，一滴也難消。自注：清池。

岩隙帶痕雲，涓涓不受塵。窪尊元自淺，欹器不須盈。鏡徹雙明碧，花浮少許春。漢宮分燭後，新潔試清清。自注：一勺泉。

送顧哦松東祁門尉

角轉城頭曉，風回麥脚斜。清明都冷落，陰翳趲韶華。飯了長亭黍，來分野寺茶。到家三月暮，恰好送鶯花。

已矣吴門市，祁門問阿連。有書聊話舊，無累不須仙。蜀叟思長計，苕溪縛數椽。不知雙璧外，誰與辦腰纏。

丹霞張府博入夏蔬食

不為長齋綉佛前，欲酬芳瀣伴風蟬。川奔直恐頹難障，灰死何曾溺不然。冷帳弗生騎鶴夢，清才合友跨鯨仙。幾時卜築紅泉上，只尺丹霞小有天。

代宣石橋謝兩浙部使者

丙寅端午前三日，南宕西湖酒一巵。趁此昌蒲新釀熟，看君棠棣燕歌遲。春風玉筍分班處，夜雨金閨對榻時。蛙在秋池分部曲，小須叔季奏塤篪。

張萱作妃子夜游圖子由謂之秦虢並驅争先圖文潞公司馬公東坡兄弟一時名勝泊宣和宸翰在焉藏諸御府後歸紹興權倖家復爲開禧權倖所有更化後景獻仲兄得之

孰揮若木枝，日馭不可勒。志士分寸惜，長繩繫不得。忽覩此圖使我傷，使我痛憤嗟三郎。三郎飛入月中去，回首不知宮漏長。金羈金勒控紫韁，玉花玉面下采床。天階夜色淨如洗，宮彎促鐙相抵當。十家三國歸模寫，不寫漁陽鬧胡馬。較來不畫亦不妨，冏冏莫掩張曲江。宣和宸奎獨爛爛，元祐名卿題得滿。既歸天上誇襲藏，又落人間作奇玩。沉思惡衣菲飲食，過門不子呱呱泣。張萱已矣倘可呼，為我只作塗山圖。

武侯廟 太湖上必非武侯，當是瑾與恪，父老必為武侯

黑柏森森舊息陰，錦官城北到如今。雖生仲達猶難料，更十曹丕豈易禁。曾過南陽尋故俗，偶思梁甫擬高吟。外江三硤霜蟾老，蚤識先生遡硤心。

林君篔榷上巴河蘄黃亂離僅以身免

話到蘄黃只永歎，不知心作食梅酸。斷頭自是無降將，嚙指終能媿賀蘭。變弗知權生亦媿，動纔適義死何難。多君逆旅觀浮俗，尸素播間一等看。

送任大卿出知漢州

就列行初志，專城亦此心。玉蟾卿月滿，金雁景星臨。知舊玄裳鶴，從游綠綺琴。歌風琴在御，夢草鶴同吟。梁甫誰同調，高山自賞音。往來三硤險，森布萬靈欽。信是婁師德，慙非釋道林。華風一披拂，小草竟蕭森。不賦空懷土，無枝勇惜陰。房湖開綠幕，祇樹砌黃金。駟馬雖難駐，雙旌倘可尋。逍遥堂舊話，領話望公深。

種桑

無衣可柰何，桑樹百餘窠。拙計不及此，瘠田誰種它。緑荷供楚製，白苧入吴歌。金谷雖佳麗，知誰所得多。

摘　茶

苦莫苦於茶，回甘薺不如。瘠叢嗔重歛，睡眼喜豐儲。未雨試芳潔，殘春空緒餘。丁寧加惠養，竭澤恐無魚。

贈御前梁宫幹

梁楷惜墨如惜金，醉來亦復成漓淋。天籟自響或自瘖，族史閣筆空沉吟。前日去尋子趙子，道院水亭秋色裏。幻成趙子騎蹇驢，瀟洒不減騎鯨魚。又寫深衣跨牛客，雲生谷口耕阡陌。按圖絶叫喜欲飛，棹筆授我使我題。我方拄眼孤山西，岑樓殘碧澹掃眉。見成一段詩中畫，宜雨宜晴四時挂。輸與滕王蛺蝶圖，坐收少室山人賈。

元日送客歸西湖

采筆春消御柳邊，櫂歌忽聽采菱船。三賢見説還居了，只寄梅花問水仙。

題扇暍圖趙千里着色，景獻仲兄所藏

忠厚文傳武，吾寧未釋疑。能扇行路暍，不療采薇飢。酷在炎炎處，凉生習習時。白團替黄鉞，宜畫不宜詩。

琉璃燈中魚子

玄珠透水明，玉鱗弄晶晶。躍礙冰痕薄，潛疑月色新。器宏斯可樂，水淺易持盈。歸趁燒燈後，蘋洲拍拍春。

風琴贈選上人

萬籟甫消聲，鏘然忽自鳴。獨宜風力小，雙與月華清。歷歷諧三疊，玲玲叶九成。宫商雖斷續，何處不分明。

寄宣城使君陳中書兼簡謝別駕林叔恭

森戟凝香賦夜嚴，醒開玉色判厭厭。荼雖小苦還如薺，梅抑微酸必俟鹽。壽富拓成千里域，光榮飛上一規蟾。道樞却在環中轉，臢馥殘膏亦溉沾。

樂餅稽古暫專城，孰愈金蓮夜直頻。風月平分與宏放，江山多助到清新。鄉來素練江猶浄，近日芳池草又春。想見尊前酬別乘，武夷山下付衣人。

吊志老宿

浮休不足籌，遺恨黯難收。死草起新馥，落梅添古愁。一龕遲日月，百歲老春秋。獨有舊名氏，不隨溪水流。

溪行

夭夭拍拍漲桃花，葑未全青荻已芽。兩行若無楊柳樹，看來無處着韶華。

寄江東趙料院兼簡倉使 趙栖岩

江遠天低月透沙，嚴城佳處艤仙槎。明分象緯占群玉，巍峙岑樓仰九華。棋局旋收歸静勝，吟疆寬拓戰淫哇。春回水驛分新句，更寄南枝一兩花。

謝葉文昌二首

星履聲中識典刑，洗空浮俗快雙明。四朝孰愈德耆艾，九鼎曷如身重輕。只作尋常高步武，安知咫尺是鈞衡。冲和一點關埏埴，噫欠春風六合生。

鏡裏津津喜上眉，人情瘦瘠遁心肥。環中小復事虚應，方外敢忘求實歸。客好潔羞南澗藻，家常草具北山薇。難消閑裏舒長日，脩綆何須絆落暉。

杜侍郎坐上得彝字

春事三分二分了，策勳淑景還宜早。野桃官柳嫌春少，却笑上林鶯易老。豈知老榦空斗南，七八千歲春酣酣。無人聞此不大笑，有口只與莊生談。金鐘大鏞在東序，瑚璉陸離雜雕俎。歌工在列樂在懸，更復明堂須柱礎。一枝老我苕水湄，煮字不充亭午飢。丹崖蒼壁信手題，詠歌事業銘鼎彝。

萼菴魏紫

華風織翠裾，紫綬更紛敷。屑玉嫩成糝，縷金齊撚鬚。妖饒嗟易歇，落托醉難扶。舊日沈香北，傾都只此姝。

督錢肖岩教子

曾過竹巖幽，岩前正晚秋。養廉忘節苦，種德俟芽抽。横翠新如染，澄瀾凝不流。丁寧庭砌玉，及早事雕鎪。

移斑竹

蒻蕘撓歲寒，巍節笑多艱。露濕添新緑，苔封減舊斑。龍雛分竺寺，帝子泣湘山。無限蒼梧思，清風便往還。

酬謝司直晦齋寄宋湖州見柬

春無十日好，又是去堂堂。柳借鶯黄重，花消蝶粉香。清和宜晚步，零落課殘芳。北牖華風煖，朝來尚寵光。

清苕春事早，三月已無花。歲潦塍猶缺，田低水再車。遠懷難盡寄，近況却全佳。也似雲臺吏，生涯未有涯。

鳳鳴寺十八應真乃日本國所製密印僧典於沈氏沈施於鳳鳴

木素上金泥，雲衣整稻畦。曾充僧典質，未到佛階梯。領衆三韓北，分身兩浙西。一龕老風雨，誰與振幽棲。

酬季敬父清明見寄

半雨陰陰復半晴，芳郊紫徑厭自注：入聲。塵輕。飛花逐旋將春去，續綆尋思繫日傾。夢苦流鶯呼得覺，愁嫌啼鴂唤教生。頻搔短髪臨寒水，添了星星幾點明。

盧直院大監挽辭

客葬柰貧何，無山無薜蘿。近分南宕小，遠勝北邙多。不與貂蟬老，空將琬琰磨。丁寧燕許手，遺事細蒐羅。

送宋使君呈光禄

解紱宜新渥，催帆挂曉晴。宿陰消岸趾，初日動簾旌。班近尋鵷鷺，親怡燕弟兄。老人躔次近，同傍紫微明。

送林府教英發

元化鈞陶鑄，先生獨鑄顔。不祥麾躍冶，至藴剖藏山。幌冷雲垂地，名脩玉綴班。圜橋儼冠帶，鵠立望公還。

碧衔霞行并引

折德扆得馬於燕澗，口角碧霞夾雙勒，從太宗幸太原，善屈伸，上下岡坂如砥。太宗安駕後，從皇轝於熙陵，數月而斃。瘞於桃花犬旁。竹岩得此二畫，多有名勝着語。

雙衔金勒明霞碧，暗花隱起雲如刺。霜零燕澗草根甜，長鳴振鬣飛無跡。一朝群空十二閑，在圖八駿亦靦顔。鄉令生並人間世，躑躅吞聲敢伸喙。真人開國宗承祖，猶有幽燕兩抔土。要須馬上駕群雄，九重跨出蒼玉虹。短鞚長驅當峻坂，却後伸前如履坦。紫駝峯薦碧琳腴，餘瀝婁分明玉瓚。圉人太僕不敢侮，爪剔爬搔謹程度。屹立亭亭時却顧，趯嚙誰能犯其怒。鄉聞天馬曾作歌，大宛西極都蒐羅。鳳膺龍脊非凡駟，馬肝遂誤文成死。遂使劉郎葬茂陵，不到昆臺十二層。以上《北磵詩集》卷四

全宋詩卷一七九四

釋居簡五

桃花犬行

非玄非黄花蒙茸，炫晝不滅原上紅。無功指蹤走原野，兔盡倘可逃災凶。禁林都是秋聲樹，滿身何處沾紅雨。苔痕玉砌卧斜陽，又誤零霞低薄暮。楓宸紫闕芳霧濛，長門永巷泠泠風。夜嚴不聲白晝永，羊車所至隨從容。鬼瞰高明目不瞬，勾連狸怪狐妖逞。百步雖無檻虎威，雙睛何用軒轅鏡。熙陵以西一鉏地，寸金寸土君王賜。平分只與碧銜霞，生死恩榮略相似。相如飛轍自蜀都，初因狗監誦子虛。四夷來王亦典麗，御考自稱前進士。自注：錢熙，泉南人，進《四夷來王賦》萬餘言。太宗愛其才，擢館職。有司請試，上笑曰：試官前進士趙某親自選中。

趙侯遥碧軒

一峯中雄酋，兩峯拱而立。嶄然入雲表，煙開翠鬟濕。佳山如佳士，可望不可及。詩人覷天巧，妙處歸眼力。新營稱華扁，收此一寸碧。婆娑在其下，繾綣與之習。嗟哉塵土中，膏火日煎急。青層但坐對，皓首未暇識。趨舍各有適，枘鑿不相入。何當山上頭，裴回瞰原隰。

止止閣

回闌浄如拭，古竈寒不煙。宿之用彌壯，渟則澄以鮮。鄉來矜褒陵，今焉碧淵淵。鄉來觀燎原，今也不復然。激湍反其性，静則知其天。抑炎弗用智，智燭天地先。悠然百不理，複簷飛畫船。拍闌撫寥泬，倚楹鑑清漣。山黛渺茫緑，水花先後妍。原隰煙雨時，萬變了目前。汎觀塵土中，搏攫如烏鳶。婁藏滿籯金，更聚百屋錢。亡弓苦妄冀，去劍疑將還。擬分芭蕉鹿，去餂虞芮田。營營復營營，萬緒膏火煎。何如歌吉祥，亹亹樂者全。

謝宣城朱長官 三山人

飛來何處山，秀整連鳳池。絶勝一鉏地，天地不得私。朣朣斗牛間，明玉生華滋。凛姿歲寒後，蕭洒觀孫枝。出宰山水縣，小謝城東陲。琴瑟日在御，筆楚不苟施。春風河陽花，次第芳菲菲。屈指九十日，日日把酒巵。玉山不須扶，百里皆酣嘻。行扳星辰履，頡頏叢霄蜚。故家厚培壅，衮綉看傳衣。

天台宋紫薇光禄挽章

閑適與康寧，山林只一人。風流兩晉舊，翰墨四朝新。五袴歌宣化，三盤載縯綸。垂楊閑意緒，華頂老精神。廣樂千齡會，溟波幾度塵。壺中留白日，庭下擁朱輪。荷嫩衣重製，蘭馨佩更紉。玉頹千日釀，俗蜕百年身。賦裏尋詞客，橋邊問應真。靈光猶在魯，商嶺謾逃秦。入社宜歸洛，休耕不起莘。騎箕渺何許，長嘯玉樓春。

山行即事

吹到隄邊絮，春菲處處空。苦滋茶葉雨，野韻刺花風。荷貼平池緑，榴苞露井紅。忽聞淮麥熟，且願似崆峒。

次韻陳右史賞醉落托

羅幙低開護曲闌，嬌紅落托醉扶難。朝來嫩日疎雲淡，縱有些風儘耐寒。

送王寧國 初寮諸孫

習習凉薫至自南，詩人官滿策歸驂。腰纏簡短聊遵約，家法森嚴貴不貪。政入民謡歌得一，月臨山驛賦成三。獨餘尋丈鳴弦地，儀表江東古子男。

謝人餉蕨

瓦盂亭午未聞歌，少負心初負腹多。薇蕨不侵耕鑿地，八珍柰此屬饜何。

秦　權

自程文法較錙銖，汗竹韋編付燼餘。倒置重輕矜縝密，不知三十六年疏。

鶯

最堪聽在緑陰陰，緩緩歌酬細細吟。別院曉聲知幾許，田巴抵死只梟音。

芳渚秋零小卷

沙明石老水收痕，零露寒生宿莽根。欲盡夕陽秋態度，莫添白鳥破烟昏。

彰教山茶敵勝宣城

吟壓宣城小杜陵，忍紅紅擬白頭吟。丹滋曉滴珊瑚重，闖户春寒翠幄深。

時　齋

易去苦難追，知幾勇不疑。梭緦起雷澤，魚已奮天池。夜冷梅粘雪，秋零桂着枝。風雲與人會，先《永樂大典》卷二二五三九作元不與人期。

臘初雪至月末

四野静無塵，崇卑砌得匀。不才添臃腫，瘦節耻輪囷。亂委無非瑞，才消便是春。多年聞混沌，今日見純真。

梁太子釣臺池州

晴拂雙鬟曉未開，先驅寸碧渡江來。傷心舊日垂綸地，幾度江春去又回。

清泉得名於真大參

清者畏人知，泉胡不病兹。土疏分石脈，砂淺静風漪。薇腹應同潔，茶勳亦振奇。出山嗟渾渾，三嘆起余思。

九華山

九華宜帶雪，故故仲冬來。翠掃忺梳洗，玄冥未剪裁。驟觀疑舊識，近看若新開。曾説壺中玩，多應小有才。

老融牛

一戰長驅七十城，可無餘勇替春耕。歸來不作凌煙夢，只寫清溪瘦影明。

力穡工夫畫裏看，閔勞念舊只長歎。斷魂千載荆州市，尸素甘心飽阿瞞。

雪航

九逵埃壒點人衣，踏土何如踏浪兒。爛熳溪頭千樹玉，風蓑月笛興闌時。

放閘冷泉亭

截住泠泠碧透沙，放開衮衮怒飛花。石疑初裂蓬婆麓，鯨擬洪奔海若家。殷地賈餘翻霹靂，噴岩用壯激谽谺。憑闌小佇觀流止，不獨觀瀾一笑譁。

下竺朱桐花一根出石上見之四十餘年

緑柄高扶絳玉開，層層萼萼染猩裁。嶧陽曾止青鸞翼，無此奇葩更不來。

嚴山人餉蒲萄漿

翠朵搴藤剪緑垂，小槽新壓水晶澌。涼州亦有楊州鶴，惆悵山人只要詩。

送心上人歸琴川

五道川流似五弦，緑窗朱户照明鮮。飛來峯下僧歸去，髣髴華亭落照船。

煙竹

林疏略見兩三分，不是嵐光不是雲。亟展生綃輕着墨，幻成初日度晴熏。

秋夜

嫩涼細意入簾櫳，禁樹秋聲未擊蒙。展盡緑蕉心寸寸，幾時消息到梧桐。

天竺兩峰堂待月

瞳瞳如水洗新秋，到兩峯前凝不流。曾似丈人祠下看，丹梯飛步玉華樓。

代人上魏左史

榜下盡横飛，龍頭尚立螭。穹崇方善下，謹厚孰逾卑。制作雖師古，經綸盍制宜。迥超千丈俗，密契九重知。北海客常滿，西湖雨亦奇。文傳仁者壽，用適聖之時。數道甘棠詠，叢霄湛露詩。未移騏驥步，已在鳳凰池。紫橐荷芬馥，巍冠佩陸離。橐中雲錦段，拈出解人頤。

水月菴

心蟾光幢幢，性静湍不起。悠哉小天地，萬化渺無蔕。清茗半泽水月菴，碧蟾夜夜先清涵。曩曾借榻坐涼樹，細數秋毫闞夜潭。猶來清圓捉不得，何地容兹老豪逸。脩名與月俱不死，衮衮東流幾時息。鄉來萬州賦此詩，寥寥百歲無此奇。詩在天西錦官寺，珠璧照人覺形穢。

劉寺庭犀盛開

鳳井庭犀玉載腴，樓前樓後著花初。不須素幌縈檀篆，只放鮮風入綺疏。恨弗同尋姑射住，却疑僦得廣寒居。露零夜老秋衣薄，獨自裴回繞屋除。

直院盧蒲江爲余作壽木怪石

草枯藍田山，飲羽誤入神。歸來落清夢，起寫贗虎真。槎牙虎邊樹，霜虬蜕脩鱗。鄉來一寸根，今者千歲苓。凍雪壓不低，華風吹不春。落子大蔽牛，婁起厦屋傾。日月弗知老，保此堅與貞。年年姚家黄，角逐魏紫榮。十里春風香，走殺陌上人。夭妍極遠到，不得一月程。居然事顔色，只與朝菌盟。安知有耆艾，落落仍亭亭。

江西定上人梅

眼明不識春風影，收拾風煙入夢思。一笑自知天下白，墨名烏足累冰姿。

老融放耕圖皇甫都護雁圖二絶

蓑笠從衡轂觫蕃，暝歸晨作俟豐年。誅求莫撓雞豚社，春雨春寒苦最先。

邕邕何處一聲秋，杜若汀連宿莽洲。米熟菰蒲隨分飽，危機多是稻粱謀。

木犀着雨

空山雨淫秋，姤我庭中犀。犀敷粟玉英，浸漬仍葳蕤。有如春方中，名品嗟淋漓。因依海棠泪，着此霜蟾枝。聞此輒掩耳，代犀前致辯。燕脂怨無香，姿色獨媚時。烘晴睡未足，已驚胡馬嘶。彫零怕隨雨，嫣然成愴悽。鮮明擅韶華，不足較等夷。自憐宮樣黄，不結春風知。木蘭固可友，宿莽亦可師。正色俗子憎，濃馥天風吹。苔痕浄如染，緑展承霏霏。故家換骨法，降真合傳衣。大山與小山，騷雅同衿期。至今百世下，猶有鄰林詩。何心與物競，有泪無從揮。

秦時石酒缸

臃腫窺秦制，曾聞釀酒來。腹如包括脹，口作并吞開。北築飢難療，東巡醉不回。痕雲疑瀲灩，餘瀝暈蒼苔。

九日還山中

去年佳約負東籬，鳳井丹犀彷彿知。便使山靈先勒駕，明朝更擬北山移。

虞美人草

君恩如海海不深，妾義如鐵利斷金。舍生取義我所欲，忍死織室羞同心。春姿忽作秋蓬委，一寸剛明曾不死。明年原上野花繁，一枝自託華風起。裊裊娉娉不成艷，態度淺深生色染。向人欲訴却無言，寂寞千年恨誰掩。芳郊遊女宛轉歌，倚春拍手看婆娑。露晞初日枝頭墜，猶有君王别時泪。翻劉覆楚知幾何，大風竟作還鄉歌。淮南區區欲為帝，淮陰堂堂賀陳豨。

蒼　苔

溼帶秋痕緑可庭，花陰竹色借鮮明。簪抽翠筍愁穿破，茵拓青絲喜剪成。户外倚筇遮俗屨，樓頭横玉襯寒英。平陽不惜黄金埒，稠疊蒙茸四畔生。

漁　父

謀生與俗違，一葉浪中蜚。水易分團月，雲難隱少微。雁沙眠晚照，鷗渚櫂晴霏。見説蓬萊淺，尋津問釣磯。

裝冬後不速之客來

綻裘紉絮辦冬和，羽化其如獨冷何。藕蕩欲搴霜後葉，曉來零落更無多。

王總卿季和歸自關西

關西長慮獨兢兢，萬竈分屯感慨深。不易制如巫硤水，最難得是蜀人心。撥灰忍見俱焚玉，銘鼎徐看小篆金。欲倚籌邊開玉帳，共觀城外柏森森。

耕　谷鄭

屨痕不印步虚壇，欲事鉏犂恐亦難。雲子熟時還自飽，不知沆瀣與誰餐。

識　全鄭

占得沙邊柳外春，更專吟嘯管陰晴。延祥觀後茅茨老，月旦工夫子細評。

石　亭劉

蒼壁痕雲煖不消，午陰花影共林臯。丹藏亭樹無人守，付與縣枝雪色猱。

秋塘報陳提刑訃兄弟三人皆詞科

宏博曾聞鼎足無，脚纔實處即榮途。恰觀次第行初志，冀懋神明振後圖。齒失半唇忘屏翰，棣聯雙萼更紛敷。鄉來少戇煩公笑，却憶公言誚故吾。

送傅兄歸江西簡諸宋諸黄傅祖居越州

冲和正脈到江西，中有千岩萬壑奇。百鍊易成終切玉，一炊難辦必精糜。艾蕭雜處芝蘭馥，風土殊方枳橘移。鐵石故家清婉賦，盍臨疎影寄予思。自注：小宋兄墨梅不下定師。

題高髯墨菊枕屏

欲種團枝香，無地着蔓延。密化移春霏，零露生秋妍。非金亦非玉，采采仍田田。餐英不成夢，唤起西窗眠。

題高髯詩藁

翻水千篇未足哦，不酬一語亦同科。若非身世相忘久，應是江山得助多。旬月有人加鍛鍊，壺觴無地不婆娑。西湖南蕩相尋處，門斷紅塵接翠蘿。

接虞税院貫卿遺書

盡心如善射，百步中彌親。不競與閑契，尊生為死隣。關譏千古恨，日計兩眉顰。一卷花嚴易，心知更幾人。

甘園尋梅

疎枝重複裏莓苔，護得寒英煖未開。料理不關元化事，翠華長是雪前來。

楮幌春生斗底房，不知冰結夜來霜。無因領略黄昏月，只遣疎鐘管暗香。

松御座

偃蓋交柯坐亦宜，春風翠輦憇逶迤。大夫寂寞山陰道，不見西湖鼎盛時。

雲

自是無心物，依稀似有心。因風纔冉冉，釀雨忽沉沉。一末紳朝嶺，重簷帽晚岑。丁寧休蔽日，我欲耀陽林。

趣徐無競作水仙

抱獨貧如我，飄然更我憐。親思文度瘦，婦笑伯鸞顛。混混污成俗，橦橦碧覼天。肯移羅襪步，薦菊些林仙。

雪湖池上新築

疏綺闖冰池，苔封老石磯。魚方深避釣，鷗亦早忘機。滌研融殘雪，觀書競夕霏。春風長似舊，還趁雪中歸。

曹瀘南得思陵舊賜張魏公琴曰播雲器遠

岷峩豁塵昏，舊賜出播雲。不知落人間，蝦蟆幾虧盈。晦顯固靡常，數豈逃冥冥。想當風雨時，破壁應有聲。懷璧戒匹夫，呵護煩百神。一朝得所託，倏若屈蠖伸。人以器圖舊，器以人懷新。玉軫黄金徽，爛爛奎畫明。魏公藹名氏，千載如丹青。歌風調舜弦，感物懷堯仁。扶日昌中興，四海同一雲。載維艱難初，事與得失并。萬竈嘉陵江，飲此一掬清。悠然一再彈，萬里懷長城。雲絮初無根，勇變啁哳鳴。捕蟬寫真意，弦外無人聽。空嗟易水寒，遺恨崆峒平。

杜侍郎之遂寧

寧為輕以清，抑為重而填。重輕惟時中，舉輒麗吾正。誠齋振家學，本末盡誠敬。所施見倫次，所矚洞遐隱。喧啾雄地籟，静勝了天定。一經早授受，吴霜未侵鬢。精明紫荷橐，所蘊固未盡。玉堂與天遠，仙槎向人近。旌旄屋頭州，維翰倚東屏。歛此一道惠，徒引兆庶領。泉山跨鰲碧，横江秀而整。吾親在其下，枌榆接封畛。家有老吟僧，河海借餘潤。

喜曹安撫還自瀘南

蜀道因仍漲燧煙，煩公玉節照山川。省闈三見文衡正，邊柝雙兼武備全。傳自老成需代去，不知威惠倩誰宣。回頭半壁西南地，不是尋常刺史天。

盧直院挽章

玉堂雲氣鎖空濛，回首泠然跨閬風。紙貴又騰身後賈，騷亡舊策眼前功。蝸緣竺磵題名石，鷺憶吴江載酒篷。零落九華三四帖，朣朣猶在破囊中。

宋左曹湖州宣諭

皇華萬斛下苕溪，夾道甘棠映緑漪。為問只今回首處，曷如它日勸耕時。恩光纔洽腥風静，烽火初消化日遲。士不明經無足用，鄉來殷侑亦如斯。

永嘉壁書記携諸公詩卷索語

草思含芳夢亦疑，芬陁擢秀自枝枝。人間萬事醉眯眼，江上數峯青到眉。多暇湖山分晝永，少晴風日共春遲。一春幽事從頭了，先破蒼苔吊紫芝。自注：趙天樂。

和寒泉春日兒童三詠　趙叔迮

争跨迎侯彩竹新，相呼回策巧如縈。一鞭看是誰先着，稺子群中覓祖生。自注：竹馬。

縱輪不卷只嫌低，高處安知鷁退飛。弱縷不禁兒輩掣，斷鳶弗下斷雲歸。自注：風箏。

煖響烏欒二月初，調高不作小單于。年年陌上兒童戲，嚼徵含商盡不如。自注：烏欒角。

酬寒泉牡丹

見説姚家與魏家，紫瓊黃玉剪紛葩。亭亭貴重推名輩，歲歲清明賞大花。日褪曉晴連影好，露添夜冷並枝斜。一從婁舞霓裳徧，憔悴春風怨物華。自注：京師牡丹謂之大花。

上巳日

龍飛乙酉三三日，節物催春睡不知。便作花殘鶯老態，略無天朗氣清時。麗人行欠高吟續，禊帖碑從贗本欺。逸興不隨今古盡，振衣千仞赴心期。

柳絮

滿城漠漠看飛揚，百鍊剛非賀老腸。褪雨不忺知醖藉，倚風無力信行藏。可曾着意隨流急，竟亦何心作許狂。酒似海留春不住，為春回雪薦離觴。

杯中魚子

眇如絲粟便悠然，窪玉深中淺注泉。再暈不知前夜月，纔生便樂此中天。群分自笑如兒戲，聚育誰偏得母憐。罔罟不來斯可樂，洋洋何必泳長川。

悼陸秘讀

諸老騎箕上太微，仲謀不似景升兒。廢尋蹊隧千年古，光奮胸襟一段奇。直敢昧尋嗟枉尺，方寧適義不成規。泠然差早終無媿，安俟名垂竹帛為。

三賢堂

彈壓風煙盍鼎分，一新丹碧耀層層。異時三鳳鳴還止，舊約群鷗喚得應。船繞砌雲尋水步，葑侵簷影似田塍。闗心夜老梅花瘦，別有孤山樹上僧。

題煥少章墨菊

采薇不療餐英瘦，着眼無從到朶頤。秋露染毫餘曉馥，便成畫餅亦忘飢。

謝疏寮高祕書同常博王省元見過

友生朱與葛，月旦説疏寮。老錫思投越，春江夢趁潮。句新哦易熟，燈喜剪難消。聞道搴旗鼓，山林不寂寥。

不縱青雲步，行間着得麽。官居最華要，吟似老頭陁。行輩今差少，聲名早厭多。猶將三萬軸，清夜答弦歌。

刀鑷工

彈鑷何曾款俗扃，清晨且了夜來經。匣非臺鏡人誰鑒，閲少年頭雪易零。老葛句留身後貴，顛僧髮燼死前靈。白崖薙罷還來薙，饒得長安兩獨醒。

智遷畫牛

力敵難教死鬬心，墨輕毫淡柳陰陰。莫將觝角迂奇思，只寫洪川扣角吟。

盧玉堂枯木怪石

磊砢不坡陁，非才謝伐柯。相看如我瘦，想見閲人多。譬笑丹青俗，工如水墨何。經營盤礴際，天地困搜羅。

十四夜竹間對月客有説丹霞張郡博已還豫章

華玉初痕隴樹顛，瞳瞳俄頃散澄鮮。已無纖翳浄如洗，猶有些兒修未全。竺友嘯聞青嶂外，胡床移近緑筠邊。懷人長恨千山隔，雲淡天低鶴未眠。

定平懷墨梅

南昌梅少府，人道是梅仙。不療疎枝瘦，安知壞色妍。春歸天上去，真自鏡中傳。同出吟機杼，無聲亦自賢。

次周和州韻

緑水繞園廬，花無一日虚。柳橋閑研席，竹嶼小籃輿。惡草防滋蔓，新篁戒剪梳。不堪奇字累，酬接費分疎。

抔土銘騏駿，詼如柳子騷。滌新藏缺研，慼舊惜殘毫。射石懲年少，聞雞仄枕高。雲低鴻翼遠，弋者不償勞。

圖翁瓜圃出故淮東使者方詩境所藏楊補之三友

畫壽詩中境，人修地下文。金蘭三友合，涇渭兩邊分。凍壑層欹蓋，炎天獨欠君。莫嫌疎影瘦，及與欠清芬。

落日汎舟拉趙寒泉劉成道

雨添湖滿緑浮堤，高柳摇青接葑低。覓得晚涼船便住，背斜陽處聽蟬嘶。

送潔老歸碧雲新居

小小如巢便稱懷，隣無百萬買洪崖。炊雲子熟呼仙餉，借雪精游與俗乖。禪謬分燈傳口耳，耕寧合耦外形骸。田中大義休提掇，定與諸方打不諧。

宋兄安卿墨梅

清婉渾非鐵石姿，故家别調合傳衣。華風不療春痕瘦，可是工夫不造微。

鳳泉初月

一痕隱隱介亭西，庾亮樓頭未醉時。多是團團深夜看，可曾見此巧如眉。

臨安長官趙兩山約觀將軍木石鏡玲瓏山浄土寺

逐鹿區區百戰酣，道邊誰掩大夫慙。錦山錦野幽尋地，獨對將軍憶召南。自注：將軍木。

堅中素藴獨晶晶，異質潛分付目成。泐盡燒痕猶反照，菱花多是用常明。自注：石鏡。

斷崖飛磴徧題名，刻盡玲瓏老石英。欲寫苔痕酬勝踐，偶然天籟不曾鳴。自注：玲瓏山。

轂觫何如款段騎，襪頭番著副絇絲。胸中天地無人識，只有橋邊白鷺鷥。自注：浄土寺政黄牛。

威德方丈桂著花長官趙兩山相過

舉子忙時節，秋庭桂子春。暫分餐菊伴，來款種花人。密影窺簷小，繁英趁月新。發硎盤錯外，樹下看修輪。

臨安長官號兩山

小築難謀似燕營，卷簾容燕賀新成。緑抽萬玉醫人俗，青出雙螺闥户明。家與宦貧寧免仕，猨教鶴伴不須驚。紫荆花下庭萱老，濁酒狂歌燕弟兄。

雲天瑞所藏李唐風雨圖

砲車卷東南，白晝沙石昏。悠然隘西北，頃刻潭湫翻。晴窗展李畫，霎霴迷江村。乃知筆有神，巧剔造物根。信意潑濃墨，了不見墨痕。但見平林黯黯木欲折，輥底怒浪掀天渾。平地十步九蹉跌，奈此倚岸舟如盆。得非折天柱，恐是顛崑崙。不然於菟髑髏下，巨浸潛蛟勇鬬濤山崩。空江冥冥不知曉，更無一箇閑鷗鳥。斷岸微茫水亭小，三兩重茅都卷了。灕洒雲陰陰，翻然如惜金。西子宜淺粧，濃抹尤清深。於戲此妙不可尋，百金一筆不足臨，掩卷袖手空沉吟。

送侍左秘書高疏寮得處州

一水分吴越，幽思可得分。軟紅援汩汩，堅白掃紜紜。富卷投囊草，芳餘辟蠹芸。傍池雙宿鷺，留得水邊雲。

詩人去作州，需次小遲留。風物忺題品，江山怕攬搜。竹涼深處榻，蒴釀醉時甌。見説三巖好，因書話勝游。

送宋左曹得温州

翁居藩輔久，叔年又相先。萬石不足數，一燈無别傳。家聲青瑣闥，風味赤城仙。好是猿啼處，霞標最近天。

數峯江上青，宜雨亦宜晴。著意畫難就，助人吟易成。縣官懷近郡，郎署暫專城。況是烹鮮手，襦歌屢有聲。

寄安撫曹觀使

君子不宜閑，閑中有節文。檢方醫竹瘦，圖蔓發蘭薰。見説新添鶴，頻留欲去雲。應無浮俗事，嘈雜聒清聞。

篔簹抱節癯，風味似樓居。自是宦情薄，容教杯酒疎。掃除新築室，收拾舊觀書。何必陶元亮，斜陽自荷鉏。

孤山彭高士借榻

萬籟笙鏞一枕秋，幌雲垂地月痕收。偶然做得還鄉夢，夢見鴻濛與道游。

月渚

秀色老千岩，窗虛小鬱藍。水明收晚照，沙暝展晴嵐。野餉隱淪共，清游名勝談。中秋無好友，舉酒便成三。

寄福州李伯達神林沈氏館客

江漢歸來重訪尋，貂裘未弊亦塵侵。碧眸憎俗重扃户，白羽扇凉一援琴。池草易生若水夢，蓴羹難老故鄉心。有書若問東陽瘦，記遣神林問惠琳。

輝船窗見過

北宕戒壇纔税駕，過湖問路扣吾廬。櫂侵葑畛輕於葉，策盡松陰緩當車。圖上衆香和露寫，袖中經卷殺金書。飛來更踐重來約，莫遣山靈訝闊疎。

送魏貳卿之静州

一其所二一成非，揆以人情萃必睽。鏡豈有心私應物，楚如不衆敢咻齊。瘦欹雪蕚難諧俗，勁錯霜根弗肯低。岣嶁芳塵猶可襲，賸收赤箭就刀圭。

春柳睡鵲鵓鴿圖

麴塵縷縷鵲深棲，寫出章臺二月時。幽響不知何處喜，一聲鵓鴿聖先知。

破山高僧塔

寺倚四僧傳，僧今已蜕蟬。塔隨蓁棘老，德與苾蒭全。翠滴添衣重，雲低染屨鮮。何年山脊斷，飛去玉蜿蜒。

破山瓔珞檜

雪枝新縱縱，霜子舊玲玲。溥露煩添綴，縈風緩剪零。貫珠煩蟻度，編貝倩誰經。瑶草隨山盡，來尋千歲苓。

酬趙西里游虎丘

相携上鬱岪，舟似葉隨波。寺壓秋痕瘦，雲沉古跡多。遠舒高處望，清遞隔船歌。盡寫吴中勝，新吟細濯磨。

曾説劍池游，風煙入校讎。臺孤頭點石，窅迴趾翻鰌。彩鷁山前棹，青鸞水上樓。暮闕須小待，款曲盡觥籌。

蠡口

未謀人國已謀身，往事無從問水濱。游鹿諄諄猶在耳，平湖淼淼忽揚塵。寺明丹堊低簷古，樹飽風霜老節新。又理闔閭城外櫂，更無鷗鳥傍青綸。

楓橋酬張季思

欲唤扁舟一訪尋，開窗同揖小猊岑。風晴墮葉聲應燥，目遠孤鴻影易沉。餐為菊英聊緩帶，醉因雪萼小低簪。隔溪半夜疎鐘到，定有清新入短吟。

分題畫策得山茶

緑枝丹葉未春回，生色潛隨采筆開。欲伴高文歸大册，道山延閣小蓬萊。

寄三衢使君趙寺丞希蓁子，選儲嗣不應詔

刺史天開卷暝雲，凛姿如玉照人明。蓬萊地近異塵世，箕潁風高凝古情。度外峻超千文俗，春來又勸一年耕。屏藩王室皆同姓，况是金甌覆姓名。

續賦祥鑒義梅花

香國開樓居，桃李合成邊。移根賞奇怪，屢舞却錦纏。静聞竺友吟，粲若春雪妍。暗馥騰鶴膝，蒼蘚腥蝸涎。既明紅紫倫，更秉薰蕕權。壠樹寒自零，苑柳暖自眠。逶蛇木蘭後，揖遜凌波前。凌波不忍去，步月時蹁躚。

復老歸東嘉子亦治還蜀之裝賦别湖上

華風不常煖，華月豈常曜。泠泠弗鳴條，冏冏自反照。野馬空眯目，爝火謾騰耀。誰結螢囊口，寒原並秋燒。誰枵土囊腹，夜壑哀萬竅。向邇雖暫熱，憑力亦易悄。悠然付静勝，了不直一笑。山林隱君子，浮俗固殊調。華風起蘋末，華月挂林表。既安雲霾妬，疇忍塵雜擾。角嘆一麟足，鶚洗百鷙少。弱水三萬里，蓬萊眼中小。况夫左傳癖，舉世不足樂。亦復烟霞痼，沉綿頗相肖。云胡去留柄，坐困佞壬裹。揮手從此別，掉頭莫回眺。愛惜雙眉厖，脱略萬事了。龍翔解懸榻，雁宕拓吟徼。摩挲送鴻目，擲棄連鰲釣。雲來寄心思，臨風一長嘯。

書六一居士歸田圖

賦田中樂駕言歸，勇决如何得似詩。詩後退之盤谷序，畫成猶是未歸時。

孤山後

采鷁浮春皓齒歌，延祥觀後晚偏多。可無人物如張緒，只是垂楊不似他。

石林諸孫葉子雲左手法二王逸蹟不下右手

桐軒法鍾王，人鮮出其右。出奇左運腕，亦復龍蛇走。悠然伸勁畫，壯甚紫鐵鈕。番然變道古，古藤瘦牽糾。輕墨蔓如縷，大者大如斗。故家翰墨場，有此擅場手。星星滿青鏡，入眼未始有。四支同一初，視聽有常守。執捉與踐履，造次各先後。云何互其用，落落便相偶。猶來幽人心，冏冏浄不垢。衡從一機透，衆妙俱輻輳。逢原蓋自得，左右均去取。枝葉隨根本，股肱副元首。一身小天地，默窺元化母。

盧次夔下第

得失見君心，令人恨滿膺。諸賢品華玉，四字獨蒼蠅。留取攙前步，來居向上層。趁將春未去，載酒嘯吟明。自注：諸公批得及分數，陳批云深古難曉。

杜鵑

舊草堂東水竹西，年年只與落花期。長亭今夜聲連曉，愁似經年病拾遺。

橫翠閣

闌干曲曲西，待得夕陽遲。展畫真成贅，無詩却不宜。鴻雖供晚眺，月欠掃新眉。安得泠然御，來觀烟雨時。

太守陳中書問彰教近況

徐君舊剪茅，小小亦堪巢。野客便招隱，閑情賦解嘲。村疎難得友，葵熟易為庖。鼓吹分蛙部，琅玕長竹梢。瘦尋殘火種，冗剔故書抄。北崦雖移檄，西湖未絶交。貧優寧似負，推固不如敲。自審如衡石，誰能較斗筲。曲池風力皺，缺甃蘚文凹。曾枉行春旆，芳題滿近郊。

陪陳中書游兩仙堂小謝、太白

透雲兩鴻鵠，何年忽卑飛。指爪泥上留，弗與歲月移。大聲疾璆琳，萬竅不敢嘶。琅然答空山，玲然震清溪。俯仰半千載，日日春菲菲。緒餘及草木，草木竟莫知。坐令萬金產，不直五字奇。江左數六謝，選中輒見推。清新輩阿連，亦豈媿客兒。自注：江左諸謝見於選者六人，希逸無詩，宣遠、叔原有詩不工，靈運、惠連、玄暉，共有六十四篇。三人詩至玄暉益工，然蕭散之趣亦復少減，漸有唐風矣。開元天寶間，有客償心期。玉頹沈香北，健筆揮珠璣。天威不可奪，人爵不可縻。此邦非故鄉，每至輒倦歸。樓居寄逸想，更較先後為。有美池上仙，凜凜岩壑姿。轍飛兩公後，惄若飢渴思。作堂肖公像，疊嶂雙溪西。幻出天上人，對峙玉羽衣。乾坤浩蕩春，盎盎在兩眉。清冰照人冷，恍如吟嘯時。泠泠氣欲仙，擬畢游龍騎。世隘烏足容，才大不得施。至今騷雅流，臨風揮涕洏。

淡墨水仙梔子

爍石流金記曝根，古壺疏插煮泉温。翠扶柔玉春無力，獨與華風伴月痕。

六萼敷腴透玉明，六柧垂實趁秋零。衆香醞藉須彈壓，笑挽凌波賦鶺鴒。

陳紫微赴召

帝輟詞臣重撫綏，次邊尤軫大江陲。百篇斗酒玩萬物，十雨五風終四朞。謡頌不遺纖悉美，形容難盡許多奇。縱龜放鶴朝天去，豈獨江東列郡師。

陪陳紫微麻姑觀

苦心如檗凛於冰，贏得衝冠雪一簪。千載四明登陸處，三生五月度瀘心。清泠烈暑生秋思，諧協凉薰入正音。今日憚公如憚黯，試看塞柝夜沈沈。

題粲姪峴山秋晚

不憚朱砂九轉遲，絶憐岣嶁令君癡。一抔幻出新春玉，更聽人言狡獪為。

分明寫出峴山詩，隴樹初寒晚照低。掩卷只思人墮泪，不思量到白銅鞮。

續當涂别駕林率菴賦謫仙李翰林

齪齪復齪齪，未死如未生。公去月明在，留得青山塋。青山倚公高，屹立千載英。翠巘拓吟壘，飛瀑按酒兵。行客一仰止，折幾鄙吝萌。狂歌長短吟，邁古日月明。俊逸兼鮑謝，麗則儕雲卿。驊騮博艶姬，土苴群方兄。節峻玄霜嚴，義重紫禁輕。爵土士長燥，雷魁何由平。生男禁多才，此話聞阿庚。真才棄如土，大厦誰支傾。不用謝安石，大雅空垂名。

白荷花

數晦澄漪不用耕，移根玉井不曾耘。羽衣何處霓裳徧，翠蓋參差踏水雲。

白蓮雨後漸衰

曉池芳柄褭殘馨，褪雨欹風鷺委翎。碧展一奩秋練練，似憐玉色鏡中零。

送趙丞處州之廉士

歸裝又逐西涼去，輕省還如赴上時。廉者固宜疎仕計，富哉只有送行詩。貼天自與鵷鴻舉，鉗紙誰容雁鶩欺。它日宣城廳壁記，巋然一様斗山思。

三角亭

成規與俗殊，鼎足外無餘。曲是從前惡，圓非近日疎。神山分檻小，槐影直簷虛。要識其中趣，明明舉一隅。

憶水芙蓉木芙蓉寄西湖諸友

竹凉池館緑荷風，同看吴宫小隊紅。少却亂紅深處櫂，西陵橋北斷橋東。

花滿秋城闤水明，鏡中滴露掌中零。曾雠新詠游花下，寫寄城中石與丁。

灞橋風雪圖

橋滑驢僵噤不嘶，詩窮弗死反窮詩。華山也是吟疆土，更欲煩君寫倒騎。

次韻林別駕 率菴

官分長貳榮，樂事勝專城。避俗如僧定，尋仙結伴行。吟疆寬處拓，醉玉醒時傾。擬叶塤篪響，邯鄲步不成。

往住溪頭寺，曾陪太一舟。港收天影縮，橋礙浦雲流。練石聲聲月，丹楓片片秋。砌蛩添苦思，吟動瀼西愁。

次韻謝學士

凜姿行復偉衣冠，螭亦何曾恥暫蟠。入夢少曾忘博約，得書多是報平安。雪零短髮新尤甚，盟近黄花舊不寒。肯入亂山相勞苦，密雲香鬱破團團。

對菊寄王常博

鮮風嫩日養芳新，來會閑人九日盟。相澤畔吟騰曉馥，就花中隱著脩名。碧浮賸嗅茱萸酥，黄落誰搖沆瀣英。商素雅為仁者壽，薦甘斟碧輔清明。

題張雪湖吴山煖曖

山藏晻靄樹藏雲，十駕難追欲去春。鱗砌古愁千萬緒，因君開卷又重新。

次韻玉堂盧蒲江省中木犀

一種分蟾各自知，人間不似省中枝。繁英盡委開仍好，幽馥先來去又遲。雨後莫忘秋曉步，風鮮曾約夜涼吹。小山縱有淮南賦，可是蓬山欠景差。

盧蒲江雪夜約同直省中出示采菊讀書煎茶種橘四詩索危秘書諸名勝同賦

拙須務速巧須遲，盡巧依稀與拙宜。除却藝蘭紉楚佩，反騷只有落英詩。
糝葵負腹媿便便，偶上蓬萊借榻眠。夢過子雲還問字，夢醒龍液冷無煙。
亭亭古砌剪霜苔，密瑣疎檑冷不開。紗帽籠頭防俗客，小團新錫上方來。
青壓低枝欲破香，秋遲風燥未曾霜。枳蕃江北令人笑，更試仙山與道鄉。

以上《北磵詩集》卷五

全宋詩卷二七九五

釋居簡六

聞雪湖張簽判訃子蒼

嘉興陸長官，遺我尺素書。報云鈞天詔九地，奪我好友張雪湖。雪湖翩翩上天去，下眎塵滓知何如。因依未去時，泠然山澤癯。萬象困搜攬，撚斷蒼髯鬚。十年不調閉户居，鐵石不受煙火腴。辟俗如辟豕負塗，後來稍稍低簪裾，百步掩鼻猶反趨。官高金多嬌妻奴，蠛蠓亂眼才斯須。填門只有長者車，北海尊酒無時無。明朝一飯欠宿儲，印泥指爪嗟鴻鵠。精明定化為蘭菊，紉稱騷人陸離佩，英泛緑尊澆魁雷。騷人之腹秋蟬清，吐芳騰馥日日新。紛紛郁郁仍輪囷，散為天地無邊春。

吴提幹之官澍東時狀元赴闕

叔季振華裾，晶晶照上都。對床風送雨，隔岸越分吴。池草冰澌煖，庭萱玉色腴。綵帆飛曉鏡，拂拭賀家湖。

吴狀元赴闕屬陳兼僉催送行語

細把前朝聖政推，婁教龍首到黄扉。自南渡後從頭數，比舊京時過眼稀。磊砢固當為世用，風雲端不與人違。采薇只在丁山下，亟佇青鸞入翠微。

白藕花寄袁狀元倉使

澄練徹山脈，玉透山池沙。老火奮殘爍，凛姿燉不瑕。方方秋一奩，彈壓紅萬葩。安得濂溪叟，來賦東林花。

立秋前一日蛩響

火孕金英眇未抽，學吟先報短檠秋。傍窗裹裹清如縷，明日西風一樣愁。

寧國奉聖寺有許渾舊題

題擅玉臺賓，山名益著聞。禽珍騰逸響，草異薦奇芬。壁可曾留錫，簷栖欲去雲。塵囂避三舍，不度碧溪濆。

次復齋奚左藏補陁岩寺韻寺有象鼻岩渴霓皆佳致

當年聚石賦全提，斷處飛梁險處梯。鐵展霓腰疑水竭，玉伸象準卷雲低。危於漢使回車坂，深似秦人避亂溪。鐘梵殷床連夜旦，相忘猿鳥各安棲。

石如虹至水際余名之曰渴霓

直舒千尺怒谽谺，高貼雲根枕水涯。水竭欲飛仍小住，砰轟欲跨阿香車。

復齋墳前左顧石龜

寬罾密罔斷江流，好在雲藏莫浪游。我欲黄金如斗大，斬新左顧鑄餘不。

清隱寺乳泉復齋作記

脈通九地各東西，洗鉢曾分牧女糜。萬斛從來不擇地，試看一滴汎華池。

仁壽堂

闔開蕩蕩城中天，朝菌靈椿總大年。鑿井耕田皆帝力，不知誰黨復誰偏。

奉聖寺江閣

散衣江閣撫疎簷，吹徹西涼已屬饜。得隴未終還望蜀，半規更待月纖纖。

隱山

小嶺明明屬小支，傍山論價與山違。巢由去後箕山老，夜夜天雲隱少微。

酬當涂何户曹畏齋金陵三篇見寄兼柬餉臺上幕許從道

山木凌秋似鬢蒼，静觀浮俗飽炎凉。唤回猨鶴彈三疊，話到陳隋笑幾場。雲度閑情疑路斷，草生奇馥染林香。莫乘殘照催歸騎，白下留門慣漏長。

筆耕白首不逢年，間得新題似得仙。磨透鐵泓空費力，吟殘金薤弗成篇。未忘陋巷希暟若，不信長虹死浩然。小駐行雲聊寄恨，莫為愁雨濕吴天。自注：悼杜仲高。

松根葛藟亟扳緣，勢極青冥恨不前。鶯閟好音春不響，鶴嫌遺臭夜移眠。回頭華表一千載，開眼檀蘿十九年。想見息陰羞惡木，斷魂嶺海吊諸賢。

克己齋

罔念聖為狂，醫狂亦有方。正逵遵穩審，私孽殄微茫。蜕俗嗟封殼，耘心破畛疆。它山石攻玉，日用細平章。

雪屋

霰集夜來寒，樓寬楮幌鮮。花温新换水，栗爆舊存氈。夢草疑非蝶，吟肩凍聳鳶。蓬婆界天白，皎皎五雲連。

麗雲閣

零雲閑占地，飛閣小侵天。目與孤鴻去，帆驅短艇還。緑蕪秋野外，烏戍夕陽邊。只尺闌干曲，丹青色全。

西菩寺三題

蹱息如龜小作巢，霜零竺子緑雲交。六爻動着如雲變，輒莫其中動一爻。自注：藏雲室。

本來無垢亦無塵，塵垢皆從洗處生。衮衮潢流湛華月，朣朧無夜不鮮明。自注：滌軒，在參寥舊房。

蚤覺元龍不足豪，泠然步武老嫌高。剌天婁見群蜚下，欲駟晴霓看抃鰲。

江東李倉使節制移淛東倉使

千幅紋邊着意深，自注：池陽有鐵佛，足上有姓李者。又有舊主僧名明者。公與報恩明老感此而别造寺。龍門檀越識重臨。旋螺數髮為公壽，卍字捫胸印此心。玉節生風淮岸曲，金輪碾霧越山陰。誠明空覺曾無間，磁石巖巖一寸針。

喜雪賀趙守

不見鮮明剪緑漪，焦勞夙夜動精祈。臘殘雖缺三回白，歲閏何妨十日遲。孰謂天高催不得，自知心感弗曾疑。静中覷破玄冥巧，留作新春第一奇。

擬絮因風又擬鹽，只今此話可曾拈。待將巧思形容盡，合避新條比類嫌。褪煖已先雲懵澒，挾寒相次雨廉纖。落梅聲裏渾如畫，冏冏横陳透玉蟾。

送春

曆頭恰恰三月小，銷減欲去未行春。祖帳不知春去處，清茗拍拍柳晶晶。

開田

曩説琛師邁往賢，不將大義答開田。欲懲後世人尸素，敢昧前修自棄捐。把似誕謾規信施，何如勤苦佐豐年。鑁頭邊事超今古，僥倖逢年是偶然。

孺子祠堂

鈎黨開端慘弗舒，懸知隱逸未全疎。姦諛孔熾吾何與，名節雖高弊不除。盟鷺相忘尋水宿，冥鴻那復死巢居。瀾翻平地渾漂汩，柰此悠然一葉虛。

竹里 戴洪父

一畝摇湘緑，漪漪與静宜。避人酬橘隱，延月賦襟期。鶴至自華表，客來歌竹枝。謝家蘭玉富，不似錦綳兒。

酬盧直院新荷

愛此青錢小，移舟傍淺湄。團青迎浴佛，脆緑未巢龜。翠幄鈿孤鏡，瑶田葑四維。微風翻嫩紫，半捲欲開時。

泣楊承奉

車纔閉户成，輪未碾青冥。蘭夭騰餘馥，蕭榮獨欠馨。方看過秦手，續草太玄經。早惜黄陳死，無人哭小邢。

任大卿出龍眠度水羅漢千載

故家尋釣鰲，遺俗問佛世。喜逢十六人，不聞四句偈。風姿如隱槃，服御乃古制。開卷發遐想，瞪目得熟睨。絶溪將安之，深厲淺則揭。岸登植瘦策，石踞整壞毳。預流逮無學，勸進憚勞勩。巋然望等妙，迢遞苦跋疐。悠悠馬不前，亹亹駕輒税。弗悟燕安毒，遂失遠大計。雙林受遺託，久視不得逝。豈知古龍象，所向必超詣。弗踐極則處，弗到弗小憩。朅來吊形影，相與話情契。丁寧勇着鞭，同振木方袂。

出入韻寄陸溧陽放翁季子

溧陽令尹果誰歟，陸少蓬翁小伯魚。佳客來時須問字，丈人好處略瞻烏。俸錢撙節開家集，官事那容讀父書。獨欠舊時窮少府，琴堂相對撚吟鬚。

插田

秧撒纔成後，溝塍菈事初。淺車防岸缺，密插趁行疎。處處隣相饁，喬喬莠旋除。夕陽歸牧豎，牛背數春鉏。

刈麥

恨入崆峒渺，偏於麥熟時。謬將勤補拙，愧在素仍尸。仰識陰陽足，豐酬餅餌思。秋高禾黍實，不與宿根期。

靈隱方丈新閣接泗洲妙嵅毀之

鄉來屋老拊巖棱，欲上看山謝不能。衡跨半天開複道，直從平地到危層。上方近聽嬰兒語，前塔遥分竺寺燈。昨晚亂雲收急雨，憑高如望海濤崩。

長興大雄寺陳朝檜

霜皮重複裹莓苔，不見君王過沛來。好處莫非前輩道，後生知是幾時栽。陰分背鄉青如舊，心愈剛明死弗灰。却恐登壇騷雅絶，亭亭似把碧油開。

泣錢長官竹岩

十年同約故園歸，指點雲西鳳翥奇。錦綉裹山懷舊俗，琅玕披腹吐新詩。更無人悼淹翔屈，只有天為慷慨知。令尹子文三已矣，悠然喜愠不曾移。

掉鞅英躔並隽游，大巫皇恤小巫羞。未將所學酬知己，先與他人作忌囮。譛舌不中投虎兕，絡頭長恨死驊騮。山林獨有男兒泪，可是無情涕泗流。

寄趙仁和安僖諸孫希吕

劇繁迎刃聽裁制，化自京師守令宣。處默有聲長殷殷，所聞無善不拳拳。戚聯閶闔天雖近，下若滄溟德更淵。任是靈椿根力淺，也應凡草不齊年。

即　事

竹扉半掩不須敲，掠面融風着柳梢。燕子不知春寂寞，自銜泥補去年巢。

一　菴

太極含三示極談，初無一字可名菴。明明未畫前消息，才落思惟便別參。

和睡翁鞏仲至賦頤蒙齋贈澄元妙

静倚松門掩夕霏，不知求己去求誰。翳花旋掃無留蔕，蒙吝纔消即善頤。彖象尚堪明古意，茅茨聊復傍寒漪。是中餘地藏緘默，何處人間更有詩。

竹岩賦孫谷橋墦間圖人徒知獻諛可罪竹岩取受諛者併按

寧圖豕負塗，毋寫乞墦圖。枉着迂奇思，徒將媿賤夫。矯情工諂媚，失計墮闒闟。逐鹿身忘反，亡羊口謾糊。飽雖令己王，飢解把人驅。毫髮無新計，朝晡只故吾。有如扳佞倖，寧復顧揶揄。竭澤先崇貨，傾城後進姝。匿瑕彰外潔，飾詐護中洿。豕燎難逃虱，城崩孰縱狐。知幾屬明哲，先物在斯須。寵數占忘醴，歸心憶膾鱸。東籬懷醉令，故態舍狂奴。鴻聽雲沈跡，龜寧尾曳塗。盍觀薇蕨瘦，弗與割烹殊。不智方能諂，非愚肯受諛。欲邀天爵貴，廉恥乃菑畬。

拙齋

大巧曾聞竊得靈，主司關籥鎮隨身。巧還有盡無如拙，却笑天孫未識真。

盧玉堂報遣人問訊水心

用舍見人物，抑見天地心。生人於此時，所繫亦以深。時哉薄其祐，全力吾不任。向來鄒魯人，抱此空沉吟。此身眇如芥，列國紛於鍼。芥鍼求抵當，機括常差參。没身雖不遭，道在終不沉。瞳瞳千丈光，照耀不啻今。公乎鄒魯傳，軒冕如山林。我亦山中人，不忍鳳鳥瘖。加餐為公禱，以答天地心。

聞謝司直晦齋赴闕

謝老久不見，引領谿雲隅。想隨鵷鷺行，華簪小踟躕。薄俸不暇給，素約不願餘。棋局消日長，局終還擁書。書中有何好，剔抉排根株。飛電老逾碧，分毫惜居諸。一燈伊洛傳，冏冏分庭除。鄉來鯨吸川，今也川泳魚。靖節老止酒，亦復自荷鉏。悠然羲皇上，不知今何如。

謝晦齋倅嘉興

春風藝蘭茝，采采山之阿。廣庭拓餘地，華風日編摩。芳潔漸可冀，榛莽常婆娑。紫芽茁新馥，薰蕕相錯摩。引類連根株，圖蔓費斧柯。何知種植勤，苦心忘鬢皤。九畹與百晦，恨少不恨多。蕤蕤謝庭玉，比德元同科。餘光燭檇李，散采摇清波。太湖跨三州，如此明月何。

浄照律師葬母塚上生芝十二莖闕子長繽倚松饒德操賦詩後九十餘載余亦賦

尸羅為源孝為根，一根豈止十二莖。沉香亭北爛繒綺，浪花浮蘂争欣榮。喑喑泪滴塚上土，只有天知此心苦。地靈薦瑞天不靳，付與千人萬人覩。詩人史法語不浮，旌孝筆端回萬牛。紫芝不老亦不槁，兩公之詩更新好。

櫂　歌

後夜朣朧魄載生，官塘猶自有人行。十年滴盡征人泪，不盡彎彎月子聲。

悼志首座

花雨散初筵，歸來耨寸田。行空梁複道，拓地閣諸天。木槁春長在，爐冰火不然。旦評溪上寺，猶自説耆年。

送趙栖巖分司池陽總幹

九華空衆山，尤物在塵寰。迥出雲雨上，朝來眉睫間。有人皆毓勝，無豹不藏斑。官舍軒楹豁，憑闌莫掩關。

鳳鶱行寄錢氏孤

破輿不窗簾不旌，短長後先白四丁。旋牽毳衲裹秋鬢，月露點滴垂青冥。平明驅入三家市，市人驚見左右視。笑云非病亦非狂，不與人同與人異。抑非湖海空橘陳，不老不死亦不靈。不然天台石橋寺，丹碧剥落泥應真。須臾一棹脩門去，却遣破輿歸鳳翥。謂言只借此樣僧，非此樣僧莫借與。

於潛尉陳時齋獲賊

小隊氣晶晶，平常白面生。沈兗資大勇，凶膽折先聲。山鬼晨猶寐，隣厖夜不驚。歷陽窮少府，此話恐難并。

九　日

西風只識黄花面，不識登臨吊古心。空打孟嘉烏帽落，挂人唇齒到如今。

寄寒泉趙叔迕

貧則安之豈病焉，乘桴未暇况箋天。翰林足避將軍污，内史灰從廷尉然。口伐固應無大敵，筆耕元自有豐年。講明人爵君何欠，只欠蘇司業酒錢。

後　潘

後潘水上竺仙家，領客來分竹裹茶。明日歸時須記取，白蘋將采半開花。

前　彎

反關蓬蓽了殘書，弗到前彎一月餘。不見蓼花紅照水，安知秋色到西余。

九　日

瓦鼎松聲漲苦茶，替杯中物泛茱萸。白衣不識緇衣客，自擷寒英插古壺。

霜曉

江楓霜後醉痕朝，商略隨風趁落潮。勾引梧桐三四樹，不留一葉到今朝。

廣教不厭亭李白云相看兩不厭，只有敬亭山，譏同游者也

眼挂層巒醉益青，旋疑身是出山雲。一泉一石忘情地，都作鴻溝與俗分。

趙府録官滿謝晦齋宅相

平反固盡情，此話久彌新。動以中為的，居嫌恕寡隣。暗螢方自照，屈蠖倩誰伸。好在庭前樹，長懷雪後春。

蕭洒宣城掾，仙源似布韋。欲疏伊洛正，不與父兄違。霧隱雖如晦，胎仙弗願肥。暮雲無限思，金溜一竿微。

送沈少卿燮

懷哉小隱侯，如水秋練練。又若廉泉廉，練江靦言面。一介不取人，振滯亦賑貧。秉彝不可奪，實德無虚名。我欲借寇君，九虎限天海。不知穹壤間，誰是寇君代。行行拜新渥，新紉紫荷橐。何以為雙壽，楊州一雙鶴。自注：公有堂，名曰雙壽。

按曲圖

八繭蠶抽獨繭絲，舞衣嫌重要纖絺。君王自按霓裳曲，直到坡前駐馬時。

移梅

雪消時候帶花移，花笑移遲不振奇。今歲弗須嫌早計，趁它一點未開時。

移梅竹謝彰教寺事

蒼玉根連白玉條，濕雲冉冉碧蕭蕭。花含鼎實宜先發，節笑心空貴後凋。友此雙清同日種，聽它六出幾時飄。不如楊柳江邊樹，惠淺恩疎怨不消。

畫虎行

是中毒厲無停輈，更復外為物我謀。汝寧殘暴我寧爾，爪距銛利何從投。形與氣侔天所命，陽盪陰摩成厥性。劃然殘暴反其初，一瞬回頭如失影。影不隨形竟何有，直與太虛為户牖。李生解衣盤礴時，筆端別有百步威。

代人挽竹岩錢長官

絶筆走龍蛇，光寒瘴水涯。賦寧為問鵩，騷不反懷沙。秋老半巖竹，春歸三縣花。誅姦埋古鐵，英識欠張華。自注：同官為吏侮，公以智戮之。

代人與趙倉使

江淮倚襄沔，兩紀當分拏。皇天憖一老，一正遺萬差。長城蔽江漢，雙駿騰渥洼。英靈萃千載，智勇出一家。以德不以威，以静不以譁。以信不以欺，以儉不以奢。躋人上衽席，含哺相咿啞。胡馬飲江水，獰飈掃蒹葭。月明戍樓嘯，風急秋城笳。邊勳一夔老，史筆五色花。遺烈在伯仲，奎畫崇褒嘉。遞迭吹塤箎，嘈雜空淫哇。玉節飛先聲，一道争傳誇。單騎造閫闔，三舍日未斜。野蔌飯山舘，龜手疲馬檛。霰雪皴衣稜，敢憚千里遐。雙旌與五馬，所至弓刀遮。慘舒出顧盼，輝光生齒牙。笑公後其樂，白日無精華。次邊隔江東，糴湧無從賒。赫炎苗不蘇，潎灩圩不芽。紫葵圃不畦，黄粟山不畬。扶携及襁褓，顛踣如蓬麻。相看盡菜色，槁立疑帝羓。精明見家法，了事才咄嗟。所急先民天，以次清胡沙。

聞澗泉韓仲止訃 南磵之子

賈團華月鎖重雲，底處幢幢魄載新。空使霜蟾同轉轂，不容玉斧伴修輪。身雖全節扃泉户，天亦何心死谷神。窗外竹間梅數樹，為誰消減雪中春。

謝江東丘少卿漕使 宣州趙知録申罷三分水花苗

宣城阡陌連當涂，山田瘦瘠圩田腴。築塍作圩九十四，頻年風水圩為湖。圩中飢氓水入户，私迫公催猛如虎。三分更索水花苗，名色創聞氓不諭。流移轉徙道邊泣，併日不能謀一食。有生誰弗惜天年，望望誰寬倒懸急。江東使者愁上眉，惄然軫懷若調飢。疾呼官吏訪田里，蠲租除賦甦顛隮。勸糶開倉賑寒餓，氓命垂垂出湯火。貪殘俗吏漫窺窬，狡獪猾胥成㦬懡。家家禱公願公壽，千億子孫天地久。宣城彰教住山人，斐然相此歌謠聲。

別宣城元僚府掾二趙東諸名勝三十韻 唐堂書

大緘遺吏牘，小緘手自抄。兩緘九鼎重，只覓一把茅。把茅住山人，莫識所以然。或云爾當去，雲毳風翩翩。問之何因爾，拱默俟風旨。就列乃陳力，尸素輒屏棄。靜推尸素元，展轉竟未安。一日不自營，一日不敢餐。竹疎不肯蕃，梅瘦不肯肥。豆瘠不加實，菊瘁不受醫。種植係勤墮，肥瘠繫天時。極力敢不勉，强智終奚為。年年縣官租，急不啻星火。今年水粘天，經冬首陽餓。人言爾何愚，冉冉霜茁顛。料不閱墳典，豈暇觀奇書。所學味日損，區區使人忿。不識諸方玄，況復衆妙本。列刹鼓鍾沸，四方走檀施。問爾胡不然，我則異於是。孄安只牧牛，琛師獨種田。老農與老圃，聖智願學焉。日日洗鉢盂，吾豈尸吾廬。丁寧勿它斥，只斥山澤癯。謬聞世道隘，樂此山林大。山林今復然，老我不足汰。西南天一隅，首丘亦有狐。雲為故山雨，珠曾還合浦。竹扉間無人，柏子芳嫋雲。貝葉照窗几，沈潛報知己。

百喜圖

比翼飛粱跨碧潯，玉繩低轉夜沈沈。一年一度叢霄去，却下人間送好音。

謝權府惠府判辨祖相死於邸中非商賈者

踽踽復踽踽，何以昌山林。華風日遄邁，謬恐山不深。層巢墮孤鶵，一壺藐千金。苦心念惸獨，霣涕翻秋淫。

天書少室價，賈豎晞天恩。一錢一滴蜜，不甜雲水僧。冰檗寧苦寒，貨殖其何能。炎岡鎮烈烈，玉石難分明。

二月十三大雪

婁慶嘉平白，中春入眼疎。玄冥疑倒置，古史豈忘書。凍抑花慵笑，顰嗟柳不舒。物稀端是瑞，瑞應不宜虛。

送江西倉使魏奏院天有

養廉便似挂衣冠，數米晨炊度百虀。一節易為千里別，萬金難售十年閑。舊從石筍曾招隱，新種梅花試住山。老去益高華玉價，區區少室謾追攀。

題水仙梨花菊蒲萄梔子

澄鮮無地著樓居，自惜娉婷鏡碧虛。青女不知華玉煖，緑扶綽約翠霞裾。自注：水仙。

楚楚冰綃霧縠裳，鉛華消盡弗佽粧。曉雲不入朝雲夢，賦入閑居亦擅芳。自注：梨花。

蕭爽花中舊隱淪，名齊宿莽著騷經。殘英只傍枝頭老，收拾芳鮮飽獨醒。自注：菊花。

藤搴翠朵剪輕柔，小壓涓涓翠玉流。一石可償千日醉，涼州未必似楊州。自注：蒲萄。

嫩玉溫柔浄弗瑕，凉雲綴葉借春華。水風池閣簾櫳静，小試微薰著一花。自注：梔子花。

采石吊古

高情付酒巵，心事洗咸池。醉誤飛蟾急，吟嗟取日遲。竟天鵬不展，酌海蠡奚為。風月三千首，何須竹帛垂。

就以道池上假山

數朵忽横翔，雲生午樹涼。恍如江上畫，移向澤中藏。絮落魚翻影，花飛蝶趁香。却疑閑日月，只在此間長。

送碧雲菴主歸江西

碧雲獨擅香城勝，近與唐朝處士隣。自注：陳陶隱居。舊出山來空蕙帳，今回首去厭京塵。菊荒尚有霜前馥，茶老寧無雨後新。勞苦玉泓清淺了，解嘲怨鶴斷猨嗔。

賀曹秘監 陳止齋自外召入秘監，曹亦蜀歸作祕監

隴蜀歸來寵更隆，舊盟鷗鷺望鵷鴻。一時父子俱佳士，異代師生各少蓬。芸不用防新蠹損，腹須頻曬曉曈曨。道山自是樓居樣，還與岷峨一笑同。

謝陳紫薇致香杭一再寵和仍次韻

精瓊老瓦汰沉沙，蜂掠殘零晚未衙。功謝囊中餐玉法，鉢分天上繽綸家。蔓雖引去徐留蒋，鞭欲行來嫩挑自注：上聲。芽。野蔌衆多煩飣餖，敢從一筋萬錢誇。

一掬甘泉煮白沙，自注：泉名。群峯秀整似排衙。無錢買帖臨求米，背俗論交類喪家。續遺新吟欺白雪，又如活火剪黄芽。海商不惜兼金價，傳向雞林國裏誇。

可能擲米化丹砂，更記人間早晚衙。腰欲直伸輕五斗，供慙素餐漫千家。清新變雅多奇態，鄙吝消它幾許芽。不是鳳池提此話，紛紛浮俗浪傳誇。

送趙西里官滿歸永嘉

宣城歸到西湖寺，朋舊如沙散不收。盟鷺又隨西里遠，驚猿空伴北山愁。同途好友須題品，可意佳篇便獻酬。摘得甘花煩見寄，趁它大火未西流。

寄處州高使君疎寮為西里借舟

鑄劍湖東景緯明，蜿蜒飛去水猶腥。欲從正脈疏清鏡，自注：湖名。不信同流有濁涇。千騎道山僊部曲，三岩畫幅老丹青。一帆送客供吟眺，數盡長亭與短亭。

石　窗代人

凝厭綺疎塵，玲瓏沓數櫺。櫺風隨絮入，隙月帶雲零。煖靄寒猶重，秋聲夜不扃。掃除平整處，欲了客兒經。

枝　巢

欲掃囂塵跡，枝條自改門。籟虚秋斷續，花冷月黄昏。鳩拙休相笑，鴻冥倘可捫。逍遥與齊物，一等不須論。

史孟博作軒

崔嵬方駿奔，斗次又鵬騫。紫翠新如染，青巉俯可援。雲低天漸近，雷怒雨隨翻。變化才俄頃，何須問化元。

寄嚴州陸使君

新棠陰接舊棠陰，自注：放翁曾作嚴州。獨向千峯樹上吟。厚俗工夫聊變雅，無弦音響付知心。雲開老兔纔飛上，塵避靈犀不敢侵。老釣磯前清可鏡，星星應未點華簪。

曲肱室

妄覬或逢周，華胥掉鞅游。戰蝸甘死敵，蟠蟻竟生侯。白晝嘲便腹，清談到枕流。無人在陋巷，誰識黑甜羞。

贈鄭尊聖

束髮親前輩，三朝習舊聞。橐虛藏缺硏，刻斷綴殘文。耆古尋無跡，嗟今獨有君。憐君貧似我，分贈只溪雲。

唁趙恕可府録丁母夫人憂

江東尋勝日，月幌怕寒侵。步轉屏陰玉，花挑蘂盡金。自注：恕可書云：向來太夫人屏後坐聽夜談。區區留客意，的的愛兒心。有子母不死，因君感更深。

懿質閑貞訓，宗閨著令儀。子蕃知必貴，隣好為頻移。素節尊勤儉，彤椽吐倔奇。滔滔東注恨，何日是還期。

菊磵卜居

王師且願休，小為蕺山留。五月凉時過，千岩勝處游。子耕無父業，弟唱有兄酬。好在牛腰軸，丁寧莫暗投。

次韻盤隱陸别駕先賢堂下月夜見寄

自與先賢分不生，酒船隙地鶴隨行。橋闌架碧疑虹跨，葑畛園香擬岸横。凉度緑雲花不寐，盡餘紅淚燭須更。明朝秋思誰先得，笑聽蘋花與蓼争。

劉誠道訪疎寮

歸途弗辨處州詩，大雅遺音鑒賞稀。先自有田皆種秫，豈應無子不傳衣。華紱不貴中朝士，草具甘分北宕薇。老矣菟裘何許問，摇摇心與去帆飛。

題北山雨餘南屏春曉兩手卷

晴拂孤山破曉陰，暝煙猶在柳邊深。試從淡墨微茫外，商略青層到碧潯。

綺疏新響轉綿蠻，緑重紅輕尚帶寒。老去倦舒南宕嘯，更將横幅與誰看。

贈四明言上人水墨果子

太玄譏太白，淡掃却清新。紙上忽垂實，鏡中如寫真。茘丹晴態度，桃暈雨精神。説與鉛黄手，緇雲不受塵。

南屏春曉圖

塔穎透雲天影曙，水塍分畛葑痕青。鷺鷥睡起忺初日，瘦立樓東柳外汀。

懷趙府録

知義稱仲子，義豈仲子明。康章果何事，其如通國人。國人眼芒羊，眇視終不親。悠悠鹿為馬，擾擾丹成青。軻豈好辯哉，隱若不得平。斥觽如斥羊，子孝俾孝信。高風既偃草，雄辯如建瓴。真固易為贋，贋亦難逃真。至今百世下，粲粲日與星。向來宣城掾，趙擅梁楚聲。束書甫言歸，議者紛而紜。番騰巧如織，萋菲騈相新。老我若病瘖，不覺勇自鳴。掾自仙源來，世襲清流盟。家法凛雪霜，厥緒方振振。諸父相頡頏，渭陽更輪囷。佞賢決雄雌，霄壤與渭涇。軻死雖無傳，此舌死不泯。不與智者道，此道誰商評。

送常倅陸盤隱

昔人未强仕，不食太官粟。悠然於此時，已展籥雲足。人生五馬貴，入手弗轉矚。我恐州縣間，不足峙鸞鵠。蜀仙負郭田，二頃舊鉏玉。千年玉不槁，丁寧戒芻牧。陶山元祐家，自注：陶山，乃陸佃自號。文采世相屬。它日訪襟期，需君玉田熟。

四香花圖

虛空講得四花飛，更著鮮風款曲吹。直至如今無復見，笑憑子墨寫新奇。

蓡谷

賦就垂天起隱淪，鷲飛難並鵠亭亭。池塘早已騰春馥，龍麝何煩亂德馨。虛應有神元不死，静觀無物不長靈。雙眸弗見南州士，莫作西山雨後青。

續茤谷楊兄枯荷行

水冷秋不痕，鏡我雙蓬絲。舉頭見池葉，惄若絲不滋。美人空谷歌無衣，問秋賈葉胡不思。葉紉成衣弗堪著，老洲宿渚無蘅若。冰冷可煮枯可然，蕙風撚指浮碧漣，脆緑嫩紫仍田田。

洗苧歌

白水浣白苧，濯濯霜不如。亭勻揀經緯，霜澌寒疎疎。天質本無玷，況復隨時染。秋陽曝皜皜，不受紅紫諂。丹茸碧縷明相掩，玉手苧紗秋瀲瀲。拜了穿針樓上月，細與天孫話新潔。

白苧歌

經紗纔上機，梭飛玉攕攕。怕君尋春遲，落機寬裁衫。春心亂如蓬，冉冉隨春霏。芳逕曉沾露，軟塵紅上衣。歸來恨塵污，湔衣浣紗處。難湔芳露痕，易湔衣上塵。

毗陵三題

闖膂起淵潛，濤怒欲翻壁。兩雄競厥壯，踴領勇舒脊。令人未見神先悸，如見當年李生醉。醉鄉汗漫渺無津，墨蜚素壁風蜚腥。驤雲掀霧妙入神，不特神妙尤奪真。鄉來識真人已朽，所見不知如此否。或謂此兒鱗介胄，幻作人間寫生手。坐令五月六月間，商羊起舞旱魃走。客窗夜老聞天籟，逸響琅然風雨晦。曉入西游柱史家，因知壁有蜿蜒沕。自注：右天慶道院觀姑蘇道士李懷仁畫龍行。

太平寺壁滄煙浦，亭勻剪得尋丈許。初驚汹汹欲掀天，熟視方方不踰矩。潛珍毓怪疑無數，又疑勇鬬鯨鵬聚。掩斂光芒不呈露，定在崩奔漩洑處。三江既入九派分，南江北江相與隣。中泠一滴渾不得，滔滔清徹岷山脈。故家門掩岷山雲，送江入海闞蓬瀛。山遥海闊三萬里，一芥不浮長止止。六鰲不動風不摇，爛銀城闕明霞起。回頭觀此破屋壁，千濤萬浪尋無跡。鄉來有術只觀瀾，只今觀畫寧無術。自注：右華嚴寺水。

故國有喬木，獨孤去思處。陳祠後庭曠，落落肆蟠踞。輪囷平地起，婆娑半天去。亭亭若為高，滴翠重於霧。冰雪不知凛，春秋不知數。雲仍今幾何，梁棟亦云婁。攀可梯天雲，涉可航海具。玄鶴問耆壽，老鳳停孤翥。前年雷破山，裂木如折筯。俯觀數州地，屹立障瀾柱。雖云不附麗，亦豈無攸助。百圍振虛籟，言嗟漆園誤。溜雨四十圍，詩史誕彌著。鏘然古柏行，誰領末後句。一晦蔽蒼苔，回顧空蕃庶。獨孤手自種，操與獨孤雙。風怒掀秋幹，濤翻響暮江。卷它新步障，開此碧油幢。千載東歸鶴，時來話舊邦。自注：右獨孤檜二首。

惠山歸晚辭縣齋小集

癯冰瘠雪凝自注：去聲。霜澌，凍澀苔痕老更奇。旅雁退飛寒力勁，水邊雲冷出山遲。

偃金竹

抉石霜虬小，金膚欠玉鱗。若虛終踐實，寧屈不求伸。瘦卷輪囷操，寒低傴僂身。篔簹舊模寫，無此老精神。

聽紹上人琴

悠然勇變劃然鳴，古恨沉沉易水生。短髮不禁愁觸緒，恰如猿叫第三聲。

賀陳中書除夕郎

小舟回櫂清苕曲，林下新傳拜夕郎。品固自高庸借重，官非因夭始騰芳。人都不到天游處，馬尚能尋夜直堂。只尺鈞衡住無屋，萬間庇士可曾忘。

醉農圖

楚袖回旋趁楚歌，曲終無策庇青娥。番嗟隆準當時樂，少似雞豚社裏多。

老仙平沙落鴈

楚天如紙字橫斜，紙闊行疎對落霞。傳得夜來沙上影，不傳書信伴梅花。

台州使君趙寺丞致饋

滔滔銀浦寒飀飀，一涓一滴皆清流。向來却立望雲漢，瞳瞳華月縣高秋。霞標一萬八千丈，雪兔霜蟾在其上。光分四海凉如水，小試丹丘一千里。

寄黃巖趙長官

昔住白雲城裏寺，清標曾揖兩巖高。叢卑舊憶曾棲棘，縣壯新傳略奏刀。把似山林今日看，弗須湖海向來豪。時人只識鳴弦手，不識無弦似醉陶。

贈因長老

金猊鐵脊鐵腰頑，趁鼠隨狐屈折難。因是正因須自信，避些炎熱耐些寒。

次曹少蓬梅花韵

澗邊尋得壓殘枝，遠寄蓬仙換得詩。閬水花多凝雪重，漱冰香透出山遲。笑從秘府朱顏索，潔與緇雲素幌宜。簷隙一痕華月墮，伴蟾蜍玉惜貞姿。

别陳給事諸公赴陸府判盤隱之約

挂包妃子墓田居，餘地無錢買一鉏。隣寺笑貧稀住計，孤山嫌怪索離書。鴻雖自去何須送，鷗不曾親儘不疎。亟欲寄聲尋便武，只煩三十六鱗魚。

吊　猿

巫硤第三聲，無愁亦怕聽。養鉛煩護鼎，獻果伴看經。失樹難忘返，投籠不畏扃。舊銘曾瘞鶴，猿瘞亦宜銘。

太守勸耕别駕有詩子弟賓客皆和

華風煖入勸耕巵，後苑詞頭欲下時。父老怕公歸覲速，鶯花惜日燕歌遲。肥生鴨頂痕遵渚，嫩學鵝兒蔓染絲。好是東郊元祐寺，兩年千騎駐旌旗。

次韻盤隱新亭

管領風煙一半閑，池南池北畫闌間。紅添蜀綺漸成韻，緑間湘瓊過得斑。待燕欲歸簾盡卷，惜猨蜚去栅猶關。種花先課園丁最，看到叢犀賦小山。

梯　飈

涼腋拊岧嶢，可捫叢玉霄。一層高步武，千仞拔塵囂。明月秦簫斷，雕盤古篆消。天槳幾時熟，款曲試芳瓢。

石上坐忘歸

獵獵并閭起暮寒，秋聲隱隱落秋湍。偶然石上聞天籟，横膝焦梧不足彈。

書壁圖

雨濯蒼崖墨色鮮，長安猶自犬羊羶。試臨舊刻思天寶，末上先題十四年。

送俞司户

落日東郊寺，春風北固橈。三年控吴楚，幾度到金焦。岸緑晴初重，汀紅雨後消。蒲牢鳴夜半，款曲度楓橋。

王寺丞後圃

不獨甘棠茂午陰，浄如止水照人心。樓通閶闔天垂斗，雲鎖蜿蜒鼎篆金。袖裏有春還自樂，尊前無客不能吟。古菱花裏青青鬢，半點吴霜不敢侵。

强齋高使君假山

呼猿洞口冷泉灣，盡把天真作假看。低切一峯庭際立，屹如九仞坐中寒。閑來不覺留連久，好處方知闢砌難。尤物移人易成趣，莫嗔强健懶彈冠。

題張於潛畫軸五首

百尾誰傳觳觫真，淺緇輕拂替丹青。逸群大武如曾見，不見當時挂角經。自注：李唐《百犢圖》。

昭陽燕子一雙飛，涎涎隨風懶哺兒。可是劉郎無醖藉，不教嬪御讀周詩。自注：龍眠《芣苢圖》。

老髮鬅鬙兩髻丫，天台山裏老煙霞。閭丘别後無蹤跡，又在蘭陵故相家。自注：梁楷《寒山拾得》。

玉虎嘶蟾噎萬鼉，五雲低處湧蓬婆。平生海若嫌模寫，如此梁生狡獪何。自注：梁楷《夜潮圖》。

颷生涼腋策茶勳，欲御剛風度海雲。任是蓬萊更高處，叫蒼生苦有誰聞。自注：梁楷《煎茶圖》。

送王寺丞

公來蘭陵州，舊俗如解醒。封中小草木，蕵蕵皆精神。鄉來矜陸梁，今也猿鳥馴。鄉來矜巧詆，今也伏不伸。庡㢊謹夜户，兩載俱撤扁。舟車集大賈，庠序登秀民。外則倉廩實，内則府庫盈。此特餘事耳，外此請具陳。時方尚武力，習閲鋒選精。黄金不愛惜，中的咸賞勤。重信不重金，貔貅肝膽傾。悠然一寸丹，秋水風泠泠。脱使玷如粟，孰掩離婁明。離婁寂無覩，只賦荆谿清。

送郡齋兩客

五馬尊前客，長沙太傅雙。疆侵過秦論，騷反度湘江。晞露紉春佩，留蟾款曙窗。束書還小隱，静勝掃紛厖。

賓主在蘭陵，清哉勝挾冰。弈機明揖遜，酒令旋番騰。池草春雖度，溪藤價益增。梯飈十二曲，曲曲款吟朋。

酬盤隱別駕

早悟玄元一曰慈，持身有本是無私。戒將重帚傷螻蟻，弗買生魚餵鷺鷥。桂實松高宜壽此，竹清梅瘦亦如斯。吟成换得神仙骨，不枉憑闌撚斷髭。

隨官曾讀頌中興，符竹將分第二燈。一氣所鍾清似鏡，十成相肖澹於僧。紅栽水玉不多日，碧數霧鬟無數層。臺上只教猿自嘯，秦簫雖美弗同登。

求圖記古字於何老漁

古意蕩不反，古聲今亦亡。一期甜畫貴，幾箇淡交長。馬去有時反，豹飢無處藏。劉郎鬢先老，猶得訪何郎。

泣瓜廬薛景石

夢與瓜廬别，平明見又玄。偏傍蕃手校，奇正想心傳。穀賤煩豐豕，風酸噎瘦蟬。阿伶墳上土，滴不到重泉。

新竹

嫩青賷籜未禁搖，細字何煩扈碧綃。乘月露梢須點滴，少留墨色到明朝。

贈筆工

散捉紫毫新脱穎，玄泓渴飲淬鋒寒。將軍翰墨場中老，避槊方知奪槊難。

菊磵蘭石松菊手卷

鬅高江漢歸，化作木石妖。槁樹怪槎枿，俱趁毫端朝。蒼蘚並砌泣，老棘傷秋彫。篠簜霜不蓄，蘭茝春方饒。抵死蘭茝傍，不肯着艾蕭。坡陁數片石，仙袂拂不消。定知何處見，五老前山椒。以上《北磵詩集》卷六

全宋詩卷二七九六

釋居簡七

酬盤隱總餉園中之什

總餉園中賦詠佳，可曾誤指玉鈎斜。煙鬟闒户青浮玉，羽蓋亭雲緑護花。瘦竹引風留客旆，長江流月去誰家。暮天漾漾隨潮展，彷彿西興渡口沙。

舟中貽趙野雲之官三衢

笑君吟似飲中歌，船貼清溪翠卷羅。夢枕熟時忺晝永，午陰團影得凉多。官非奉禮寧如賀，家豈楊州舊姓何。試問柯山棋一局，不知曾爛幾人柯。

酬盤隱別駕七夕

水風池舘濯明粧，兩袖澄鮮竚晚香。金注月波秋未滿，銀開星渚夜生凉。素憐醉客陽辭酒，纔就新題略舉觴。拙不可窮安用巧，聽他乞得巧人忙。

逆　風嘉定九秋季同竹岩下姑蘇

劈面東風不肯西，西州客子莫顰眉。一從四國流言後，直至如今不反吹。

野雲赴三衢酒官

跌宕四十年，吴霜變玄髮。卓然所不變，傲寒勇彌決。醉翰筆為祟，狂歌酒作孽。煮字不療飢，袖手不求熱。囊羞一簪直，腰嫌五斗折。狼飽千里肉，豕卧半尋穴。於菟道邊窟，螻蟻夢中垤。驥困黄泥阪，駑踐黄金埒。臣朔漫詼謔，侏儒笑明哲。生女不生男，跨竈亦超絶。安得徑尺蟬，冠此半簪雪。縣官嚴榷酤，一官弗徒設。安知滌器時，已有諭蜀節。莫羡白頭吟，自看柯山月。

送湯少瞻見疎寮

而翁扣竹扃，拈出兩詩新。凉柄鬖鬖置，秋檠隱隱親。年勞須制勝，日益是刊陳。翰長淵源地，山陰試問津。

寄寬堂趙左藏

玉壺飲湖渌，決眥連雲根。霜蟾駕飛轍，萬頃秋不痕。懷哉壺中仙，弗鑑行潦渾。一衿洞冰澌，三舍祛塵昏。玉盌勺冷瀣，瓊佩經芳蓀。賸擷書傳香，鮮騰水花芬。愛閑受遠次，負郭成荒村。廣文飯不足，北海酒滿樽。弗春長熙熙，弗約常存存。氣餒貴益賤，道在卑逾尊。安知忘情地，豈在炙手門。只與白鷗説，莫與俗子論。

送范主簿

考績果何如，三年上上書。官箴小能大，俸給少常餘。款客壺觴静，尋僧水竹虚。麥船容借便，石浦訪樓居。

寄陳給事

别元龍了别西湖，到得蘭陵二月初。沉想金閨隨夢熟，楷書玉楮問安疎。傍人燕子新巢小，得友鶯雛煖翼舒。落落環中有餘地，道樞旋斡看虚邪。

送趙司理

未報金陵大閫書，鵲聲猶自繞庭除。若非尚德嘉同姓，應是蒐才副所如。寒日鷺洲千點雪，舊時燕壘幾番雛。江東可是無諸葛，不記于家有小千。自注：素齋，君實父。

送滿上座

文公住處兒時到，尚記崔嵬紫翠聯。隔岸土封劉氏蕖，它山石刻杜陵篇。天開雙闕凌飛霧，經注千名富近年。倘有異時陳伯玉，潸然為我作欣然。

芙蓉盛開

賈霜槁百卉，拒霜獨開花。寒驅煖消落，秋借春韶華。酣酣羅珍姿，表表駢翠葩。晴雲剪新綺，落日明丹砂。瀅泠裙宿艷，葉散摘零霞。離騷比君子，城闕藏山家。二月三月時，紅紫相矜誇。西風一摇落，亂委隨蓬麻。花中障頽瀾，晚節禮有加。芳潔以類從，薰蕕分等差。梅追元氣回，菊制暮景斜。弗使四時氣，斷續令人嗟。

泣瓜圃翁應叟

不幸人誰免，如公孰不嗟。母憐它姓子，金潤別人家。行義窮尤著，持身死不差。寸田猶可圃，圖蔓勿傷瓜。

黄凝雲歸張公洞

洞在深雲裏，仙畦茂藥苗。偶隨山下水，來泊寺前橈。瀅泠長凝煩，丹輕不墜瓢。多應久離索，老鬢各蕭蕭。

寒泉赴趙建康辟

辟書纔下了，節節闖拏音。一日偶它適，尺書煩重尋。似回浮雪棹，來作訪僧吟。夢草相忘地，於君憶更深。

酬盤隱别駕雪

臺空罷講經，底事雨花零。雞誤中宵白，山迷昨日青。槎牙渾欲死，和煦便通靈。怕壓疎疎竹，寒敲不忍聽。

盤隱别駕修龜山祠

商今藐人物，振墜起先賢。俸薄知難集，財輕覺易捐。便成新氣象，頓醒舊風煙。撙節昌頹俗，何心食萬錢。

承天萬佛閣

覩史何年宫，飛跨雙峨眉。又如聽經塔，湧出踞地維。不然鈎天人，來下觀闕隨。去年曾此游，入眼未始窺。西風一回首，峭峙凌煙霏。璇題翬萬椽，雕礎逾十圍。神速藐鬼工，莫知為者誰。或曰金泉僧，短髪霜披披。信乎全吴地，幻此一段奇。胸中楚澤小，簷外吴天低。舉手斗可捫，縱脚雲可梯。江窮水屈折，港盡天畛畦。因知廣大量，不為狹隘移。閣中優鉢花，萬朵秋不萎。天子壽萬年，一年開一枝。

竹風亭

盡鉏萏翳了，華構繞篔簹。矗矗半簷緑，疎疎六月凉。雪林聽響玉，粉節暈零霜。話到楊州鶴，無非俗肺腸。

平江太守李寶謨移漕荊湘

荆溪溪上傳，接畛使君賢。行旅歸如市，羈游亟受廛。豐儲優郡計，薄歛裕民天。誰似山陰叟，臨行贈一錢。

不據喉衿地，如何展壯圖。一麾移使節，三楚即全吴。鷓鴣春常早，貔貅信必孚。不知坐上客，更有禰生無。

葛菴阻雪

城中倦酬接，小泊在同涇。竹已休教醉，梅方喚得醒。山嫌時晝俗，天滿古壺青。怕有歸來鶴，柴門夜不扃。

天上花如席，門前逕擁樵。全葩不到地，零蔕謾齊腰。梅笑竹先裂，柏隨松後雕。燒痕漫滅盡，黄獨更無苗。

張荃翁赴浦江丞而喪耦唁荃翁謝穫軒見寄

藍田廳壁記，又向浦江鐫。棋壘須延敵，吟疆旋拓邊。鏡空鸞獨舞，幌冷鶴先眠。八詠弦難續，麒麟角可煎。

絶笑諸郎似乃翁，荃翁又自去哦松。捄焚賞必先焦額，欲雨香非後土龍。徵調苦多忘惜日，燮調傷煖不成冬。吴江短楫華亭月，稱副莖虀藐萬鍾。

正月初一酬盤隱陸別駕再雪得封字初三夜醮遇風得涇字

前回滴未融，密洒又重重。半剌慶三白，載歌賡四封。獵圍尋跡去，吟思為誰供。沉想山陰夜，來如去興濃。

巽二胡為爾，喧豗不可聽。弗摧山墜地，必輥渭成涇。窗俟東方白，燈留冷幌青。想應遵帝命，弱水送飛軨。

立春前三日雪

旦夕灰吹律，漣漪尚剪新。雖正猶是臘，差晚不傷春。夜户凝朝彩，生柴代熟薪。老僧眉最白，寒鑠玉津津。

武進趙哦松吐茹異流俗雪中與邦人頌而餞之明州人，忘其名

自拔千尋俗，瀾從砥柱回。炎驅旱魃死，凉似故人來。梅待春開眼，歌催雪薦杯。荆溪鏡纖悉，是豈負丞哉。

立春前四日天大雷電以雨王禹偁黄州亦有冬雷，移於蘄州而死

霹靂如春雨似秋，蘭陵冬夜憶黄州。茂陵封禪期身後，恰恰營成小竹樓。

次薛叔載石泉韻

石泉曾未面，泉石舊忘情。不與滔滔競，常懷止止清。渭非涇醖藉，貪是惡聲名。自潔憐他濁，憑誰吊屈平。

惠山泉

源遠涵山錫，風高遜甲科。論於前輩定，重似别泉多。清泚停無滓，扶摇盪不波。澹交從古小，如此一杯何。

寄湖州故舊

夢憶湖州舊，樓臺畫不如。溪從城裏過，人在鏡中居。閉户防驚鷺，開窗便釣魚。魚沈猶有雁，弗寄一行書。

次韻盤隱别駕偕抱獨作詩相勞苦

小奚雲錦重來地，時與山人尉寂寥。妃子墓前苔砌緑，風煙商略到前朝。
逕縈蛇腹不嫌紆，花蔓玲瓏畫不如。太子布金祇樹老，一鉏無地可藏愚。

代農答别乘勸耕

敢忘百拜與三行，非賈非工只得耕。舊不便民毋助長，新非佛衆却休更。驗今多是迂扶曲，考古無非直勝横。只把禱歌徵别乘，不從諫議問蒼生。
守令丁寧在必行，女當知織子知耕。課春蠶務從三月，聽夏雞自注：鵯鵊也。聲起五更。畎澮滿時瞻日上，桔槔俯處候雲横。調疎征省家才給，便買詩書教後生。

菊磵之宜興兼簡趙長官

伯氏如文舉，何煩仲氏書。山陰溪上棹，灞岸雪中驢。耕豈無閑地，居仍有弊廬。看家老猿鶴，渠不為貧疎。

閏月三日即事

星曆新傳誤，無人重講明。日中陰似夜，春半冷如正。柳欲眠還醒，花猶染不成。燕歸多日了，猶自未聞鶯。

橫山王八伯丹井

殿陰瓴甓古，汲向瓦爐煎。甘拊惠山背，冽差簾谷肩。還丹非内外，餘瀝尚清漣。莫問井中影，盍窺天地先。

寒 食

纔見茅簷插柳條，便知寒食是今朝。春應不恨相尋晚，應恨常陰一半消。

翟 園

廷尉園池傍柳塘，自携魏紫訪姚黄。問它濯錦江頭路，共漢梁王醉幾場。

黄雀兒隨玉屑栽，兩行珠翠一般開。桃花少似玄都觀，曾却仙都譜系來。自注：前朝有貴女子，欲冒翟姓，其家力辨遂止。

寬堂趙左藏泣子

廣寒秋思苦，桂竇最芳枝。既失鸞膠助，寧忘獺髓醫。彭於殤有間，蒼與昊安知。不獨天難問，人間更問誰。

盤隱別駕別造楊龜山祠堂拜奠於三月既望

導洛疏伊斷在兹，度溪湔袚振荒祠。人心未泯猶知勸，事力雖殫豈憚為。清似山陰修禊後，煖於沂上詠歸時。熊羆祥叶期豐報，應有南康別駕兒。

張別駕饒州之任

絮飛無跡送行舟，春樹江雲共獻酬。國子先生為太守，自注：林太博清之同之任。碧山學士作監州。晴開廬阜微茫曉，籟挾芝山汗漫秋。華月光風在懷袖，同吟同歗莫鴻溝。

林國博自興化軍得饒州

盍綴蓬仙向上班，烹鮮不鄙作州難。醉眸尚帶壺雲碧，自注：興化軍壺公山。吟筆疑翻壁浪乾。名著金閨方善下，春生玉樹不知寒。明年全榜登科記，莫把尋常舉送看。自注：范文正公知饒州，全榜過省。

慈感寺蚌珠尊者閣新成

部勒溪山勝，横陳壓麗譙。老蟾栖峭峙，飢蜃吐岧嶤。蘋潔翻波碎，塵紅到岸消。蚌珠方廣士，瘦影落清茗。

夜泊三高亭

蓴絲鱸膾不如施，歌散雖工又帶譏。牆壁年時俱有耳，莫嗔鷗鷺往來稀。

趙昌折枝芍藥

韶光欲盡伴荼蘼，收拾華風在一枝。不惜丹鉛和露寫，惜它姚魏不同時。

酬盤隱別駕

出門騎無驢，擬轝剛風騎。問之何因爾，蜚度弱水涯。弱水三萬里，風煙接蓬趾。仰止蓬山雲，青紅濕窗几。煌煌華玉枝，采采黄金芝。瀊零濯鮮好，歸來賦三島。

搗紙

萬杵不為輕，丁寧玉汝成。忽聞敲月響，誤作搗衣聲。整整雲添薄，方方雪更明。沉思過秦手，古恨滿箋生。

趙宜興訃至

千緒亂紜紜，今才整得清。泉羞廉不污，鏡笑醜嫌明。方聽棠陰頌，俄傳薤露聲。半規華月老，冏冏又東生。

百里寄豐凶，休仍與戚同。小心三日婦，宏略九年弓。犢用刀償價，人疑蔀發蒙。來年花滿縣，何似去年紅。

次韻郡博士賀龜山祠新成

經術修明可保邦，凛然冠佩陳堂堂。競傳溪上諸賢聚，漸得門前一水香。疎剪新篁看抱節，誅鋤惡草戒侵牆。美輪美奂從人頌，潜德雖幽愈耿光。

肅瞻老屋話因依，再振工夫豈浪施。學士賤秦麟妄出，老天祚宋鳳來儀。崇儒允叶休明運，溢美宜删賦詠詞。弗待文興自今古，源源未必不由兹。

業從師授巧無師，孟子何曾負子思。華月不從修處缺，景星還自望中垂。偽從所惡生成黨，判自持方不中規。欲扣兩端今已矣，忘言獨與故吾期。

劉練師歸綿州

掾署生賢萼，君生幾歲知。江園帝子閣，薜荤海棕詩。鉛豈無成日，竾須有化時。怕揮天寶泪，莫話浴妃池。自注：謫仙、玉環、歐公同生綿州。

荆山劉成道相過

繫船敲竹户，剥啄異常聲。燈醒夜來喜，猿因晨起驚。葵英和露熟，雲子與秋明。恨殺西風急，如何駐水程。

張公洞

仙蹊九地更深層，捫磴扳崖謝瘦藤。候徹鼎芽抽薿薿，滴殘鍾乳綴稜稜。詭形象物疑成怪，虚處存神唤得應。惆悵石驢鞭不起，弗如雞犬解騫騰。

白馬金砂洞

準擬朝餐洞口霞，更窮泓碧漲桃花。可曾石罅潴成玉，多是金邊揀得沙。符説有靈尋漢篆，人因鑑止見胡麻。依稀似入天台路，不屬劉家與阮家。

善拳洞

一山三洞幽，兩洞碧通流。龍占層淵泐，魚憑四足遊。遠舒雲際望，凉愜水邊留。更卜重來約，岩前石點頭。

祝英臺墓在善拳寺後

作奇男子事，博約訪名流。只似深閨住，爰從斷束求。窗低延月入，幌冷為雲留。只好尋班謝，泉臺約雅遊。

何監宫雲凹

凹處移將凸處填，悠悠填滿亂山顛。是中自有從龍便，勿謂春風不偶然。

吴秀州自通判即真

鄉來風月渺鴻溝，已屬而今第一流。九轉可曾圖速效，雙旌何足嘆遲留。暫紆青綬宣新化，應對黄花動古愁。倘有無人耕處地，欲投瘦策問菟裘。

九月十四日自壽

九月明朝望，思親到鶺鴒。不曾生日醉，未必死時醒。有命羞同甲，無錢喜放丁。六千三萬夕，款曲度殘零。

簷外無多地，秋芳以類從。負暄存愛敬，趲課策疎慵。勺月酬閑燕，留雲備綴縫。莫言太早計，吾欲御玄冬。

送鄂渚秋官陳伯奇兼柬阮廣文

榮如李郭舟，小為蜀僧留。江漢渺何許，琴書占上游。貪程人易别，勞勸酒難酬。黄鶴風煙古，何曾怕攬搜。

相士雷舌

盡道雷無舌，雷無舌可乎。不曾藏霹靂，又自笑暗嗚。菊減霜前馥，筠添雪後腴。莫同姚魏看，姚魏望秋殂。

王司理之官南徐

南徐非古徐，或云古徐州。鄉來徐州牧，亦有大耳劉。手携紫髯生，分踞很石籌。不知何所籌，楚醪相獻酬。石無一日轉，名有千年留。石很不足道，人很寧弗瘳。君掾南徐官，盍為南徐謀。誠開金石堅，德舉毫忽輶。鄙薄久自化，强矯終當柔。平反惟厥中，此外吾何求。君家老卿月，威惠半九疇。悠然豁斯道，付與諸郎由。

宋賢良見過二十韻

莫登百尺樓，豈無湖海豪。莫揮北海尊，豈無老風騷。風騷脆霜葉，鄭衛壯虎牢。齷齪勝宏放，昆吾避鉛刀。競利黷奇貨，遇士輶纖毫。妄冀款段馳，不使鸞鵠高。弱羽與微類，聚族喧林皋。殘粒酬渴飢，墮葉争爬搔。忽乘吹送起，遂記蔭翳翱。因風不知反，墮地寧償勞。顛頓失故步，悲叫尋叢蒿。擊搏恐不免，彈射安得逃。仰窺扶摇翮，俯媿腹背毛。美人隔秋水，煖靄明春袍。訪舊溪上寺，泊我寺外濠。開端問戒鼠，次及銘瘞獒。堅窮與壯老，指摘仍繹繅。玉石體自異，瑕纇寧容韜。清評盍用恕，白戰惡足鏖。試請避三舍，大招方載櫜。

寄石龜翁總幹

龜靈詩亦靈，鐵甕渺江城。爆得風騷兆，鏗為琬琰聲。看如容易得，吟却最難成。只有蘭陵月，知余入細評。

高教授訃至炎

競俗奔奔急，潛窺却步難。退知藏用密，居得秉彝安。有襪常番著，無弦敢廢彈。謝城空冷帳，回首一汍瀾。

陸別駕解組

不平容赴愬，無枉不相關。契託今州牧，官同舊筍班。騷情吟未盡，樂府載將還。况是平分手，新聲課小蠻。

蔡提幹卜居

男兒胸中奇，忍作懷土羞。冒紫復素食，矧乃羞之尤。謾令兒女曹，欣戚相喧啾。東家新買隣，百萬未易酬。鄰人何人斯，百萬蒱博儔。婁叱九折馭，朗吟三硤秋。結客盡群玉，税駕半九州。疕存萬間志，資乏三徑謀。長沙與吳會，豈必真菟裘。濯足門前溪，泛月溪上舟。有客共吟嘯，有書同校讎。有時鼓瑟琴，亦復飛觥籌。論士笑浮俗，得失令人愁。重官不重名，不約常相侔。鄉來飛將軍，渠豈不足侯。名落天地間，迥覺天地遒。謬侯紛如蟻，千古衆楚咻。至今謬與賢，渭與涇殊流。高名獨不死，天地同悠悠。

續鐵罏步志寄平江太守

惟虛不競實，薄俗崇虛名。豈其鄉來實，虛課今日成。因依鐵爐步，自昔聞題評。橐籥廢已久，百錬餘晶晶。大而函牛鼎，小而割雞刃。刀也玉如泥，錐也囊脱穎。箕裘既失緒，族屬庸振領。區區欲就鑄，水滸方接軫。譬彼趙善戰，奢抗狼虎秦。括也讀父書，言外欠發明。奢死括駕趙，兩眼空無人。全提四十萬，一窖埋長平。括固不足道，謬甚用括者。用名弗核實，鑄錯敗良冶。曩時闔閭城，呻吟滿四野。忽聞襦袴歌，一日變風雅。

歌太湖迓常守王寺丞君保

伊誰量太湖，三萬六千頃。天圍幾何寬，滿湖不畦畛。或疑湖底天可田，箋天亟問縣官請。況復周家有成法，盡底均作八家井。鯨鵬蛟鰐俱幽屏，藻荇蘋為禾黍穎，公田利與私田凖。坐令虞芮俗，化作西伯境。野田無哭聲，夜厖亦不驚。晏眠早作日以寧，已輸再輸毋婁征。循良在上如西京，媢長牙爪俱逡逡。

檥舟黄叔向部綱南徐

三顧凄凉後，今誰抱膝吟。有人皆肉食，無舌變梟音。穎脱三千客，囊空四萬金。孤舟猶繫岸，江碧柳陰陰。

柳

江春欲到最先知，次到南枝次北枝。不信樓頭觀旖旎，嫩金勻徧去年絲。

奈爾縈晴殢雨何，静時常少動時多。初無惱亂春風意，却是春風惱亂它。

贈製香蠟茶者

玄質團團玉不如，翠鈿小切試昆吾。文園病酒文君老，盍薦芳甘瀹道腴。

周漕泊舟寺前

見説淮東使者歸，耄鯢都作小兒啼。暫閑緑野停鴻鵠，小俟青冥驟駃騠。度外二三皆勝策，胸中十萬未全提。浯溪尚有嶄天石，頌德歌功儘可題。

金山

彈壓奔鯨障怒飛，削成峭峙不分支。自簷滴外水為地，於海潮中石湧坻。蜀浪春肥浮棹急，淮雲曉濕度江遲。中泠一滴清如玉，弗與滔滔混濁移。

不占南徐地，遥分北固天。削瓊標巨浸，堅壁下長川。城柝偏遥夜，淮烽直近壖。建炎天子聖，翠輦到層顛。

秋塘陳敬父挽章

百尺樓頭卧，傍無一寸梯。談知秋鬢苦，豪壓暮潮低。白璧羞瓴甋，青絲老駃騠。不能回晚照，相與就刀圭。

即事

一點春深燕子泥，卷簾不記燕歸時。牡丹又逐朝霞散，亟課殘經更不知。

石龜廨宇可山

城中闤寸碧，益遠益難真。簷外開荒壘，天涯見似人。驟觀雖小有，側看亦橫陳。蠟屐隨山眂，幽尋謾苦辛。

於潛張長官縈上

岞㟧峰前古子男，萬家喜氣接浮嵐。許曾蛻俗今留跡，坡為尋僧舊駐驂。養志不違宜膝下，去天差近似城南。明年一縣花如錦，日日春風伴燕酣。

米知縣之官建平

凛然晉宋美風姿，又似君家古少儀。劇縣一經名輩作，春江相與白鷗宜。盤根小試難藏利，剖竹喬遷勿復疑。雞犬相聞纔隔岸，日邊書到欲先知。

酬滕主簿

帆開得便風，從事果何從。研滑磨穿底，毫銛賈勇鋒。三千篇謾與，十四字休封。歲晚論交地，由來淡勝濃。

張令人誦經

沉思何處雨花零，彷佛靈山會上曾。不媿後來成佛女，宛如前輩在家僧。翳花去眼空無蔕，老玉勝春瘦弗稜。相伴靈椿歲寒操，共看兩幹又傳燈。

荆山

隱不知山淺，端如璞在荆。草滋皆玉色，松籟作江聲。莽莽嫌吟俗，滔滔笑渭清。莫將雲錦橐，容易小能名。

劉母墓

怒虎跑雲此處傳，到今知是幾何年。一彎碧似回珠浦，數曲青藏瘞玉田。彤管旋添今日史，白華何補鄉來篇。誄辭盡出騷人社，行槖猶能得細詮。

次宜興謝長官借榻韻 謝魏王冢孫

挂帆來迓新邦伯，不與郵亭計短長。舊習澹如黄閣老，騷情閑寄碧雲房。空濛得處花生筆，灩瀲斟時月滿觴。想見客氈寒不寐，自將宿火撥殘香。

胡子安見漫堂

一與慈湖别，懷君十五年。衣曾知密付，人不是虚傳。氣老凌秋爽，詩成指日僊。相逢卯金子，應有碧雲箋。

胡子安荷花

出水依稀帶露痕，采毫羞澀媿旌能。細思語不經人道，揖遜安州食蜜僧。

贈皓律師 按：《宋藝圃集》卷二二作釋簡長詩，本書已收入卷一一五簡長名下，當為誤收。

皓也毘尼學，精於玉帳嚴。蟻酣停掃砌，燕乳記勾簾。茶鼎敲冰煮，花壺漉水添。夢回池草緑，忍踐緑纖纖。

寄徽州謝使君密齋

新安産最良，引類赴文房。太守五四友，管城三二王。水分千里月，春滿六州棠。丹穴皆鮮羽，叢霄看頡頏。

孫氏封禪碑如囤俗呼囤碑

拆裂金刀地，三分得一分。干戈未奠枕，封禪已刊文。符瑞規前謬，勳勞詫後聞。水中龍欲下，矯首蜀江濆。

修玉樓

故郡樓居者，宜州太史家。浦寒雲掩鏡，研冷筆生花。月砌亭亭玉，風籤獵獵牙。合簪酬大雅，一戰冢淫哇。

漲水嘆

去年水為祟，數州害田稚。今年逾去年，低陌呑高阡。天時杳難度，耕者虞溝壑。問天如何其，天空無磴梯。蒼然不可詰，試詰天所司。司方責公田，皇暇恤我私。率先盈囷倉，又欲豐盛粢。長呼天不聞，問司胡不思。反裘惜奇毳，裏盡毳孰資。司云心是豐凶本，帝哀爾氓亂方寸。遂令腐爛不可支，甚若秦皇齊威尸。佞壬矯誑至於此，大橫傷殘乃其自。濤翻天上第一禪，所感召者誠宜然。或譏浮圖事吟牋，法當勿用浮圖言。少陵琳琅千萬篇，留人間者百不一。亦師粲可縛禪寂，不知此話何從出。

聞沈宏父訃

雲裘未換貂，鬢已幾莖彫。璞美宜穹售，樓成或下招。生無金潤屋，死有玉蕃苗。欲酹余不土，天漿弗滿瓢。

晚牧圖

寸繩尺箠亂山深，節制安知竪子心。老子看牛如相馬，微茫淡墨賞遺音。

贈吴兄仲孚

策慵推病枕，刺字忽來前。未説名瓜子，先傳姓口天。鴻蜚煩送目，蛩響動吟肩。窮與窮相值，秋風已颯然。

蟠　松

肯為人低首，非因米折腰。曲何慚九地，直恐礙叢霄。雪虐知擎重，風酸不怕摇。喬林多裂幹，弗後歲寒彫。

泣姜貧樂謝長興長趙可齋

葬近陳朝檜，傷心絶筆吟。家餘乞米帖，囊盡擲蛙金。語戇貧難屈，名羶死弗沉。王孫種花縣，何似古藤陰。

金盡驊騮死，交遊散似雲。五窮逐不去，百拙巧難分。竹唁梅疎友，鷗隨鷺吊群。未銘先傳散，勒徧雪川濆。

仁壽敬行可開兩池曰雙照

照與照者，影沈蹟絶。爾如何其，自起途轍。傍睨語我毋庸疑，倩檽為我賦兩池。謂言物物皆吾詩，絶憐思苦槁弗滋。不忍污此清漣漪，不然小需載生魄，碧瀲不摇皆玉色。一池各有一眉新，眉間喜氣浮津津。悠然散作無邊春，轆輪半仄幢幢蘸，明透方方兩團鑑。更徵此義吾無説，莫問清池問明月。

吴江塔寺登閣觀太湖

十華藏海藐涔蹄，便作涔蹄為物移。富貴不須開帝網，只開萬頃碧玻璃。

雪

集霰夜才分，繽霏曉更零。未乘風洒洒，先挾雨冥冥。窗失三更黑，山無一寸青。有船非剡櫂，誰去扣吟扃。

聞杜子野訃

嘉泰開禧後，人傳伯仲文。綸綸宜掌制，草檄謾從軍。楚塞沈秋警，江雲黯暮曛。舊題湖上石，蘚暈濕苔紋。自注：没於王事。

問傅菴海棠消息二首

光風欲透錦燕脂，數點忺晴已薦奇。惆悵一雙新燕子，年年不見未開時。

紅雲煖壓草玄池，宫燭傳榆夜更奇。空掩沉香亭北恨，玉環宿酒未醒時。

讀賈太傅傳

諸老先生總未言，一言中的已先聞。守成天子恭沉默，不妬多功重少文。

七日平城戒覆車，不容年少係單于。用賢勿貳君知否，不用何須歎不如。

趙都厢見過

彷彿巴東縣，空横盡日船。晴占收麥候，寒似養花天。嵐濕窗紗重，雲明幌楮鮮。商星與參子，相别動經年。

訪葉海鹽不值

緑葉未幄春正遲，看看雪煖開荼蘼。丁寧密意謝紅藥，掎角緩放韶華歸。一芳一菲尋版蕩，更無可砥狂瀾漲。惠風迤邐索蒲葵，約束凉薰小相讓。棠梨雨褪燕脂蔫，來禽效顰相後先。主人朝天未回轡，軟紅没屨東華前。飲湖山緑方頹玉，水遶山圍南宕北。起來却憶故園春，園中四時花木新。詩人眉苦閑情皺，不怕天知怕天瘦。遂令真宰姤冥搜，無人不恨古藤州。

入邑阻風二首

鬬風鷁退不忺飛，還似當年過宋時。又似雪舟人興盡，歸時却是順風吹。

見時無事去還思，往往來參去不辭。弗是山林傲軒冕，澹臺有請獨無私。

長興長趙憲可説閫帥王方岩逸事

勳業在青編，貂蟬負雪顛。巍科幾望月，定見不回川。用小才嫌大，時危德忌全。上天尋白傅，表海問蓬仙。心在方巖上，天游委羽先。十連茂棠蔭，一橐老鈞天。濁水因珠潔，清風被物鮮。孤芳觀晚節，善賈考初年。吟速甘存拙，文疎耻競妍。鄭莊真好客，王衍不言錢。謬我奚為者，煩公辱贈篇。初無曇穎契，終説項斯賢。大雅皆傳響，楞嚴未訖箋。新阡小溪曲，華玉反藍田。

四明陸韓二佳友登科

龍虎榜頭千佛名，亂山寸碧起雙明。預吟新句雖三首，莫放臚傳第二聲。得意馬蹄須款曲，吐花兔穎看峥嶸。平生兩眼人嫌白，青為君家好弟兄。自注：盤隱昆弟。

江上得書纔半月，漕闈旋與計偕初。荐聞得第喜何似，縱不嗣音曾弗疎。别院苦難應有助，大庭賈勇可無餘。首呼名氏須相報，雁若慵來亟遣魚。

盤隱瘞猿

寸土如寸金，恩殊帷蓋深。病思罹穽日，死恨出林心。殘橡停朝賦，空樊絶夜吟。六窗呼不應，雲冷月沉沉。

張公洞得響石

漢張燒煉處，切得一痕雲。土蝕爊金液，苔皴截鐵文。響非弦脆雜，清浣俗紛紜。袖裏東溟小，羅浮不足云。

酬盧玉堂

溪友弗來過，幽栖欠濯磨。眼飢嫌睡少，竹醉惜移多。雛燕駢争乳，慵鶯噤弗歌。窗低雲不掃，零亂儘從它。

陳襄陽歸長興

玉帳擁貔貅，朝天爽借留。勳庸收素定，江漢耻横流。傳有當時癖，池無暇日游。貂蟬倘來耳，又見出兜鍪。

巾子山前寺，曾分華頂薇。去尋龍首約，因些客兒歸。白羽精戎律，黄金緩帶圍。孔融傾座處，西望幾斜暉。自注：公自永嘉訪莫魁回。

項别駕訃臨

清約筋骸别，雲泥俗肺腸。酌貪廉不污，鑑正醜難藏。貴藥無錢買，沉痾有死償。若為千駟馬，得似蕨薇香。

玉樹曲

翠袖薄，霞裾飄，盈盈不動金步摇。步摇金扶翠翹玉，只知今夕歡難足，不知明日歡難續。瑶姬自是能吟女，璧合知還舊躔度。古菱花試小龍文，雙鸞舞處亭亭分。

巫山高

陽臺晴霞煖生纈，削玉六雙雲嵂嵲。白鹽赤甲秋未零，側樹欹巖妥鱗鬣。霧轂煙軿兩朱鳳，紫瓊銀鐺碧瑶鞚。轍飛不點九地泥，泥滓各譜螻蟻夢。蘭臺詞客詞詭奇，諷微勸廣胡不思。更欲張儀聘燕趙，却嫌鄭袖黄金少。

蓮塘曲

錦帆溼淺花如玉，苧羅女兒更明淑。纖柔擘花映芳臉，緑皺不摇秋湛染。嫣然闖影一笑新，笑花解笑不解顰。扁舟五湖一痕月，照見顰吴更顰越。

古鏡行

一奩古碧涵冷秋，泓澄紺滑凝不流。開奩拂拭辨款識，認得軒轅在時事。軒轅昔游廣寒殿，取太陰精酬百鍊。罔罔妖蹤怪影消，夜哭空郊曉奔竄。菱花亂古亦亂真，識真考古今無人。黄金寧可買不死，難買張華兩眸子。

傅家林

樵斧響晴雷，平林頃刻摧。兔亡三穴徙，猿弔一枝哀。桑梓思前輩，松杉惜上林。養林如養德，萬木盍重栽。

次韻鄭大參浄慈雙井

山展鳳膺仍歛翮，東井碧通西井白。井花婁欲策茶動，長恨眼中無此客。夔州病渴夜迢迢，阿段透雲分渚渚。自注：夔州連筒四五里，引水入城。胡為金錫卓山泉，小倚銀床問庭柏。一杯盍為龍象供，數尋自是蜿蜒宅。萬斛滔滔隨地出，九地茫茫不須擇。淺清盈甃玉痕圓，深浄鏡空雲影拆。江淮行地自南北，河漢如人同血脈。舉瓢高謝滄浪濁，吹簫去覓浮丘伯。遂令天水不違行，洞明爻象元同畫。更將康谷細商評，一笑自知肩可拍。

哀三城 并引

開禧至紹定，幾三十年士不解甲。殘虜假息韃人，擾亂我邊陲，潼關以西，如無人之境。成守李冲、鳳守李寔，皆名將種，備禦有嚴，不穨家聲。西和守陳寅仲，開禧總餉不受偽命咸之冢嗣，奮仁勇於世家子，苦戰無援，偕二城死義。壯其死而哀之，擬《悲陳陶》、《悲青坂》，賦《哀三城》以泚。偷富竊貴，賣降致款非人類之纇。

歲逢虎牛禍折萌，蕩蕩蜀道猶可評。嗾姦反正善其計，振槁拉枯徒爾勤。初雖覆杯可撲滅，終焉決海難為平。智人三尺眼前暗，明玉一玷磨弗晶。因仍擾擾不知了，殘金欲灺連韃人。武功夙著冲與寔，貂蟬貴欲兜牟成。孽成孤鳳鳥不度，守有可死生無因。兩公氣節固相類，又類射虎飛將軍。西和寅仲出儒素，開禧總餉先垂名。太丘是父有是子，衝樓跨竈前無倫。話頭講明有定見，不與姦諂相因循。犬戎日衆我日寡，貔貅乍屈還乍信。賀蘭飽鮮方醉醇，嚙指不讎南霽雲。慟哭秦庭不肯援，有嚴玉帳無分兵。借令空拳可持滿，飛鏑已盡風中鳴。三城父兄一時陷，況復骨肉懷親親。有生必死死有所，此死可羞尸素群。矜韜銜略謾蠢蠢，妬功嫉效徒逡逡。幸災之跡弗容掩，不掉之尾何足云。鄉來益昌倡大義，阿源流芳千載榮。勝天倘可恃人衆，公道莫於行路聽。後先忠節貫日星，野史孰愈良史真。

九日寄宜興謝長官

射蛟溪上黄花酒，灝氣浮溪静弗瀾。素羽已忘秋後熱，紫萸不怕夜來寒。軫裁彫玉鳴焦尾，屏掩涂金炷博山。步武自高吟自適，何須鼓吹上層巒。

苦　雨

尺潦翻階怒輥沙，沉陰物物殞精華。最憐萬畝傷禾穎，忘却重陽對菊花。原上有苗皆委地，水中無穗不生芽。占晴夜夜觀西北，一縷何曾見暮霞。

贈天台權上人

老荷紉綴晚秋前，冷榻曾無坐客氈。旋剪玉蟲觀細字，欲分半芋且遲眠。

箬溪樓製錦堂長興長官趙可齋新製

步武弗恢低，闌干俯峭巍。霜鴻天外去，鶱翼水邊飛。勝踐西風老，幽尋晚照微。賀成先燕雀，宏略在沉機。

古製宜藏巧，吾寧十目窺。弗將青鏡掩，誰兆白鷗疑。雁鶩方群散，罝罦各自施。悠然機杼别，無媿召南思。

大雄寺陳朝檜

託根陳土隋風煙，送盡鯉魚蜚上天。六騑度江又如許，老彭社櫟將齊年。彭自有商觀五伯，區區社櫟奚為者。君乎幹老舊時天，剛中紫鐵青銅堅。一年一年看妖妍，年年死在秋風前。輪困孤頂鸞停翼，脱略霜皮蛟露脊。自古才難人弗惜，江東酒壺澆柱石。夜深風雨卷潭湫，霹靂一聲天地秋。

月谿

光動群陰歛，瞳瞳古岸斜。緣空冰碾霧，分影璧沉沙。圓轉剛非缺，虚靈浄弗瑕。修輪紛血指，玉斧在山家。

十月初三四雪

霰集三秋後，花飛十月初。更添兩度白，併作一年書。稻疃齊生耳，麰田爛弗鉏。寒敲君子竹，壓折怕林疎。

墨藕花

紅鋪不是芬陁利，緑卷無非菡萏秋。以色媚人寧壞色，不隨榮謝鏡中羞。西子湖陰錦掞雲，水風池閣度晴熏。影窺明王生綃薄，分外精神一兩分。

松圖

李懷仁畫雙龍後，活在蘭陵道士家。水墨工夫能幻巧，變成霜幹老槎牙。斷橋之西石橋北，忘世忘年寄幽獨。千仞干雲險絶攀，瘦影何時落横幅。

秋雨連冬雪寄常平使者王郎中

九月十月閏月雨，陰晶陽采雲霾歕。十旬朝夕漏涔涔，豈應漏處無人補。準擬書雲須少霽，破鏡上天猶未已。田家屋老半間茅，帶雨旋抽仍數米。雨中集霰初廉纖，雪中更把來斄占。斄今一粒不入土，倘有些小黄厭厭。春耕仰麥今無麥，欲驅秧馬飢無策。富人露廪蠹如林，價高少室山人索。貪夫相時為利謀，耕夫食力毋過求。無求尚有豐凶憂，更憂螟螣蟊與蟊。常平使者深長慮，少戇安知汲長孺。開倉振粟勇不疑，救焚孰與先救飢。

劉漫塘寄謝宜興三詩屬宜興索和

醫俗無如退，榮身豈俟官。不知狙喜怒，聊問竹平安。惡曲麾圓器，希同即異端。十虚無四壁，冷眼要人看。

美政喧隣壤，新詩致漫翁。新聲能峭眇，嘉實對清空。自注：劉有「聯翩致嘉實，多旨薦清空」。清空，酒名。藥苦終成效，言甘恐害忠。不逢丈人行，争識古人風。

泳飛樓上吟，記賞竹巖深。鶴已幾番子，棠仍千樹陰。名隨北斗上，刻笑峴山沉。獨欠巖翁些，交游尚挂心。自注：錢竹岩葬，諸孤託求先友换詩於劉。劉建泳飛閣，竹岩作記。

張南雄之官 張文昌之子

一麾梅嶺下，征旆踏春妍。響鄭尚書履，收王大令氈。阜財昌國本，裕食佐民天。來歲花如雪，芳枝記驛傳。

薛藍田 瑞州

藍田新續記，蓮幕又登賢。次遲初潛地，榮如利見年。熊飛占吉夢，綵侍未華顛。天予先成佛，無庸緩著鞭。

陪方江陰宗諭勸耕過宋景文墓田次日得其唐書草并侍郎誥

千騎精明振物華，麥畦分處槿籬斜。山雖有盡春無際，李竟不言桃自花。緑漲新添前夜雨，青歸不減去年畬。酒盃弗酹劉伶土，重為斯文一歎嗟。

君山弔古春申君領客於此

梏足晶熒佩陸離，無人從事一丸泥。謀疎與國迷同體，恨逐東流竟噬臍。俗好永懷兄弟遜，金多盍媿斗牛齊。潮來只打君山脚，渺渺江空宇宙低。

梁楷畫鍾馗并引鶴歸雲際携琴過澗西三題

華清横玉落梅愁，不痁人謀蔽鬼謀。白面書生名字貴，還如版築夢中求。

喚起胎仙細問伊，幾時華表柱頭歸。一编玄草都收拾，種玉田東伴采薇。

不是忘彈閟古音，怕人誤賞玷琴心。雲西六六峯前去，挂壁梧桐槁弗瘖。

楊園四題

草薰薰，木欣欣，海棠昨日隨雨零。牡丹欲放金紫新，餘芳各自争鮮明。小圃日涉不日成，品分目署月旦評。是家當年駕盧駱，祖烈亭亭相博約。振陋鉏荒十畝餘，坐看鳶飛與魚躍。奇奇怪怪幻玲瓏，白白紅紅相雜錯。小竚人間日月長，更拓胸中小丘壑。自注：叢茂亭。

凉自紅酣起，香從静勝聞。虹梁雖可跨，龍液不須焚。天作池中底，風成水上文。倚楹閑意緒，只與月平分。自注：風香亭。

塹斷垣頹井不移，秀盤古色尚依稀。興亡千載誰相委，華表柱頭丁令威。自注：盤秀亭，在禹城内古井上。

直從平地矗崔嵬，南向群山斗次來。盡此半春留客醉，莫愁一日不花開。水從緑野前頭遶，竹向芳菲缺處栽。目送斷鴻天外去，問它更是幾時回。自注：環翠臺。

燕歸

舊巢新補畫梁西，趁得蘭塘雨後泥。莫憶年年歸去路，蜃樓高處海雲低。

三月三十日

笑賈長江惜語離，苦留春到五更時。怕傷懷似陽關别，何似悠然睡莫知。

以上《北磵詩集》卷七

釋居簡八

聞盤隱府判換闕

兩考在官當有俸，三年待次已無餘。驥雖暫展淹州佐，鵷欲成行盍内除。湖上玄猿嗟宿草，帳中丹頂喜新雛。青冥脚脚平如砥，浩蕩滄江興弗疎。自注：公有馴猿瘞湖上。

次韻謝盤隱府判

秋簷去年約，夜色正中旬。月墮水中影，沙明鏡裏人。杜鵑移樹怨，蝙蝠抵簾嗔。誰報明朝喜，燈花剪剪春。

王守除本路倉使

把茅著在深雲裏，亦有殘畬近水邊。不作山人沽善價，更饕司業養廉錢。皇華未遠難為别，倦翮嫌高弗足憐。來歲小團新錫賚，從公酌第四橋泉。

周氏小閣漫堂名之曰燕超

蜂懶蜜脾香，將雛燕子忙。種萍翻盡絮，蓄稻浸成秧。梅子雨初溽，蘋花風未凉。卯金天禄閣，芳墨浩淋浪。

蜀葵滿庭

蔓綴薰風舞袂涼，依稀五竺飯空王。未哦玉唾三千偈，先列金釵十二行。桂殿冷滋分素潔，魏家新紫擬芬芳。華林錦綉連銅雀，葉葉傾斜背太陽。

立秋日贈竹隣陳上舍

秋夏纔交事，征輪勇欲飛。有詩上行卷，無地扣吟扉。梅雪玲瓏瘦，瓜藤蔓延肥。侯鯖易充悦，不似北山薇。

搗藥禽

大藥何年竊得靈，廣寒去伴月長生。至今弱羽沾餘瀝，猶作當時杵臼聲。

嘯　雲

月下悠然洞杳微，弗諧琴筑與塤篪。不知林谷鵷鴻響，何似南陽抱膝時。

貧女觀音

雪藕銖衣不自珍，人間絲枲謾紛紜。何如小白花山上，別剪彤霞與白雲。

茂書記歸閩

出嶺新吟問老銛，丹青費盡笑無鹽。磵陰雪立寒更盡，纔識元戎玉帳嚴。

淡學梅花不受粧，酷嫌脂澤綴詞章。漢粧更在青山外，留得華風管暗香。

苕溪新上人石窗

太白巖空夜弗扃，好風不約滿疏欞。舊題寂寞無人管，散作苕溪水上雲。

顧寺簿雲伯挽章

黄巖二松下，別調聽新吟。尋説丑羊去，寄聲雙鯉沉。班空華玉笋，弦絶斷文琴。宿草春重緑，傷心日更深。

施當涂東洲見寄

騷吟富名流，東洲敏風雨。小低繽綸手，聯作石鼎語。真龍得人畏，况復射真虎。妖蹤與怪跡，三舍亟避去。出如一角麟，貴若五色羽。不然六月息，扶摇快搏舉。

長興趙可齋辟楊州別駕

清俯箬溪流，裴回水上樓。同心獨陳檜，別乘半楊州。斗酌江分暝，輪空月碾秋。瓊花難驛寄，花露記珍投。

漫塘名陳内機小齋曰能止

莫闞殽與函，峭絶青錯磨。可無濟勝具，振衣披峩峩。更復游吕梁，虎眼漩作渦。堂堂濟深涉，如此忠信何。游子聽我語，審聽毋婞婀。通都横九逵，平平非仄頗。並駕方峥嶸，輻輳相駢羅。嗜進弗知了，十步九跌蹉。何如反吾轅，自少不自多。怡然事天全，盎然毓天和。倦翼安故林，歸雲仍中阿。曉猿時自吟，好鳥時自歌。凉樹坐茂密，醉石眠坡陁。何須鶉奔奔，静勝超凡科。

船窗蕙萱

國香旖旎賈林扉，依約華風變雅遲。寫出一莖三四萼，紫毫零溼冷涵滋。小試凉薰四月初，芳心曾不與春疎。是中可托忘憂地，看睡鴛鴦傍母雛。

瑞　香

譜上先題五老名，宮袍雲錦舊爲隣。華風似惜詩人老，一樣裁成紫綺新。

月丹

展樣山茶染不如，宮黄齊撚牡丹鬚。不攸宿雨曦晴露，玉袖垂紅護絳襦。

曹提舉榮上

鄉也纔聆謦咳聲，暗中摸索認輪囷。故家大雅元戎老，詞學清流使節新。直指大門標俗子，莫嫌高賈着山人。紫荷琳館君諸父，説項斯賢不厭頻。

顔提舉之官

蘭陵曾頌隣州政，除却龔黄總不如。又似澄江千尺練，只傳陋巷一編書。坐令季子昌遺俗，盡道丹山更好雛。老我林泉散樗櫟，守愚終不與賢疎。

贈日本國僧順侍者

粟散王都藐莫知，星分棋布海中坻。三韓未遠須重譯，九土雖中共秉彝。但見神僧巍跨水，弗聞君子陋居夷。由余季札高千古，更復區區桀蹠爲。

葛仙遷居圖

欲問丹砂不定居，絶憐峋嶁令君疎。弗教雞犬蜚騰去，猶看隨行挂角書。

陳刑書問近況

孤風晉東土，宿望魯靈光。跡恨山林阻，精馳研席傍。環中樞待轉，水上玉生涼。一點華風在，看看動八荒。

萬卉競春新，孤芳見老成。鬬高紛曉蝶，遞巧響喬鶯。山染眉津緑，湘澄眼采明。東山謝安石，深意在蒼生。

洪御史

山林色色味講明，不識更化云胡更。或云鄉來立仗馬，畫然勇作朝陽鳴。邕邕逸響猶在耳，寵以官名只三字。昔人謾煮水銀銀，妄冀錙銖相比類。衮衮王言獨超絶，盤誥丁寧古無別。眼兩腰重不自榮，回向高堂一簪雪。只今又上四緊頭，準擬鈞天侍冕旒。彈壓風煙看制勝，取之左右皆相應。

黄薔薇

窗風一綫度晴熏，晚韻繁香態度新。親壓屠蘇湛華玉，古壺斜插淺浮春。

舟中

物華雨後各矜晴，紅得晴多緑便争。未與東風寫懷抱，綿蠻已作送春聲。

蘇叔黨所作蘭蕙

風雅傳衣到小坡，筆頭分外得春多。佩寒帳冷空遺恨，澹寫孤芳續九歌。

雲山道人榴桃橙橘戲墨

造化工夫竟屬誰，墨花豈恨子生遲。海榴不與山桃約，趁得橙黄橘緑時。

次陳中書木犀韻

一枝開月藥，萬粟蜕風埃。我欲乘風去，君須采月來。降真當换骨，甲第合班梅。蔌蔌都吹了，分香到緑苔。

酬寧國陳中書勸耕

深閆禪扉未扣關，先將鸞尾掃層巒。貴於步屧狂工部，健勝遊山老謝安。静裏韶華天宇大，笑中耆艾酒尊寬。獨餘繾綣林泉思，更為山紅小倚闌。

包氏卧虎圖

猿臂將軍死弗侯，發機百中巧無酬。不逢肉醉眠山路，飲羽空嗟老石頭。

廉上人得玄暉活法

微抹岑樓不見尖，澹迷山閣不蜚簷。一從蒙自注：上聲。澒雲收後，活法知誰付阿廉。

破琴行

軫折徽殘弦索亂，貼壁緣空暗塵滿。歷聲爆得黑髹皴，蛇腹庚庚成百斷。爨痕孰辨贗與真，古已往矣思古人。木雖就槁聲不槁，老龍弗吟誰解聽。得時鄭衛嘈雜鳴，泯默韶濩瘖咸英。南風不競慍若酲，林林俚耳安知此。寰天滿地浮俗子，還我知音子鍾子。

李帥新創溪山真趣

動者智之機，惟仁與静宜。天開真箇畫，誰識自然詩。水與雲相友，鷗馴鷺不疑。終南譏捷徑，有耳怕聞知。

大　洞

纔入膚生粟，炎炎伏暑前。凹中元有路，虚處豈無天。待扣鐘非簴，將崩石架船。蜿蜒毋熟寐，我欲慶豐年。自注：石鐘石船皆洞中物。

續王黄州四皓贈答

遮得冥冥翼，誰云漢網寬。刼謀飛隼疾，克愛拔山難。旒恐懸中斷，盂從覆處安。不如甘嫚駡，莫受子房讒。

白眼看隆凖，悠然見屈伸。奇功巍弗處，峻節退無隣。用則王非伯，潛嗟漢不純。雖亡秦日月，猶是避秦人。

用前送行韻寄趙編修可齋

爍石與金流，懷人眺晚樓。忽聞提健筆，喜似得神州。自注：是日邸報得三京。稻粒不多日，窗疏相次秋。只分千里月，木李不中投。

寄盤隱府判

閑把新抽粉節題，疾邪字字賦心思。溺非袖手無遺援，虐是專門忍助為。自注：疏中云助虐守為虐。山下水流花盡處，人間豕燎虱焦時。盈虛消息還來復，六月扶揺豈遠而。

祠山解后陳舒州

盍步花磚草制書，尚煩丐外替中除。肯堂肯室五經笥，難弟難兄三鳳雛。家學不逃鍾鼎貴，野情弗與隱淪疎。乾坤肯負真宏博，聊為斯文發緒餘。

伯時二馬

刁斗無聲苜蓿秋，不知猨臂未封侯。尚堪汗滴沙場血，花結青絲恨絡頭。

市駿爰從畫駿謀，何如脱鞅縱驊騮。青青許負雙眸子，不識驊騮只相牛。

佛國白赴召劉侍郎無言與諸賢作供於報恩題壁以紀榜有隆茂宗所作古木怪石

白也度苕谿，諸賢重挽携。金刀眷良集，鐵畫粲芳題。神護藏書壁，鴻留印爪泥。阿隆霜幹老，附立薄雲霓。

狀元袁府判作詩贈王司理其略云簡川號工詩只今在市鄽試呼一問之參寥師孰賢王索答酬以四十字

籍甚參寥子，臨平破夏歸。弗經人道語，肯落箭鋒機。盤走珠無定，泥沾絮不飛。長公歸玉局，千載賞音稀。

送伊侍者歸嘉興

伊纔十二三，便學善財參。諱懶偏晨起，忘眠聽夜談。阮貧居道北，符學近城南。已壯貧如我，青青看出藍。

古松下禪僧圖

眼明千載老風烟，幽思悠然喜欲顛。疑在浣花詩裏見，只無松子落僧前。

米家平遠

樹豈無根瘦立，雲疑有蔕慵飛。好處不經人道，一家父子傳衣。

聞曹侍郎訃唁太博大孝

去酌孤山六一泉，吟邀兩衲箑諸賢。郎君拾芥登科後，老子懲姦去國前。鬢自侍郎班裏白，官從天子學中聯。半輪不死峩眉月，還鄉滄浪闊處圓。

寄真尚書

京索風煙一日還，東山起了到西山。應知雅量渾相似，默蘊沉機只等閑。棋妙勝於淮上捷，扇輕銘露管中斑。自注：公近作扇銘。共為天下蒼生賀，不為蒼生亦破顔。

雪林李兄偕昌國長之官

潮漲家門雪，無風亦震雷。飽帆蜚百尺，飢蜃吐叢臺。綃展洴鮫室，珠明剖蚌胎。春城種花地，冷帳小蓬萊。

趙左厢再薦

勤苦佐豐年，成功只聽天。聊揮數寸管，不費一文錢。燈婁層葩剪，楊曾百步穿。宗藩大廷對，可惜兩名先。

多景樓

好山可是登臨少，此地云胡應接多。天自有初恢壯觀，人非無故輒悲歌。煙收三面平開鏡，雨後雙鬟對綰螺。欲辯南徐古徐話，忍將名刻細摩挲。

很石

石很與孫儔，安知很易柔。借州託強援，歸妹叶奇謀。蜀相死猶勝，晉宣生可偷。吞吴恨如海，微意似尊周。

蔡山在江陰北湖西相傳是蔡邕伯喈墓

身與東都孰重輕，至今猶擅蔡山名。四圍深壍方方禁，千古英詞凜凜生。漢鼎已歸曹馬手，胡笳猶播管絃聲。傳家更有柯亭竹，曾作岐陽老鳳鳴。

三高亭

雪灘祠三高，高字累三子。故夫三子者，凜凜元不死。西風動歸思，不與歌散殊。用則謀人國，不用淪江湖。名節照勳庸，人與秋容潔。浩然天地中，瞳瞳湛華月。

虎丘

門掩怕山移，稜稜塔填欹。斷崖抽曉碧，死草借春滋。地狹樓甍巧，雲低屋跨危。雨花臺上石，不似點頭時。

劍池

雲根無底竇，或謂水通溟。下瞰幾千尺，高標第四名。鬼題孤獨字，劍泐屬鏤精。翠禿青殘處，黃州舊勒銘。

二月十五陳樞密席上

上苑春常早，北海尊難老。朝來清鏡中，滿鏡朱顏好。回觀斗以南，如此能幾翁。秉彝固全德，數量齊崆峒。坐寢淮南謀，俯眡汲長孺。凜然老精神，折衝在尊俎。吟律行師嚴，四海巖巖瞻。莫袖春風手，膾炙天下口。

種梅

一枝春種水仙兄，着子先調老菜羹。鼎鉉工夫求近效，怕難得似黑衣卿。

槊隱

考得幽棲地，怡然勝美除。未歸已彭澤，不夢亦華胥。綠繞清分遠，紅稀碧間疎。漁樵莫争席，不是野人居。

秋鞏

泠風在懷袖，何必借商弦。就下識天巧，適安忘地偏。寒泓嫌雪暖，秋草似春鮮。見説蓬萊遠，依稀拄杖前。

秋鞏親迎

龜筮從元吉，征車慶禮成。騣騣近七夕，脈脈耿雙明。羽飲黄金的，雲翻紫玉泓。扇鸞蜚翰墨，誰不解卿卿。

王神童侍郎孫

夙慧雖無蔕，抽萌便不凡。蘭薰騰玉砌，侯國薦冰銜。荷槖行須復，牙籖儘療饞。一經千佛字，先把客兒攙。

杜鵑花

染得深紅剪萬葩，春歸獨自絢韶華。丁寧莫受西風誤，誤使人看頃刻花。

丘監丞入新宅

朝日烏爰止，東家喜可占。自注：慧日東住。槐陰隨舊砌，柳色動新簷。圖史雖添富，田園僅養廉。清才少閒日，那復久相淹。

爲老僧化衣褐

淅瀝寒生菡萏池，雪殘老藕不成絲。老僧歲晚無衣褐，却遣靈均去問誰。

木犀着雨

擬續小山吟，庭犀漬弗禁。再花仍剪剪，十日苦涔涔。墮砌金難燥，隨溝玉不沈。安知廣寒殿，幾日掃重陰。

木犀得晴

宿翳開新霽，繁枝耀淺黄。還如醒滯思，又似整殘粧。碎影仍多態，晴天别是香。坐分花下石，勺月薦深凉。

舟中中秋

樓外與樓頭，無如一葉舟。風輕隨月走，江遠與天流。好是今宵滿，新於曩日修。水雲相汗漫，襟袖獨颸飀。皓采通千隙，寒芒洞六幽。無枝空繞鵲，有約不驚鷗。漢掌仍承露，秦貂未换裘。弗須占蚌腹，已自壓江樓。欲放儀隣老，長隨蟾兔游。一年看晦朔，終不似中秋。

靈巖

斷崖蒼玉削，四繞緑屏帷。無港不相接，有山如此稀。樹秋連石瘦，雲晚截湖歸。一點西風急，籧篨相趁飛。

夫差避暑宫

天塹連天付水犀，離宫表裏萬山圍。越帆直指吴松落，猶在娃宫醉不歸。

楓橋夜泊

誰遣蒲牢吼夜闌，玉蟲剪盡玉脂乾。高山流水易爲賞，求賞此聲人獨難。

書雲後三日遊致道觀

九日同遊柱史家，野英羞澀未成花。重來又是書雲後，剛德纔抽四日芽。

酬鍾省元

東華肥馬塵，雋遊浩如海。擇交如觀瀾，滌濯百谷瀨。一瞬判清渾，三舍避狷怪。膝趾望塵金，簪愧側冠璃。四三成朋曹，千百繁行輩。爬搔甚翎羽，嘲哳赴籠械。弗與衆接眇，亦復遠分界。知音丈人後，有玉無善價。哦詩山月傾，奏賦金馬待。青錢不俟選，白眼又焉浼。采筆雖暗投，雪曲獲佳配。朋來得分賞，客去但獨對。鮮明雲錦囊，名氏擅先載。壇想陶謝登，盟憶曹劉會。所交貴同德，所贈勝雜佩。一夔未鳴韶，族庖已芒背。悲凉弔楚騷，慨慷唁齊薤。寧方不爲卿，至圓在其內。圓方爲時中，俱付形骸外。三千風月篇，紛紛課誰最。

寄潼川東路李漕使

鄉來江西遊，見以盱水陰。博約劍津掾，亦復聆正音。自注：時在利司理家同飯，漕爲新城簿。轉眼貼天高，再見無路尋。把茅丹丘城，謝家蘭玉森。君家龍首兄，絳帳開沈沈。自注：漕使兄狀元，在謝丞相家作館。有時過蕭寺，借榻清風林。笑我泉石痼，示以膏肓針。欲彈廣陵散，惜無中散琴。欲上南陽疏，不如梁甫吟。琴以歌南風，吟以道古今。一鳴才邕邕，忍見鳳鳥瘖。膧膧垂景星，坤維長照臨。

小雪

入夜蕭蕭響，聲消恰轉更。僅能酬節序，不足殄蝗螟。瓦縫何曾滿，庭凹亦未平。窗疎燈欲死，俱誤照書明。

秋壑赴豫章倅

西山爽氣在眉睫，不在悠然得句時。髣髴長沙少年樣，清新瘦島晚唐詩。全提韜畧親分付，半倚軿星看設施。笑指貂蟬舊時物，自兜牟出恐成遲。

一陽生賀曹提舉

六陰纔伏便回春，剛德潛隨君子生。白日舊從黄道正，使星今傍紫微明。冰霜不作三冬凛，權量行歌一道平。湖上詩人望歸節，御屏風上已題名。

書菊磵屏蘭

欲酬天問些靈均，九畹歸來活寫真。采筆不知春去後，自芳元不為無人。

謝太守張都承

三吴富且庶，亦復多名流。比屋充棟書，千斛銜尾舟。季子有遺烈，列國古鮮儔。人生五馬貴，彈壓如此州。欲雨天作雲，欲晴雲翳收。幕府非無賢，大田今有秋。不知夫如何，夙夜常軫憂。税畝濟楮幣，濟尠恐不周。刮剔錐刀餘，豈若仁義優。藏富當在民，富民安用侯。迤邐及間架，分毫相校讎。陵遲必哀痛，噬臍將誰尤。剥床既及膚，民瘼何時瘳。公平小留聽，毋歛雙眉脩。唐虞有神算，禹皐相協謀。芝蘭擷無遺，杞梓畢見搜。四郊固多壘，豈在一己羞。何如勉加餐，緩帶姑小留。道聽懷好音，後苑摘詞頭。未解潁川組，已覆黄金甌。

題柏嶼水瘦屏

此妙伊誰得，能名惜不聞。痕收新漲水，瘦宿暝歸雲。煙靄疑無墨，鳧鷖不亂群。可堪擅毫素，幽討盍平分。

題趙生着色兩庬

向來爾祖在西都，掌監同聞誦子虛。直與吠堯群類別，短屏寫影護琴書。

贈婺女黃澹翁

掉牧羊鞭弗學仙，十年不轉舊星躔。僦無鄭廣文官舍，醒欠蘇司業酒錢。前席對床偎死火，反騷續雅聒清眠。江湖事業掀天地，豈在纍纍六印邊。

元宵晴呈倉使曹秘丞

元正霽雪卷陰機，做得晴如此夕稀。金菡新紅連夜發，玉輪初夜碾雲飛。漏隨冰泮生和暢，海湧山來抃峭巍。莫把笙鏞駐麾節，禁林樹樹響催歸。

苔　梅

苔衣槁幹起枚條，的皪生香韻更饒。領袖鮮風高素節，精神華月凛清標。冷看不若同疎幌，煖熨何妨酌瘿瓢。瞻望白雲天一角，年年思遠寄迢迢。

足娱山亭觀梅

紫萼騰芳金撚鬚，一花破白萬花疎。若非參子黄昏後，應是華風邂逅初。樓上略停横玉手，壠頭聊代故人書。潢流漫漫無清影，試瀹山泉導石渠。

酬洪朝奉

樓居八十行地仙，兩脚踏土輕蹁躚。飲如長鯨食如虎，老齒不摇金石堅。年年正三二月天，花間幽討酬芳鮮。要續李杜三千篇，晚唐不足争媸妍。歸來醉卧北窗下，静照無私觀物化。孫枝生子又生孫，鼎來慶事前無聞。堂中衮繡方爛爛，門前桃李長紛紛。歛福錫民天所祚，吉德在躬如密付。要看壽富享天然，熏陶六極熙熙然。

破　山

兩雄用壯勒不回，觸斷山脊青崔嵬。挾風卷雨上方去，旱火擊翻平地雷。澗松盤拏俯巍跨，鐵榦銅柯闖雲罅。鮮風不斷瓔珞珠，檜老枝胦亂零挂。四老墓田樵牧踐，莽堙蓁塞無人剪。振古芳塵玉象高，印泥遺爪霜鴻遠。舊吟新扁皆珠璧，雕梁雪壁昏題蹟。水流山空春晝長，番令人憶贊公房。

泣凝雲高士

晦朔憐朝菌，誰云羽化非。鼎芽靈液煖，草露太陽晞。莫上楊州去，須尋華表歸。雲埋金粟路，盡日鏁春霏。

送寛堂赴南外判宗

教欲明南國，無如小召公。塤箎後先奏，魯衛古今同。特操銀潢遠，清班玉笋空。洛陽潮雪外，脚脚是華風。

黄薔薇

紫透紅殷態度陳，露葵生色借芳新。春風便是黄金屋，羞殺黄金屋裏人。

芍藥

素瓊紅玉暈輕盈，落落層層傍砌明。大雅不收成謾與，定隨姿態昧脩名。

喜雨美王長官

四月五月河港枯，下田上田龜拆塗。山湫劍沕龍光闕，一呼便為蒼生超。油然請命朝帝閽，觸翻玉女洗頭盆。女從帝傍輒大笑，紫金蛇掣暾重昏。田穉九死皆返魂，舳艫銜尾沙水渾。扣如虛谷有逸響，享以明德無繁文。去年老瓦雞豚酒，酒酣説尹終在口。屬聞今復辦多多，更聽醉農新詠歌。

竹岩名其弟別館曰山水窟

醉翁不在酒，似與老坡盟。同德裕仁智，如君難弟兄。可無經笴獵，亦有管城耕。喚起舊山賊，清吟入細評。

崔中書家藏閻立本醉道士圖

頹簪墮髻鴻都叟，愛酒如金叵常有。有時得輒止奔鯨，各開吞海谽谺口。不辭一醉一千日，千日芳鮮致無術。臨風大呼劉伯倫，欲分餘瀝洗濁涇。伯倫拍浮酒船裏，不信人間有涇渭。須臾酒醒騎馬歸，雪精玄犢顛倒騎。半醒僮僕相扶携，嵬岸混澒忘顛隮。狂態百出弗自知，畫手一笑盡得之。如鏡鑄像尤出奇，想當恁時百不理。道德五千風過耳，更復沉酣到六經，六經古人糟粕耳。

連月閔雨倚閣稅畝令下一夕大霔

謂是洪羊雨，洪羊幾日烹。天慳纔自破，田稚忽更生。漲溢重湖渌，懽騰萬籟聲。斂藏天下富，無廩不常平。

雨後復旱呼海嵎山龍湫旬復大霔

龜田似大横，剛燥不容耕。秧瘦無新思，舟膠阻去程。溽思梅雨後，寒厭麥秋晴。旱魃方為虐，無容頃刻生。久矣惟心禱，呼龍徇物情。均沾四郊足，不負九推耕。蛙活沙頭脯，鶯新雨後聲。婁豐斯在望，老瓦醉秋成。

續東野銅斗歌送平江張都承

拊斗答虚籟，和寡嗤笑多。得時朱離淫，苟合終不和。悠然得遺響，如得金叵羅。還汝金叵羅，聽我銅斗歌。老我名銅斗，可糁亦可糜。旦旦數瓶粟，不飽亭午飢。層冰十萬錢，剖蚌鬻鬢絲。宏功厚斯享，毋使宏功隳。斗也賤者事，拊擊諧吟謳。吟成襦袴歌，謂尹當借留。尹如黄潁川，又似韋蘇州。重臨亦不惡，領略滄江鷗。

觀破山池白藕花

欲看芬陁利，攙涼曉入山。毳宜松露馥，屨惜蘚文斑。蟄破淵靈去，腥隨澗雨還。歌禽破幽寂，深樹隱綿蠻。

丙申六月二十六日作飄風行

疎檽夜肅肅，須臾復蕭蕭。怒穴土囊口，倏若錢塘潮。舉屋如斷梗，拔木如拔苗。破山老蒼髯，深林古風標。蟠錯黄金園，戛摩叢玉霄。九秋婁戰伯，萬竅皆聲銷。拗折巢鶴頂，攧折潛虬腰。斷裂到臃腫，更復論楚翹。閱世今幾何，殞身不崇朝。遂使青童童，不及紅夭夭。痛此梁棟具，充它烹飪樵。多應蜚廉慵，虐致生物妖。至今月蝕篇，首惡當嘲調。因依獲附麗，傲很仍矜驕。佳樹首見凌，緑髮首見彫。曷若凉解愠，又令不鳴條。生春日酣酣，吹雪停瀌瀌。昌稷豐蕘蕘，殄莠除翹翹。四郊掃烽煙，九天清泬寥。雲開鬱藍天，覿闕飛岧嶢。群后靈在兹，不曰舜與堯。願輟股肱佐，下昌熙洽朝。天遠雲不來，借便摶扶搖。

既作飄風行十有七日風雨倍前乃賦後篇

夏首魃為虐，種插喧戽車。駸駸六七月，原野皆菁華。再拜田祖賜，熨帖海若家。大有課水耨，小康占山畬。因依瞻江雲，西北起礮車。歸來省户牖，綢繆亟撐叉。須臾眂溝塹，捪塞深搔杷。大塊果噫欠，天闕誰能遮。水立十丈渾，吹沙復流沙。江海尚若此，柰此秔稌花。再駕纔浹旬，怒很尤雄夸。簷聲挾霶霈，谷口應谺谺。豈其發育初，繼以肅殺加。吹噓咸失中，刑賞仍過差。鄉來赤壁火，萬艘沈碧涯。鬼操逃天誅，不勦殘賊芽。巽二死餘責，噬臍徒咨嗟。矯矯水中龍，浮硤千萬艖。尺箠笞獨夫，鼎足成一家。至今説蜚廉，慷慨徒拜嘉。云胡艱難際，狂暴相紛拏。耕夫日懸懸，饁媪霜鬖鬖。欲刈争淬鐮，欲穫競整枷。私償憂并吞，官輸虞扑撾。妄冀豐民天，仰天號且呀。反吹果何道，身正心不瑕。譊譊沸蒭蕘，静默宜無譁。聰明弗遐棄，試以置齒牙。千慮貴一得，何必棼於麻。更詰姬旦鬼，勿謂東山賒。

寄王平江侍郎

在御無絃別有音，音中逸響豈難尋。一彈首讋乘軒貴，萬古群空立仗瘖。肆狖缺脣安夜穴，憑妖九尾遠城陰。雙旌不駐夫差國，誰振延陵季子心。

浮俗伽梨水上萍，池塘密密蔽澄明。疏開堂印邀麾節，袖出臺緘救劓黥。才辦買山錢未了，又營捩鼻木隨行。懸知不是緇雲福，詎敢忘憂衒獨清。

王侍守治生魂神徐提點

日月何私等照臨，坦然明白洞幽陰。其餘不信信諸己，所以無求求放心。妖可擊蛇惟笏在，河當娶婦遣巫沈。不知今夕復何夕，起我懲姦誌怪吟。

餞燕

去時不似來時好，舊海棠叢錦幄低。未必秋風便翻幕，樓空巢冷不堪棲。

歌樓經雨損花枝，魂斷無情白傅詩。不啄阿京墳上土，地遒天老總愁思。

聞笛

天籟無聲地籟沈，一轟千仞裂層陰。朣朧喚得關山月，不作離鸞別鵠吟。

煖力輕盈透鳳膺，借商喚得老龍應。不知孤負秋多少，盍向坡翁謝不能。

第三度風潮

風顛雨横田為陂，没頭禾穎靡孑遺。佃夫睨我謂我語，不德致此緊誰為。肉食標吾稼螟蟘，舊章僭亂民蝥蠽。民不畏虎寧畏官，汝遑邺我輸官難。

垂虹中秋

晚來林屋仙，鸞尾掃疎煙。未嘯騎鯨侶，先遮下瀨船。一規霜冏冏，萬頃玉漣漣。拈却明河詠，收還金薤篇。鐵槳烏足擬，石鼎弗須聯。等是春風手，清諧湘水絃。空書聊復爾，風御已泠然。傍睨休驚怪，吟中別有天。

十六夜月

今宵較些子，猶自勝閑時。圓缺有常守，陰晴無定期。伊人紛好惡，嫌鏡改妍媸。玉臼藥長在，霜蟾家不移。金波仍眩轉，掌露儘華滋。連璧何妨晚，修輪莫問遲。纔逢桂殿冷，便結庾樓知。十事九違意，浮生幾展眉。淵明十日菊，蘇子一聯詩。不是心如月，安知月不虧。

送趙左司

故園風物望歸遲，趁得棖黄橘緑時。潮不失期惟自信，象非無膽愧頻移。素知天定齊榮辱，應有人嫌不詭隨。試問王家第七叔，群山何似蕺山奇。

趙憲使席上

鄉來踏雪盱水濱，雪雲貼水一様清。老玉堂仙在江上，玉色照耀梅花明。亦有過庭一雙玉，翠鸞矯矯停梧竹。乃翁事業在太史，天遣塤篪響相續。瀏江以西秋雨餘，一道十九幾為魚。懸金併日相煦濡，官憂輸賦私憂租。鮮明綉衣霄漢立，終日講明荒政急。只今人命在盆底，猶解倒懸端不啻。

孤山石泉

改火煮泠泠，坡翁夢亦靈。曉花雖滿鏡，夜影不移星。疏石供茶鼎，教誰續水經。每來頻鑑止，同渭不同涇。

送泉南趙帥機赴湖南之辟

潭北湘南路，迢迢幾許遥。十連開帥幕，萬斛趁秋潮。地籟喧如市，天漿旨在瓢。典刑具前席，以次應佳招。

荆山劉成道語别

帆歸自溯西，又是海棠時。多壘為誰恥，六奇何處施。酒壺東向月，心事北征詩。長嘯萬松影，傍觀萬户棋。

謝懷安州王守

一寸長淮一寸金，金城千里障塵侵。犬羊未識元戎面，廊廟先知國士心。坐使春風生掌握，行孚大信控喉襟。夜嚴玉帳清如水，小復輕裘緩帶吟。

湖上送客

恰則春歸後，分攜又一年。絮生萍點點，藕泛葉田田。濃緑草如染，輕黄梅未傳。出關錢有禁，貰得百金船。

送朱監簿

纔解北歸驂，鋒車又指南。致身當重鎮，掩耳謝空譚。山斂層層髹，江平曲曲藍。拈將桃柳恨，留與退之參。

書米元暉寫蘇黄秦贈元章詩卷後

南宫逸蹟直欲飛，元祐諸老嘗品題。新生之犢未易控，仲由未見孔子時。紹興天子紆宸思，詔寫前朝斷碑字。縝密中藏軒豁意，鄉黨篇中見孔子。坡仙滑稽肆吟謔，獨與黄秦細商畧。平原太守錐畫沙，柳家新様元和脚。顔筋柳骨人不知，有子夜半親傳衣。换鵝風味超凡調，换羊更索坡仙笑。

送徑山元書記歸池陽

又説池陽去，先尋弄水亭。且藏雙眼碧，歸對九華青。栗稻霜纔穫，雲房夜莫扃。有來無逸駕，勒駕有山靈。自注：黄栗稻，乃開山金地藏自高麗帶來。

謝常州蔡提幹

蘭陵傳近信，喜似得鄉音。州篆六龍鼎，門標齊斗金。故人仍道北，逸興似山陰。緑繞簷前水，扁舟欲訪尋。

郭教授自常州來得蔡提幹書

門丁通刺字，道是小汾陽。宅相有梅屋，子衿森鴈行。蟾犀排麝馥，魚蠹避芸香。冷帳春風暖，何時話對床。

問天慶觀奚高士病常州

蕙帳癯仙老，因仍病日侵。樓寬恰方丈，策瘦甫逾尋。谷響呼頻應，瓢虚捺不沈。百年渾得醉，不醉百年心。

泊万俟子紹書院

舍櫂吴松曲，來尋獨冷盟。誤聽對床雨，唤作打篷聲。漏緩更籌滴，春從水驛生。曉雲驅宿翳，我欲趁新晴。

風泊澱山

船壓濤山碎，風顛玉雪零。未瞻孤塔影，先乞小姑靈。汗漫開天險，聰明在德馨。丘之禱久矣，爾自扣心扃。

澱山寺在湖中

千港亂流歸，天沈影弗畦。遠疑浮玉小，高步落星低。舊日觀潮雪，新來罷水犀。闌干憑月午，一眼碧玻璃。

別孫都倉

節制作鹹利，悠然見設施。工夫雖自小，鼎鼐却相宜。盟鷺鷗同適，及瓜梅未知。有書聞季父，為致別時思。

如隱索賦雙梧

朝陽盤錯地，分植在庭墀。百尺凜雙操，九包來幾時。孫《永樂大典》卷二三三七作懸枝雲雨上，星履典刑垂。莫遣鵷鶵類，頻來振羽儀。

過周驤甫勉其教子

勿謂幽居弗自怡，見成湖泖作盆池。澱山只在虛簷下，又當山蕉與水梔。勤儉工夫自足娛，又將餘暇課兒書。盍先撙節儲脩脯，莫放春風冷帳虛。

響山閣

有耳誣牆壁，無聲謗瑟琴。一機纔破敵，何處弗知音。澮墨微茫古，哀絲天閼沈。天風號萬籟，終始不曾瘖。

過泖

問骨水驛夜迢迢，泖闊風微水不摇。船似井蓮花葉小，不禁吹鬢冷蕭蕭。

以上《北磵詩集》卷八

全宋詩卷二七九八

釋居簡九

致爽梅移自崔中書後圃秋種冬花

根從鼎實振華風，春自岧嶢直禁中。與紫薇花分殿最，帶黄昏月尚朦朧。玉堂踏雪司空慣，金谷從他白首同。遥想樹梅如樹德，小酬冰質洞玲瓏。

觀物初瓶梅予析爲二其一奇而不怪其一怪而不奇

的皪同枝獨擅奇，冲和分寸偶相違。不尋别調酬清婉，横玉聲中怨孰歸。自注：奇而不怪。

鶴膝歧分把瘦枝，節拳支局老支離。解嘲不入時宜處，只合儀刑月蝕詩。自注：怪而不奇。

湖上曉晴

彤霞煖照碧玻璃，一點蜚光欲墮遲。恰似峨眉山半麓，紫兜羅霧布巖時。

寄唐寮院

他日臺綱整頓難，獨觀風旨弗他觀。脩名夙振鴛鸞序，元服緫加獬豸冠。已肆濁流隄衮衮，更教華月振團團。都人快覩青驄馬，不作從前款段看。

淵明畫像

司馬家兒曆數窮，可能特地振孤蹤。永懷東土清風遠，不把元嘉紀歲終。

龔料院挽章

滌器笑相如，呼兒誦子虛。諸公方薦鶚，仙舄已騎魚。臨餗俄翻鼎，儲林未結廬。只成幾望月，無路問蟾蜍。

錢知府葵窗挽章

仁者胡為勇，全師不足加。一身百夫禦，三世四王家。脩竹老彌動，甘棠春自花。白華詩欲補，有子振光華。

謁趙倉使二十一韻

昔分淮東天，河海幸潛濟。悠悠不知遠，僅一衣帶水。今兹一道惠，列城洞明偉。可望不可及，弱水三萬里。山林日深窅，踸踔坎井底。勇聞譽盛德，半屬天下士。古調振騷雅，時樣列駢儷。苦語雜頌詠，惡石必先者。在御必驍騰，在治必精美。謹於千慮失，詎忍一得棄。谽呀浩如海，就下拓涯涘。朝夕不知了，莫測方寸地。老我不足為，把茅冷雲際。樓欠元龍卧，門尋子雲倚。小振伽梨肩，載整蒙茸刺。高視藐豪放，細意問奇字。倚門勿麾之，我欲見君子。况夫君子鄉，疇曩屢游止。蓋代品題手，聲光動天地。公乎皆雋髦，願聽星辰履。大雅儻可作，鄭衛賴一洗。

舟中絮

弱弄輕陰却又前，析雲洴霧不成綿。籧篨破處隨風入，驀地因風又出船。

陶窗

如在羲皇上，都忘我是誰。聞鍾還入寺，無酒却攢眉。籬落西風晚，琴書白晝遲。千年續遺響，側枕答涼颸。

羌村圖

河朔塵昏孰解紛，零丁獨走不忘君。麻鞋見了重瞳子，還憶江東日暮雲。

書先天秀鴈圖

舊隨燕燕擅周詩，海北天南却背馳。惆悵同經弗同里，好懷長似燕差池。

雲　錦

十丈花如織，酣酣拓具區。新於機上落，勻似鏡中鋪。容與翠綃幌，渥丹鉛粉膚。越溪霞湛染，楚夢玉敷腴。隋棹新帆遠，吴宫小隊殊。綠欹檠雨蓋，碧問褭風蒲。勺月清秋冷，生涼暑晝蘇。天孫旌浦溆，水帝展屠蘇。紅白香無別，明光影可䣛。蜕塵古君子，具體小西湖。彷象雖曾賦，形容似按圖。奚囊如可製，闊剪貯陶珠。

石鏄水僊

緇雲淺拂襯中單，蘇石蒙茸伴月寒。欲與南枝分伯仲，為兄恐自季方難。

石鏄蘭竹

篠叢疎薄總虚心，傾國香葩閟石陰。不是阿清幽思苦，屬誰洴墨寫蕭森。

酬方司法一首

五字堪呈佛，投珍頗惜哉。湯湯大雅後，衮衮建安來。逸思屬萬象，空庭步幾回。海陵藕花幕，已為故人開。

劉改之葬崑山山寺下邑人不知葬處

淩煙不著老風騷，劍沕深雲鐵未消。獨欠張華眸子碧，寒芒千丈夜迢迢。酒酹墳頭土易乾，何如黄鶴斷磯船。會看潮雪莆萄緑，唤起長鯨快吸川。

書嚮禪師開山石壁

虎馴石上倚藤枝，細把興亡問嚮師。千柱已隨煙焰熾，何如表刹未開時。

雨　後

老火無蹤鴈有聲，雨絶戰伯八紘清。西風帆落崑山曉，隱隱青岑玉色明。

中秋月

月是尋常月，云胡迥鮮潔。老火日就炧，盡掃群陰屑。三萬頃天秋作底，連天灝氣清如水。金波炫轉光流澌，團團曷若初學眉。玉虹跨水腰百圍，翩然飛佩湖雲低。尺箠緩把單于笞，且復鞭虹隨月飛。月中先枝少年日，老蟾老兔曾相識。鏡裏功名兩鬢青，却碾冰輪洞八紘。

送王侍郎改除一首并引

共審時急老成，蘇雖輔郡，不足以觀展布，將畀大任。允濟主人輒采禱歌，見諸狂斐，一過電矚，幸逾萬萬。

闔閭春秋城，風煙俟時振。乾坤不改色，民物見天定。因仍古道漓，靡然隨俗移。中流屹頹瀾，萬派皆東之。沈機静弗譁，澄湛物斯格。和煦生點點，陽春蘇頷頷。翩翩不容駐，宣化思盟主。問之何因爾，去留有常數。真宰知何心，惜閑如惜金。天慳不容破，破不為佞壬。我知真宰心，暫適滄洲趣。恐此復偶然，還須濟川具。

泉石豈不好，老我泉石心。可無鷦鷯枝，來傍威鳳林。鳳兮千仞翔，覽德斯下臨。青冥叢玉霄，洞視潛伏深。槍榆六月息，共聽朝陽吟。梧桐生朝陽，老榦垂層陰。夕靄聯晨霏，凉入薰風琴。扣弦借清商，千里秋沈沈。鄉來嘲哳聲，不復沸釜鬵。卷舌絶音響，泯默如病瘖。采羽仍嚶嚶，善類還愔愔。醴泉與竹實，報效杳莫尋。且復事頌禱，聳德齊巍岑。詞藻苦羞澀，戛擊非球琳。佇為王者瑞，九成儀韶音。

華亭明行院

三女岡邊寺，樓臺舊鬱崇。近郊聞梵放，陸地出芬阤。天福雖營刹，中原尚枕戈。煙塵絶淮海，熨帖看鯨波。

禱雨龍祠

魃奚為旱虐，亟問海嵎龍。山吐四更月，樓敲三疊鐘。天應憐獨苦，年亦豈終凶。霹靂轟平地，霶然足四封。

熱　甚

四壁除遮障，炎風似熾爐。汗隨停扇滴，氣逐漱冰蘇。銷暑露寒殿，歸仁扇暍圖。一盃槐葉冷，誰致錦屠蘇。

賀湖州太守劉右司

輔郡殊非列郡同，樓居闊着水晶宮。膽嘗故壘煙塵外，心在清流湛染中。看不足山歸賦詠，發無餘蘊到鴻濛。華陽壁記多名輩，先為蘇家述長公。

送陳時齋赴湖北憲辟

曷與元龍別，河梁五字詩。多君堅素守，交臂得深知。憶過鴈回處，料當梅放時。驛馳行卷外，更寄向南枝。

倫間雲偕時齋行

諸重黄金俗，倫名與布齊。不情山可改，定見水難西。七澤雲生硯，千江月透犀。寄聲種桃者，且在武陵溪。

趙大卿歸自四明

玉輪碾秋旻，一印印百川。分光落涇渭，湛染尤澄鮮。素魄當清流，似喜清流賢。冰澌鑑伊洛，支脈逮瀾瀍。悠悠涵萬象，冏冏洞九淵。可照濁水源，豈異投漪漣。涇也自由渾，月也虧仍圓。各不改故常，亦復無黨偏。不知夫如何，竟為渾者猥。天高杳難問，此理何時宣。

中秋無月寄吳侍郎

鏖殘老火豁瑶空，誰遣雲生桂殿東。未必清明如五馬，故令霧霾洗垂虹。凉燈薦喜占晨霽，渴稼懷新樂歲豐。遥想半輪秋未老，瞳瞳襟袖振華風。

送王常熟左藏二首

常熟端平政，難於子産初。有田皆可井，無港不容流。龍斷家安業，閭閻夜讀書。山謡出林疃，處處樂樵漁。

志士殊超俗，平常不作奇。到官如去日，歸橐似來時。尚友皆名世，沿流逮武夷。由來清操別，端的畏人知。

送趙知丞

或謂公當去，人誰不喟然。獨清非衒俗，衆醜自憎妍。華月終能滿，蒼蠅弗足扇。滔滔五絃水，千里共芳鮮。

善權修造訖事

林表焕丹碧，化出一段奇。鄉者未始見，今也其誰為。金錫來自閩，萍跡纔止兹。跨門懷往昔，視篆恢宏規。所立志先定，志定山弗移。苦心忘艱勤，佇思常委蛇。複道行半天，雲影低四垂。叢玉坐上天，白花水中坻。兩忘深且高，旁列崇與卑。天人既交際，物我咸熙怡。殿以舍空王，空王顰兩眉。長恐屋打頭，東拄西防墮。稜層加峭峙，柱礎莫仄欹。彫零古象設，一一皆新之。瑣屑與滅裂，整頓靡孑遺。凄凉佛前燈，蘭膏添滿而。明光號無盡，安知無盡時。咨爾北山密，爾吾無學兒。曷如然此燈，千花開不萎。鬱密瞑雲蔽，浩蕩剛風吹。剛風吹不滅，相配天陽熙。

寄趙左司可齋

橙露薦華滋，江干記語離。斷虹收雨後，風馬駕潮時。夢喜登門屨，書慙去翼遲。橙今還可剪，浩蕩鄉來思。

讀曹侍郎去國表

立螭持槖孰非榮，未若江頭一葦輕。失侶鴛鴻空悵望，喜歸鷗鷺亟將迎。雍容譚笑不但已，去就始終如此明。疏似南陽出師表，盡傾肝鬲寫生平。

寄江東運使唐察院

勳業可曾看曉鏡，垂虹回首鑑澄波。明鮮叵惜隨時染，瞑眩其如變證何。舌在未忘輸謂謂，邊儲聊復辦多多。驕嘶只識瑶池路，仗下如何噤得他。

强齋高秘閣過訪二子侍

囊粟排金破黑甜，曉來乾鵲響晴簷。西游佳氣作秋爽，東聚列星應夜占。雙玉佩聲隨步武，老人躔度動沈潛。豈惟蕭寺生晶色，白叟黄童亦快瞻。

破山夜集

出户天疑雪，幡然雨滴簷。未飛盈尺霰，先失半規蟾。寫壁催更盡，銜枚戒夜嚴。却須重刻燭，槖粟剪纖纖。

次丘監丞破山夜集并纖字韻

領客能官様，鴛鴻戢翼隨。題無流處葉，續有醉時詩。聽雨思歸者，尋梅且已之。小池疏積淤，何必賦盆池。

擬把南枝雪，簪坡醉帽簷。袖春如有脚，鑑冰影無蟾。采筆吟方勇，長城令更嚴。僧房雖冷落，簡古發穠纖。

萬竹陳兄伯仲相過

伯塤曾奏雅，仲氏又同參。眼白難為俗，衫青定出藍。綴蟲燈剪㚼，談麈鼎分三。寂寞空山曙，無從駐兩驂。

送王粱山

置書學劍漫遊畋，百萬樗蒱一擲先。結客締交南蕩寺，買花載酒後湖船。三邊百險常單騎，五馬雙旌未十年。莫作楊州貴人樣，兜牟更解出貂蟬。

謝喬丞相

神樞卓絶當環中，物物虚應無終窮。華風一點妙埏埴，精神千里看折衝。判然經濟歸詳鍊，有若星光繞檀篆。崎嶇詰曲到無餘，冷地静分千緒亂。空山觸蠻亦云慘，山鬼陸梁僧顑頷。施及無求益見真，惠當適用偏多感。千古拓提成再造，原校：拓提誤，當作招提百粉直慙酬不了。垣傍紫微何處祝，道場山頂何山麓。

題丘使君竹坡

人間苦炎熱，君家窗户凉。人間苦埃壒，君家如瀟湘。入門洞真趣，繞户皆篔簹。華月篩碎金，鮮風戛叢琅。初疑低地碧，忽覩拂雲長。不倚見特立，側挺終弗僵。弗延醉名流，只着雛鳳凰。奇草時自芬，幽蘭時自芳。歌鳥時自新，風玉時自鏘。枯榆與老柳，莫蔓夫子牆。牆固不在高，賜也不足方。市聲辟三舍，苔痕寬一方。衡斜露頭角，扶疎嚴奥堂。凉薰入冰弦，古軫横石床。悠然於此時，物我各兩忘。孰辨桀與跖，更説羲與皇。無人不種花，長恐負艷陽。我則異於是，無復相較量。藏春在懷袖，不使蜂蝶狂。願結虚心友，晚節同蒼蒼。

宿化度

烈日熾雲僦一單，曲肱聊復謝輕紈。夢回不復疑蝴蝶，疑是蟾枝宿廣寒。

宿天目山西浄行寺

有水有石又有竹，竹裏僧窗皆面山。沆瀣弗勝和玉屑，可能來隱碧孱顏。

送吴侍郎婺州之官

坤維日望虜塵消，鴛序坤珍壓大僚。持槖愛兄同法從，牧羊友弟並僊鑣。清流未漲雙溪碧，浮俗先傳五袴謡。八詠斷弦如可續，為君折葦度秋潮。

送吴尚書温州之官

纔指金華餞阿連，永嘉迓吏復聯翩。東藩等是二千石，此樂已無三百年。學士即真尤鮮儷，使君獨立恐難先。懶雲倘借鮮風便，容與東西刺史天。

以上《北磵詩集》卷九

全宋詩卷二七九九

釋居簡一〇

禮韶國師塔

不到通玄頂，如何見國師。了無心外法，喪却目前機。法眼那知此，天台復識誰。三峰高岌岌，孤塔更巍巍。

禮此菴塔

痛遭圓悟手，悔上毒龍岡。義斷生難續，冤深死弗忘。出言非動口，驗賊不須贓。火後紅蓮舌，堂堂現廣長。

禮真歇了菩薩塔

洞上芙蓉老，殘花發舊枝。話行三十載，瑞應半千期。一掌空凡聖，羣靈入範圍。老胡如不會，却許老胡知。

禮光狀元塔

江湖行脚後，洋嶼喫拳初。死路從頭活，生涯盡底除。纖毫無着實，萬口錯傳虚。金鎖今猶暖，同心媿瞎驢。

禮應庵塔

直指心成曲，單傳蔓更滋。全身入荒草，赤膊上東司。一向攻人短，多方徇己私。楊岐五世後，作者不如斯。

禮別峰塔

濟北參天樹，何時此活埋。人天知敬畏，佛祖憚擠排。父祖萬人傑，兒孫一樣乖。氍毹穿布衲，誰復裹芒鞋。

禮密庵塔

監本白拈賊，行家福建僧。分甘行異類，名不挂傳燈。一句定宗旨，通身是葛藤。葛藤椿倒也，此道復中興。

禮尼總持塔

誦蓮華品謗斯經，業識芬陀舌上生。舊日阿閦如再見，定應無此惡名聲。

擬寒山送明達二侍者歸蜀

不住有佛處，不住無佛處。萬里一條鐵，孤鸞無伴侶。無處不蹉過，有處還却步。挂角少羚羊，枯樁多死兔。達也二十九，興盡復回首。簡也四十餘，寸長竟何有。人皆笑我愚，我愚學未就。撲碎古菱花，孰與分妍醜。

擬寒山送洪州因上人省母

為法來尋訪，病眼翳花發。為母復歸去，特地重添屑。父母所生口，終不為汝說。問之何因爾，吾嘗於此切。

擬寒山送吉州壽侍者奔父母喪

家書報平安，父母没荒草。回首寂無覩，閉眼長相照。合笑不合哭，曠情遠相吊。雖云朴實頭，掠虚尤不少。

送遂寧海泉州權二友

狐涎纔點着，病已在膏肓。跳入野狐隊，聊施起死方。瞥然驢性發，護短不從長。無地容棲泊，全身在帝鄉。

權也名家駒，遇我以父執。謂可張吾軍，咄咄反見逼。慣以劣鬬勝，况乃緩縛急。福建與漳泉，佗州終不及。

送復書狀歸温州 休庵首座

玉几兩年餘，詠歸何草草。曹谿一宿覺，知幾良不早。一人不解禪，一人不解道。全主復全賓，扶起仍扶倒。

送祖柏庭知客歸鄉 曾住昭覺，死在簡州塔下。飛烏人。按：此首當爲《漁家傲》詞。

十載區區探海藏，懷藏如意來尋訪。直造凌霄峰頂上。逢大匠，一鎚擊碎真佳賞。活計從兹俱掃蕩，等閑平地滔天浪。萬里風雲都一槳。尤宏放，折衝佛祖休相讓。

空東山忌日

水流雲散，尤切於中第，此行遠有出人意表處。紛紛餘子，詎輕議之，傍睨不平，蓋有所激而云耳。

笑别金鑾歸玉几，鰻井無風波浪起。中興天子紫泥新，老牛特地重穿鼻。風雲騰踏慶三朝，端自靈山同受記。龍湫坐斷最高峰，聖諦提持第一義。儂家齏甕深無底，炎炎毒氣難廻避。瓠落有容無滴水，無限英靈都浸死。有時却作死馬醫，絶後再甦知幾幾。忽聞拂袖下層翠，江上截流航一葦。一箇閑人天地間，邁古超今誰敢擬。浮圖影裏舊經行，祖禰餘殃今未已。更運深慈等大千，毒種綿綿亦如是。

謝昌鑑堂

三年雪峰居，飽喫雪峰飯。不弄死鱉鼻，終日視雲漢。衆狙紛喜怒，我儂只管看。鑑堂賞此音，一唱復三嘆。無端高索價，擔起睦州板。問之何因爾，佛法不怕爛。

送雪峰殿主化燈油兼簡臨川道友

沈沈古殿寒光射，金色同然無晝夜。萬象森羅影現中，盲者還同覆盆下。周禪見渠不瞥地，金色光中重按指。散作人間無盡燈，直下翻身光影裏。只今此話難藏覆，掉頭徑出烟蘿去。不是臨川舊賞音，此段風流與誰舉。

寄元柏庭時住慧林

慧林未試擊虎術，已覺堂前草狼藉。更説全提與半提，大空小空皆辟易。壁立萬仞二十年，不與諸方較目前。願從伏波老禪將，相與掎角摧其堅。龍門餘波靡不至，矻然中流一人耳。事難方見丈夫心，委地宏綱看振起。

送琦後堂住薦福

錦屏之英老大隋，孤芳寄林非所宜。南堂特榻越常軌，東山陷虎藏深機。稽山之琦後來秀，倔强不落古人後。後堂新破北山荒，自注：松源處作後堂。奪食驅耕誇敏手。古已往矣不可覓，胡為區區蹈陳跡。衲僧懷袖捲風雲，何地不容轟霹靂。吾常學古不學今，確持讜直甘陸沈。顧影自立時自箴，舍公其誰知此心。公今老牯群中去，轉位回機頭角露。所存匪石不可移，萬里驍騰在初步。

送權孤雲爲母歸鄉

不踞千峯萬峰頂，謾勞半座分雙徑。情知覆水不容收，再向鄮峰提此令。大器晚成天所托，不怕者些渾爛却。俯視群飛已刺天，未反掌間仍撲落。試從列祖圖中看，古注與誰同一眼。濁港渡頭無姓兒，睦州城西老擔板。

寄愿毒果

毒果才登靈鷲峰，南山馬群為一空。鷲峰亦復無所容，寂寥風味南山同。聾人有耳固不聽，雙眼復隨雙耳聾。苞苴公行喪真風，祝鮀之佞為正宗。有生窮極變則通，公無留滯蒿蓬中。行看勁氣噓長虹，拈出死蛇為活龍。

巖首座母死歸自靈隱以此唁之運菴和尚

望斷靈山消息絶，不復倚門吹白髮。或從西向問歸程，臘月蓮花隨步發。靈山上首翻途轍，臨喪不哀非曠達。回首一會儼然在，將此深心奉塵剎。

送潛兄歸西山

虛空講得花狼藉，正坐膏肓必死疾。西山一去杳無聞，空使脩名光照日。阿潛竭斗不如是，晝不暇食夜不寐。凛然鐵石乃其心，要出古人一頭地。只今猛省天平錯，烏藤影動千山邈。到家消息在途中，莫向途中小了却。

送六人起雪峰歸江西

西河獅子迷子訣，驢年夢見者一橛。若謂六人成大器，何得人荒仍路絶。古澗瞪目不見底，透得網來猶滯水。六鰲矯首抃三山，霹靂一聲平地起。直下羅籠不肯住，行看為雲復為雨。浪花翻處看龍翔，掀倒江西葛藤樹。

寄西禪驤無稱

凌霄峰頂三年別，信亦不通書不達。怡山素約已休論，自注：西禪名怡山。更欲染雲歌一鉢。鶺鴒一枝在林杪，三六空嗟秋兔狡。况復疎慵與世乖，乘流却把烏藤拗。隨流入流眼卓朔，胸中涇渭元清濁。曲為今時一線通，老鼠何妨入牛角。無限旁觀皆罔措，它家自有通霄路。此理明明説向誰，笑倒無稱老禪虎。

海　門

目斷滄溟徒却步，此中豈是無門户。不犯波瀾過得來，海天風月無分付。

澤侍者參隨硤山琛老覓語

硤山一關無鎖鑰，從門入者踏不着。若是行家上上流，肯向那邊輕着脚。澤禪已是失照顧，不覺全身在裏許。莫嫌裏許寂寥生，記取硤山最初句。

送振上人歸永康自華藏來浄慈

未發足時已超越，萬里岷江濫觴發。瞻風撥草走天涯，滔天汩汩誰能過。太湖死水混不得，濁涇清渭明如日。重向西湖疏正脈，渺渺狂瀾歸一滴。只今滴水既還源，四海一味忘中邊。岷山之人莫輕忽，平地行看漲溟渤。

送達上人歸鄉

肯堂不曉巴蜀音，卍菴錯以心傳心。當時盡道有分付，一盲衆盲訛至今。上人覰破便西泝，醜惡却須善藏護。若也輕輕露一斑，連汝惡名無雪處。

送暉上人辭拙庵老人過靈隱雲卧指見拙庵

退欄老牯饒竭斗，雲卧指南成過咎。阿師一見便回首，不復待渠開臭口。冷泉眼耳一鬫䚠，見聞絶處誰深委。為伊拈出者些兒，占取明窗下單位。

與開老

自負平生識湛庵，只今又與阿戎談。須知父子不傳底，豈在南詢五十三。

送真上人歸洋川

卓地無錐强點胸，不知將底當家風。横行海上無知己，氣宇軒昂入漢中。

倦菴王德政

有耳慵將聽是非，無心只據目前機。不隨十二時辰去，却解差排十二時。

和劉文伯春牛韻

不獨分身在此州，通身灰土渾常牛。一從惱亂春風後，千古春風不斷頭。

吊朱堅老張誠子丈人

昔日當軒百步威，幾人到此竪降旗。若非居士通方眼，誰識川僧陷虎機。

送定上人歸潼川

故國江山杳靄中，半千尊者駐靈蹤。知君萬里飛歸錫，已竪降旗立下風。

感山讀蘿湖野録呈雲卧菴主

住山活計一般無，不數幢幢照乘珠。試探篋中何所有，珠回玉轉一蘿湖。

管城饒舌析玄微，一字何曾療得飢。文彩既彰非得已，知音未舉要先知。

送善藏主出嶺大禪示寂後

一度遭佗痒處抓，憤然回首要翻交。誰知到後重遭毒，劫石銷時恨不消。

老漢棰柈已活埋，七閩從此更無灾。可憐毒種收餘毒，虎行狼心挽不回。

送二僧見拙菴老人

道契聖天子，年高王老師。惡聲人不喜，拙處佛猶疑。未委聞名後，何如覿面時。欲言言不及，落賺自然知。

和海藏主韵

海涵地負避無門，萬象森羅托此恩。萬象之中全體露，胸襟流出盡乾坤。

題手軸十六羅漢送洪兄歸劍州

鈍根捏怪辱先宗，寫影圖形在此中。今日卷舒都在我，看渠何處現神通。

七八千里劍門路，十五六僧方外人。擬欲大家携手去，為伊公驗不分明。

書行在化主圓上人簿面

象骨峰頭蟾皎皎，鳳凰池上影團團。欲明千里同風底，未出門時話已圓。

書建寧化主簿

高人金錫已凌雲，零落餘香片片新。信手拈來還颺却，和風散作萬家春。

黄機先浄慈庵

智周萬有神逾浄，忍極無生力更慈。認得青氈元舊物，大書深刻慰時思。

送化主

業識忙忙不負渠，鬧中做取静工夫。歸來桶底連柆脱，番笑當年老大愚。

行者求僧

嘗盡叢林苦與甜，九天雨露未曾霑。相逢作者開青眼，千尺浮圖看合尖。

悦上人月谷

谷神不死，靈光獨耀。光景俱忘，頭頭失照。同聲相應了無遺，此音妙賞從來少。

送哲老上金山

夾山散衆到華亭，千古令人恨不平。底事覆車猶不戒，行看此禍又重新。

送稱大師歸泉南

曾郎蔡柳與天冠，鼻孔元來不兩般。總被上人親見了，放憨儘好受人瞞。

送默老住涵清

逆水波心擊怒雷，老珣全體入廛來。自注：與珣罵天同受業。行看萬里無雲翳，又把青天罵一回。

化姜

天生糙辣少漚和，只者星兒未足多。拈出自然調衆口，舌頭無眼也誵訛。

酬演維那

踢卓藏身已見贓，至今猶未識宗綱。自餘漆桶尤堪笑，食在唇邊不得嚐。

送琛老住硤山

珍御權收挂垢衣，憨憨穩放一頭低。全身直入草裏輥，東倒何妨復擂西。

送普賢智老住洋嶼庵

狻兔久居獅子窟，妙喜家風已乾没。普賢玉象自何來，無限黄塵起溟渤。

月巢

小小一枝足，寥寥萬象空。踢翻舊窠窟，誰在月明中。

毒果

惡木枝頭起禍胎，叢林又見潑天災。就窠打劫為深孽，更把餘殃累後來。

鏡庵

毫髮難藏覆，臨臺子細觀。龍門無宿客，對舞失孤鸞。

囥庵

囥地一下，好肉剜瘡。更安名字，雪上加霜。

月　窗

一轉月窗語，全超言象前。無人知此意，令我憶南泉。

送慶兄往鳳臺見無用

靈山退席向西來，逐惡隨邪挽不回。任是丹山真種草，也須親到鳳凰臺。

送定上人持鉢

末流蹈襲箕裘業，葛藤窠裏深漁獵。冷泉那畔激頹波，不怕長廊卷風葉。小空絶乳氣食牛，百步之威生電眸。一聲震怒風萬壑，反睨其母如深讎。只今無奈惡叉聚，掉頭紫帽峰前去。格外無人深領取，從上爪牙莫輕露。

上方化蓆

上方祕密安樂法，父子至親終不傳。打得蓆歸渠自會，曲肱聽雨聽風眠。

送淳首座歸跨鼇

陸海當年穩跨鼇，無端理釣入驚濤。只今深省十年錯，却笑從前立處高。不打諸方死葛藤，冷看時樣巧番騰。卷衣深入家山去，何處覓渠刀斧痕。

化　鹽

曾經萬鍛不消融，從此功歸鼎鼐中。四海叢林今淡薄，何妨隨處展家風。

送修藏主

同苦同甘只此心，眼開方始覺冤深。先師本自無靈骨，輒莫區區别處尋。

送巖運菴歸四明 松源以法衣頂相授，巖却衣受頂，相請破庵贊

大庾嶺頭提不起，盧老蒙山俱失利。後人不解革前非，遞相欺誑真兒戲。老巖不負靈山記，颺下金襴如弊屣。直饒滅却不傳底，争似莫遭渠鈍置。破菴一語如雷霆，聾者有耳那得聞。若謂不聞越情量，蹉過堂堂大人相。

幹塔頂

休觀平地稜層，只要當頭辨的。道人老手能高，向上為渠拈出。

送正知客歸省母

擬動歸心路已差，直饒歸得亦無家。倚門自是難忘母，據令從來不識爺。

贈心鑑相士

被褐懷珍眼力高，區區不復數秋毫。從來方才湛如水，萬象森羅何處逃。

玉巖

頹然頑石，粹然妙蘊，全假全真，壁立萬仞。

化蓆簾

除却障時生却礙，不通風處却通方。直饒影草能回互，八面玲瓏底處藏。

諸菴 肇老

善應物無外，全身在帝鄉。不妨横點首，平等印諸方。

刺血寫經解祠部逋

幽馥騰芻草，餘春散妙蓮。若無皮下血，賓所待驢年。

送正全化主

告人覓飯與人喫，伸脚總在縮脚裏。底事身心太不臧，要令飽不知慚愧。

白衣文簡浄人呈度牒

袖出天書喜動容，從來汗馬不言功。長鞭未舉追風去，回首相尋異類中。

覺無象姪湛沙彌求偈

天台無象老瞎秃，妙轉一機曾齧鏃。射虎歸來死不俟，肯逐兒曹駕羊鹿。諸方浩浩只如許，誰信此翁元不死。阿戎頭角又峥嶸，一段風流都付與。

答復之書記休菴　按：此首當為《漁家傲》詞。

萬别千差皆直指，攻非端的成攻是。潑撒一回須盡底。藏頭鼻，定盤星上無些子。同者自同渠自異，絶分同異尤多事。翻着襪頭王梵志。休特地，弄潮人在洪波裏。

送乘侍者歸寧

佛既强名嫌不做，親猶未老已歸休。信邪倒見難調護，更復區區笑睦州。

行者刺血寫蓮經求度

七卷六萬言，十指一滴血。盡是一乘法，無同亦無别。看佗禪講相譏劍佩，大似羊鹿强分途轍。儘教他火宅前各自東西，更休説化城中普請超越。汝但逐字寫過，逐字點發，一點着一點，一丿着一丿。應以比丘身得度者，即現比丘身而為説。

送柔維那

出院何妨更罰錢，子承父業且驢年。五峯不是藏牙爪，不使諸方取次傳。

送昕兄歸靈隱

咬定牙關百念灰，巾單一日兩番開。靈山近日無消息，踢起從頭探一回。

饒州宗維那

三印高風久寂寥，何妨辨地且從苗。同行共住不相識，須信饒州不可饒。

韶知客

育王渾不奈伊何，脚跨天童又倒戈。不是浙僧全殺活，成人應少敗人多。

尼童携無象書求疏

初祖傳心到女流，後人應合奮前修。若還再見阿閦國，一段風光掃土休。

送正侍者

光明一段自沈埋，大膽粗心用得乖。若謂一時謾得過，闍黎大似不曾齋。

峭庵

平常無事皆奇險，彼此忘機又葛藤。坐在他家平展處，脚頭脚底更稜層。

送融副寺歸潼川

未出門時一款招，至今遺恨杳難消。翻然自覺無恩怨，萬里家山未是遥。

龍游行者求僧

為僧要度牒，此理與古背。是真出家兒，俱付形骸外。千里在初步，百進須一退。索性吵叢林，東倒復西擂。

泣竹院南老

破碎沙盆不足傳，等閑拈出又完全。無人眨上眉毛看，誤作鸞膠續斷弦。
坐斷家山得計深，秤鎚何必話浮沈。豁開户牖無回互，百鳥依前勿處尋。

寄巖運菴

報慈打底錯流通，舉家大小都詐聾。人人詐得十分似，檢點將來牛馬風。阿師不入者保社，真尚不存那忍詐。正傳若在瞎驢邊，開眼堂堂誤天下。

送忠州悟上人歸鄉

半人所在也經過，簸土揚塵出網羅。巫峽蒼蒼烟雨裏，竹枝不唱舊時歌。

幹浴

至老從生臭革囊，知他費了幾盆湯。更言妙觸宣明底，埋没光明古佛堂。

南藏主號野衲

伽梨一臂雲零亂，雲錦毳衣終不换。佛法興亡總不知，續燄聯芳且緩緩。截流過了復隨流，秦地難拘漢不收。疥狗生天非所願，神僊自古不封侯。馬勝威儀過成謟，波離軌範休沙魘。若教自作杜叢林，敢保諸萬大段欠。

决定信齋不遇

不二門高八字開，寥寥不見一人來。從門入者居門外，却笑時人點額回。不將柔櫓釘椿摇，等視安流與怒潮。若謂他家本無事，須知滴水也難消。

行者求僧

求僧囊勿一錢看，誦徹蓮花六萬言。久客長安雖自樂，得魚應合早忘筌。

行者塑觀音

行家佛來也不着，爾塑觀音無乃錯。憐渠無處着渾身，却許汝曹高一着。

元暉求僧

入我門庭着我衣，面前説是背還非。從來不作大人相，要箇傳家五逆兒。

香篆

明明印板脱將來，簇巧攢花引麝煤。不向死灰然活火，此中一線若為開。

行者寫經求僧

風雲時至謾書經，點墨工夫過點塵。只改舊時行李處，依然不改舊時人。

覺海鑄鍾

須彌頂上聲猶在，林浦山中簴久虚。任是雪峰千五百，呼來喝散總由渠。

書經求度

舍父區區向外馳，那堪求度運毛錐。轉身成佛仍多事，大丈夫兒莫學伊。

送池州一知客

只者些兒把得牢，跨門便見眼尤高。深冤結盡却掃去，業果熟時何處逃。

送湛麟二兒之投子見秀巖

一鉢南山與北山，齊頭喫飯大家眠。萬人海裏真消息，肯作西來祖意看。

送靈隱僧往越見浙翁

西望淮山望故家，一時蕩了舊生涯。袖中留得空拳在，莫學常州人打爺。

淨慈堂中覓紙糊窗

算沙力盡巧翻騰，赤手揮空要覓痕。不是冷泉輕放過，能仁手裏有山藤。

安藏主號雲智

團團亮隔松蘿古，寂寂虛堂槁木春。一段光明無處着，盡情分付楮先生。

儘教佛性自瞞頇，終日如愚已自謾。不是較渠三十里，平生穿鑿不相干。

送光上人歸鄉

三回退齒霍山祠，不久終為唱導師。見説故山無佛法，從頭要與揣家私。

頑石

大火流金不自流，補天切忌向他求。虛空講得花狼藉，未必渠儂竪點頭。

妙華觀

剗斷從前雜想根，神鋒斫水覓無痕。須知優鉢元無樹，不似諸方死葛藤。

及菴

過亦非中道，其如不及何。到江吴地盡，隔岸越山多。

杜防御爲鐵牛斡塔亭

一生舍利萬家收，烈火何曾化鐵牛。一口氣教渠自吐，數椽屋要别人修。

山藏主得李參政總持

半繞繩床付總持，獨龍岡上舊全提。龍門千仞無留客，雨過大崶山畫眉。

以上《北礀和尚外集》

全宋詩卷二八〇〇

釋居簡一一

送元侍者日本圓覺開山

國師三喚小空時，眼矚東南意在西。風雨蕭蕭曉如晦，嘐嘐望爾一聲啼。

送僧之太白

下凌霄渡浙江濤，雪輥濤頭怒弗消。試看虎跑泉上碧，一漚不作自全潮。

送僧

六鐶一振下玲瓏，文入千巖萬壑中。百鳥不來春又去，善才何處覓行蹤。

送亮老

揣盡家私件件無，送人住院太空疎。嫡傳如斗冬瓜印，印破他家肘後符。

送僧

撥草瞻風不憚遥，因行掉臂上凌霄。極窮空處翻身轉，更看西湖湛不摇。

送護知客

欽師受讖止凌霄，劫火無端兩度燒。勿訝樓臺新壯麗，回頭領取舊風標。

送僧

潑包打了諸方去，弗向諸方竪點頭。倔强如斯今幾箇，羅籠不住聽渠休。

示僧

白鶴山前是汝家，小時曾此採蘭芽。伊蘭勿作旃檀樹，唤起凄凉五葉花。

示僧彭州人

没興彭門出老懃，至今草木少精神。好將鈍置山川底，殃害東山直下人。

示接待僧

門向無棲泊處開，出門風急浪崔嵬。若還放筯忘恩底，九股紅綿套不回。

僧蓄菖蒲盆誤觸墜地求語

崑山拳石定州盆，上有蓬瀛九節根。又是一番成住壞，路逢芳草亦銷魂。

示僧

嘗聞鐵杵可磨針，不信葫蘆捺弗沈。人病痛多禪不病，最難醫是覓安心。

興監寺與其小師言别

未跨門時已不疑，小空看屋大空隨。莫教古佛堂消息，蹉過同茶共飯時。

静維那求頌

罰錢出院討便宜，興化何曾會養兒。北磵黨情非黨理，與佗土上更加泥。

送僧之虎丘

夫差劍老歛鋒鋩，擊石何須試道傍。若是鞭笞龍象手，只將尺箠起群羊。

送僧之太白再見癡絶

路逢執對定非親，似馬蝗將鷺股叮。莫恨不登烏石嶺，松關嶔過望州亭。

示確上人

確實工夫已掠虚，不徒謾漢又欺胡。再來伎倆都呈了，負你何妨更負吾。

示能維那

盧祖同名弗姓盧，須知更有赤鬚胡。錯行北礀門前路，惆悵曹溪一滴無。

示德上人

若把重玄當此宗，粘牙帶齒惡情悰。泡茶只説琴川好，試看儂家熨斗中。

示僧

近從夔子國中來，象馬瞿塘去復回。慧日路頭平處險，何曾特地設崔嵬。

示堅上人

因邪打正諸方會，我此從來正打邪。頭白齒黄無伎倆，單單只會破人家。

示僧

自知無物染塵埃，説甚娘生眼未開。聽汝噇空噇弗了，先須還我飯錢來。

送僧

萬里南詢覓送行，恰如日午打三更。莫將始到牢關句，喚作陽關第一聲。

漢州僧求頌

拋家失業馬駒兒，箕老無唇跳出栖。未破殼時□踔跳，免教唧去識金鷄。

示妙上人

譚妙何須閱九旬，口吧吧地謾勞神。從來慧日無言説，笑倒口吧吧地人。

示瞿上人

黄面瞿曇不姓瞿，檢尋姓纂可曾書。叮嚀梵志尼犍子，識我胸前卍字無。

送僧之靈巖

喫粽胡僧起禍胎，入山桉過出山來。新豐九上猶嫌少，莫憚崎嶇更一回。

瑞巖煜長老求法衣

自呼自應自婆娑，試問如今喚得麽。拂石坐來衫袖冷，不須平地起干戈。

送錫侍者隨物初住顯慈

迦葉師兄錯破顔，阿難病痛在多聞。衲僧斬斬生涯别，輒莫隨人脚後跟。

示日上人

鑑湖無日不春風，萬壑千巖影現中。爾在孤山南宕住，西湖消息幾時通。

示僧

見説鴈山頭倒卓，龍湫卷水上層空。問渠諸矩羅尊者，何故都無一字通。

示僧 瀘州人

瀘豈無師萬里尋，壯如五月渡瀘心。先搜三毒無明種，不動干戈縱又擒。

示洞庭曉上人

顯川曾作山中主，七十二峯環太湖。曉到西湖太分曉，諸峰還解點頭無。

示僧 定海人

七寶山高聚寶舟，諸蕃舶主總經由。爾家定海實無數，何必區區向外求。

僧持癡絶墨跡求語

信心銘與參同契，朱界棋盤字字收。留得中間元字脚，老來無復辨蹤由。

四鄉僧求語

夔到恭涪四五州，共他三十六江秋。南來衲子知多少，那箇隨流解截流。

矮僧求頌

見説矮人多計較，大家知道不曾藏。只將丈六金襴掛，莫與諸方論短長。

示僧 成都

善財去後無消息，重到華嚴更幾人。爾向那邊重到此，為吾拈却故園春。

示僧

近時直指似蘭亭，棗木梅花總不真。哮本不逃蕭翼眼，諸方亦有姓蕭人。

柏堂

千載霜苓孕屈盤，虐風饕雪不知難。客來莫話西來意，添箇蒲團話歲寒。

枯山

嵌巖礧砢無津潤，踞地盤空隱霧深。萬竅怒號從定起，試聽枯木裏龍吟。

鐵巖

大鐵圍連小鐵圍，此巖應是此分支。是中別有三禪樂，弗是曾來可得知。

砥堂

寸地了無凹凸處，不容剗削豈容耕。從生至死如周道，凡聖從教一路行。

寓適

收雨嶺雲隨所住，含風淵水偶然回。虛懷任性如雲水，閒裏徒將日月催。

示徒

東山不管諸莊旱，無人領話最憂深。兒孫漸漸生涯別，翻笑當年錯用心。

示徒弟

直上南山落髮歸，不傳心法不傳衣。衣盂自是閑家具，別有生涯爾合知。

悼越州空首座

諸方已自懶相酬，有甚工夫綴襪頭。要向折鐺煨死飯，截流過了復隨流。
生畏人知死便燒，何須書偈費譊譊。當時若受常師記，底用傍人為解嘲。

寄南翔遠講主

白髮垂垂儘入期，無人不笑此翁癡。人間五欲波瀾闊，真懺何曾有盡時。
趁此身輕未死前，兩忘隆暑與祁寒。從頭打併東西了，車軸花中占一單。

彰教建法堂

善法堂傾法不傾，欲支一木要重新。行看堂下如雲擁，孰謂今無老斲輪。

相藏主往景山看藏經

夢中無字法門開，藏海雲濤詐望崖。須信矮人多計較，逢人只道不曾齋。

昌誦蓮經一日十二部滿十三萬部

十三萬部粲芬陁，奈爾猶存數量何。回向是真精進處，動人春色不須多。

綿州演兄歸鄉

笑中曾捋鬼頭巾，説甚瞿曇鬼眼睛。附子天雄州土外，自餘都是箇般僧。
南方攪吵叢林徧，西蜀來歸呈舊面。相逢道伴若交肩，掣電之機徒劈箭。

寄照長老

梁普通年雪砌深，有人立雪覓安心。何如瞥轉單于調，一鼓猊弦絶衆音。

化柴

死火何妨且活埋，傍城傍郭采無柴。家風不與疎山別，莫是遭他受記來。

靈隱散知識會首求頌

無識無知五十三，勞佗童子遍咨參。朝來靈隱羅齋去，添得從前滿面慚。

斷臂化士求語

勇猛身心斷一支，腕頭無數火星飛。毗盧處處開樓閣，徒效齊腰立雪時。

謝簞化主

三載歸來打葛藤，打成秋水水無痕。脇尊者睡長開眼，脇亦何曾印簞紋。

化齋

解結冬年辦四齋，赤洪崖打白洪崖。信心檀越家家是，只告諸天次第排。

道場火後化緣

千間百堵盡飛灰，見説恩光早晚回。覩史夜摩新樣範，定隨叢玉下天來。

化鍾

試看大扣大鳴時，出冶頑銅亦自奇。弗是神通非妙用，虎巖爐鞴只如斯。

化桶二人

雪峰道底曾知有，已落曾郎陷虎機。若也諸人得受用，何須二子下針錐。

行者往淮南求僧

塵埃千里走長淮，要覓袈裟裹草鞋。盡洗淮山當日恨，好將諸祖一坑埋。

趙希旦求頌化錢還度牒債浙翁小師

天源流入梵王家，出斗何曾有跳蝦。拈却債根除却病，莫教話墮似師爺。

行者念蓮經求頌

紙上陳言六萬餘，一音清徹夜堂虛。逢人若問經頭字，但道從來不識書。

行者求頌

好將長劍割髭鬚，頭上蓬蓬亦剗除。辦取一生都弗會，聽佗會底費分疎。

送僧見孤雲掩室

若見孤雲與老開，款從囚口録將來。須知北磵無涓滴，但道親曾探水回。

看經僧求語

塵中埋没大經卷，要出此經須破塵。識得此經無一字，百千萬遍一般春。

簡沙彌

借得山翁一字名，切須作福保長生。要知閩蜀同風句，為我提撕折脚鐺。

修　塔

許玄度至歌來暮，多寶尊臨便放光。况是太平無事日，人中王敬法中王。

圓覺會首求頌

大圓覺海勝伽藍，七佛之師首發譚。引得上乘菩薩子，大光明藏作同參。

寄勝樂居士

邪法難扶只自諳，東西不辨作司南。輸佗勝樂無玄解，禪板蒲團老住庵。

寄了菴居士

鍊得精明富絶隣，人間天上散閑人。去年貧與今年別，未必香嚴有此貧。

寄暉道友

昔聞萬法誰為侶，不覺連聲叫了暉。想見老來新活計，不將三點作圓伊。

送言道士號净極

净極光通跬步初，謹終宜密不宜疎。掌中穢濁三千刹，覰定根源着一鋤。

寄逸長老

平高就下得其宜，出谷遷喬只舊蹊。天上好風人不見，共觀百草一頭低。

送楊知官

鐺煮乾坤不作難，至神至妙弗相謾。回頭總在乾坤裏，畢竟鐺從底處安。

送夔州何道士

夔峽希聲洞杳微，賞音猶笑武當遲。靈蛇束破玄龜殼，應恨從前骨裏皮。

淨髮人求頌

一毛頭上寶王刹，百億毛頭三昧門。抹過頂門猶欠在，要須剗草盡除根。

道友求頌

平常退一步行時，渾似輪機國手棋。成就自家行履處，路逢巇嶮亦平夷。

幹元宵燈

門前來往沸笙簫，門裏何曾厭寂寥。我欲燒燈看佛面，莫將風雨罷元宵。

行者刺血寫蓮經求語

一會靈山未陸沈，紛然血指痛連心。比丘身在普門品，空向指頭尖上尋。

端炭頭求語

袖間束手不知寒，炙手從他向熱官。除却火爐頭上事，別無分付越州端。

十人書經

葛藤本子燎無餘，正好忘筌復縱魚。便是太平無事日，如何又倩十人書。

藏雲

層層疊疊爛銀堆，無蔕無根卷復開。猶有壯心誅旱魃，出山為雨却歸來。

書三生石畫圖

不覺擔泉帶月歸，三生舊話水濱知。更酬十二年前約，何似晴簷一笑時。

其源

未達其源，十分成現。若是其源，豈無方便。後箭尤深，何如前箭。鐵壁銀山通一線。

行者求頌

曩時隨我起鄞江，望我山靈與徑雙。狡兔有時平地起，莫於舊處守枯樁。

天童俊侍者求頌

笑將三應謾癡絶，老賊豩哉詐受謾。聽爾情忘恩義斷，珊瑚枝上月團團。

相士求語

先生眸子碧於秋，把我形容内外搜。我有未生前面目，擬於何處説來由。

求僧

不去選官來選佛，有心作佛已非真。丈夫别有衝天志，肯學佗家不正因。

笑堂

汝向誰家悟此機，有誰相委破顔時。若提金色頭陁話，後二千年尚皺眉。

竹坡丘知府哭子以偈寄之

絶楊合為揚雄嘆，無子當於伯道哀。尚有曾元養曾子，少寬夫子哭顔回。

趙郡王施闘綵法被薦女因爲説偈

倚福修慧，深丹濃翠。倚慧修福，砌錦層縠。福慧兩全，衆彩明鮮。紫不亂朱，縞不礙玄。惟茜惟碧，參鱗差翼。空王座上，一片如織。善哉命婦，巧思精究。勸化諸女，如出一手。惟此命婦，諸善女人。於壽域中，克康克寧。女子有行，歸寧母家。載殞淑身，發明心花。

寄壞庵

壞庵老牛老捏怪，剛把虛空立疆界。不知燒作一聚灰，問云此怪壞不壞。今猶不死亦不燒，掩息弗與生同條。苕溪清印故山月，一點靈犀通夜遥。倒刹拈花各三昧，會底不知渠不會。珊瑚樹林日杲杲，東倒何妨復西擂。以上《北磵和尚續集》

全宋詩卷一八〇一

釋居簡 一二

偈頌一百三十三首

趁鼠入角，吹糠著米。直下翻身，劍去久矣。方丈

信脚行，信口道，一步登高，全身入草。知心若解相扶，好把禪床靠倒。法座

面門一思，長時無問。便與麽去，討甚麽盌。得路塞路，看樓打樓。攀緣四天下，屋裏販楊州。無愧於心對聖僧，不圖人愛愛人憎。打刀不是并州鐵，誰與諸方剪葛藤。

以大圓覺為我伽藍，身心安居，平等性智。喫官酒，卧官街，當處死，當處埋。本來無位次，何用强安排。結夏

七寶蓮花品字開，一花一葉一樓臺。水禽啼在深花裏，花在水禽啼處開。舉佛擊一髑髏問耆婆云：此人生何處？婆云：生天。又擊一髑髏云：此人生何處？婆云：生人。又擊一髑髏云：此人生何處？婆罔措

還債金輪種，陳年甘蔗苗。九龍翻雪浪，滴水也難消。佛生日　以上輯自宋釋大觀編《北磵和尚初住台州般若禪院語録》

師子當門，誰敢覰著。仁義道中，放過一著。三門

節外生枝，劣中取勝。輟己為人，無乃太甚。方丈

黄梅七百，如龍争珠。因甚今日，劫在這裏。争之不足，讓之有餘。拈衣

從來不解强安排，擲地金聲破草鞋。無位真人無面目，何妨運水及搬柴。

試問卧雲深處客，不知何以答升平。蕩然至化難逃避，萬里堯天一點雲。舉太宗皇帝問僧：近離甚處？僧云：卧雲菴。帝云：卧雲深處不朝天，因甚到此？僧無對。雪竇和尚代云：難逃至化

枯木寒灰，銅崖鐵壁。春到無痕，春歸無跡。桃花紅，李花白。明眼人前，一場狼藉。

初於聞中，入流忘所。圓通路絶，滿面塵埃。洞門無鎖鑰，俗客不曾來。

學道如鑽火，逢煙未可休。直待金星現，曹門取鄭州。

鼎湖龍去不知還，遥想清都虎豹閑。欲借剛風朝紫闕，九天閶闔正開關。徽宗皇帝大忌

晷運推移，日南長至。應時納祜，看樓打樓。群陰消剥盡，特地一場愁。冬至

六年勤苦竟何如，為問君王記得無。直下雖知難抵諱，到頭終不受塗糊。舉孝宗皇帝問佛照：釋迦佛入山六年，所成何事？佛照對云：將謂陛下忘却

三到投子，含元殿裏。九上洞山，更覓長安。自從夜雪擁鰲山，一度思量一度寒。

窮厮煎，餓厮吵。古岸風高，玉壺春曉。

今日中夏了也，畢竟事作麽生。當陽一機，轉身一步。左右逢原，了無回互。本等牧牛人，何曾頭角露。

千年父祖舊田疇，萬寶垂成及早收。無底鉢盂開口笑，聖凡一等飽齁齁。謝監收

天中天，聖中聖。贊不及，述不盡。四海九州，一印印定。瑞慶節

今日開爐，報恩隨例。火筯香匙，各有節制。若待豆爆冷灰，未免遞相鈍置。識火色，辨風旨。曲突徙薪，已落第二。開爐

一大藏教，總是魔說。日可冷，月可熱。是假易除，是真難滅。

亂山裏雪玉崔嵬，萬行門庭八字開。惆悵善財歸去後，寥寥不見一人來。以上輯自《台州報恩光孝禪寺語錄》

華鯨吼月，虛籟沈秋。裂破玄關了，隨流復入流。三門

南來底下載，北來底上載。月白風清，太湖無蓋。方丈

窮廝煎，餓廝炒。東家兒啼，西家婦笑。暗寫愁腸，善說法要。良哉觀世音，郎當也不少。

曲吹徹，鼓皮穿。夜深人靜，燈盌油乾。一道神光萬境閑。元宵

纔生便劄，不得一半。失之東隅，桑榆已晚。舉石林問龐居士：有箇借問，居士不惜言句否？士云：便請舉來。林云：元來惜言句。士云：者箇問訊，不覺落佗便宜。林掩耳而去。士云：作家作家

非不非，是不是。無事困人心，莫將無事會。舉真淨云：莫將無事會，無事困人心。師云：不圖打草。大慧云：往往中無事毒者，却以此言為非。師云：只要蛇驚

薤露凄涼亦可憐，白楊丹旐去翩翩。哀哀聲裏無消息，打著南邊動北邊。舉盤山送喪次，聞歌郎云：紅輪決定沈西去，未審魂靈往那方。聞孝子哭哀哀聲，當下悟去

病來病去無聊賴，及至除根病轉多。事久多變，年老成魔。看它此去又如何。病起 以上輯自《湖州鐵觀音禪寺語錄》

隻手擡，隻手搦。毫釐有差，天地懸隔。方丈

餘二即非真，惟此一事實。密在汝邊，我說不密。拈疏

諸方說禪，地藏種田。西余門下，又却不然。飢來喫飯，困來打眠。不是知音者，徒勞話歲寒。

十四年，四月一。流水無情，落花無跡。一句了然超百億，莫待當來問彌勒。汲井花水，煮薔薇露，清浄法身遭點污。活戾世界，一年一度。浴佛

三分光陰二早過，向下文長。靈臺一點不揩磨，彼自無瘡。貪生逐日區區去，終日茫茫。喚不回頭争奈何。

三月十五，落花飛絮。業識茫茫，無本可據。把得定，作得主。伶俐衲僧，不恁麽去。

晃晃在心目，昭昭居色塵。莫將銀世界，喚作假銀城。舉佛告普眼菩薩云：頗有人能説幻術。文字中，種種幻相所住處否？答云：不也。佛言普眼，幻中幻相，尚不可説，何況普賢菩薩祕密身境界，祕密語境界，祕密意境界？而入其中，能入能見

跛跛挈挈，百醜千拙。鬭諸方勝，勝諸方劣。芙蓉和尚至

瞿曇幾箇舌頭，衆會幾箇眼睛。頭頭物物，刹刹塵塵。自瞞猶自可，最苦是瞞人。舉華嚴會諸大菩薩，不見普賢。佛令想念求之，即見 以上輯自《湖州西余大覺禪寺語録》

是佛亦拜，是魔亦拜。大膽小心，不妨忒煞。佛殿

目前機，摩竭令。無法商量，一印印定。方丈

衲僧家，不瀟洒。嫌人贊，愛人駡。無諍三昧，知音者寡。三昧即且置，如何是無諍。客來須接，賊來須打。浪宕樓頭無藉在，零丁利帝可憐生。惡叉聚是此中人，佛子住非他處成。舉《華嚴經》菩薩以菩提心為家，以如理修行為家法師云：家則且止，如何是家法

佛真法身，抵死謾生。自沽村酒，自把磁瓶。却著衫來作主人。舉法界觀云：法身流轉五道，名曰衆生，故令衆生現時，法身不現

擬破一微塵，分明昧此經。如何破經卷，出此一微塵。舉如有大經卷，量等三千界，在於一塵中，一切塵亦然。有一聰慧人，浄眼悉能見。破塵出經卷，廣饒益衆生

惡星臨照命宮時，雪重山寒眼瞎癡。我似釣魚船上客，還將哥邏報君知。成道

日日雨，夜夜雨。鎖了日輪，閉了月户。稻也壞，麥也壞。不知者箇壞不壞，問取明州憨布袋。

行亦禪，坐亦禪。飢噇飯，困噇眠。三到投子，九上洞山，無端掘地覓青天。以上輯自《安吉州思溪圓覺禪寺語録》

門對廬山，岸横湓浦。把定要津，鵶飛不渡。

死便埋，死便埋，本來無位次，僧趁俗安排。赤洪崖，白洪崖，是我冤家一様乖，哀哀。宗元谷及俗兄訃至舉哀

今日静悄悄，昨日鬧啾啾。風定花猶落，鳥啼山更幽。舉玄沙問小塘長老：昨日一場鬧，向甚麽處去？小塘提起袈裟角。玄沙云：料掉没交涉

肉還父，骨還母。日西沈，水東注。舉那吒太子析肉還父，析骨還母，正當與麽時，太子在什麽處 以上輯自《寧國府彰教禪寺語録》

從者裏入，向那邊行。到家消息斷，日午打三更。三門

不為禮，禮必壞。千人來，萬人拜。黄面瞿曇，喫者一解。佛殿

七縱八横，千重百匝。正令全提，是計不納。方丈

金猊鐵脊鐵腰頑，逐隊隨群屈節難。要打衲僧門下過，避些炎熱耐些寒。

據虎頭，收虎尾。未見其人，第一句下明宗旨。嘗聞其語，踢起便行，白雲萬里。

未發足南方已前，早知錯了底十有五雙。往往當面諱却，不肯承當。若不將錯就錯，未免雪上加霜。我者裏纂節去處，聽他烟棹上瞿塘。二鄉生歸鄉

净名有無盡燈法門，後世機巧，取次翻騰。一燈十鏡，十鏡一燈。交光相羅。徵詰無痕。鏡自鏡，燈自燈，大家吹滅暗中行。元宵

敗闕在雙林，都無跡可尋。海枯終見底，人死不知心。佛涅槃

賊來須打，客來須接。明慶長老來，打即是，接即是。若打來不見贓物，若接來未問蹤由，休休，不是冤家不聚頭。明慶和尚至

元正啟祚，萬物咸新。即日伏惟，無位真人。飽莫喜，饑莫嗔，一日從頭五合陳。正旦

扁舟兩岸依林樾，蕭蕭兩鬢吹華髮。萬事不理醉復醒，長占烟波弄明月。舉《圓覺經》：居一切時，不起妄念。於諸妄心，亦不息滅。住妄想境，不加了知。於無了知，不辨真實

量才補職，修德養閑。一動一静，妙轉機關，輝天鑑地許誰看。謝新舊兩序

虚空無相身，墮地惹埃塵。不入紅塵裏，驢年洗得清。四月八日　以上輯自《常州顯慶禪寺語録》

羅漢山當户，朝來有聖燈。藩籬俱剖破，不揀小乘僧。三門

一發中的，百發破的。碧雲十字路頭，又添三害之一。方丈

日可冷，月可熱，衆魔不能壞真説。且道如何是真説，三人證龜，定不是鱉。

十方同聚會，各夢同床。箇箇學無為，彼自無瘡。此是選佛場，蠱毒之鄉。

借婆衫子拜婆年，監木匙挑不上禪。扶起玉龍轟霹靂，明星猶在九重天。舉孝宗皇帝問佛照禪師：釋迦入山六年，所成者何事？佛照對云：將謂陛下忘却

黄蘗下座，南泉上座。常州紙貴，一狀領過。舉黄蘗向南泉位中坐，泉云：長老甚麽年行道？蘗云：威音王已前。泉云：猶是王老師兒孫在。蘗遂歸第二座

油油，同聲相應，同氣相求。金簇慣調曾百戰，鐵鞭多力恨無讎。舉趙州訪投子話

露柱通宵守歲兜，燈籠侵早拜年兜。烏藤趁隊無碑記，跳出禪床左畔兜。普伸祝頌隨婁搜，享千秋天生富貴。切忌他求，好消息兜。正旦

人棄我取，人取我與。弄業識團，無本可據。毁於佛，謗於法，不入衆數，分明有眼難緇素。未到忘筌地，携籃等跳蝦。錯行樵子徑，却到葛洪家。舉安禪師破句讀《楞嚴經》

魯祖見僧便面壁，平生肝膽向人傾。潦倒北磵，無背無面。終不為君通，任從滄海變。

泥猪疥狗，不願生天。行家滅胡種，成佛待驢年。福聖曇訃至

簷頭滴滴，分明歷歷。明眼衲僧，切忌從者裏入。

長樂宫深漏箭遲，憂家丙夜細思惟。鐘鳴漏盡龍樓曉，無復鷄人問寢時。太后升遐

三月旦，春過半。胡孫繫露柱，露柱聲聲唤。南山粲，白石爛，只者一著何曾爛。

獨釣海山秋，綸竿五十牛。叮嚀螺與蚌，莫傍釣鰲鈎。

東邊移了復西移，不動尊還有動時。弗打併他蹲坐處，安知四十九年非。移佛

透骨寒凝眼不開，陽和一點自何來。六年辛苦都休了，不悟明星是禍胎。成道

三應三呼，不辭入草。罰錢出院，正要話行。軟頑侍者，孟浪克賓。數聲羗笛離亭晚，君向瀟湘我向秦。為維那侍者

以上輯自《常州碧雲崇明禪寺語録》

薑杏盃深恨未消，竹篙只作等閑摇。一從收卷波瀾後，誰在坳堂學弄潮。請書記藏主

莫袖搴旗手，同扶折脚鐺。高碁放低著，死路活教行。謝新舊兩序

一聲哇地便吒哩，突出如斯大闡提。此土西天起殃害，堂堂洗土不成泥。浴佛

雪溪一漚滅，輥入龍湫裏。龍湫攪得渾，六月凍連底。喝石巖前，菖蒲田裏。癡人猶戽夜塘水。徑山阜

雪溪西堂訃至

來恨出關遲，歸嫌入峽遲。疑今真箇悟，悟昔不曾疑。南詢是妄，北謁還非。日暮碧雲合，亂山啼子規。

照藏主歸鄉　以上輯自《平江府常熟縣慧日禪寺語録》

拙拙，拙盡巧生，一場敗缺。有時證鱉成龜，驀地證龜成鱉。諸郎盡解使爺錢，磦窠不肖子，拍手笑掀天，笑他弄到帝王前。佛照忌

去年梅，今歲柳。大地有全功，物物還依舊。衲子生涯也如舊，頭上青灰三五斗。臘雪後，春風前。莫教蹉過鑊頭邊。

一棹鬼門關，横飛關外天。九華天下勝，趁得雪中看。碧雲暮合，雲與僧閑。偶爾相逢到此間。昭覺圭土庵碧雲空老訃至

八表歸仁，一人有慶。樵唱漁歌，拍拍是令。聖節

今朝三月初五，天色半晴半雨。園林過了清明，無限落花飛絮。釋迦慳，彌勒富。絶憐杜宇不知時，啼得血流無用處。

半月出去，鼻孔不見眼睛。一日歸來，眼睛不見鼻孔。出隊歸

九旬禁足，是何三昧。合火成群，東倒西擂。忽若箭鋒相拄時，突出眼睛，揭却腦蓋，虎巖向他道未在。

結制　以上輯自《安吉州道場山護聖萬歲禪院語録》

今日因甚，作者模樣。覿面相呈，當仁不讓。佛殿

升九仞之上，吾必與之俱。極九淵之底，吾亦與之俱。吾不見時，何不見吾。方丈

談玄説妙，落在今時，瓠子落蘇那得知。舉法雲佛照杲和尚云：老僧熙寧八年丈帳，在鳳翔府供申，是年華山崩倒，壓了八十餘里人家，你輩後生知甚茄子瓠子

諸佛不出世，四十九年説。祖師不西來，少林有妙訣。是假易除，是真難滅。

塵劫前事，盡在今時。當斷不斷，千駟莫追。花須連夜發，莫待曉風吹。

智不到處，滿口道著，與你大書特書。屢書於虚空中，不怕風吹日炙，有名不用鎸頑石。舉古人云：智不到處切忌道著，道著則頭角生

久坐大雄峯，寒灰撥不紅。一星螢火出，孤鶴已遼東。

誤將螢火作明星，發得些兒鬼眼睛。末代只看王勃記，何殊瘗鶴紫陽銘。成道

薑杏盃深恨未消，罰錢出院不同條。等閑放過丹霞後，打折烏藤也不饒。請書記維那侍者

世事悠悠，不如山丘。避喧求静，騎牛覓牛。黄河合眼跳，特地一場愁。

擒虎易，告人難。難難。鐵門限，鐵心肝，龐老油麻樹上攤。出隊歸

色不是色，菜花黄梨花白。聲不是聲，紫燕語黄鶯鳴。觀音菩薩，將錢買胡餅，放下手却是饅頭。洞裏春光渾不惜，一時流入武陵谿。

佛子生來浄無垢，今年洗了明年又。頑賴容他五逆兒，劈面淋頭誇毒手。浴佛

真人夢出大槐宫，直上鈞天廣樂中。百世木支皆玉葉，追還舜禹舊家風。徽宗皇帝大忌

五月五日午時，大書特書屢書。不向空中咄咄書，是馬何曾喚作驢。重午

三界無法，何處求心。何處有法，何處無心。白雲為蓋，流水作琴。誰是知音，一曲兩曲無人會，慚愧慚愧。父母所生口，終不向你道，雨過夜塘秋水深。

壽富如天聖嗣多。海不揚波長熨帖，雨當指日肆滂沱。火無就燥宜潛德，虜嗜殘生必倒戈。草木昆蟲均化育，九州四海聽謳歌。朝廷供羅漢禱雨禳火祈江

老胡今日死日到，四海五天俱太平。葱嶺又尋歸去路，看來只有業隨身。達磨忌

家賊難防，家財必喪。只可錯捉，不可錯放。舉趙州入僧堂云：有賊有賊。見一僧便云：賊在者裏。僧云：不是某甲。趙州托開云：是即是，不肯承當

楓落吴江欲冷時，一堂百衲敗荷衣。憑誰撥取爐中火，莫似溈山眼瞎癡。開爐

斷頭船子傍人門，七佛威儀可斷魂。争似國師無伎倆，天津橋看弄胡孫。出隊歸

海雲空，海天闊。書不來，信不達。既是解道本來無一物，因甚不得它衣鉢。興善定勝叟訃至

千里駒，九肋鱉，九十三年揭日月。生既無言死無説，萬象森羅廣長舌。上竺柏庭遺書至

八月秋，何處熱。露冷風高，頭頭漏泄。何必三到投子掘地覓天，雪擁鰲山一場敗闕。踏著秤鎚硬似鐵。

通玄峰頂，不是人間。心外無法，壺中有天。更於何處覓通玄。道士至

仲夏初吉，有好消息。露柱燈籠，參學事畢。證據則任汝證據，鞭逼則任汝鞭逼。當機覿面提，覿面當機疾。

牛頭横説竪説，不曾動舌。魯祖見僧面壁，自納敗闕。浄慈敗缺，釘橛向空，熨斗煎茶銚不同。以上輯自《臨安府浄慈山報恩光孝禪寺語録》

時時具足，日日團欒。含元殿裏，更問長安。舉以大圓覺為我伽藍，身心安居，平等性智。

散亂定，隨流禪。莫將安樂法，容易與人傳。

未得黄梅山裏信，先開大庾嶺頭花。如何種柏栽松手，流入擔柴賣笠家。除夜

大地及日月，時至皆歸盡。未嘗有一物，不被無常吞。為無得和尚對靈

末上何曾轉法輪，只今再轉謾勞神。路行人不知天曉，猶把靈符執夜明。舉佛將入涅槃，文殊請佛再轉法輪。佛謂文殊云：我四十九年，未曾説一字，汝請吾再轉法輪，是吾曾轉法輪耶？以上輯自《北磵居簡禪師語録・小參》

倒用横拈眼似眉，憨憨穩放一頭低。全身輥入草窠裏，東倒何妨復擉西。《北磵居簡禪師語録・秉拂》

頌古二十一首

舉《楞嚴經》七處徵心。卍庵頌：七處徵心款便成，推窮尋逐桉分明。都緣家賊難防備，撥亂乾坤見太平。

吹糠著米，翻成特地。不因一事，不長一智。

舉阿難大衆獲本妙心。卍庵頌：東西南北捉虚空，海角天涯信不通。力盡神疲無處覓，萬年松在祝融峰。

適我昔所願，今者已滿足。是玉也大奇，只恐不是玉。

舉八還辨見。卍庵頌：明暗色空不可還，不可還者絶躋攀。夾截虚空成畔岸，一重水隔一重山。

色空明暗，各不相知。行到水窮處，坐看雲起時。

舉富樓那問佛：清浄本然，云何忽生山河大地？卍庵頌：清浄本然徧法界，山河大地即皆現。性覺必明認影明，眼耳便隨聲色轉。

彌滿清浄，終不容他。山河大地，萬象森羅。

舉六解一亡。卍庵頌：根塵縛脱本同源，一處休復六用捐。手把一條紅斷貫，娘生鼻孔一時穿。

結解非殊，存亡無據。試問本來宗，當初誰縛汝。

舉楞嚴會上，觀世音菩薩三十二應身，十四無畏法。卍庵頌：三十二應不思議，十四無畏如流水。男子身中入定時，女子身中從定起。

翻手為雲，覆手為雨。業識忙忙，無本可據。

舉妙性圓明，離諸名相，本來無有世界衆生。卍庵頌：一錢為本萬錢利，富不足而貧有餘。換骨奪胎些子藥，輸它潘閬倒騎驢。

金盤不可動，轆轆轉難住。停待良久間，圓明湛如露。

舉阿難大衆，復白佛言，若此妙明真淨妙心，本來徧圓，如是乃至，大地草木，蠕動含靈，本元真如，即是如來成佛真體。佛體真實，云何復有地獄餓鬼畜生。卍庵頌：雙劍峰前古寺基，天尊元是一牟尼。時難只得同香火，莫聽閑人説是非。

三蛇九鼠，一畝之地。干木隨身，逢場作戲。

舉佛言阿難，此等衆生，不識本心，受此輪迴，經無量劫，不得真淨，皆由隨順殺盗淫故。反此三種，又則出生無殺盗淫，有名鬼倫，無名天趣。有無相傾，起輪迴性。卍庵頌：七處精研一妄心，更隨三業殺盗淫。身心不是用家具，前箭猶輕後箭深。

客舍并州已十霜，歸心日夜憶咸陽。無端又渡桑乾水，却望并州是故鄉。

舉如來自説禪魔後告阿難云：無令心魔，自起深孽。卍庵頌：瞿曇徹底老婆心，見明色發理難任。入鄉隨俗那伽定，佛魔到此盡平沈。

挽弓須挽强，用槍須用長。射人先射馬，擒賊先擒王。

舉應庵示衆云：如世良馬，見鞭影而行。先佛照出衆云：見鞭影者非良馬。應庵休去。

疾燄過風第二頭，不堪惆悵只堪愁。一聲振鬣長鳴後，萬馬皆瘖一戰收。

舉僧問趙州：萬法歸一，一歸何處？州云：我在青州做一領布衫，重七斤。

當機覿面提，覿面當機疾。開眼放癡頑，鞭逼人上壁。

舉香嚴去年貧。

去年貧，雷在天上壯。今年貧，水出山下蒙。家風不與香嚴别，熨斗煎茶銚不同。

舉丹霞訪龐居士。

爺頑賴，兒還債。徹底老婆心，赤土涂牛奶。

舉丹霞訪國師。

絶乳於菟弄爪牙，丹霞去後説丹霞。棒頭有眼明如日，須是南陽老作家。

舉德山隔江招手，高亭横趨。

隔江誰薦箭鋒機，直下横趨已是遲。惆悵曲終人不見，數峰削玉水瀰瀰。

舉《圓覺經》云：居一切時，不起妄念。於諸妄心，亦不息滅。住妄想境，不加了知。於無了知，不辨真實。

三春不是讀書天，九夏炎炎且放禪。唯有秋冬較些子，不如打睡過殘年。

舉僧問大隋：劫火洞然，大千俱壞。

才伸劫火光中問，便解隨他去復回。回到悔來坡下路，亂山依舊碧崔嵬。

舉罽賓國王仗劍問獅子尊者云：師得蘊空否？者云：已得蘊空。離生死否？者云：已離生死。可施我頭？者云：身非我有，況於頭乎！王遂斬尊者頭，白乳高數丈，王臂自墮。

劍下十分親，難藏獨露身。江流石不轉，獨有蘊空名。

舉本庵和尚云：諸方拈出半青黃，總欠韋郎一夜霜。争似藥山今夜底，滿盤托出自馨薌。

總欠韋郎一夜霜，諸方拈出半青黃。碧雲更不上盤飣，舉似諸方笑一場。

舉僧問古德：年窮歲盡時如何？古德云：東村王老夜燒錢。

東村王老夜燒錢，不是年窮歲盡禪。歲盡年窮消息別，東村王老夜燒錢。

送濟東巖歸鄉

一別巖扃歲月深，春風狼藉到如今。回頭依舊巖前路，百鳥銜花無處尋。

送丙上人曾聽請

數墨循行不療飢，南來這得者些兒。從前伎倆人知有，管取者些人不知。

送覺藏主歸華藏

遯菴胸次太湖寬，偃嶽旋嵐鼓不湍。老手慣曾諳水脈，也須觀水又觀瀾。

送明上人歸洞庭

截流過了復隨流，七十二峯横點頭。拶到無錐無卓處，太湖空闊跨三州。

送正法悟無證得華嚴閣下朝旨歸

百城烟水渺無涯，一錫南來又北飛。樓閣門開當日事，只今毫髮不曾移。

示照上人

照用同時詑合盤，衲僧開眼受他謾。何如日用當三昧，萬象森羅對影寒。

示鑒上人

長笑雲門顧鑒咦，翻抽顧字土加泥。從空擲劍雖無蹟，會見虚空有壞時。

獨　庵

四顧寥寥不自欺，白雲流水自東西。同途同轍人無數，盡逐銜花百鳥迷。

放　塘

截斷衆流元止止，踏翻一竅便滔滔。休論未達其源底，佛也不知來處高。

六解一亡

六用無功信不通，一時分付與春風。篆烟一縷閑清晝，百鳥不來花自紅。

化闔拈千手大悲像

秋澄萬水家家月，春入千林處處花。為問大悲千手眼，不知明月落誰家。

示　僧

埜逸師僧語帶訛，早年成佛老成魔。從頭至踵無靈骨，奈爾瞻風撥草何。
相逢便要求禪鈔，近日諸方偽鈔多。慧日鈔書無兩樣，只争些子大誵訛。

漆匠求頌

漆桶天然别，休將好處修。聽他百雜碎，特地一場愁。

弁浄人奉辟支佛牙求度

錯認緣生不自知，退牙今屬弁沙彌。若還祖弁有靈骨，選得僧成莫學伊。

書圓正法語後

三禪天上火星飛，大地山河靡孑遺。壞底話頭誰領解，小留鐵脊鎮坤維。

頑　極天童彌藏主

計較思量未發機，風塵草動百般疑。四稜塌地羞前事，爛了虚空也聽伊。

示如石上人

直須辦得身如石，一線開時石不如。自解點頭須自肯，待他人肯費分疎。

方上人上蔣山兼寄癡絶頑石

闢初錯向諸方求，那堪同來打爺州。只今又入鍾阜去，從錯至錯無時瘳。待欲商評者兩錯，只有知非無肯諾。癡叟頑翁舊同夢，知我從來無鼻孔。以上《北磵居簡禪師語録·頌古》

出山相贊

脱屣金輪只等閑，六年癡坐碧孱顔。出山不了些兒事，何似當年莫入山。

常思惟大士贊

瞪目諦觀時，風絲萬緒風。一聲潮雪響，打入正思惟。

海霧歛，山容開。神珠在掌，明鏡當臺。普門無鎖鑰，俗客不曾來。

聲成文，謂之音。作如是觀，海底摸針。空王至今，悠悠我心。

趁隊選圓通，無端立下風。當時供死款，錯説在聞中。輪珠一百八，數了從頭數。念兹在兹，不知其數。自謂初於聞中，驢年入流亡所。補陀月，龍眠筆。筆有痕，月無蹟。蹟其迹，普門寂寂。迹既忘，四達皇皇。自注：看月象。

聲亦觀，色亦觀。空劫后，空劫前。風動塵起，山深水寒。萬竅不風，千波弗瀾。天低月高，山深水寒。普門無路入，終始不曾關。從聞思修，錯了路頭。將錯就錯，隨流入流。補陀山鬼窟，海月半輪秋。從聞思修，入三摩地。動静二相，了然不生。補陀小白花山上，弗聽流鶯啼一聲。

籃盛魚，不盛水。弗自嘡，提入市。秤子無星，鈎頭有餌。自注：提魚籃像。

為散亂人，現如是相。方其定時，孰為此像。定亂一如，此像亦無。若言無像，天地懸隔。

布袋贊

赤脚纔穿市，回頭便笑人。手中果何物，弄物不知名。閉眼瞌睡，開眼業識。便恁麽去，著甚死急。背後曾開鬼眼睛，雖然有眼又無筋。問他覘史宫中事，拈得乾魚舉似人。笑破古音前，回頭儘可憐。只今無可笑，仰面笑青天。赤脚知晴，躡屐知雨。只這一著，未敢相許。魚乾拈起走長街，道是天宫帶得來。鐵奉化人頑似鐵，阿師咍了更誰咍。

問疾維摩贊

正續無名，散聖無位。秦漢不收，慚愧慚愧。天上無，地下無。只這無無，已自涂胡。區區更回首，轉見費分疎。

賣弄瀾翻舌，文殊是阿誰。未曾談不二，已自落思惟。

須菩提贊

洗足已，便趺坐。突然道希有世尊，你當時見箇什麽。

寒山贊

寒山指出，拾得執指。不曾見月，矮子看戲。

草衣文殊贊

衣紉草，髮如草。未下五臺，百怪俱兆。手中經，義不了。我且問你，前三三後三三，是多少。

馬郎婦贊

念得蓮經便嫁伊，空花無蔕欲誰欺。金沙灘上黄金鎖，狼藉春風到幾時。

靈照女贊

屋裏横機抗老爺，門前歛袂對丹霞。爺生娘養好兒女，有得許多無賴吒。

穿破衲贊

針短線難穿，閑拈當負暄。不須嫌破碎，提起自完全。

了殘經贊

從朝數黑豆，數到黄昏後。只見月如眉，不覺靈犀透。

初祖贊

五葉芬敷自一花，無人圖蔓剪根牙。不教著脚金陵地，猶恨蕭梁未作家。

爲癡絶和尚贊初祖達磨并馬大師畫象

穿耳耳未嘗穴，缺齒齒未嘗折。北度一葦可航，西歸隻履自挈。或謂之空劫已前中流砥柱，或謂之拈花已後金口木舌，或曰正宗別調，又曰直指曲説，皆非吾之所謂道也。若夫求大乘器，走十萬里，俟人作興，器豈大乘。夙負先覺，禮聞來學。學而知之，既遠且邈。負是四者，吾恐五竺之鐵不足鑄此錯也。金鷄毒，一粒粟，未踏殺人，已先跌足。一十八灘兮障回死水，八十四人兮淹浸弗死。洪都兮泐潭，宗風兮肆凌厲。一波動兮萬波起，派兮支兮滔滔者皆是。更無一箇識玄旨，只有歸宗較些子。撿點將來，玄沙道底。

普化贊

風顛用盡到無餘，一箇棺材八箇舁。舁出鎮州城外去，聽他木鐸自分疎。

趙州贊

禪在口皮邊，機攙石火先。破家纔十八，更不使爺錢。東南西北，門開兩邊。相見了也，十萬八千。

臨濟贊

白拈賊，是這厮。捋鬼頭巾，假我服色。胡蘆立地便要沈，秤鎚落井不教没。脱問漏架，天下第一。自謂建立黄蘗宗旨，不知黄蘗無處雪屈。

楊岐贊 巖雪巢索，以三脚驢、金剛圈、栗棘蓬三物為犯禁云

請慈明晚參，對白雪大笑。為父不慈，為子不孝。箇般駔驓行藏，敢稱瞎驢種草。争怪人言不解禪，熨斗煎茶不同銚。

爲癡絶和尚贊三睡

贊也喜，罵也喜。醒也睡，困也睡。善男子起，法性如是。

東山贊

棚入囉扎，君子可入。附子同鄉一樣辣，酸餡嚼破一團鐵。餡子一句，未敢相許。弗是没人情，箇中無肯路。

永明壽禪師贊

客吟燈殘，猿啼月落。衲帔蒙頭，千岩萬壑。指破凡夫，為等覺妙覺。齊大小乘，於錢索井索。縱大辯於談笑，寄虚懷於冥莫。所謂百軸宗鏡之文，如太山之一毫芒。巍巍堂堂，煒煒煌煌。非心亦非佛，破鏡不重光。

大慧師祖贊

畢空雲帶，補太虚縫。祕以自傳，公與衆共。卷覆大千舌於洋嶼雲門，不與摩竭同條。袖擲大千手於梅州衡陽，不與浄名同夢。至於三藏十二部，一切修多羅，洎百家異氏之書，雜然前陳，無斷無滅，有元有統。瞥轉一機，五峰歛眉。伎倆盡也，放下竹篦。

智者大師贊

竇几在前，如意在手。禹背湯肩，河目海口。南嶽山中得聖師，投針鉢水了無疑。法華同聽真精進，直到靈山未散時。

密庵贊

正法眼，曰破沙盆，曰漏燈盞。兩段不殊，一倍相反。鈍置雲黄山下老禪魔，匙挑不上，罪不重科。但未知虚空消殞，畢竟如何。

拙庵贊倚松看經象

讀旁行，倚松立。義不精，字不識。海湧雲興追不及。

自贊

幼而不遜，長而無述，老而不死。賊賊。臨濟未是白拈，自出洞來無敵。字不識，禪不會，數米量柴，料水打碓。不是末後全提，亦非現前三昧。待衆生成佛，盡衆生界空，任從滄海變，終不為君通。

題慈觀長老求贊

監本倔强，弗善撈謙。不識拙庵，他最不堪。他亦人耳，我亦人耳。空自合空，水自合水。賣弄跨門一機，至死無人發市。父有重牙，其子無齒。没齒穿齙，如是如是。

小師求贊

平常心，摩竭合。砥柱不摇，風雷不迅。拈了也，示祖敬。無法商量，一印印定。不會道，不會禪。更求文墨，掘地覓天。别調宫商妙不傳。

以上《北磵居簡禪師語録・贊》

檀木白衣相贊

嘉定十三年正月人日，瞻禮白衣大士像於永嘉楚上人。嵌空玲瓏，水鳥翔集，絲粟眉目，芒穎爪指，衿佩冠纓，諸莊嚴具，靡不稱是。眇而眂之，了了可數，補陁風烟，悠然在前。反是則無邊身爍迦羅、母陁羅，亦莫不然。乃知蚊睫餘地可拓，掌中世界可擲，是道也存諸其人。作贊以授楚云。

斤斯運，堊斯斲。鼻不傷，立自若。臻極之技，與物不二。惟其不然，一理萬致。我觀此像，殆非人為。就能為之，技不宅微。矧此匠氏，應以此機，應以此身，化巧幻奇。曰余眊然，兩眼如鏡。弗能審觀，獨以耳聽。反聽絶朕，對此殊勝。小白花山，下瞰巨浸。

慈感圭老請贊無量壽像

十方取土，曰清泰城。又曰極樂，與苦濁鄰。厭苦知樂，不毫忽間。一念勇往，即念而瞷。惟憶惟念，匪疾匪遲。憶而不忘，念茲在茲。如求亡子，如喪考妣。如疢需石，如渴需水。以如是故，曾何遠人。人人亡羊，入生死輪。法法惟心，心亦非心。鄭衛嘈雜，水鳥樹林。悠悠漸修，頷頷闡提。同攝罔遺，妙在不疑。疑則疑城，日劫倍蓰。東隅既失，桑榆可冀。粤若二仲，達圓頓機。路壅般舟，手自剪夷。池栽芬陁，社結名勝。一十有八，是修是証。天台嗣響，的傳自衡。和者如雲，調高倡宏。六朝逮今，衣冠緇褐。愚夫愚婦，爰同此筏。哂乃二瓠，載沉載浮。即室即海，善柳柳州。見月因摽，執指成咎。舍有相佛，覩無量壽。

天樂趙紫芝畫像贊

一點虚明，八窗玲瓏。萬波不渾，百川自東。殆見其灑然乎外，孰知其淵乎其中。謂其襄陽漫仕，曰吾不為南宮。謂其江湖散人，曰吾不為龜蒙。烏在乎儀刑先進而丹青太空。

東坡畫像贊竹巖家藏

帝哀先生，為天下忌。速反其轅，卒不慭遺。遂騎箕尾，而分天章。雲漢昭回，衣被八荒。載驅六丁，收拾文字。神京遐陬，旁羅曲致。落人間者，太山毫芒。寒者綺紈，餒者稻粱。取彼譖人，投畀豺虎。既粱其餽，而紈其袴。豢以人爵，俾敏厥修。息公之譜，承天之休。

二桃殺三士贊竹巖家藏

大匠不棄櫟社之木，良醫不遺烏喙之毒。務急吾用，不一而足。苟適其時，雖棄必録。方其用時，有正有奇。顛兮吾扶，危兮吾持。相道巍巍，二氏似之。哂乃齊相，曾不爾思。夫三子者，謬以力勝。勝力以德，孰敢不敬。徒喪厥德，以致其命。一念之忍，桃乃其穽。欲濟緩急，圖任婣婭。爪牙不銛，其如之何。盍觀相如，仲秦屈頗。隱然長城，無庸干戈。

三教贊

此三勝流，一笑聚頭。其道不同，曷相為謀。至哉儒先，問禮於李。李從竺乾，逮真實際。商隱於李，白眉最良。曰師師師，其來自唐。車適大方，萬里一轍。差之毫釐，肝膽楚越。

孤雲畫像贊

間如雲，寄寥邈。帖水不痕，行空無脚。笑從上掃跡生跡，嗟後來以縛解縛。於其中間，卷舒自若。釘釘却，懸挂却。老倒南陽，猶欠一着。

下竺印畫像贊

窣然短衣，蔪然插犀。歲晚寂莫，奮此一夔。膠名相求之，則萬言不直杯水。外形骸索之，則半芋美於紫泥。憲章左谿，鼓吹荆谿。使人復見古道顔色，舍斯人其誰歸。

明教禪師五種不壞贊并引

劫灰之説，大三災之一也。天地所不能免，况天地間物哉。明教禪師闍維不壞者五：曰頂、曰耳、曰舌、曰童真、曰數珠。萬行成就，三災彌綸自若也。作五種不壞贊，用公書遠公影堂故事云。

頂骨嶢然，隱若伏犀。於烈火中，凄其凛而。古鐵錚錚，燼餘不熱。擊石拊石，迭中音節。舍利團綴，素魄冏如。湛湛凝露，累累貫珠。豈無他人，欲見其頂。月行太空，蛙沉坎井。

去窒而聰，去塞而通。於無數聲，齊萬竅風。風止聲消，音響寂絶。谷神不死，聽火焰説。説無所説，聞無所聞。烟滅灰飛，所亡者存。以是耳根，示爾四衆。厚德宏功，千二百種。

宣明心聲，若出金石。洶湧辯河，不滲涓滴。書獻天子，天顔屢改。一笑歸來，此舌猶在。韓吾不非，吾奚以為。壅吾不夷，吾奚以馳。一生事了，有死無憾。身隨劫燒，紅開菡萏。

童真出家，死於童真。出没卷舒，一堅密身。嗟多欲人，曲為欲説。於其根中，出火自焫。猗歟哲人，哂乃覆轍。以古為鑑，以身代舌。火炎昆岡，玉石俱焚。石付百粉，玉兮温温。

的的紫槵，茸茸素絲。自幼至老，念兹在兹。譬夫一龕，繞以十鏡。此燈長明，一印印定。定則離念，反而自求。於無求中，以敏厥修。物初有終，法無有盡。是故此珠，横絶煨燼。

賢者國師贊 高麗指堂請作

心部根本，身嚴雜華。赤象青牛，跨竺越華。半滿字則，五其等差。殊聲響則，一其紛拏。使登門之魚，駕際天之濤。陋潢汙行潦，而觀海若之谽谺。瑣屑滅裂，又安知鰋鯉之與鱨魦。

强齋高使君金書諸經贊

澱藍蘸楮，屑金作字。去字與楮，經果何似。曰此諸經，即楮與金。續父厥志，寫佛語心。惟佛語心，粤如父志。一點畫中，具無量義。字可悉數，義則無量。欲了其源，冥去來相。強齋大士，年八十餘。目如心明，作蠅頭書。於一蠅頭，分可為二。塵毛太華，弗巨弗細。佛神力故，初不作難。是故北磵，作如是觀。

兩蟆贊御前梁楷畫　并引

一蟆逐蟻，一蟆攫飛不及而擲於地。

攫而擲，翾而舉之。二蟲請以戰喻。翾毋忘於射鈎，攫毋忘於在莒。蟻戰酣，蟆襲其後，非大嚼盍反相友。夢好忽同歸，一麾何足疑。

荷屋常不輕畫像贊

芰荷為屋，芙蓉為裳。芳茝紉佩，落英貯粻。熏以石林，書傳之香。瀹以太華，玉井之凉。濯人間烟火氣，毋干吾丘壑姿。洎夫錦心之與綉腸，發卍菴之韜晷，示我武之維揚。適妙喜國拓吾故疆。安在乎廣莫之野，而無何有之鄉。

義鑑堂畫像贊

魁梧軒昂，耿介孤潔。大珠縞夜，輕雲拂月。作成潑天問端來前，只似釘頭難于敲折。東山發源，雙峰卷衣。把大蘇狂瀾，障而東之。微此老孫子，已而已而。

高麗指堂講師畫像贊

巖巖指堂，破塵出經。惟其能然，曰聰慧人。隄圓頓之頹瀾，會中下於通津。横説竪説，匪虧匪盈。全提半提，匪壞匪成。夫是之謂全體之用兮全體之真。

妙湛禪師月巖舍利贊并引

無盡居士銘雲居三塔，其畧云：腐胔朽骼，匪我罔是宅。萬行熏蒸，骨如玉如金。金玉，舍利也，妙湛中公火後舍利如此。爲之贊。

及笄洗粧，一花一香。舍父求度，回度厥父。父子學空，機先有鋒。父死開法，鏌鋣出匣。歸奉其母，孤山之滸。示生有滅，笑與母訣。火後舍利，粲如繁星。如金之晶，如玉之明。堂堂月巖，如空行月。何庸留此，自暴醜拙。

下天竺古鏡法師畫像贊

伽黎擁肩，不舍夜旦。革履梏足，炎熇不跣。迹邇世相，而不動不退。心惟玄奥，則唯止唯觀。四辯湧兮瀾翻，四筵擁兮冰泮。特旨住山，靈山未散。洗舊講榻，萎花新换。至於戒香逆風，騰播林野。吾嘗比之波利質多羅天樹花，此之謂也。

陶司户畫像

宅塵滓拔千丈之俗，倚梅竹託三友之交。稠人廣座則惟静惟默，涼天佳月則或推或敲。問津榮途，姑欲行志。於志得時，反求諸己。

自題頂相

謂有爲，吾奚爲。謂無爲，吾奚不爲。待悟而勇爲，絶學而無爲。於戲盡之矣，非吾爲。

王梁山畫像贊

從事毛錐，壯夫不爲。置書學劍，弓號馬嘶。不斬樓蘭，夫何自欺。堂堂梁山，襟利帶夔。帝軫遐方，詳延瑰琦。良馬素絲，組以五之。維賢作牧，任以撫綏。撫綏伊何，恩斯勤斯。豈惟懷恩，亦復畏威。庶靖氛埃，以偃鼓鼙。昔人可師，感夜半雞。哂乃阿瞞，横槊賦詩。

台宗傑首座畫像贊

性具染指，鼎味咸在。容膝歸休，日用三昧。不動口，不饒舌。人無聞聞，吾無説説。翻嗟普眼，弗見普賢。為渠去却，眼中金屑。複道行空，白銀為闕。

野月贊

廣寒殿，洪崖井。輪有晦朔，景無畦畛。悠然隨所寓，婆娑弄清影。莫羡江樓清，江樓塵汙人。 以上《四庫全書》本《北磵集》卷六

頌古五首

布袋和尚常在通衢，或問：在此何為？師云：等箇人來。

轉得頭來已是遲，恰如曾未轉頭時。一錢覓得無及處，猶自區區誑阿誰。

善財歷百十城，參五十三位善知識。

五十三人一縷穿，小兒雖小膽如天。茫茫煙水無重數，買得風光不用錢。 以上宋法應、元普會《頌古聯珠通集》卷四

《金剛般若經》：世尊食時著衣持鉢，入舍衛城乞食。

一字未曾談般若，謾天謾地儘饒伊。祇園乞食歸來後，法會因由又是誰。 同上書卷五

罽賓國王秉劍於二十四祖師子尊者前曰：既離生死，可施我頭。祖曰：身非我有，何吝於頭。王即揮刃斷尊者首，

涌白乳高數尺。王之右臂旋亦墮地。

劍下十分真，難藏獨露身。江流石不轉，獨有蘊空名。　同上書卷六

潭州茶陵郁山主，不曾行脚，因廬山有化士至，論及宗門中事，教令看。僧問法燈：百尺竿頭如何進步？法燈曰：噁。凡三年。一日乘驢度橋，一踏橋板而墮，忽然大悟，遂有頌曰：我有神珠一顆，久被諸塵封鎖。今朝塵盡光生，照見山河萬朶。因此更不游方。

進步竿頭踏斷橋，太虚凸處水天凹。古今嗅蹰知多少，不似闍黎這一交。　同上書卷四〇

應真贊三首并引

鳳鳴寺十八應真，乃日本國所製，密印僧典於沈氏，沈氏施於鳳鳴。

傳的的之宗自舉，冰壺春未回而痕垢無些，玉林月已上而清光有許。湛存此箇宗乘，肯壞人家男女。黄梅之鉢笑夜偷，少室之衣疑浪與。方徹地區，圓該天宇。神發幽而空谷應呼，聲出礙而霜鐘忽杵。

面目古怪，氣宇深清。澗月夜白，松雪寒明。舜巖之身兮誰前誰後，首蘿之眼兮不縱不横。相隨來也，流水浮萍。

全心之相，全相之心。寫成這个，聊應而今。天蒼蒼兮白鳥没，水深深兮紅鱗沉。日鈎雲餌，玉線金針。一般料理兮妙出威音。　日本尹藤松輯《隣交徵書初編》卷一

句

漁翁不耐寒，重沓著蓑衣。　宋俞琰《書齋夜話》卷四

（許紅霞整理）

全宋詩卷三一八〇二

李大同

李大同（一一六四—一二五〇），字從仲，東陽（今屬浙江）人。大有弟。寧宗嘉定十六年（一二二三）進士。學於朱熹。理宗端平元年（一二三四），官秘書丞兼崇政殿説書，拜右正言兼侍講。三年，遷太常少卿兼國史編修、實録檢討官，擢工部尚書，以寶謨閣直學士知平江府，改知福州，丐祠，提舉太平興國宫致仕。淳祐十年卒，年八十七。事見《南宋館閣續録》卷七、九，清道光《東陽縣志》卷一五有傳。今録詩三首。

聞兄茂欽靖節蘄州報

狼烽遞驛浩茫茫，遂以孤城為國亡。骨肉空教撑遠目，貔貅何自□巖疆。飛纓慘絶羈南越，寶劍誰能借上方。揮淚汨羅招不得，惱人風雨舊池塘。　清黨金衡道光《東陽縣志》卷二六

白澤荷花

故老相傳白澤湖，旌陽一濯潔難污。只今尚見荷花在，未識神仙更有無。　清黄廷金同治《瑞州府志》卷二二

蔡謨公歸田贈别

法持三尺弼皇堯，盛德英風滿市朝。千里關山思召伯，十年海内重皋陶。遨遊上界星辰近，出入中天雨露饒。何用燒燈歌法活，只須洗耳聽鳴韶。　清嘉慶《南源蔡氏宗譜》卷一

（徐永强整理）

尹直卿

尹直卿，字德鄰，永豐（今屬江西）人。光宗紹熙五年（一一九四）入太學（《鶴林玉露》乙編卷七）。今録詩七首。

壽曾撙齋七十八

先生雖老正康强，紫綬金魚兩鬢霜。椿幹豈因更節健，松江自飲菊潭香。方過一百官省歲，尚有八千年壽長。徽福定從句漏令，丹砂問了却分嘗。　宋《新編通用啟劄截江網》卷二

送錢文季赴班

鰲頭那久幕蓮間，國子先生促趁班。元自胸中有奇觀，須教集裏富江山。三年再見雖成别，正月諸生亦入關。為賦江空歲年晚，功名惟恐鬢毛斑。

賀曾幼張中漕舉

官様文章曾靖州，計臺一鶚再横秋。雖為竹使年殊少，要續荷囊意未休。丹陛行尋螭陛舊，清香仍裛桂香浮。二千石掃三千字，千載江西作話頭。　以上同上書卷五

壽俞尚書七十九

后皇深助順，命世燁生賢。臨汝葱佳氣，羅浮降散仙。春蘭早無對，秋竹晚彌堅。穩擊三千水，高騰尺五天。清癯迂叟侣，温厚醉翁然。獻納星辰上，司存雨露邊。常情難勇退，定力竟孤騫。此夕尋常夕，明年八十年。金猴轉空柄，璿象燦丁躔。中令汾陽考，平章潞國權。龍鍾笑裴度，矍鑠過文淵。陰陽無盡藏，真源不老仙。　元劉應李《新編事文類聚翰墨大全》丁集卷三

壽姪

浙水春風第一家，只言當日長蘭芽。誰知李白三山侶，來看姚黄二月花。金甕荼蘼香作酒，玉甌松子肉為茶。滿板松竹并奇物，壽似蟾宫之桂華。

影印《詩淵》册六頁四五九七

賀周益公歸休

六一先生薄吉州，歸田去作潁昌游。我公不向螺江住，羞殺青原白鷺洲。

宋羅大經《鶴林玉露》甲編卷一

問寢龍樓曉

父母人皆有，儀刑自冕旒。問安趨燕寢，拂曉過龍樓。鶴駕嚴晨衛，鷄人徹夜籌。慈闈天語接，飛棟月華收。萬姓齊呼舞，三宫款獻酬。小儒憂國切，幾白九分頭。

同上書乙編卷一

《鶴林玉露》：光宗以疾不能過宫。德鄰初參太學簾，引詩題出《問寢龍樓曉》。詩成，學官擊節，人皆傳誦。

（戴螢整理）

路德章

路德章，孝宗時人（《詩人玉屑》卷一九）。今録詩二首。

盱眙旅舍

道旁草屋兩三家，見客擂麻旋點茶。漸近中原語音好，不知淮水是天涯。

游寒岩釣磯

竹裏茅茨竹外溪，粼粼白石護漁磯。想應日日來垂釣，石上蓑衣不帶歸。

以上宋魏慶之《詩人玉屑》卷一九

鄧伯秀

鄧伯秀，寧宗時曾應禮部試（《吹劍録》）。

句

在我時舒卷，從他自去留。鉤簾宿鷺起　清厲鶚《宋詩紀事》卷五八

（以上孟憲忠整理）

熊夢渭

熊夢渭，字竹谷。寧宗嘉定十七年（一二二四）有挽徐應龍詩。事見清嘉慶《浦城縣志》卷二二。今録詩二首。

挽徐史部

南浦簪纓盛，西山衣鉢傳。純忱儀後進，達德邁前賢。静默嘗聞道，安恬偶似禪。嗟哉遊汗漫，不使侍甘泉。

安車駕夷路，佩玉造明庭。天定歸郎位，雲開出使星。心嘗思緑野，夢不戀青冥。千古行藏際，豐碑定有銘。　清黄恬嘉慶《浦城縣志》卷三七

（陳曉蘭整理）

林夔孫

林夔孫，字子武，號蒙谷，古田（今福建古田東北）人。寧宗嘉定七年（一二一四）特奏名。嘗從

朱熹遊。有《蒙谷集》等，已佚。事見清乾隆《福建通志》卷四三、《宋元學案》卷六九。

資聖寺

華峰跨蒼穹，下有雲一壑。翬飛二百秋，蜂巢幾千落。靈泉際空留，宿霧臨除薄。山呈萬古姿，竹陨六月籜。當年有賢令，神交契冥漠。懷哉精魄歸，永矣香火託。至今書壁間，讀者為嗟愕。好事繼前志，剗巖成此閣。仰看斗插椽，俯聽泉入鐸。晤言千載心，英氣凛欲作。西崖望蒙頂，躋攀計已昨。忽聞良友同，共寫襟期樂。遐登破嶫屼，幽討待綽約。磅礴富蒸鬱，陰衣茫紛錯。再拜五華君，許莅他日約。霜威净餘氛，晴宇洞寥廓。　清鄭傑《閩詩録》丙集卷一二

（孟憲忠整理）

柯夢得

柯夢得，字東海，莆田（今福建）人。寧宗嘉定七年（一二一四）特奏名。有《抱甕集》（《宋史·藝文志》七），已佚。事見清乾隆《福建通志》卷五一。今録詩六首。

夢蝶

一覺千年一轉機，覺來還是夢還非。當時夢裏如為蝶，便好穿花傍水飛。　宋劉克莊《後村詩話》續集卷一

李長吉

天遣皇孫二十七，若木望來高幾尺。行空萬里是祥雲，入地千年成琥珀。玉樓渺漠無人到，高臺自古悲風早。碧雲盡處是天衢，更没青青河畔草。

陌上桑

朝採陌上桑，暮採陌上桑。一桑十日採，不見薄情郎。正是吴頭桑葉緑，行人莫唱江南曲。

見舊題壁

小遲點筆醉還嗔，畫斷蕭梁古佛塵。今日重來應抵掌，十年分付未逢人。

晚望

無數寒鴉來遠鍾，物華心跡偶然同。不知海北江南路，更有愁人立晚風。　以上宋陳起《前賢小集拾遺》卷三

方公祠堂迎送神曲

思公不見兮我心愁，渺八荒兮遠遊。嚴祀事兮歲修，幾來下兮淹留，勤恤祈天兮惠澤周。如父母兮子孫謀，非公休我兮我何以休，誰知公心兮不獨桂人是憂。蘅杜兮薦羞，桂醑兮芬浮。臨饗兮誰酢酬，胥樂兮和氣流。是感是慕兮無昭幽，惠我桂人兮百千秋。菲薦畢陳兮歆斯鑒斯，歌鼓方洽兮送歌繼之。擁翠雲兮祥風馳，乘霧轂兮揚桂旗。秀峙兮瑩澌，可游兮可嬉。來何從兮去莫追，悵望不及兮天一涯。化災沴兮景貺綏，願倏爾兮祀事孔時。　清謝啟昆《粤西金石略》卷一一

句

龍首山頭桑苧翁。明妃曲　宋顧文薦《負暄雜録》（《説郛》卷一八）

（崔統華整理）

謝驛

謝驛，字處厚，建寧（今屬福建）人。有詩名，與張栻、張孝祥有交往。事見《江西詩徵》卷一六。

今録詩二首。

杭州

誰把杭州曲子謳，荷花十里桂三秋。那知卉木無情物，牽動長江萬里愁。《鶴林玉露》卷一

軍峰

倚天青壁瘦巉巖，下有神龍捲作潭。龍欲出時山吐氣，黑雲隨手暗江南。清曾燠《江西詩徵》卷一六

杜去輕

杜去輕，字端甫，號紫巖，蘭溪（今屬浙江）人。旃（一一四四—？）子。善書，有文名。有《紫巖集》，已佚。事見清光緒《蘭溪縣志》卷五上。

香入雲亭爲高子章賦

原注：香入雲亭，在甘棠鄉。宋高子章與鄉先生講學處。

山麓有庭存古意，不種凡花惟種桂。苔封蘚剝迸鱗皴，雪勁霜頑聳蒼翠。栽培豈解一日成，愛惜至今尤不易。來人不必問典型，對此儼然前輩是。樹前翁仲不可求，樹下子孫能幾世。子孫立足滿庭除，前人於此見心事。近年喬木幾家存，是中林壑何陰翳。前人種樹愛讀書，種時已喻書中義。後人讀書念前人，對樹類能歌蔽芾。八月九日秋風高，金丹變化乘飄飄。朝元顧祖歸寒殿，仙香直入干雲霄。老兔癡蟾開鼻孔，奏徹虛皇應得寵。虛皇錫賚萬瓊瑤，賞君愛護月中種。

句

緣曾分月種，故發入雲香。以上清唐壬森光緒《蘭溪縣志》卷八

張卿

張卿，寧宗嘉定初官大理卿，以與史彌遠不合，告歸（《浩然齋雅談》卷中）。

詩一首

小小園林矮矮屋，一日房錢一貫足。官至正郎子讀書，一妻一妾常和睦。宋周密《浩然齋雅談》卷中

（以上孟憲忠整理）

育王寺僧

育王寺僧，寧宗嘉定時人。事見《山堂肆考》卷三〇。

阻史彌遠占寺偈

寺前一塊地，常有天子氣。丞相要作墳，不知主何意。明彭大翼《山堂肆考》卷三〇

《山堂肆考》：宋丞相史彌遠欲占育王寺作墳，衆俯首莫敢誰何。有一小僧曰：「我有一策阻之。」作偈云云。因題於通衢，史意遂寢。

僧大

僧大，號鏡中。史彌遠請主萬壽寺，作偈辭之。事見《虎丘山志》卷七。

辭主萬壽寺偈

相君提我上天梯，上得千層總是迷。爭似虎丘安穩坐，清風明月與心齊。清顧湄《虎丘山志》卷七

（以上聞賢整理）

全宋詩卷二八〇三

史彌忠

史彌忠（？—一二四四），字良叔，號自齋先生（《宋元學案》卷七四），鄞縣（今浙江寧波）人。孝宗淳熙十四年（一一八七）進士（《寶慶四明志》卷一〇）。初爲咸寧縣尉，監文思院門，知廬陵縣。歷知饒州（《宋史》卷一七六《食貨上》四）、南安軍、吉州。理宗紹定中，提舉福建常平茶鹽事（清乾隆《福建通志》卷二一）。歷寶謨閣待制、龍圖閣學士，以資政殿學士致仕。淳祐四年卒，贈少師、鄭國公，謚文靖（《宋史》卷四三）。《延祐四明志》卷五有傳。有集五〇卷，已佚（《甬上宋元詩略》卷七）。今録詩四首。

元旦望闕叩頭而作

青帝初傳令，山河萬象新。聖恩寬似海，世態樂同春。拜闕難辭老，居官豈為貧。京華望不遠，感激切微臣。

送安撫使袁彦淳之任

雄心中夜豈難平，一隊旌旗萬里行。為國許身增慷慨，逢人説劍轉分明。尊前白髮懷南浦，馬上青山過楚城。從此海邦多治略，好聽歌誦快輿情。

西　湖

碧波青嶂對紅樓，千古西湖樂未休。試把腰纏買春色，不知世上有揚州。以上清董沛《甬上宋元詩略》卷七引《史氏世實集》

秋桂

庭前高挺碧玉樹，秋日奈兹風露何。兩度開花君莫問，為渠天近得香多。

李興宗

（李更整理）

李興宗，寧宗慶元元年（一一九五）知無錫縣（清光緒《無錫金匱縣志》卷一五）。開禧二年（一二〇六）知信陽軍（《宋會要輯稿》兵九之二三）。嘉定三年（一二一〇）提點成都刑獄（同上書職官七四之三六）。今録詩二首。

遊青城山

古岷横枕坤維首，連標遠接崑崙右。我歷江山欠此遊，青蘿遶之良已久。宋王象之《輿地紀勝》卷一五一《成都府路·永康軍》

觀八陣圖有感

江從岷來觸瞿唐，夏潦潰裂怒勢張。霜濃水落洲渚露，纍纍江石堆作行。半斜半直半疎密，方營周匝門東出。相傳呵護有鬼神，驚波不能移寸尺。想見當年諸葛公，綸巾羽扇揮秋風。令嚴部伍寂如水，出没變化機無窮。乾坤不足當經理，寫留古法艮岑趾。上灘下峽一千年，多少英雄測玄旨。小兒元子强多知，常山蛇勢吾能窺。灞上枋頭真絶倒，空使虬髯論握奇。蝨輪不可傳其子，此公天機緘骨髓。奈何螟蝗生螟蝎，炎劉已灰吹不起。天教三馬食一槽，老馬蹄囓暫咆哮。渭陽巾幗勢將蹶，大星夜隕西軍號。嗚呼興廢盡天意，中原□□□□□。□□骨肉止相殘，欲拯塗炭嗟誰使。大官酣燕芻豢餘，小官跼蹐塵埃裏。舉目厭厭九泉人，誰訪草廬談世事。向來韜畧機莫投，而今投機欠良籌。君不見峽山深深茅舍底，有人抱膝高聲謳。

明周復俊《全蜀藝文志》卷一五

（陳曉蘭整理）

張湜

張湜，字清源，號雲谷，寓居婺州武義（今屬浙江）。寧宗慶元三年（一一九七），預鄉薦。嘉定三年（一二一〇），監安慶府樅陽倉（《雲谷雜記》卷末《張右史特薦狀》），歷監潭州永豐倉（同上書《章尚書舉充學問該博可備顧問科奏狀》），嘗主管吏部架閣文字。理宗紹定五年（一二三二）致仕。有《寶慶會稽續志》、《雲谷雜記》傳世。事見清康熙《武義縣志》卷八。

爲侍郎徐公邦憲賦

紹熙甲寅，予侍先大父還自西陽，寓居于婺之武義。故寶謨閣待制徐公，實里人也。尚氣節，重唯諾，不妄交于人。一日，忽過予，一見之如平生歡，予為賦詩云：

五花麟駒翩飛雲，鳴珂敲月曙色分。晨光炯炯照玉勒，華風熠熠生衡門。磊磊落落萬人英，氣射斗牛貫九精。筆扛龍文百斛鼎，鯨呿鼉擲風雨驚。英辭琳瑯潤金石，寒芒正色如明星。淫哇亂雅快一掃，英莖韶濩重鏗鍧。質高器大聲必廣，古來才士豈虛名。我嗟壯歲困五窮，終年齷齪文字中。絶編壞簡徒自苦，炊沙鏤水初何功。志高意廣材不足，奴輩豈特笑孔融。龍潛蚖肆亦物理，草廬未必非英雄。天生我

材必有用，誰能便與朽腐同。願得側翅附鴻鵠，追風掣電凌太空。《雲谷雜記》卷首

句

今朝執手難言處，此去傾懷更有誰。宿松道中別楊楫　同上書卷末

（崔統華、朱寶模整理）

游九功

游九功，字勉之，一字禹成，號受齋，建陽（今屬福建）人。九言弟。以父任爲臨海縣主簿。寧宗開禧二年（一二〇六），知咸寧縣。後知江陵縣。嘉定十二年（一二一九），知金州。十六年，除湖北運判兼知鄂州。理宗寶慶元年（一二二五），知泉州。端平元年（一二三四），召爲司農少卿，兼樞密院副承旨。俄出知慶元府。以權刑部侍郎召，力辭，閒居八年而卒，年八十一，謚文清。事見《永樂大典》卷八八四三引《建安志》。今録詩六首。

松

煙翠松林碧玉灣，捲簾波影動清寒。住山未必知山好，卻是行人得細看。宋陳景沂《全芳備祖》後集卷一四

浯亭望橫山

嶔嶔岸東山，躍來勢奔虬。橫約一溪水，抱邑止復流。近郭看逾好，向望此其尤。翠展曲屏寬，一目千里收。此山此之水，我歌我來游。知不市聲雜，亦忘溪上幽。方將解其縛，於焉我何求。

答黄叔暘

冥鴻倦雲飛，歛翼退遵渚。秋蟲感時至，自野來在宇。老我久合歸，溪山况延佇。俯此沙水清，面被烟

塵聚。龍斷既衝衝，瀾倒亦訏訏。豈無砥中立，而不改風雨。忽忻遠寄聲，秀句盈章吐。燦爛炯寒芒，晴空見冰柱。頗聞詞場筆，漫焉葉如土。黄粱枕上過，得之亦不處。獨行固不移，猶在審去取。

題魏醇父菊莊

東籬采采人歸來，長歌三嘆書生老。子方青春志紫霄，種菊幽探計何早。一枝可愛况千叢，想應苦吟被花惱。西風浩然天池秋，白露霏空下百草。此時此花抱幽貞，寧衒世間顔色好。日斜寒照蕚明韡，霜輕浄澈香遠到。淡焉見謂山澤癯，淵乎我愛其似道。荒畦野逕尤愜性，何似移根伴枯槁。雖知晚節亦何用，為制頽齡聊自保。

以上宋《詩家鼎臠》卷下

棄官歸故廬

野塘漫漫板橋東，家在春風畝畝中。階草不芟新織翠，庭花初種小開紅。酒嘗村釀餘酸味，詩乏才華有淡工。鄰里相過無雜語，但云饑後慶年豐。

送常老住疎山

師住疎山祇樹園，卧看雲霧起江村。百年鼎鼎春風轉，一鉢垂垂老眼昏。古殿撲空參鐵鳳，夜潭翻月落金盤。何時繫纜西風下，松柏陰陰獨扣門。

以上清陸心源《宋詩紀事補遺》卷六八引《截江網》

（王德保整理）

趙汝旻

趙汝旻，原名汝暌，號文林，上虞（今浙江上虞東南）人。太宗八世孫（《宋史·宗室世系表》一三）。寧宗慶元元年（一一九五）進士。官至諫議大夫。事見《歷朝上虞詩集》卷三。

與同年陳公過山亭

青苔滿地護階陰，塵俗曾無半點侵。林鳥避人穿谷去，野猿尋果出雲深。千竿翠竹依簷立，一對黄鸝入樹吟。晝静風清詩思罷，憑闌傾耳聽松琴。　清錢玫《歷朝上虞詩集》卷三

（陳曉蘭整理）

彭巖肖

彭巖肖，號龜峯，崇安（今福建武夷山市）人。寧宗慶元元年（一一九五）領鄉薦。年八十餘，嗜學不倦。事見《萬姓統譜》卷五四。

賦　梅

清獻堂前樹，無梢可著春。豈知三百載，復有種花人。　明凌迪知《萬姓統譜》卷五四

（孟憲忠整理）

趙汝洙

趙汝洙，號泗山，上虞（今浙江上虞東南）人。汝㚟弟。寧宗慶元元年（一一九五）進士。官國史編修。事見《歷朝上虞詩集》卷三。

與新安朱元晦談易有感

南窗數度斷韋編，茅塞余心未豁然。洞極潛虚渾是夢，觀梅卜瓦總非僊。先天妙處無多畫，太古真時只一圈。今日從知斯不謬，庖羲更出亦何言。　《歷朝上虞詩集》卷三

（陳曉蘭整理）

吴晦之

吴晦之，字元用，自號雲梯，寧國（今屬安徽）人。屢舉不第，遂放浪江湖。寧宗嘉定中，與韓沅、石巖相多唱酬。晚年築生香亭隱居。有《嚼脂集》，已佚。事見明嘉靖《寧國縣志》卷三。今録詩十二首。

奚大卿許賦生香亭詩以促之

暗香浮動月初斜，彷彿西湖處士家。誰道廣平心似鐵，不將佳句賦梅花。

山庵睡起

策蹇尋幽過草堂，困來欹枕卧禪床。鳥啼花落東風裏，睡起不知春晝長。

蓬　窗

小室瀟然一釣蓬，主人閑散似漁翁。有時風雨驚殘夢，如在松江烟浪中。

春日即事

山居無事到襟懷，日午柴門尚未開。啼鳥一聲春晝寂，隔牆風送落花來。

山亭偶成

二十四考成何事，三百六十長是閑。古今窮達置勿論，坐看烟雲生西山。

贈江西詩客

五言詩作七寶塔，四壁惟餘八尺床。一月二十九日醉，百年三萬六千場。

送友人西上

曉行山路梅花白，晚宿溪橋柳色青。此去西湖春漸暖，畫船沽酒水邊亭。

後圃尋春

雨餘未訪後園春，百紫千紅錦幛新。記得錢塘買花看，于今風景屬閑人。

憶江湖舊遊

水滿汀洲白鷺雙，蘆花飛雪撲船窗。歸來常有江湖興，遥想鍾聲隔岸撞。

雪後尋梅

畧彴溪橋小徑斜，竹籬茅舍兩三家。紅梅似與詩人約，臘雪初消始看花。

溪頭喚渡

輕烟漠漠曉晴天，立馬汀沙喚渡船。白鳥忘機思慮息，避人飛過急灘前。

以上明范鎬嘉靖《寧國縣志》卷四

寄石魯瞻

憶昔從遊杖履中，有山亭上醉春風。主人已作騎鯨客，自注：時仲和已殁。誰識當年兩病翁。　清厲鶚《宋詩紀事》卷六二引《寧國府志》　按：查明清數種《寧國府志》，均未見此詩。

俞朝士

俞朝士，名不詳。寧宗開禧初因以詩諷韓侂胄，出知湖州。事見《白獺髓》。

游春黄胖

兩脚捎空欲弄春，一人頭上又安人。不知終入兒童手，筋骨翻為陌上塵。　宋張仲文《白獺髓》

《白獺髓》：開禧初，權臣將用事之日，以所賜南園新成，會諸朝士。席間分題各賦春景，以都城外土物為題。時一朝士姓俞在座，分得游春黄胖詩（都城春間湖邊則以泥製黄土偶謂之土宜）。俞即賦云云，薄有所譏，繼出知茗霅。

（以上朱寶模整理）

全宋詩卷二八〇四

趙希𢹂

趙希𢹂，字誼父，太祖九世孫（《宋史·宗室世系》七）。理宗寶慶間有詩名，與李龏相倡和。有《抱拙小稿》一卷。事見《兩宋名賢小集》卷三一九。

趙希𢹂詩，以毛晉汲古閣影宋《六十家集》本爲底本，校以影印文淵閣《四庫全書》之《江湖小集》及《兩宋名賢小集》（簡稱江湖集、名賢集）。

天屋歌爲盧洪賦

霞扃雲牖高窿穹，八荒四野垂簾櫳。羲璘勃窣行西東，茫茫塵世如飛蓬。玉川公子乘清風，飄然據作吟詩宫。穿心出脅千萬語，叫開閶闔驚蒼龍。銀河瀉入北斗柄，醉來擲下琉璃鍾。仙人王喬作鄰伍，馮軒共笑噓長虹。旌陽拔宅想亦在，千年萬歲都洪濛。君不見阿房結綺今何許，劫灰一丈漫秋雨。

次韻李鶴田德真寄遠

長安日下浮雲生，故人久作西南行。漚邊兩載音訊絶，鬢絲應與秋風争。蒼苔冉冉荒茅屋，愁來忍把離騷讀。驚鴻剛自墮邊聲，碧嶂那堪遮遠目。青雲高處期翱翔，去人歲月今堂堂。吴鈎拂拭霜雪冷，龍光飛躍秋天長。名賢集作凉思君一夜離心折，東樓又送無情月。

道民金氏居

碧港雖通邑，紅塵不到門。桑麻唐杜曲，雞犬晉桃源。山遠雲千點，天寬月一軒。居人非隱者，吾欲叫東園。

竹閣

古寺因人重，清風尚可尋。斜陽明晚閣，老竹暗秋林。兜率西歸久，香山北望深。登臨成感慨，烟月獨知心。

游臨平乾洞水洞

兩洞深如許，神龍此奠居。山空仙去久，路嶮客來疏。風雨千崖暗，雲烟四壁虚。自揩巖石蘚，閑把姓名書。

雪

不是春風柳，因何絮客衫。一雲同萬里，半夜失千巖。征馬寒蹤印，飢鴟凍吻緘。江心一片白，知有莫歸帆。

送詩僧隆瘦岩

五載京華客，山中坐得牢。禪心天竺石，吟思浙江濤。入派名隨重，游方步轉高。秋風飛錫遠，相憶讀離騷。

送自牧黄監鎮之官四安

桃花春浪急，催上雪溪船。湖海稱佳士，功名負壯年。政平民易感，詩好客争傳。別後加餐飯，因風寄一箋。

眼寬。

秋夕

霄虚白露漙，木葉下危闌。月澹鐘聲曉，燈青劍影寒。人心山莽莽，世事海漫漫。何日平胡虜，西風望眼寬。

中秋

白露漙空萬葉飛，生香渾在桂花枝。一千里月正圓夜，九十日秋纔半時。溢浦風流元亮興，鄜州牢落少陵詩。不妨吟盡蟾蜍影，此别分明隔歲期。

送李鶴田東游後還鄉

劍倚梅花鶴夢醒，東游吟骨帶秋江湖集、名賢集作霜清。台山路杳神仙迹，楚國書來母子情。半榻烟霞應有約，一筇風雪且兼程。丁寧及早催行李，莫待西湖草色平。

江湖偉觀

華江湖集作茅屋巋然占上方，一尊同此寄相羊。江潮翻海莫天闊，湖水拍堤春草長。莽莽越山凝紫翠，摇摇蘇柳間青黄。歸鴻影裏闌干晚，回首中州入渺茫。

送譙岩趙日休歸蜀

烟塵渺渺暗魚鳧，有客翩然赴上都。乞得玉宸新翰墨，要還琳宇舊規模。十年蠲賦綸恩重，萬里歸程劍影孤。他日青城公案了，紫雲深處勘陰符。

春雪

飛下瑶天整復斜，一番餘凍損芳華。荒荒月曉三千界，漠漠烟寒十萬家。柳外直疑先着絮，梅邊渾似後開花。東風吹作巴江水，浩蕩龍濤赴海涯。

秋懷次韻

雨歇空階浄緑苔，西風凉氣滿樓臺。鴻飛遠渚知初到，燕别明年約早來。秋色祇今同世態，時文何意悞人才。停雲影裏頻搔首，閑把新吟取次裁。

春　莫

薄薄寒侵酒面和，可憐春事委流波。兩堤楊柳東風老，一曲池塘夜雨多。花落鶯聲還在否，桑空蠶事又如何。壯心不逐流年去，倚劍青天發浩歌。

寄黄溪雲

十年成遠别，幾度上高樓。風遞江南信，雲消渭北愁。春心驚海燕，曉夢入溪鷗。何日西窗燭，相看説舊游。

九日懷友

江蟹初肥天欲霜，莫雲紅樹寫秋光。西風携手登臨地，今日黄花兩處香。

釣　者

河豚荻笋春風老，鱸鱠蓴絲秋水寒。多少侯門天樣闊，算來何似釣船寬。

過臨平

市井蕭條景物非，居人猶號永和堤。春山十里斜陽樹，漠漠殘紅杜宇啼。

吴道士釣雲

澮溪溪上一竿絲，牽動閑雲片片飛。折盡柳條穿不得，荷衣裹向碧山歸。

次雪林李龏苕溪寄來之韻

雲散烟收渺渺秋，蛩聲四壁起新愁。西風萬里乾坤眼，不到斜陽十二樓。

風梧聲裏萬家秋，一片吟心不着愁。夜半酒醒銀燭冷，月移凉夢過西樓。

賦墨雁圖分得宿雁

漠漠秋汀起晚烟，半欹寒影立風前。月明應有蘆花夢，飛遍江湖萬里天。

次蕭冰崖梅花韻

冰姿瓊骨浄無瑕，竹外溪邊處士家。若使牡丹開得早，有誰風雪看梅花。

湧月僧樓

百尺闌干右櫟林，亂山如浪翠痕深。冰輪飛上光猶濕，照破西來一片心。

秋夕

西風梳髮冷颼颼，半醉微吟獨倚樓。一片舊時南浦月，清光猶印别離愁。

半枕小窗幽夢蝶，數聲何處寄書鴻。關山千里人歸晚，腸斷烟林一笛風。

春游

夢冷繁華金谷園，春深葵麥暗朱門。東風日日吹花急，紅雨蒼苔泪幾痕。

蝶懶鶯喑欲莫春，更兼風雨别愁新。天涯草色深如此，憶得淮南有故人。

湖中曲

長眉柳葉交青條，玉花嬌面垂雲髻。湖波藍色春寥寥，大堤新曲干銀霄。翠絲絡馬金裹腰，香風隨步烟飛飄。芳亭深杳傳金貂，一笑嫣然輕百綃。歡娱未了日晷短，城鼓咿咿續復斷。嗚鞭夜月入雞闕，碧山皎皎水潺潺。

春陰曲

東風吹寒雲九有，凍龍迷海亂飛走。雨脚斜拖入遥阜，碧草浮烟滿堤口。春皇妙運造化手，解使江山失妍醜。冷色禁持萬花柳，紅紫未張春國壽。名賢集作織愁 愁春織心心惚惚，為花訴冤天聽否。晴曦赫赫重陰剖，夢裏桃源拚載酒。以上《抱拙小稿》

（于世明整理）

全宋詩卷二八〇五

危和

危和(一一六六—一二三九),字應祥,號蟾塘,又號閒静居士,臨川(今屬江西)人。稹弟。寧宗開禧元年(一二〇五)進士。嘉定七年(一二一四)于上元主簿任立祠祀程顥(《西山文集》卷二四《明道先生祠堂記》)。知德興縣。理宗紹定二年卒,年六十四。有《蟾塘文集》,已佚。事見《蒙齋集》卷一七《危君墓誌銘》,《宋史》卷四一五《危稹傳》附。

積翠樓

着我高遠堂,恍若非人世。一榻卧白雲,清寒不成寐。松竹四山秋,颼颼驚客耳。誰在隔窗中,朱絃寫流水。元陳世隆《宋詩拾遺》卷二〇

趙希俩

趙希俩(一一六六—一二三七),字寅父,號野雲,無錫(今屬江蘇)人。太祖九世孫(《宋史·宗室世系表》一)。弱冠補承信郎。理宗初監衢州酒稅,改臨安府排岸。嘉熙元年卒,年七十二。事見《北礀集》卷一〇《趙野雲墓誌銘》。今録詩四首。

效王建詩體三首

玉釵半落珊瑚枕，金屋低垂翡翠簾。莫唤女醫來問病，逢春自是可曾忺。

從渠羅襪印香泥，偷鄉階前問柳枝。昨日看郎來繫馬，杏花亭北立多時。

銀釘未徹碧紗窗，秋入樓心送斷腸。誰念纈花簾不捲，簷前收下玉玎璫。明《永樂大典》卷九〇三

盱江山寺

寺古鍾魚在，林深麋鹿遊。亂雲從地湧，野水接天流。樹老半粘屋，山狂欲入樓。無人話心事，黄葉自吟秋。影印《詩淵》册五頁三七二六

句

芭蕉自作抽書樣，不與行人寄短愁。宋陳景沂《全芳備祖》後集卷一三

（以上陳曉蘭整理）

王澡

王澡（一一六六—？），號瓦全先生（《深雪偶談》），字身甫，初名津，字子知（《文獻通考》卷二四五），寧海（今屬浙江）人，一説四明人（《庶齋老學叢談》卷中下）。光宗紹熙元年（一一九〇）進士。歷監進奏院，國子、太常博士，以朝散郎通判平江府。事見《嘉定赤城志》卷三三。

聚景園

光堯與壽皇，昔者屢遊幸。縟川騎服鮮，藻野宮妝靚。春池冰鑑開，笑對驚鴻影。中闕不見兩河閒，父老久延頸。仰望鑾旂回，呼蹕牟尼頂。清董沛《甬上宋元詩略》卷九

（劉雯整理）

李琪

李琪，字夢開，連江（今屬福建）人。彌遜孫。寧宗慶元二年（一一九六）上舍釋褐。嘉定八年（一二一五），提舉浙東常平；九年，兼本路提刑；十一年，除禮部郎官（《宋詩紀事補遺》卷六四）。官終國子司業。事見《淳熙三山志》卷三一。今録詩二首。

賑荒到天台有作二首

我亦田夫偶得官，深知茅屋有飢寒。紛然遮道呻吟狀，一作同胞疾痛觀。水際山陬多隱瘼，風餐雨宿敢圖安。破襦裹米皆王□，粒粒當知帝澤寬。

馳驅徒步問民飢，似我寒儒負笈時。偪仄荒村隨户到，蕭疏幾屋有烟炊。平林帶暝投山驛，蒼鬢衝寒濕雨絲。野老不知巡歷至，相逢爾汝話家私。宋林表民《天台續集别編》卷五

（崔統華整理）

王鎬

王鎬，字從周，永豐（今屬江西）人。仕至知忠州。與潘文叔有唱和。事見《詩人玉屑》卷一九。今録詩三首。

移竹後雨

洗紅窣窣烏苣雨，落紫颼颼皂角風。挂起北窗聊問訊，新移來竹定惺鬆。宋魏慶之《詩人玉屑》卷一九

簡州

山水三池郡，平湖塢可園。要成真吏隱，故作小桃源。

小桃源

二水清渾合，三山錦繡張。迹沉簿書冗，身在水雲鄉。

以上宋王象之《輿地紀勝》卷一四五《成都府路·簡州》

句

只言弱水蓬萊遠，無奈仙風道骨何。望仙樓

仁心廣大麟難比，壽骨清奇鶴不如。壽趙倅

髮爽帶風梳，齒疎和月漱。早行

避喧那厭雨，宜睡不思茶。觀僑寓樓

雲學催詩黑，風仍作頌清。將雨

未知真是嶽，祇見半為雲。望嶽

凍雪寒梅雙蠟屐，澄江明月一竿絲。紹師覓詩

催租更擾潘邠老，付麥誰憐石曼卿。送潘文叔

山色兩間供步障，松陰半畝當郵亭。出春陵

籍通上界神仙府，身現甘泉侍從臣。上何尚書　以上宋趙與虤《娛書堂詩話》

蓬山蘭若入勝概，西寺巖壁饒幽奇。《輿地紀勝》卷一八八《利州路·蓬州》

（徐永强整理）

王休

李琪　王鎬　王休

王休，字蓀渚，一字叔賓(《南宋館閣續録》卷九)，慈谿(今浙江慈溪東南)人。寧宗慶元二年(一一九六)進士，調湖州教授，改徽州。還秘閣校勘，累遷判樞密院事。嘉定末謝事歸。清光緒《慈谿縣志》卷二五有傳。今録詩二首。

過董叔達故居

短石拂荒阡，誦君孝行全。甘泉潛易地，至德上通天。明詔再三下，承歡八十年。草堂遺址在，溪水遶涓涓。　清董華鈞《純德彙編》卷七

遊普濟寺

排險凌空入磴斜，參差金碧倚煙霞。一山門裏分三刹，萬柳湖邊帶幾家。世上無人吞栗棘，國中有佛吐蓮花。憑欄凝望遥天表，數點青山似亂鴉。　清楊泰亨光緒《慈谿縣志》卷四一

(陳曉蘭整理)

程壬孫

程壬孫，仁壽(今屬四川)人。遇孫兄。寧宗慶元二年(一一九六)進士。歷知射洪縣、漢源縣，遷雅州簽判，卒於官。事見《宋元學案》卷七二。

題龍巖寺文與可怪石墨竹

風雨勞先别，敢辭樽酒深。一梢牆上竹，留作歲寒心。　《全蜀藝文志》卷一九

(朱寶模整理)

程遇孫

程遇孫，字叔達，仁壽（今屬四川）人。壬孫弟。孝宗淳熙間進士。累官太常寺丞。寧宗嘉定十二年（一二一九），爲潼川路轉運判官、權府事，以兵亂棄城罷（《宋史》卷四〇《寧宗本紀》）。終知毋陵縣。有《成都文類》五十卷。事見清道光《仁壽縣新志》卷四。今録詩三首。

讀書巖

緑橘陰雖改，青山色自新。偷閑時挾册，來訪讀書人。

穿雲裂石下層巔，來作人間小洞天。雙幹翠濃幾欲滴，兩峯玉立巧當前。環覩邑屋烏訛尾，倚挹江濤雪滿川。城市誰知有清賞，請看山色舊題鐫。明《永樂大典》卷九七六五

□□庚午春之七日前成都通川陵陽程遇孫艤東去之舟於涪陵岸下太守謝宋卿以踏磧故事招飲北巖謁伊川先生像于鈎深堂敬賦古詩一章刻諸巖石

春風吹客舟，沙際初倚柁。懷人愛其屋，木杪危若墮。欣從太守遊，江色清照坐。當年紹述議，洛黨亦奔播。時人欲殺翁，甘此采薇餓。流離終愛君，怨語無騷些。寥寥十翼後，學易孰無過。諸儒踐陳迹，如蟻困旋磨。巖棲獨鈎深，混沌與鑿破。書成置篋中，山鬼嚴夜邏。向來新説行，六籍乃生禍。氛埃滿神州，久被犬羊涴。何如北巖石，樵牧不敢唾。詩寒不成章，聊為兹石賀。原注：紀元存末筆，蓋嘉定三年也。

清陸增祥《八瓊室金石補正》卷一二一

（孟憲忠整理）

龔日章

龔日章，莆田（今福建）人。寧宗慶元二年（一一九六）進士，調惠州教授。歷江東安撫使屬官。事見清乾隆《莆田縣志》卷一二。

次林千之贈水簾洞黄秀才韵

攀蘿訪山扉，極目窮海表。峯疑廬山高，巖若盤谷杳。藥臼歷窮凹，石樓迫天小。水簾雲頂飛，丹葉天涯渺。古峒匝蝴蝶，閑庭喧百鳥。誦聲雜石溜，炊烟出林杪。藜燭雖未輝，翠屏自環繞。内樂屏紛華，天機蔑膠擾。虀鹽比膏粱，所得孰多少。會須携竹爐，一鳴聽鷄曉。清宋廣業《羅浮山志會編》卷一五

（查九星整理）

傅　壅

傅壅（一作雍），字仲珍，晋江（今福建泉州）人。寧宗慶元二年（一一九六）進士。嘉定三年（一二一〇），知崇安縣（明嘉靖《建寧府志》卷六）。十年，除大理寺丞（《宋會要輯稿》職官七三之五〇）。歷知蓮城、清溪縣，南劍州（清道光《福建通志》卷九四、一二六）、漳州、撫州（清雍正《江西通志》卷四六）。

題五曲溪

五曲溪流深復深，數椽茅屋舊書林。市朝山澤皆堪隱，誰識先生出處心。明趙琦美《趙氏鐵網珊瑚》卷一一

（孟憲忠整理）

王與鈞

王與鈞（一作與權），字立之，德興（今屬江西）人。寧宗慶元二年（一一九六）進士。理宗寶慶

元年（一二二五）除秘書郎。三年，出爲湖南提舉。紹定元年（一二二八）除浙西提刑（《永樂大典》卷八六四七引《衡州府圖經志》）。嘉熙元年（一二三七），以國子祭酒兼國史院編修官、實録院檢討官。累官户部侍郎。有《藍縷集》，已佚。事見《南宋館閣續録》卷八、九，清同治《饒州府志》卷一四有傳。今録詩三首。

經筵徹章御賜詩卷

一種寒梅白玉條，迴臨村路傍溪橋。應緣近水花先發，疑是經春雪未消。《永樂大典》卷二八一二引《藍縷集》

代謝劉小坡送鄉會勸酒賡韻

履端開帝曆，會拜謹王春。百世枌榆舊，一番桃李新。珍頒來腆渥，妙句帶清真。騎省雲霄上，寧辭染翰頻。

一枝鷦漫集，千仞鳳方翔。諫紙清時省，經帷鎮日香。湖波憐鴨緑，宫醖挹鵝黄。應軫鄉中士，毛錐未脱囊。同上書卷一二〇四三引《藍縷稿》

王午

王午，廣安（今屬四川）人。寧宗慶元二年（一一九六）進士（清嘉慶《四川通志》卷一二三）。

游王官谷

耐辱幽人不願名，一丘一壑遂高情。門前流水無冬夏，想見先生到骨清。清雍正覺羅石麟《山西通志》卷

二二六

張訢

張訢，毗陵（今江蘇常州）人。寧宗慶元二年（一一九六）進士（《咸淳毗陵志》卷一一）。光宗紹熙二年（一一九一）知光澤縣（明嘉靖《邵武府志》卷四）。寧宗嘉泰四年（一二〇四）知衡州。開禧二年（一二〇六）除廣東提刑（《永樂大典》卷八六四七）。

奠謁曲江墓

中興創業兩興唐，遺烈誰如魏與張。笏在孰知囊可寶，書成未覺鑑今亡。《輿地紀勝》卷九〇《廣南東路·韶州》

趙希混

趙希混，資州（今四川資中）人。太祖九世孫（《宋史·宗室世系》四）。寧宗慶元二年（一一九六）進士（清嘉慶《四川通志》卷一二三）。嘉定八年（一二一五）由知德安府任放罷（《宋會要輯稿》職官七五之九）。

岑公洞

自有烟霞護石扉，更深曉色近清暉。巖前老檜吟風處，似請仙翁化鶴歸。明曹學佺《蜀中名勝記》卷二三

（以上劉雯整理）

趙希融

趙希融，長樂（今屬福建）人（《宋詩拾遺》卷九），太祖九世孫（《宋史·宗室世系》八）。

賦玉岩

君不見陶令門前栽五柳，聊為折腰辭五斗。歸來三徑足歡娛，琴書得趣人誰有。又不見和靖卜築臨西湖，湖山勝景天下無。至今疏影横斜句，人與梅花共清癯。古來逸士皆如此，一節純全能終始。三歎古風挽莫回，幸有玉岩人足比。二十餘年養浩深，厭居朝市入山林。此身出處無非道，憂世誰知一寸心。愧予朱墨塵埃裏，恨不巖前濯清泚。想象入室芝蘭馨，有□清廟遺音美。聞説當年贈監書，蒲公之見特其粗。要知命義吾儒事，願學同遊周邵蘇。《宋詩拾遺》卷九

趙希發

趙希發，太祖九世孫（《宋史·宗室世系》二）。

止泓亭

止泓清而明，如彼秋月滿。以此觀我心，澄源斯近本。清吴易峰乾隆《太湖縣志》卷一九

趙希崱

趙希崱，太祖九世孫（《宋史·宗室世系》九作希側）。

白鷺

漠漠江湖自在飛，一身到處占漁磯。稻田水淺魚能幾，莫被泥沙汙雪衣。　影印《詩淵》册四頁二七九二

趙希濬

趙希濬，太祖九世孫（《宋史·宗室世系》二）。

題雲間閣

昔年嚴大夫，偶來怨遷謫。我本麋鹿姿，得此已自適。乘閒陟上方，□尋唐人石。豈期當三伏，一天雲四幂。快哉風南來，萬籟相呼吸。雨餘禾麻潤，是山皆喜色。一杯傾晚飲，緑瓜間朱實。是非不到耳，休厭山城寂。樹影抹横烟，角聲暗落日。長江去不返，况此百年客。企首老玉仙，白髮何由摘。　明楊思震嘉靖《保寧府志》卷六

趙希晝

趙希晝，據《宋史·宗室世系》排行，爲太祖九世孫。今録詩二首。

寄廣南轉運陳學士

極望隨南斗，迢迢思欲迷。春生桂嶺外，人在海門西。殘日依山盡，長天向水低。遥知仙館夢，清夜怯猿啼。　《永樂大典》卷一四三八〇引《廣州府志》

寄潮州于公九流

扁舟如葉路東西，一片灘聲下惡谿。當日亭臺舊時客，相逢莫惜醉如泥。

同上書引《潮州府志》

趙希鶚

趙希鶚，太祖九世孫（《宋史·宗室世系》七）。

秦洞

白鷗曾此識機心，渭水翻波自不禁。當日尚嫌文網闊，後來誰測武陵深。西風落葉吹秦晉，流水桃花迭古今。世豈避人人避世，九垓同此夕陽陰。

清陸心源《宋詩紀事補遺》卷九二引《湖南通志》　按：已查數種《湖南通志》，未見。

趙希湰

趙希湰，號定山（《宋詩紀事》卷八五）。太祖九世孫。

半山寺有感

一水波澄接御溝，近城宫柳弄春柔。烏衣巷裏人何在，白鷺洲前水自流。千古風流歌舞地，六朝興廢帝王州。今番不負看山約，他日重來説舊游。

清厲鶚《宋詩紀事》卷八五引《詩林萬選》

趙希鵠

趙希鵠，太祖九世孫（《宋史·宗室世系》三）。

迎饗送神歌

陶峰聳兮髻而藍，縈二水兮秋月環。雲棟起兮鬱松闕，侯兮歸來樂且閒。肆維牲兮釃為醴，達馨香兮薦嘉旨。侯不我吐兮心則喜，歲歲春秋兮受多祉。雲旗蕩兮蹌蹌，玉虯駕兮颯之揚。侯雖往兮終返故鄉，欲雨則雨兮暘則暘。清鄺滋德《諸暨詩存》卷一

趙希彩

趙希彩，太祖九世孫（《宋史·宗室世系》五）。曾官福建駐劄（《歷朝上虞詩集》卷三）。今録詩三首。

旅中聞笛

清宵難獨寐，誰把曲來謳。曲裏聲聲思，離人輾轉愁。

題狄梁公白雲圖

悵望登臨日，大行山頂頭。親幃何處是，一片白雲浮。

哭宗兄崇漣

何事西風惡，天涯拆雁行。靈魂招未得，存稿睹難忘。感德空垂淚，聞哀欲斷腸。相思無賴處，暮雨倍

凄涼。以上《歷朝上虞詩集》卷三（以上王德保整理）

趙彦假

趙彦假，字顯父，居閩（今福建福州）。公賓子。廣陵郡王德雍七世孫（《宋史·宗室世系》二四）。寧宗慶元二年（一一九六）進士（清道光《福建通志》卷一四九）。

翠蛟亭和鞏栗齋韻

天下名洞天，有山必有水。餘杭山水窟，神仙所棲止。仙人乘雲去，玉蛟留潭底。至今雷雨夕，蛟睡時驚起。爪劈巖石裂，石罅滴乳髓。涓涓泉流出，半垂白鳳尾。風來琴筑響，月照纓絡侈。曲折納深池，徹底清且泚。築亭當澗衝，木石相表裏。翠壁潤含烟，層峯去天咫。道人幻出奇，指顧猶未已。忽驅蛟走鬭，瞬息八百里。怒氣挾奔霆，草木為披靡。兒童驚震掉，面若槁灰死。達人本大觀，談笑自隱几。須臾羣動息，静坐窮物理。水石本無心，相激一至此。宋潛説友《咸淳臨安志》卷七五（劉雯整理）

全宋詩卷二八〇六

劉宰一

劉宰（一一六六—一二三九），字平國，自號漫塘病叟，金壇（今屬江蘇）人。光宗紹熙元年（一一九〇）進士，調江寧尉。歷真州司法參軍、知泰興縣、浙東倉使幹官。以不樂韓侂胄用兵，遂引退，屏居雲茅山之漫塘三十年。其間雖一再徵召，皆不就。理宗嘉熙三年卒，年七十四（《京口耆舊傳》卷九）。有《漫塘文集》三十六卷，其中詩五卷。《至順鎮江志》卷一九、《宋史》卷四〇一有傳。

劉宰詩，以影印文淵閣《四庫全書》本爲底本。校以明正德任佃刻、嘉靖王臯續刻本（簡稱王本）和萬曆三十二年范崙刻本（簡稱萬曆本）。新輯集外詩附於卷末。

昭君曲 讀鄭虞任所賦及石湖諸賢題卷昭君事，反復畧盡，管見容有未合，漫書卷尾

朝日曜兮春花，玉壺炯兮清冰。耿余心兮不欺，付妍醜兮丹青。君王兮宵衣，壯士悲歌兮戰死。豈余身兮憚殃，抗風沙兮萬里。崔嵬兮增城，璀燦兮昭陽。羌末路兮多艱，幸朕時之不當。氈裘兮娛嬉，穹廬兮容與。怨羣胡兮我欺，諗九天兮誰許。南風兮徐來，掩涕兮無語。四十五十兮無家，抑有慚兮嫠女。

和樓倅宗簿 昉

某病不可仕，歸老漁樵。郡通守樓宗簿好古樂善，意其違世獨立似古隱者，歌楚詞以遺之，辭嚴義正，足與屈宋并驅。友人王仲永料院復用韻見寄，見黃門而稱貞，雖不能不為知言之累，然厚意不可孤也，謹次韻以謝。前以自見，

後以見區區之望云。

草莽莽兮平臺，鳥翩翩兮去來。側身兮引睇，長太息兮徘徊。攬余轡兮高騖，豈不夙夜兮謂行多露。漱流泉兮枕石，憺無營兮得我所。同心兮離居，未傾蓋兮有書。歲既晏兮無娛，我思君兮君開關而望余。余幼好此奇服兮，歲荏苒而華顛。聞若人之好修兮，搴衆芳而獨專。結微情以陳詞兮，鱗鴻杳以無傳。惟聖哲之茂行兮，在舉能而任賢。横江湖以揚舲兮，寧維楫之可捐。爛晨光兮破羣幽，清風發兮涼氣颷颷。瓊珮兮鏘鏘，玉鸞鳴兮啾啾。時不可兮驟得，君胡為乎此留。

月桂辭送陳兄部運京口

芳菲菲兮月之桂，子之家兮傳芳世世。月之桂兮古猶今，往則得兮子寧不嗣音。冠鷃冠兮謝章甫，司征商兮河之滸。更兼官兮部運，幸訖事兮無忤。歸來兮歸來，倚門悵望兮高堂慈母。

書竇文卿墓

棟宇兮煌煌，鬢髮兮蒼蒼。羌一言兮會心，駕吾車兮建陽。車既駕兮遄歸，今良是兮昨非。釋衆累兮春冰，耿吾心兮夕暉。斯道兮孔壽，斯人兮不忘。十載兮重來，泬漻兮此堂。風撼兮寒松，霜凋兮百草。佳城兮葱葱，萬古兮是保。

雲邊種松 雲邊，先隴菴名

漸止牛羊牧，還添雨露滋。但令萌蘖長，自有歲寒姿。

題屏間

野曠乾坤大，身閒日月遲。有生均自得，造物本無私。

謝陳僉惠紅緑柹

紅緑分佳果，丹青讓好辭。遥憐霜落葉，岸幘坐題詩。

送李季允侍郎歸蜀五絶用禪房花竹幽爲韻

密葉秋逾潤，幽花晚更妍。去來誰是主，試問白頭禪。

地僻風煙好，身閒日月長。未知嘉遯吉，占驗笑京房。

淮海身如繫，岷峨路去賖。相思冰雪裏，却立嗅梅花。

交情契金蘭，燕樂非絲竹。我歌古别離，語盡君當續。

日脚收新雨，禪房早得秋。重來應更好，誰與共清幽。

送昔監税滿替

但了官中事，都無俸外錢。妙年能爾爾，晚節更須堅。

題虎丘劍池

石壁千年立，池泉百尺深。蕭蕭陵下木，遺恨古猶今。

題王氏天開圖畫卷後

濃淡非粧點，縱横謝剪裁。憑欄一凝睇，圖畫信天開。

次王兄韻二首

錦繡胸中富，珠璣筆下生。如何鹿門去，不向玉堂盛。

買屋依三阜，開窗對兩池。去來誰是主，空鎖壁間詩。自注：潑墨池庵前有兩池，號海眼，旁皆流水，為三茅勝處。某本得之，即為好事者所取云。

再用韻

野徑梅初發，寒塘草又生。能來同社酒，莫笑瓦盆盛。綠楊陶令宅，芳草謝家池。開徑應須我，酬君未有詩。

雲邊遣興

穴處堪忘世，松餐足永年。有時雲雨止，萬曆本、王本作上獨立看青天。

送李果州道傳 以人生五馬貴為韻

蕭然瘦鶴姿，不受世俗塵。吾衰久矣夫，眼明見斯人。含香趨漢陛，前席問賈生。要路須民庸，錦衣聊晝行。一年春好處，寒食一百五。想見束晨裝，沙頭震鼉鼓。昔吾有先正，走卒稱司馬。憂國等憂家，人物君其亞。原校：貴字韻闕

儀真法曹日作

紛紛惡直喜阿諛，局束英豪氣不舒。萬事付渠三昧手，此生自放五車書。

題儀真常平倉壁

苦被微官縛此身，汗衣亭午亞紅塵。維舟醉卧垂楊下，輸與江湖自在人。

儀真呈隣居同官

南樓風物怯明隆慶《儀真縣志》卷一四作快新晴，管領心知獨有君。從使市聲鏖午枕，不妨清夢到行雲。

過尤溪

尤溪塘上征人路，記得停驂一解顔。十載重來兒女换，似曾相識有青山。

過剡溪

青山疊疊水潺潺，路轉峯回又一灣。想見雪天無限好，不妨獨棹酒船還。

賦陳太史所築凌雲亭四首

太史曾題仲舉輿，子虚賦就壓蓬廬。終然不負凌雲志，會向蓬萊頂上居。

吏退庭空一逕深，交柯密葉布繁陰。婆娑誰識先生意，恐負當時庇物心。

紫煙縹緲接雲霞，亭下連甍十萬家。想見當年關尹子，已占柱史入京華。

身自蓬萊頂上來，彩雲深處見崔嵬。憑高莫作凌雲想，聞説天門有詔催。

題馮公嶺旅邸

層樓傑閣聳朱欄，樓下行人自往還。但見彩雲横木末，不知身在翠微間。

題永嘉寺壁

石泉飛下寶蓮宫，似聽鈞天奏未終。千古風流謝康樂，可無屐齒此山中。

題石門奉真觀

疊障為屏石作門，陰雲漠漠雨昏昏。清游到晚不知去，要上峯頭望曉暾。

吴門道中

三吴豪俠騁輕肥，盡是當年襁褓兒。鬢髮蒼蒼顔色改，問翁如此復何為。

舟過惠山

小立船頭看惠山，山尖半在有無間。鼉眠未老秧方緑，且放煙雲自往還。

舟中

蓼岸著花紅半吐，稻畦過雨緑平鋪。炊煙起處三家市，却向江湖憶畫圖。

醉中

一樽緑萬曆本、王本作細酒與君同，且喜荷香送晚風。四座盡傾談柄白，滿筵不用舞裙紅。

漫塘口占

醉著船頭背月眠，醒來紅日浴晴川。等閒活計無人共，獨占江湖萬里天。

九日

擣餈篘酒薦新春，嘆息年來甑石空。不惜解衣供一餉，要令稚子識家風。

感春

隔溪啼鳥弄新音，繞岸蒲芽迸緑簪。花事只今强半在，不妨風雨攪春陰。

七夕

天孫今夕渡銀潢，女伴紛紛乞巧忙。乞得巧多成底事，祇堪裝點嫁衣裳。

天台道中用陳氏園亭韻

筍輿穿過萬重山，邂逅登亭一解顔。剩欲題詩徧蒼石，舉頭羞見嶺雲閒。

亭俯澄波對碧山，山頭古木總蒼顔。愛山未辦還山計，猿鶴還應伴我閒。

秋懷二首

翠幄迎霜半染紅，高林風過雜笙鐘。澄光萬頃天無滓，留與羲和駕六龍。

一抹紅綃日脚霞，千林暮靄納歸鴉。西風捲盡梧桐葉，乞自注：去聲。與中庭散月華。

嘲啼鳥 脱却破袴

破袴年來未改為，園中啼鳥汝何知。從教解使君侯悟，爾死何由得蓋帷。

東陽道中聞杜鵑

萬里雲山路渺茫，車輪竟日往來忙。憑君一語成歸去，笑殺兒時射四方。

聞桔槔

歲旱田家競作勞，車聲夜半響嗷嘈。市門多少夸毗子，日晏高眠笑爾曹。

宿直里店二首

扁舟泛泛逐驚湍，朔吹飆飆作曉寒。艤棹遠來投野店，應門幸喜得儒冠。

稻穫田空宿水禽，去來終夜有清音。投床倦客無他想，衹自注：入聲。有江湖萬里心。

雷發散雨書懷

轟雷驚散半空雨，赫日衝開萬里雲。依舊炎炎還酷暑，南來猶幸有晴薰。

題吕城廟

吕公遺壘枕高岡，落日西風草木荒。王氣懸知南國在，不妨北面儼冠裳。

和陳倅校書惠詩

故交衮衮白頭新，傾蓋相望有幾人。奉詔君應歸册府，一蓑我欲老江濱。

和陳校書祈雨有應

一念憂民敢憚煩，肩輿得得款祠壇。莫嫌勺水能多少，自是壺中世界寬。

和陳校書生孫

四海聲名陳太丘，元方有子復何憂。他年羔鴈成羣至，不獨丹青詫豫州。

和趙季行用蘭花韻三首

破除百卉發孤芳，造化工夫有抑揚。平易堂中無箇事，一枝相對吐清香。

結根嵓谷謝羣芳，多謝光風為發揚。騷客毋煩賦紉佩，省郎行矣趣含香。

鶗鴂潜消百草芳，清芬散逐楚風揚。洛陽姚魏空增價，愧死嵓隈有國香。

次韻蘇明仲

詩翁名字簡思陵，死去人疑化鶴丁。敗絮當年猶自擁，褐衣今日可忘情。

酬陳子與

門外秋光入句頻，門前積雨少來人。利名到底成何事，嬴得江湖自在身。

送晦庵語孟集註與諸姪

伊洛遺書徧討論，微言千古破童昏。要知此老殷勤意，送與君家好弟昆。

冬日即事

飛廉不解却豐隆，結就濃陰萬里同。須信碧霄無點滓，曉來紅日自生東。

戲和荆公讀漢書

當年泚筆笑愚忠，後日私書迹更窮。自是京劉異恭顯，未知君意與誰同。

讀韓詩和其韻

詩有二句云：力去陳言誇末俗，可憐無補費精神

韓子文同孟氏醇，陳言去盡只天真。君詩費却雕鎸力，筆下應誇自有神。

讀蘇武傳

李陵衛律兩降人，大義相規幾盡誠。陵語不傳傳衛律，要令千載識交情。

讀公孫弘卜式兒寬傳

儒雅弘寬世所宗，汗青中介牧羊翁。史家有意君知否，未必文華勝樸忠。

讀樓護傳

劉氏難令吕氏安，酈生大義炳如丹。君卿賣友阿王莽，死去何顔見吕寬。

讀衛青傳

任俠行權世所誅，將軍尚借齒牙餘。古來名將勤招選，底事牢辭不敢居。

書陳少陽遺墨後

贖死何由可百身，遺書猶足警來人。當時珍重千金字，此日凄涼一窖塵。

送應徽之歸天台

去來行李苦匆匆，世路崎嶇一笑中。聞道倚門占鵲喜，早尋歸棹浙江東。

借明秀軒韻送趙推入幕二首

七澤波濤筆下吞，相逢曉日上天門。祇自注：入聲。今出處難同調，慚愧高軒幾訪存。

紛紛末俗假成真，幕府歸來歲聿新。萬里終存江海志，一毫莫染簿書塵。

雲邊即事

山鳥紛紛不計名，曉來聒聒弄新晴。山人不識虞庭樂，疑是簫韶奏九成。

題龍祠米元暉詞後以有改勝尋為尋勝者作

醉筆淋漓紀勝尋，重來尚想百年心。浪將一字殊先後，誰識朱弦太古音。

松　影

老松偃蹇印晴空，倒影參差澹月中。夜久無人共清賞，一庭蕭瑟走虬龍。

戲傳老時在慈雲寺設糜

錦繡囊開一夜風，萬家花柳鬬青紅。誰知一點陽和氣，盡在高禪杖錫中。

謝薦醫

容貌天黥二十年，刳腸一洗悵無緣。祇今縱使逢醫緩，却顧霜毛已颯然。

雲邊阻雨

輾轉無眠到夜闌，鵲聲送喜近簷間。好風吹斷夜來雨，晴日放開雲外山。

薔薇籬落送春闌，筭甚園林早夏間。牛背牧兒酣午夢，不知風雨過前山。

酬傳老

人生不見古無懷，平陸猶成灩澦堆。百歲髑髏能發語，有生非樂死非災。

題布金寺鐘樓

雲間縹緲出層樓，樓上鐘成四百秋。當日繁華今不見，鐘聲依舊滿林丘。

黄梅

林梢脆實薦辛酸，尚記兒時刮目看。老去齒牙無復昔，曉枝猶喜墮金丸。

題張端衡竹木石畫

槎牙高樹蕭梢竹，絶島風煙開短軸。更煩點筆作衰翁，嘯月吟風飲山渌。

送張端質上春官

第一江山酒兩壺，送君鼓篋入皇都。直須第一收名第，莫使江山擅美呼。

送劉簿秩滿東歸

一官簿領十年間，此去青雲手可攀。勝日西湖浮畫舫，頻將巵酒酹孤山。

謝趙使君豁租

長榜朱書又墨書，使君頒令豁逃租。一千里内歡聲滿，十數年來此事無。

送茅監

一棹東來載月歸，宦途此去有光輝。祖筵是處花枝裊，慚愧衰翁畫掩扉。

寄潘子善上舍

寂寞安居十載餘，高軒欲過尚躊躇。莫嫌窮巷青泥滿，自是門多長者車。

代東寄王去非

聞隨使節過江東，想見旌旗十里紅。多少蒼生在寒谷，早吹鄒律轉春風。

寄江東真漕德秀

金陵千古帝王都，肉食何人解遠圖。只有愛民真學士，不慚通務漢三儒。

簡同志

竹韻因風來滿楹，桂枝和月印中庭。遥知棋罷渾無事，百首新詩醉復醒。

謝紀倅惠梅

翠實堆盤對緑樽，清香尚想月黄昏。主人合試調羹手，病叟難忘止渴恩。

口占謝陳使君

相思目斷鑑湖船，書别殷勤敢贈言。未解終南尋捷徑，少寬谷口截朱轅。

書蔣雲巢詩卷後

逸興常同造物游，鴛巢不與世人侔。日晴紫翠開千嶂，依舊君家在上頭。

雲邊遣興

洩雲日日冒山頭，古澗淙淙咽怒流。但得農家餘雨澤，不妨客子嘆淹留。

乙酉夏述懷二絶

水邊舟子競招招，陌上車塵晚更囂。衹有幽人無箇事，藕花深處弄輕橈。

岸柳風摧更緑饒，檻花當暑自紅嬌。流行一氣元無息，松柏何妨獨後彫。

答王去非覓柳栽

不惜柔條折贈君，與君分占萬家春。祇愁五柳門前景，不稱三槐堂裏人。

得軒即事

上印還家不計年，水光彌望木參天。緑雲洞裏自注：嘗名漫塘上為緑雲洞天。開書幌，紅錦波心漾酒船。

荷　花

淤泥除盡藕根空，留得孤芳照病翁。水面亭亭塵不染，懸知不是蓼花紅。

和錢晋之緑雲洞天韻

理亂幽人了不聞，扶疎遶舍緑成雲。洞中不異人間世，一枕邯鄲浪策勳。

答鍾元達覓藕栽二首

紅粧翠蓋出污塗，水面風吹醉欲扶。自是凌波有仙種，文君莫訝茂陵姝。

漸點青錢浮水面，猶將素節混泥沙。送君百頃風潭上，莫笑原非十丈花。

戲謝張端衡惠牡丹并湯鵝

右軍自注：俚語謂鵝。渾脱從花王，老子開盤喜欲狂。擬插一枝無稱面，浪餐鵝炙愧劉郎。

題瀑布畫

洩雲澒洞遮山腹，古木槎牙繚山足。舉頭百丈瀉寒泉，知有高峯插天緑。

題德源庵祖墳所在，因倣社倉以惠村民

牖户綢繆實父基，豆區積貯訓承師。老來事業僅如此，慚愧平生祇自注：入聲。小知。

回陳兄惠瓜

碧圓到眼舌生津，三載深慚拜賜頻。莫怪尊前最知味，東陵自是種瓜人。

奉酬陳居士

高人不作飯牛歌，盍嚮滄浪具笠蓑。正使同舟欠西子，也勝逐日效秦娥。

用韻索青娥丸（萬曆本、王本作元）

病餘不賦惱儂歌，活計江湖一釣蓑。儻許膏肓驅二豎，肯令紅粉污青娥。

代柬蘇僉

七十收身古戰場，歸來八十更康强。酒闌庭户秋光好，想見詩成一縷香。

柬張簿二首

簿書閲過幾牛腰，一縷清香午未消。梔室醉吟誰是伴，鐵城折簡可頻招。

細肋朝來正割鮮，瓦瓶先臘湛寒泉。香棲枳棘寧多日，斷送横飛上九天。

代柬促陳居士歸

一棹東遊久未歸，羞囊應已典春衣。淡煙疎柳鱸魚市，底事流涎對落暉。

代柬答徐監押

隋堤緑柳漾清流，畫舸輸君爛漫遊。柘蕩高湖須老伴，不妨捩柁出灣頭。

口占送紙鶴帳與王克家中書（塈）

雪翎丹頂更玄裳，持赴君家六尺牀。午枕不須鑾素問，主人心地正清涼。

和王克家所寄草堂詩二首

絃歌流化記琴堂，椎魯難言愧互鄉。正對薇花揮翰墨，猶能春草夢池塘。

身在金華與玉堂，寄聲時到祝雞鄉。為言舊訪盧仝處，柳壓平堤水滿塘。

次韻謝范黄中運管炎二絶

一區聞道宅新成，瀟灑真堪寄此生。胸次清冰元自瑩，不妨更向玉壺盛。

刁塢春回花滿枝，沈溪夢斷水盈池。遥知弔古經行處，落紙雲烟總是詩。

題恭靖兄志庵二首

宅兆當從志所安，故山松竹舞林巒。莫嗟外有封疆隔，自注：亡姪欲求鄰壤，未得之。自覺中含宇宙寬。

山勢西來如鳳舞，林巒左轉若龍蟠。門前一水流新緑，須信神心萬古安。

題明倫堂六杉中一桂

六樹庭前過屋山，一枝仙桂許高攀。自注：俗説如此。風雲有幸逢千載，里社應先庇萬間。

送徐兄封川之行

别時觸目是愁端，適喜君懷宇宙寬。千里事人猶見喜，寄聲别駕好相看。

聞杜鵑三首

舊於東陽道中聞杜鵑啼，曾題壁間一絶。鄉邑無此鳥，近頗有之，因作三絶。其一用舊韻，以解前詩之大言無實云。時紹定己丑春。

當日停輈古道傍，大言聊以解愁腸。只今老去還吴下，無復驅車走四方。

天津橋上小徘徊，入耳新聲兆有開。家住江南異京洛，不因君至浪驚猜。

薄宦思歸畏嶮巇，從君歸去苦嫌遲。歸時綠鬢今黃髮，歸路平安我獨知。

送洪季揚揚祖分教横州兼呈丁帥二首

仕有為貧難擇地，志將及物要乘時。青衫入手南中去，此意惟應我輩知。

五百人中占上游，四千里外客諸侯。南中賴有賢方伯，處我應須勝自謀。

送機僧代東莊氏

長蕩湖南好事家，衹今無復舊豪華。斗升為乞西江水，涸鮒餘生或有涯。

送丁道士住洞陽

華陽洞口鍊丹臺，仙客遺基在草萊。急遣羽流專洒掃，千年去鶴會歸來。

九日送酒黄竹磵

老瓦盆中淥酒香，田家風物近重陽。不知竹磵槃桓處，今賦黄華第幾章。

寄題洪氏永則軒

此則天然與性俱，執柯何必遠求歟。父兄行己一家法，聖哲傳心萬卷書。

爲紀生借屋

乃祖焚身為祖劉，末孫那敢不相周。單辭往扣賢公子，茅屋何妨得借留。

送上元張尉兼柬呂制幹二首

千古繁華白下亭，萬家花柳擁層城。登臨此去非無地，彈壓中間要有聲。

幕府東來第一人，姓名星斗揭蒼旻。龍駒要踏浮雲去，好向庭前一問津。

枕上四首呈丁景舒時景舒句容罷歸

督郵行縣豈徒哉，指點虛無作禍媒。料得淵明知此意，懸抛印綬賦歸來。

弦歌容與倦將迎，五斗看來一羽輕。若也兒曹知此意，可容千載擅清名。

籬邊把菊玩遺芳，未肯從渠入醉鄉。五字句中窺屈宋，七絃聲裏到羲皇。

等閒遊目送飛鴻，適意何妨酒一鍾。蓮社未應尋盛遠，竹林中亦著濤戎。

代東謝袁兄

漁樵並舍兩相忘，三逕回看久就荒。只有生平真活計，湖光萬頃接山光。

送無灰酒周馬帥口占三絶

賨璽來歸萬國春，海隅花鳥亦欣欣。皇恩更向將軍厚，乞自注：去聲。與人間自在身。自注：借用。

乞得閒身荷聖朝，舊棲佳處日逍遥。却憐赤壁歸來日，歌舞樽前祇小喬。

奉寄無灰酒十罌，一盃入藥可長生。藥成預約分酬我，眉壽相期比老彭。

奉酬敬亭石隱君

宛陵佳處敬亭山，中有臞仙獨自王本作得閒。賸喜好音來物外，莫令佳句到人間。

爲士山行者勸緣

莫言山勢但陂陁，坐斷東南萬頃波。地勝要人勤洒掃，瓶空無米却萬曆本、王本作盍如何。

送珪老住普照

結屋緣崖地苦慳，嘉名猶記壽丘山。萬家不隔高人眼，日月東西見往還。

贈沈術士號金腰帶

萬釘寶帶誠堪羡，七字成詩喜欲狂。世事浮華有真趣，贈君一笑作行囊。

湯參議惠蓮走筆以謝時兩姪分爭

蓮實同房若弟昆，人情乖異不堪論。只今昆弟成胡越，蔓草猶能庇本根。

走筆送韓昕伯謁任廣文

芹宫競説廣文賢，姓字高懸衮繡邊。八十老翁無失德，三千弟子盡萬曆本、王本作盍推先。

題明秀軒時趙虞卿新修

波摇山緑浸雲根，山壓波回不受吞。鏡面平開三萬頃，當軒管領屬王孫。

和劉聖與顧龍山探梅四首

玉骨冰肌淑且真，只應姑射可為隣。東風次第吹桃李，輸與儂家第一春。

暗裏曹劉可識真，意行不必問比隣。天涯望斷無來使，占取山中自在春。

山行未惬此情真，問訊寒梅到比隣。但有疎花印寒月，不妨自是一家春。

費盡鉛華總失真，色香清絶兩無隣。待渠經始和羮了，乞自注：去聲。與無邊草木春。

甲午秋作四絶題窗間

驛吏持來郡吏批，丁寧急急趁符移。兒童駭汗催科急，趣駕元來荷聖慈。

明時一士不遐遺，臣子無才盍自知。騎馬趨朝常處士，幾人笑誦醉翁詩。

漆園逸氣藐雲霄，吏部英詞揭斗杓。未用雞蟲分得失，笑看鵬鷃兩逍遥。

聯翩銜尾下深溪，又是當年竭澤時。玉燭均調何日是，春陵三歎次山詩。

贈凌山人二首

星冠鶴氅謄《茅山志》卷二九作盛威儀，新納官錢得度歸。慚愧三茅老兄弟，一生木石草為衣。

百鍊靈丹手製成，等閒騎鶴上青冥。緱山自有來時侶，莫羨遼東化鶴丁。自注：凌本李居士弟子，今師丁道士，故云。

贈齒醫魯生

曾過當湖好事家，園池髣髴記豪華。老來只欲甘藜藿，乞自注：去聲。我仙方固齒牙。

次李秀嵓鶴溪四詩韻

凄凄寒日漾溪流，獵獵西風送客舟。勇退端為天下計，留行誰為聖王謀。

忠謀袞袞要須殫，幾度敷陳舌本乾。夜半會思前席對，天遥毋使此心闌。

少年意氣十分强，河廣期憑一葦航。老去結廬漁舍畔，笑看鳧雁往來忙。

稻粱初熟社醅香，草草杯盤不著行。別後書來煩記取，緑楊堤畔水盈塘。

賀真參政因以爲戒

名賢得位古來難，君有高名宇宙間。願率衆星環北極，要令百世仰西山。

聞田老死于臨安

見説眉龐質粹温，他年凖擬大吾門。可憐不識家翁面，虚作人間一世孫。

送鄭節夫

盛年已去壯心闌，此别懸知後會難。願使乾坤同日月，不妨閩浙異江山。

東西岡諸李謀復宏詞墓

前朝流派日星明，聖代殊科更策名。遺骨未寒丘壟淺，可能宗黨不關情。

書湯兄詩卷後并呈丹陽大夫三首

明月韜光甓社湖，發揮千載賴耆儒。清江曲就無人識，來往横塘一鄙夫。

令尹胸襟隘五湖，狂言時肯聽迂儒。未知他日翹材館，可著當年鄭介夫。

長安未必勝江湖，蓋世功名徯大儒。三事更王本作便應登密令，一廛我欲伴樵夫。

走筆謝王老丈惠花牋

璀璨金魚學士牋，玉堂落筆起雲煙。半生野外扶犂手，乞自注：去聲。與真如擲道邊。

題子登姪環緑齋

竹樹回環一畝宫，紅塵不到緑陰濃。堆前祇自注：入聲。有書千卷，善後懸知禄萬鍾。

題槃齋

不到槃齋十一年，舊時梧柳已參天。應乘天上浮雲去，忍看梁間淡月篇。

題劉文簡所藏墨梅卷

煙雨和成宛擅場，新來翻著雪衣裳。以吾不可學渠可，善學楊君祇此郎。自注：楊補之甥湯君所畫，自謂得補之白黑相形法，此卷乃為倒暈素質以反之。

以上《漫塘集》卷一

全宋詩卷二八〇七

劉　宰二

雲邊偶成二首

月下浮舟去，雲邊曳杖行。物華隨節换，人意與秋清。小圃蔬逾潤，荒叢菊向榮。幽尋元自好，底用絆浮名。

地曠晚逾静，山空月倍明。銀河横灝氣，石澗伴吟聲。颯颯迎風葉，飛飛濕露螢。歲華行晚矣，為爾一凝情。

發紹興

留滯青春晚，經行此日初。柔條桑著眼，短穗麥生鬚。竹外雲埋屋，花邊水遶渠。箇中容我老，肯遺子公書。

天台道中

花重朝霏散，鳥啼春意深。風光自流轉，行役負登臨。澗水流新緑，山雲捲夕陰。病容兼白鬢，漂泊此時心。

馮公嶺

地隘山逾峻，人勤俗不奢。時培石上土，更種竹間茶。接畛田成篆，連筒水濺花。征塵如不到，老我即東家。

長林埸海邊道上

海霧晚逾合，海風春更寒。衰顏欺薄酒，老膽傲驚湍。叢竹人家近，平沙客路寬。明朝應更好，山翠撲征鞍。

松江道中

久作松江夢，重來泛短篷。淡雲飛急雪，枯葉戰狂風。煙末三家市，波心一釣翁。鴟夷身計耳，吴越等成空。

同葉恭叔鄭節卿飲于趙子野官舍分得壺字

相望各千里，相逢酒一壺。交情貫金石，詩思渺江湖。夜雨滋園菊，秋風落井梧。歸歟吾有日，聚散一長吁。

偶成

木落山呈骨，泉空水反源。知時秋燕去，負日午蜂喧。玉粒炊晨甑，金英卧晚園。歲華今已暮，身世兩忘言。

試郭生筆

金華山中僊，委蛇霜雪明。君於何處得，束縛封管城。大白真若辱，脱帽甘沉冥。世有揚子雲，猶堪草玄經。

送傅守伯成歸以林園窮勝事、鐘鼓樂清時爲韻

煩暑斂清曉，西風生遠林。客懷感素秋，歸夢越千岑。祖帳城南門，藹藹萃華簪。舉觴忽有贈，去矣無遐心。

堂堂司馬公，獨樂五畝園。歲月坐成晚，花木亦已繁。世事尚可為，石交有遺言。歸來默無語，拊石弄潺湲。

令行肅權豪，仁施先困窮。適此饑饉餘，喟彼杼軸空。勞來窮人謀，祈禳與天通。那得三百州，落落皆此公。

世念分五兵，當使道戰勝。昔別稽山陰，風采臞而整。重逢驚少壯，神光爍衰病。一氣中夜存，還丹嗤葛令。

永日來清風，黃堂少公事。憑欄一長望，千載幾興廢。論功赤壁多，語士北府鋭。歸舟眇家具，弔古足新製。

金山故佳麗，傑觀環孤峯。對峙焦公廬，林杪出疎鐘。南歸謝塵鞅，北眺足從容。應持濟川手，一酹擊楫翁。

辯士變初説，勇士衰再鼓。向來東海濱，有士節獨苦。歲晚兒女戀，頗亦類張禹。堂堂裴晉公，緑野能容與。

仕至二千石，富貴有足樂。官為諫大夫，亦足究所學。蘭階擢珠樹，金閨聯棣萼。何妨赤松遊，不負黃石約。

濯纓滄浪水，為愛滄浪清。明明中興主，齋居方厲精。疏傅不自惜，決去鴻毛輕。濫觴爾何知，咄哉檀長卿。

北渚有狂士，病卧忘四時。緑暗知春晚，葉落識秋期。西風日已高，凝露方自滋。獨有歲寒心，不負流水知。

送梁伯暘歸括蒼三首

怒風駕海潮，錢塘天下壯。岷山浚源委，東下極奔放。中横吴淞江，煙波渺四望。歸歟太史筆，偃蹇九霄上。

城闕美少年，三五事游冶。明璫燭綺疏，寶香籠舞榭。一朝黄金盡，帷蓋羞狗馬。短檠有真樂，行矣遴取舍。

西北天馬駒，墮地志千里。暴生執鞭轡，邂逅渥洼水。東來薦郊廟，聲名藹千祀。咄爾駑駘輩，局縮當愧死。

雲邊偶成

樂歲饒嘉澤，荒山徧有秋。斷雲猶過雨，平陸自交流。香飯炊紅軟，嘉蔬薦緑柔。蠅營竟何事，老我即菟裘。

即事有懷二首

千山收宿靄，一氣藹金行。爽吹舒澄碧，晴暉麗太清。徘徊望前嶺，徙倚步南榮。為問尊罏客，何須身後名。

濟世無長策，觀詩歎小明。悠悠忘夜永，淅淅聽秋聲。困躓鹽車驥，飛騰腐草螢。乖逢偶然爾，造物兩何情。

儀真雍生見和因再用韻兼懷儀真

北觀憑欄望，西橋信馬行。朋從有名勝，風物正淒清。亂定人煙改，春回草木榮。遥憐舊游處，壞壁暗題名。自注：聞佘梅園題壁尚存。

久客憐之子，寒窗幾晦明。羈禽戀鄉國，來雁尚邊聲。事去雲成狗，時來草化螢。未須論得失，把酒謾忘情。

和郡倅陳校書模祈雨韻

麥壠收黄穚，秧田欠緑滋。三時猶好在，一雨未為遲。精意能先物，神明敢後期。邦人孚至意，可但不能欺。

和羅權丞愚至日雪韻

臺上五雲紀，宫中一線添。巧開三白瑞，幻出六花鹽。宿麥猶期潤，前山已見尖。應憐貴公子，索句久巡簷。

送張端衮攝簿建平

吏道貴吏事，君行非為貧。勾稽戾初意，疾痛繫斯民。一日居須葺，他年政若神。放船秋水闊，着眼看修鱗。

戲呈南池同遊諸兄

方池帶南郭，勝踐及西風。多稼天連碧，芳蓮水映紅。漁歌來席上，鳥影度屏中。想見垂楊裏，詩成又

暮鐘。萬曆本、王本作一鐘

山行阻雪呈同游諸友

幽尋本無急，聊以會友生。塵中妨劇談，故作林下行。僕夫問歸路，夜聞風雪聲。何妨小遲留，妙理細重評。

和前韻呈李果州道傳

行樂非吾事，朋從慰此生。劇談忘夜永，起立緩歪行。黄獨幽人供，朱絃太古聲。他年盛山集，不假退之評。

送張端衮主含山簿

計利無非利，辭難枉作難。驅車平路去，高枕此心安。縣小勾稽易，時危賦歛殫。好禅千慮失，可使百憂寬。

寄竇應丘大夫放

制閫今元帥，男邦舊大夫。受成無弊事，直上有夷塗。赤縣圖新入，蒼生喘欲蘇。底須勞戰士，城築守淮隅。

丁亥冬感懷寄趙章泉蕃三首

楚塞仍多事，章泉闕寄音。由來使狙詐，何意敵狼心。國勢時輕重，江流自古今。遥憐杜陵老，對雪幾愁吟。

報國知無術，書空竟若何。淮山雲慘淡，鍾阜石嵯峨。高孝遺規在，梁陳往鑒多。瘋憂徒爾耳，遠浦聽梅梢。

漁歌。

我屋方茅下，君家闘楚交。鹿門知得計，燕幕未安巢。澗谷泉堪飲，山田飯可抄。應攜靈壽杖，雪蘂嗅梅梢。

寄同年朱景淵通判八首 以二人同心、其利斷金為韻

念昔從子游，金陵佳麗地。幕府盛賓僚，東南稱兩尉。子才清而通，我拙世無二。櫟社雖輪困，靈根同晚歲。

默數金陵友，在者猶四人。糾曹今别乘，法官駕朱輪。千鍾已弗暨，一念還酸辛。况我病所纏，漁樵寄此身。輸子曳朱紱，斑衣奉慈親。

當時最少年，雪林紫芝翁。詩名三十年，正復坐此窮。落日澹平湖，宿草鳴寒蛩。何時一樽酒，往酹與子同。自注：謂趙紫芝汝淳。

四海游夫子，粹學洞古今。聞善亟推輓，常恐力不任。時危係長才，白日已西沉。拱木戰寒風，凄其千載心。自注：謂游默齋九言。

茂苑子周子，慷慨憂時危。斯文黽董流，炳炳日星垂。言深衆所驚，用淺才不施。穹窿山下笛，懷人定誰其。自注：謂周正字南仲。

滕子嗜古學，萬卷作生計。孤燈耿夜闌，盗畏不敢睨。至寶世不售，虚名竟何利。尚想古城隅，幽花開繞砌。自注：謂滕賢良宬。

細柳真將軍，勁氣可立懦。向來拯時危，功畧天下半。屢詔不肯起，出處懸自斷。十載山澤游，萬念春

冰渙。何當求識面，介子同里閈。自注：謂周馬帥虎。

古人重結交，一諾輕千金。嗟我與夫子，論交歲月深。一别三十年，兩鬢霜雪侵。願言益自强，鴈來時寄音。

題王荆公半山圖

歸來心事平，蹇驢踏秋風。舉鞭問髯奴，何如浣花翁。道旁幾高松，風來自相語。桃李今何之，歲寒予與汝。

喜延陵從事丙還任

聞道古延邑，歡迎舊尹歸。鄰翁争掃舍，學子競牽衣。賸喜陳編在，還欣俗物稀。樽前重懷想，葵日映清暉。

題戴氏稼庵

小泊尋前約，周行得偉觀。乾坤開玉宇，日月走金丸。高岸城池固，平田井牧寬。京塵障遊日，從子税征鞍。

題茅山潑墨池慶雲庵

路轉幾山腰，地尋雙海眼。潤咽吕公泉，橋横蜀道棧。主人去不歸，山空春事晚。何時具蔬筍，開門延客飯。

寄宜興趙大夫與悊一首

勝地古陽羡，清才今長官。能令三害遠，坐使四民安。自注：聞邑境自公之來，獄無重囚，野無暴虎。勿謂時無幾，自注：來書云去替只四月。仍防弊有端。做成循吏樣，傳與世人看。

去接鴛行侶，猶憐鶴髮翁。連翩致嘉實，多旨薦清空。自注：所惠酒名。往見孤成約，酬知有樸忠。金張渠爾耳，相閥自清風。自注：聞浙右頗有託后家占田者。

苦雨遣興

老去身何有，時危念苦深。朝陽方借煖，宿靄又成陰。梁楚安巢少，關河去鳥沉。誰歌出塞曲，慷慨百年心。

答王虞卿邀遊山

墨池催勝遊，虞卿枉真蹟。我行浩無期，君歸定何日。非憂年歲晚，自嘆機會失。空煩日卓午，蔬飯滿香積。

碧雲即事

唧唧秋蛩鳴，耿耿秋夜長。簡編負初心，枕簟怯新涼。朝曦入疏牖，宿雲散前岡。歸歟一葉舟，浩歌聽滄浪。

送黄竹磵

湘流不盡恨，楚客賦離騷。世已殊於古，君奚罕所遭。羈懷便酒聖，野興挾詩豪。醉裏擡詩眼，山空月色高。

雲邊喜潘兄見訪

年衰病愈難，學廢朋來少。聞子剥啄聲，慰我精廬悄。高談極今古，遠識到微眇。願君緘此言，勿貽俗子諧。

題真州廣惠倉倉即故船場居南樓及天寧寺後中有大池塔影浸其中

淅淅風搖叢葦，霏霏雨弄新晴。坐對江南山色，往來無限離情。塔影參差波面，歌聲宛轉樓頭。已負少年行樂，更輸衲子清幽。

送陳内機棄官還

一官已判歸休，五斗何須外求。違己莫詢田父，折腰免見督郵。身寄紅蓮緑幕，夢餐翠柏丹霞。歸去聊尋舊隱，功名盡付渠家。

代賦壽寧宗潛邸

聖學家傳自有師，更羅英俊侍經帷。治功尚論唐虞際，政體寧甘漢晉卑。猥向梁園陪末坐，敢憑堯歷記佳期。羞囊已辦詩千首，準擬年年薦壽巵。

和真州太守營屋新成之韻三首

長淮清晏久無虞，官舍人煙已復初。共喜輿圖方日闢，詎應卒伍尚星居。四營分創因遺址，百堵周圜列聚廬。武備既嚴軍氣壯，豈專捍禦莫州閭。

東南列將謹防虞，尚記熙寧變法初。一自胡雛飲原作邊兵渡，據萬曆本、王本改江水，遂令卒伍雜民居。炊煙不斷雲横壘，清夜無譁月滿廬。妙用獨推賢太守，征徭元不到鄉閭。

經始南風詠有虞，落成候莞報秋初。連甍盡撤編茅舊，萬竈重新列屋居。千里只今成保障，一廛誰復等蘧廬。何人袖出如椽筆，為寫豐功揭里閭。

和淮漕八月十四夜月詩二首

清涼景界限塵紛，玉宇從容静夜分。欲滿尚慳今夜月，乍舒還斂北山雲。孤光翻動枝頭鵲，餘暈潛驅草際蚊。好處欲言人不解，湛然天宇印心君。

長淮百穀慶西成，萬里何妨共此晴。霖雨尚關天下望，月華猶幸晚來明。要看玉宇清光滿，聞道銀河此去平。邂逅西風輕借力，夜深桂影更敷榮。

中秋月有雲翳再用韻

孤城急鼓轉嚴更，步屧中庭午夜晴。人世昏昏同夢寐，使星耿耿伴清明。雲開霄漢光華遠，望極關河眼界平。想見登臨無限意，此身那復計浮榮。

儀真和同官韻二首

先生文采似班揚，俗子何能較短長。顧我未知全璧否，期君聊復善刀藏。壯懷欲寫須更僕，勝日能來對舉觴。青紫不須分失得，舊游多少困槐黄。

簿書塵裏見清揚，握手論心味更長。何日山林共歸去，故園花竹可遊藏。顏徒自樂一瓢飲，漢殿争陪萬壽觴。馬革裹屍成底事，要須高卧到羲皇。

北固山望揚州懷古

北固城高萬象秋，煙竿一縷認揚州。試乘緑漲三篙水，要見朱簾十里樓。淚濕宫衣朝霧重，愁薰寒草夕陽浮。隋堤舊事無人問，兩兩垂楊繫客舟。

懷林維國二首

予學宦金陵，得三山林維國、邵武任伯厚、吴門朱景淵、婺源王本作女葉潛仲為之友，相得甚歡。維國知我愛我，視他友為甚，惟恐予有過差。一夕，四人相會於潛仲廨舍，抵足達旦。始各自誦所短而誦人所長，終也自言其長而誦人之短，遞相規益，其友愛如許。維國去金陵未二年，終於永嘉。予亦離羣索居，無復朋友之益。辛酉十月初五夜，忽夢與維國遇，如平生歡，覺而悽然，成二詩。

四海論交二十年，知心一見似前緣。情親尚記通宵語，忠告難忘送別篇。夢入蓬壺重會面，座看書史尚堆前。應憐廢學從農圃，要使留心在簡編。

尚記升堂拜母時，滿前兒女競牽衣。鳳雛想見今成立，鴈序遥聞已奮飛。自注：維國弟成己已發浙漕解。身後聲名終不朽，家傳詩禮足相輝。傷心白下金陵道，無復班荆話昨非。

送友人赴省試

月滿千門夜未央，憶陪多士湊文場。露將寒透銀袍冷，興與秋來筆力剛。十載轉頭成昨夢，一身為客尚他鄉。為言桂苑聯鑣客，要折高枝壓衆芳。

送趙子野歸

秦淮契闊幾經春，釣月臨風入夢頻。萬竈無譁新號令，一樽相屬舊慇懃。緑波南浦予回棹，落日孤城子問津。聚散雲萍渾若此，臨分一笑大江濱。

送恭叔兄赴省二首

秋薦吴江北鴈來，幾看文陣奪標回。鴒飛鵲喜情何限，龍化鵬摶兆有開。禮部定知當一得，大廷端可壓羣才。春秋正學非阿世，莫作公孫愧草萊。

晞驥長慚馬不前，着鞭何意在君先。須懲牛後羞餘子，獨占鰲頭下九天。上苑未須誇得意，道山共擬便登仙。雖然富貴浮雲等，要使功名在簡編。

過蘭亭

茂林修竹翠參天，一水西為尚折旋。欲泛羽觴追往事，悵無嘉客繼前賢。短章回寄二三友，勝踐堪尋八百年。笑拂蒼崖題姓字，為言曾此掬流泉。

喜王節夫過訪

我方丱角子勝冠，我老君猶鬢未斑。可但孤生多疾疢，也輸華館富清閒。交情敢忘鶯求友，野性終便鹿在山。何日歸歟同里社，杖藜來往翠微間。

用韻寄陳仲思聞有詩它贈而不見及

之子才宜獬豸冠，我纔童丱即窺斑。溟鵬已擊三千里，天驥猶遺十二閑。五字飽聞傳有位，尺書枉用到窮山。春風得句能相寄，待我猶存季孟間。

再用韻戲答陳仲思

一讀新詩一解顏，天孫機杼錦斕斑。致師自昔能無語，瞽眼君宜付等閑。風定波濤收萬壑，雲歸紫翠出千山。論交早歲今華髮，少有猜疑愧兩間。

賀陳子揚致仕追贈父母二首

一念平生在報親，九原今日喜追榮。鼎來天上維新渥，足慰人間罔極情。康樂弟兄傳絕唱，胡威父子擅清名。君家盛事人難及，倦客聞風亦眼明。

一笑相逢意自親，别來庭樹幾枯榮。流傳郢客陽春句，想見鴟夷萬里情。賈傅才能通國體，柳州文字占時名。何如一棹洮湖去，獨泛滄波弄月明。

代李居士謁王去非制幹三首

家山目斷古幽州，百口來歸路阻脩。丁字無端輕介胄，蟬冠却羨出兜鍪。箕裘忍墜先人業，甔石誰為客子謀。不惜飢寒同一死，南來恐作北人羞。

僑居無地寄生涯，布襪青鞋着處家。太乙虚舟想蓮葉，玄都活計問桃花。不堪衆稚貧為累，坐使孤生髮半華。儻許侏儒均賦粟，不妨老子自餐霞。

一來寒谷轉春風，百萬喁喁説此翁。坐見西州成俗阜，忍令北客尚途窮。籌邊聞道無遺策，幕府流傳已上功。便有細書催入覲，早回生意一言中。

寄潘子善上舍時舉

陳少陽率太學生伏闕上書，六賊遂退，天下快之。少陽猶以後書論李邦彦、白時中等，言不用，拂衣去。近傳太學伏闕書，是歟非歟，非山間林下所得知。獨怪朝廷不用其言，諸君猶苟安於學，豈以靖康時事視今日緩急異耶。為賦五十六字質之同志者。

少陽一疏折羣姦，拂袖歸來日月閒。誤國小人自注：書中語。猶法從，叩閽諸子自賢關。是非頗亦通千古，義利那能立兩間。若向西湖浮畫舫，好傾巵酒酹孤山。

送邵監酒兼柬儀真趙法曹呈潘使君二首

儀真來往幾經秋，風物淮南第一州。山勢北來開壯觀，大江東下峙危樓。沙頭縹緲千家市，艫尾連翩萬斛舟。去去煩君問耆老，幾人猶得守林丘。
十萬流離仰二天，淮民只説使君賢。向來積貯知無有，此去規模要有傳。幼學可能傳榷酤，遠猷無惜助籌邊。公餘更向髯參問，今賦梅花第幾篇。

懷徐表兄

一笑相逢句曲天，别來十五换流年。忍思渭上瓊瑰詠，無復通泉寶劍篇。自注：時余尉江寧，先君猶無恙。北渚春回芳樹合，西山日暮碧雲連。鴈來數寄平安信，無限相思若箇邊。

偶題雲邊

桃花山下水流長，花不長開水自香。此地正須招隱士，山菴聊復對崇岡。屏幃繚繞竹千箇，旌纛森嚴柏兩行。士會不生今已矣，不妨閒處且徜徉。

送友人

年來去客半西東，須信勞生等轉蓬。萬里相望成别恨，一聲何處遞冥鴻。人情對景分憂樂，月色於今豈異同。莫把壯懷成索寞，舉盃聊與吸清風。

毗陵邂逅京口同舍湯叔厚

雞犬相聞里社同，琴書曾共客儒宫。南樓夜醉三更月，北固秋吟萬里風。去魯羡君勤采藻，游吴愧我尚飄蓬。相逢便與論心曲，莫笑依然舊阿蒙。

和張寺丞謝惠河魨韻二首

先生盛德信光亨，微物將誠愧晚生。春岸正當餘雨過，寒江尚想小舟横。一奩走送慚遲暮，兩舍相望欠割烹。未必甘芹解知味，王公當諒野人情。

鼎來佳句仰謙亨，春入池塘草正生。清夜擬陪簷雨酌，暮天應對碧雲橫。逍遥莊叟一枝穩，富貴齊人五鼎烹。戟衛肅迎揮手去，蘇州應愧此時情。

和傅侍郎鹿鳴宴韻二首

向來北固萃群英，可但江山擅美名。秀氣中間空畚築，斯文今日遇權衡。歌成白雪傳新唱，帆飽西風趣去程。會體使君珍重意，不專車馬羨桓榮。

先生讜論在延英，早歲金甌已覆名。自古正人羞枉尺，衹今公論有持衡。九重聞道將飛詔，一水何妨緩作程。莫笑田家去天遠，春來野草亦敷榮。

和湯叔永二首

魯人豈解識東丘，夫子猶懷去魯憂。公論世間誰了了，德人心事本休休。致身官路雖非遠，回首家山盍少留。三徑未荒松菊在，天涯多少望鄉愁。

底須彈鋏嘆無家，自有詩人賦子嗟。平世豈應遺燭武，暮年安可傅長沙。為隣幸賜千金諾，進德相期一簣加。欲泛五湖觀浩渺，興來還可共浮槎。

送姜君玉赴省試

樽酒論文弱冠前，交情老去只依然。久荒三徑無來客，細撥青燈話昔年。少日功名誰汗簡，舊遊江海半華顛。君行試問都門柳，幾送銀袍上九天。

送彦與孫兄赴廷對

捷書夜到古朱方，之子登名甲乙行。偉行向來高月旦，自注：謂辭學職。遺經端合破天荒。自注：前此未有《春秋》登科。公孫對策風雲會，董子留名日月光。趨向一分燕越異，贈言惟有用心剛。

夢使高麗到東海口占

夢魂飛到碧霄東，日出扶桑萬丈紅。窗户曈曚開曉色，園林淡蕩已春風。時平正使車書混，天遠那能玉帛通。萬事悠悠均夢爾，一樽聊與故人同。

代柬答合淝蘇刑曹兼呈淮西帥同年趙寶謨仲夫二首

青衫擬掾襲芳塵，短褐歸來理釣緡。一紀期君紹先烈，一官投老祗參軍。宦情自與秋光薄，公論猶期歲晚伸。見説宗工好風鑒，薦書何日到嚴宸。

聞道中原百戰餘，遺民億萬企來蘇。浪言恢復真疎矣，絶意懷來亦可乎。北望凄凉皆原作悲，據王本改故土，南來睥睨幾狂胡。原作調劑待新符，據萬曆本、王本改祗今淝水山川改，寄語元戎盍遠圖。

送友人

凛凛霜臺起事功，翛翛三徑任窮通。幾因節物傷離别，無奈行藏苦異同。白露感懷悲杜老，黄樓得句憶坡翁。鴈行何日齊飛去，岸幘相看酒一中。王本作鍾

柬施上舍

萬里秋光酒一鍾，别來木末幾西風。懷人滚滚東流水，問訊冥冥北去鴻。愧我形容難似舊，喜君意氣尚摩空。相逢莫怪深相問，一笑猶疑是夢中。

代譚與可謝石大夫鄉飲酒

大夫舉酒屬青衿，八十衰翁亦許臨。要向席間明厚意，敢辭酒半效狂吟。持身勿使虧名義，學古還須探聖心。元日習鄉君解否，須知齒髮易駸駸。

勉王甥

莘野淒涼渭水遥，事功無復在漁樵。但令一第先餘子，自可清名動聖朝。禁路家聲猶赫奕，詞場筆勢已嫖姚。夜窗燈火秋來好，莫歎辛勤髀肉消。

送鍾元達赴餘杭

知音十九在巖廊，姓字高懸日月旁。視草祇今虚省署，種花聊復向河陽。困窮已甚情當察，富貴徐來味更長。梵宇仙宫最佳處，詩成數寄水雲鄉。

送王去非入餉幕

春歸花藥尚紅酣，送子脂車馬在驂。幕畫向來多實用，事機今可付常談。學方用力須千百，事或當仁勿二三。别後欲知漁釣處，五湖天水共澄涵。

雨後口占呈陳校書

下田已漫高田槁，太守來遲歸苦早。忽傳亞倅府中來，太守停驂尚精禱。前日應禱五日期，今朝好雨隨車歸。遲速有期君解否，太守束裝留不久。

送石令君

攀轅父老雜兒童，十載重欣見此風。可但三年方論定，亦由去日與初同。一塵不染冰常瑩，萬折難回水必東。正直自應神所介，人心况有是非公。

和羅權丞愚尊經閣元旦觀雪

億萬飢民久籲天，天開上瑞豈徒然。深潭龜拆寒莎底，淺土蝗遺宿麥邊。厲氣已消除日後，祥霙飛墮曉風前。醉吟樓上瀛洲客，為記三登第一年。

送衛汝積歸句曲

汝積歸路過獨樓岡，入亭子谷，二處相去里許。岡下瞰數百里，丘陵川澤若錯綉。然谷中盤萬曆本作縈紆峭險，下有流泉。疑有幽人勝士嘗建樓岡上以極臨眺，着亭谷中以貯幽勝，以其亭多而樓獨，故相承曰獨樓。柳子厚所謂游之道二：曠如也，奥如也，此蓋兩得之。歲久，樓傾亭廢，而名尚傳若鐵壚步。然山居皆樵蘇之人，無能解其義者，遂意獨樓為髑髏，而以谷為孔。是又與小姑嫁彭郎同義，吁可歎也。因汝積路出其間，為辨證以刷是岡之耻。

樓岡亭谷萬山西，縹緲炊煙出翠微。歸路正當清晝永，離懷莫悵白雲飛。學醫要使人無費，問道須知昨已非。好向庭闈商略此，短章中或有玄機。

送杜尉範秩滿還天台

眼看時事廢因循，官路三年子獨勤。袖有新詩頻教我，邑無長策可留君。向來過計憂周隕，此去何時靜楚氛。未必詩書盡虛語，勉哉行矣張吾軍。

送羅季能還延陵鎮

眼底紛紛利欲昏，君心當與哲人論。俗塵不染脩莖露，世味逾輕太古尊。朞月此來當歲儉，寒冬何地不春温。皤然不憚延陵去，季子清風百世存。

謝朱仲玉二首

君家只隔小橋西，幾度占星望少微。已向龍墀攄大對，不應鸞翼尚低飛。自注：朱以特科為簿。杖藜喜逐先生後，斂板誰知故我非。欲學丘江吟短句，錦文試覓景陽機。

夫子知名浙水西，妙年奧學洞幾微。一官簿領身如寄，萬里雲霄步若飛。詩苦何妨同杜老，說難終不羨韓非。擬酬白雪陽春句，願借天孫織女機。

仲玉和前詩見贈因再用韻

官倉出粟徧東西，多謝朱公念隱微。但覺閭閻猶菜色，不知園囿已花飛。當年國論無同異，此日民言有是非。天上鴛鴻方刷羽，海邊鷗鷺已忘機。

謝湯生惠酒和來韻

聞道吾猶及老成，高秋離索不勝情。朋緘已喜賢從事，一缶那堪對麴生。多病吾今同退鷁，壯懷君可掣長鯨。能來共醉西風否，木落千山夕照明。

奉酬友人登多景樓見懷

雲橫不斷古神州，縹緲河山總戍樓。此地幾經人北顧，長江不住水東流。犬羊萬里知離穴，原作兵戈幾處能安枕，據萬曆本、王本改稻蟹三吳正得秋。人事天時多錯忤，一盃聊復潤吟喉。

代書答龔楚州 維蕃

使君問政及郊扉，病叟何能措一辭。積粟鼂生真至計，屯田充國亦良規。將權可與他人共，德意須令舊壤知。聞說鹽城有真令，相逢為說每相思。

漫塘晚望

霽色催雲作晚霞，小橋却立岸烏紗。雨餘菱芡新抽葉，秋早菰蒲未著花。燈影微茫行客艇，鐘聲縹緲梵王家。沉吟索句輸公等，我欲臨流理釣槎。

寄陸大夫

寄語金淵陸大夫，歸田相府竟何如。提兵劫取已非矣，縱火燒殘豈義歟。百口喪身端自爾，千錢酬直殆欺余。放翁舊隱佳山水，儻好歸歟理故書。

送鍾元達倅濠

喜見弦歌近帝京，又分風月向邊城。時方急士國家計，事不辭難臣子情。塞下規模鼂御史，湟中勳業趙營平。君行試與重商略，烏鵲南來數寄聲。

送平江趙法曹

金科天上耿星辰，丹筆年來有屈伸。子去平反供母笑，民知寬大頌君仁。祇今茂苑題輿客，曾是瓊林合席人。若問殘生煩寄語，扁舟長占五湖春。

送黄子弘歸吴門

亡友周君南仲嘗為余道其里中黄子弘之賢，又為子弘道賤名。南仲没且三年，子弘始來訪予於漫塘。感今悼昔，欣慨交心。其行也，賦五十六字，且徵後會。

玉樓工就故人仙，宿草離離起暮煙。曾説項斯誰復記，尚懷中散子真賢。鼎來窮巷方今日，勝讀殘編已十年。西望猶能話離索，秋風來共釣魚船。

代邑士上趙百里善郢

趙大夫十月甲子試補縣學諸生。與潘少府謀，以科詔在近，倍增生員以來承學。明日乙丑，市民將奉淫祀，鼓惑羣聽。復檄少府，榜笞其人，毀其像而置諸河。夫教莫先於養士，化莫大於明民。而二日之間善政兼舉，可與文翁興學、韓愈闢邪儷美匹休。某等忝與諸生，謹成小詩以謝。

美矣吾邦此大夫，仁中有勇信今無。治侔東里興鄉校，政壓西門送女巫。謀廣生員來共學，力排淫祀警羣愚。一陶風俗成醇厚，千古聲名泰華俱。

社日僧舍風雨

借蔬香積共晨炊，客裏良辰總不知。孺子從渠均胙肉，南翁無處聽巴詞。神鴉得志飽終日，巢燕有心來及時。風雨聒人聾轉甚，半鍾濁酒可能治。自注：平聲。

寄題戴氏別墅

聞君築室水雲鄉，一榻翛然獨老龐。近挹荷香供几案，遠邀山翠入軒窗。自歌自笑遊魚樂，時去時來白鳥雙。何日過門成夜泊，一樽相與對銀釭。

和趙龍圖鹿鳴宴韻二首

勸駕丁寧自漢興，禮行郡國玉鏘鳴。使君珍重新開宴，多士連翩喜策名。月窟一枝傳好信，風帆千里送脩程。主賓後會君知否，紫橐青袍對寵榮。

預宴當年記夙興，笙歌堂上正和鳴。別來幾送龍門客，去後空題鴈塔名。麌鹿羣中便野性，蜩鳩飛處笑雲程。羞肴也到茅簷下，磊塊堆盤里社榮。

和趙章泉見寄二首

先生人物眇應劉，千載詩亡獨泝流。五字還堪薦郊廟，一官何事老林丘。章泉樂處知何似，南澗良朋亦健不。欲拜龐公何日是，夢隨飛鶴過山頭。原校：一作午窗無語獨搔頭
平生暗裏識曹劉，眼底誰為第一流。錦里正應推老杜，魯人亦解説東丘。騎驢頗忘推敲否，上馬還能矍鑠不。此去相思君會取，菊黄梅蘂上枝頭。

用韻煩蔣延陵寄前詩至章泉

之子交游柳與劉，揭來聲聞水東流。懸知此去居三館，可但當年記九丘。滄海狎鷗猶好在，紅塵没馬肯回不。短篇為寄章泉老，莫聽浮沉付石頭。

謝章泉再以前韻見寄三首

白社相從遠與劉，可憐衲子溷儒流。自嗟達巷知夫子，緬想諸荀從太丘。書寄洪喬空爾耳，詩編杜集可容不。前山底處堪長望，我欲携笻上上頭。
解印歸來白社劉，風流靖節許同流。詩來幾説鶯求友，老去自慚狐首丘。會合由來天幸耳，殷勤還識我心不。春回是處堪行樂，能復携錢掛杖頭。
書賢從事我非劉，傑句君争萬壑流。擬學岑參酬杜甫，可能列子識壺丘。倦游審已懸車矣，問字猶多載酒不。無限相思梅發處，手摧殘雪嗅枝頭。

和邑大夫勸駕韻

自笑當年躍冶金，老來文物見彬彬。登名已喜多三邑，擢秀懸知敵萬人。晴日琴堂開宴好，春風瓊苑拜恩新。惟餘卧病江湖客，坐看聯翩對玉宸。

送張端衡尉句容二首

梅仙西上古仙鄉，梅蘂先春特地香。自是郛人聞魯柝，懸知晉盗避秦疆。名山久合清蕪穢，窮巷猶聞缺蓋藏。惠政由來要全美，須君努力佐琴堂。

去鄉喜見似鄉人，君去家山袛比鄰。令長垂髫同里社，交承握手記城闉。絃歌堂上寧忘舊，樽俎筵中必告新。若也從容問無恙，為言魚鳥已情親。

送王去非服除造朝

疾風吹雨洗塵寰，北渚津頭水没灘。千里送君黄鵠舉，一生笑我白鷗閒。清名已至雲霄上，逸氣還充宇宙間。此去西湖重回首，淡煙疎柳認孤山。

送張晉望倅湖州

風月平分古治中，掛帆直指水晶宫。袛今第宅多親貴，自昔閭閻有阨窮。勿用彌縫乖直道，毋煩歌舞競新功。舉頭見日長安近，詔入元非藉子公。

代東寄張端衡

句曲山頭白鶴飛，遥憐綵棒正宣威。仙家有喜迎仙吏，客路無塵點客衣。月澹郊原從犬卧，秋高籬落任雞肥。子真東野齊名在，莫向西風苦念歸。

爲布金寺僧慧鑑作呈趙守善湘

老樹槎牙記佛廬，露啼蛩弔百年餘。鼎新堂殿誰為此，壯觀林泉我弗如。身上無華惟布縷，盂中舐味袛山蔬。野僧勤瘁能如許，罪或無多乞赦除。

送高桂陽不倚之任二首

清才寧合駕緹車，天上新分竹使符。此去專城重摩撫，向來涉筆幾嗟吁。南州想見歌何暮，北府猶聞戒疾驅。更恐掖垣須敏手，未應千騎出重湖。

一笑相逢此道同，别來木末幾青紅。自憐老去北窗下，猶得身棲廣厦中。良夜擬乘千里月，神山竟隔一帆風。贈行更愧留行者，遮道歌翻别駕功。

和趙章泉寄詩韻

來詩有常爾孤高仰廬阜，忽焉並命出容臺之句，自揣何敢當此。謹次韻以謝。

索居靈瑣久塵埃，一讀新篇病眼開。妄意嚴詩編杜集，敢陪郭隗上燕臺。紆朱晚歲徒云爾，養素平生壯矣哉。更許韓非書傳尾，遺榮何止被雲來。

次姜君玉韻且賀北固新居

車來流水馬如龍，北上精藍西復東。雅意只貪山在近，高標誰與子相同。門開正好來三益，文就何妨送五窮。擬向巖前分半席，可能闢地著隣翁。

門外青山跨伏龍，山頭未曉日生東。竹林已喜王戎近，蓮社還堪惠遠同。盛事正應符地勝，清才豈必坐詩窮。欲成善頌陪張老，自笑尊前一秃翁。

送張端衮赴潘葑

汲取人間第二泉，釀成天上酌神仙。渠儂得此良佳矣，我輩為之或未然。職守近來成漫浪，湖山佳處且回旋。向陽花木逢春易，會取聲名動日邊。

和柴監

之子通才不受拘，妙年文史足三餘。司征闕市方共二，宴啟華堂正樂胥。錦帳笙歌香霧繞，禪房風月夜窗虛。後生取舍能如此，問信寧非遠器歟。

學門肇開爲諸兄賀

幾年黌宇傍城限，禮樂文章蔽草萊。逵道一朝隨地闢，宮牆數仞倚天開。舉頭日月清光近，入眼湖山秀氣來。寄語鄉邦頭角士，龍門此去會風雷。

和尤伯華廣德使君怡亭對雨

之子胸中不外營，軒亭水到自渠成。詞章妙處窺騷雅，師友平生祇弟兄。元凱一門兼衆美，夷齊千古擅雙清。新詩有贈不知報，衰拙如余盍負荆。

軒亭闓爽喜新營，燕雀應來賀厦成。樽酒兩忘賢與聖，韋編相對弟和兄。詩如綉段從頭好，人似冰壺徹底清。寄語金昆同石友，自注：謂蔣魁。道逢何日許班荆。

勉張兄立民作詩

翛然風骨一臞仙，誤走紅塵逐世緣。亦欲名同天壤壽，且須句與日星懸。後湖廢沼生春草，南郭遺墟起暮煙。聞道錦囊時有得，故山花鳥亦欣然。

趣劉聖與用行寓王甫桂墅

門外平湖百頃寬，庭前翠竹繞欄干。鳥啼花笑四時好，几浄窗明六月寒。賸可琴書供晝永，不妨絃管到更闌。留行莫為歌楊柳，作計應須趁牡丹。

送戴子家歸永嘉埜

君住枏溪第幾山，我家北渚水雲間。二千里遠來非易，三五朝留勿作難。有子已知頭角異，安心寧恤鬢毛斑。尺書頻寄問無恙，共樂生前日月閒。

癸未寄王甥

别時庭户正秋清，劃見園林翠織成。吴下余思頻刮目，渭陽子豈遂忘情。堤間飛蓋分垂柳，水面浮舟約半萍。乘興時來共清話，相望能隔幾牛鳴。

贈尤丞季端

冠製殊常袖更寬，風流王謝出長干。筆端雲錦呈天巧，胸次冰壺挹露寒。未許歸期占信宿，想應喜色動門闌。賢昆自有長生術，為覓仙家九轉丹。

讀張氏義莊畫一寄持甫輅院湜

叔世誰憐族派同，高情真有古人風。宗分大小稽周典，惠匝親疎比范公。二頃開端能不吝，一編垂訓可無窮。欲書盛事傳千載，預愧衰孱語不工。

再韻謝張持甫過訪二首

甕牖篝燈一笑同，地爐燒火愧家風。論自注：平聲。財以義輕浮俗，論道歸儒識至公。行異於時方易沮，理趨於數要深窮。老來狂斐君無誚，他石猶堪付玉工。

道自周衰説異同，眼明伊洛振遺風。過人高行非難事，入聖微言本大公。道在鬼神常共在，術窮天地本無窮。三才並處君知否，不爾何裨造化工。

賀趙居父若琚登第

詞場聞奪錦標歸，好是斑衣映緑衣。永日湖山供賞詠，好風宫殿正清微。堂新六桂光宸翰，庭秀雙芝焕彩闈。肯向長安誇得意，妙年伯玉已知非。

碧雲即事

塊坐經年不入山，山僮拍手笑衰顔。登高猶喜心期在，望遠還驚目力慳。雲氣蒼茫自羈旅，煙波飄蕩幾惸鰥。朝來舊雨添新雨，誰識安危指顧間。

秋闈後勉子姪

我生場屋慣周旋，得失從知豈偶然。天理先須盡人事，時文端的本塵編。日烘甕牖朝先起，雪壓茅齋夜不眠。萬里夷塗從此去，著鞭寧怕祖生先。

寄范黄中炎運管

鐵甕城中十萬家，哀絃促管競繁華。晝長獨有揚雄宅，天遠空浮博望槎。讀罷離騷想芳草，吟成梁父對菱花。客來莫問行藏事，且共盧仝七椀茶。

奉送諸兄謁府

男邦養士擬侯邦，師帥寧分彼一方。明辨正須煩幕府，作成庶不異州庠。紫金山迴連三島，甘露樓高俯八荒。六代豪華猶在目，停橈毋惜小徜徉。

甲午至節後同諸兄入市歸有感

七十衰翁入市歸，感今懷昔淚沾衣。人稀舊識居猶是，俗競新華質已非。九府泉慳誰改作，五材兵去孰防微。西山不屬銀緋客，只合高歌詠采薇。

贈陳内機

學詩常擬邵堯夫，問道曾謁楊慈湖。堯夫之詩呈大樸，慈湖之學澄太虚。羡君優游兩者間，傲視軒冕如蘧廬。何時從我山中居，絶勝泛緑依紅蕖。

送友人入京

郭内無田負郭居，酒中有趣酒尊疎。波間屢聽濯纓曲，架上時繙種樹書。萬里長風摧岸柳，一天清露屬園蔬。故人欲問平安信，為説年來頗晏如。

開禧紀事二首

泥滑滑，僕姑姑，唤晴唤雨無時無。曉窗未曙聞啼呼，更勸沽酒提壺蘆。年來貴，無酒沽。

婆餅焦，車載板。餅焦有味婆可食，有板盈車死不晚。君不見比來翁姥盡飢死，狐狸嘬骨烏啄眼。以上《漫塘集》卷二

劉宰三

儀真呈友人

近聞李郭舟，送往涉重湖。我欲與之俱，鷁飛過宋都。死生見交情，嗟我失東隅。歸來整杖屨，顏厚見彼姝。念昔擔簦日，籃縷出無襦。公子載與歸，樽酒日相娛。所愧身為客，如彼繞樹烏。食苹鹿在野，呦呦呼其麛。鴻鴈稽來書，提壺空勸沽。輸君山中行，梅梢嗅紫萸。又有好事人，開宴勤招呼。翻然棄舟楫，躍馬問長途。嗟我困行役，勝遊那能覦。方今神聖君，南風歌有虞。所須賢與能，搜羅遍八區。公等梁棟姿，咳唾玉與珠。尚從山澤遊，此理良可吁。翻思六月息，豈即非南圖。料公賜環日，禍轉當亡胡。願借尚方劍，先斬張禹顱。小子雖不敏，敢效一得愚。

章倉席上

官舍若幽居，四圍山水綠。中有超詣士，簿書厭拘束。邂逅文字飲，交契如金玉。朱絃發清音，紋楸理新局。一盃復一盃，夜闌更秉燭。木落天宇寬，蟹肥酒初熟。相期壯觀游，憑高重送目。勿令兒曹知，此味我所獨。

東陽道旁涵碧亭

四山委蒼翠，一沼湛清漣。雲飛松竹留，石墮藤蘿牽。泉音亂絲竹，鳥語賡笑言。斯亭作者誰，俛仰四百年。棟宇有興廢，篇章足流傳。官道紛往來，此地曠周旋。乃知造物意，以遺静者便。我來旱暵餘，龜兆坼平田。攀崖遡源委，石竇鳴涓涓。摩挲兩石魚，變化定何年。

謝烏鵲

朝來不成寢，啼烏繞西東。似欲砭我愚，無虞終有凶。挽衣行太息，飛鳴鵲當空。似欲慰我心，正直神所容。舉手謝烏鵲，憂喜當何從。吉凶兩不到，我在阿堵中。

訪陳廷瑞有感

問維有常度，曜靈無停輈。翩翩葉辭柯，過眼緑已稠。弱榦不盈尺，忽已高岑樓。念昔過庭日，朋來悉良儔。我年未成童，子少無與侔。我質本駑駘，蹇步畏阻脩。子如渥洼駒，猛氣已食牛。當時二老人，笑語懽且酬。門户各有托，寧計才與不。登門如昨日，星紀踰再周。二老安在哉，體魄歸山丘。隔屋聞讀書，玉樹鏘琳球。呼燈使來前，秀氣烱雙眸。問之垂九齡，屬對解冥搜。感此傷我心，淚下不可收。來者日已長，逝者挽不留。其間我與子，能閲幾春秋。寧復青衿佩，與子從親游。幸子齒猶壯，有母方白頭。刷翮凌青霄，足勝負米由。而我風樹悲，耿耿何時休。四十已無聞，過是夫何求。矧復病日侵，見面良可羞。竹實不療飢，芰製非寒裘。躬耕苦勤勞，代耕多悔尤。學仙竟誰成，百年等浮漚。俛仰天地間，身世真悠悠。時雨漲緑池，好風交平疇。嚶嚶出谷鳥，汎汎川上鷗。遇景適會心，曠望聊夷猶。

懷茅山寄句容江大夫

昔謁三茅君，蹇步窮躋攀。是時秋已高，爽氣薄千山。三峯斂神秀，突兀超塵寰。世變逮狂秦，風俗如髦蠻。舌在不敢語，冥默疑心訕。咸陽貴公卿，高門擁旗旜。牽犬上蔡門，回首涕空潸。積骸草木腥，流血川原殷。所以三君子，決去披榛菅。不以寸草榮，易我白日閒。徘徊兹山巔，放蕩紫翠間。數窮會有歸，山空水潺潺。高風起遐想，往躅芬芝蘭。想此弄明月，想此發清彈。兹壇梯玉京，兹臺凝金丹。羣仙或朋來，洞户敞幽關。縹緲鈞天奏，依約雲旗翻。古澗會流泉，點筆依石闌。遺墨墮中流，染此亂石黶。世情喜虚誕，誑記誰能删。峭壁起道邊，雨濕苔蘚斑。剥蘚訪舊題，歲月猶班班。當時往來人，逸翮超籠樊。應期後千載，緑鬢炯朱顔。御風游汗漫，騎鯨出頹瀾。或乘白鶴歸，翩躚從妖嫺。寥寥竟誰成，遺蹟空浩歎。愚生百世下，逐妄笑冥頑。幽尋昔未極，雲卧衣裳單。杖屨陟層巘，此懷今未闌。矧聞廊廟議，出師鋭除殘。將軍賈餘勇，弭節期白檀。已覺賦斂頻，更恐戍役煩。聖主哀元元，絡繹寬詔頒。官守孤王明，根節滋吏姦。擬追三君游，物表寄衰孱。彼美江夫子，拊字周惸瘝。寧甘催科拙，不使杼柚殫。坐令句曲天，忘此世道艱。儻許占一丘，結廬樹牆藩。渴飲玉井泉，飢挹朝霞餐。永無垂老別，寧憂行路難。寄書新過鴈，一諾未應慳。

松風軒晚望

遠山亞歸雲，近山留夕照。澄江橫浄練，怒風收衆竅。東南佳山水，此地宅其要。連甍三萬家，金璧互輝耀。閒房列歌舞，傑觀富登眺。物理會有極，却慮成悲嘯。我家三茅峯，一室倚青峭。下有荆溪水，水深魚可釣。歸歟有成計，静坐觀衆妙。功名付公等，連茹祇明詔。他年問無恙，短策寄嶺嶠。浩歌暢幽懷，狂斐君勿誚。

漫塘晚望

遠山亞歸雲，黯淡與天一。近山過餘雨，浄掃峯已出。式喜鳩唤婦，寧憂月離畢。擔簦彼誰子，蹇步泥没膝。舉頭望天末，一笑失愁疾。應知扶桑東，明朝浴晴日。

漫塘觀雪分韻得遠字

入臘甫自兹，得雪殊不晚。凝寒祛厲氣，積潤滋麥本。清興浩無極，步屐忘足蹇。扣門呼石交，頸縮語猶謇。挾携事登眺，南去還北反。所向游目凝，窘若虎就圈。歸來漫塘上，四望與天遠。蓑重漁舟歸，煙横樵舍飯。稜層敞瑶池，燦爛開瓊苑。玉龍擁寒城，銀海迷疊巘。頗喜漫翁貧，覽富逾北阮。呼兒具杯酌，採掇翻蔬畹。不辭多酌我，自愧飲河鼹。少焉斂夕氛，桂魄争婉娩。翻思造化工，舒卷意難忖。方其陰風壯，一噫萬象偃。聚將藪澤平，散欲天壤混。端疑冰山固，可但拳石狠。及其遂離析，去去不可挽。日月麗太清，草木被餘煖。區分鏡出匣，涣散渠決堰。向來天壤間，了不計增損。呼吸一氣爾，人當解兹悃。恭惟聖明君，憂民中繾綣。方冬祈瑞應，此足慰勤懇。貴瑞不貴多，真宰亦知撙。公等調元手，聖世須補衮。未應事閒曠，崖壑慣棲遯。我智拙於鳩，一枝聊自穩。但喜占豐年，努力務耕墾。

崇禧夜坐以五十三不同爲韻得士字

淮浙千萬山，兹山鍾秀異。山中四時好，雪景更佳耳。危登俯八荒，豈無超詣士。春游眩紅紫，秋賞挹蒼翠。衝寒繚冰崖，問訊世能幾。山神出奇觀，似慰遠來意。漫空飛六花，匝地掩蕪穢。頗疑羣玉府，飄墮人間世。又疑姑射僊，與物洗疵癘。意行輒有得，曠望了無際。便欲呼雲車，御風駕六氣。舉酒酹初平，逍遥聊卒歲。

簡張槃齋以國朝四君子文易南華經

我宋百年間，人物兩漢上。堂堂司馬公，奥學邁舒向。廬陵祖韓孟，首以六經唱。升堂子曾子，功亦孟氏抗。荆舒徇偏見，晚拂天下望。斯文價金玉，表表足相尚。一編誰纂聚，百世得宗匠。晴窗一開卷，璀璨羅萬象。餘功墮毫穎，雲煙起千嶂。老我憂患餘，苦學殊少壯。適越資章甫，篋笥增冗長。之子秀儒林，筆力錦江浪。九原如可作，四子推輩行。殷勤特送似，或可起遺忘。漆園有傲吏，所樂在閒曠。插架有全書，引領祈拜貺。所志逍遥游，不受鵾鵬誑。他年子奮飛，榮問日休暢。濠梁如有意，回首問無恙。

宿雲邊感懷

虚館怯朝寒，幽夢不可續。展轉復展轉，萬感起心曲。世塗嗟枘鑿，親養悲風木。悔往舌噬臍，念來弓擬鵠。悠悠穹壤間，方寸浪馳逐。西山有仙子，胸次湛寒玉。何年白鶴歸，就我雲邊宿。挽衣起凝睇，飛鷗下平緑。

東禪百韻

羣居厭囂煩，兀坐悵離索。動静兩何心，求端徯先覺。張氏好兄弟，同游得先諾。重以臨邛客，雍容出蓮幕。二難秀金枝，高會困酬酢。客來驚醉夢，倒屣出簾箔。符子方下帷，訓子傳家學。湯子方涉筆，詞賦工雕斵。閉門各有適，跫然聞剥啄。錢君丈人行，邂逅同出郭。衝飈翼飛蓋，宿潤沾芒屩。自注：是日皆以裙箑出。山僧迎户外，蕭散出林鶴。升堂忽起敬，先正事超卓。於今國猶活，緊爾盡忠恪。禪房燈火闇，遺像丹青落。惟餘我輩人，往事記其略。緬懷百年後，賢愚一丘貉。風爐催煮茗，胸次澆磊落。開軒一凝睇，偉觀奪巖壑。古木矯龍蛇，藤蘿喧鳥雀。亭亭階前竹，左右森矛矟。老榦欲摩空，稺緑猶含籜。微風度疎欞，萬竅呈笙籥。鼎來聞歌呼，冠帶亦褒博。汝豈陳孟公，四坐為驚愕。禍福寧所知，字晝妄穿鑿。俳優時所拙，掀髯資一噱。山僧如有意，太息事殊昨。衆真擁靈君，昨夢非冥漠。人情良易感，意氣隨飄泊。焉知宋玉賦，浪費屠門嚼。朝雲無定姿，密意終難托。棄置勿重陳，聲色等臭惡。觴行奉壺矢，尚想古樂樂。圍棊對空枰，白日忽飛雹。勢成秦始大，計誤魯日削。將士兒戲爾，迴旋守宮鑰。車馬或殆煩，俘虜原作敵，據王本改到幃幄。張拳合奇偶，奮臂幾攫搏。嘉名襲百子，覆射師方朔。數窮或自蹈，世事真難度。情性漸浩浩，奧義相磨琢。壽夭徵彭殤，小大稽鵬鷽。天高何所懸，地厚何所著。孰怒而雷震，孰笑而電爍。興王悼煢獨，季世慘炮烙。道隆此何幸，道降此何薄。生乎誰汝恩，逝矣誰汝虐。毫釐有必争，司馬振鐃鐲。義正誓不屈，勇士赴鼎鑊。少焉兩忘言，水浄潛鱗灼。行樂未有極，暮霞横日脚。催歸走童隸，欲去仍復却。顧瞻忽有念，鬱悒忘諾謔。鑿井成先志，結甃石鑿鑿。危亭俯逵道，楝宇更旁拓。北牖瞰清渠，西軒粲花藥。借問彼何營，游手事蒲博。荆簪田家婦，羣居勇奔躍。有問不能對，彼豈棄耕穫。似言歲苦饑，貨鬻逮錢鎛。多謝賢令君，惻怛憂民瘼。精誠徹高厚，一雨洗炎熇。種藝貴及時，少稽溝澮涸。丁錢曾幾何，秋苗遺合勺。牌追甚星火，胥吏踰毒蠚。或云勾稽職，久矣廢矩矱。催科苦重疊，受害偏貧弱。丁壯腹難枵，努力重鋤穫。穫字重韻老婦徒跣去，詎敢辭笞掠。暮歸已戴星，晨出雞喔喔。疾行君勿嗤，寸步千里邈。吾聞古哲王，重本抑末作。豈其倚市門，餘財暨丹雘。而此力田民，往往困椎剥。令君誠昭昭，忠告期諤諤。念此久忘歸，露濡襟袖渥。餘香來佛殿，幽響動簷鐸。空庭炳雙燭，木末翻烏鵲。清興浩無涯，洗盞復更酌。殘盃屏督郵，珍送來絲絡。茲懽誠有餘，茲會歎難數。别駕人中仙，精爽排秋鶚。六年脱曹尉，緹車佐方嶽。少須尺一詔，歸持紫荷橐。堂堂蒲圻掾，少學鄙衛霍。棲遲綰黄綬，百鍊斂鋒鍔。踞鞍尚堪行，投筆清河洛。含山控邊陲，壯志方蹻蹻。逝將策殊勳，恩光輝棣萼。粹然六君子，總抱荆山璞。或登賢能書，拏雲出頭角。或游王侯間，健筆驅蛟鱷。或欲振家聲，塵言束高閣。行矣拔連茹，大廷副親擢。誰其戀鄉邑，株守甘齷齪。惟予與世違，自分同尺蠖。他時一樽酒，重赴山僧約。

和丹陽徐文度令君

微生嘆數奇，衰疾久見面。遥聞鄉大夫，今日潘懷縣。列宿羅胸中，可但書萬卷。撫字究衷曲，誅求無俗見。已多鍾子知，且上北海薦。顧以疾自歉，往見身如絆。緬想滄浪臺，吏退足清燕。詩壇建旗鼓，來往紛俊彦。未修維梓敬，徒起臨淵羨。邂逅得披承，英風起衰懦。靦顔謝不敏，多言幾誕謾。歸來飭泓穎，秋暑尚嚴憚。居然得新詩，大篇驚趣辦。瑟縮綴苦語，緘題寄回便。何當重扣門，一奏白石粲。

送友人歸茅山

袞袞三茅峯，秀出雲雨上。疑有避世士，卜築便幽曠。菊英當朝餐，蘭佩拂千障。我行未之見，徘徊幾惆悵。子居山之西，昔聞今見之。厭和下里曲，浩歌商山芝。山林久寂寥，遲子相發揮。間關整車軸，萬里端自兹。特苗天所抓，念此令人悲。毋為舍靈龜，旁觀時朵頤。

因石令君不矜行有感成古詩一章呈丞尉二丈不知退之亦肯效孟郊樊宗師以文滑稽否

絶代有佳人，潔齊處深宫。組織成文章，黼黻可帝躬。蘭菊媚幽姿，桃李自春風。出門非所識，所識非所從。婉孌彼誰女，剪製了不工。膏沐倚市門，苟為悦己容。顧盼若有得，芻雉靡不同。出門惟所之，諸笑繚西東。寄語道傍人，取舍須至公。榮華一時耳，禮義百年中。

和李果州道傳同遊茅山贈

我家荆溪東，矮屋八九間。石田人不耕，自占水一灣。十年去城市，樂此清晝閒。飽聞西州英，奥學窺孔顔。見賢豈無時，冰開水潺潺。揭來潔齊俟，一語開冥頑。錦機神所祕，啟示不吾慳。追隨妙高臺，勇往不作艱。蹇步驅茀前，逸駕杳難攀。惆悵默無言，詩卷慚空還。三茅在何許，天末聳髻鬟。勝處不可窮，老我嘗窺斑。幽人去不歸，夜鶴守松關。夫君金玉姿，秀氣超人寰。興來得同遊，句就知難删。應同太史筆，有副藏名山。

喜客泉

物我未忘情，無情惟止水。底事山中泉，客來如有喜。悠然鏡面平，倏爾魚眼生。少焉開笑面，似與客逢迎。客喜泉豈知，泉笑客何有。邂逅深山中，聊結無情友。

夜夢續句

乙丑四月四夜，夢中得句云昏旦視生死，又云不種桃與李。覺坐而思，豈吾壽不延歟。因就枕上足而成詩，既以自悟，亦以自遣云。

大化賦羣有，脩短亦天只。彭殤誰得失，鵬鷃均適己。我今識其然，昏旦視生死。青青竹籬下，不種桃與李。老薺怙春柔，叢蒿薦芳旨。耘耡藉人力，四時自終始。屬饜幸朝夕，過計胡為爾。勿笑趙孟偷，甚矣吾衰矣。

喜雨柬權邑蔡丞

高槐障午暑，巨竹摇清風。中郎百世英，一官此從容。心事付盟鷗，年光占候蟲。客來欲有言，一笑撫雙松。曰余不負丞，哦詩有新工。天意亦憐才，要施及物功。適此歲薦饑，旱氣日蘊隆。雨應長官祈，猶未周四封。鴈鶩抱文書，朋來立庭中。公曰旱既甚，此理貴感通。潔齊走羣望，精意格蒼穹。西山殷其雷，萬疊聳雲峯。南湖飛霹靂，彷彿追蛟龍。斯須天壤間，萬象俱晦蒙。飛湍連日夜，一洗旱魃空。樹藝走丁壯，讙呼沸兒童。歲功已權輿，餘閒清鮨篇。行歌何所云，丞哉寧負公。

代柬寄當塗大夫王去非

聞道王明府，仁聲已四傳。催科能不擾，賦入自爭先。理到頑民服，仁漸黠吏悛。俊良搜士類，疾苦訪氓編。義役頒成制，巫風變昔年。已聞銷珥筆，直欲弛蒲鞭。未可徒寬治，還疑執德偏。碧雲江外合，愛助正拳拳。

謝諸友移具游德及亭

老去疎文會，朋來愜素心。結廬慚遠引，挈榼荷親臨。反旆孤成約，臨池得勝尋。鳥飛青嶂遠，魚戲碧波深。揮麈荷香度，開樽柳色侵。已欣年洊稔，猶冀雨為霖。學道心無得，為農力不任。每因情款款，常恐歲駸駸。坐久便徐步，觴頻怯滿斟。非因苦衰疾，豈憚豁煩襟。羈旅忘家食，辛勤念子衿。範模資伯父，燈火惜分陰。一第均兒戲，微言久陸沈。簞瓢誠有味，山水會知音。子事增吾感，吾言豈子箴。他年黃鵠舉，莫忘候蟲吟。

送李秀嵓歸蜀

平生秀嵓翁，嘉遯輕朝衣。聖世重特招，趣駕不容違。我豈匏瓜哉，先聖固所睎。長江一萬里，舟行疾如飛。東南盛人物，十九飫甘肥。頗藉子公力，寧知伯玉非。秀嵓曰異哉，我本起布韋。豈比淮之水，東下雜於泗。論奏了不阿，正直鬼神依。讒言嗟止棘，曰歸詠采薇。歲晏江濤平，雨雪從霏微。懸知到家日，花竹遶山扉。

趣劉倅聖與建第

鷦鷯巢枝寬，大鵬溟海窄。不齊物之情，大小貴安宅。一區揚子雲，衡宇陶彭澤。何妨輪鞅稀，所憎塵市迫。吾宗携家來，寒暑已屢革。寓舍得賈區，開門即廣陌。四鄰共壁立，而無藩牆隔。晝通燔炙芬，夜悉笑語啞。釁至窘賓朋，雨立愧臧獲。傳聞三徑地，經始得長策。良材蔽川下，賤售非難索。露廩發陳積，香飯流匙白。羣工闖户外，拱手聽規畫。願速大厦成，却展摶風翮。

送胡伯量

我本山澤人，飄然如野鶴。夫君九皐來，氣類頗相若。相逢宿不再，別去天一角。君從浮丘游，度世得良藥。渴飲瑶池水，饑向芝田啄。引脰試一鳴，羣僊相唯諾。嗟余侶鷗鷺，迴翔一丘壑。刺天見羣飛，老氣鼓不作。客來傳好音，重會欣有約。追隨忽幾月，至哉天下樂。亦知僊凡異，所向終落落。分飛又玆始，後會杳難度。歸從浮丘侶，為我試商略。雖愧毛骨凡，頗亦志念慤。願乞刀圭劑，一洗性昏濁。從君清都游，共聽鈞天樂。

次聖與小兒啖虎脯篇

折臂最小兒，骨聳頞微廣。弗説螺螄小，可以吞大象。那敢謂其然，且幸日稍長。顧似陶家郎，智識殊不爽。强令侍師席，跳踉繞函丈。胡能辨滋味，舍魚取熊掌。但見蔬菓列，攫取如技癢。嘉餽得虎臠，新獵出林莽。對之懶下箸，殺氣猶可想。呼兒食之既，睥睨尚來往。饕餮我所羞，跌蕩或稱賞。服猛豈渠能，過獎謝吾黨。深慚如敝帚，有誤千金享。

走筆謝王去非遺餽江鱭

環坐正無悰，駢頭得嘉餽。鮮明訝銀尺，廉纖非蠆尾。肩聳乍驚雷，腮紅新出水。芼以薑桂椒，未熟香浮鼻。河魨愧有毒，江鱸慚寡味。更咨座上客，送歸煩玉指。飣餖雜青紅，百巧出刀匕。翩翩鶴來翔，粲粲花呈媚。頗疑壺中景，髣髴具盤底。又疑三神山，幻化出人世。更於屬饜餘，想像無窮意。知君束裝冗，不敢折簡致。厚賜何可忘，因筆聊舉似。

再韻爲鱭鱠虎蠏解嘲

多病早休官，自是臺無餽。東門享鶢鶋，寧若龜曳尾。有酒可斟酌，有力給薪水。朗詠淵明詩，如斲郢人鼻。所期免朝饑，敢幸嘗異味。大㦸來隣邑，細縷出纖指。一見喜折屐，三思食失匕。珍非我可常，鼂非吾敢媚。胡可狥口腹，有若囊無底。諸君有用學，土苴足經世。龍肝與鳳髓，何求不適意。此豈費萬錢，正自不難致。貴賤理則殊，氣味固相似。

次劉聖與遊土山韻

巨浸邑東南，西北起培塿。意恐七澤翻，遺此鎮其後。我來雪霜降，陽和開歲首。平波十萬頃，如鏡照妍醜。尚想雷霆擊，水立蛟龍走。微此一抔土，羣生魚鱉久。山人豈解此，采掇競薪槱。自注：是日有爭採薪者。飛香識早梅，柴門深處有。攀條情正濃，催歸回鷁首。幽懷殊未愜，陶寫賴詩友。春事甫權輿，重來多載酒。會有不速客，帶索老榮叟。

分韻送王去非之官山陰得再字

達官須親民，未竟法應再。昔君治姑孰，報政甫初載。桃李春正華，風木養不待。至今田里間，往往誦遺愛。薦章交公車，夷塗了無礙。自詭更治民，得邑仍勇退。坐看積薪上，笑謝及瓜代。赤縣官山陰，銅章喜重佩。平湖帶城郭，崇山鎮溟海。道中勤顧接，何者非勝槩。鶩池湛清漣，蘭亭霏翠靄。溪流西走剡，夜雪曾訪戴。此地君故家，舊游詳往載。公餘信足樂，俗敝良可慨。盜販人鬭狠，淫祀家禳禬。緩縱固不可，激之或生害。行之苟失中，上下交怨懟。厥田惟中中，厥賦上上倍。臺府相鼎立，征求常意外。稽違速譴呵，抑絶虞冒昧。犴獄當盡心，夜寄或百輩。去來不敢詰，猶豫即招悔。譁徒陷平民，更欲脱有辠。朝方得其情，莫祈當路改。過客紛如織，刺口説行在。丐求小不愜，百計工組繢。我知夫子心，此去專勢來。豈其懾聲勢，左盼而右睞。然須處心平，更須臨事耐。勿恃事理直，抗論多慷慨。勿謂氣類同，不虞趨嚮背。先入勿偏聽，未信勿忠誨。小遲歲月間，足致治平最。庶策三載勳，亟應千齡會。

送王深道歸黄巖雲霞居并簡李微之周子靖吴毅夫蔣良貴

之子雲霞居，地隔千萬山。三年三過我，一見一開顔。袖出西游編，字字破天慳。可憐東門亨，不及海上閒。後會不可期，天步方艱難。贈别可無言，鳥倦宜知還。白髮暮倚閭，山空水潺潺。道逢兩倫魁，風采照人寰。出處各有適，爲問二者間。李周兩太史，筆削凛二班。爲問静中得，何方濟時艱。老我疾病餘，瘋憂涕空潸。回鴈可寄書，勿諉殆且煩。

贈江西吴定夫

定夫江海士，瘦骨如臞仙。翩然及吾門，不假左右先。我方厭塵埃，一笑喜相延。肩懸兩破囊，既見始解纏。我欲具杯酒，割雞烹小鮮。自言乃長齋，不受世葷羶。少休入西山，幽尋徧崖顛。山空四無人，白眼問青天。洞口得老翁，守死易一編。高談慰寂寞，其然豈其然。去去不忍別，解衣示勤拳。及歸已彌旬，為我少留連。道逢一病媼，背僂兩足攣。津頭見羈旅，數口依敗船。料理窮晨昏，奔走環市廛。足攣不良行，結廬倚牆垣。船敗不可航，買舟捐萬錢。為慮極靡密，要使終安全。詰旦擬東還，既夕重周旋。嗟子塵外客，而結區中緣。吾衰不能爾，愧汗與涕漣。或疑破囊中，探用若流泉。子豈費長房，一壺掛簷前。或疑瞿曇老，濟世法無邊。勸君為此來，昏頑警沈綿。君師魯東家，一說當捨旃。理一而分殊，先儒有遺言。君歸更商略，書來慰殘年。

送潘兄謁李弘齋

我欲遊廬山，江長水茫茫。我欲謁弘齋，老去力不遑。羨子勇決策，去若飛鴻翔。及登夫子門，必升夫子堂。想見七十翁，神清氣揚揚。客來語時事，慷慨激中腸。客去竟無言，高歌詠虞唐。子行當寄書，欲言浩難量。問我今何為，為言老農桑。論交四十年，會短別苦長。至今風雨夜，晤語思對床。所幸天壤間，日月同輝光。何妨一寸心，千里遥相望。小蟹有益友，勁氣摩穹蒼。及其即之温，百卉粲朝陽。特苗天所扤，雙鳥鳴相將。閩嶠幾時歸，猿鶴久悲涼。憑將一語寄，毋使三徑荒。

吴門道歸書懷

投閒三十年，日與木石俱。暮景際休明，搜羅逮樵漁。洪造賜甄收，羣公交薦書。殷勤奉明詔，婉孌辭田廬。一寒不自揣，五窮暗揶揄。行行步京畿，迎勞多軒車。眼青見故人，皆歎此老臞。形容不自惜，奈此氣昏愚。席間迷舊識，筆底誤新書。十目所共睹，一語良非虛。戇昧知止戒，不反田園居。去去入脩門，蹇步接天衢。深虞昡聞見，狂易滋發舒。籲天寫真情，浩歌賦歸歟。

贈九華程兄

君家九華山，山翠常在目。雞犬聲相聞，山腰幾隣曲。本固枝葉蕃，無若君之族。當年紫橐翁，一念要親睦。俸餘不自有，買田徧谿谷。計口給之食，昏旦常陸續。吉凶更資助，常王本作當使有餘畜。只今大江南，盛事君家獨。君歸廣此意，勝處新卜築。周遭植名花，中間敞家塾。少長驅之學，毋間親疏屬。庶幾子又孫，更衍無窮福。亦使紫橐翁，百世流清馥。

以上《漫塘集》卷三

劉宰四

送王穎叔分教山陽

向來肉食昧遠謀，坐談欲復千古讎。良平不逐勝詭游，毛錐竟作書生羞。楚山蒼蒼楚水流，甲光向日金鱗稠。酒闌一笑看吴鈎，將軍意氣傾九州。先生身短智則脩，百鍊可使繞指柔。安邊端藉帷幄籌，泮宫還獻馘與囚。英聲南來動冕旒，貂蟬未必生兜鍪。

再韻謝和章之辱

老人抱甕真拙謀，五利多方無一讎。嗟予老矣盍倦游，犢鼻豈恤王孫羞。舍西白鳥湛清流，舍東古木鳴蟬稠。晚風徐來月一鈎，從渠飛鳶墮炎州。君門有詔道阻脩，饑來聊復擷芳柔。諸君行矣攄良籌，鍾儀不慮南冠囚。野人何自瞻前旒，所願邊封脱兜鍪。

再用韻呈同席者

由來道同相為謀，利交始合終相讎。灌竇空如父子游，耳餘莫刷千古羞。𦣻張不與俗同流，常棣相輝華萼稠。侯生得句魚上鈎，句法不減韋蘇州。王子簡古師穆脩，時亦枯枝蔓新柔。坐談不知改更籌，絶勝雙鳥各處囚。可能無策上凝旒，夕烽猶照萬兜鍪。

舟過横塘有感

平波淺草横塘路，曾挽扁舟衝急雨。朱顔緑鬢氣崔嵬，欲斥九關揮玉女。萬古功名付汗青，九天光寵生門户。邯鄲一夢兩周星，霜壓孤蓬日始晴。風樹不停身已老，病容衰鬢鬼猶驚。東烏西兔自昏曉，北來南征幾時了。海上欲覓安期瓜，山間却值孫登笑。澤畔殷勤訊漁父，掉頭不言吾已悟。蚤求富貴晚長年，老少不同均計誤。連年旱魃失祈禳，人肝不厭犬豕腸。今年稻肥家有酒，萬事且付無何有。

代賦三十韻呈李果州 時游茅山

退之抗表出潮陽，高風萬世為美談。衡開雲氣偶然爾，浪占顯晦吾所慚。皇華使者課第一，詔歸臺省陪朝參。獻疏豈止一痛哭，引去自言七不堪。留行隱几卧不應，一麾出守天西南。利名百念已灰冷，掃除不盡山水貪。行遍金焦到茅阜，知有佳處須窮探。春花秋葉事已過，惟有山髮呈鬔鬖。山神頗亦愧岑寂，夜奏萬谷笙鐘酣。起看瓊樹繞琳宇，更馳玉馬無停驂。子猷好事古無比，雪中求王本作來往固所諳。青鞋直上最高頂，天風縹緲吹楩楠。兩峯相對如拱立，上公袞冕朝子男。羣山斂退就平地，滅没不見如紀譚。巨浸東連大洋海，浩蕩直與天涯涵。却顧淮源赤山下，自注：赤山湖，舊淮源。僅若覆水盈甃甔。久留不奈景清絶，山腰下轉臨深潭。客來客去泉自湧，可能喜笑静中含。嵌崖往往記遺蹟，舊雨剥蝕苔蘚毿。客懷感此重太息，學仙便欲老石龕。癡狂正復自譏笑，曠望聊爾依精藍。元符舊事不可問，翠微傑觀猶耽耽。有田連阡不輸税，飽食豈計皇恩覃。渠儂不知游子恨，寶鑰屢啟彫龍函。留連信宿苦未厭，一笑相屬樂且湛。龐眉道士庸中佼，成書自許窺老聃。扣門有問不得吐，退自包裹如春蠶。髯李於書頗涉獵，醫卜並試仍多婪。提携瓶酒味苦短，黄獨屢薦山肴甘。坐談袞袞不知曉，林杪忽送鐘聲韽。人生離别易感愴，況我垂白今毿毿。明朝日出山下路，宿雲散盡開晴嵐。君歸千騎圍晝錦，我留古木繚茅庵。期君再整沖天翼，老我甘作書中蟫。

畏雨不出簡張端袤昆仲符伯壽諸兄

我居市北子市南，中間萬口喧春蠶。子來自南我自北，繚繞東西厭匍匐。塊坐不言中有得，谷鳥一聲驚晝息。翻然却念友多聞，獨有君家好弟昆。嘯軒團團朝至昏，古往今來入討論。興來握手眇乾坤，一鼓平沙萬馬奔。隔牆更唤符夫子，青眼相看忘汝爾。金丸屢墮銅壺冰，欲竟書囊了無底。不辭勇往問荀陳，脩竹亭前一欠伸。朝來好語聞行人，老龍駕雨上天津。

速陳李二居士還茅山

陳居士不甘世味，而以醫受知於石大夫。李居士不受世事，而以棋見遇於杜通直，通直時就養尉廨。乙亥夏，皆來金壇。漫塘叟恐孤林壑之望，為賦此詩以速其行。

髯李魁然玉抱璞，淡陳蕭散出林鶴。華陽洞口笑相逢，天風自奏鈞天樂。飛雲出岫本無心，大隱不必皆山林。朱絃自振山水音，王喬梅福古猶今。君不見洛之南涯溫生北涯石，明月灘頭弄澄碧。河陽御史一張羅，曉猿自掩松關寂。久旱得雨方一犁，山南種豆猶其時。山僮倚擔遲君歸，語君雨過黃獨肥，亦有晚筍穿疏籬。急歸燒筍煮黃獨，北山移文可無續。

喜西崗橋成并書邦美東西橋記後

西崗水與洮湖通，脩梁自昔横西東。百年興廢人不同，誰其記者竹庵翁。喜君架木續前功，朝曦夕照明垂虹。地脈不斷和氣鍾，紓朱曳紫還家風。邂逅歸來一畝宫，幽花野草迷青紅。躬耕會有年穀豐，笑詠五柳卑揚雄。可但日高花影重，羅帷醉起酣笙鐘。

和劉聖與顧龍山約客韻

詩筒四出走中涓，詩句萬選如青錢。曰余借舟期七賢，共嗅梅花咀芳鮮。津頭幾度喚長年，晝眠乃若經笥邊。舉頭急雪風中旋，瞪視不見山之巔。八窗玲瓏繡佛前，同來且結西方緣。小軒宛若壺中天，玉琴不斷雨聲傳。諸君再宿余敢慫，從君索句發春妍。

寄和趙章泉

章泉先生虎豹章，餘子駭逐狐兔藏。少陵遊不返衡湘，孤吟風月老林塘。鴽鶩不送我置傍，悵望空勞水一方。廣文別日天未霜，殷勤寄音示無忘。新詩寫作鴻鴈行，憐我病骨猶嵇康。續貂聊復寄歸航，宮牆百雉如金湯。登門歲月知何當，江湖極目煙波滄。

寄呈王浩翁府判

天下江山推第一，多景名樓信端的。君家正占多景前，第一風光環燕席。梁邑歸來縣債了，騂騮得路乾坤小。錦衣聊復效晝游，户庭鬱葱佳氣繞。手栽松菊成三徑，更敞軒楹臨緑沼。客來寧厭馬喧櫪，夜宴不知雞戒曉。辟書閴又上公車，連帥親題仲舉輿。只今淮上未安集，二廣南望猶睢盱。原作烽火夜照雲模糊，據萬曆本、王本改要知兩淮須保障，保障一撤長江孤。邊臣之慮不及此，但知椎剥供苞苴。紅女去機農釋耒，荆榛滿野號鼪鼯。君官其間踰十載，洞識本末知盈虚。願君亟分刺史符，稍回和氣還邊隅。盡收徂詐原作民户，據萬曆本、王本改入赤籍，有功必賞罪必誅。招來耕桑徧隴畝，撫摩一意淪肌膚。人知親上死其長，荷戈不憚供前驅。閫如當道卧於菟，犬羊原作麋鹿，據萬曆本、王本改遯走寧復餘。更歸未用師黄石，且侍玉皇香案側。不惟文武見全才，要與清朝分淑慝。

送魏華甫侍郎謫靖州

靖州風物最五溪，畬田歲入人不饑，淘沙得金遨以嬉。瘴煙不逐嶺雲西，六花瑞臘春臺熙，尤便逐客過往稀。理亂黜陟了不知，夫子豈欲居九夷，要尊主勢扶時危。有言不用時我違，翻然不受好爵縻，向來鄉行誰可睎。平生易名慕者誰，蘇陳凛凛百世師，畏塗萬折甘如飴。求仁得仁固其宜，大明當天照隱微，直前一疏可忘之。江湖後會端有期，暗香微動寒梅枝，臨别不用長嗟咨。

送王常博萬歸蜀

東溟之水浩無窮，蜀江滚滚來朝宗。聖神天子坐法宫，日月所照梯航通。君才當代相如雄，雲煙落紙聲摩空。西來闡教臨辟雍，冠帶濟濟如雲從。力排黨論開至公，鳳鳴駭矚朝陽桐。太常正徯肅臣工，歸舟却泝蜀江風。蜀天萬里車書同，不應一士無留中。篙師捩柁毋匆匆，趣回有詔紫泥封。

奉送符伯壽尉太平

一年三伏秋後前，大火更借炎官權。竹林杖屨北窗眠，君方陸走水行船。君言半世苦迍邅，一官遲次安且便。瓜時驟及非偶然，今我不往人争先。交承久宦思田園，側身東望心悁悁。民情厭舊期改絃，今我不往人煩冤。左符再下催行軒，欲挽君留胡得焉。君才明敏性静專，天府四舉賢書連。民淳不假綵棒懸，定知學子來差肩。酌君薦藕侑新蓮，青白不受汙塗遷。贈君以筆并吴牋，官閒鐵硯勤磨研。敬亭山下有腥仙，耕雲釣雪老林泉。瘝痌預欲知民編，少屈從之古道邊。長官報政將朝天，集英唱第吾同年。臚欲因君寄短篇，有言不盡中勸拳。相逢一笑開初筵，為説故人今白顛。

題解生山水圖

長江之水西南來，江北江南圖畫開。君從何處得此景，錦帆似泛長江回。槎牙老樹連荒島，兩兩人家出林杪。鷗飛欲下洲渚寬，雲横不斷關山杳。圖窮雙嶼金焦峙，仙宮縹緲浮寒水。桅樓掠轉吴波平，閶闔中天日月明。

玉糝羊歌

華陽洞口玉糝羊，世人傳得神人方。雪團入口桂椒香，能令老者壽而康。瑶池玉佩正丁當，箬包聊薦九霞觴。世言神仙不鮮食，初平山中果何物。桃源更有避秦人，割雞為黍迎來賓。

石翁姥

采石江頭風晝息，掀天雪浪平如席。沿崖小泊客心寬，攀蘿曾看望夫石。天涯望斷人不歸，露寒猶想淚霑衣。争似石翁携石姥，年年對峙夾岡道。人歸人去我何心，雨沐風餐人自老。比翼鳥，連理枝。年多物化徒爾為，長生殿裏知不知。

送趙居父入淮東漕幕

儀真在昔發運司，承平舊事猶可稽。歲漕東南六百萬石米，自淮入汴趨京師。周原六轡光陸離，建臺想像因遺基。水浮陸走舟車馳，萬曆本、王本作凑轉輸十九資殘寇。原作邊餉糜，據萬曆本、王本改古今事異吁可悲，民力已困國不支。長才入幕宜深思，皇華使者須良規。

雅去鵲來篇

昨日雅鳴繞庭樹，道上行人色驚懼。試呼行者問如何，身為户長催殘税。税殘自昔稱難理，三年尤非四年比。加之逐保有逃户，每一申明官長怒。人逃信矣田不逃，其奈逃田不知處。厥初經界失區畫，比近立租相什伯。大家置産錢欲輕，小家鬻産價欲增。上田只割下田賦，賦存田盡因逃去。或因土瘠遂流移，歲久田侵人不知。更有鄉胥迫科抑，多推少割隨胸臆。民愚而神難盡欺，往往增入逃户籍。以兹逃户日增多，户長蚩蚩奈若何。向來差役多輕重，户長之中中産衆。比來里正多義役，各欲供須有全力。搜羅中産無孑遺，户長人人家四壁。官司禱雨徧明神，施行寬政蠲房緡。房緡僅可寬游手，那得實惠霑農民。千錢代輸猶可出，今日方輸又明日。父兮母兮叫不聞，遺體鞭笞同木石。日日雅鳴期會到，血洒公庭深不掃。遂令着處聽雅鳴，魂飛魄散心如擣。和氣致祥乖致異，已甘旱魃來為祟。忽驚雅散鵲交飛，高枝報喜仍低枝。萬口懽呼聲動地，府今盡放三年稅。曳鈴走卒天上來，立張大牓當衢市。黠胥駭愕頓兩足，户長仰天攢十指。瘡痍未愈失呻吟，感激過深仍涕淚。又説新租亦寬限，四年舊欠寧不爾。亦知經賦難追責，少紓庶可容催索。使君從善真如流，仁人之言為慮周。畫諾一時良易易，幾人共拜更生賜。人意會同天意感，急足未回時雨至。始知此術勝祈禳，開闔陰陽俄頃耳。何妨甘澤尚愆期，我作此詩禱告之。象龍可仆蜥蜴縱，蛟龍自起霹靂隨。謂予不信難强語，請驗吾邦今日雨。詩成欲謝更有祈，新租輸送此其時。分科本色歸上户，細民勿使折納遲。四年逃閣尚充數，積弊那能倉卒去。且應除豁見真的，孰恃强梁敢逋負。若然民病八九瘳，閒暇何妨版籍修。推排得人弊可見，逃租十失五可收。更令義役廣前制，户長里胥同一體。庶幾二役適均平，不使貧民偏受敝。豈惟澍雨快一朝，縱有凶年皆樂歲。報喜不惟乾鵲噪，丈人屋上烏亦好。

秋日題儀真寓廨時秩滿俟代

非崖非巔，壁立蒼然。野花炯炯媚朝日，樛木繚繞棲寒煙。歸乎歸乎，幽深此便。居乎居乎，市聲晝喧。

紛去住於吾心，定取舍於吾言。竹色一軒秋雨後，荷花十里晚風前。錦城不似還家樂，獨立津頭欲問船。

野犬行 嘉定己巳作

野有犬，林有烏。犬餓得食聲咿嗚，烏驅不去尾畢逋。田舍無煙人跡疎，我欲言之涕淚俱。村南村北衢路隅，妻喚不省哭者夫，父氣欲絶孤兒扶。夜半夫死兒亦殂，屍横路隅一縷無。烏啄眼，犬銜鬚，身上那有全肌膚。叫呼伍伯煩里閭，淺土元不蓋頭顱。過者且勿嘆，聞者且莫吁。生必有死數莫踰，饑凍而死非幸歟。君不見荒祠之中荆棘裹，臠割不知誰氏子。蒼天蒼天叫不聞，應羡道旁饑凍死。

猛虎行

市有虎，毋妄言。當闕虎士森戈鋋，市上一呼人駕肩。虎雖猛，那得前。市有虎，言非妄。君不見左馮諸邑天下壯。斧斤聲斷林壑空，猛虎通衢恣來往。食人肉，飲人血，沈痛積冤何可説。凝香堂上紫煙浮，風流太守憂民憂。一朝下令開信賞，藉皮枕骨彌山丘。虎已滅，人患絶，夜永猶聞泣幽咽。泰山之側如可居，子後夫前甘死别。

病鶴吟上黄尚書 度并序

伏聞課長淮綏靖之績，陞西清次對之班。爰按彝章，當舉自代，以某備數。切惟此舉前輩所重，如韓文公之於錢徽，歐陽文忠公之於吕公著，皆其名位已高，才望素孚，故聞者不疑，受者不愧。如某幺麽，加以不可療之疾，分甘屏處，忽冒公舉，豈惟駭聽，上玷師門，抑與漫浪之迹不相似。然昔唐張司業受東平之辟，而愧其不就，賦《節婦吟》以謝，好事者至今傳之。某才固不敢望司業，而受舉不能報，與之畧同。用敢擬《節婦吟》之作，賦《病鶴吟》寄上。

五湖浩蕩平沙暖，病鶴摧頹翅翎短。萬里空懷宿昔心，忘機已結沙鷗伴。華表飛來遼海仙，人間嘉會恰千年。一聲嘹唳九關傳，虎豹辟易不敢前。盡推同類遊鈞天，浮丘王喬相後先。縹緲遺音墮雲際，應念沙頭苦憔悴。欲令弱羽更軒昂，共駕飛廉騎六炁。瑶池飲，芝田戲，五湖回首皆塵世。菰米熟，藕花鮮，五湖秋色正相便。寄聲青鳥謝勤拳，摧頹病鶴那能然。

吴子隆兼隱齋歌

前驅十里旌旗紅，後騎蹀躞如游龍。綺窗阿閣最深處，歸來燕坐團香風。不如理掾吴夫子，岸幘高吟酒一中。嵩少山頭渭水邊，耕雲釣月老林泉。巢由不生沮溺死，魚蝦麋鹿俱忘年。不如理掾吴夫子，安閒寄傲庭西偏。富貴誠可樂，幽棲端足尚。牽黄復出上蔡門，李斯悔殺為秦相。介推有母須求禄，不應決意歸綿上。吴夫子，聽我歌。當朝劍佩冠峩峩，趨營未免傷天和。古來隱者亦已多，潔身亂倫如彼何。君今非仕亦非隱，京塵不染白玉珂。青衫從事今十載，萬事忘懷真實在。但令堂上笑平反，豈計庭前羅翠黛。是中不減山中樂，底用青鞋游物外。吴夫子，吾所敬。兼隱名齋足相稱，誰其尸之勾漏令。

傲將軍歌贈周叔子馬帥

君不見細柳將軍專號令，壁門不受天子命。又不見隆中將畧天下奇，屈致不可就見之。丈夫意氣類如此，達則守官窮守己。齋壇未築國士去，軍令已申美人死。王翦定須六十萬，李牧必遵前日軌。掃門求見齊舍人，魏勃妄庸何足使。武皇踞厠對衛青，淮南君臣暗歡喜。寥寥古道不復見，後來捷徑何紛紛。炙手儻可熱，舐痔未為勤。金珠要結徧奴隸，鈇鉞倒置由他人。傲將軍，今無矣。杜預苞苴通貴近，裴度浮沉聊卒歲。兩賢屹立尚如斯，噲等區區焉足計。傲將軍，今有之，我得見之喜可知。行年六十未為老，三衙致位官非卑。毛錐子，毋我欺。妙年手折桂林枝，長鎗大劍爾胡為。十載安邊功，書遍太常旗。

周宣方歌境土復，吉甫已賦明哲詩。詔書星斗爛，駟騎風雷馳。平生許國心，日莫恐倒施。皂囊九扣閽，山立志不移。時携一樽酒，山水自娛嬉。傲將軍，誰與同。子真已去吴門市，杜陵不見天隨翁。賴有倜儻朱，杖屨時相從。虎丘山頭弄明月，姑蘇臺上吟清風。為樂良有極，大義終無窮。謹勿扁舟載西子，有時獵渭占非熊。

代同游者賦宿雲軒呈李果州

君不見流金鑠石氣如焚，巫祝並禱天不聞。霶霈一雨洗乾坤，膚寸而合山中雲。又不見疾雷破山風助勢，八表同昏天地閉。峯頭一抹斂歸雲，赫日當空鬼神避。秖今歲杪雪霜餘，得向巖前自卷舒。等閒且伴幽人宿，明日春回須雨足。

送趙玉甫赴穿山鹽場 時又有池陽辟命

辟書朝東來，海上便擬尋蓬萊，坐令斥鹵皆春臺。辟書暮西至，頒春又擬陪千騎，江水江花盡和氣。浮屠將就要合尖，洊雷喚起蟄中潛，東西惟命夫何嫌。諸么争令出門下，意豈專為一日雅。君姿秀整氣清遒，露華凝曉月澄秋。胸中武庫森戈矛，筆下倒瀉三峽流。甘泉持橐侍凝旒，青氊舊物唾手收。幡然正應側席求，東行西行寧久留。祖帳馳華軒，嗟余守環堵。贈言古有證，臨分敢無語。紛紛曳紫腰黄金，儼然望之真天人。萬世在其後，念之徒酸辛。富貴誠可樂，名義吁可畏。此意儻無忘，鴈來頻寄字。

觀瀑布圖

仰觀山糢糊，俯視山歷歷。見卑不見高，此恨通今昔。觀者笑且言，畫手非用力。安知畫工心獨苦，世上悠悠幾人識。君看白練飛，杳不見來跡。疑從九霄中，直下恣噴激。六月天無風，大暑鑠金石。此景獨清涼，飛雪灑石壁。此豈銀河翻，餘派墮空碧。抑豈龍門決，洪波注八極。方知畫者心，不止存目擊。山上更有山，去天不盈尺。丹崖與翠巘，羣仙所游息。煙雲不可到，日星在几席。甘露被草木，醴泉出巖隙。流落人間者，萬派祇餘瀝。知畫豈予能，因畫重悽惻。聖賢言外意，未可紙上得。所以說詩者，要在以意逆。安得畫外觀山人，共向書中探端的。

贈芮醫

乳母夜深紉故衣，針墮兒側姥不知。兒膚受針口啼哭，展轉無眠針入肉。明日啼聲甚夜來，問兒疾苦誰能猜。拊摩忽到傷針處，兒啼欲絕姥方悟。醫師睨視了無策，鄰母驚嗟悉來覩。羣兒竊聽聞，肩竦毛髮豎。芮生昂然來，自言醫此屢。探懷出良藥，布指揣針路。斯須穎脫出，肌理自如故。嗟哉此神術，小試輒如許。我聞在昔陳留市，刀鑷工中人避世。至今山谷後山詩，明月夜光光照地。又聞宋人有藥手不龜，世世澼絖無贏貲。客得其方說吳主，大敗越師因胙土。方今北境猶多虞，萬金良藥時所須，汝胡不往此踟蹰。芮生莞爾笑，倖利吾所誚。喟彼陳留翁，異世或同調。

天馬歌書劉漕彌正子淮海秋思詩藁後

貳師城空渥洼涸，百年徒費秦川榷。眼明見此玉花驄，畫工如山筆難貌。朔風號，朔雪舞，交河水冰連后土。一聲嘶入玉門關，掣斷陰雲日當午。超八駿，友六龍。天人一笑和鸞雍，駑駘百萬那能從。

賽龍謠寄陳倅校書模兼呈黃堂

重光協洽之歲夏四月，朱方不雨川源竭。田家汲井灌新秧，綆短瓶羸汗流血。太守憂民一念深，欲決銀河起伏陰。彌月驅馳徧羣祀，雲捲碧霄呈象緯。聞說南洲有蟄龍，百年水旱資神功。民言直徹九天上，絲綸屢下恩光重。來往瞻言三百里，别乘親行古無此。潔蠲牢醴薦芬馨，願借英靈一瓢水。瓢水英靈亦何在，精誠自與神明會。炎官叱馭正當空，豐隆已駕隨飛蓋。歸軒暮扣古城闉，霈澤朝均千里外。秧田得雨變青青，麥田流水迷溝塍。擊壤歡呼紛老稚，慚愧今年又豐歲。典衣沽酒賽神龍，一飽權輿神所賜。神龍肸蠁意已傳，似言此賜非予專。一瓢汲水能回天，多謝紫府瀛洲仙。瀛洲仙人笑揮手，龍不言功我何有。祇今千騎擁朱輪，即是商家大旱作霖人。

再韻謝和章

萬竈連營橫塞月，委輸不繼官倉竭。寇攘雖息尚游魂，胡虜已衰聞蹀血。二句原作邊兵雖暫罷横戈，塞馬猶聞馳汗血，據萬曆本、王本改赭衣開河深復深，青青蔓草生河陰。歲旱民饑神乏祀，故老言言徵讖緯。使君事業今夔龍，十年準擬調元功。銅虎分符又南國，北來更閲千山重。同寮有客居同里，憂國同心無彼此。既知東海之婦可致旱，又知疏勒井泉能涌水。釋囚祇有圜扉在，蠲租可但寬期會。日照齋盂食不葷，雨濕朝衣車却蓋。已罄祈禳徧國中，更遣緹車來郛外。荒祠蟲篆上丹青，平原龜兆坼田塍。拜手殷勤祝田稺，活國生民係兹歲。再宿為期神效靈，三日為霖民拜賜。長淮轉漕速郵傳，此賜豈獨吾邦專。雨餘亟欲披青天，那得駕鶴揚州仙。精意回天翻覆手，赫赫陽光均九有。但得兩君便携手，齊上紫清扶日輪。闔闢陰陽端有道，不妨風月屬閒人。

公詩滄海生明月，草木光輝涯不竭。僕如拙匠運斧斤，顏汗淋漓指流血。心知短綆難汲深，拱把之木無繁陰。風雅墮地幾千祀，牢落荒林鳴絡緯。眼明紙上走虬龍，古錦囊中新奏功。搜奇往往魑魅泣，窮高不礙天門重。鵬飛羊角三萬里，筆勢翩翩有如此。渠儂辟易虎負嵎，公獨從容禹行水。端由萬卷胸中在，左右尋源無不會。詩壇獨上四無人，烏兔驅車天倚蓋。曹劉沈謝不支吾，陰何間隔孫山外。池塘不夢春草青，愚生已分老田塍。縣榻空煩禮徐穉，一笑相逢俄隔歲。不辭入府異龐公，祇恐言詩非木賜。朝來好語日邊傳，大惠寧許一州專。詔書絡繹催朝天，紫薇帝庭領列仙。釣船已入酒聖手，清風一枕無何有。遮留當道擁車輪，尚能喚起隨邦人。

和陳倅田婦刈麥韻因解嘲

君不見山東健婦把犂耕，子美為賦兵車行。我嘗一讀三歎息，尚想青天聞哭聲。又不見峽女生涯在兩脚，鬢髮飄蕭不堪掠。我嘗三復負薪篇，亦是子美夔州作。山東征戰苦未平，峽女家貧無㪷升。吾邦之俗異於是，賦調不苛閭里寧。八月詩人歌載績，餘暇不如同力穡。況復樵枯良易易，自昔民生在勤力。通守於民情最親，勞農不憚行侵晨。他日席前須記取，要使深宮識苦辛。

運河行

運河岸，丁夫荷鍤聲繚亂。紅蓮幕府誰獻言，運河泄水由函管。函管掘開須到底，運材歸府供薪爨。庶幾一壞不可復，民田雖槁河長滿。民田為私河則公，獻言幕府寧非忠。我聞此言為民說，急趨上令毋中輟。小民再拜為我言，函管由來幾百年。大者用錢且十萬，小者半此工非堅。厥初銖積費民力，厥後世世期相傳。豈但旱時須灌溉，亦憂久潦水傷田。向來久旱河流絶，放水練湖憂水洩。州家有令塞函管，函管雖存誰復決。小須雨澤又流通，函管猶存不費工。只今掘盡誰敢計，但恐民田從此廢。豐年餘水注江湖，涓滴不為農畝利。有時驟雨浸民田，水不通流禾盡棄。王本作死況今農務正紛紜，高田須灌草須耘。盡驅丁壯折函管，更運木石歸城闉。呂城一百二十里，不知被擾凡幾人。太守仁民古無比，凝香閣下寧聞此。願傳新令到民間，函管須塞不須毀。已填函管無尾閭，大舶通行水有餘。函管不毀民歡娛，異時瀦瀉無妨渠。憶昔採詩周太史，不問小夫并賤隸。試裒俚語扣黄堂，鈇鉞有誅寧敢避。

憶昨行寄呈劉法曹

憶昨太守宣城陳，人物風流法從臣。太息官倉取無藝，要與邑民圖久計。總將一石計其贏，三斗八升為定制。厥初號令如雷霆，奉行誰敢圭撮增。愚民不解深長慮，競喜當時斗斛平。新守迎來舊守去，號令雖嚴誰復顧。斛面坡陀斗面高，三斗八升作常賦。後來主簿辛君機，太學聲名盛一時。朅來意與上官合，委向倉中司出納。籌算親臨絶蔽欺，户庭凛凛無喧雜。愚民乍喜見明官，槩量寧論加勺合。上供送使有成數，羨餘到底歸州府。明年按籍取之民，三斗八升更增五。往者不可諫，來者圖之猶未晚。只今太守龔黄比，千里癢疴如切己。公事勤勞絶燕私，私錢大半供公使。選官受秋輸，而得法曹賢。除弊幾十九，積羨踰三千。三千寧足州家用，祇恐從今還作俑。明年四斗三升之上更增科，三十六都之人將奈何。

殺虎行謝宜興趙大夫惠虎皮虎腊虎睛

君不見陽羨周將軍，射殺南山白額虎，千古萬古聲流聞。又不見宜興趙大夫，南山三十有六虎，令行殺取無復餘。一虎昔何少，三十六虎今何多。虎多人不患，所患政之苛。苛政滅人門，猛虎戕人命。擇禍莫若輕，泰山之人論已定。大夫性高明，下令走風雨。所知在田里，了不見臺府。既令民免政之虎，又與民除虎之苦，四境之民歌且舞。或云殺虎太傷和，胡不令渠自渡河。我聞此言笑且呵，大夫憂民憂，豈必限吾土。不然鄰國以為壑，信也白圭愈於禹。古陽羨，今宜興。大夫邑之主，將軍邑之民。主賓多寡事不同，千古萬古同清芬。

過司徒墓

司徒墓，荒塚纍纍不知數。草中翁仲無復存，隴上牛羊自來去。想見當時百萬松，佳城在處鬱葱葱。車馬時來卿相子，鐘魚聲出梵王宮。年深事遠無留蹟，只與耕夫資墾闢。萬古同成一窖塵，官爵高卑誰汝識。

用前五字韻趣劉聖與建第

君不見茅屋下，四壁床敷窄。又不見朱門中，金碧鎖空宅。宅成更欲致良材，水浮陸走空山澤。茅屋區區誠已疎，朱門汲汲彼何迫。勸君勿學伏波老，自詭裹屍須馬革。又勿學金谷人，綺窗阿閣綿阡陌。但令庭宇潔，頗與塵囂隔。市聲不至亂琴書，厨煙可免衝咽啞。庶幾家人安，亦使我心獲。吾宗開敏姿，富有濟時策。棟宇著易象，義不假探索。况聞玉堂直，視草須元白。所期不日成，毋使中道畫。庶奉紫芝泥，即刷青雲翮。

寄刑王本作邢，詩中同臺范黃中

秋氣清，秋風高。想見刑臺舊居士，巾車獨往恣遊遨。偃仰戴公廬，逍遥焦公居。想前輩之風流，悲末俗之崎嶇。白眼睨視，抵掌嘻吁。酌之以漫塘之酒，侑之以漫塘之藕。酒之味醇而不漓，藕之性潔而不汙以泥。于以介眉壽，于以明素守。對此長歌，其樂如何。相望雖隔於秋水，明月幸同於千里。

跋趙憲汝櫄唐率更千字文蹟

草非草，真非真。柳之骨，顏之筋，歐張瘦硬可通神。衆體備，兼衆美。莫臻王本作疑興嗣書，無首亦無尾。

當年好事人，各欲徇所嗜。割截同至寶，得中固為喜。莫將俗眼看，墨脱字已漫。當年寶匣中，什襲幾歲寒。祇今煙雲披，星斗尚闌干。麟角鳳觜毋輕棄，煎膠續弦端有冀。王本作異君不見四窗寶此不寶他，固應落筆驚風雨，走龍蛇。以上《漫塘集》卷四

劉　宰五

真西山贊

中國相司馬，和氣滿華夏。惜哉民始蘇，身已要人扶。

宴金壇邑官致語口號

百里兒童沸誦聲，湖山堂上集群英。德星欲應今宵瑞，霖雨先開昨夜晴。正是壺中銀漏永，不妨坐上玉山傾。明年此會君知否，冠佩蟬聯拱聖明。以上《漫塘集》卷二五

挽齊齋倪尚書思

南山有孤松，屹立幾尋丈。雪根雨露滋，藤蘿巧相傍。高柯撑青空，落落不可上。遼東白鶴歸，城郭固無恙。飢烏拾餘粒，巢燕倚飛幌。芝田杳何許，鼓翮超蓬閬。尚書千載人，餘子豈輩行。方時鄙俗學，制行多矯亢。我獨道其常，曰彼非至當。世事有翻覆，陰陽日消長。誰其倡攻僞，欲使盡一網。我獨持其平，要辨直與枉。前瞻豈尚同，後顧亦非黨。介然兩不合，蘭佩拂千嶂。惟皇思建極，正直首延訪。幾趨鑾禁直，屢侍金華講。三黜柳士師，一念齊得喪。歲晚復來歸，舊德世所仰。文昌豈不貴，台星連兩掌。貞元朝士少，正始遺風蕩。淹留感時事，去去得初尚。湖光浮醆斝，巖花開步障。意行無物累，静寄絶塵想。寥寥香山翁，勝處略相倣。雖臨大化盡，不改葵藿向。遺奏手自書，治忽猶指掌。内欲八柄

專，外欲四聰廣。國本欲先定，以繫四海望。國勢欲自强，不受夷虜原作外敵，據王本改誑。於今一開卷，星斗照穹壤。奄奄氣將微，耿耿神愈王。更為一夕留，泰然須昧爽。庶幾華封祝，不使臣子曠。從容有如此，此豈智力强。平生剛大氣，胸次妙沖養。我生不及門，知敬如達巷。九京不可作，千古恨悢悢。

挽葉水心侍郎適三首

北學源流遠，南來歲月遷。羣心知未昧，諸老屹相連。百歲同歸盡，斯文要有傳。宵長殘月墮，遺恨渺山川。

嘉會欣千載，偏安隘一方。言言本周孔，草草笑隋唐。禁路無停轍，江流有巨防。空餘遺藁在，萬古日爭光。

憶袖彌衡刺，嘗登元禮門。相忘如舊識，一笑等春温。東望山川遠，西歸歲月奔。遥憐人築室，烟鎖暮江昏。

挽袁潔齋侍郎燮三首

國脈關吾道，邦基倚藎臣。忠言炳蓍蔡，勁節挺松筠。歲晏名逾重，山頹蹟遽陳。光明如皦日，千載自常新。

成己寧遺物，存心不外天。典刑高一代，源派續諸賢。實理元無妄，斯文更有傳。澤流江漢遠，奎壁映魁躔。

講學元無倦，繙書老更勤。能令神氣王，直到死生分。玉折經綸具，星垂翰墨勳。淒其知己地，灑淚濕寒雲。

萬旅雲屯獨鼓行，將軍誓死不求生。祇今淮浦耕桑滿，膽落胡兒不敢争。原作近北何人却敢争，據萬曆本、王本改

南歸更擁碧油幢，指點羣兒受虜原作敵，據王本改降。猛志不應同逝水，英名千古鎮長江。

悼里中百歲張翁

銘旌一丈裊寒烟，淚逐西風洒道邊。縱使後人能百歲，太平誰識靖康年。

挽師虞卿三首

淵源師友鄴侯門，赫奕家聲漢相孫。冠帶僅容遊璧水，姓名竟不上慈恩。

蚤歲謀生愧弟昆，一窗容膝眇乾坤。田園歲晚非能事，祇有詩書遺子孫。

年時床下拜龐公，雞黍留連日正中。客子倦遊歸計速，傷心先友轉頭空。

挽王德彰

籃輿咿軋不辭貧，烏帽離披當幅巾。一劑沖和療寒疾，鄉間不復見斯人。

挽錢承事

藥市能推此念誠，一言為重萬金輕。特書會有河東柳，為記嘉名埒宋清。

挽殷君二首

汗衣亭午亞紅塵，中有池塘得句人。雅趣終難混塵俗，匆匆歸卜太初鄰。

市人於利較毫釐，之子能權取與宜。此去窮閻風雨夜，幾多愁坐憶年時。

挽葛知録母二首

人間盛事古難并，結髮相看兩壽寧。彤管忽成賢母傳，紫霄獨耀老人星。

青袍緑髮映斑衣，幕府風流彼一時。雲馭歸歟可無憾，承家猶有寧馨兒。

代挽趙工侍湯氏令人三首

傳柑歸遺惹天香，折桂重看膝上郎。貝葉經中空世念，菱花鏡裏謝宫裝。

西湖野樹上林花，行樂誰知大尹家。簾幕垂垂人兀坐，金猊香散日西斜。

白蓮塘下成新灔，緑柳堤邊散密陰。精舍拂雲松柏繚，死生何地不娱心。

挽李閫帥駿**母夫人三首**

夫人天賦與神靈，初度祥光燭户庭。歸去足知躔次在，九霄還要老人星。

旌旗直指陣雲開，文駟雕軒壽母來。萬古歡呼和氣蕩，胡兒原作敵兵，據萬曆本、王本改不戰倒戈回。

九十餘齡地上仙，人間五福信兼全。可憐閫部思賢牧，猶恨夫人不百年。

挽衛氏孺人

兩家濟濟秀孫枝，九秩巍巍享壽卮。厚福人間無處著，驂鸞一笑上瑶池。

挽錢賢良

奏篇重徹冕旒前，欲挽銀河蕩八埏。六計不為當世用，一編空受老人傳。規恢漢祚天方啟，問訊南昌尉已仙。遇合無人會成數，故山松柏慘寒烟。

挽太平趙倅善興**三首**

大雅如公信不羣，書藏萬卷筆如神。再從鶚表騰霄漢，直上龍門振羽鱗。蓮幕今無居右客，花封舊有去持橐無由侍玉皇，含香僅長漢諸郎。豐碑不用書成績，自有司勳紀太常。
南徐開府未旬時，一掃煩苛布惠慈。孺子竟孤懸榻望，伯牙空有絶絃悲。
問訊時來野叟家，細書整整復斜斜。江湖老矣何人記，淚逐西風染釣車。

挽葛簽判師心二首

先帝龍飛第一春，霜袍濟濟對嚴宸。衹今舊侣能多少，又對西風哭此人。
少長相望十五年，君鬢未白我華顛。擬求勾漏還丹術，忍賦山陽懷舊篇。

挽恭靖司法兄九首

雪壓茅茨半欲傾，夜闌猶聽讀書聲。蒼苔翠竹迷遺址，尚想寒窗對短檠。
日晏炊烟冷屋山，典書糴米奉慈顔。衹今童稚便安養，一飽誰知有許艱。
賢書五上動宸旒，鶗鴂横飛正得秋。老去劉蕡終不第，時來校尉幾封侯。
詞場士氣久衰頹，得喪關心日九迴。但使聖朝聞鯁論，不妨夫子遜倫魁。
踏遍山崖與水邊，要教皇澤下氓編。衹今桐汭民猶活，問訊南昌尉已仙。
羊勝公孫兩者間，端人著脚固應難。法曹賸有梅花句，拂袖何妨載月還。
沉酣博塞兩防微，男業詩書女治絲。遺訓一編昭日月，宗門於此卜興衰。
雙劍齊飛下九淵，更驚白璧墮黄泉。世間何用知非福，獨立斜陽意惘然。
論心海内幾親朋，歲晚相依衹弟兄。夜雨對床無復昔，春風回首獨傷情。

挽許馬帥俊二首

賓階。遺車門外去，老淚墮

侍見嗟親健，論姻動母懷。殷勤留北棹，飣餖出東齋。回首流年速，升堂往事乖。

挽潘校尉

一經知教子，三釜擬榮親。風樹存亡恨，迷茫北渚津。

代梁總挽鄭舜舉侍郎四首

幾度除書下紫宸，從容千騎擁朱輪。聖朝若第循良課，公是當時第一人。

九重虛己竚論思，千載風雲彼一時。貝錦誰為當日事，角招空賦昔人詩。

由來樂事在田園，歸路無人早著鞭。見一堂中誰是伴，亭亭修竹鎖蒼烟。

慷慨論交酒一鍾，別來木末幾西風。歸歟擬趁雞豚社，太息無因見此公。

挽京口使君豐郎中有俊十首

先帝龍飛第一春，銀袍鵠立對嚴宸。當時舊侶能多少，又向風前哭此人。

妙年意氣已横秋，不為身謀為國謀。斥去佞臣談笑裏，英名高壓漢朱浮。

開邊為計苦匆匆，淮水東流戰血紅。軍令一申人百勇，議郎當日佐元戎。

再向江淮把一麾，民情可但不能欺。來時叔度嗟何暮，去日何公苦見思。

牢盆利散海隅空，一念焦勞軫聖衷。萬井春回和氣滿，皇華玉節到淮東。

慘澹胡沙草木腥，原作慘澹邊塵草木驚，據萬曆本、王本改長淮坐斷倚賢城。策動歸去猶遺憾，未挽天河洗甲兵。

殘胡失馭走群雄，原作却臨淮水想豐功，據萬曆本、王本改人物争歸掌握中。河洛祇今修舊貢，凌烟端合首羣公。

反匱踰千里，平生念母慈。煙霞連傑觀，星斗下平池。地勝呈金像，神思伏寶龜。庭前雙玉樹，昌大可前知。

挽湘潭趙知縣二首

列將朱橫帶，參軍緑染袍。崇卑知異位，取舍見吾曹。撫字功深著，歸休道更高。崑山埋玉去，春浪送行篙。

念昔先君子，窮閻接寓居。幾年鶯出谷，千里鴈傳書。執友嗟誰在，孤生愧久疎。臨風兩行淚，可但等鄉閭。

挽諸葛宣義二首

世積鄉閭望，公兼德齒尊。謹身忘歲晚，接物等春温。樂事人難比，餘功盜自奔。平生可無憾，一劄疏明恩。

蘭階初擢秀，棣蕚亦聯芳。幻化應難料，悲懽獨兩忘。達生知有道，養性更傳方。一笑乘雲去，誰知本不亡。

挽江寧丁尉二首

丁，特科四名，以捕横山寇循資。帥丘簽樞方為再申乞改秩，而丁逝矣。時己巳歲。

蚤以才充賦，終焉學入官。登名先杜牧，擇地得長干。南部威方振，横山寇即安。仙遊定何許，烟鎖暮江寒。

進秩膺丹詔，論功更紫樞。九霄飛鶚奏，萬里入鵬圖。竟負丁年志，端符巳歲呼。向來延客處，落日澹平蕪。

挽丁嘉正

里選居前列，臚傳冠一科。一官期遠大，十載歎蹉跎。僅喜瓜時及，俄驚薤露歌。天高不可問，吾道竟如何。

挽莊僉判

宦路推才美，鄉邦敬老成。花封勤致理，蓮幕仰持平。弭棹驚歸夢，文筇話別情。蒲輪乖往事，一慟閉佳城。

挽湯貢士三首

鴈塔平生志，雞窗萬卷書。年雖踰六秩，勤不廢三餘。僅喜名天府，空傳賦子虛。盈虧天有定，我欲問何如。

謾足百金產，難忘九族貧。粢盛肅先祀，幣帛薦佳賓。月耿三秋夜，風回九陌春。親朋一樽酒，無復見斯人。

念昔先君子，論文到白頭。對床同夜話，散策逐春遊。人物今何許，湖山空復秋。傷心珥陵月，依舊照行舟。

挽考亭陳居士二首

八十人稀有，君年又過之。康强由學力，孝友自天資。瑞世芝三秀，承家桂一枝。萬山圍隴首，昌大看他時。

思民。從來姑孰佳山水，可惜題輿失偉人。

薄俗紛紛不再淳，吁嗟公子獨振振。從知為善身心樂，不憚分財手足親。韋布幾人勤禮遇，杯盤一笑見天真。蒼蒼誰謂渾無信，千里名駒已絕塵。

當年垂橐叩天閽，自笑唯餘舌尚存。下榻勤君延孺子，加餐愧我異王孫。歸歟益軫門闌舊，至止頻承笑語温。一日佳城符吉兆，千年福地鎖靈根。

挽許通判昌朝二首

妙年故府接英游，盍上周行展壯猷。再命去天仍不遠，此心於世澹無求。奏功僅許臨巖邑，投老纔能貳大州。總為當時人物惜，於公行止一虚舟。

問訊吾邦鶴髮翁，惟公遺愛百年中。輕刑競喜桁楊脱，薄賦誰嗟杼軸空。遠卜雖孤桐邑望，貞游還喜葛仙同。從今枌社添尸祝，一念遥應肸蠁通。

挽陶宣義士達二首代恭靖兄

歷數陰功滿巨編，皇天佑善信昭然。金閨密勿身通籍，雲路連翩子著鞭。貝葉經中無別想，白蓮社裏得真筌。忽驚薤露傳新唱，愁鎖松陵柳澤烟。

季方當日締華姻，曾款門闌列衆賓。一別清臺頻换歲，重逢上苑正回春。白頭自嘆形容改，青眼相看笑語真。回首不堪成永訣，西風吹淚墮衣巾。

挽楊提舉勰

寶經堂上集儒紳，尚記囊書走下陳。學業如公本天得，笑談於我最情親。連床風雨寒窗夜，杯酒湖山上國春。壞壁無由見題字，舊游回首重傷神。

挽知府趙開國 續

青衫試據憶當年，傾蓋欣逢令尹賢。一遠朋從忘歲月，相思客路渺山川。政成郡國君何憾，病卧閭閻我自憐。誤喜鴈來猶寄字，傷心鶴駕已騰天。

挽陳運幹

三載毗陵舊長官，棠陰猶鎖暮烟寒。紅蓮幕下籌方運，細柳營中食已寬。家近不妨同晝錦，才難正合整朝冠。如何又作堂堂去，只有新詩付不刊。

挽戴主簿

妙年筆勢已飛揚，便合收功翰墨場。黄甲未容登上第，青衫聊用慰高堂。一同簿領棠猶在，三逕歸來菊未荒。下榻忍思疇昔事，送車空憶水雲鄉。

挽姚政遠

尚記僑居憶故園，俄聞華屋聳榱椽。連檣大舶回前浦，皓齒清歌出廣筵。得喪已齊身外物，安閒自樂性中天。岳莊原上歸全處，手種松杉起緑烟。

挽楊真州母夫人二首

江頭千騎肅傳呼，五馬東來侍板輿。膳欲平反供母笑，不妨寬大奉君書。凝香堂上榮何限，自注：真州郡治有此。戲綵圖中晝不如。自注：公新作此圖。底事乘鸞天上去，固教遺恨滿鄉閭。

祥烟霽日麗重闈，尚記升堂拜母時。楚楚賓朋環綺席，翩翩仙子奉瑶巵。自注：楊氏每母夫人生日齋道人以千計，道流亦至日為壽。五花天上疏恩寵，九秩人間仰壽祺。盛事只今難彷彿，送車千乘擁靈輀。

挽桂山君王伯奇

桂山山在天台上，秋風吹雲列屏障。山中有客芙蓉裳，日日來看桂叢長。老我住在京江湄，光芒夜夜占少微。哀哉死者不可作，薤露忽更招隱詞。以上同上書卷三六

周侯古祠

廟宇巍峩對古墳，將軍英氣宛如存。當時改行除民害，歷代封功沐寵恩。虎穴雲埋山寂寞，蛟溪波冷月黃昏。我來吊古追行樂，駐馬花前酹一樽。明沈敕《荆溪外紀》卷七

句

選詩非選官，論詩非論人。宋周密《浩然齋雅談》卷上

（吴國武整理）

全宋詩卷二八一一

呂聲之

呂聲之，字大亨（《兩宋名賢小集》小傳名與字互易），新昌（今屬浙江）人。早年與弟冲之同從陳傅良學，俱有聲太學。曾爲宿松尉，徙平陽丞。寧宗嘉定中官昭信軍節度推官。有《沃州雁山吟》，已佚。《兩宋名賢小集》卷三六四存《雁山吟》一卷。事見《宋詩略》卷一四小傳。

呂聲之詩，以影印文淵閣《四庫全書·兩宋名賢小集》本爲底本，酌校《宋人集》甲編本（簡稱宋人集）等，編爲一卷。

賀太常黄少卿

自從朝奏一封還，便整歸裝問故山。剩得清名千載重，何妨晚節十年閒。慣尋夜雪逵溪路，却謝春風漢殿班。國史舊編加簡討，春秋直筆任詩删。

次新邑錢宰黄丞韻

一邑何期獲二賢，花開滿縣總翩翩。賦詩各出新機錦，裕國還饒内府錢。槐竹兩行公事辦，絲桐三弄政聲傳。作成和氣農家好，多稼如雲詠大田。

過杜潭題曾祖慶源庵

横江灝氣欲欺裘，木落千林水露洲。偶為搜荒投隴畝，因而展省到松楸。神駒已應當年兆，祥笥還為後裔留。寄與老僧勤灑掃，庭前橘緑桂香浮。

和張主簿喜雪

夜讀書窗未覺貧，朝看萬瓦没魚鱗。飄來灞岸春風絮，瀉下瀛洲玉斛塵。笑我冗懷多俗宋人集作奪事，羡君清思獨凝神。遥憐夜月山陰道，還有扁舟乘興人。

題南巖寺

誰把長竿釣巨魚，至今蹲石倚空虚。蜂房愛向山崖結，鳥跡疑從海島居。入座翠嵐生晝寂，夾明萬曆《新昌縣志》卷三作隔川紅樹照春餘。任公此去三千載，為看芳碑一嘅吁。

遊石佛寺

金吾不必問行由，此去逍遥物外遊。半塢白雲藏宿霧，一聲横笛下歸牛。喜瞻傑閣三生像，藐視叢林四海州。為寫濯纓疎拙句，誰言墨跡至今留。

題宋人集作柬陳巖庵寄諸兄弟

地接丹丘姥嶺賒，山盤曲折狀如蛇。每因過此瞻雙隴，何必從旁置萬家。孝弟本根時潤澤，詩書種子日萌芽。到來豈但春秋祀，宋人集作事酌水何妨一獻花。

開禧丁卯重過龍門有懷方丈老子

翠屋交空結夏陰，征鞍亭午喜登臨。披開草棘千重路，洗出冰壺一片心。禪老還尋江浙去，詩家誰作楚梁吟。須知珠玉元無踵，宋人集作種不惜西風惠我音。

謝張漕薦剡

誰人洗甲挽天河，玉宇無塵海不波。漢使褰帷將命出，淮民挾纊被恩多。流離豈但身安集，凋瘵親曾手拊摩。惠利纔施催召亟，其如席未及温何。

賀葉司業兼中書舍人

英妙才華四十年，山林朝市姓名傳。何妨萬斛横江上，不礙千帆過目前。我肯尾書干原作千，據宋人集改木紙，人饒首著祖生鞭。金鑾何日商風雅，伴直能呼孟浩然。

寄太湖黄縣尉

立頃談餘袂輒分，乖離數數異朋羣。君如天揭行空日，我亦風吹過嶺雲。不許范張同飯黍，空慙李杜共論文。暌違動涉經年裏，棋壘詩壇要策勳。

與丁撫幹

兩年肥水喜相逢，託契門牆今已重。士有禰衡心肯薦，侯如雍齒首先封。更看謀略稱籌幄，會見精神坐折衝。敗走苻原作將，據宋人集改堅兵百萬，圍棋别墅意從容。

悼止齋陳先生

萬里長江發自岷，作興一代有斯人。六經疑宋人集作論難言前解，千古興亡筆下陳。宋人集作存愛向田間看耜耒，肯留天上掌絲綸。如公到處鎸佳句，今日池塘草自春。

舒城道中

還轅天作十分晴，瀉出秋光一派清。走筆欲題人到跡，揚鞭不住馬嘶聲。頃禾晚熟黄雲色，籬菊朝含白露英。得似淵明便歸去，候門童稚出歡迎。

重陽桐城道中

萬古長淮一帶流,從來戰地不容休。間關千里軍前餉,牢落重陽客裏秋。悵望白衣來送酒,了無黄菊與簪頭。何人早斷樓蘭首,試解君王宵旰憂。

九日登資福山呈胡宣教

飛屐來登最上峰,千山擁翠景無窮。遥看雲影參差外,静聽泉聲斷續中。今日黄花重九約,何時青眼一尊同。好天風月閒相寄,早晚南來有過鴻。

西寺留題

白石孤雲自在閒,紅塵一事不相關。寺遮翠靄青蘿外,人到落花流水間。欲效錦囊收勝概,慚無玉帶鎮名山。白蓮喜結當年社,未厭朝來暮便還。

題龍翔觀

曾到龍翔不記年,兩峰巍壓水中天。潮生潮落青蕪外,人去人來白鷺邊。四接遠遊僧萬笠,重新舊觀屋千椽。東南送目秋無際,隔岸人家問釣船。

和黄教授山堂招飲

鼎彝事業未渠休,鷗鷺尋盟暫與儔。路入芝巖真絶地,《江西詩徵》卷一九作境客延蓬島盡名流。不辭一洗陶巾醉,更擬雙飛謝屐遊。誰賞洪都高閣句,落霞孤鶩唱漁舟。

謝石主簿和章

多君養就大椿年,便腹詩書晝欲眠。絳闕當年名藉甚,白雲他日迹飄然。千軍筆掃人誰敵,九轉丹成世莫傳。倦眼功名旁袖手，剩看月露出新篇。

詠桂花

獨占三秋壓衆芳，何誇橘緑與橙黄。自從分下月中種，果若飄來天際宋人集作上香。清影不嫌秋露白，新叢偏帶晚烟蒼。高枝已折郄生手，萬斛奇芬貯錦囊。

和王子寬韵

緑蔭千重竹，清流一帶溪。子真耕谷口，楊震講關西。手摘星辰近，名登泰華齊。古來公相業，誰不起鋤犂。

春郊

勝日遊郊外，嵐光入眼新。桃花開萬樹，又是一年人。

山行

山花雨後紅，野草風前緑。浩歌歸去來，不辱在知足。

先春梅花

不把春光較後先，清香自是壓羣妍。微酸一點功成日，桃李從他逞少年。

雲錦桃花

擁盖難遮萬臉紅，爛然雲錦直連空。更看雨過新妝洗，百媚都含宋人集作歸一笑中。

紫霄亭

半空烟雨有無間，碧玉屏開四面山。我欲紫霄亭上望，吹笙人去幾時還。

未把浮漚閱世間，蓬萊一水隔三山。試窮千里登臨目，望斷青山白鳥還。

芙蓉

楓葉飄林竹隔牆，偏于冷淡逞濃粧。天教不趁繁華月，要是秋來獨耐霜。

括蒼山行

微風吹雨濕欄干，薄霧籠晴帶淺寒。一樹紅梅牆外發，誰家美麗倩人看。

丹丘道中

夜宿溪頭十里村，數星漁火照籬門。雁山峭絶經行處，猶帶烟霞入夢魂。

縉雲道中

縉雲通道入皇都，花滿京城水滿湖。借問今來丞相府，後園人有醉歌宋人集作呼無。

遊石城山

祇因尋勝到林泉，四抱迴峰萬景連。僧過不知山隱寺，客來方見洞開天。浮圖照水光相映，古木依崖影倒懸。風露了非人世界，濯纓秋後玉壺天。

過七里瀨懷古

七里灘頭訪子陵，水光山色見生平。欲為臣子定出處，知與君王分重輕。一介草茅真自負，三公軒冕未為榮。我來想像高風在，釣石巖前烟浪生。

以上《兩宋名賢小集》卷三六四《雁山吟》

（虞行整理）

全宋詩卷二八一二

姚東

姚東，字明仲，龍溪（今福建漳州）人。寧宗慶元二年（一一九六）進士，調長溪簿，再調保昌丞。以通直郎致仕。事見清道光《福建通志》卷一八三。

皆山西爽二亭

華亭百尺跨嶙峋，照眼風光自吐吞。閒數炊烟分聚落，坐收奇觀入壺尊。岡巒繞户雲生袂，鐃柝無聲月在軒。更有何人佩黄犢，耕鋤已徧落霞村。清彭衍堂道光《龍巖州志》卷一九

葉發

葉發，字定叔，閩縣（今福建福州）人。寧宗慶元二年（一一九六）進士。理宗端平二年（一二三五）爲安溪縣丞（明嘉靖《安溪縣志》卷三）。

麻姑巖

怪石倚空碧，傳有神仙迹。元放古來游，孝先舊曾歷。山前無斷碑，往事杳難覓。麻姑去不來，青鳥無消息。宋林師蔵《天台續集》卷中

（以上劉雯整理）

何浣

何浣，字師禹，江陰（今屬江蘇）人。寧宗慶元二年（一一九六）進士。嘉定十五年（一二二二），以從政郎爲鎮江府學教授。事見元《至順鎮江志》卷一七、明嘉靖《江陰縣志》卷一四。

留題吴氏園

傍晚秋暉静，穿松石路微。山川起幽興，杖屨款高扉。白首偶成趣，素懷欣未違。故園今草棘，飄泊幾時歸。宋林表民《天台續集别編》卷二

（孟憲忠整理）

鄒杞

鄒杞，建昌（今江西永修西北）人。寧宗慶元二年（一一九六）進士。嘗知歸州。事見明正德《南康府志》卷六。

遊洞霄宫

天柱古名山，形勢友列嶽。神人巢其巔，咳唾半天落。白晝見雲旗，清夜聞笙鶴。花源或流紅，仙禽猶搗藥。長歌不可見，清風灑寥廓。宋孟宗寶《洞霄詩集》卷三

連三益

連三益，字叔友，安溪（今屬福建）人。寧宗慶元二年（一一九六）進士。歷知沙縣，通判廣州。

改通判紹興府，未上卒。明嘉靖《安溪縣志》卷六有傳。

蓬萊山

蓬萊一境最奇哉，門外坑流傍石隈。巨竹不知何日裂，喬松總是昔年栽。石移莫匪神功運，巖築更無山鬼來。料得衆僧行道處，天花馥郁遍蒼苔。　清懷蔭布乾隆《泉州府志》卷八

（以上朱寶模整理）

詹師文

詹師文，字叔簡，崇安（今福建武夷山市）人。寧宗慶元二年（一一九六）進士。調婺源尉，再調江西提刑司檢法官。事見明嘉靖《建寧府志》卷一五。

泛舟

九曲烟霞景若何，移舟曲曲泛清波。丹峯絶頂籠花木，碧洞當門掛薜蘿。仙逕鶴翻松露下，古潭龍蟄水雲多。紫陽去後閒風月，獨向平林倚櫂歌。　清羅良嵩道光《武夷山志》卷二三

史彌遜

史彌遜，字恭叔，鄞縣（今浙江寧波）人。浚子。寧宗慶元二年（一一九六）進士（清康熙《鄞縣志》卷一〇）。官蕭山縣主簿（《攻媿集》卷一〇五《朝請大夫史君（浚）墓誌銘》）。

詠鶴

縞衣湖上月明天，雪影飄飄意欲仙。世網從來禁不得，高飛冲破晚秋煙。　清董沛《甬上宋元詩略》卷八引《史氏世寶集》

惠端方

惠端方，字敬之，宜興（今屬江蘇）人。哲子。寧宗慶元二年（一一九六）進士（清嘉慶《宜興縣志》卷七）。官永嘉丞（《水心集》卷一九《建康府教授惠君（哲）墓誌銘》）。嘉定十五年（一二二二）知祁門縣（明弘治《徽州府志》卷四）。

梅花

美人在空谷，抱志苦貞潔。不學桃李顔，甘在枯朽列。素衣飄白雲，玉佩綴明月。肌膚炯凝脂，容色眩春雪。臨風一笑粲，皓齒何瑩澈。破鏡忽上天，寒影浸瑶闕。少時看玉立，相視已華髮。人陳花自新，花巧人更拙。勿言花不耐，人竟被花閱。付之一尊酒，調以三寸舌。　宋陳起《前賢小集拾遺》卷四

陳渙

陳渙，字伯益，臨海（今屬浙江）人。寧宗慶元二年（一一九六）進士，官瑞安尉（《嘉定赤城志》卷三三）。

句

炊餅擔頭挑取去，白衣鋪上喝將來。　宋龐元英《談藪》

《談藪》：謝希孟後避寧宗諱，改名直，字古民，伯益於是以兩句咏其名。聞者笑倒。

（以上劉雯整理）

邱和

邱和，字國瑞，崇安（今福建武夷山市）人。寧宗慶元二年（一一九六）進士，調光澤縣主簿。以時事日非，與從弟善相約棄官歸。事見清嘉慶《崇安縣志》卷八。

寄從弟善

海上扶桑散曉暉，荷衣共喜換簑衣。浮雲天外弄濃淡，好趁輕陰未雨歸。清魏大名嘉慶《崇安縣志》卷八

（孟憲忠整理）

周茂良

周茂良，字君實，平陽（今屬浙江）人。寧宗慶元二年（一一九六）進士。知婺源縣（明弘治《徽州府志》卷四）。理宗嘉定三年（一二一〇），知寧德縣（明嘉靖《寧德縣志》卷三），通判潮州（清雍正《廣東通志》卷二六），知南安州（清乾隆《平陽縣志》卷一二）。

天聰洞

一竅虛靈異谷神，達聰何事在紅塵。人間莫道無聞處，天聽從今自我民。清曾唯《東甌詩存》卷七

（朱寶模整理）

鍾震

鍾震，字春伯，善化（今湖南長沙）人。寧宗慶元二年（一一九六）進士。嘉定十五年（一二二二），除國子博士（《宋會要輯稿》選舉六之四二），累遷秘書丞。理宗寶慶元年（一二二五），除著作郎。端平元年（一二三四），以吏部侍郎兼同修國史、實録院同修撰。事見《南宋館閣續録》卷七、八、九。今録詩三首。

戲題洞霄

之徑縈紆略彴横，松風和作步虚聲。泉流碧玉千年潤，山作靈丹九轉成。瓊館向曾迎帝輦，冰銜今尚帶朝纓。若非憫世天留與，那得華胥夢也清。　明《詩淵》册三頁一五六七

題翠蛟亭

雙柱蒼寒倚碧天，六鰲駕海湧層巔。東風吹瀑成飛雨，知是潛蛟起晝眠。　同上書頁一六〇四

翠蛟峰

九鎖峯尖不隔霄，翠蛟飛舞挾扶摇。氣涵秦嶺千秋雪，聲撼錢塘八月潮。頓使形魂生羽翼，安知人世有塵囂。此行似了仙槎夢，惟恨來賢不可招。　同上書頁一二七九

句

君今如鴻鵠，萬里去勇决。　明《永樂大典》卷一〇九五〇

《永樂大典》：慶元乙卯，長沙鍾公震赴南宫，道經臨川，謁王荆國祠，默然有禱焉。夜夢公教以詩，覺來惟追誦一聯云云。明年登第歸，刻石以傳。

錢　厚

錢厚，字德載，號竹巖嬾翁，臨安（今屬浙江）人。寧宗慶元二年（一一九六）進士。嘉定七年（一二一四），知常熟縣。八年，避親離任。事見《咸淳臨安志》卷一六、《琴川志》卷三。今録詩六首。

寄鍾子充

倦倚吴門思汎寥，懷人清致詩滿瓢。池塘芳草夢初斷，《琴川志》作繼風雨落花《琴川志》作摽梅魂正銷。一百五日寒食節，二十四浦春江潮。遥知藥圃曉經斸，舍後蘼蕪添緑苗。　明錢穀《吴都文粹續集》卷一八

漱石軒原注：一名漱玉。

危石參差上霄漢，中涵萬壑冰玉清。與誰流出洗塵滓，遺我一林風雨聲。石竇鳴泉自招隱，故邀風月到林扃。我今欲去尚回首，多少人來不肯聽。　《洞霄詩集》卷三

梅　亭

東風吹雨雨吹花，洗却陰沉放月華。俗眼總嫌梅太白，嫦娥勾引莫雲遮。雲濃更欲催詩句，風急花飛留不住。使君唤客早評章，趁渠未點蒼苔路。夜闌留月遲春酌，生怕樓頭吹畫角。更推銀蠟上寒梢，冷艷燒春春未覺。燭光炯炯花冥冥，花前醉倒唤不醒。南枝自與北枝語，今夜詩工眼倍清。　明張衮嘉靖《江陰縣志》卷一

登玲瓏山賦呈章冠叟俞安仲陳安世

林扉日日為誰開，底用潛驅俗駕回。路有險夷休跌蕩，山無今古只崔嵬。千章佳木凌雲上，萬壑清流湧月來。寄語游人莫遄邁，世間何處不塵埃。　清阮元《兩浙金石志》卷一〇

山亭

又踏君山路，來驅陌上塵。江仍舊時面，我是去年人。愛聽松聲古，休催柳色新。片雲銜落日，梅與月爭春。　清盧思誠光緒《江陰縣志》卷二七

句

暮靄不知天遠近，閒雲休礙月升沉。　宋《錦繡萬花谷》後集卷一

宋德之

宋德之，字正仲，號彭山，蜀州（今四川崇州）人。寧宗慶元二年（一一九六）進士，爲山南道掌書記。召爲國子正，累遷樞密院編修，出知閬州。嘉定二年（一二〇九），擢利州路提刑（《宋會要輯稿》職官七四之三一），改湖南、湖北。七年，由兵部郎官放罷（同上書職官七三之四七）。起知眉州。有《青城遺稿》二卷，已佚。《宋史》卷四〇〇有傳。

題太平興國宫

殷勤此别幾時還，結足應須巖洞間。卒歲在家貧亦好，何人似我老來閑。九天使者邀歸艇，五嶽丈人分半山。已是南回行脚了，歸休穩坐聽潺湲。　明《永樂大典》卷六六九八引《江州志》

句

昔人豪侈徒為爾，得似章華田舍翁。　明鍾崇文隆慶《岳州府志》卷七劉無欲章華臺碑文引

周振

周振，寧宗慶元二年（一一九六）爲武學生（《宋會要輯稿》選舉一八之一二），嘗知海陵縣（清道光《泰州志》卷一三）。

護國寺

碧雲紅樹萬山秋，躡蹬攀蘿徑轉幽。斜日荒荒巖際下，細泉淺淺寺前流。蕭梁賜額名猶在，石塔藏碑字尚留。千載廢興真夢幻，青燈夜雨思悠悠。　元陳世隆《宋詩拾遺》卷五

林仲虎

林仲虎，字景瞻，號定窗，寧德（今屬福建）人。寧宗慶元二年（一一九六）武進士。開禧間充使金通謝副使（明嘉靖《福寧州志》卷八）。嘉定二年（一二〇九），知安慶府（《宋會要輯稿》職官七四之三四）。

出疆

去時不敢留姓名，一身萬里鴻毛輕。征鞭不返長淮水，正恐來者愁此行。吁嗟此行良獨難，出門兒女更辛酸。平生崛强身是膽，自許虎口能生還。犬羊異種猶人類，惟有肝膽傾相示。此語歷歷端不誣，畢竟言之無二意。從前鷗鷺奮不飛，機心一動成驚疑。願言嘻嘘噉兒齒，直到齒落兒不知。　明閔文振嘉靖《寧德縣志》卷四

（以上孟憲忠整理）

宋習之

宋習之(一一六六—?),樂清(今屬浙江)人。晋之弟,少兄四十歲(《攻媿集》卷一〇九《朝散郎致仕宋君墓誌銘》)。

龍鼻水泉 原注:又名石龍。

老龍倦雷霆,奔山化為石。惟有鼻不枯,尚留雲雨迹。

明佚名永樂《樂清縣志》卷六

(夏弘福整理)

圖書在版編目(CIP)數據

全宋詩　第53册/北京大學古文獻研究所編.-北京:北京大學出版社,1998.12

ISBN 7-301-03970-0

Ⅰ.全…　Ⅱ.北…　Ⅲ.古體詩-中國-宋代-總集　Ⅳ.I222.744

中國版本圖書館CIP數據核字(1999)第01104號

書　　名:**全宋詩**第五三册
著作責任者:北京大學古文獻研究所
責任編輯:馬辛民
標準書號:ISBN 7-301-03970-0/I·0515
出版者:北京大學出版社
地　　址:北京市海淀區中關村北京大學校内　100871
電　　話:出版部62752015　發行部62559712　編輯部62752032
排版者:北京華倫公司排版部62756343
印刷者:中国科学院印刷厂
發行者:北京大學出版社
經銷者:新華書店
850×1168毫米　32開本　21.125印張　550千字
1998年12月第一版　1998年12月第一次印刷
定　　價:40.00元